"十三五"国家重点出版物出版规划项目

外国小说发展史系列丛书

伊朗小说发展史

穆宏燕 —————— 著

浙江工商大学出版社

ZHEJIANG GONGSHANG UNIVERSITY PRESS

图书在版编目(CIP)数据

伊朗小说发展史 / 穆宏燕著. —杭州：浙江工商
大学出版社，2019.4
　ISBN 978-7-5178-3184-6

　Ⅰ. ①伊… Ⅱ. ①穆… Ⅲ. ①小说史－研究－伊朗
Ⅳ. ①I373.074

中国版本图书馆 CIP 数据核字(2019)第 065009 号

伊朗小说发展史
YILANG XIAOSHUO FAZHANSHI
穆宏燕 著

出 品 人	鲍观明
丛书策划	钟仲南
责任编辑	钟仲南
责任校对	何小玲
封面设计	观止堂_未　泯　黄　冉
责任印制	包建辉
出版发行	浙江工商大学出版社
	（杭州市教工路 198 号　邮政编码 310012）
	（E-mail：zjgsupress@163.com）
	（网址：http：//www.zjgsupress.com）
	电话：0571—88904980，88831806（传真）
排　　版	杭州朝曦图文设计有限公司
印　　刷	杭州高腾印务有限公司
开　　本	710mm×1000mm　1/16
印　　张	20.5
字　　数	390 千
版 印 次	2019 年 5 月第 1 版　2019 年 5 月第 1 次印刷
书　　号	ISBN 978-7-5178-3184-6
定　　价	88.00 元

穆宏燕

作者简介 ————————

　　穆宏燕，1966 年生，四川人。1982—1990 年就读于北京大学东语系波斯语言文学专业，获硕士学位。现为北京外国语大学亚非学院教授、博士生导师，北京大学东方文学研究中心特聘研究员。长期从事波斯（伊朗）文学艺术与宗教文化研究，主要学术成果有：专著《凤凰再生——伊朗现代新诗研究》《波斯古典诗学研究》《波斯札记》；译著《玛斯纳维全集》（第一、二、六卷）、《欧玛尔·海亚姆四行诗百首》、《伊朗现代新诗精选》、《灵魂外科手术——伊朗现代小说精选》、《恺撒诗选》、《伊朗当代短歌行》、《萨巫颂》、《伊朗诗选》（上下册）、《波斯湾航海家在中国港口的遗迹：广州、泉州、杭州》；学术论文百余篇；曾获得中国和伊朗国家级和省部级多种荣誉奖项。

总　序

陆建德*

英国小说家简·奥斯丁说过，在小说里，心智最伟大的力量得以显现，"有关人性最透彻深刻的思想，对人性各种形态最精妙的描述，最生动丰富的机智和幽默，通过最恰当的语言向世人传达"。20世纪以来，小说在文学中的地位比奥斯丁所处的时代更突出，它确实是"一部生活的闪光之书"（戴·赫·劳伦斯语），为一种广义上的道德关怀所照亮。英国批评家弗兰克·克莫德在20世纪末指出："即使是在当今的状况下，小说仍然可能是伦理探究的最佳工具。"但是这一说未必适用于中国古代小说。

"小说"一词在中文里历史久远，《汉书·艺文志》将"小说家"列为九流十家之末，他们的记录与历史相通，但不同于官方的正史，系"街谈巷语，道听途说者之所造也"。《殷芸小说》据说产生于南北朝时期的梁代，是我国最早以"小说"命名的著作，多为不经之谈。唐传奇的出现带来新气象，如鲁迅在《中国小说史略》中所说："小说亦如诗，至唐代而一变，虽尚不离于搜奇记逸，然叙述宛转，文辞华艳，与六朝之粗陈梗概者较，演进之迹甚明，而尤显者乃在是时则始有意为小说。"

但是中国现代小说的产生有特殊的时代背景，离不开外来的影响。我国近现代文学的奠基人和杰出代表，往往也是翻译家。这种现象在世界文学史上是不多见的。晚清之前，传统文人重诗文，小说作为一种文学创作形式，地位不高，

---

* 陆建德：籍贯浙江海宁，生于杭州。中国社会科学院文学研究所研究员，博士生导师。研究方向为英美文学。曾任中国社会科学院外国文学研究所副所长、党委书记，研究生院外文系系主任、研究生院学位委员会副主席和教授委员会执行委员，中国社会科学院文学研究所所长兼文学系主任，《文学评论》主编、《中国文学年鉴》主编、《外国文学动态》主编（2002—2009）、《外国文学评论》主编（2010）。出版专著有《麻雀啁啾》《破碎思想的残编》《思想背后的利益》《潜行乌贼》等。

主要是供人消遣的。到了 20 世纪 20 年代中期，小说受重视的程度已不可同日而语。1899 年初《巴黎茶花女遗事》出版，大受读书人欢迎，有严复诗句为证："可怜一卷《茶花女》，断尽支那游子肠。"1924 年 10 月 9 日，近代文学家、翻译家林纾在京病逝。一个月后，郑振铎在商务印书馆的《小说月报》上发表《林琴南先生》一文，从三方面总结这位福建先贤对中国文坛的贡献。首先，林译小说填平了中西文化之间的深沟，读者近距离观察西方社会，"了然地明白了他们的家庭情形，他们的社会的内部的情形，以及他们的国民性。且明白了'中'与'西'原不是两个截然相异的名词"。总之，"他们"与"我们"同样是人。其次，中国读书人以为中国传统文学至高无上，林译小说风行后，方知欧美不仅有物质文明上的成就，欧美作家也可与太史公比肩。再者，小说的翻译创作深受林纾译作影响，文人心目中小说的地位由此改观，自林纾以后，才有以小说家自命的文人。郑振铎这番话实际上暗含了这样一个结论：中国现代小说的发达，有赖于域外小说的引进。鲁迅也是在接触了外国文学之后，才不再相信小说的功能就是消磨时间。他在作于 1933 年春的《我怎么做起小说来》一文中写道："说到'为什么'做小说罢，我仍抱着十多年前的'启蒙主义'，以为必须是'为人生'，而且要改良这人生。"

　　各国小说的演进史背后是不是存在"为人生"或"救世"的动机？这个问题不容易回答。浙江工商大学出版社的"外国小说发展史系列丛书"充分展示了小说发展的多元性和复杂性。丛书共 9 册，主要分国别成书，如法国、英国、美国、俄国（含苏联）、日本、德国、澳大利亚和伊朗。西班牙在拉丁美洲有漫长的殖民史，被殖民国家独立后依然使用西班牙语，在文学创作上也是互相影响，因此将西班牙语小说统一处理也是非常合理的。各卷执笔者多年浸淫于相关国别、语种文学的研究，卓然成家。丛书的最大特点，就在于此。我以为只有把这 9 册小说史比照阅读，才会收到最大的成效。当然，如何把各国小说发展史的故事讲得更好，还有待于读者的积极参与。我在阅读书稿的时候，也有很多想法，在此略说一二。首先是如何看待文学中的宗教因素。中国学者也容易忽略文学中隐性的宗教呈现。其次，《美国小说发展史》最后部分（第十二章第八节）介绍的是"华裔小说"，反映了中国学者的族裔关怀。国内图书市场和美国文学研究界特别关注华裔作家在美国取得的成就，学术期刊往往也乐意发表相关的论文。其实有的华裔作家完全融入了美国的主流文化，族裔背景对他们而言未必如我们想象中那么重要，美国华裔小说家任碧莲（Gish Jen）来华访问时就对笔者这样说过。

再者,美国自从 20 世纪六七十年代以来,作家队伍中的少数族裔尤其是拉丁美洲人(即所谓的 Latinos)越来越多,他们中间不少人还从未进入过我们的视野。我特意提到这一点,是想借此机会追思《美国小说发展史》作者毛信德教授。

　　再回到克莫德"小说是伦理探究的最佳工具"一说。读者在阅读小说的时候总是参与其间的,如果幸运的话,也能收到痛苦的自我反思的功效。能激发读者思考的书总是好书,希望后辈学者多多关注这套丛书,写出比较小说史的大文章来。

2018 年 6 月 17 日

前　言

伊朗(波斯)是世界文明古国之一,历史悠久,文化源远流长。伊朗文学在东方文学研究中具有重要地位,国内学界以往的研究侧重于伊朗诗歌,对伊朗小说关注相对较少,缺乏一部描述伊朗小说发展的通史。本书《伊朗小说发展史》力图填补这一空白,让大家对伊朗小说发展的状况有所了解。

现代意义上的"小说"这种文体,在伊朗是20世纪才真正发展成熟的,笔者曾一度想把本书的内容限定在20世纪。然而,在写作过程中,感到伊朗20世纪小说的发展,无论在内容还是形式上,皆与伊朗古代故事文学具有千丝万缕的隐秘关联,尤其是伊朗20世纪小说蕴含的文化精神更是与伊朗民族3000年的文化传统血脉相承,上下贯通。倘若只把内容限定在20世纪,那么伊朗小说发展演变的诸多内在因素无法呈现,读者无法真正了解伊朗文学发展的内在逻辑。因此,思考再三,笔者决定从伊朗文学的最初源头开始,重点梳理出伊朗伊斯兰化之前阿契美尼德王朝、安息王朝、萨珊王朝三大王朝的故事文学传统。该传统对伊朗伊斯兰化后的中古文学具有深远的影响,进而如盐化水般消融在伊朗现当代小说创作中。该传统还对伊朗民族精神的形成具有重要的建构作用,使得伊朗民族不仅在民族构成、语言属性、宗教信仰方面与阿拉伯民族迥异,而且在民族精神气质上具有自身的独特性。

伊朗在历史上一直是雄踞西亚的文明古国和强国,19世纪在西方殖民主义入侵下沦为半殖民地半封建的弱国,但始终没有成为某个西方列强的殖民地,这与近代中国的命运很相似。为改变国家民族的命运,20世纪的伊朗知识分子一直在寻求一条救国救民之路,"寻路"意识因此成为伊朗现当代文学的一个重要特征。20世纪的伊朗经历了四次重大政治选择,知识分子阶层都曾积极参与其中:1905—1911年发生的立宪运动是伊朗现代史的开端,知识分子阶层将西方的君主立宪制视为一条拯救之路,但立宪运动最终以失败而告终;1941—1953年,伊朗发生了声势浩大、影响广泛的社会主义运动,绝大多数知识分子都投身于这场运动中,希望用社会主义来拯救伊朗,但几经挫折之后又失败了;1953—1978年,伊朗走的是一条全面西化之路,经济飞速发展,迅速成为世界经济强国,但付出的代价是传统文化失落、社会道德沦丧,这让伊朗知识分子阶层无不痛心疾首,他们认识到伊朗传统的宗教文化对拯救自己国家民族的重要性,逐渐回归伊斯兰传统精神；1979 年，伊朗发生伊斯兰革命，知识分子阶层成为革命领导力量宗教阶层的同盟军，是伊朗伊斯兰革命得以成功的重要保证。有鉴于此，本书尤其着重描述了 20 世纪伊朗小说发展的现代进程，将之与伊朗社会的现代进程相互观照，并由此勾勒出伊朗现当代知识分子为寻求民族拯救之路的精神之旅，以及他们在这一过程中遭遇的挫折、彷徨、迷惘与不屈不挠的探索。

伊朗在伊斯兰革命之后，成为国际政治的焦点。西方媒体对伊朗的大肆妖魔化，使得伊朗的形象被严重扭曲。事实上，伊朗现行政体可以说是一个符合伊朗国情的、独具特色的伊斯兰共和国政体。与其说是政教合一，毋宁说是政教二元（亦非政教分离，而是政教二元组合——根植沉淀在伊朗传统文化中的琐罗亚斯德教二元论思想），自有其内在制衡系统和内在合理性，是宗教传统与现代民主政治的交织，是伊朗历史文化基因在现代社会的遥远回响，得到了伊朗绝大多数人民的认同。因此，无论西方媒体如何唱衰伊朗，其政权依然屹立不倒。尽管伊朗的现代民主政治还存在诸多不如意之处，但从总体上来说，伊朗知识分子阶层在 20 世纪为之努力奋斗的民主政体在较大程度上得以实现。为了增进人们对当下伊朗的了解，本书对伊朗伊斯兰革命之后的小说发展状况亦作了较大程度的呈现。

本书上下三千年，涉及的内容繁多。由于笔者水平有限，书中错误难免，真诚地希望得到各位行家的指教，笔者将不胜感谢。

穆宏燕

2018 年 6 月 26 日

目　　录

第一章　阿契美尼德王朝（前550—前330年）：故事文学的肇始

公元前3500—前3000年，生活在西伯利亚叶尼塞河平原的雅利安人开始迁徙，其中一部分迁入现在的欧洲，构成欧洲主体民族，包括日耳曼民族和其他一些民族。另一部分迁入现在中亚的阿姆河和锡尔河流域，称为印度—伊朗雅利安人共同体。公元前2500—前2000年，印度—伊朗雅利安共同体分道扬镳，其中一部分南迁，进入印度河流域，进而进入印度次大陆，他们被称为印度雅利安人。公元前1500—前1000年左右，滞留在中亚河中地区的雅利安人中的一部分又向西迁入伊朗高原，称为伊朗雅利安人，他们在伊朗高原上创造了非常灿烂的文明和文化。另外还有一部分伊朗雅利安人一直滞留在中亚河中地区，没有迁徙，他们的语言和文化与伊朗雅利安人的血缘关系更近，因此统称他们为东伊朗人。"伊朗"一词的意思即是"雅利安人的后裔"。

伊朗雅利安人是分两条线路进入伊朗高原的。一条是从里海北岸，穿越高加索，进入伊朗高原西部，这一支称为米底人部落：这是较早进入伊朗高原的一支伊朗雅利安人部落。另一条是从中亚向南，越过科佩特山脉，进入伊朗高原。深入伊朗高原中南部腹地的是波斯人部落；帕提亚人部落则没有长途迁徙，没有远离中亚地区，他们居住在伊朗高原的东北部。因此，迁徙至伊朗高原上的三大雅利安人部落是：米底人部落、波斯人部落、帕提亚人部落。他们所居住的地区也以他们的部落名字来命名，即米底地区、波斯（也音译为法尔斯）地区、帕提亚地区。

伊朗雅利安人在伊朗高原很快就创造出了繁荣灿烂的文明。公元前550年，一代豪杰居鲁士大帝（？—前530年）建立了阿契美尼德王朝（公元前550—前330年），以琐罗亚斯德教为国教。该王朝是伊朗历史上最强盛的朝代之一，因居鲁士家族属于居住在伊朗高原中南部的波斯人部落，西方史书又称阿契美尼德王朝为波斯帝国。224—651年，波斯人部落再度崛起，建立起强大的萨珊王朝，被称为萨珊波斯帝国。

由于波斯人部落两度建立强大的帝国，对整个伊朗高原的文化影响深远，因此"波斯"成为"伊朗"的代名词。实际上，"伊朗"与"波斯"这两词的原始含义，从时间来说，"伊朗"一词的出现远远早于"波斯"；从地理范畴来说，"伊朗"远远大于

"波斯","波斯"(法尔斯)只是伊朗高原南部的一个地区;从种族来说,波斯人只是伊朗雅利安人的一个部族。1935 年,巴列维王朝重新启用"伊朗"为正式国名。

伊朗在伊斯兰化前一直信仰琐罗亚斯德教。该教产生于公元前 11 世纪左右,创始人是琐罗亚斯德。琐罗亚斯德教是伊朗在伊斯兰化前的国教,贯穿阿契美尼德(公元前 550—前 330 年)、安息(公元前 247—公元 224 年)和萨珊(224—651 年)三个王朝,尤其以萨珊王朝时期最为兴盛,它对整个伊朗文化,对伊朗民族性格和民族文化心理的铸造起了决定性的作用。这种根深蒂固的作用使后来的伊斯兰教在伊朗完全伊朗化,有如佛教在中国完全中国化了一样。

作为世界文明古国,上古时期的伊朗应当有着丰富的文学与艺术,然而在公元前 331 年亚历山大征服伊朗和 651 年阿拉伯人征服伊朗,伊朗两度遭遇异族入侵的浩劫;阿拉伯人入侵之后,一直到 1502 年萨法维王朝建立前,伊朗一直处在异族统治之下。这种状况致使伊朗在伊斯兰化前的典籍散佚严重。尽管如此,伊朗在伊斯兰化前的丰富文学还是可以从数量不多的现存资料中窥见一斑。

由于至今没有发现伊朗雅利安人最早建立的国家米底王朝(公元前 700—前 550 年)有任何文字资料留传,因此我们只能从古波斯帝国阿契美尼德王朝进入伊朗小说(涵盖早期故事文学)发展的历史进程。

第一节 阿契美尼德王朝早期故事文学雏形

伊朗在伊斯兰化前一直信仰琐罗亚斯德教。该教产生于公元前 11 世纪左右,创始人是琐罗亚斯德。该教主张明暗善恶二元论,即大千世界由以光明天神阿胡拉·马兹达为本原的善界和以黑暗魔王阿赫里曼为本原的恶界组成。明暗善恶二界彼此对立,不断斗争,最终是明战胜暗,善战胜恶。琐罗亚斯德教将"三善"——善思、善言、善行作为人的道德准则,在教义上崇尚光明,膜拜光明的象征——火,中国史书称之为"祆教"或"火祆教"。由于琐罗亚斯德教是人类走出原始巫术崇拜之后第一个由某个具体的人自觉创立的具有明确教义的宗教,而不是一种在民众长期生活中自发形成的宗教信仰,琐罗亚斯德因此被称为人类的第一位先知。尼采有篇非常重要的哲学著作名叫《查拉图斯特拉如是说》,查拉图斯特拉就是琐罗亚斯德的德语音译名。尼采的这篇著作与琐罗亚斯德教思想没有任何关系,尼采只是在自己的著作中借这人类的第一位先知之口,阐述自己的哲学思想。琐罗亚斯德教的经书是《阿维斯塔》。

当古希塔斯布国王登基之时,琐罗亚斯德降临,带来《阿维斯塔》经书,散文书写由此流传开来,人们开始学习书写,掌握了散文艺术……亚历山大摧毁了麦达因,将以斯帖图书馆所收藏的记录在石头和木块上的书面知识全都捣毁,将其间有用的部分翻译成罗马语(似应为希腊语——引者注)和科普特语,将用波斯语(指古波斯语——引者注)记载的东西全都烧毁了。关于阿契美尼德王朝的石刻铭文,可以说,这些铭文的语言简洁流畅,复叠而有韵致。①

这是一段神话与历史混杂的话,古希塔斯布国王是伊朗神话传说中的国王,很难确定是否历史上实有其人。然而这段引文至少透露出这样的信息:从琐罗亚斯德降临到亚历山大征服伊朗(公元前 330 年)之间,伊朗具有丰富的书面知识资料,收藏在当时的首都图书馆中,但在亚历山大入侵时全部被毁,其中有一部分被翻译成了古希腊语和古埃及的科普特语。

同时,这段引文还显示出伊朗在阿契美尼德王朝时期具有两大书写传统:一是阿维斯塔语书写传统,这个传统从琐罗亚斯德创教伊始就产生了;二是阿契美尼德王朝的石刻铭文书写传统。二者采用的书写文字系统不相同,但语言都属于古雅利安语的分支。

一 阿维斯塔语故事文学

《阿维斯塔》(اوستا)是琐罗亚斯德教的经书,其中最古老的部分《伽萨》(گاتا)约产生于公元前 11 世纪,其他的部分在之后的几个世纪里不断得到补充和完善,最后在公元前 6 世纪左右成书。《阿维斯塔》在阿契美尼德王朝大流士一世统治时期整理齐备,用金汁写在 12000 张牛皮上,一式两部。一部放在伊朗阿塞拜疆地区的一座祭火坛(据说是伊朗地区的第一座祭火坛)里,后被亚历山大抢掠到希腊,译成希腊文后,原本被销毁;另一部放在波斯波利斯王宫,连同王宫一起被亚历山大焚毁。

安息王朝时期曾从民间收集整理散佚的断篇残章,但未能完整成书。萨珊王朝建立之后,统治者强化琐罗亚斯德教的国教地位,大力收集整理《阿维斯塔》,终至完整成书,其中有些部分是从希腊文回译的。

《阿维斯塔》是伊朗古老的宗教典籍,其使用的语言被后世称为阿维斯塔语,系古雅利安语的一支,流行于伊朗东部地区(中亚河中地区和花剌子模地区)。在已知的资料中,除了《阿维斯塔》,没有采用这种文字系统所书写的其他作品流传。因此,可以说,阿维斯塔文字是专为书写《阿维斯塔》而采用的一种特殊书写系统,专门用于阿契美尼德王朝时期的宗教祭祀领域,比如在各种琐罗亚斯德教的宗教仪式上,祭司采用阿维斯塔语祈祷和念诵经文。尽管有资料显示,《阿维

---

① Mansūr Fasāyī, Hunar-i- Nasr dar Adabiyāt-i-Fārsī, Intishārāt-i-Samt, 1382, p73. (〔伊朗〕曼苏尔·法萨依:《波斯文学中的散文艺术》,萨穆特出版社,2003 年,第 73 页。)

斯塔》也曾有散文体流传,但该经书主要以具有韵脚的诗歌体传世,被视为伊朗最早的诗歌总集。

尽管从文体来说,《阿维斯塔》是一部诗歌集,但它又是一部非常重要的上古时期伊朗雅利安人神话传说总汇,是伊朗后世故事文学的总源头,是研究上古时期伊朗雅利安人社会生活和宗教文化思想的珍贵文献,在世界上为数不多的上古文献中占有十分重要的地位。

《阿维斯塔》在赞颂光明主神阿胡拉·马兹达及代表他各种美好品质的神祇之外,还有很多内容是赞美伊朗雅利安民族英雄的颂歌,正是这些英雄颂歌具有了最初的故事文学的雏形。这些内容主要集中在《阿维斯塔》第四部分《亚斯特》里。该部分记载了雅利安人在迁徙过程中,氏族英雄们的种种故事,这些故事因时间久远而蒙上了神话的面纱。然而,神话故事中往往蕴藏着一个民族在远古时期的蛛丝马迹的史实。这些故事可谓伊朗民族最早的故事文学,其中很多故事,比如塔赫莫姆列斯国王的故事、费力东国王三分天下给儿子的故事、贾姆希德国王的故事、蛇王扎哈克的传说、神射手阿拉什的故事、萨巫什的故事等等,至今仍为伊朗人民津津乐道,是伊朗后世故事文学中帝王勇士传记的重要来源。

"费力东国王三分天下给儿子的故事"从伊朗人的视角道出了上古时期亚洲西部格局结构的形成:统治世界的伊朗国王费力东年老之时,对三个儿子进行考验,根据考验结果,把世界的中心——最富庶的伊朗分给了小儿子伊拉治,把伊朗西部被称为罗姆(大约为小亚细亚一带)的地方分给大儿子萨勒姆,把茫茫中亚大草原分给二儿子图尔。萨勒姆和图尔觉得分封不公,二人联合起来,谋害了小弟伊拉治。之后,伊拉治的后人收复伊朗,图尔后人也建立了自己的国家图兰,但两国之间,战争频仍,干戈不休。

"神射手阿拉什的故事"更是代代相传,日益丰满,其梗概如下:在传说中的皮希达迪扬王朝国王曼努切赫尔当政时期,伊朗与中亚地区的图兰国发生战争,伊朗屡战屡败,伊朗人民陷入深深的耻辱和悲观绝望中。图兰军队在其国王阿弗拉斯亚布率领下,长驱直入,一直打到伊朗腹地厄尔布尔士山山麓。这时,图兰军队为了整顿休养,主动提出停战,划定两国边界。图兰傲慢地、侮辱性地"大度"表示,愿意后退一箭之地,以箭落之地为界。这时,伊朗军队中站出来一位名叫阿拉什的勇士,他走上厄尔布尔士山的主峰达马万德峰,拉开弓,用全身的力气和整个的生命将箭射了出去。箭一直飞到敌军的老家——中亚的阿姆河边的一棵核桃树上。阿拉什化作一股青烟消散了,敌人退回去了,伊朗人民开始了洗却耻辱之后的扬眉吐气的新生活。

"阿拉什"(آرش)的名字最早在《阿维斯塔》中出现,写作ارخشه,意为"膂力强健者",是琐罗亚斯德教中的司箭之神,是主神阿胡拉·马兹达最优秀的神射手。《阿维斯塔·亚斯特·塔什塔尔》第6节载曰:

　　我们赞美光芒四射的塔什塔尔星,急速地驰向辽阔的海洋,就如同阿拉什——雅利安人最杰出的弓箭手从依里约哈舒斯山射向哈努纳特山——射出的箭在空中飞驰。

《亚斯特》同章第 37 节再次说:

　　我们赞美光芒四射的塔什塔尔星,急速地飞驰彼方,急速地飞向辽阔的海洋,就如同雅利安人最杰出的弓箭手阿拉什从依里约哈舒斯山射向哈努纳特山的箭一般在空中飞驰。[①]

　　《阿维斯塔》只是赞美了阿拉什的射箭之举,那个击退敌军之血肉丰满的故事是后世不断添枝加叶的结果。阿拉什从司箭之神演变为击退敌军的勇士,随后又在故事流传的过程中不断被神化,为民众所崇拜。这体现出神话故事在流传过程中,"高高在上的神祇——人格化为血肉丰满的人——再次神化为高高在上的神祇"的规律。
　　萨巫什被图兰国王阿弗拉斯亚布以不仁义的方式杀害的故事,也是经过代代相传而根植于伊朗民族的精神世界的。其故事梗概是:萨巫什是伊朗国王卡乌斯之子,因年轻貌美,受到父王之妃苏达贝的百般挑逗,但萨巫什不为所动,严词拒绝。苏达贝恼羞成怒,反告萨巫什调戏她。父王卡乌斯决定用伊朗古代跨火堆(或钻火圈)的方式(伊朗雅利安人崇拜火,认为火可以鉴别真伪善恶)来做判决。萨巫什骑马越过火堆(火圈),毫发未伤,证明了自己的清白。尽管如此,父子仍旧失和。萨巫什离开伊朗,暂避邻国图兰。图兰国王阿弗拉斯亚布对伊朗王子萨巫什本十分敬重,一度厚待之,但终因听信谗言,杀害了萨巫什。由此,伊朗与图兰之间,再次结下深仇大恨,旧仇上复添新仇。"萨巫什的鲜血"即"萨巫什之仇"成为伊朗民族国恨家仇的代名词,积淀于伊朗传统文化中。纪念或悼念萨巫什的活动即为"萨巫颂",具有一定的巫术性质,是伊朗传统民俗文化的一部分。
　　萨巫什(سیاوش)在《阿维斯塔》中写作سیاورشن,意为"黑色雄马拥有者",其词根为سیاه("黑色的")。《阿维斯塔·亚斯特·达尔维斯帕》第 17—19 节记载:

　　豪姆神向达尔维斯帕神献礼,以便能将阿弗拉斯亚布缚住交给凯·霍斯陆(萨巫什之子——引者注),以报萨巫什和阿伽里勒斯被害之仇。达尔维斯帕神让豪姆神如愿以偿。

---

　　①　笔者译自电子版波斯语《阿维斯塔》,http://iranneka.blogfa.com/post-87.aspx。

第21—23节接着说道：

> 凯·霍斯陆,伊朗大地上的英雄,国家强有力的拥有者,在辽阔而深邃的"齐卡斯特"大海的岸边,带来一百匹马、一千头牛、一万头羊献给达尔维斯帕神,求神在"齐卡斯特"岸边除掉恶毒的图兰国王阿弗拉斯亚布——因其以不仁义的方式杀害了自己骁勇善战的儿子萨巫什和英勇无畏的阿伽里勒斯。达尔维斯帕神让凯·霍斯陆如愿以偿。①

相同的文字还出现在《阿维斯塔·亚斯特》的其他章节中。在《阿维斯塔》中,只提到了萨巫什被阿弗拉斯亚布以不仁义的方式杀害,"父王之妃调戏""父子失和"等细节是后世流传中不断丰富发展的结果。

二　古波斯语故事文学

公元前550年,波斯部落阿契美尼德家族的居鲁士二世建立阿契美尼德王朝(前550—前330年)。因该王朝乃伊朗雅利安人之波斯部落崛起而建立的,西方史籍称之为波斯帝国。居鲁士二世(前550—前530年在位)开疆拓土,戎马一生,最后马革裹尸而还,归葬于当时的都城帕萨尔伽德,被尊称为居鲁士大帝。

居鲁士二世之子冈比西斯二世(前530—前521年在位)继承王位时,亚洲西部地区的文明古国,除了埃及之外,基本上全被阿契美尼德王朝收入囊中。因此,冈比西斯二世为了完成其父亲居鲁士大帝的未竟事业,于公元前525年率波斯军队征服埃及。冈比西斯成为埃及统治者,建立埃及第二十七王朝(波斯第一王朝)。冈比西斯二世自称"埃及法老"。

阿契美尼德王朝在大流士一世时期(前521—前485年在位)达到极盛,相继征服了色雷斯、黑海北部和爱琴海中的一些岛屿,使波斯帝国领地跨欧、亚、非三洲,成为当时世界上的最大帝国,也是世界上第一个横跨欧、亚、非三洲的大帝国,大流士曾自称为"全部大陆的君主",他在一块铭文中说:"大流士,大王、众王之王、万方之王、胡斯塔斯普的儿子,阿契美尼德。国王大流士说:'我所统治的从索格底亚(中亚河中地区——引者注)那后面的斯奇提亚到库什(即埃提奥庇亚,今埃及南部——引者注),从印度到萨尔迪的这个王国,是诸神中最伟大的阿胡拉·马兹达赐给我的。让阿胡拉·马兹达保护我的家园吧。'"②

正是在大流士一世统治时期,为争夺东地中海的海上贸易控制权,波斯与希

---

① 笔者译自电子版波斯语《阿维斯塔》,http://iranneka.blogfa.com/post-87.aspx。

② [俄]阿甫基耶夫:《古代东方史》,王以铸译,上海书店出版社,2007年,第491页。

腊之间开始了近半个世纪的希波战争。希波战争是世界历史上第一次大规模的国际战争，对世界文明进程和文化中心的转移产生了深远影响。希腊在希波战争中取胜，使得西方世界文化的中心由两河流域向地中海地区推移，迎来了希腊文明大发展的黄金时代，成为日后西方文明的基础。

波斯在希波战争中的失败导致不可一世的阿契美尼德王朝由盛转衰。公元前 334 年，马其顿的亚历山大大帝率领大军远征波斯。这时的波斯帝国内部已经危机重重，国力衰弱，濒临崩溃。波斯末代君主大流士三世在高加米拉战役中失败后，先是逃跑到米底，然后在亚历山大追击下，逃跑到了帕提亚行省。公元前 330 年，大流士三世被自己的部下帕提亚总督杀死在中亚阿姆河畔，古波斯帝国就此结束。

阿契美尼德王朝把在伊朗高原上流传已久的琐罗亚斯德教正式立为国教，并在帝国范围内大力推行该教信仰，在宗教领域采用经书《阿维斯塔》的语言系统，但在世俗统治领域则采用美索不达米亚文明的楔形文字来书写古波斯语，被称为铭文。现在，在伊朗境内考古发现了很多这样的铭文，有的刻在山崖上，有的刻在泥板上，还有的刻在金属板上。铭文是阿契美尼德王室的世俗统治语言，所记载的内容大都是阿契美尼德王朝的统治与政权，以及帝王们的丰功伟绩。

伊朗现存铭文书写资料主要分布在伊朗高原西部和南部地区，采用的是另一支古雅利安语，该语言主要流行于南部波斯人部落居住的地区，因此被称为古波斯语。该语言采用的书写文字是两河流域的楔形文字。现存铭文资料主要有：一、比斯通山上的"大流士铭文"；二、法尔斯地区的"纳格谢·鲁斯坦姆"石刻铭文；三、波斯波利斯王宫残垣断壁上的石刻铭文和金属板铭文，以及从该宫殿地下室发掘出土的大量泥板铭文；四、波斯帝国古都苏萨的大量石刻铭文；五、位于哈马丹郊区阿尔万德山上的石刻铭文《宝藏记》。

倘若说，阿维斯塔语是伊朗阿契美尼德王朝时期的宗教祭祀语言，那么，古波斯语则为阿契美尼德王室的世俗统治语言。发现铭文最多的地方是波斯波利斯王宫。该王宫兴建于公元前 520 年至公元前 515 年期间，在大流士一世统治时期建成，大流士的儿子薛西斯在统治时期（前 485—前 465 年在位）增建了自己的寝宫。整座宫殿地基乃凿山麓而成，也就是说，高约 12 米的石头地基即是山体的一部分，整个宫殿地基面积约为 135000 平方米（长 450 米，宽 300 米），地基之下挖有 2000 多米长的排水系统。整座宫殿被 43 道平均高约 18 米的石墙分割为不同区域，这些石墙不是用灰浆砌成，而是用铁钉和铅钉锁成的。整座宫殿除了一些附属设施之外，主要部分有中央大厅、百柱大厅、大流士一世寝宫、薛西斯寝宫、后宫、国库、营房等，各个部分连成一个封闭的整体，曾是世界上规模最大、最雄伟壮丽的整体封闭式石头建筑宫殿。每个区域的门廊及两侧墙面都有令人叹为观止的精湛浮雕,堪称世界浮雕艺术的博物馆。可惜,整座王宫在公元前331年被亚历山大付之一炬。

现今,在王宫的残垣断壁上还留存有大量的铭文,大都是石刻铭文,但大流士一世寝宫阿帕达纳宫墙基石壁上镶嵌的8块铭文砖为4块金砖和4块银砖,每块砖长45厘米,宽45厘米,厚15厘米,乃稀世珍宝。铭文用古波斯语、巴比伦语和埃兰语三种楔形文字语言雕刻,是十分珍贵的上古语言资料宝库。其内容大部分为祈祷文,比如其中一块铭文内容为:"伟大的大流士王,王中之王,众国家之王,维希塔斯布之子,阿契美尼德之种。大流士王说:这就是我拥有的国家,从索格迪那边塞种人的地盘到阿比西尼亚(今埃塞俄比亚),从印度斯坦到卢迪耶(今卢勒斯坦)。它是阿胡拉·马兹达,最伟大的神,赐予我的。愿阿胡拉·马兹达护佑我、我的国王和家族。"这样的祈祷文尽管不具备故事内容,但因是国王御制,因此语言格外严谨高雅。另外,还从该宫殿地下室发掘出土大量泥板铭文,其内容尚未整理刊布于世。

在哈马丹郊区阿尔万德山的岩石上有两块石刻铭文,名《宝藏记》(گنج نامه),也是用古波斯语、巴比伦语和埃兰语三种楔形文字语言雕刻而成的,是大流士一世和其儿子薛西斯时期的作品,其内容也主要是颂神祈福。

另外,在帝国古都苏萨也有不少这样的石刻铭文,其中编号为第5号的石刻铭文是大流士一世时期的作品,内容比较丰富,具有重要的学术研究价值。铭文共计6小节,开头2节为颂神祈福,与其他石刻铭文大致相同。第3节内容:"大流士王说:请求阿胡拉·马兹达让这大地成为波斯的一部分,让我拥有,让我统治,向我缴纳贡赋,听候我的吩咐,我的法律将保护他们……(其后省略了20余个属国的名字——引者注)"第4节内容:"大流士王说:很多恶行者被我改变为善行者,他们袭击别人的领土,彼此厮杀。我请求阿胡拉·马兹达让我使他们不要彼此毁灭,让每一个都有自己生存的地盘,让他们畏惧我的法律:强者不能欺凌、消灭弱者。"第5节内容:"大流士王说:请求阿胡拉·马兹达让我将混乱无序治理为井然有序;让我将因岁月流逝而坍塌未整修的城墙堡垒重新建筑,让它们在未来屹立不倒。"第6节内容:"大流士王说:请求阿胡拉·马兹达和众神祇,护佑我、我的铭文、我的家族、我的国家。"这篇铭文尽管依然以祈祷为主,但内容涉及大流士一世求和平、统一领土、劝恶为善、治理混乱、繁荣城市、扶助弱小、捍卫国家等方面的所作所为,具有一定的现实生活色彩。

在现存的、已刊布内容的铭文中,"大流士铭文"最为著名,也最具耀眼的文学光彩。大流士一世于公元前521至前486年在位,阿契美尼德王朝在他统治时期达至鼎盛,成为疆域横跨欧、亚、非的大帝国,也是世界上第一个大帝国,大流士一世自称"全部大陆的君主"。"大流士铭文"(کتیبهای داریوش)凿刻于西南部克尔曼沙附近的比斯通山的岩壁上,因此又称为"比斯通铭文"(کتیبهای بیستون)。

该铭文凿刻于大流士一世统治初期，由5个竖列柱的文字内容构成，铭刻长20米，高8米，是世界上面积最大的石刻铭文，其字迹十分清晰，至今熠熠生辉。铭文开始部分是大流士的自我介绍和对其祖先的追述，这份家谱与《希罗多德历史》的记述多有不同。之后，大流士一世崇敬地赞美雅利安人的神祇阿胡拉·马兹达神的慷慨，数次重复赞美词。颂神之后，大流士一世述及自己的领土属国，提到了周边23个属国的名字（到大流士统治末期，属国的实际数目是30个）。之后，铭文讲到历法的制订。接着，大量的篇幅涉及大流士一世镇压叛乱分子，尤其是有关镇压高墨达祭司叛乱的内容，十分生动，具有较强的故事性与文学性。

铭文第10节内容："大流士王说：我在登基为王之后，做了以下事情：居鲁士之子冈比西斯，出自我们的家族，在这里为王。这个冈比西斯有一个兄弟名叫巴尔迪亚，与冈比西斯同父同母。彼时，冈比西斯杀死了巴尔迪亚。当冈比西斯杀死巴尔迪亚之时，人们并不知晓巴尔迪亚已经被杀。之后，冈比西斯出征埃及。冈比西斯前往埃及之后，一些人违背誓言，在国家内，在法尔斯，在米底，在其他一些地区，谎言流行起来。"

第11节内容："大流士王说：那时，一个名叫高墨达的祭司在帕伊西亚·乌瓦达地区和一座名叫阿尔卡达利希的山上发动叛乱。他发动叛乱之时，是维亚赫纳月（阿契美尼德王朝历法第6个月，是秋天的开始）的第14日。他对叛军谎称：我是居鲁士的儿子巴尔迪亚，冈比西斯的兄弟。然后，所有的军队就倒戈了，反叛冈比西斯并归顺于他，包括米底、法尔斯和其他一些地区的军队。他为自己篡得王位。他篡得王位之时，是加尔马帕达月（阿契美尼德王朝历法第10个月）第9日。在此之后，死亡降临冈比西斯。"

第12节内容："大流士王说：祭司高墨达从冈比西斯手中篡得这王国——很久以来就属于我们家族。高墨达祭司控制了法尔斯、米底和其他一些地区，将它们从冈比西斯手中窃为己有。他成了国王。"

第13节内容："大流士王说：没有人，不论是法尔斯人还是米底人，抑或是我们家族中的任何人，能够从高墨达祭司手中夺回王国。人们都很畏惧他，因为他把之前认识巴尔迪亚的人全都杀死了。他为此而大肆屠戮百姓：没有人知道他不是居鲁士的儿子巴尔迪亚，没有人胆敢对祭司高墨达议论片言只语。直到我挺身而出。那时，我请求阿胡拉·马兹达的佑助。阿胡拉·马兹达佑助了我。那是巴基亚达依斯月（阿契美尼德王朝历法第1个月）第10日，我与几个男人一起，将高墨达祭司和他所有的助手全都杀死。我在米底的尼萨地区的斯卡亚乌瓦提斯城堡杀死了他，将王国从他手中夺了回来。遵照阿胡拉·马兹达的意愿，我成了国王。阿胡拉·马兹达把王国赐予了我。"

第14节内容："大流士王说：我将别人从我们家族那儿夺取的王国再次重

建,我让它像从前那样巍然屹立。我使被高墨达祭司摧毁的信仰重新树立。我将高墨达祭司从百姓手中夺去的草场、牧群、劳动者、家园重新归还他们。我使百姓重新安居乐业,在法尔斯、米底和其他一些地方。我使被抢掠走的东西,按照它们以前的模样重新归还。我乃遵照阿胡拉·马兹达的意愿而行事。我努力让自己的家园屹立不倒,就像它之前那样。我遵照阿胡拉·马兹达的意志,尽我所能地不让高墨达祭司摧毁我们的家园。"①

居鲁士大帝之子冈比西斯二世在公元前525年率军远征埃及之前,为防后院起火,悄悄杀掉了自己的弟弟巴尔迪亚。当冈比西斯征服埃及、在埃及当法老之时,知晓巴尔迪亚被杀内情的祭司高墨达则在波斯本土冒充巴尔迪亚登基为王。后来高墨达的真面目被发觉,却无人敢站出来制服这个篡位者。乱世出英雄,这时大流士出现了。之后,铭文还一一记述了大流士相继平息其他多个周边属国发生的叛乱,内容十分详细。从中我们可以了解到,大流士平息高墨达祭司叛乱、登基为王初始,周边众多属国不愿臣服,骚乱四起,大流士南征北战,才使王国稳定下来。骚乱四起的缘由,大约是大流士并非冈比西斯之子,而是居鲁士大帝的旁系亲属后代,因而在血统上不够正宗。

整篇铭文读下来,情节十分曲折生动,既是十分珍贵的历史文献资料,让后世了解到波斯帝国阿契美尼德王朝内部曾经发生的动乱,更为重要的是该铭文可以说是伊朗上古时期第一篇具有较完整故事情节的文字资料,凸显了大流士自己的光辉形象:他在国家危难之际,在没有人能够制服篡位的祭司高墨达的情况下,他自己挺身而出,从而体现了他登基为王的合法性和正统性。该篇铭文可谓是伊朗上古时期故事文学的杰出代表。

"大流士铭文"四周岩石壁上还分布着一些小面积的石刻铭文,内容大都为颂神祈福,诸如:"伟大的神啊,阿胡拉·马兹达,创造了大地,创造了天空,创造了人类,让大流士做了国王,芸芸众生的国王,芸芸众生的统治者。阿胡拉·马兹达将这波斯国土馈赠给我,美啊,拥有良马和良民。据阿胡拉·马兹达的意旨,我无所畏惧。大流士国王说:阿胡拉·马兹达佑助我,让这个国家远离敌人、干旱和谎言,不让干旱和谎言降临这个国家。""谎言"这个词,以及对"谎言"的戒绝在铭文中多次出现,体现出琐罗亚斯德教把"撒谎"视为大恶。所有铭文在提到敌人和叛乱分子时,没有使用任何不雅的咒骂,体现出帝王的尊严与高贵。最后,大流士祈祷该铭文不会遭遇毁坏,祈祷王室香火旺盛。

对比伊朗阿契美尼德王朝时期的两大书写系统,即阿维斯塔语和古波斯语楔形文字书写系统,我们发现,以阿维斯塔语书写的经书《阿维斯塔》的内容

---

① 本小节铭文资料均为笔者译自波斯语原文:http://ghiasabadi.com/katibehdaryush. html。

生生不息,成为伊朗后世文学的源头,而以古波斯语楔形文字书写的铭文内容则由于楔形文字后来被废弃等种种原因,没有在后世流传。后世菲尔多西(940—1020年)的民族史诗《列王纪》对伊朗上古时期的撰写全盘采用《阿维斯塔》系统,这导致《列王纪》中所描述的伊朗上古史具有浓厚的神话色彩,与历史上的古波斯帝国阿契美尼德王朝没有太多的关联。曾经雄踞西亚的大帝国、驰骋欧亚非的雄主们未能进入后世文学的书写系统,这不能不说是伊朗文学的一大遗憾。

第二节　阿契美尼德王朝晚期故事集《一千个故事》

阿契美尼德王朝从中期开始,逐渐采用从腓尼基字母文字发展而来的阿拉米字母文字来进行书写,不便捷的楔形文字书写系统慢慢退出历史的舞台。到公元前330年亚历山大征服伊朗之时,绝大多数波斯帝国官方文件都已经运用阿拉米字母文字进行书写。

现有资料显示,在波斯帝国阿契美尼德王朝后期至亚历山大东征之前,伊朗已经有比较成熟的故事文学存在。这种故事文学的产生与印度文学的影响密不可分。印度文学模式,即故事连环套,或称框架故事结构,大故事套中故事,中故事里再套小故事,层层叠叠的故事不断延伸和发展,形成庞大的一个故事集合体。印度两大史诗和一些著名故事集皆是这种结构。现有资料显示,大约是在阿契美尼德王朝晚期,印度文学模式传入伊朗,催生了伊朗最早的故事集《一千个故事》。

《一千个故事》这部书原本很可能是从印度传入波斯的,这是学界的共识,伊朗学者对此也不讳言。一是因为书中有些故事带有明显的印度色彩,二是因为其故事套故事的框架结构显而易见源自印度。《一千零一夜》的波斯语维基百科词条说该故事集的源头是印度的《一千个故事》:"这部书(指《一千个故事》——引者注)可能在阿契美尼德王朝时期就在印度产生了,在亚历山大入侵之前传入伊朗,被翻译成了古波斯语。"这里直言《一千个故事》可能是从印度传入伊朗的,时间是在亚历山大入侵伊朗之前。当然,传入伊朗的《一千个故事》也被伊朗本土化了,加入了伊朗本土的一些故事,这也是学界共识。

伊朗故事集《一千个故事》很可能至迟在公元前4世纪后半叶亚历山大征服伊朗时期就已经成书。阿拉伯中世纪历史学家伊本·纳迪姆(890—989年)在其《索引书》中谈道:

> 波斯人是最初期故事的编撰者,他们将那些故事编撰成书并保存
> 于国库,这些书大都用动物寓言的形式讲述。在安息王朝,伊朗第二个

王朝,这些故事书得到扩充,并添加进新东西……在这方面编撰的第一本书就是"赫扎尔·阿夫桑内",意为"一千个故事"。

接着谈到,伊朗的《一千个故事》被翻译成阿拉伯语,并简述了《一千个故事》的主线故事,然后接着说:"事实是,最早熬夜听故事的是亚历山大。他有一伙人逗他笑,给他讲故事。他这样做倒不是为了取乐,而是引以为鉴,保持警醒。此后的国王也都采用这种方式。《一千个故事》包含一千夜,但只有不到两百个故事。"[①]这里显然是说亚历山大所听的故事即来自《一千个故事》。古希腊历史学家阿里安(96—180年)的著作《亚历山大远征记》中虽然没有明确讲到亚历山大夜晚爱听故事,但多处提及亚历山大与部下常整夜饮酒纵乐,尤其讲到亚历山大身边常有一个擅长占卜的叙利亚女人跟随,"她日夜都可随时觐见亚历山大,甚至在他入睡后,她还常常在旁看守"[②]。一般来说,这样的女人都擅长讲故事。

由于《一千个故事》原本已经失传,我们只能从伊本·纳迪姆的《索引书》的记载来窥探该故事集的主线故事:

> 这部书的缘起是:一个国王每娶一位女子,与她同床一夜之后,就将其杀死。后来娶了一位名叫山鲁佐德的王族之女,她足智多谋又机灵。她就给国王讲故事,一直讲到夜尽时分,以使国王让她活到次晚,好继续听她讲下面的故事。就这样,一直讲了一千夜。这期间,国王与她同床共枕,她给国王生了一个儿子。她将孩子展示给国王,使国王从魔咒中清醒过来。国王也喜爱她的聪慧,同她生活在一起。另一位女主角名叫迪纳尔扎德,总是与国王在一起,她在讲故事上与山鲁佐德配合。[③]

因此,《一千个故事》的主线故事,即"山鲁亚尔与山鲁佐德的故事",男女主人公的名字是地道的伊朗人名字。该主线故事可以概括为一句话:(妃子)给国王讲故事以拯救他人。一般认为,这一主线故事是一个地道的波斯故事,可以在伊朗神话传说和历史传说中找到若干原型或影子。

《一千个故事》的这一主线故事后来也是著名的阿拉伯大型民间故事集《一

---

① Ibin Nadīm, al-fihrist, Intishārāt-i-Asāir, 1381, pp. 539—540.(伊本·纳迪姆:《索引书》,伊朗阿萨提尔出版社,2002年,第539—540页。)

② 阿里安:《亚历山大远征记》,李活译,商务印书馆,1997年,第137页。

③ Ibin Nadīm, al-fihrist, Intishārāt-i-Asāir, 1381, p540.(伊本·纳迪姆:《索引书》,伊朗阿萨提尔出版社,2002年,第540页。)

千零一夜》的主线故事。伊朗学者阿里·艾斯加尔·赫克马特在 1936 年波斯文版《一千零一夜》序言中，采用西方学界的观点，认为这一共同的主线故事可能来自《旧约·以斯帖记》，这一观点现已普遍为伊朗学界采用。上古时期，犹太民族在与其周边民族的角逐中屡遭惨败。而古波斯帝国居鲁士大帝、冈比西斯二世、大流士一世、薛西斯一世前后四代君主皆善待犹太人，居鲁士大帝释放"巴比伦之囚"之犹太人更是一桩伟大的义举。对个中原因的猜测便在伊朗人和犹太人中间产生了各种各样的传说，有的说居鲁士的母亲是犹太人，有的说居鲁士的妻子是犹太人，有的说波斯国王皆喜娶犹太女子为妻。这些传说在《旧约·以斯帖记》中似乎又得到一定程度的印证。据《旧约·以斯帖记》记载，波斯王亚哈随鲁（即阿尔塔·薛西斯一世，公元前 465—前 424 年在位）的王后对他不恭敬，亚哈随鲁将她打入冷宫，另选犹太大臣末底改之养女以斯帖为后。另一个名叫哈曼的大臣与犹太人为敌，欲灭波斯境内所有的犹太人。以斯帖为拯救自己的族人，不顾冒犯国王的危险后果，在未受召见的情况下果敢觐见国王，揭露了哈曼的阴谋。结果，哈曼被国王送上了绞刑架，犹太人额手称庆。直到现在，犹太教徒每年都纪念这个哈曼上断头台、犹太人获救的日子。以斯帖和末底改的陵墓在现今伊朗哈马丹市，直到现在仍受到世界各地犹太人的瞻仰。

　　该历史传说故事中的诸多元素，比如，王后对国王不敬而被废黜，侍臣为王遍寻"美貌的处女"（《旧约·以斯帖记》2:2），末底改后来升任亚哈随鲁王的宰相，那么以斯帖就是宰相之女，以斯帖为拯救犹太族人，毅然决定"我违例进去见王，我若死就死吧！"（《旧约·以斯帖记》4:16），冒死擅闯王宫，觐见国王，等等，的确与《一千个故事》（后来发展扩充为《一千零一夜》）中的主线故事有几分相似。并且，在亚哈随鲁国王的后宫中，以斯帖因是犹太人，被讥称为 Chehrāzād，意为：高贵的"自由民"（反其意而用之）。因波斯语短元音 e 有时会被读作 a，因此 Chehrāzād 有可能因读作 Chahrāzād 而进一步讹音为 Shahrzād（山鲁佐德），而"山鲁亚尔（Shahryār）"在波斯语中本义即为"国王、君主"，可以指任何一位国王。因此，亚哈随鲁王与以斯帖被视为"山鲁亚尔与山鲁佐德"的原型，尽管《旧约·以斯帖记》中亚哈随鲁王没有滥杀无辜，也没有以斯帖给国王每夜讲故事的记载。

　　《旧约·以斯帖记》的成书时间一般认为在公元前 5 世纪末或公元前 4 世纪初，因为波斯亚哈随鲁（即阿尔塔·薛西斯一世）国王的在位时间是公元前465—前 424 年。结合前述伊本·纳迪姆《索引书》的记载，在征服伊朗时期（公元前 4 世纪后半叶），亚历山大常常熬夜听故事，引以为戒，说明当时就已有《一千个故事》这部故事集。因此，将《一千个故事》和《一千零一夜》中的主线故事与《旧约·以斯帖记》联系在一起，尚不算牵强。

　　尽管现在我们已经无法得知故事集《一千个故事》的原貌，但无论如何，在阿契美尼德王朝后期,伊朗已经出现比较成熟的故事文学,这一点当是无疑的。民间故事集总是在传播中不断地演变,不断地被添枝加叶。我们不能把阿契美尼德王朝时期的《一千个故事》与后来萨珊王朝时期的故事集《一千个故事》完全等同,更不能把伊朗的《一千个故事》与后来的阿拉伯民间故事集《一千零一夜》完全等同。

第二章　安息王朝(前 247—224 年)：故事文学的转折

第一节　安息巴列维语故事文学状况

在迁徙进入伊朗高原的雅利安人三大部落中,帕提亚人文明程度相对较低,在相当长的时间内保持了游牧民族的传统,而不像米底部落和波斯部落很早就进入了农耕定居文明。然而,也正是帕提亚人游牧部落的强悍,使得帕提亚骑兵,即波斯帝国阿契美尼德王朝时期最具有战斗力的骑兵部队,为阿契美尼德王朝的伊朗保家卫国,立下了汗马功劳,由此也形成了帕提亚人剽悍不屈的民族性格。

希腊人在伊朗高原上维持了 80 余年的统治。公元前 247 年,东北部行省帕提亚首领阿息克宣布自己的行省独立,脱离希腊人的统治,建立新的国家政权。由此,伊朗人民与希腊统治者展开了百年光复战争。梅赫尔达德一世(公元前 181—前 138 年在位)与希腊统治者长期鏖战,于公元前 155 年收复米底地区,公元前 140 年攻克希腊统治者塞琉古二世的帝国的首都即位于底格里斯河西岸的塞琉西亚,收复了整个伊朗高原和两河流域,完成了伊朗人的光复大业。伊朗人按照帕提亚行省首领阿息克的名字,将这个王朝称为"阿息康尼扬",中国史籍遵从伊朗人的称呼将之称为"安息",但西方史籍则按行省名字和部落名称称该王朝为"帕提亚王朝"。

公元前 53 年,罗马帝国"三巨头"之一的克拉苏为与另外两个巨头恺撒和庞培争夺个人荣誉,意气用事,率军出征东方,与安息军队作战。两军在幼发拉底河以东约 50 公里的卡莱鏖战,结果克拉苏军队惨败,2 万余名罗马将士阵亡(其中包括克拉苏的儿子),另有 1 万余人被俘。克拉苏本人为免受俘虏之辱自杀身亡,其首级被呈献给安息国王奥罗德斯二世(公元前 57—前 38 年在位)。卡莱战役是罗马帝国最耻辱的战斗之一。

安息王朝以卡莱战役为分水岭,分为前后两个时期。前半期的安息王朝是一个希腊化的时代,文化、艺术、建筑、宗教信仰及皇室标记等都充满了希腊文化元素,安息王室十分喜爱古希腊戏剧。当克拉苏的首级被送到安息国王奥罗德斯二世面前的时候,王室成员正在欣赏古希腊悲剧。安息王朝前期在铸造发行的钱币上,都印有"亲希腊"一词。卡莱战役的胜利给了安息人巨大的民族自信心,表现在从前200年的亲希腊文化转变为后200多年的努力清除希腊文化在伊朗境内的影响,逐步恢复并大力弘扬伊朗人自己的文化传统。安息王朝后200余年,致力于回归伊朗文化,不再采用"亲希腊"一词。

安息王朝从公元前247年建立至公元224年灭亡,统治时间长达471年,是伊朗历史上统治时间最长的一个王朝。但是,对于这样一个强大的王朝,相关资料信息并不是很多。伊朗人自身不重视,因此对其历史的梳理和保存比较淡漠。伊朗人不重视安息王朝的主要原因之一,就在于安息王朝是一个希腊化的朝代,尽管其后半期致力于清除希腊文化的影响。从中我们也可以窥见,在伊朗雅利安人三大部落中,伊朗人更多地以波斯文化为正宗,而非帕提亚文化。我们现今对安息王朝的了解主要来自西方史籍、中国史籍和近现代的考古发现。

从安息王朝起,巴列维语成为伊朗民族的语言,也被称为中古波斯语。"巴列维"一词由"帕提亚"演化而来。然而,安息王朝时期的巴列维语与之后萨珊王朝的巴列维语不尽相同,因此又称前者为"北巴列维语",称后者为"南巴列维语"。

显而易见,统治时间长达近500年的安息王朝应当拥有繁荣的文学和艺术,后世学者根据"帕提亚行吟诗人"这一熟语推断,安息王朝时期帕提亚行吟诗人是活跃人物。行吟诗歌的流行正是受希腊文学模式影响的反映。遗憾的是,由于战乱和人为忽视,这一伟大强盛的文明留传下来的东西微乎其微,传至后世的只有"帕提亚行吟诗人"这一空空的名称,并没有他们的任何作品传世。

通过考古发掘,现有一些用安息巴列维语书写于牛皮或陶片上的文物。其中有2份地契,写在鹿皮上,出自伊朗库尔德斯坦的乌拉满地区,属于公元前120年的文物。这些考古发现中,真正称得上故事文学的是用安息巴列维语书写的一篇文献,名叫《亚述之树》(آسوریک درخت)。这可能也是至今发现的唯一一篇安息巴列维语文学作品,其原文是诗歌体,每句12音节。后来在萨珊王朝时期,《亚述之树》被译成萨珊巴列维语,失去了原有的诗歌节律,成为散文故事。

《亚述之树》原文是一篇叙事诗歌作品,具有较强的故事性,描写了一棵棕榈树与山羊彼此争强好胜的故事,十分生动有趣。《亚述之树》片段:一棵树长出来,覆盖整个亚述国,其树干干燥,树冠湿润,叶片像芦苇,果实像葡萄,为人们结出甜美果实。那棵高高的树,与山羊争执:我在很多方面都胜过你。普天之下,没有一棵树能与我匹敌。当我结出果实,即使是国王也从我这里吃食。我可以做成船板,我可以做成帆的横梁。人们还用我做成扫帚,用来打大麦和稻谷;人们用我给火焰添柴,用我给农夫做粮仓,用我给赤脚者做鞋穿。人们用我做成绳索,把你的腿脚捆绑;人们用我做成木棍,敲打你的脊背;人们用我做成木钉,把你的头挂起来；人们还用我做成添火的柴火，把你烤炙。夏天，我是树荫，遮盖在君主们的头顶。我是家禽的窝棚，我是路人们的阴凉……当他说完这些，山羊对棕榈树回答说：你在跟我叫阵，你在与我作对，因为谁都知道我的业绩。我耻于与你的满嘴胡言乱语纠缠。你又高又长似魔鬼，你头顶那一撮毛，长得如同魔鬼的辫子。我要忍耐到何时，与你毫无意义地争长短。我若回应你，即是一桩大耻辱。你听着，喂，高大的魔鬼，显赫的马兹达宗教，慈悲的阿胡拉·马兹达教导说，除了我山羊，没有谁值得赞颂。人们挤我的奶，用来祭拜诸神；人们用我做腰带，将珍珠串在上面；人们用我的皮做成水袋，带到荒野和沙漠，在炎炎正午，从我的水袋里喝清凉的水；人们用我写信，做成书籍卷轴，在我身上写出长篇大论；人们用我做成弦，绑在弓上；人们用我做成大皮包，给商人们使用；马兹达信徒用我的皮做净礼；人们弹奏箜篌、琵琶、冬不拉，借助于我放声歌唱。因此，我再次比你更胜一筹。喂，棕榈树啊，这就是我的用处和好处，这就是我的馈赠和祝福。走遍这片辽阔的土地，我山羊对你说的这番话，都是金光闪闪的言语，就如同是在家猪或野猪面前，抖落珍珠；或如同你弹奏箜篌，在沉醉的骆驼面前。山羊占了上风，棕榈树偃旗息鼓……①

第二节　《维斯和朗明》

《维斯与朗明》(ویس و رامین) 是一篇长篇爱情叙事诗，原本为巴列维语作品，但究竟是安息巴列维语还是萨珊巴列维语，学界尚无定论，但比较偏向于是安息王朝时期的作品，因此我们放在这里来讨论。《维斯与朗明》原本已经不存，但该叙事诗所描写的故事，以及该叙事诗的一些情况则长期在伊朗流传不衰。

后来，伊朗中古时期著名诗人法赫尔丁·古尔冈尼（卒于 1073 年以后）把民间长期流传的维斯与朗明的爱情故事用达里波斯语重新创作为同名长篇叙事诗，成为诗歌名作。从古尔冈尼的再创作中，我们可以大致了解这个爱情故事的梗概：木鹿国王穆巴德宴请国中贵族，高朋满座间，他被绝色美女莎赫鲁倾倒，当即求婚。然而，莎赫鲁告诉国王她已经成家有子。穆巴德一片痴心，表示愿意娶莎赫鲁的女儿为妻；莎赫鲁说自己只有一子，尚无女儿；穆巴德国王坚持日后若生女儿，一定嫁与他为妻。二人一言为定。之后，莎赫鲁果生一女，娶名维斯，但莎赫鲁似乎忘记了与穆巴德国王的约定，让女儿与其兄长结婚，即兄妹婚，这是琐罗亚斯德教为维护贵族血缘纯洁而提倡的一种血亲通婚。穆巴德发兵征讨莎赫鲁家族，几经曲折，维斯被穆巴德国王带回木鹿，但维斯坚决不愿嫁给穆巴德

---

① 此段引文为笔者译自波斯语原文：http://www.tebyan.net/newindex.aspx? pid＝85875.

国王。这时,国王的弟弟朗明也爱上了维斯,维斯对朗明倾心,二人秘密来往。穆巴德国王知情后,很愤怒,也很无奈,要二人断绝关系不再来往,维斯坚决不从。维斯被打发回娘家,朗明以打猎为借口,追踪而去。穆巴德再次发兵征讨莎赫鲁家族,维斯和朗明在保姆帮助下逃走,但不知怎么又落入穆巴德手中,穆巴德囚禁维斯。这时,罗姆人入侵,穆巴德派朗明出征,朗明却在出征途中偷跑回去与被囚禁的维斯幽会。最后,朗明带兵推翻兄长,自己登基为王。年老之时,朗明让位于儿子,自己隐居祭火坛,然后死去。

《亚述之树》和《维斯与朗明》尽管都是诗歌作品,似乎不应当被纳入本书讨论的范围,然而从中我们可以窥见伊朗文学发展的轨迹。之前阿契美尼德王朝后期已经出现散文体的民间故事集《一千个故事》,而安息王朝时期对动物寓言故事、爱情故事皆采用叙事诗的形式来表现,这与安息王朝深受崇尚《荷马史诗》、崇尚诗歌和悲剧的希腊文化的影响不无关系。这可以说是伊朗伊斯兰化之后中古时期文学崇尚长篇叙事诗的缘起。因此,在这里,我们把《亚述之树》和《维斯与朗明》这两部叙事诗歌作品,作为伊朗小说(包含早期散文故事文学)发展中的一个转折节点来探讨。在此之后,叙事诗作品(尽管其非常辉煌灿烂)不再进入本书的讨论范围。

尽管长篇爱情叙事诗很可能是在希腊文学影响下的产物,但是《维斯与朗明》这部长诗同时也表现出印度故事文学的许多特征。"这部诗的情节是曲折的,但是,同时令人感到枝叶繁芜,文字冗长,每一情节与其他情节联系不紧密,有时人物的行为缺乏必要的合理动机。"[①]这样的特征也是印度两大史诗的特征,这正是印度故事套故事框架结构之文学模式所致。这再次印证了印度故事文学模式早在阿契美尼德王朝时期就对伊朗文学就产生了持续性的影响。

---

① 张鸿年:《波斯文学史》,北京大学出版社,1993年,第116—117页。

第三章 萨珊王朝(224—651 年)：故事文学的成熟

第一节 萨珊巴列维语散文故事文学概况

公元 224 年,阿尔达希尔·帕佩康(224—240 年在位)在波斯地区伊斯塔赫尔自立为王,宣布脱离安息王朝的统治。阿尔达希尔·帕佩康自认其始祖是阿契美尼德王朝末代君主亚兹德·格尔德三世长子萨珊,因此把自己建立的新王朝命名为萨珊王朝。由于萨珊王朝也是崛起于波斯地区,且统治疆域辽阔,在国家体制上也是中央集权的帝国制,因此,也被称为萨珊波斯帝国。为了区别,一般把公元前的阿契美尼德王朝称为古波斯帝国。

如同安息王朝一样,萨珊王朝主要是在西部与罗马帝国、东罗马帝国抗衡。260 年,沙普尔一世(240—272 年在位)在埃德萨战役中大败罗马军团,并且俘虏了罗马皇帝瓦勒良(253—260 年在位)。萨珊王朝为了阻断东罗马帝国的海上交通,于 575 年出兵占领阿拉伯半岛南端的整个也门地区,扼守亚丁湾,控制红海入口。该举动却意外地打破了阿拉伯半岛政治格局和社会结构的平衡,这对阿拉伯社会各部落重新洗牌起到了助推作用。7 世纪初叶,先知穆罕默德以伊斯兰教统一了一盘散沙的阿拉伯半岛。四大哈里发时期,阿拉伯军队开始了向外扩张的征程,萨珊王朝首当其冲。

萨珊军队与阿拉伯军队之间的几次重要战役均以萨珊军队的失败而告终。公元 651 年,逃亡中的萨珊末代君主亚兹德·格尔德三世在阿姆河畔木鹿城外的一座磨坊里被磨坊主杀死,萨珊王朝正式结束。从此,伊朗开始了伊斯兰化的进程,成为伊斯兰世界中的重要一员,为伊斯兰文化的繁荣昌盛做出了十分重要的贡献。

萨珊王朝时期,波斯进入完全成熟的封建社会,形成庞大而完备的官僚政治体系。为了适应新的社会结构的需求,在 5 世纪初,实行社会改革,文士作为一个新兴的利益集团被单独划分出来。这是具有十分重大意义的社会结构变革,它使文士与祭司分离,从而使文学从宗教中剥离出来。文士集团的出现使文学创作成为一种有别于宗教活动的、具有自己内在特殊性的精神活动,使文学具有了独立性和自觉性,不再是宗教活动的附庸。萨珊宫廷有专门的文秘机构,文秘属于四种姓之一,位列第三,排在祭司种姓和武士种姓之后,属于贵族种姓,其地位与内阁大臣相同。宫廷文秘们书写的文稿内容,一般包括叙述事件、规章制度、各种登记簿、游记(所见所闻)。其中,叙述事件与记述所见所闻的文稿具有较强的文学性。花拉子密(780—约850年)在自己的著作《智库钥匙》中将伊朗文秘分为七个种类:法院文秘、税务文秘、收入文秘、国库文秘、王家文秘、祭火坛事务文秘、慈善捐赠事务文秘。① 其中,王家文秘记录的历史事件,以及法院文秘所写的文稿,都具有较强的故事性。另外,独立的文人集团的存在,也必然会有相应的文学创作活动存在。

因此,可以推断,萨珊时期的文学艺术应当是非常繁荣昌盛的。但是,遗憾的是,阿拉伯人征服波斯萨珊王朝之后,在强行传播伊斯兰教的同时,也强行推行阿拉伯语,禁止使用伊朗本民族的语言巴列维语。阿拉伯语成为波斯地区的官方语言和书面语言。都拉特沙赫在其著作《诗人传记》(创作于1486年)中讲到,波斯"在伍麦叶王朝和阿拔斯王朝时期,被阿拉伯统治,诗歌、文章、法令都用阿拉伯语。内扎姆·莫尔克大人曾说,从哈里发时期到伽兹尼玛赫姆德国王时期,从宫廷发出的法律、文件、命令、告示全都是用阿拉伯语"②。阿拉伯统治者在征服过程中大肆销毁巴列维语书籍,这种毁灭行动在波斯境内长期四处存在,有的是皈依伊斯兰教的波斯地方统治者所为。都拉特沙赫在《诗人传记》中还记录了这么一件事:传说,阿米尔·阿布都勒·本·塔赫尔任呼罗珊总督(844—862年在位)时,一天,一个人带一本书来送给他。他问,这是什么书? 来人答,是关于情人与宽恕的故事,是本好书,是贤哲们以阿努希尔旺国王(萨珊国王,531—579年在位)的名义收集的。这位总督说,我们是读《古兰经》之人,除了《古兰经》和《圣训》之外,我们不需要其他东西。这种书对我们没有用,这是摩冈(琐罗亚斯德教祭司)写的,对于我们来说应当被唾弃。便下令把那书扔进水里,还下令在他管辖的范围内,所有的波斯诗歌著作和摩冈的书,全都烧掉。③ 该事件发生的年代离波斯萨珊王朝灭亡已经有200年了,文中"关于情人与宽恕的故事"的书很可能是一部内容为爱情故事的文学作品。这样的文化浩劫致使波斯伊斯兰化前的萨珊巴列维语文学作品流传至今的并不多。尽管如此,与阿契美尼德王朝和安息王朝相比,由于时间相对较近,萨珊王朝留传下来的文学典籍更

---

① Mansūr Rastgār Fasāyī, Anvā'-i-Nasr -Fārsī, Intishārāt-i-Samt,1380, p195.([伊朗]曼苏尔·拉斯特伽尔·法萨依:《波斯语散文种类》,萨穆特出版社,2001年,第195页。)

② Dowlatshāh Samarqandī, Tazkira-al-Shu'rā, Intishārāt-i-Asātīr,1382, p29.([伊朗]都拉特沙赫·撒马尔罕迪:《诗人传记》,伊朗阿萨提尔出版社,2003年,第29页。)

③ Dowlatshāh Samarqandī, Tazkira-al-Shu'rā, Intishārāt-i-Asātīr,1382, p30.([伊朗]都拉特沙赫·撒马尔罕迪:《诗人传记》,伊朗阿萨提尔出版社,2003年,第30页。)

多一些。

　　萨珊王朝时期的巴列维语典籍在遭遇阿拉伯人的浩劫之后,残存的作品主要分为三类:一是琐罗亚斯德教宗教作品。尽管萨珊王朝被阿拉伯人征服,伊朗逐渐伊斯兰化,伊斯兰教成为国家的主流意识形态,但是伊朗仍然有一些琐罗亚斯德教教徒存在,也有琐罗亚斯德教祭司存在。祭司们致力于《阿维斯塔》断章残篇的收集和琐罗亚斯德文化的保护,使得《本达赫什》(بندهش)、《丁卡尔特》(دینکرت)和《阿尔达·维拉夫记》(اردای ویراف نامه)这三部有关琐罗亚斯德宗教文化的巴列维语典籍留传下来,前两部完全是宗教著作,而《阿尔达·维拉夫记》具有较强的文学色彩。二是帝王传记。萨珊王朝时期,有了独立的文士种姓,他们服务于帝国各级行政机构,属于武士种姓的清客幕僚。最高级别的文士则成为帝王的御用文人,专为统治者服务。帝王传记主要有三部:《阿尔达希尔·帕佩康功行录》(کارنامه اردشیر بابکان)和《霍斯陆与侍臣问答录》这两部有关萨珊帝王的书籍也有赖于琐罗亚斯德教祭司的收集整理而保存下来,前者是萨珊王朝时期散文故事文学的代表性作品,后者是萨珊王朝著名君主霍斯陆·阿努希尔旺(531—579年在位)与一位侍臣的对话,内容涉及动植物知识、游猎骑射、饮食养生、音乐修养等,是了解萨珊时期社会风俗文化的重要资料。另外,还有一部《胡大耶纳梅》,讲述的是伊朗雅利安人传说中的帝王的故事。三是民间故事集。这类故事集具有显著的印度故事模式,即故事套故事,比如《一千个故事》《巴赫提亚尔传》《卡里莱与笛木乃》等。

　　另外,还有其他一些巴列维语文学作品原本已不存,后从阿拉伯语回译为达里波斯语。此外,在中亚西域的考古发现中,有用萨珊巴列维语书写的摩尼教赞美诗。

第二节　宗教故事:《阿尔达·维拉夫记》

　　萨珊波斯帝国是一个高度中央集权的帝国,以琐罗亚斯德教为国教。安息王朝时期,由于希腊文化的影响,琐罗亚斯德教尽管仍是民众的普遍信仰,但没有得到彰显。到萨珊王朝时期,从开国君主阿尔达希尔一世开始,全力肃清希腊文化对波斯文化的影响,全面强调伊朗自身的雅利安文化,再次正式宣布以琐罗亚斯德教为国教,恢复正统的、不掺杂的琐罗亚斯德教文化。为此,采取了一系列的整顿措施,比如重新搜集整理编辑经书《阿维斯塔》,强化其中的教法和各种规章制度;修建国家级圣火坛;强化琐罗亚斯德教的种姓制度;等等。《阿尔达·维拉夫记》正是诞生在这样的宗教文化背景下。

　　《阿尔达·维拉夫记》,又叫作《圣维拉夫神游天堂地狱记》,是萨珊王朝时期用巴列维语写就的一部作品,后来在9世纪翻译成达里波斯语。书的内容是针对萨珊王朝伊始,为了重塑人们对琐罗亚斯德教的信仰而撰写的,涉及琐罗亚斯德教信仰、复活、天堂、地狱等诸方面内容,突出反映了琐罗亚斯德教信徒对天堂和地狱的认识观念。

维拉夫是一位琐罗亚斯德教祭司,接受阿尔达希尔国王的旨意,喝了一种迷幻药,进入冥想状态,游历天堂地狱,看见善行者在天堂得回报,恶行者在地狱受惩罚。醒来之后,他向人讲述冥想中的神游。波斯语古译本前言如此讲述:

> 当阿尔达希尔·帕佩康登基为王,召集所有的祭司,颁布旨意,曰:整肃宗教,至上的亚兹德神向琐罗亚斯德授意,满足世界的琐罗亚斯德又向我昭示,铲除其他宗教和言论,只信仰这独一的宗教,并派人到全国各地,将博学者和大祭司召集来。五万人云集宫廷。然后,王曰:再挑选其中更有智慧者。四千更有智慧者被挑选出来,禀告国王。王曰:再一次精心挑选。从那所有的人中,更纯洁、更睿智、更具说服力、更强健者再一次被分离出来。四百人脱颖而出,他们更有权威、更强健。又再一次精心挑选,在其中选出四十人,比其他人更具说服力。又从中选出七人,从出生到当下,没有任何罪过,圣洁,对亚兹德信仰坚定。每个人都被带到阿尔达希尔国王面前。之后,王曰:朕必须扫荡对宗教的怀疑与犹豫,让所有人都信仰宗教;扫荡针对宗教的非议,让所有智慧者与博学者都听命于琐罗亚斯德。宗教孰是,这很显然,针对宗教的怀疑与犹豫都该被清除。然后,他们回答说:没有人能胜任,除了那从生命伊始到时下,没有任何罪过之人,这人就是维拉夫。他比别人更纯洁、更有光彩、更诚实。这个使命应当交付给他。请亚兹德神将六方所有的智谋与祈祷都昭示给维拉夫,让维拉夫知晓一切,促使所有人都信仰宗教,对琐罗亚斯德坚信不疑。维拉夫表示遵命。阿尔达希尔闻言大悦,曰:此事不宜在王室祭火坛之外的其他地方进行。于是,大家起身前往。那六个大祭司站立祭火坛一侧,进行祈祷。那四十人站立另一侧,与云集王室祭火坛的四万人一同祈祷。维拉夫沐浴全身,穿上白衣,给自己喷上香息,肃立火前,忏悔所有罪过……之后,阿尔达希尔国王与佩带武器的骑兵,警卫祭火坛四周,以免任何不恰当之事暗中降临维拉夫,让任何的瑕疵纰漏都远离他。大家铺陈一木卧榻,把维拉夫放躺在卧榻上,给他蒙上面罩,置于祭火坛中。那四万人肃立祈祷,然后分散于内部。待分散完毕,大家给维拉夫一只大酒盅……七天七夜,大家在四周祈祷,那六个大祭司坐在维拉夫枕边。另外选出来的三十三个人围绕卧榻四周祈祷,又有选出来的六十人围绕他们祈祷,那三万六千人则围绕祭火坛拱顶四周祈祷。王中王佩带武器,骑在马上,与军队

在拱顶外巡视,连风都不让从那里经过。哪个地方有祈祷者坐下来,剑就挥舞向哪里。佩带武器者站立四周,确保每一队列都肃立于自己位置,无人能混迹其中。维拉夫卧榻的地方,四周是佩带武器的步兵警卫,禁止任何人闯入,除了那六个大祭司。王中王进来,又从那里出去,巡视祭火坛四周,注视维拉夫的身躯。如此七天七夜。七天七夜之后,维拉夫动了一动,苏醒过来,坐起来。人们和大祭司们看见维拉夫从睡梦中醒来,都兴高采烈,进行歌咏,又肃立礼拜,云:祝福圣维拉夫……你是如何回来,如何解脱,都看见了些什么?请告诉我们,让我们也了解那个世界的情况……圣维拉夫语塞,喝了一点饮料,语言就通了。他说:即刻叫一博学文秘来,我把我之所见全讲述出来,传播世界,让所有的人都知道善行的价值,远离恶行。然后,一博学文秘被带来,坐在圣维拉夫面前,记录他的天堂地狱见闻……①

《阿尔达·维拉夫记》(《圣维拉夫神游天堂地狱记》)在阿拉伯阿拔斯王朝百年翻译运动(8 世纪中后期—9 世纪末)时期被翻译成阿拉伯语。12 世纪,欧洲掀起拉丁语翻译运动,很多阿拉伯语著作和波斯语著作被翻译成拉丁语。正是在拉丁语翻译运动中,《阿尔达·维拉夫记》(《圣维拉夫神游天堂地狱记》)或者是通过达里波斯语,或者是通过阿拉伯语,被翻译成拉丁语,成为但丁创作《神曲》的灵感来源之一。

第三节　帝王传记

一　《阿尔达希尔·帕佩康功行录》

《阿尔达希尔·帕佩康功行录》记述了萨珊王朝开国君主阿尔达希尔·帕佩康的生平事迹和他建立萨珊王朝的业绩,具有极强的故事性,是萨珊王朝时期散文故事文学的代表作品。

《功行录》开篇曰:安息王室末代君主奥尔都旺,任命一位名叫帕佩康的总督,掌管法尔斯地区,生活在以斯帖城。一天晚上,帕佩康梦见一轮太阳照耀在牧羊人萨珊的头顶上方。太阳光芒四射,照亮了整个天空和大地。他起初并未留意这个梦,但接下来的这晚他再次梦见萨珊骑在一头盛装的白象上,手握一柄印度剑,人们向他顶礼膜拜。第三晚,他梦见从萨珊的房顶上升起圣洁的火焰,照亮了整个世界。帕佩康自言自语:我与这个卑微的牧羊人有何关系?他召来

---

①　笔者译自波斯语。《阿尔达·维拉夫记》前言,古伊朗研究中心出版,2011 年。

解梦人,问此梦何解?解梦人说:您梦见的那个人是一位伟人,他本人或他的孩子将君临天下,因为太阳、大象、火焰都是力量与胜利的象征。帕佩康下令,找到萨珊,并带他前来。牧羊人萨珊是一位英俊的年轻人,身材高大,浓眉大眼,目光炯炯有神。帕佩康在萨珊脸上看见了伟大与骄傲的迹象。问曰:你乃何方人氏?属于哪个部落族群?萨珊惊诧地答道:我是牧羊人萨珊。说真的,您这样的地方诸侯与我的祖先能有什么关系呢?帕佩康说:你别害怕,请道出实情。萨珊犹豫地说:如果我讲出我祖先的秘密,您会保证我的安全吗?帕佩康说:你当然很安全。萨珊说,我属于阿契美尼德家族,是达拉(即阿契美尼德王朝末代君主大流士三世)的后裔。当达拉与亚历山大作战失败被杀之后,他的儿子大萨珊逃亡到印度斯坦,隐姓埋名,以牧羊为生,我是他的第五代子孙。我曾在印度斯坦过着艰辛的生活。我父亲留下遗嘱,在他去世之后,我要前往法尔斯,不要在这个国家浪费光阴。我遵照我父亲的遗嘱来到这里。帕佩康非常兴奋,说:"你们都要尊崇萨珊。"并颁布旨意,将整座城市装饰一新,还将他唯一的女儿拉姆贝荷西特许配给萨珊,举办了盛大的婚礼。过了一段时日,他们喜得贵子,取名阿尔达希尔。阿尔达希尔刚年满七岁,就已长成一个强壮的少年。他学习《阿维斯塔》,学习各种军事知识。待他长到十五岁,已是法尔斯地区最高大、最强壮的勇士了,博闻强识,尤其在骑马射箭方面,无人匹敌。奥尔都旺听到有关阿尔达希尔的传闻,给帕佩康去信,请他将阿尔达希尔送到京城……在京城,奥尔都旺的公主古尔纳尔对阿尔达希尔一见倾心,于是二人私奔。奥尔都旺派兵追赶。阿尔达希尔起兵反叛奥尔都旺……最终,建立萨珊王朝。

从《阿尔达·维拉夫记》(《圣维拉夫神游天堂地狱记》)和《阿尔达希尔·帕佩康功行录》这两部作品的内容来看,前者很可能出自琐罗亚斯德教祭司,其内容完全是宣教,为重塑琐罗亚斯德教信仰而创作;《阿尔达希尔·帕佩康功行录》则很可能出自文人(尽管后来的搜集整理工作是由琐罗亚斯德教祭司完成的),是为树立萨珊王朝承继阿契美尼德王朝统治的合法性而创作,记述了萨珊王朝开国君主阿尔达希尔·帕佩康传奇的一生,故事情节跌宕曲折,吸引人心,显示出创作者高超的文学才华,可惜创作者的名字没有传下来。

上述两部作品与萨珊王朝时期的社会结构十分吻合。前文讲到,萨珊时期,为了适应新的社会结构,重新划分种姓,把文士集团作为一个新兴的种姓单独划分出来。这一重大变革使文士与祭司分离,从而使文学从宗教中剥离出来。文士集团的出现使文学创作成为一种有别于宗教活动的、具有自己内在特殊性的精神活动,使文学具有了独立性和自觉性,不再是宗教活动的附庸。《阿尔达希尔·帕佩康功行录》这部作品显示出文士集团已经在国家的文化建设中发挥巨大作用,亦说明萨珊王朝时期,散文传记故事文学已经十分成熟,成为一个重要的文学门类。

二　《胡大耶纳梅》

《胡大耶纳梅》(خداینامه),即《帝王纪》,是巴列维语作品,尽管掺和有大量神话传说故事,仍是萨珊王朝时期最重要的历史文献,记录了伊朗伊斯兰化前历代帝王的名字和各个时期的重要事件。据推断,该书应当成书于阿努希尔旺(531—579年在位)当政时期,因为这时期有专门的宫廷文秘记录重要事件,进行故事性加工,然后讲给帝王听,既供帝王消遣娱乐,也让国王以史为鉴。但该书在后世不断被增补,萨珊末代君主亚兹德·格尔德三世也被记录在册,表明在萨珊王朝灭亡后,增补工作仍在继续。该书的撰写者、增补者主要是宫廷文秘、琐罗亚斯德教祭司、世族大家子弟。

该书的主要内容:第一,该书记录了上古时期印度—伊朗雅利安人的神话传说,其中很多故事在《阿维斯塔》中有记载,比如贾姆希德与扎哈克的故事。第二,该书记录了安息王朝帝王们的文治武功,其中大量故事性的内容把神话传说与历史故事杂糅在了一起,比如将神话传说中基扬王朝的故事与历史上安息王朝的帝王和勇士们的故事糅合为一体。第三,该书揭示出伊朗最著名的勇士故事"鲁斯坦姆故事"的来源。该书讲述安息王朝时,塞种人的一支迁徙到伊朗东南锡斯坦地区,扎尔与鲁斯坦姆父子勇士的故事由此流传开来。在塞语中,"扎尔"即"皮尔"(年老)之意,因为扎尔生下来即满头白发。因此,有伊朗学者认为,鲁斯坦姆的故事是流传于中亚索格迪亚那地区的塞种人的故事传说。该故事随着塞种人的迁徙进入锡斯坦,又从锡斯坦进一步向整个伊朗流传,成为伊朗神话传说的一部分。第四,该书还讲述了萨珊帝王们的英雄业绩,也是故事性大于历史性,其中最精彩的是萨珊著名国王巴赫拉姆·古尔(421—438年在位)的故事。

《胡大耶纳梅》后来被译为阿拉伯语,伊朗伊斯兰化之后,又从阿拉伯语回译为波斯语,成为后来各种波斯语版本《帝王纪》的重要参考资料。

《胡大耶纳梅》这部萨珊巴列维语的"帝王纪"让我们看到这样一种历史状况:尽管萨珊王朝的统治者把自己的祖先追溯到阿契美尼德王朝末代君主大流士三世的长子萨珊,并且把自己理所当然地视为阿契美尼德王朝波斯帝国的继承者,然而阿契美尼德王朝帝王们的丰功伟绩并未能进入萨珊文士集团的写作视野。萨珊王朝的话语体系来自《阿维斯塔》传统——伊朗东北部和中亚地区的文化传统,这一方面与萨珊王朝着力强化琐罗亚斯德教信仰密不可分,另一方面也与楔形文字的失传和消亡密切相关。中亚,原本就是伊朗雅利安人之根所在。因此,采用《阿维斯塔》传统的话语体系,不仅具有宗教上的合法性,而且在民族情感上似乎也顺理成章。正是这样的一种逻辑,使得崛起于中亚地区的帕提亚部落所建立的安息王朝的帝王们进入萨珊王朝文士们的书写系统,尽管是与《阿维斯塔》中的神话传说杂糅在一起;萨珊王朝自认的祖先——波斯部落建立的伟大的阿契美尼德王朝,反而在萨珊文士们的书写系统中失落。这一失落延续了 1000 多年。直到近现代,伊朗人才逐渐知晓阿契美尼德王朝古波斯帝国那曾经的辉煌与荣光。

第四节　民间故事集

一　《一千个故事》

本书第一章已经讲到,在阿契美尼德王朝晚期,已经出现了故事集《一千个故事》。这是从后代的史料记载中追溯出来的。实际上,阿契美尼德王朝晚期的《一千个故事》的原貌已经无从得知。我们现在所了解的有关《一千个故事》这本故事集的情况,主要来自萨珊巴列维语的版本。

《一千个故事》(هزار افسانه) 从阿契美尼德王朝晚期一路流传发展下来,在萨珊王朝时期,已经是非常成熟的一个民间故事集著作。大约在 9 世纪,在阿拉伯百年翻译运动中,该巴列维语民间故事集被翻译成阿拉伯语。之后,该书在传播过程中不断被添枝加叶,增加了大量阿拉伯民族自身的民间故事,也有不少来自印度、波斯、犹太民族的民间故事,最终形成阿拉伯民间文学的珍宝《一千零一夜》。19 世纪,《一千零一夜》由阿卜杜·拉提夫·塔苏基(卒于 1879 年)从阿拉伯语译为波斯语散文,对 19 世纪末 20 世纪初波斯语散文文学的现代化起了重要的促进作用。

《一千个故事》并非在阿契美尼德王朝晚期成书后就定型不变了,而是随着历史的发展,不断加进新的民间故事,尤其是萨珊王朝时期的一些故事。萨珊巴列维语的《一千个故事》现已失传,据伊朗国内学者考证,已确定《一千零一夜》中原本属于巴列维语《一千个故事》中的故事有 12 个。这些故事译成阿拉伯语后,有的保持了原貌,而有的则在内容上有所拓展。这 12 个故事或属于伊朗本土,或来源于印度,或带有希腊色彩。它们大多是有关精灵、魔鬼和妖术的故事。亚历山大征服伊朗后,伊朗在希腊人的统治之下长达 80 余年,民间神话故事受到希腊神话的影响当是无疑的。这 12 个故事如下:(1)山鲁亚尔兄弟及山鲁佐德的故事;(2)水牛和毛驴的故事;(3)商人和魔鬼的故事;(4)渔夫的故事;(5)努伦丁·阿里和艾尼斯·张丽丝;(6)四色鱼的故事;(7)戛梅禄太子和白都伦公主;(8)乌木马的故事;(9)阿尔达希尔和哈亚图·努夫丝;(10)白第鲁·巴西睦太子和赵赫兰公主;(11)赛义夫·姆鲁克和白狄尔图·赭曼丽;(12)巴士拉银匠哈桑。①

---

① 'Abd-Allah Laṭifasūjī, Hizār-v-yik shab, muqadama ('Ali Aṣghar Hikmat), Intishārāt-i-ufast, 1315. (﹝伊朗﹞阿里·艾斯加尔·赫克马特:《一千零一夜》序言,阿卜杜·拉提夫·塔苏基译,乌发斯特出版社,1936 年。)

　　另外有18个属于印度本源的故事。伊朗学者认为它们或许是从萨珊巴列维语《一千个故事》译过去的,也或许是从印度直接翻译过去的,现在已很难判断考证。这些故事大多是与动物有关的寓言故事。这18个故事如下:(1)辛迪巴德和猎鹰的故事;(2)人·飞禽·兽;(3)牧童和伊朗人的故事;(4)鸭子和乌龟;(5)狐狸和狼;(6)猎鹰和鹧鸪;(7)老鼠和黑貂;(8)乌鸦和猫;(9)狐狸和乌鸦;(10)老鼠和跳蚤;(11)猎鹰和飞鸟;(12)秃鹰和麻雀;(13)刺猬和斑鸠;(14)猿猴和小偷;(15)织工的故事;(16)麻雀的故事;(17)智者辛迪巴德(国王、太子和将相嫔妃);(18)国王赭里尔德·大臣舍马斯和太子瓦尔德·汗。[①]

　　《一千零一夜》经过“出口转内销”回到伊朗是在19世纪恺伽王朝纳赛尔丁国王(1847—1895年在位)时期。1844年,《一千零一夜》在伊朗大不里士由阿卜杜·拉提夫·塔苏基·大不里兹从阿拉伯语翻译成现代波斯语,1863年完成,这是最早的一个译本。不过,译成波斯语的《一千零一夜》在当时被叫作《一千夜》。后来,阿布法塔赫·设拉子采用诗歌体翻译了《一千零一夜》,诗译本仍沿用了伊朗古书名,叫作《一千个故事》,该译本在1895年出版。这之后译的波斯文版本的《一千零一夜》才正式被叫作《一千零一夜》。

　　另有用巴列维语写成的《辛巴德传》(سندبادنامه),后被翻译成阿拉伯语,糅合进《一千零一夜》,演变拓展为著名的《辛巴德航海记》。

二　《巴赫提亚尔传》

　　《巴赫提亚尔传》(بختیارنامه),原本用萨珊巴列维语写成,在9世纪或10世纪初叶被翻译成阿拉伯语。大约在萨曼王朝(875—999年)时期,这部书重新用波斯语写成。全书由一个主线故事和九个分支故事构成。主线故事梗概:锡斯坦国王阿扎德·巴赫特爱上自己军队统帅的女儿,强行娶之为妻。军队统帅因心生不满而反叛,阿扎德·巴赫特带着已有身孕的妻子逃亡。途中,女人产下一子,弃于路旁。弃婴即巴赫提亚尔,被一伙盗贼发现并收养。一次,盗贼团伙袭击一驼队,未成功。巴赫提亚尔被驼队俘获,带到都城。这时,阿扎德·巴赫特已打败叛军,重新登基为王。巴赫提亚尔成为王室角斗士队的一员,因表现出色而受到国王的青睐,同时也招来众大臣的嫉妒。一次,巴赫提亚尔无意中得罪国王,锒铛入狱。首相借机撺掇王后,诬陷巴赫提亚尔欲对王后非礼。国王欲处死巴赫提亚尔,巴赫提亚尔声称清白无辜,用给国王讲故事的方式拖延自己的死期,一连讲了九天。每到故事紧要关头,巴赫提亚尔就打住,要求国王处死一名大臣。国

---

　　① 'Abd-Allah Laṭīfasūjī, Hizār-v-yik shab, muqadama ('Ali Asghar Hikmat), Intishārāt-i-ufast,1315. ([伊朗]阿里·艾斯加尔·赫克马特:《一千零一夜》之序言,阿卜杜·拉提夫·塔苏基译,乌发斯特出版社,1936年。)

王听故事听得欲罢不能,只好照办。到第十天,巴赫提亚尔终因词穷而被带到了绞刑架前。这时,盗贼头子赶到刑场,公开了巴赫提亚尔的身世。国王与王后也通过巴赫提亚尔的随身信物确认了其身份。最后,大团圆结局,父亲退位,让位于儿子。

九个分支故事即巴赫提亚尔在九个晚上讲述的故事,其内容都与巴赫提亚尔的身世和境遇有关联。由此可见,由一条故事主线串联起众多故事的叙事方式在伊朗具有悠久的传统。《巴赫提亚尔传》由于其脍炙人口的故事情节,后来在 15 世纪和 16 世纪被重写,但都不及古本精彩。

三 《卡里莱与笛木乃》

《卡里莱与笛木乃》(كليله و دمنه)是一部动物寓言故事集,"卡里莱"和"笛木乃"是书中两只豺狼的名字,该书绝大多数故事由这两只豺狼牵扯而出,每个故事都充满机智,蕴含伦理道德,富于哲理,在伊斯兰世界广为流传。

《卡里莱与笛木乃》原本为印度梵文故事集《五卷书》。6 世纪时,波斯萨珊国王阿努希尔旺(531—579 年在位)命御医白尔才外将其从印度梵语翻译成巴列维语带入波斯。阿拉伯阿拔斯王朝百年翻译运动时期,巴列维语的《卡里莱与笛木乃》由波斯人伊本·穆格法(724—759 年)译成阿拉伯语。该阿拉伯语译本语言流畅,深受欢迎,流传全世界,成为译本最多的阿拉伯语故事集。

巴列维语译本《卡里莱与笛木乃》序言讲到该书来历:亚历山大征服印度之后,委派自己的一位亲信做印度国王,自己率军继续征战。亚历山大一离开印度,印度人就造反,废黜了亚历山大委派的国王,另立自己民族的先王之子德卜舍里姆为王。德卜舍里姆一待政权稳固之后,就专横跋扈起来,继而暴虐无度,任意鱼肉百姓。直谏的大臣都性命难保。当时,有一位婆罗门智者名叫白德巴,他召集自己的门生说:"他弃绝正义,为非作歹,虐待百姓,我们的心灵怎能屈从这样的事情呢! 如果出了这样的君王,我们定要让其改邪归正,弃恶从善……我们只有借我们的口舌与之斗争。"众门生说:"面对他的权势淫威,我们既替你担心,同时也为我们自己忧虑。你一旦说出不顺他耳的话语,我们真担心你会遭受他的暴烈之苦,甚至他会对你下毒手。"白德巴冒死觐见国王,他先是给国王讲大道理,结果被投入监狱,后来国王悔悟释放了他,还对他委以重任。于是,白德巴也改变了直谏的方式,改为撰写一部动物寓言故事集,即《卡里莱与笛木乃》(《五卷书》),"书中的对话皆通过牲畜禽兽之口说出,表面上好像是供官与民消遣的闲书,而内里却是对统治者理性的训教与开导"①。

---

① 《卡里莱与笛木乃》,李唯中译(全译本,译自阿拉伯语),天津古籍出版社,2004 年,原书序言第 6、8、18 页。

季羡林先生译自梵语的《五卷书》原序的说法是:印度古代有一位名叫阿摩罗铄枳底的国王,他有三个儿子,都很愚钝。国王对此很恼火,觉得这样的儿子无法做继承人,无法胜任统治者的角色。于是,国王请一位名叫毗湿奴舍里曼的婆罗门智者撰写了一部专门教育三位王子的寓言故事集,即《五卷书》。三位王子读了此书之后,果然慧根开启,变得聪明了,"从此以后,这一部名叫《五卷书》的统治论就在地球上用来教育年轻人"[①]。

另外,据伊本·穆格法译本前言,其中十章来源于印度,另外五章是波斯人自己增加的。因此,尽管是翻译作品,但从印度梵语的《五卷书》到萨珊巴列维语的《卡里莱与笛木乃》,体现出萨珊文人的再创作。

《卡里莱与笛木乃》这部书对波斯故事文学的发展具有重要的推动意义,成为后世波斯诗人创作的源泉之一,很多波斯诗人的长篇叙事诗都有涉及《卡里莱与笛木乃》中的故事,比如莫拉维(1207—1273 年)的长篇叙事诗《玛斯纳维》多处采用《卡里莱与笛木乃》中的故事。并且,《卡里莱与笛木乃》还成为波斯青少年重要的启蒙读物和普通民众的教化读物,也深受达官贵人们的喜爱。其中的很多故事在达官贵人的家庭聚会中被绘声绘色地讲述,故事寓教于乐,老少咸宜,因而为老百姓所喜闻乐见。

《卡里莱与笛木乃》故事撷英:两只鸽子快乐地生活在田地一隅。春天,降雨频繁。雌鸽对配偶说:"这窝巢太潮湿了,已不适宜生活居住。"雄鸽回答说:"夏天很快就要来了,天气会热起来。再说,筑造这样一个带有粮仓的窝巢也不是一件容易的事。"于是,两只鸽子继续生活在旧巢,直到夏天来临,窝巢变干,他们继续快乐地生活。他们尽情地啄食麦粒和稻米,还将其中一些储藏在仓库里做冬藏。一天,他们发现粮仓已经装满了麦粒和稻米,便兴高采烈地对彼此说道:"现在,我们有了一个装满食物的粮仓,可以熬过这个冬天了。"他们关上仓库门,不再去察看,直到夏天结束,田地里谷粒渐少。雌鸽已无力远飞,在家休养,雄鸽为她啄来食物。秋天,当降雨开始时,他们都无力为吃食而飞到田地里去了,便想起他们的储备粮来。仓库里的谷粒因夏天高温而干瘪,体积比原来缩小许多。雄鸽生气地回到自己配偶面前,咆哮说:"你这个馋嘴贪食的蠢货! 这些食物是我们为冬天储备的。你在家的那些日子竟然偷吃了一半? 你难道忘记了冬天的冰天雪地、寒冷刺骨了吗?!"雌鸽委屈地回答说:"我没有偷吃谷粒。我不知道粮仓为何会空了一半。"雌鸽看见空了一半的粮仓,也十分震惊,但坚持说:"我发誓,从我们储备好这些谷粒那天起,我再也没有看过它们一眼。我怎么可能偷吃呢? 我还奇怪为什么粮仓里的粮食会少了这么多呢。你别生气,也别指责我。你最好忍耐一点。我们就吃这剩下的粮食好了。也许是仓库地面下沉,也可能是老

---

① 《五卷书》,季羡林译,人民文学出版社,1981 年,原书序第 3 页。

鼠发现了粮仓,偷吃了,也可能是别的什么人偷走了我们的谷粒。不论怎么样,你不应当草率判断。如果你平静下来,忍耐一些,会真相大白的。"雄鸽依然生气地说:"够了! 我才不听你一派胡言,用不着你来告诫我。我确信,除了你之外,没有别人来过这里。如果有谁来过,你再清楚不过来者是谁了。如果你没偷吃,你就要坦白交代实情。我无法等待,我不能容忍你为所欲为。一句话,如果你知道什么,想以后再告诉我,那么最好现在就讲。"雌鸽对谷粒减少的原因一无所知,哭起来,说:"我没碰过谷粒,也不知道是什么灾难降临在它们头上。"又对雄鸽说:"你忍耐一下,谷粒减少的原因自会明了。"但是,雄鸽不相信,愈发恼怒,把自己的配偶从家里赶了出去。雌鸽说:"你不要这么急于下判断,诬陷我。你会对你所做的后悔的。但是,我必须要说,到那时就为时已晚了。"说完就立即飞向了荒野,一段时间之后落入了猎人的罗网。雄鸽独自在窝巢中继续生活,他不能容忍配偶欺骗自己,他为此而快乐。几天之后,又下起雨来,气候又变得潮湿。仓库里的谷粒又膨胀起来,体积增大,达到了最初的程度。草率的雄鸽看见这一状况,明白自己对配偶的判断是错误的,对自己的行为十分后悔。但是,忏悔已经太迟了。他为自己的错误判定而在自责中度过余生。故事劝告人们:不要草率判断,不要草率做出结论,不要自做法官判定是非。在做出结论之前,认真听取别人的话,尤其是当你知道这番话只是出于一种直觉的表达时。

《卡里莱与笛木乃》是典型的大故事套小故事的印度故事文学框架结构,比如其中的一个故事"猫头鹰与乌鸦"讲的是:在一座大山的一棵苍天大树上,栖息着一千只乌鸦,由乌鸦王统治。大树下,有一个洞穴,生活着一千只猫头鹰,由猫头鹰王统治。猫头鹰在猫头鹰王率领下,攻击乌鸦王国,乌鸦们死伤惨重,于是大家商量对策对抗猫头鹰。最后,乌鸦们决定采用火攻的办法,众乌鸦衔来干枯树枝,堆积在猫头鹰巢穴周围,干树枝堆成一座小山,乌鸦们点燃树枝,熊熊大火彻底烧毁了猫头鹰的巢穴。乌鸦王国与猫头鹰王国之战由此告终。

"猫头鹰与乌鸦"的故事本身是《卡里莱与笛木乃》中第二层级的故事,乌鸦们商量对策的过程,就是一个小故事接一个小故事的过程,用故事来论证自己所提议的对策的合理性,或者是否定别的乌鸦提出的办法。因此,第二层级故事里又套着若干个第三层级的故事。

《一千个故事》《巴赫提亚尔传》《卡里莱与笛木乃》皆是这种故事套故事的框架结构,体现出印度故事文学对波斯文学的强烈影响。之后,波斯文学又深深影响了阿拉伯文学。阿拉伯百年翻译运动中,被翻译的文学作品主要来自波斯。"翻译家们对于希腊人的文学作品不感兴趣,所以没有译成阿拉伯语。因此,阿拉伯人没有接触到希腊的戏剧、诗歌和历史。在这方面,波斯的影响,仍然是最大的。"[①]

---

① [美]西提:《阿拉伯通史》(上册),马坚译,商务印书馆,1990 年,第 362 页。

波斯在伊斯兰化之前的文学著作、历史著作，几乎全被翻译成阿拉伯语。这其中，影响最大的是波斯故事集《一千个故事》，它是后来《一千零一夜》形成的最初蓝本。另外一部译自波斯、影响十分广泛和深远的文学作品就是《卡里莱与笛木乃》。

故事套故事这种文学模式也成为西亚地区古代文学的主要文学模式，这种文学模式后来对文艺复兴时期的欧洲文学也产生了重大影响。以《一千零一夜》和《卡里莱与笛木乃》为代表的阿拉伯市民文学、市民情趣，十分符合欧洲新兴的资产阶级的审美趣味，对欧洲文艺复兴时期文学产生了广泛的影响。薄伽丘的《十日谈》、乔叟的《坎特伯雷故事集》、塞万提斯的《堂吉诃德》等都可谓是这种文学模式影响下的产物。

本章所述的几部劫后余生的萨珊王朝故事文学作品，可以充分说明萨珊王朝时期文士集团在国家文化建设中已经发挥重要作用，文学已经完全与宗教分道扬镳，具有了自身的独立性和自身的审美价值。同时，我们还可以看到，萨珊故事文学具有两大话语传统：在宗教故事和帝王故事领域，采用的是伊朗自身的《阿维斯塔》传统，而在民间故事方面则更多地采用印度故事模式传统。这两大传统对伊朗伊斯兰化后的文学具有根深蒂固的持续性影响。

第四章　10—18 世纪：伊斯兰化后波斯语散文故事文学的发展

公元 651 年,萨珊波斯帝国被阿拉伯人征服。阿拉伯人在波斯的统治是波斯历史上影响深远的重大历史事件,给波斯社会带来许多新的因素和深刻的变化,全面地改变了波斯文明的发展方向。当时的实际情况是,波斯的文明程度远远高于刚刚脱离蒙昧时期的阿拉伯的文明程度,阿拉伯帝国在政治制度、社会生活、文化艺术等各方面都深受波斯文明的影响。

750 年,艾卜勒·阿拔斯在波斯呼罗珊(现译“霍拉桑”)省精锐部队的帮助下,推翻伍麦叶王朝,建立阿拔斯王朝(750—1258 年),并将帝国首都从大马士革迁到底格里斯河岸新建的都城巴格达。辅助创建新王朝之功使波斯人迅速占据阿拔斯王朝国家机构中的要职,而美索不达米亚平原曾是波斯萨珊帝国的统治中心,萨珊首都麦达因位于巴格达东南约 20 英里,就连“巴格达”这个地名本身也是萨珊巴列维语,意为“神赐的”。这样,阿拔斯人实际上是把自己完全置于波斯文明的影响之下。哈伦·拉希德哈里发(786—809 年在位)开启了阿拔斯王朝的全盛时期。“九世纪是以两位皇帝的姓名开端的,他们在世界事务中占优越的地位,一位是西方的查理曼,另一位是东方的哈伦·拉希德。”[1]然而就是这样一位阿拉伯帝国全盛时期的君主,在给查理曼大帝的信函中却落款为“波斯王哈伦”[2]。由此可见,阿拔斯人受波斯文化的影响是多么深刻。

的确,在阿拔斯王朝时期阿拉伯帝国在国家行政制度和社会文化生活等各个方面完全波斯化,乃至美国著名历史学家西提在其著作《阿拉伯通史》中说:“波斯的艺术、文学、哲学、医学,成了阿拉伯世界的公共财富,而且征服了征服者”[3],阿拉伯人自己的东西只有两件被保留下来,“一是作为国教的伊斯兰教,一是作为国语的阿拉伯语”[4]。然而这种影响不是单向的,而是双向的、彼此渗透的,阿拉伯人所保留的两件东西中,前者被波斯人永远接受下来,后者被波斯人暂时接受下来。

---

①② 　[美]西提:《阿拉伯通史》(上册),马坚译,商务印书馆,1990 年,第 346 页。

③ 　同上,第 185 页。

④ 　同上,第 342 页。

另一方面，也是在阿拔斯王朝时期阿拉伯语被波斯知识阶层普遍接受，成为波斯的官方语言和书面语言。在新的波斯语兴起并成为通用口语和诗歌创作语言之后的相当长一段时间内，阿拉伯语仍是波斯地方王朝宫廷文告用语并为波斯知识阶层普遍使用。因此，从萨珊王朝灭亡至9世纪中叶的大约200年的时间里，阿拉伯语是伊朗的官方语言和文学书面语言。此段时间内的伊朗文学状况，本书不涉及。

由于在约200年里，阿拉伯语成为伊朗的官方语言和文学书面语言，因此伊朗原有的民族语言巴列维语逐渐消亡，巴列维语典籍也散佚殆尽，留传下来的不多。9世纪开始，阿拉伯哈里发政权对伊朗的统治逐渐衰弱，伊朗地区地方王朝纷纷兴起，东北部呼罗珊地区的一种伊朗方言"达里语"迅速在伊朗境内发展壮大，并逐步成为伊朗新的民族语言，全称为"达里波斯语"，简称"波斯语"，一直沿用至今。

达里波斯语散文作品的最初状况因缺乏确信的史料记载而模糊不清。阿布里罕·比伦尼（973—1048年）在自己的著作中提及，在公元8世纪（回历2世纪）上半叶，曾有一位名叫巴哈发里德的霍拉桑人，妄称先知，用达里波斯语写了一本著作，宣传自己的宗教教义。公元751年（回历130年）阿布·穆斯林率军进入尼沙普尔，镇压了这次异教叛乱，杀死了巴哈发里德。但是，他用达里波斯语写的那本教义宣传册却在民众中流传。直到比伦尼生活的年代，人们还不时地提及这本书。[①] 尽管如此，出于学术上的谨慎，学界一般将波斯语散文文学的起始时间确定在公元10世纪上半叶（回历4世纪上半叶）。这时，阿布·阿里·胡巴依（卒于公元915年）用达里波斯语注释了《古兰经》。这说明当时达里波斯语已经十分成熟。10世纪伊始，已有关于达里波斯语词汇的字典性著作问世。这说明当时达里波斯语已在民众中十分流行，因此才有编著字典的需要。从现有资料来看，10世纪上半叶，达里波斯语文学已经完全成熟，出现了鲁达基（850—940年）这样的著名诗人，也出现了多种散文体的《帝王纪》。

总体上来看，在中古时期的伊朗，散文的地位远不及诗歌。翁苏尔·玛阿里创作于1082年的《卡布斯教诲录》曾说："散文犹如农夫，而诗歌如同国王。"[②] 这样的观念，一是出于当时形而下的"以诗邀赏"的诗学观念，作诗可以获得巨额赏赐，其尘世利益远远大于散文写作；二是出于形而上的"诗歌神授"的诗学观念，认为诗歌是一门神智学问，而散文乃模仿之作，不具有创造性。笔者曾在拙著《波斯古典诗学研究》中对以上两点有较为详细的论述，这里不再重复。以上两

---

① Mansūr Rastgār Fasāyī, Anvā'-i-Nasr-Fārsī, Intishārāt-i- Samt, 1380, p32. （[伊朗]曼苏尔·拉斯特伽尔·法萨依：《波斯语散文种类》，萨穆特出版社，2001年，第32页。）

② 'Unsur Ma'ālī, Qābūsnamah, Intishārāt-i-'ilmī v Farhangī, 1383, p190. （[伊朗]翁苏尔·玛阿里：《卡布斯教诲录》，伊朗科学文化出版社，2004年，第190页。）

点,再加上历史渊源,促成了长篇叙事诗在中古时期的伊朗高度发达,这反过来又对散文创作起了极大的抑制作用。因为诗歌具有韵律节奏,便于记诵,便于在王公贵族与达官贵人的聚会上表演,获得赏赐,也便于在民间口口相传,因此叙事诗对于故事流传来说更为便利,散文故事的影响力相对较弱,文人进行散文创作的积极性被抑制。

伊朗人用达里波斯语创造出了繁荣灿烂的中古文化和浩繁的文学作品,在世界中古史上占有十分重要的地位。达里波斯语文学以诗歌尤其是长篇叙事诗的发展最为繁荣,如同参天大树,覆盖整个文学领域的天空。其散文作品,尽管如同大树下面的小草,但也汪洋恣肆、绵延辽阔、隽永悠长,从绝对数量来看,具有故事性的波斯语散文作品的数目也不小。

然而,综观伊朗整个中古时期的散文故事文学状况,不论题材还是框架结构,总体上未能超越萨珊王朝,只能说是萨珊王朝故事文学的延续发展,缺少可以让人评说的亮点。

第一节　传记文学

传记文学是伊朗散文故事文学中最古老的一个种类,前述阿契美尼德王朝时期的古波斯语石刻铭文"大流士铭文"可以说是最早的传记文学,萨珊王朝时期的《阿尔达希尔·帕佩康功行录》则可谓传记文学的杰作。达里波斯语文学在萨曼王朝时期(875—999年,主要疆域为中亚呼罗珊地区)完全成熟,呈现出繁荣局面,诗歌方面的成就不用赘述,在故事性散文领域,产生了大量的传记文学作品,朴实自然流畅,不事雕琢,该语言风格被称为"呼罗珊体"。

一　帝王勇士传记

10世纪,是伊朗地方王朝兴起并力图摆脱阿拉伯人的统治的时代,复兴波斯古老文明和文化的思想浪潮一浪高过一浪。正是在这种伊朗民族精神日益高涨的氛围中,产生了多部帝王勇士传记,为伊朗伊斯兰化前的历代帝王和保家卫国的勇士们树碑立传,描写伊朗萨珊王朝灭亡之前历代王朝的文治武功和历史传说,从开天辟地一直写到萨珊王朝灭亡,为伊朗伊斯兰化前的历史大唱赞歌,歌颂不屈不挠的伊朗民族精神,充满激昂的爱国主义思想,场面恢宏壮观,故事情节跌宕起伏,扣人心弦。

这些帝王勇士传记中最杰出的作品是菲尔多西(940—1020年)创作的史诗《列王纪》,而散文体帝王勇士传记创作也在10—11世纪达到高潮,但不少作品散佚在历史的长河中,不为后世所知。已知曾经存在过的或至今尚存的作品主要有以下一些:

阿布·莫阿亚德·巴尔赫依的《帝王纪》(شاهنامه بزرگ یا شاهنامه ابوالموید بلخی),10 世纪作品,又被称作《大帝王纪》或《莫阿亚迪帝王纪》,记述了大量伊朗上古时期帝王们和勇士们的故事,被其他作者的《帝王纪》广泛参阅。这部书在历史的长河中逐渐散佚,现只残留其中一小部分,是关于伊朗上古时期古尔沙斯布国王的故事。作者系 10 世纪上半叶的著名诗人,归在他名下的散文著作还有《陆地与海洋中的奇珍异宝》。

阿布·阿里·巴尔赫依的《帝王纪》(شاهنامه ابوعلی بلخی),10 世纪作品,是从阿拉伯语《胡大耶纳梅》(原本为巴列维语作品)回译成波斯语的,阿布里罕·比伦尼曾参阅过此书。

阿布·曼苏尔·穆罕默德·本·阿卜杜拉扎格的《帝王纪》(شاهنامه منثور عبدالرزاق ابومنصور محمد بن),957 年完成,即著名的《曼苏尔帝王纪》,现已大部分散佚,只有序言留存。该书是菲尔多西的史诗《列王纪》的重要素材之一。

以上三部《帝王纪》具有通史性质。除此之外,有一些散文体帝王勇士个人传记,如:《鲁斯坦姆传》(اخبار رستم)、《法罗玛尔兹传》(اخبار فرامرز)、《古尔沙斯布故事》(داستان گرشاسب)、《纳里曼传》(اخبار نریمان)、《萨姆传》(اخبارسام)、《凯哥巴德传》(اخبار کیقباد)。遗憾的是,随着这些故事被改写为诗歌体,原有散文作品逐渐散佚。然而,《鲁斯坦姆与苏赫拉布》(رستم و سهراب)和《巴尔祖传》(برزونامه)在说书人中长期流传。这些个人传记均成为菲尔多西创作《列王纪》的素材。《达拉布传》(دراب نامه),12 世纪时由阿布·塔赫尔·塔尔苏斯撰写,描写了传说中的基扬王朝末代君主达拉布时期伊朗与希腊之间的战争,塑造了众多的勇士形象。

在众多的帝王勇士传中,最值得一书的是一部 11—12 世纪的散文体《亚历山大传》。

(1)散文体《亚历山大传》(11—12 世纪作品)

现存多种散文体《亚历山大传》(اسکندرنامه),其中最古老的一部是 11—12 世纪的作品,作者或译者不详。这部作品的主要内容为:马其顿人亚历山大征服埃及,在那里建立了亚历山大城,并把大批战利品进贡给波斯国王大流士三世。然而,富庶奢华的大流士三世对这些贡品颇为不屑,由此惹怒了亚历山大。亚历山大决定不再向波斯称臣纳贡,并且意欲攻打波斯。亚历山大获得一面"魔镜",可以从中看见天下正在发生的事情。通过占卜,亚历山大觉得攻打波斯稳操胜券。而波斯方面一直对亚历山大很藐视。两军交战,波斯军队溃败。大流士三世被自己部下杀害。亚历山大攻占波斯之后,实施仁政,获得民心,并娶了波斯公主露珊,在都城以斯帖正式登基为波斯王。

之后,亚历山大应邀前往高加索地区的格鲁吉亚,并在那里建造了第比利斯城,整座城市建得犹如人间仙境一般。接着,亚历山大南征北战,铲除了波斯周边为非作歹的土霸王,并在图兰地区的萨里尔城堡缴获伊朗远古基扬王朝的凯·霍斯陆国王的宝座和贾姆希德国王的神杯即"贾姆杯"。

然后，亚历山大经过呼罗珊到了印度，受到印度国王的款待。告别印度，亚历山大翻越崇山峻岭，到达他梦寐以求的国度——"秦"。与"秦"皇帝谈判，共同开通往来通道，即历史上的"丝绸之路"。这里插入了十分精彩的有关"秦"画家与波斯画家竞技的精彩故事。然后，在返回波斯途中，亚历山大又在图兰地区建造了著名的撒马尔罕城，又帮助巴尔德的努莎贝女王打败俄罗斯人的进攻。这时，亚历山大从俄罗斯人处听说在北极的佐尔马特（意即"黑暗"）有"生命水"，饮之可长生不老。亚历山大历尽千辛万苦，到达佐尔马特，获得夜明珠，并在先知哈兹尔（《古兰经》里获得"生命水"的先知）的帮助下，借助夜明珠的光亮，终于找到"生命水"。亚历山大走出佐尔马特，用天平称量夜明珠，竟然重于一百座山，但只要在天平另一边放上一杯尘土，就能将夜明珠压起来。意即生命虽然重于百座高山，但一杯尘土就能将之埋葬，真正不朽的是人的精神。

亚历山大回到波斯，开始组织学者进行大规模的翻译工作和创作文学故事，这其中有一些是《一千个故事》中的故事，还有一个故事讲的是希腊哲学家阿基米德钟爱中国仕女。亚历山大求知若渴，不仅阅读大量的文学著作，还与苏格拉底、亚里士多德、柏拉图等希腊著名哲学家讨论诸多哲学问题。

久坐书斋之后，亚历山大再次踏上上下求索的征途，先是探索尼罗河源头，接着又到印度，焚毁印度的异端寺庙，又一次到"秦"。在"秦"皇帝陪同下，观看海上仙女们的歌舞表演，深入海下探知仙女们的秘密。然后，从"秦"出发到北方，帮助那里的人们建造宏伟城墙，抵御"雅珠者和马珠者"野蛮部落的侵扰。

最后，亚历山大返回波斯，在巴比伦下榻，不久因操劳过度而病亡。

该书所讲述的亚历山大的故事，与著名诗人内扎米·甘贾维（1141—1209年）的长篇叙事诗《五部诗》之《亚历山大记》大致相同，显示出11—12世纪时期在伊朗地区广泛流传着该版本的亚历山大故事。该散文体《亚历山大传》对战争场面的描写气势恢宏，充满古希腊哲学思想，并且将亚历山大塑造为一位不知疲倦、上下求索真理的先知形象，整部作品情节生动，形象鲜明，结构严密，颇有几分荷马史诗《奥德赛》的韵味，与故事套故事的印度文学方式迥然不同。因此，有学者推测这部书的原作很有可能是希腊语，被伊朗人翻译为巴列维语，然后又从巴列维语翻译成阿拉伯语。伊朗伊斯兰化之后，又从阿拉伯语翻译成波斯语。很可能在翻译成阿拉伯语之后，加入了《古兰经》中所记述的具有先知色彩的英雄人物左勒盖尔奈英的内容，并且把历史人物亚历山大与先知左勒盖尔奈英嫁接在一起，从而使得历史上的西亚征服者亚历山大成为西亚人民心中的先知和英雄。

上述帝王勇士传记著作，采用的均是《阿维斯塔》话语系统，即伊朗雅利安人在中亚地区的神话传说中的帝王勇士故事，即使是亚历山大、大流士三世这样的历史人物,在《阿维斯塔》话语系统笼罩下,也被染上了神话色彩,其想象性远大于其历史真实性。比如,上述散文体《亚历山大传》讲述亚历山大在图兰地区的萨里尔城堡缴获伊朗远古基扬王朝的凯·霍斯陆国王的宝座和贾姆希德国王的神杯即"贾姆杯",这完全是把亚历山大的故事植入《阿维斯塔》的话语系统中,因而具有强烈的虚构文学色彩,可谓是"小说"(fiction)的雏形。

(2)比噶米的《达拉布续传》(《费路泽传》)

在众多的帝王勇士传记中,比较特别的是穆罕默德·比噶米的《达拉布续传》(دنباله داراب نامه طرسوسی),又称为"比噶米《达拉布传》(داراب نامه بیغمی)"。该作品创作于14—15世纪。这大概是伊朗最后一部伟大的帝王勇士传记。该书实际主角为达拉布的儿子费路泽国王,因此该书的阿拉伯语译本名叫《费路泽传》(فیروزه نامه)。

该书描写了费路泽国王与也门国王的公主恩哈亚特之间的爱情故事,全书故事情节曲折多变,处处节外生枝,因而紧张而扣人心弦,故事中的众义士也塑造得十分生动,激动人心。费路泽国王经过重重艰难险阻与考验,最终与自己的心上人恩哈亚特公主喜结连理。

比噶米的《达拉布续传》(《费路泽传》)的特别之处在于:其他的帝王勇士传记几乎都是根据《阿维斯塔》中的神话传说,或在伊朗民众中世代流传的故事而写的,更多的是一种"记录"或"改写";而比噶米的《达拉布续传》(《费路泽传》)中的大量情节却是作者想象和虚构的,乃是一种"创作",可以说是伊朗最早的罗曼史小说。然而,不断节外生枝的故事情节使得整个故事枝蔓繁芜,这其实也是印度文学模式的一种反映。这又使得这部作品依然未能超越1000年前的萨珊王朝故事文学传统。

二　宗教领袖传记

波斯人在接受伊斯兰教的同时,也将伊斯兰教波斯化。长期成熟的帝国封建制度使世袭与血统观念在波斯人心中根深蒂固,因此将先知穆罕默德的堂弟及女婿阿里视为穆罕默德合法的继承人,并以阿里的后代子孙为伊玛目(精神领袖),形成与正统伊斯兰教迥然有别的崇拜体系,即什叶派(意即"党派",指阿里党人)。什叶派信仰中融入了波斯自身1000多年的琐罗亚斯德文化传统。尽管在波斯萨法维王朝建立之前,阿拉伯与突厥—蒙古系的统治者们皆信奉伊斯兰教逊尼派(意即传统派或曰正统派),什叶派一直处于被打压、被迫害的地位,但什叶派的信仰在波斯民间积沙成塔,并最终在萨法维王朝(1502—1735年)时期建立起了以伊斯兰教什叶派为国教的宗教体系。由此,伊朗在教派上与阿拉伯世界信奉的逊尼派对峙。

什叶派尤其崇奉在卡尔巴拉(今伊拉克境内)遇难的伊玛目侯赛因。侯赛因是阿里与穆罕默德之女法蒂玛所生的次子。680年,为从篡位者亚兹德手中夺回哈里发职位,侯赛因带领家人和60余人的支持者在卡尔巴拉与亚兹德军队的数千名骑兵展开血战,直至战死,头颅被割下。侯赛因的遗体连同后来归还的头颅一起被埋葬在卡尔巴拉。由此,卡尔巴拉成为什叶派最重要的圣地,卡尔巴拉惨案的祭日(阿舒拉日)也成为什叶派最重要的悼念日。侯赛因在明知寡不敌众的情况下,为信仰与正义而慷慨赴难的牺牲精神成为什叶派信仰的精神支柱,也是伊朗宗教文化最重要的内核。

随着什叶派的形成,在乌莱玛(宗教学者)阐释什叶派信仰的宗教理论著作之外,出现了大量记叙先知、什叶派宗教领袖、宗教学者的传记著作。这些作品虽然都具有相当程度的故事性,但其纪实性大于文学性和故事性,并具有强烈的宗教色彩,可谓是萨珊王朝宗教故事文学的延续与发展。这里,简述几部比较重要的作品:

《先知故事集》(قصص انبیا),作者艾斯哈格·本·哈拉夫·尼沙普里,作于11世纪中叶,用优美纯熟的波斯语写成。全书记录了114个关于先知、哈里发、穆圣的叔叔阿巴斯的故事。

《故事王冠》(تاج القصص)是最早用波斯语创作的先知故事集之一,由阿布高塞姆·马赫穆德·本·哈桑·吉航尼口授,由其门徒伊本·纳斯尔·布哈拉依记录。二者生平不详。作品从创世写到阿里之子侯赛因的事迹。先知部分用了40个场景的篇幅描写了优素福先知的故事,独立成篇,因此这一部分又被单独命名为《门徒们的密友,情人们的天园》。之后,描写了其他诸位先知的事迹,都来自《古兰经》。该书着力描写了侯赛因明知寡不敌众、英勇赴难的事迹,开启了什叶派描写并歌颂精神领袖伊玛目的先河。

《烈士颂歌》(روضه الشهدا)是宗教领袖传记作品中最重要的一部作品,由著名的什叶派宗教学家瓦埃兹·卡谢非·撒布日瓦里创作于15世纪,记叙了为什叶派事业英勇献身的烈士们的护道业绩。这部书的核心指归是先知们遭受的灾难与困苦,全书有序言、十章、结尾,伊玛目侯赛因殉难是该书浓墨重彩描述的核心,但该书同时也记叙了《古兰经》中其他先知和什叶派精神领袖的事迹。第一章记叙人类始祖阿丹(亚当),以及他被贬谪后遭受的种种苦难。该章还记叙了努哈、易卜拉欣、叶尔孤白、优素福、安友卜、泽卡利亚、尔撒等诸位先知的事迹。有意思的是,作者在记叙每一位先知所遭遇的灾难时,最终都归结到伊玛目侯赛因所遭遇的卡尔巴拉惨案上来,并且转折得十分自然顺畅,显示出作者高超的写作技巧。第二章记叙了阿拉伯麦加古莱什部落加诸先知穆罕默德的种种迫害,以及哈姆宰和贾法尔为保护先知而壮烈牺牲。最终,故事叙述依然转到卡尔巴拉惨案上来。第三章记叙先知穆罕默德的仙逝归真。第四章记叙先知穆罕默德的女儿法蒂玛的事迹,文笔十分生动,但想象虚构的成分较大。第五章记叙"穆民之首"阿里的事迹,从出生直到殉难。第六章详细记叙了伊玛目侯赛因从出生到慷慨赴难的历程。第七章记叙阿巴·阿卜杜勒的生平事迹。第八章记叙穆斯林·本·阿基尔的生平事迹。第九章论述伊玛目侯赛因为什么在明知寡不敌众的情况下,依然坚定不移地慷慨赴难的精神奥秘。第十章又分为两节,第一节记叙伊玛目侯赛因殉难之后,其死者的亲属的事迹;第二节记叙杀害阿巴·阿卜杜勒的凶手们的结局。尾声记叙哈桑和侯赛因的后代子孙。

《指路集》（مجمع الهدی）,作者阿里·本·哈桑·扎瓦迪,创作于16世纪,全书共计40章,记叙了从开天辟地、真主造人到什叶派最后一位隐遁伊玛目麦赫迪复临,着重记叙了什叶派12位伊玛目的传承与事迹。

从文学性的角度来看,上述作品皆由一个个的故事集合而成,故事与故事之间既缺少逻辑性的有机关联,也缺少把无关联的故事串联起来的主线故事,因此只能说是一种故事集合体。这些作品的宗教意义远远大于其文学意义。上述四部作品从传记文学的角度,建构起伊朗伊斯兰教什叶派自身的崇拜体系,为什叶派信仰在伊朗民间的传播起到了非常重要的促进作用,最终促使什叶派成为伊朗的国教。

三　苏非长老传记

苏非派是伊斯兰教内部衍生的一个神秘主义派别,其理论核心是"人主合一",即人通过一定方式的修行（或外在的苦行修道或内在的沉思冥想）,滤净自身的心性,修炼成纯洁的"完人",在对真主的狂热爱恋中,达至"寂灭",进而实现"人主合一"的至境,并在合一中获得永存。苏非派虽然兴起于阿拉伯,但在波斯得到发扬光大。苏非派的修道形式是一个个彼此独立的教团,教团的首领即长老,有"谢赫""巴巴""固特卜"等称谓。教团内,由长老传道,指导教徒修行。

苏非派的神秘主义理论具有强烈的形而上色彩与出世精神,契合了长期受异族统治的波斯民族的心理需求,因而在波斯迅速发展。在11—16世纪长达五六百年的时间内,苏非思想成为波斯社会的主导思想。16世纪之后,因统治阶级的打压,苏非教团日益减少,但苏非神秘主义思想却在长期的发展中积淀为伊朗传统宗教文化的一部分,对伊朗民众尤其是知识分子阶层具有根深蒂固、潜移默化的影响。倘若说,什叶派慷慨赴难的牺牲精神铸就了伊朗民族的积极于世、宁折不弯的精神特质,那么苏非派形而上的出世哲学使伊朗民族在牺牲精神的重负下能够旷达超然地舒展。二者相辅相成,构成了伊朗民族精神不可分割的两个方面,犹如儒家与道家思想在中国传统文化中的作用与影响。

苏非神秘主义在波斯形成一股强大的思想潮流,对文学产生了巨大的影响。11世纪之后的波斯诗人或多或少地都具有苏非思想,并且很多苏非长老都是著名的大诗人。宗教学者与诗人的双重身份使他们把诗人的天赋与苏非神秘主义思想密切融合,力求用自己的诗歌为广大信众传道授业解惑,用诗歌反映出自己对宇宙、人生的最根本的认识,为此创造出了具有极高宗教价值、哲学价值、思想价值和文学价值的苏非神秘主义诗歌,使波斯诗歌的思想内容变得十分深广,成为世界古典文学中的瑰宝。除了大量优秀的诗歌作品之外,在散文领域,出现了大量苏非长老传记,大都出自这些著名苏非长老的门徒弟子或信徒,因出于个人崇拜而有所夸张。其中,比较重要的作品有以下几部:

《合一的秘密》(اسرارالتوحید),作者穆罕默德·本·莫纳瓦尔,作于1158—1184年之间(一说确定作于1174年),记叙了著名的苏非长老阿布·萨耶德·阿布赫尔(967—1048年)的生平事迹。阿布·萨耶德·阿布赫尔是波斯最著名的苏非长老之一,门徒众多,他所倡导的修行方式对很多苏非教团都有影响。此书作者系阿布·萨耶德·阿布赫尔的孙子。全书共计三章,阿布赫尔的大量苏非神秘主义诗歌因该书的记载而留传下来。该书所记述的故事皆富于深刻的哲理,语言优美流畅,具有很高的文学价值。其中片段如下:

> 据说,我们谢赫(指阿布·萨耶德·阿布赫尔)的父亲巴布·阿布赫尔,非常敬重马赫穆德苏丹,在密函内为他建造了一座房屋,房屋的四壁和天花板上都镂刻上马赫穆德苏丹的名字并赞颂他的侍卫随从和坐骑。那时谢赫还很小,对父亲说:"在这座房子里给我造一间屋子,一间专门属于我的房间,任何人都不能染指。"父亲在房子顶上给他建造了一间屋子,成为谢赫的专用修道房。当房间建造好,举行竣工仪式时,谢赫吩咐在门、墙、天花板上都写上"安拉、安拉、安拉"。父亲问他:"儿子啊,这写的都是啥?"谢赫说:"每个人都在自己的房间写上自己的阿米尔的名字,我的阿米尔就是安拉。"他父亲感到很欣慰,同时对自己所做之事深感后悔,吩咐将自己房子里所镂写的文字全都铲掉,从那时起对谢赫另眼看待,倾心于谢赫所行之事。
>
> ……一天,我们在巴尔噶萨姆·巴沙尔·雅辛那里,我们的谢赫对我们说:"孩子呀!你想与真主说话吗?"我们说:"想呀,为何不想呢?"他说:"那你在任何独处的时候都念这首诗,除此之外,什么话也别说。"诗云:"心肝,没有你我无法安宁,你的美德懿行我数不胜数;即使我满身毛发都变作舌头,也说不尽你甜蜜沧海中的一粟。"我们全都如此念诵,直到从这扇小小的门户,真主之路向我们展开。
>
> ……一天,一位达尔维希(苏非游方僧)来到密函内,连鞋子都没脱就径直来到我们的谢赫面前,说:"谢赫啊,我经历了漫长的旅行,累得脚都抬不起来了。既没有获得自身的安宁,也没有看见一个安宁的人。"谢赫说:"不足为奇。你旅行了,就是对自己的希冀进行了寻找。

如果你没有经过这次旅行,当你告别人世时,你也既不会有安宁,也不会有他人向你显示安宁。人的监狱即是人的存在。当你迈步走出监狱,即是抵达希冀。"①

　　整部书皆是如此之类的箴言故事,如同禅宗故事充满智慧与哲理,使该著作本身也获得了很高的宗教哲学价值,成为苏非神秘主义的重要著作。该书以"呼罗珊体"波斯语写成,并且多是口语对话,清新流畅,是中古波斯语散文故事文学的代表作。

　　《巨象的地位》(مقامات ژنده پیل),作者和卓·莫阿亚德·丁·伽兹纳维,作于12世纪,记叙了苏非长老阿赫玛德·加姆的生平事迹。作者本来是要前往麦加朝觐,途经加姆城,在那里拜访了加姆长老,深受影响,对加姆长老敬佩得五体投地,乃至放弃了去麦加朝觐的打算,在加姆长老的修道院中定居下来做门徒。然后,详细撰写了加姆长老的生平事迹。加姆长老有很多的绰号,"巨象"是其中之一。

　　《圣徒列传》(تذکره الولیا),作者本身即著名的苏非长老诗人阿塔尔·尼沙普里(1145—1221年),全书原本包括前言和72章,后来阿塔尔的后代门徒又增加了25章,总共记录了96位苏非长老或圣徒的言行事迹和思想精神,充满了教诲箴言与苏非玄理,是苏非派的重要著作。第1章记叙贾法尔·萨迪克(699或702—765年,什叶派第六伊玛目),第72章记叙曼苏尔·哈拉智(858—922年,著名苏非圣徒,在修行的迷狂中自称真主,被视为异端,被处绞刑)。《圣徒列传》撷英:一个人来到阿布·法兹尔长老面前,说:"昨晚我做了一个梦,梦见您死去了,尸体被扔在一个角落里。"谢赫说:"闭嘴! 你在梦里看见的是你自己。我们永远不会死的。"当谢赫弥留之际,大家说:"我们把您埋在某个地方,那里埋的都是长老和大人物。"谢赫说:"千万别! 我是何人,怎么能把我与这样一些人埋在一起呢? 你们把我埋在乱坟岗,那里是埋小偷和地痞流氓的地方,他们离'他'的怜恤更近。水应当给真正的渴者。"

　　《圣洁人士的气息》(نفحات الانس من حضرات القدس),由著名苏非长老诗人、思想家贾米(1414—1492年)撰写,是贾米最重要的一部散文著作,记录了波斯、印度、伊拉克、埃及等地区共计614位苏非长老的生平事迹,从以苏非著称的第一人阿布·哈希姆·佐赫德·苏非写到作者生活时代的苏非长老。其他苏非传记作品大都是片段故事性的,记录苏非长老生活中的言行事迹,而贾米的著作比其他同类作品对长老们的生平事迹记录得更为详细周全,更富于文采和故事性,被视为苏非列传中最可信赖的著作。

---

① 笔者译自波斯语《合一的秘密》,菲尔多斯出版社,2003年,第101—103年。

《沃勒夫们的宫殿》(قصر عارفان)，撰写于 1804 年，由阿赫玛德·阿里·马赫杜姆巴赫希长老著，记叙了印度斯坦地区苏非长老、圣徒们的生平事迹。全书共计四章，每章有若干节。这可能是已知的最晚近的一部苏非长老传记作品。

这些苏非长老传记故事作品与宗教领袖传记作品一样，即皆由一个个的故事集合而成，故事与故事之间既缺少逻辑性的有机关联，也缺少把无关联的故事串联起来的主线故事，但每个故事都围绕着一个核心思想，或是先知们的圣迹和圣绩，或是苏非圣徒们的坚定信仰，总之每个故事都蕴含教诲。因此只能说是一种故事集合体，或称散盘珍珠模式。

四 其他传记作品

除了上述一些传记文学作品之外，伊朗古代还有为数不少的诗人传记。其中，重要的诗人传记作品有以下几部：内扎米·阿鲁兹依·撒马尔罕迪的《四类英才》(创作于 1156—1157 年之间)、努尔丁·穆罕默德·欧菲的《诗苑精华》(1221 年)、都拉特沙赫·撒马尔罕迪的《诗人传记》(1486 年)、萨姆·米尔扎·萨法维的《萨米的礼物：诗人传》(始作于 1550 年)、罗特夫阿里·贝克·阿扎尔·比格德里的《阿扎尔祭火坛》(作于 18 世纪)、礼萨伽里汗·赫达亚特的六卷本《群英荟萃》(1842—1871 年)。因笔者在拙著《波斯古典诗学研究》(昆仑出版社，2011 年 1 月)中已有较为详细的论述，这里不再重复。这些诗人传记也是故事集合体的形式。

《故事大全》(جوامع الحکایت و لوامع الروایات)，作者努尔丁·穆罕默德·欧菲，13世纪的伟大作家。该书创作于 1232 年，具有较高的文学性与历史性。全书分为4 个部分，每部分 25 章，共计 100 章。该书将严肃的历史事件用文学故事的形式进行讲述，介于历史著作与文学著作之间。作者收集的史料翔实，讲述生动，对考察当时伊朗社会生活具有重要的参考价值。然而，整部书也是故事集合体的形式。

伊朗中古时期的历史著作繁多，《贝哈基历史》(تاریخ بیهقی)是蒙古人入侵伊朗之前的最重要的一部史籍，作者阿布法兹尔·贝哈基是伽兹尼王朝(998—1186 年)著名的宫廷文秘。《贝哈基历史》是关于伽兹尼王朝的历史，同时也记录了之前萨法尔王朝与萨曼王朝的历史。此书原有 30 卷，后来散佚，仅有 5 卷留存，大部分内容是伽兹尼王朝著名的马赫穆德苏丹之子马斯乌德统治时期的历史，从 1018 年写到 1077 年，因此又被称作《马斯乌德历史》。这是一部文学性极强的史书，从波斯语散文写作的角度来看，这部著作堪称典范，堪比中国司马迁的《史记》。

在蒙古人统治伊朗之前，伊朗的史籍写作偏重于历史传说，除了几部散文体《帝王纪》之外，别的史籍少见。蒙古人统治伊朗之后，把中国重视修史的传统带入伊朗,使史籍撰写在伊朗得到了很大的发展,并且多为信史。其中,志费尼(1226—1282年)的《世界征服者史》(تاریخ جهانگشای),是一部重要的史籍,也可以说是一部文学作品,是13世纪的重要著作。此著作共计3卷,分别记叙蒙古、花剌子模诸王、伊斯玛仪派的历史,一直写到公元1257年(回历655年)。此外,重要的史籍还有拉施特的《史集》(جامع التواریخ)、《瓦萨夫历史》(تاریخ وصاف)。另外还有相当数量的地方志,其中著名的有《锡斯坦史》(تاریخ سیستان),作者不详,成书于蒙古人统治伊朗之前,第一部分大约作于1053年,第二部分则一直记录到1324年的历史事件,记载了伊朗东南部锡斯坦地区很多生动有趣的逸闻趣事。

这些史籍都具有较强的文学性和故事性,成为后世历史小说的源头之一,另一个源头是传记文学。然而,史籍毕竟是史籍,不是虚构作品,在分类已经比较细化的中古时期,已经与文学作品不属于同一范畴,因此本书不做详细评述。

第二节　民间故事集

在各种传记作品层出不穷的同时,印度文学模式的各种民间故事集在中古时期的伊朗文坛也得到一定程度的发展,除了数度被翻译的《卡里莱与笛木乃》之外,还出现了几部比较优秀的伊朗本土民间故事集。

一　《玛尔兹邦寓言》

《玛尔兹邦寓言》(مرزبان نامه),全书共有9章,外加引子和尾声,用伊朗北部里海沿岸方言塔巴里语写成,在1220—1225年之间译为达里波斯语。作者玛尔兹邦是生活于10世纪的一位军队统帅,这部书是他写给他效力的地方君主的动物寓言故事集,借动物之口,讲出生活中的箴言哲理,与《卡里莱与笛木乃》有异曲同工之妙。只是,书中故事蕴含的是地道的伊朗文化中的伦理道德,几乎不见伊斯兰文化伦理道德色彩。因此,该书是考察和了解伊朗文化的重要参考资料。

《玛尔兹邦寓言》撷英:很久很久以前,有一只公鸡,喜欢讲故事和听故事。每当看见母鸡、鸽子或麻雀,就会要求他们把他们的所见所闻讲给他听,他们聚会的时候,也会邀请公鸡。大家围坐一起讲故事,讲他们的所见所闻,讲豺狼、狐狸和猎人们为捕获鸟儿们的阴谋诡计,讲他们自己或是朋友们遭遇的灾难。公鸡通过这种方式获得了很多信息。一天,公鸡独自在家,其主人家的小院子的门开着。公鸡走到小巷里,又从小巷走到荒野中。正值春季,荒野里一片葱茏,树木繁花似锦,花的芬芳在空气中飘荡。公鸡兴致高涨,引吭高歌。附近有一只狐狸,听见了公鸡的叫声,便想吃公鸡肉,赶紧朝公鸡飞奔过来。公鸡一看见狐狸,吓得赶紧飞跳到墙上,又从墙上飞到树枝上坐下来。狐狸见够不着公鸡,便施展花言巧语,对公鸡说:"你为什么要跳到那上面去?难道是害怕我吗?我对你没有歹意呀。我是被你的歌声吸引而来。你的歌声太美妙了,我来看望你,与你做朋友。你看,气候是如此的适宜,鲜花盛开,原野一片苍翠。你的歌声驱赶烦忧。我很喜欢具有艺术才华者。那该多好啊,咱俩一起在这原野中散步溜达。"公鸡听说过狐狸的很多狡猾伎俩,知道这番花言巧语全是为了诱惑他从树上下来,便回答说:"是啊,天气很好,原野碧绿,鲜花盛开,我的歌声也还动听。但是,我不认识你。我父亲总是告诫我说,不要与陌生人做朋友,不要与比我强壮者一起在偏僻的地方散步。我总是牢记父亲的教诲。我知道,很多小鸡因为与陌生人交朋友而懊悔。"狐狸说:"是啊,是啊,我与你父亲也是老朋友了,他真是一个好人。当你还是孩子的时候,我几乎每天都上你家去。碰巧,我昨天还与你父亲在一起,还谈起你来。他说,我儿子非常聪明机灵。然后,你父亲恳求我在荒野中照顾你,以免你被人欺负。"公鸡说:"我父亲从来没有谈起过你,我也不记得有狐狸来我家串过门。再说,我父亲去年就去世了。我很吃惊,你居然说昨天与他说过话。"狐狸说:"真是不好意思。我说的是你的母亲。昨天你母亲恳求我,不要让你独自一人。说真的,我与你家亲戚全都有交情,他们全都对我赞不绝口。现在,如果你不想散步,我倒也无话可说。但是,你这样提防与我一起散步,我感到很遗憾,你连朋友与敌人都分不清楚。我不知道是什么人说过我的坏话。"公鸡说:"我没听谁说起过你。但是,我懂得,公鸡不能与狐狸做朋友。因为狐狸喜欢吃公鸡。有脑子的公鸡应该不与自己的敌人为友。"狐狸笑着说:"你说敌人?哪个是敌人啊?难道你没听说,动物之间全都化敌为友了。动物国王颁布了旨意,所有的动物都要彼此为友,不能相互折磨。所以,在这片原野上,豺狼与绵羊已经成为朋友,家禽母鸡骑在豺狼的背上在原野中漫步。老鹰也不再抓捕鸽子,猎狗与狐狸也相安无事。真令人吃惊,你居然还在这里大谈动物们的分歧,这已经是老生常谈的过时话了。现在,所有的动物都像牛奶与砂糖一样融洽。"当狐狸滔滔不绝之时,公鸡伸长脖子望向人烟稠密之处,没回答狐狸。狐狸问:"瞧你心不在焉的样子,你在看什么呢?"公鸡说:"我看见有只动物从人烟稠密处跑过来。我不清楚是什么动物,但是比狐狸要大一些,耳朵、尾巴和蹄子都又尖又长,就像闪电一样飞奔过来。"狐狸一听此话,便放弃诱惑公鸡,想赶紧逃跑,寻找躲避之处。于是,抬腿往荒野跑。公鸡看见狐狸吓得屁滚尿流,说:"你要去哪里呀,你等一下,让我看看这来的究竟是什么动物。也许也是一只狐狸呢。"狐狸说:"从你讲的特征来看,这显然是一只猎犬。我跟他关系不睦,恐遭折磨。"公鸡说:"你刚才不是说国王已经颁布旨意,动物们全都和平共处了吗?狼、羊、狐狸、公鸡,全都成朋友了。谁对谁都不找碴。"狐狸说:"对狐狸来说,那是当然。但是,这条狗就像你一样没有听到国王的旨意。我若留下来,恐遭不测。"说完就跑掉了。

这是一个十分精彩的小故事，公鸡与狐狸的对话中不断抖落出人意料的包袱，紧扣人心，就在读者想要看狐狸如何为自己圆场下台之时，狐狸说"这条狗就像你一样没有听到国王的旨意"，完美圆场下台。两只动物可谓各有各的机智，故事读来十分生动有趣。

二　《鹦鹉传》

《鹦鹉传》(طوطی نامه)，作者齐亚·纳赫沙比，完成于1329年，源自梵语故事文学《七十只鹦鹉》中的相关故事。萨珊王朝时期从梵语翻译为巴列维语。故事开头讲：一个名叫萨埃迪的小商人一天在集市上看见一只鹦鹉以罕见的高价出售，很吃惊。鹦鹉一看见萨埃迪，似乎就认定他将是自己的买主，便开口叫住萨埃迪，说自己具有预言的奇异功能，并当即预言说萨埃迪在三天之后的一场交易中会发大财。三天之后，萨埃迪果然发了大财，因此便相信了鹦鹉的话，买下了这只鹦鹉，还为它买了一只配偶，一起带回家。不久，萨埃迪要出门做生意，在出门之前，他将鹦鹉交给自己的妻子马赫谢卡尔，千叮万嘱要好好照顾这两只鹦鹉，不论遇到什么事情，不管是吉是凶，都要与鹦鹉商量。其实，也是把马赫谢卡尔交托给了鹦鹉。萨埃迪走之后，一个老奸巨猾的老妇人来到马赫谢卡尔面前，花言巧语地诱惑马赫谢卡尔迷恋上了一个年轻人。没有见过世面的马赫谢卡尔一下就陷入了爱的罗网。晚上，当她想去与年轻人幽会之时，突然想起了丈夫的忠告，于是便去寻求鹦鹉的指引。雌鹦鹉快语直言地反对马赫谢卡尔欲行之事，马赫谢卡尔听了很不舒服，就把鹦鹉的劝告抛在了一边。雄鹦鹉机灵，吸取雌鹦鹉直言的教训，表面上赞同马赫谢卡尔的决定，对她说，应当去与情人相会，除此之外，没有别的更重要的事情。当马赫谢卡尔急切地想走时，雄鹦鹉就说："且听我讲一个故事。"就这样，每个晚上，鹦鹉都用一个故事将马赫谢卡尔牢牢吸引住，阻止她去与情人幽会。就这样持续了52个夜晚，等萨埃迪经商回来，知道了事情经过，对鹦鹉赏爱有加。《鹦鹉传》整部书就是由鹦鹉所讲的故事构成，故事结构完全是典型的印度民间故事文学结构，即大故事套小故事，这是拖延时间的最佳技巧。鹦鹉所讲故事差不多都有一个核心指归，即让人克服自己的贪婪欲念，以此婉言劝告马赫谢卡尔不要放纵自己的欲念。

比如其中一个故事：在印度古杰拉特有一个婆罗门，生活陷入贫困，之前聚集在他周围的亲朋好友都离他而去。他只好离开家乡，去另一个地方讨生活。一天，他进入一个茂密的森林，突然看见一头狮子躺在小溪边养神休息，鹧鸪和孔雀在一旁伺候。婆罗门十分恐惧，想转身逃跑又怕狮子追，硬着头皮前行又怕被狮子吃掉。因此，惶惶然不知所措。鹧鸪和孔雀也看见了这个男人，它们心地善良正直，也不愿意看见狮子捕获无辜者，因此大肆赞美狮子，说狮子作为森林之王，不仅让森林中的所有动物都顶礼膜拜，而且让有身份的高贵人士也很崇敬。现在正走过来的那个婆罗门,就是来赞美大王的。狮子听了十分高兴,就让婆罗门上前来。婆罗门大肆赞颂了一番狮子。狮子让鹧鸪和孔雀打开宝库,赏赐婆罗门大量珠宝。婆罗门衣锦还乡,脱离了贫困。过了一些时日,婆罗门又起了贪心,在妻子怂恿下,再次走进森林,想从狮子处获得赏赐。但这次侍奉在狮子面前的是乌鸦和豺狼,它们向狮子进谗言,让狮子捕食婆罗门。婆罗门逃到树上。乌鸦和豺狼继续蛊惑狮子捕杀这个侵犯森林王国的人。狮子守在树下咆哮。婆罗门在树上浑身颤抖。正在此时,鹧鸪和孔雀路过,看见这种情况,赶紧赞颂狮子的美德,让狮子放过婆罗门。获救的婆罗门懊悔自己的贪婪,灰溜溜地回到了家乡。

三 《义士萨马克》

《义士萨马克》(سمک عیار)是中古时期最精彩、有可能成书最早的一部具有小说性质的波斯语故事文学作品,1189 年由一位名叫萨达格·本·阿布高塞姆·设拉子依的人讲述,法罗玛尔兹·胡大达德·阿尔疆尼汇编成书。全书共计 3 卷,故事丰富多彩,情节曲折多变,吸引人心。书中的故事在伊朗民众中长期广为流传。

义士萨马克是波斯中古时期广泛流传的民间故事中的一位绿林好汉,劫富济贫,大快人心。义士萨马克的各种义举也在人们口口相传中不断被添枝加叶。故事的发生地主要是在伊朗,也涉及周边国家和地区。书中人物大部分具有伊朗名字,并且是伊朗上古传说中的英雄的名字,因此有专家推测这部书中的很多故事其实是伊朗伊斯兰化之前就在民众中广为流传的英雄故事,伊斯兰化之后,在人们的口口相传中,这些故事被安在了一个名叫萨马克的绿林好汉身上。

《义士萨马克》的轴心故事是两位王子胡尔西德·沙赫与法罗赫鲁兹向"秦"天子的女儿求婚,与"马秦"国王开战的故事。第一卷和第二卷中的绝大多数故事都发生在"秦"和"马秦"。

故事梗概如下:阿勒颇王国的国王玛尔兹邦没有子嗣,为了求子,在哈莽大臣建议下,与伊拉克国王的女儿古尔纳尔成婚。过了一段时日,古尔纳尔果真生下一男孩,起名胡尔西德。胡尔西德长大成人,成为一名勇士。一次,他在"秦"打猎野驴,被"秦"国的风光深深吸引,并且迷恋上了"秦"国天子的女儿玛合帕丽。玛合帕丽有个会魔法的舅舅,在"秦"国宫廷中具有举足轻重的地位,他对玛合帕丽的求婚者们实施各种考验,求婚者们一旦在考验中失败就会被魔法师舅舅掳掠到一个隐秘的地方。胡尔西德顺利闯过了第一关和第二关,在第三关遭遇失败。这时,邻国王子法罗赫鲁兹因与胡尔西德长得十分相像,便挺身而出,冒充胡尔西德王子。魔法师舅舅把法罗赫鲁兹掳掠到了那个隐秘的地方。之后,胡尔西德躲进城中的"青年之家"避难,与义士萨马克相遇,二人成为好友。

萨马克为法罗赫鲁兹的牺牲精神所感动,决心帮助胡尔西德,圆他的梦想。

随着故事的发展,萨马克成功杀死了魔法师舅舅。然而,大臣梅赫朗觊觎魔法师舅舅之前在宫中的地位,拉拢一帮年轻人为自己效力。萨马克和一帮绿林好汉因中了梅赫朗的阴谋诡计而被囚禁在"秦"天子的一个秘密城堡中。这时,梅赫朗写信给"马秦"国王阿尔曼,告知"秦"国内部空虚,可以趁机取之。于是,阿尔曼国王也加入求婚者队伍,却意在夺取"秦"国政权。经过种种曲折的机缘巧合,"秦"国天子终于答应胡尔西德做自己的女婿,条件是要他带领军队与"马秦"军队作战。"秦"国与"马秦"的军事冲突的最终结果是,胡尔西德与萨马克的绿林军获得胜利,"马秦"国王阿尔曼逃到东方大山中躲藏起来。最后,玛合帕丽在分娩时死去,胡尔西德又娶了另一个名叫阿邦多赫特的姑娘。

东方大山王国的国王名叫扎尔佐尔,在这个王国中有两支绿林队伍,一支是红色阿拉曼,另一支是黑色阿拉曼。在行事方针上红色阿拉曼更加豪爽仗义。随着战争的进程,红色阿拉曼加入了"秦"国绿林军萨马克的队伍,由此红黑两支绿林军的矛盾冲突达到高潮。最终,红色绿林军占据上风。"马秦"国王阿尔曼在扎尔佐尔国王支持下,又纠集周边地区的一些队伍,与胡尔西德和萨马克再次开战。在两军胶着时刻,阿尔曼寻求魔法师斯哈内的帮助,萨马克却抄后路,得到了扎尔佐尔国王女儿的帮助,打败了斯哈内的魔法。

然而,在一次夜袭中,胡尔西德的妻子阿邦多赫特和儿子法罗赫鲁兹被阿尔曼军队俘获。阿尔曼将阿邦多赫特送到鹰城,借此在鹰城避难。鹰城首领古尔汗迷恋上了阿邦多赫特,拒不将阿邦多赫特交还给胡尔西德。义士萨马克为了救出阿邦多赫特前往鹰国,潜入古尔汗的宫中,无意中听到鹰国的秘密宝藏。于是,为了找到这秘密宝藏,萨马克又踏上了千难万险之路。

在寻宝途中,萨马克遭遇风暴,船被粉碎,在神鸟凤凰的帮助下获救。萨马克由此到了凤凰岛,岛上生活着一群亚兹当信徒(琐罗亚斯德教信徒)。在亚兹当信徒的指导下,萨马克读懂了泥板上的文字,找到宝藏。在凤凰的帮助下,萨马克到了长腿国的都城阿丹·施师(人祖阿丹的第三子)城,爱上了国王的公主贾杭阿福露兹。在公主会魔法的奶奶的帮助下,萨马克回到了胡尔西德身边。

在萨马克回来之前,胡尔西德的父亲玛尔兹邦被古尔汗军队掳掠走了,被送到了印度的卡夫城。鹰城陷落,古尔汗被杀,阿尔曼和扎尔佐尔逃到卡夫城避难。于是,萨马克又前往卡夫城,与阿尔曼和扎尔佐尔战斗,救出了玛尔兹邦。经过这一变故之后,玛尔兹邦感到自己年老力衰,将王位让给了儿子胡尔西德。之后,故事人物重心就转移到胡尔西德的儿子法罗赫鲁兹身上,义士萨马克继续效忠王子,经历了种种艰难险阻。其实是再一次重复之前的故事模式,由此循环往复,故事无限延长。

《义士萨马克》中的很多故事情节与伊朗上古帝王勇士故事相似,属于伊朗自身的《阿维斯塔》话语传统,然而其结构方式却是枝蔓繁芜、循环往复的印度故事模式传统。也就是说,萨珊故事文学中的两大话语传统,在《义士萨马克》这里实现了融合。

综观伊朗整个古典时期(上古和中古时期)的故事文学,从叙述模式来看,可以分为四种类型:一是自身循环往复的模式。这体现在《阿维斯塔》和古波斯语铭文书写中,循环往复地赞颂各大神祇和帝王们自身的丰功伟绩。另外,儿子重复父辈的故事套路,也是一种循环往复的模式,如《义士萨马克》的后半部分。二是散盘珍珠模式。这体现在各种传记文学作品中,这类作品由一个个的独立故事组成,故事与故事之间没有任何关联,但每个故事都围绕着一个核心思想,或是先知们的圣迹和圣绩,或是苏非圣徒们的坚定信仰,总之每个故事都蕴含教诲。三是珍珠串模式。这以《一千个故事》为代表。这类作品具有一条故事主线,串联起众多零散的故事。四是故事连环套,即大故事套小故事。这类作品以《卡里莱与笛木乃》和《义士萨马克》为代表。这样的故事叙事模式表现出古代人的时间观念,即时间循环往复,永无止境。然而,这种循环往复的构架难以推动故事文学的实质性变化,总是处在不断重复中,因此延续1000多年,没有任何实质性的重大推进与发展。

从语言风格来看,11世纪初期,阿拉伯语散文中的骈俪句式被引入波斯语散文写作,由此波斯语散文开始向对称、骈俪、凝涩风格发展,呈现为一种凝重的典雅美。《玛尔兹邦寓言》的语言已经具有骈俪倾向,是波斯语散文作品从纯朴自然的"呼罗珊体"走向骈俪化的开始。12世纪纳斯尔·安拉·蒙希翻译的散文故事作品《卡里莱与笛木乃》(کلیله و دمنه)采用的即是典雅而典型的骈俪文。这种文体后来在"伊拉克体"中继续发展,萨迪的《蔷薇园》(گلستان سعدی)也是这种文体的典范之作。这种风格的散文作品,语言精雕细琢,以工巧著称。这种风格的作品一般修辞精巧,用词凝重,各种术语堆砌,大量采用阿拉伯语词汇。骈俪体散文虽然不乏经典之作,但在其发展过程中,严重制约了故事文学的发展。直至19世纪,波斯语散文风格才发生变革。

第五章　19世纪:伊朗文学现代性的孕育

第一节　社会变革促使伊朗文学现代性的自发萌生

　　萨法维王朝(1502—1722年)土崩瓦解的时候,各部落首领忙于争夺地盘,在半个多世纪的时间里,伊朗处于军阀混战的状态。其间,虽有个别首领称霸,建立起阿夫沙尔王朝和赞德王朝,但都是短命王朝,未能将整个国家凝聚在一起。因此,这时期的伊朗处于一种混乱状态,在相当长的时期内,文学艺术无人问津。在恺伽王朝(1786—1925年)建立之前,伊朗虽然与近代西方国家经贸往来颇为频繁,但这样的经贸往来对伊朗国内社会生活、经济结构和政治体制并未带来任何冲击,伊朗基本上仍是一个孤立、封闭、保守、停滞的古代封建王国。相应地,文学艺术的发展也基本上处于停滞的状态,凝涩的宫廷文体一统天下,没有杰出的文学家和文学经典产生。

　　1786年3月,恺伽王朝建立。这是伊朗历史上一个特别的朝代,一个充满急剧变革的朝代,在政治制度、社会生活、文化结构、文学风格等诸方面都发生了深刻的变化,是伊朗近代史的发端。文学的变革总是与急剧的社会变革密切相关。伊朗文学现代性的萌芽发生在法特赫阿里国王(فتحعلی شاه,1797—1834年在位)执政时期,并且,首先以散文和故事文学的语言变化为发端。伊朗文学的这一变革正是伴随着社会的变革而发生的,而社会的变革又与当时的世界局势密切相关。

　　促使伊朗在近代发生社会变革的最重要外因是伊朗与沙俄的战争。伊朗这个世界第一个大帝国,2000多年以来一直雄踞西亚,尽管数度遭遇灭顶之劫难,长期被异族统治,但是伊朗高度发达的文明将这些异族统治者无一例外地同化,这正是伊朗人的骄傲之所在。然而,当历史的车轮进入19世纪,当伊朗再次遭遇外国强敌的入侵时,昔日的帝国已经没落,既无经济上的强势,也无文化上的优势。从19世纪开始,伊朗逐渐成为英俄等西方列强争夺的势力范围,并一步步地沦为半殖民地半封建的国家。

　　18世纪沙俄帝国强势崛起,19世纪初叶即开始觊觎长期以来一直称霸西亚的伊朗。1804年7月,沙俄入侵伊朗,由此开始了长达9年的伊俄战争,最终以伊朗惨败而告终。1813年10月,伊朗被迫与沙俄签订了伊朗历史上的第一个不平等条约——《古勒斯坦条约》,里海沿岸大部分国土割让给沙俄,伊朗还放弃了对格鲁吉亚、达格斯坦、明格里、阿伯哈基等属国的宗主国主权要求,同时伊朗还被剥夺了在里海的航海权。这场战争敲开了伊朗这个封闭保守的封建王国的国门,开启了西方列强相继争夺伊朗利益的序幕。另一方面,这场战争的失败,使曾经一直以波斯帝国自尊自傲的伊朗人深受打击,一如甲午海战的失败对中国人的沉重打击,触及民族灵魂的深处。伊朗知识分子阶层开始自我反省,寻求变法图强。

一 现代新闻出版业促使文体发生变化

促使伊朗文学发生变革的重要技术因素是印刷术的采用和新闻报刊的出现。法特赫阿里国王的王储阿巴斯·米尔扎坐镇大不里士,管理伊朗阿塞拜疆地区的事务。1813年,在王储阿巴斯·米尔扎的指示下,铅字印刷术进入伊朗,在大不里士建立了印刷厂。大不里士逐渐成为新思想的酝酿中心,后来的立宪运动也正是从这个城市发端。10年之后,这项技术进入德黑兰、伊斯法罕、设拉子等各个大城市。印刷术的采用极大地促进了书籍报刊的大量涌现。纳赛尔丁国王在1878年第二次游历欧洲的时候,又带回了新的印刷机器,进一步促进了印刷业的发展。印刷业的发展促成了报业的产生和迅速兴盛,很多报纸虽然持续出版的时间并不是很长,但在启蒙思想、鼓动民众方面起了巨大的作用。同时,也形成了印刷业被政府垄断的情形,出版审查制度由此出现,凡是具有反政府言论的书籍无法在伊朗出版。反政府人士多在国外出版,主要在伊斯坦布尔、开罗、加尔各答和孟买出版,这些著作都是反对恺伽王朝统治的作品,这为后来的立宪运动做了思想、政治和舆论上的准备。

民弱则国弱,民强则国强,变法的第一步即是唤醒麻木的国民灵魂。伊朗的教育曾长期集中于王公贵族和宗教阶层,普及面很狭小,普通民众受教育的程度很低。凝涩典雅的宫廷骈俪文体一如中国的文言文,佶屈聱牙,难以满足唤醒普通民众的需要。印刷业的发展促进了文学作品的普及,民众能够比较轻松容易地读到文学作品。文学的普及,反过来促使文学风格的变革,清新简洁的文体才能深受民众欢迎。报业的兴盛进一步促进文体的简洁明快化,使文学语言进一步民众化,因为要适应广大民众阅读的需要。由此,一种简洁流畅的白话文体开始流行。这种白话文体采用文化阶层日常生活中的口语,既明白晓畅又不失文雅,随着其发展,逐渐也采用民间俚语。报业的兴盛还促使了批评文体的产生,作家们在报纸上大胆批判讽刺时弊。这些文章为后来的立宪运动做了文学思想上的准备。

(1)《高耶姆·马高姆文集》

最初尝试这种新文体的是宫廷文人与王族人士——伊朗文学长期以来掌握在他们手中,其中的代表人物是高耶姆·马高姆·法罗汉尼(قایم مقام فراهانی,1779—1835年)。他是伊朗19世纪上半叶杰出的政治家和文学家,出身仕宦家族。其父亲也是一位政治家,任伊朗阿塞拜疆地区总务大臣。高耶姆·马高姆从小受到良好的教育,在青年时期就开始为父亲打理一些事务,并在王储阿巴斯·米尔扎的办公室担任文书工作,曾数次跟随王储亲征。在其父亲退隐后,他就担任了王储的首辅,继续进行他父亲已开始的一些革新整顿。首先是在法国和英国顾问帮助下,整顿伊朗军队,并数次参加伊俄战争。1821年,父亲去世后,高耶姆·马高姆遵法特赫阿里国王的旨意,继承了其父亲的职位。1826年,法特赫阿里国王视察阿塞拜疆,同当地的军政要员商议与沙俄之间是战是和。大多数人主张继续打下去,但高耶姆·马高姆持反对意见,他分析说当时伊朗与沙俄在财力和军力方面都相差悬殊,难以取胜,应当议和,以避免更大损失。这在后来被证明是正确之见,但在当时引发了一片哗然。高耶姆·马高姆因此受到攻击,被指控与沙俄暗中勾结。高耶姆·马高姆因此被贬谪到霍拉桑。1827年,沙俄大兵压境大不里士,国王急调高耶姆·马高姆从霍拉桑返回大不里士,处理阿塞拜疆事务。1828年2月21日,高耶姆·马高姆代表伊朗政府与沙俄签署了《土库曼查依和约》,伊朗再次赔偿沙俄政府大量白银。1833年,为镇压阿富汗人的叛乱,王储带兵前往赫拉特亲征,高耶姆·马高姆再次陪同前往。王储阿巴斯·米尔扎患肺结核,病倒在马什哈德,临终前命自己的儿子穆罕默德处理赫拉特军务。阿巴斯·米尔扎王储去世,高耶姆·马高姆看不到战争获胜的希望,遂与叛乱部落签署了和约,率军返回德黑兰。穆罕默德·米尔扎正式被立为王储,并总理阿塞拜疆事务。高耶姆·马高姆再次护随王储前往大不里士。1834年底,法特赫阿里国王驾崩,穆罕默德·米尔扎继位,高耶姆·马高姆作为两位王储首辅,两朝内阁首相,权倾一时,成为伊朗政坛上叱咤风云的人物。1835年,高耶姆·马高姆遇刺身亡。

高耶姆·马高姆除了从事政治事务,对文学艺术具有浓厚的兴趣,是近代波斯语文学语言革新第一人。在他生活的时代,波斯语文学语言已经十分僵化,在政令和公函中也充满了夸张和谄媚,骈俪辞藻堆砌,典故重峦叠嶂,十分晦涩。高耶姆·马高姆身为国家首相和王储首辅,率先对政令和公函文风进行革新,采用清新流畅、口语化的文体写作。他是第一个在19世纪放弃宫廷骈俪文体写作方式的文人,改用一种清新流畅的语言方式写作宫廷文书,有时还将一些民间流传、不登大雅之堂的逸闻趣事写进宫廷文书,甚至采用民间俚语入文,给这种呆板的文体带来了新鲜血液。上行下效,一时间恺伽王朝的文秘们都效法他的文体。波斯语散文由此迈出了走向现代的第一步。

高耶姆·马高姆有《高耶姆·马高姆文集》(منشات قایم مقام)传世,于 1826 年在德黑兰刊行出版。该文集收录了高耶姆·马高姆的日常信件、颁发的政令、一些散文随笔和诗歌。这里选择其中一篇,让读者领略其清新文风之一斑。这是高耶姆·马高姆写给时任英国驻伊朗大使的一封信,当时大使先生返乡回国去了。

我向独一的真主祈愿,不论您在何处,快乐舒心都伴随着您。您的离去,让我感到十分郁郁寡欢……但愿您的离去不是因为与本国的气候不相适应。的确,我并不愿意您离开,也许是您对您祖国的思念占据了上风。我想,我们之前对您的郁闷心情保持了不当的缄默。此时,您大约已经抵达了您的祖国和日夜思念的家乡英格兰和苏格兰,您在此处的不愉快都将在那里得到弥补。尽管如此,我依然想说三点:一要表示您不在这里的遗憾心情;二要祝福您回到了自己的祖国和家乡;三是祝愿您身体健康。除此三点之外,我知道,贵国与本国存在很大的差异和差距,见识过贵国的人都不愿在本国生活下去。然而,友谊和兄弟姐妹的情谊让本国生活也是可以令人满意的。您很了解本国人民都很友好善良,伟大的王中王和王储都很慷慨豪爽。因此,阁下在本国的生活将会享受到盛大的友情……您请再认真考虑。您的任何旨意都将照办。①

整封信函行文非常口语化,又不失文雅,可以说在当时实为开风气之先。

(2)米尔扎·贾法尔的《稀世珍宝》

促使宫廷骈俪文体向白话文体转变的重要人物还有米尔扎·贾法尔(همدانی میرزا جعفر ریاض)。贾法尔生于哈马丹,生年不详,卒于 1851 年。是穆罕默德国王和纳赛尔丁国王时期的重要文人,其代表著作是仿效萨迪的《蔷薇园》而作的《稀世珍宝》(گنج شایگان)。该书创作于 1850 年,共计 5 章:神学知识、治国安邦、弃绝卑劣、知足常乐、志同道合。散文与诗歌并用,散文记事,诗歌画龙点睛。该著作语言平易流畅,不仅深得达官贵人喜爱,而且在坊间也广为流传。

(3)穆罕默德·贾法尔的《真实纪要》

另一个促使宫廷骈俪文体向白话文体转变的重要人物是穆罕默德·贾法尔(میرزا محمد جعفرخان خورموجی حقایق نگار),绰号"真实写手",出生于布沙赫尔,生年不详,卒于 1883 年,是 19 世纪伊朗杰出的历史学家、学者。他在青少年时期接受良好的教育,后任政府税务官员。曾在 1859 年撰写《法尔斯省历史地理》一书。之

---

① 笔者摘译自波斯语《高耶姆·马高姆文集》,图书之家出版,2007 年,第 95 页。

后,接受纳赛尔丁国王旨意,撰写恺伽王朝历史《真实纪要》(حقایق الاخبار ناصری)。该书从恺伽王朝开国君主伊尔·恺伽的生平写起,一直写到 1867 年,重点记录了法特赫阿里、穆罕默德、纳赛尔丁三朝恺伽国王统治期间的重大历史事件。该书笔锋犀利,臧否时局和时弊,不避讳,不谄媚,披露了恺伽王室一些令人不齿的勾当,由此惹怒王室,也引起纳赛尔丁国王的不悦。穆罕默德·贾法尔因此不得不远走他乡,移居伊拉克,并在那里去世。

穆罕默德·贾法尔的《真实纪要》尽管在更多的意义上是一部史学著作,但其大胆针砭时弊的文字和思想理念成为时人效法的榜样。倘若说,高耶姆·马高姆和米尔扎·贾法尔二人的著作的创新意义更多地体现在语言上,那么穆罕默德·贾法尔的《真实纪要》不仅在语言上,更在思想意识上,体现出了难能可贵的现代性。这也是前两位同时代的文学大家所不及的。因此,《真实纪要》在 19 世纪伊朗文学从古典文学向现代文学的转变轨迹上具有更为重要的考察价值。

另一部具有重要考察价值的著作是莫杰德·马勒克(مجدالملک)的《莫杰德文稿》(رساله مجدیه)。这部著作可以说是最早的政治批评著作。莫杰德·马勒克1809 年出生于一个显赫世家,卒年不详。他曾担任王储阿巴斯·米尔扎的儿子伽赫尔莽·米尔扎的私人教师。纳赛尔丁国王继位后,莫杰德·马勒克效力于外交部,在著名内阁首相阿米尔·卡比尔手下工作。他的身份和地位,以及其工作部门,使他对政府体制的种种弊端深有感受。他撰文抨击政府机构臃肿、效率低下,深入剖析伊朗政治制度的弊端带来整个国家的落后与停滞。文笔十分辛辣,是 19 世纪伊朗重要的政论著作。

(4)《纳赛尔丁国王游记》

此外,游记写作加速了这种简洁的新文体的流行。很多政治人物到欧洲考察,到伊朗各地考察,他们采用游记的形式记录一路见闻。第一部新式游记作品出自米尔扎·萨勒赫·设拉子依(میرزاصالح شیرازی, 1815—？ 年),他是伊朗第一批派遣到英国的留学生,在英国他学习了英语、法语、历史、自然和印刷技术。在此期间,他撰写了大量游记,赞赏英国的自由,考察英国的政治制度、司法和税务等。他在返回伊朗时,带回印刷设备,在大不里士建立印刷厂,出版了伊朗第一份报纸——《新闻日报》。

影响最大的游记作品出自纳赛尔丁国王(ناصرالدین شاه,1848—1896 年在位)之手,他将他到欧洲、伊拉克、霍拉桑、马赞得朗的旅行见闻记录下来,即著名的《纳赛尔丁国王游记》。

纳赛尔丁国王是恺伽王朝的第四任君主,也是在位时间最长的一位君主。伊朗从近代向现代的转变正是发生在他统治的时期。他登基之后,在一批思想比较开明的大臣的支持下,决心"师夷之长补已之短",开始在政治、军事、经济、文化等多方面向西方学习,并进行改革,类似中国清王朝的洋务运动。1858 年,纳赛尔丁国王颁布改革令,第一是改革政府机构,将政府机构分为六大部:内务部、外交部、国防部、财政部、司法部、社会公益部。建立议会机构,分为上院和下院。上院由六大部组成的代表团构成,只商议国家紧急重大事务,然而没有国王的同意,各部长们也没有决定权。下院由 25 名议员构成,商议国内事务,不能介入外交事务。第二是改革军队,建立起现代化的正规军并用现代化的武器装备。第三是开办西式教育,建立"技术学院"。第四是创办报刊,但同时也建立了伊朗第一家出版物审查机构。所有的出版物都必须经过这一机构的审查和批准,一旦谈及平等自由等话题,即会遭到查封。该机构还阻止境外印刷出版的波斯语报刊流入伊朗境内。许多新生事物,比如照相技术和电话、电报系统等,也在这个时期进入了伊朗。

1873 年,在军队首领的建议和推动下,纳赛尔丁国王携部分后宫女眷前往欧洲考察,去了沙俄、德国、比利时、不列颠、法兰西、瑞士、意大利、奥地利,一路受到各地政府和国家元首们的热情款待。纳赛尔丁国王与欧洲政要们会晤,参观学校、政府部门、军队,进行考察,也亲临宫廷舞会、音乐会、歌剧和其他演出,感受欧洲文化。1878 年,纳赛尔丁国王第二次前往欧洲,并决定自费进行考察。他认为前一次欧洲之行,他是作为特级贵宾一路受到热情款待,看见的东西都是主人们刻意展示给他的。这一次,他决定用自己的眼睛去看。第二次欧洲之行,纳赛尔丁国王到了莫斯科、圣彼得堡、维也纳、柏林、巴黎。这次考察的直接结果是,他回国之后,即组建了军队中的哥萨克旅——这支部队后来在 20 世纪上半叶的伊朗政坛上扮演了非常重要的角色,并组建了警察部队。

纳赛尔丁国王的欧洲之行是伊朗第一次正式与西方接触,由此,西方现代工业文明的曙光照进了伊朗这个古老的封建国家。纳赛尔丁国王在文化方面进行的改革,诸如开办现代西式教育、创办报纸等,在伊朗思想文化领域起到了重要的现代启蒙作用。其直接效果是为 20 世纪初叶的立宪运动做了思想和文化上的准备。

纳赛尔丁国王是一位非常勤于写作的国王,写了不少游记和回忆录,后来汇集成七卷本。这些游记与回忆录的写作时间是 1855—1885 年的 30 年间,不少内容在他执政时期就已刊行于世。这里选译其日记一则:

伊斯兰阴历 1290 年 3 月 22 日(公历 1873 年)

在莫斯科逗留。今天,我们去了克里姆林宫建筑底层,参观了陈列在那里的历代沙皇的珍宝和王冠。建筑一进套一进,既有武器陈列馆,也有珍宝馆。所有的物品后面都安放有镜子。物品有金质的、银质的,有的是礼品,也有的是战争中掠夺来的……还有几面军旗,以及彼得大帝的权杖、历代沙皇的服饰。还有一张镶嵌有绿松石、金子和其他珠宝的御榻,那是萨法维阿巴斯国王赠送给俄国沙皇的礼物。甚至连彼得大帝的皮靴和亚历山大一世的皮靴也陈列在那里。还看到了用大理石雕刻的拿破仑一世的面像,还有旧式马车。之后,我们去参观了罗家罗夫学校,一所很不错的学校。亚美尼亚人、穆斯林、俄国人的孩子们一起在那里读书学习,校长的名字叫德里亚诺夫。从学校回来,驻莫斯科的军政官员们来了。莫斯科军区司令名叫让·当斯图尔,是一个高个子的年长男人。晚上,我们去了剧院,演出很精彩。①

全篇日记,语言十分简洁,完全是日常口语。这样的文字刊行于世,无疑起了重要的表率作用。上行下效,这种口语化的白话文体越来越广泛使用。

(5)埃特马德·萨尔坦内的《当日事件记录》

另一位日记文体的重要作者是埃特马德·萨尔坦内(اعتمادالسلطنه,1843—1896年),他的家族世代效力于恺伽王室。他本人在新建的技术学院接受教育,学习掌握了军事知识,并精通法语。1863年,他前往法国深造,在巴黎大学学习历史、地理和法国文学,同时学习英语。回国之后,纳赛尔丁国王让他负责国家印刷馆和翻译局,并成为国王的专职翻译。他的工作十分出色,在他主持下,出版了一大批重要的知识文化著作。作为国王的近臣,他记录了宫廷中许多不为外人所知的事情和王室人员的私人生活。他的日记后来出版,名为《当日事件记录》(روزنامه وقايع امروزه),是纳赛尔丁国王统治时期十分重要的一部散文著作。语言朴实清新,轻松流畅,成为日记体写作的又一典范。

在这期间,越来越多的文学人士采用新式文体撰写文章著作,比如:米尔扎·哈桑·法索依(ميرزا حسن فسايى)的《纳赛尔时期的法尔斯记》(فارسنامه ناصرى)、勒桑·马勒克·塞佩赫尔(لسان الملك سپهر)的《历史典抄》(ناسخ التواريخ)等等。这使得新式白话文体在19世纪逐渐兴盛起来。

二　新式学校与外国文学翻译开拓文学新视野

伊朗在萨法维王朝(1502—1722年)时期虽然与西方也有较多接触,但那时双方差距不大。甚至,在某些方面,伊朗这个文明古国还具有相当大的优势,因而,并没有给伊朗带来什么触动。然而,到了恺伽王朝(1786—1925年)时期,欧洲已经在18、19世纪强势崛起,伊朗与欧洲国家之间出现巨大差距,西方列强凌驾于伊朗之上,给恺伽王朝带来了巨大的刺激。对科学技术的渴望成为19世纪伊朗有识之士的主旋律。

---

①　笔者摘译自波克斯语《纳赛尔丁国王旅欧游记》影印本,无出版社名字和日期。

在法特赫阿里国王时期,拿破仑意图从英国人手中获取印度,便加强与伊朗的合作关系,他派遣了一支法国远征军到伊朗。另外,英国也不想放弃自己在伊朗的既得利益,也派遣了一支专家队伍到伊朗。法特赫阿里国王的王储阿巴斯·米尔扎对学习科学与文学具有强烈兴趣,他将专家队伍邀请到大不里士,教授伊朗人科学文化知识,主要是军事和科学技术。伊朗政府官员们也表现出对这些外国人的强烈兴趣,希望借助于他们,能够促进伊朗的公共教育。新式教育理念由此开始在上层知识分子中形成。

(1)技术学院与外国文学翻译

纳赛尔丁国王在位时期发生了"复兴运动"(犹如中国的洋务运动),在阿米尔·卡比尔首相执掌内阁时期达到鼎盛,国家建立了技术学院(دارالفنون)。这是伊朗第一所现代大学,1851年底正式建成开学。纳赛尔丁国王亲临开幕式。最初的学生有30名,都是世族大家子弟。外籍教师最初来自奥地利,后来又有意大利、法国、德国教授陆续加入,有3位伊朗教师。技术学院最初是一所传授军事科学技术知识的专科大学,主要课程有:步兵、骑兵、炮兵、工程、医学、外科手术、制药和矿物学。但是,渐渐地也开始教授文学艺术,先是教授法语、波斯语、阿拉伯语、自然科学、数学、历史、地理,之后又开设了英语、俄语、绘画、音乐等课程。后来又增加了两个文学系:外国文学系和波斯文学系。

技术学院给伊朗文学带来深刻变化的原因在于,当时在欧洲教授主持下,多种文学期刊在学院里得以出版,这使得伊朗人第一次接触到欧洲文学作品。在这时期,在这所学院里,欧洲很多著名剧本被翻译,并且得以上演,尤其是法国莫里哀的戏剧深受欢迎。其中,《无病呻吟》与《伪君子》尤其受欢迎。由此,法语在伊朗受到追捧,成为当时伊朗的科学语言和文学语言,因为那个时代的法国人被视为人民革命运动的先驱。对法语的向往和对法国政治事件的关注,使得大量法国文学作品被翻译介绍进伊朗。渐渐地,莫里哀的戏剧被伊朗化,套上了伊朗的外衣,采用了伊朗人的视角。伊朗文人开始模仿创作戏剧作品,臧否伊朗的社会现实。

尽管法语与法国文学对伊朗影响很大,但是由于当时政局的关系,伊朗第一批留学生是派往英国的。英国文学作品因此得以大量翻译介绍进伊朗。1876年,莎士比亚的剧作被纳赛尔·马勒克翻译成波斯语,进入伊朗。

在恺伽王朝后期,随着西方势力的入侵,西方的科学技术也随之传入伊朗。电报、现代印刷、报刊、铁路等伊朗从未有过的新生事物,没有遭到任何的抵抗就顺利地进入伊朗,并且得到较快发展。在文学领域,除了诗歌之外,那些伊朗文学中从未有过的文学体裁,如现代小说、戏剧等,伊朗人也比较容易地接受了。近现代,西学东渐,诗歌作品较难翻译,因此戏剧与小说翻译率先进入。翻译文学的兴盛使得波斯语句式结构发生改变,这从另一方面改变了波斯文学凝涩的风格,变得简洁流畅,也使伊朗文人开始模仿欧洲小说,创作自己的文学作品。流畅简洁的语言使得伊朗能识文断字的平民读者与文学产生了亲近的关系,文学由此从贵族阶层走向民间。

对外关系、印刷业及新闻报纸在伊朗的出现、新式学校的建立、外国文学翻译作品的出现,是促使伊朗文学在19世纪发生现代性转变的四大因素,为文学变革培养了有生力量。伊朗知识分子用简洁的白话文体撰文抨击时政,唤醒民众,爱国思想与针砭时弊是这时期作品的主旋律。应该说,以纳赛尔丁国王为代表的一批政要对简约文体的推崇是促使文人们采用这种文体写作的一个重要原因。上行下效,这导致了从11世纪以来持续到萨法维王朝的典雅凝重的宫廷骈俪文体发生了根本性的改变。

恺伽王朝时期,中产阶级逐渐形成,他们寻求自我的身份和个人价值。另一方面,文学家和艺术家从王公贵族的庇护中解放出来,有了自己的独立思想意识,写作宗旨从过去为王公贵族写作,转变成为普通民众写作,这是新小说繁荣的基础。

伊朗现代小说的产生可以说是随着伊朗中产阶级的产生而产生的,是获得独立的知识分子要求政治立宪这种新思想的一个精神性结果,他们为寻求个人价值,寻求思想和情感的新表达,是小说、短篇故事写作产生最主要的动因。这个时期的文学深受西方文化的影响,古老的价值观渐渐受到质疑,知识分子开始寻求资产阶级的民主与自由,他们的写作主要针对最迫切的社会问题,他们抨击专制、迷信、幻想和贵族式文学。他们阐释新文学使命的需求,这导致了文学新形式的形成,使一些新内容和新特征进入文学领域,旧文学渐渐失去了自身的魅力。

(2)新文学畅想

尽管当时王公政要们已经在文体语言上率先垂范,然而真正自觉意识到伊朗应当创建一种新文学的是中产阶级知识精英。他们或是曾经赴欧的留学生,或是侨居国外的知识分子和商人,或是政治流放者,他们从伊朗落后的环境中移居到较早迈进现代行列的国家,了解到其他民族的文学和文化。他们的思想是最激进的伊朗中产阶层的思想,他们提出应当在立法、工业、军队、政府、宗教和文化等诸多领域进行改革。

正是这批中产阶级知识精英在那个时代发挥了巨大的影响作用。他们通晓欧洲语言,深受欧洲文学的影响。他们主要是通过对法国、英国和俄国文学的认识而了解到一种新的文学方式。他们开始寻求伊朗新文学的道路,寻求改变文学的方式,批评和反省旧文学,试图创建一种"民主文学",创建一种唤醒民众、进行政治改革的文学样式,由此不惜以尖刻的措辞大肆抨击过去的传统文学。

　　最先发出创建新文学呼声的是阿訇扎德、米尔扎阿高·大不里兹、马拉给依、塔勒波夫等一批有识之士。阿訇扎德是伊朗从事剧本创作的第一人,也是在剧本中探讨妇女问题的第一人。阿訇扎德在写给米尔扎阿高·大不里兹的信中说:"《蔷薇园》和《聚会装饰》的时代已经逝去了,现今这类写作已经没有什么实际作用,现今令广大读者喜爱和令民族有益的写作方式是戏剧和小说。"①米尔扎阿高·克尔曼尼也指出:"伊朗新文学产生的必要性与现代社会需求和社会进步是相合拍的。"这批文化先贤十分明白"这个时代,是另一个时代",他们在寻求一种新的文学语言形式。米尔扎阿高说:"将欧洲新文学与伊朗传统经典作品相比,就犹如电报与烽烟,电灯与小油灯。"②他将绝大多数古典诗歌都视为导致民族性格腐败堕落的酵素。

　　这批知识精英对伊朗旧文学有着深入骨髓的了解,然而对什么是新文学却不是十分明了清晰。他们简单地认为"抨击旧即为新"。阿訇扎德将新知识以"文学批评"的名义向伊朗民众介绍:"批评在欧洲非常流行,其中蕴藏着巨大的作用。这种方式在法国叫作'刻里提克'。这种方式的结果是,渐渐地诗歌和散文写作在欧洲各民族中变得流畅,尽可能地摆脱了所有的缺陷和不足。作家和诗人们从各种清规戒律中彻底解脱出来。"③因此,这个时期,伊朗所谓的新文学,其最重要的特征是抨击政治和社会文化领域的各种僵化现象,乃至动辄招致批评,正如阿訇扎德在一封信中说:只要你着手某件事,就会立刻有人急切地对之进行抨击。

　　将伊朗传统社会与欧洲现代文明进行对比,导致了伊朗文化精英的觉醒和用新的视角看待政治与文化。然而,对西方文明的狂热崇拜,以及对之不加批判的态度,导致对伊朗文化遗产的轻视也被视为一种"进步思想"。对此,《伊朗小说写作百年》抨击说:"这些思想开明人士对欧洲哲学和文化中的诸多问题缺乏深入的认识,将自己所知之皮毛不加怀疑地、毫不犹豫地用于波斯旧文学批评。"④

　　阿訇扎德、米尔扎阿高、马拉给依、塔勒波夫这批文化先贤,他们单纯乐观地认为改变谈情说爱的文学内容,进行政治和国家问题的讨论,不仅可以阻止道德滑坡,使政体走向秩序化,而且可以走上新文学产生的必由之路。马拉给依说:"如果我们的大部分诗人进行这方面的创作,吟唱另一种歌声,发出爱国主义的呼喊,毫无疑问一定会把我们从愚昧无知的危险旋涡中拯救上岸,从迷路

---

　　① Hasan Mīr'Abīdīnī, Sad Sāl Dāstānnivīsī-yi-Irān, Intishārāt-i-Chishmah,1380, Jild. 1. p17.([伊朗]哈桑·米尔阿贝丁尼:《伊朗小说写作百年》,切西梅出版社,2001年,第一卷第17页。)

　　②③ 同上,第18页。

　　④ 同上,第18—19页。

引向幸福的康庄大道。"塔勒波夫还认为阿拉伯字母是阻碍进步或者是东方社会落后于新时代的原因："伊斯兰民族落后愚昧的根本原因在于我们陈旧的字母和数字。"①由此可见，在19世纪末20世纪初，东方各国在迈入现代世纪的门槛时，都面临过同样的阵痛，同样地将落后愚昧归咎于自身的文字系统，土耳其、中国、朝鲜、越南都曾经如此，然而改变了文字系统是否就一定能进步、现代化了呢？这值得深思。

在文字全盘西化的土耳其，如今能阅读其中古时期文学典籍的人已是十分稀少，文字系统的改变导致与传统文化的割裂，使民族犹如断了线的风筝，在空中随风飘荡，无所归依。伊朗阿契美尼德王朝一代古波斯帝国的辉煌与荣光在楔形文字被取代之后被埋没了2000年，若非现代考古学的兴起，可能还会继续被埋没下去。

无论如何，正是这批思想激进的中产阶级知识精英创建了一种文学：醉心于抨击社会和传统中的各种不理想的东西，抨击政治不平等，为文化程度较低的民众写作，从而将散文故事文学从陈旧的框框中解放出来，并赋予了一种新的功能。

第二节　现代性在虚构历史小说与虚构游记文学中的孕育

一　虚构历史小说

阿訇扎德（آخوندزاده，1812—1878年）是伊朗从事剧本创作的第一人，是新戏剧的代表人物，他在1842—1846年之间模仿法国莫里哀的戏剧，用阿塞拜疆语创作了6个剧本，并在伊朗阿塞拜疆地区上演，引起巨大轰动。这些作品后汇集成《寓言典故》（تمثیلات）于1874年出版，包括《炼金术士易卜拉欣·哈利尔毛拉的故事》《吝啬鬼的故事》等6个剧本和1个短篇小说《被迷惑的星辰》，该著作为他赢得了巨大的声誉。尽管阿訇扎德用阿塞拜疆语写作，但他仍被视为伊朗现代小说写作的开路者。"他是欧式戏剧写作和小说写作的先驱，并且是这新创作方式的行家里手。"②

在《寓言典故》出版的同年，米尔扎·贾法尔·伽罗杰达基将阿訇扎德用阿塞拜疆语写的短篇小说《被迷惑的星辰》翻译成波斯语，由此成为伊朗现代最早的波斯语小说。这是一篇历史短篇小说，事件发生在萨法维王朝阿巴斯国王时

---

① Hasan Mīr'Abidīnī, Sad Sāl Dāstānnivīsī-yi-Irān, Intishārāt-i-Chishmah, 1380, Jild. 1. p19.（[伊朗]哈桑·米尔阿贝丁尼：《伊朗小说写作百年》，切西梅出版社，2001年，第一卷第19页。）

② 同上，第20页。

代。然而,作者的旨意在于借历史事件对自己时代的可怕现状进行抨击。

小说内容梗概如下:占星师们告诫阿巴斯国王面临的星相凶兆,国王找来参谋顾问们寻求办法,但得到的都是一些徒劳无益的废话,呈现出在专制与愚昧统治下的民族灾难和伊朗的颓败。最后,星相师给出的解救之法是在凶兆的第一阶段国王暂时隐退,将王冠和王位移交给一个被判处死刑的犯人。这个犯人就是优素福·萨罗基,他原是个皮匠,在萨法维时期成为一个社会活动家,堪称"时代英雄",他毫无畏惧地抨击专制政府的压迫,唤醒民众,由此被捕入狱,判处死刑。优素福替代国王坐上王位,之后进行了一系列的改革。这些改革正是阿訇扎德和他那个时代的伊朗中产阶级知识精英所倡导的。优素福为处理政务成立了由知识阶层组成的参议院,此举导致了王公贵族的骚乱,优素福因此下台,并被杀害。

这是一部典型的言在此意在彼的作品,小说借古讽今,借古喻今,提出了作者自己的政治理想和诉求。伊朗传统文学中的帝王勇士故事,尽管在《阿维斯塔》话语系统中被蒙上了神话传说的色彩,但被当时的人们视为真实的历史故事。阿訇扎德试图在《被迷惑的星辰》中创建一种新的历史故事样式,即一种新的文学样式——虚构历史,整个故事中除了阿巴斯国王是历史上的真实人物,其他的一切情节皆是虚构杜撰。因此,《被迷惑的星辰》被视为伊朗现代小说的最初萌芽。

阿訇扎德是以写剧本而获得声名的,《被迷惑的星辰》尽管被作者自己称为小说,但在文体结构上并未脱离剧本样式的窠臼,小说这种新文学样式的普及尚需时日。在阿訇扎德之后进行新文学写作的伊朗文人对《被迷惑的星辰》的戏剧式结构并不青睐,他们的作品更多的是采用游记的形式。

二 虚构游记文学

游记是伊朗文学的一种传统样式,《纳赛尔丁国王游记》堪称据实记载游记的典型作品。然而,这个时期的游记从形式到内容都发生了很大的改变,作家们不再据实记载,而是根据自己的创作需要,虚构或杜撰游记内容——这已经是迈出了虚构小说写作的第一步。作家们走到民众中间,以一种新的、批评的视角看待社会现状,虚构一个可读性强的故事的同时,也描绘了立宪革命前夜在专制黑暗愚昧势力统治下普通民众生活的一幅幅画卷,值得特别关注。因此,这样的游记实际上是将反映社会现实状况、抨击愚昧落后现状的责任担在了肩上。因此,虚构游记文学样式可以说是小说的雏形或摇篮。

虚构游记,从形式到内容都渴望打破传统,在伊朗传统的故事文学样式与欧洲翻译小说样式之间寻找一种平衡,是现代小说发展的滥觞阶段。在这个阶段,传统文学样式与旧价值观的根基摇摇欲坠,但新文学的样式与新的价值观尚未建立。具有代表性的故事游记作品，即虚构游记——小说的雏形——出自塔勒波夫、马拉给依和埃特马德·萨尔坦内三人之手。

（1）塔勒波夫的《好方针政策》

塔勒波夫·大不里兹（طالبوف تبریزی，1834—1911 年），伊朗立宪运动之前的著名知识分子，16 岁前往高加索地区著名城市第比利斯，学习俄语和俄国文学。当时，高加索地区是新思想产生的中心，也是俄国民主革命家们聚集的地区。塔勒波夫在那里接触到自由民主的新思想，与俄国民主革命家来往密切，深受影响。他同时也在高加索地区经商，积累了不菲的资产，用于政治活动和文学活动。他从 55 岁开始从事文学创作，并创办文学杂志，用手中的笔抨击时政，指点江山，获得了崇高的声望。他熟知俄国、法国、阿拉伯、土耳其、波斯等国文学，能够以一种开阔的新视野来从事波斯语文学创作，是伊朗现代小说创作的奠基人。他有《阿赫玛德之书或塔勒比文集》（یا کتاب احمد سفینه طالبی）、《好方针政策》（مسالک المحسنین）、《生命问题》（مسایل الحیات）等 9 种著作传世。在立宪运动初期，塔勒波夫被选为国民议会代表，但他没有从大不里士去德黑兰就任。

《阿赫玛德之书或塔勒比文集》共 2 卷，1893 年出版。该书受卢梭作品《爱弥尔》的影响，以旅游途中父亲与孩子对话的形式，讨论科学、社会、政治、哲学等内容。这部作品是第一部为青少年介绍新知识、新教育的波斯语著作。塔勒波夫坚信，提高文化知识教育的第一步是要解放思想。他还在书中强烈抨击西方强权势力："大多数有钱的、显摆的现代西方人，就如同荒野中的老鼠满世界跑，一旦发现某个装满粮食和财富的仓库，就邀来自己的同伙，不择手段地渗透进那个充盈的仓库……每个民族，其具有影响力的政要人物若性格温柔、轻信、无知、无经验、喜欢金子，就会很快成为那英镑、卢布、美元、法郎之强权猎隼爪子下的猎物。"这显示出那个时代的伊朗知识分子尽管充满了对西方文化的崇拜，但同时也清楚了解西方强权的掠夺性。

《好方针政策》创作于 1905 年，是一部神游式的小说，小说主人公对社会现状极度不满，又苦于毫无办法，只好每天昏睡。在昏睡中，主人公梦到出门旅行，前往伊朗北部山区，一路上遭遇诸多事情。在一幅幅小画面中，蕴含了作者对伊朗社会种种怪现状的诸多抨击。一会儿，小说主人公又梦见自己想方设法要去英国使馆。作者趁机通过主人公抨击英国对伊朗的殖民统治，表达自己传播科学知识，进行社会、宗教及其他问题的改革的愿望。故事主人公（实际上也是作者自己）认为应将改变落后愚昧现状的希望寄托于推翻专制政府、建立法治政府之上。但是，推翻专制政府、建立法治政府似乎只能在梦中才可以实现，从梦中醒来，看着眼前的真正的现实状况，小说主人公明白根本就没有实现的可能性，因此只好重新倒床而卧，进入沉睡。

该书对愚昧落后的现实社会的尖锐批判可谓振聋发聩，具有现代问题意识，加上该作品语言十分清新、流畅、简洁,因而成为伊朗文学在新旧时代交替之际的代表作。作品出版之后,深受立宪人士的欢迎,对立宪运动时期的新文学具有重要影响。但是,用今天的眼光来看,这既非一部出色的游记作品,也不是一部成熟的小说作品。作者实际上是在借游记文学的框架,表达自己的政治理想,政论色彩浓厚,在文学性方面不及马拉给依的作品。事实上,"塔勒波夫并没有创作一部文学作品的意图,更多的是想对自己的同胞起一个引导作用"①。在他的作品中,旅行中的所有时间和场景,以及对话,都是为作者自己的政治理想而设置。作品的核心在社会问题和教育问题,旅行只是串联政见的一个线索而已,人物也只是表达政见的道具而已,与其说是小说,毋宁说是一部政论著作,就连作品的名字也叫"好方针政策"。

(2)马拉给依的《易卜拉欣·贝克游记》

真正对现代小说创作产生重要影响的作品是马拉给依于 1895 年出版的《易卜拉欣·贝克游记》(ابراهیم بیگ سیاحتنامه)。哈吉·兹因阿贝丁·马拉给依(مراغه ای حاج زین العابدین, 1839—1911 年),是侨居伊斯坦布尔的伊朗商人,立宪运动之前的著名知识分子。他的主要作品是《易卜拉欣·贝克游记》。该书共计 3 卷,分别于 1895、1906、1910 年出版,对立宪运动前夜的伊朗社会的群体意识和政治意识都产生了极为深刻的影响。

其中,第一卷《他的狂热之灾》最重要、最有价值,呈现了伊朗人民生活的现状,表达了深沉的爱国主义情感,并抨击伊朗社会的各种弊端。故事从旅行报道开始,易卜拉欣·贝克出身伊朗商人之家,在埃及长大,积蓄了大量财富。他对家养仆人的女儿玛赫布贝有着温馨的回忆。然而,他更重要的爱恋对象是伊朗,用书中一位人物的话来说,即"伊朗夫人"。主人公在脑海中酝酿着这份爱情,在他的幻想世界里,祖国完美无瑕,是世界上最富有趣味的地方,以至于他不能接受任何针对伊朗的不好言辞,甚至不愿听到对伊朗的微词,一旦听到对伊朗赞不绝口的话,他就心花怒放,赏钱给说话者。

最终,易卜拉欣·贝克为了到伊朗圣城马什哈德朝觐什叶派第八伊玛目陵墓,经奥斯曼帝国领土,返回故国伊朗。路途中,在伊斯坦布尔,小说主人公拜谒了小说家,在他家里读到《阿赫玛德之书》。易卜拉欣·贝克对该书对伊朗现实状况的抨击很不以为然,自欺欺人地认为此书乃一派胡言。他继续自己的旅行,抵达高加索地区。在那里,他第一次近距离地接触到侨居该地的伊朗知识分子忧国忧民的情怀。然而,他安慰自己说,这里毕竟是异国他乡,伊朗本土应该是安宁祥和的。

---

① Hasan Mir'Abidīnī, Sad Sāl Dāstānnivīsī-yi-Irān, Intishārāt-i-Chishmah,1380, Jild. 1. p30.([伊朗]哈桑·米尔阿贝丁尼:《伊朗小说写作百年》,切西梅出版社,2001 年,第一卷第 30 页。)

易卜拉欣·贝克就这样带着自我欺骗的心境踏上了故乡的土地。然而，他每走一步都会遭遇到令人不悦和义愤的事件。这位离开祖国多年的商人回到故土，看到的伊朗与自己记忆中的印象完全不同：一个颓败的国家，政府专制而残暴；困苦不堪的民众，迷信而衣衫褴褛。对于易卜拉欣·贝克来说，接受现实是一件非常痛苦且困难的事情，然而更困难的是沉默不语。因此，他不情愿向现实投降，开始寻找救治痼疾之道。他深入下层民众，这是一个愚昧落后的群体，他们的生活逻辑就是"关我屁事"。易卜拉欣·贝克努力想让市井百姓和达官显贵都觉醒，认识到自己的民族责任。他想说服政府进行改革，却是徒劳。当然，这些努力没有引起任何反响，其结果令人沮丧。甚至，他还多次被人当作好管闲事者而遭遇殴打和咒骂。易卜拉欣·贝克因此忧郁成疾。最终，他垂头丧气，绝望地踏上了来时的路。之后，他遵照父亲遗嘱，开始写作《治民要术》。

故事到这里并没有结束，他的叔叔优素福开始接着讲后续故事。优素福叔叔是易卜拉欣·贝克的导师，一路陪伴他返乡。优素福叔叔说，易卜拉欣·贝克在返回埃及的旅途中，总是与他人争执不休。最终，在一个晚上，在一次疯狂的争执之后，发生了火灾，易卜拉欣·贝克受了重伤。小说第一卷《他的狂热之灾》到此结束。

第二卷题目为《他的狂热之结果》，由优素福叔叔继续讲述：当易卜拉欣·贝克苏醒过来，却失去了清醒的意识，满身是病痛。他的病痛的减轻与加重都与从伊朗传来的好坏消息紧密相关。莫扎法尔丁国王颁布改革旨意，决定实行社会和政治改革，消息传来，易卜拉欣·贝克的身体状况便有了短暂的好转。在亲朋好友的撮合下，他与玛赫布贝结了婚。然而，幸福的时光太短暂。从伊朗传来坏消息，锐意改革的首相靠边站了，国王也对宫廷的日常腐败束手无策，放弃了刚刚开始的改革决心。坏消息不断传来，易卜拉欣·贝克一步步走向疯狂和死亡。玛赫布贝抱着他的遗体，追随他而去。

第三卷依然是优素福叔叔在讲述：在埃及，他在一位具有通灵术的长老的指引下，到了另一个世界。一路风光迤逦，一个个场景都不乏喜剧色彩。优素福叔叔在天堂里遇见易卜拉欣·贝克，然后继续开始了第一卷中关于伊朗痼疾的争论。易卜拉欣·贝克依然是那样固执、狂热、偏执。小说颇有讽刺意味。

马拉给依和塔勒波夫的作品都有一个共同之处，皆抱着这样的幻想：可以利用旧制度中的既有要素建立起新的法治政府；认为旧有制度中已经蕴藏着伊朗中产阶级的各种要求。他们只寻求一种改良性质的变革。但实际上，这是一种浪漫的、乌托邦式的空想。他们的局限性在于伊朗中产阶级觉悟的局限性。他们的要求都是伊朗中产阶级即有资产的商人阶层的要求，他们害怕革命，幻想以改革或改良的形式，既能促进伊朗社会的进步，又能保全自己的利益不受损失。这注定只能是空想。然而，尽管是空想，依然对后来爆发的立宪运动做了思想上和政治上的准备。伊朗学者阿赫玛德·卡斯拉维在其著作《伊朗立宪运动史》中评论说:"伊朗民众——在那个时代已经习惯了丑陋腐朽,除了自己这种很糟糕的生活,不向往别样的生活——通过读这本书,仿佛从睡梦中醒过来,极为震动,为了一个美好的国家而努力,与别的奋斗者们走到一起。"[1]

马拉给依和塔勒波夫的游记式小说皆出版于恺伽王室及政府已尽失民心的时代,尤其是在莫扎法尔丁国王(1896—1907 年在位)执政时期,他们的作品对唤醒民众、鼓动民众起了很大的作用,可以说是立宪运动文学的先声。

(3)埃特马德·萨尔坦内的《半梦半醒之间或伊朗没落的秘密》

另一位重要的游记小说家是我们之前介绍过的埃特马德·萨尔坦内(اعتمادالسلطنه,1843—1896 年),他除了日记写作,还创作了游记小说《半梦半醒之间或伊朗没落的秘密》(ان خلسه یا خوابنامه یا اسرار انحطاط ایر,1892),以游记的形式,讽刺伊朗的现状。

小说写的是:纳赛尔丁国王在从卡尔巴拉朝觐的回途中,在休息时做了一个十分奇特的梦,伊朗历史上的著名国王们,从居鲁士大帝到恺伽王朝的阿高穆罕默德汗,聚在一起,想要对恺伽王朝的 11 位首相进行审判,看他们中的谁应当承担伊朗帝国衰落的责任。作品历数恺伽国王们的政治软弱和积弊,堪称一部简史。在这部寓言性的故事中"第一次呈现了纳赛尔丁国王统治后期在伊朗社会中出现的裂缝,这也是波斯文学散文体发生第一次深刻的变革"[2]。在伊朗文学中,这是第一次找回居鲁士大帝,试图重现古波斯帝国的辉煌与荣光。这意味着伊朗民族真正走出神话与传说,走进真正的历史,同时也是走进现代;意味着伊朗文学走出《阿维斯塔》话语系统带来的神话传说之梦幻,开始尝试创建一种面对历史、面向未来的崭新文学。

综观伊朗 19 世纪的文学作品,可以说,正在进行脱胎换骨的挣扎,正在努力摆脱过去那种陈旧的宫廷文学模式。这种努力是多方面的:在语言上,尝试用一种平易晓畅的语言来写作,让文学走出王公贵族的高墙庭院,贴近日常生活,靠近民众;在思想上,抨击时政弊端,呼吁社会改革,唤醒民众,可谓立宪运动的先声。然而,在叙事模式上,尚未完全摆脱古典叙事模式的框架,绝大多数作品或是循环往复地重复一些类似的情节,或是以游记的形式为主线串联起各个并无逻辑关联的事件,似乎还在旧文学的框框中徘徊。但无论如何,这些作品在文学意识上,已经踏在了新文学的门槛上,只需再向前迈进一步,他们就能进入一片新天地。

---

① Ahmad Kasravī, Tārīkh-i- Mashrūtiyat-i-Irān, Intishārāt-i-Amīr Kasrā, 1384, p24.(阿赫玛德·卡斯拉维:《伊朗立宪运动史》,阿米尔·卡斯拉出版社,2005 年,第 24 页。)

② Hasan Mīr'Abidīnī, Sad Sāl Dāstānnivīsī yi Irān, Intishārāt-i-Chishmah, 1380, Jild. 1. p32.([伊朗]哈桑·米尔阿贝丁尼:《伊朗小说写作百年》,切西梅出版社,2001 年,第一卷第 32 页。)

第六章　20 世纪初叶:伊朗文学进一步向现代转型

第一节　立宪运动促使伊朗文学自觉向现代转型

从 19 世纪起,伊朗这个长期雄踞西亚的文明强国开始没落,饱受英、俄等欧洲列强的欺侮,被迫签订一系列的不平等条约,出让国家政治上和经济上的主权。在欧洲列强面前,伊朗从昔日的文明强国一下跌落为愚昧落后的弱国。这种巨大的现实落差首先促使了伊朗知识阶层的觉醒,他们认识到要摆脱受人奴役、任人宰割的地位,必须变法图强。20 世纪初,在俄国 1905 年革命的影响下,内忧外患的伊朗爆发了声势浩大的立宪运动(1905—1911 年)。1906 年 10 月,伊朗成立了第一届议会,12 月颁布了宪法,实行立法、行政、司法三权分立,国王权力受议会制约,宗教领袖五人委员会具有监督权力。由此,伊朗成为伊斯兰世界中第一个推行民主宪政的国家。

但是,穆罕默德·阿里国王不甘心权力旁落,在沙俄支持下,于 1908 年 6 月发动政变,卷土重来,血洗议会。立宪革命军与国王军队誓死奋战,其间虽有多次胜利,还在 1909 年 11 月成立了第二届议会,但是,在沙俄军事干涉下,伊朗立宪革命在 1911 年 12 月以失败而告终,国王重新掌握国家大权。之后,立宪革命军又发动了多次武装起义,但均遭遇失败。1919 年,"一战"后的《凡尔赛和约》使伊朗显然成为英国事实上的殖民地,尽管名义上伊朗尚拥有独立主权。伊朗恺伽王朝中央政府的软弱无力,促使了以吉朗省库切克汗领导的武装起义为代表的一系列武装反殖民运动的兴起。伊朗军队哥萨克旅上校军官礼萨汗·巴列维奉命带兵镇压,这促使他拥兵自立,走上了伊朗的政治舞台,于 1925 年建立巴列维王朝,用军事强权将四分五裂的伊朗重新统一,并建立起一个相对强大的现代国家。

立宪运动的领导力量,除了一部分宗教领袖和资产阶级商人外,还有一部分是文化界人士(伊朗的宗教阶层和商人阶层皆属于知识阶层,但不属于文化界人士)。这些文化界人士利用手中的文化工具,在思想文化战线上推动着立宪运动的蓬勃发展。因此,在一定程度上可以说,立宪运动又是一场思想文化上的解放运动。立宪运动,在思想上,传播西方的民主自由思想,反对封建集权专制;在文化上,提倡适应新时代的文学。正如著名诗人巴哈尔在总结这时期的文学时所说:"作为革新与革命时期,顾名思义,标志着这一时期的特点是革命的思想与革命的文学。散文作品与诗歌作品都发生了巨大变化。"[①]

然而,伊朗的立宪运动尽管在一定程度上也是一场新文化运动,但从根本上说,立宪运动是由伊朗资产阶级民主革命家和宗教阶层发起的一场政治运动,它要求伊朗恺伽王朝(1794—1925年)的国王实行君主立宪制。(从某种意义上说立宪运动更像中国的戊戌变法或辛亥革命。)虽然也有伊朗文化界人士积极参与,但他们参与运动的根本目的也在于推动国家政治上的民主进程,而非进行文学改革,因而缺少对传统文学自觉的反省。立宪运动时期文学出现的新变化,归根结底是文学为了适应新形势需要而发生的一种自发性的变化,但它促使了伊朗文化界人士开始对文学变革的自觉性的思考。

立宪运动的宗旨是使伊朗成为西方式的君主立宪制国家,其直接后果是为伊朗文学向现代转型做了思想和文化上的准备,成为伊朗现代史的开端。立宪运动对促使伊朗社会从封建社会向现代社会转型所起的作用是巨大的,在一定程度上改变了伊朗人的传统风俗习惯、思想和思维方式,但我们也应该看到,立宪运动并未使伊朗社会发生根本性的质的转变。因为,从根本上说,立宪运动是一次政治运动,而不是一次文化运动。

伊朗最先觉醒的一代文化人更多的是着眼于欧洲国家的政体与进步的关系,认为正是腐朽落后的封建帝制造成了伊朗愚昧落后、处处受欧洲列强欺侮的状况,于是将自己强国富民的希望寄托在政体的改变上。伊朗文化人积极投身于立宪运动,用自己的笔做战斗武器(还有一些文化人甚至拿起枪,参加了武装起义),写出了一篇篇抨击封建帝制、对国家积贫积弱状况痛心疾首、呼唤民众觉醒的充满爱国激情的诗文。正是这些具有崭新思想内容的诗文,翻开了伊朗现代新文学的新篇章。

但是,伊朗文化人缺少对传统文化弊端的整体性的反思(之前介绍过的文学作品虽也或多或少地触及传统文化的弊端,但这些作品的最根本主旨在于揭露社会弊端,抨击政治腐败)。笔者认为这与宗教传统有关,一般来说,有宗教信仰的文化人较难对自身的宗教文化传统进行反思。由于缺少对传统文化、文学深层次的反思,更缺少对20世纪世界文学走向的高瞻远瞩的目光,当时伊朗的文化人在文学已经出现自发性的变化的情况下,并没有自觉性地提出文学变革的主张,更没有在理论上对新文学有所建树,从而没有形成一个如同中国五四运动那样的声势浩大的"反对旧文学,提倡新文学"的文学运动。

---

① 张鸿年:《波斯文学史》,北京大学出版社,1993年,第222页。

立宪运动对促使伊朗社会现代化所起的作用是巨大的，并且在一定程度上改变了伊朗人的传统风俗习惯、思想和思维方式，这一点毋庸置疑。但是，立宪运动对伊朗新文学的促进作用与对伊朗社会和民众生活的改变作用，是完全不在一个层面上的。伊朗后来的文学史家们也比较清楚地认识到这一点。比如伊斯玛仪·哈克米在《伊朗现代文学史》中说道："尽管立宪运动使伊朗的社会生活和文化发生了显著的变化，然而在诗歌和文学领域所产生的变化则是比较和缓的，以至有不少人并不认为在这方面开始了一个新的时代——新的诗歌。"①叶海亚·阿林普尔在《从萨巴到尼玛》中也如此说："立宪运动尽管有着诸多缺陷，但对伊朗社会的物质和精神的状况都不无影响，而且在文学领域也随之不可避免地出现了变化，但并非深刻的变革，没有出现可与政治和社会变革方面比肩的显著的质的变化。"②

立宪运动中也有少数文化人站出来质疑传统文学，比如米尔扎·阿高汗·克尔曼尼在抨击传统文学时说："应当看一看，我们的诗人在吟诗作对的花园中种下的树苗究竟结了什么果，有何收获。那些夸张的作品，其结果是将谎言输进人民淳朴的本质；那些歌功颂德的作品，其结果是使国王和大臣们都变得卑劣又愚蠢；那些神秘主义的作品，只带来动物性的懒惰和倦怠，并生产乞丐、游手好闲者和厚颜无耻者；那些描写花儿和夜莺的抒情作品，只造成了年轻人道德堕落败坏的结果。"③

这一抨击可以说是十分尖刻的，几乎全盘否定了伊朗古典诗歌，完全可以和鲁迅抨击中国传统文化弊端的尖刻文章相媲美。（其过激之处不在本书所讨论的范围之内。）同时期，还有另一些文化人也向伊朗传统旧文学秩序发起了猛烈的攻击。但是，他们呼唤文学革新的声音并没有得到伊朗文化界的响应，反而受到讽刺和批判。为什么同样是呼唤改革的呼声，在社会政治领域和文化文学领域却得到不同的回应，这就牵涉到文化界的领袖人物所起的作用了。

在伊朗，巴哈尔（1886—1951年）、德胡达（1879—1956年）等都是当时伊朗文化界的领袖人物，巴哈尔主办的《新春》和《早春》杂志、德胡达主笔的《天使号角》都是当时影响最大的文学杂志，他们在这些杂志上发表诗文，猛烈抨击封建政体，宣传西方的民主新思想，对伊朗社会和文化中的某些弊端也有一定程度的

① Ismā'il Hākimī, Adabiyāt-i- Mu'āsir-i-Irān, Intishārāt-i-Asātir, 1375, p18.（[伊朗]伊斯玛仪·哈克米：《伊朗现代文学》，阿萨体尔出版社，1996年，第18页。）

② Yahiyā Arinpūr, Az Sabā tā Nimā, Intishārāt-i-Zavār, 1375, Jild. 2. p121.（[伊朗]叶海亚·阿林普尔：《从萨巴到尼玛》，伊朗扎瓦尔出版社，1996年，第二卷第121页。）

③ Shafi'ī Kadkanī, Adabiyāt-i-Fārsī az 'Asr Jāmī tā Rūzigār Mā, Intishārāt-i-Nay, 1378, p71.（[伊朗]沙菲依·卡德坎尼：《波斯文学史·从贾米到今日》，内伊出版社，1999年，第71页。）

批判，并且认识到文学应当适应如火如荼的斗争需要，从而大力提倡文学表现新时代的内容。因此，对于文化守旧派来说，他们无疑是新文化的倡导者。但是，他们并没有认识到古典文学形式对新时代精神的妨碍作用，因而他们提倡的新文学具有浓厚的改良主义色彩。比如，巴哈尔在自己创立的文学协会的成立宣言中就明确地说："协会的宗旨在于，在古典诗歌和散文的制服下传播新精神。"①可以说，巴哈尔的一生都致力于这种"旧瓶装新酒"的诗歌。巴哈尔的思想充分反映了当时伊朗文化界上层的新文学理念。

因此，正如立宪运动在政治方面的不彻底性一样（立宪运动之后，伊朗的政体表面上是君主立宪制，有内阁，有内阁首相，有国会和国会议员，但实质上却仍是君主专制，国王掌握着国家大权），立宪运动在倡导新文学方面也是不彻底的，它没有形成一个如同中国五四运动那样的声势浩大的"反对旧文学，提倡新文学"的文学运动，没有一个文化界领袖人物站出来高喊"打倒旧文学"，或"推倒古典文学大厦"。在文学方面，尽管立宪运动的文化界人士已经感到旧文学不能适应如火如荼的斗争需要，严重地束缚了新思想的自由表达，但他们基本上奉行的是改良主义路线。我们在前一章中述及的新式文体日记和虚构游记文学的作者，基本上都是政治人物或新兴的中产阶级商人，而真正的文学世家出身的知识分子反而较少身体力行于这种新式白话文体的写作，他们更多的是从事翻译活动，或翻译外国文学作品，或介绍西方的新思想、新观念，而他们自身的文学创作尚未跳出旧体文学的窠臼。

尽管立宪运动时期所倡导的新文学具有上述种种局限性，然而毋庸置疑的是立宪运动在伊朗知识阶层中播下了新的思维方式和新的文学理念的种子。随着时间的推移，这粒种子必定会发芽、开花、结果。如我们前一章所述，19世纪伊朗文学已经出现了一些自发性的变化，正是立宪运动的强力推动，使这种自发性的变化在立宪运动之后迅速转变为自觉性的变革。

从立宪运动之后到1921年礼萨·巴列维掌权这段时间，一般称为后立宪运动时期（1912—1921年）。正是在立宪运动的推动下，后立宪运动时期文学出版十分繁荣，各种文学社团相继成立。《卡维》（1916）、《春天》（1910—1920）、《学院》（1916）、《礼物》（1919）是在这个时期创刊的影响较大的文学杂志。这些杂志多刊登评论古典文学利弊的文章和翻译作品，对现代文学思想的传播与发展起到极大的促进作用。

正是在后立宪运动时期，在诗歌创作领域，出现了尼玛·尤希吉（1879—

---

① Shams Langrūdī, Tārīkh i Taḥlīlī-yi-Shi'r Naw, Intishārāt-i-Markazī, 1378, Jild. 1. p45.（［伊朗］夏姆士·兰格鲁迪：《伊朗新诗编年分析史》，玛尔卡兹出版社，1999年，第一卷第45页。）

1961年)倡导的现代新诗。在小说创作领域，更是出现了引领新文学风向标的文学领袖。1921年，贾玛尔扎德的《故事集》出版，这是公认的伊朗第一部现代短篇小说集。公正地说，这部小说集在艺术上犹如胡适《尝试集》对白话新诗的尝试一样稚嫩，但贾玛尔扎德文坛领袖的表率作用，使现代小说这种文学体裁很快被伊朗人接受，并得到迅速发展，出现了不少佳作。因而，贾玛尔扎德的《故事集》在伊朗现代文学史上的地位犹如胡适的《尝试集》之于中国白话新诗一样重要。也就是说，正是立宪运动的强力推动，伊朗文学在20世纪向现代的转型才有可能得以实现。虽然转型出现的时间不是恰好在立宪运动期间，而是稍有些滞后，但我们不能据此就否定立宪运动在伊朗文化史中的重要意义。事实上，中国1919年五四新文化运动也是在1911年辛亥革命之后发生的，由此看来新文学运动稍滞后于政治运动是有一定的共性和其内在机制的。

　　立宪运动对伊朗更为重要的文化意义在于，它使伊朗知识分子阶层从之前御用文人的角色与桎梏中解脱出来，不再依附于王室宫廷，而成为一个具有独立性和独立意识的阶层。王室宫廷与国家民族，第一次在伊朗知识分子阶层的认知中被分离开来，作为国家民族的文化精英，他们忧国忧民，以兴国强邦为己任，焕发出强烈的民族责任担当意识和"天下兴亡，匹夫有责"的生命光彩。从而，伊朗知识分子不仅获得了个体意义上的自觉，更获得了整体意义上的独立。这是伊朗在20世纪向现代国家转型的文化前提与保障，也是伊朗文学在20世纪向现代文学转型的必备条件。

第二节　文化巨擘德胡达对伊朗文学
向现代转型的推动作用

　　阿里·阿克巴尔·德胡达(علی اکبر دهخدا，1879—1956年)，伊朗现代著名文学家、辞书编撰人、政治家、诗人，以及伊朗大百科全书《德胡达大辞典》奠基人。德胡达出身中产地主家庭，10岁时，父亲便去世了。年幼的德胡达跟随父亲的好友、知名学者谢赫·古拉姆侯赛因·布鲁杰尔迪学习，接受了完整的波斯古典文化教育。之后，进入外交部组建的政治知识学院，四年之后以优异成绩毕业于该校。在该校，他不仅接触到、学习到现代文化知识和新思想，而且熟练掌握了法语。同时，由于优秀的国学修养，他还担任了该校波斯语文学课程的教学工作。毕业后，德胡达任职于外交部。1902年，德胡达以秘书身份随同伊朗大使赴任巴尔干地区，并在维也纳生活了两年多。德胡达在此进一步接触到法国文学和新思潮。

　　1905年，德胡达回到伊朗，正好赶上立宪运动爆发。德胡达先是在霍拉桑的一家比利时工程部担任翻译。随即，著名文化人米尔扎·贾杭吉尔汗·设拉子依和米尔扎·高塞姆汗·大不里兹为了创办报纸《天使号角》(صور اسرافيل),邀请他加盟。因此,从《天使号角》创办伊始,德胡达就是该激进报纸的主要撰稿人。该报第 1 期在 1907 年 5 月 30 日以 7 个版面的篇幅在德黑兰出版。在之后14 个月的时间内,《天使号角》共出版了 32 期。德胡达在该报首版开辟专栏"闲言碎语"(چرند و پرند),每期一篇杂文,探讨和针砭政治、经济、社会问题。他的杂文风格在伊朗文学史上是前所未有的,开创了伊朗现代散文写作的新流派。

德胡达的杂文引起了保守势力和拥护专制政体的势力的强烈不满,他们甚至发布声明,要将德胡达开除教籍。议会也对他的杂文进行了多次讨论和争论,最终裁定《天使号角》为异端,予以取缔。德胡达也被传讯到议会接受审问。德胡达把一帮老朽驳得哑口无言,但最终,德胡达被议会从后门赶了出去,因为一些狂热的武装分子持枪在前门等着攻击他。

1908 年,穆罕默德·阿里国王复辟之后,德胡达和一些爱国志士一同避难于英国大使馆。经过协商,国王同意将他们这批避难人士流放到邻国或欧洲。德胡达等人被流放到了巴黎,其中一些人受英国著名东方学家爱德华·布朗的邀请去了伦敦。但德胡达没有去伦敦,而是留在巴黎,谋求继续出版《天使号角》。但是,当时的巴黎没有相应的环境和条件。德胡达和几个志同道合者一起到了瑞士,但瑞士的环境条件也不是很理想。在流放的岁月里,德胡达的生活十分困窘,他甚至萌生过自杀的念头。在如此的艰难困苦中,德胡达再次于 1909年初在瑞士出了 3 期《天使号角》,其文笔比之前更加犀利直率。

1909 年 3 月,移居瑞士的这批人到了伊斯坦布尔。当时,奥斯曼帝国正在进行雷厉风行的现代化改革,因此该城成为伊朗民族自由人士的集聚地。德胡达在这里加入了由立宪运动人士组建的"伊朗人幸福协会",进行政治和文化活动,在 1910 年出版了 14 期(一说 15 期)《报喜天使索鲁什》(سروش)。同时,巴黎也出版了《圣洁灵魂》(روح القدوس),主要撰稿人也是德胡达。

1909 年 11 月,立宪革命军再次攻克德黑兰,穆罕默德·阿里国王被废黜。立宪人士成立了第二届国民议会,德胡达尽管人在伊斯坦布尔,但其崇高的威望使他被选举为国民议会代表。德胡达以政治家的身份回到德黑兰,从事政治活动。不久,俄国势力进入伊朗北部,并逼近德黑兰。德胡达与其他一些人迁居库姆,继而迁居克尔曼沙。正是在这段时期,德胡达脑海里萌生了编撰百科全书大辞典的念头,即后来的《德胡达大辞典》。他开始动手做准备工作,很敏锐地收集街巷和集市中老百姓的对话,仔细观察他们的生活,多方收集民间俚语、谚语、成语。

1925 年巴列维王朝建立后,德胡达放弃了政治活动,主要从事文化工作,曾担任伊朗公共教育部主任,又曾担任过司法部负责人。1927 年,参与组建法律与政治学高等学院,并担任校长。1935 年,被选为伊朗科学院院士,并参与筹建德黑兰大学。1934—1941年，一直担任德黑兰大学法律与政治学系主任。退休之后，专心埋头于辞书编撰工作。20世纪50年代初，伊朗爆发石油国有化运动，年事已高的德胡达积极表示支持，并因此被选为运动组委会的名誉领导。1953年"五二八"政变（即"八月政变"）之后，德胡达遭遇抄家，并被殴打，受到审讯。1956年2月底，德胡达以77岁高龄去世，葬于雷伊的家族墓地。德胡达在德黑兰的故居后被建为一所以他名字命名的小学。

德胡达的讽刺杂文集《闲言碎语》，是在短篇故事的框架下，采用公告、电报、新闻报道等多种形式撰写的专栏式短篇杂文。撰写时间为1907年5月30日至1908年6月20日，共计出版了32期，刊发于著名文化人贾杭吉尔汗出资和主编的报纸《天使号角》头版。另外，德胡达在流亡欧洲期间，在瑞士又独自出版了3期《天使号角》及"闲言碎语"专栏。在立宪运动第一阶段的胜利中，德胡达的文章起了重要的宣传鼓动作用，他针砭时政、经济、社会中的各种问题。他关注的重心在社会问题，对伊朗的社会问题、伊朗民族的本性与思维方式有着高屋建瓴的深刻洞悉，既哀其不幸，又怒其不争。他猛烈抨击造成伊朗落后挨打的社会原因和政治原因，抨击政府和议会的腐败与不作为，抨击政府官员们庸碌无为，抨击外国强权势力的渗透和入侵，抨击旧传统习俗的压迫与残酷，抨击民众的愚昧无知迷信和自欺欺人，抨击国家的公共教育状况低下，呼唤民主自由，呼唤普及教育，呼唤保障妇女儿童的权益，等等。这些文章采用的是一种前所未有的清新简约流畅的文体，具有开创意义。

德胡达在杂文中将自己的文学才能发挥得淋漓尽致，嬉笑怒骂皆成文章，历史掌故信手拈来即成绝妙讽刺。《闲言碎语》中的文章多采用对话体，因而多用民间平民百姓的口语（而非上层文人的文雅口语），市井俚语、谚语、俗语他都采用，这在当时也开风气之先，并且行文十分流畅简洁清新，句式简短精练，摈弃复杂的从句套语，即使是没有文化的底层民众，也能一听就明白。因此，这些杂文受到上层文人和下层民众的共同喜爱，给德胡达本人也赢得了极大的声誉。

讽刺在波斯传统文学中，不论是诗歌还是散文，均不少见，但仅仅是作为一种文学修辞和表现手法，从来不是一种独立的文学样式。德胡达是将这种修辞手法自觉地运用到散文创作的第一人，形成了独特的讽刺批评杂文，可谓是开风气之先。德胡达自己也身体力行，刻意把这种文体发挥到极致，使讽刺杂文成为伊朗现代文学中的一个独特种类。而德胡达本人在讽刺与批评中所表现出的强烈的现代意识和民族责任担当精神，其高度也是他那个时代的作家难以企及的。他的作品尽管只能说是杂文，但是一篇篇杂文中有着十分巧妙的小故事，对波斯语文体的变革起了巨大的引领作用，更对现代小说这种文学体裁的形成起了重要的推动作用。

《闲言碎语》城市新闻一则

昨天,哈桑达勒狗气喘吁吁、大汗淋漓地跑进办公室。一进来,还没问候就急切地说:"某某,快,快把这事记下来,在庆典的时候大有用处。"

我说:"伙计,您先坐,歇口气。"

他说:"我事儿多着呢,您快点,趁我还记得,您赶紧写下来。这事儿很重要。"

我说:"伙计,办公室文件柜里的事件堆积如山,即使是报纸从周刊改版为日报,就像克尔曼沙人的诉状那么长,也多得报道不完。"

他说:"这事儿跟那些没有关系。这事儿重要得多。"

我没办法,只好说:"那您讲。"

他说:"您拿笔呀!"我拿起笔。

他说:"您写:几天前。"我写了。

他说:"您写:殿下的公子在扎尔甘德附近。"我写了。

他说:"您写:他马车的马儿走得太慢。"我写了。

他说:"您写:殿下因此动怒了。"

我说:"接下来的事儿是您讲还是鄙人来讲?"他吃了一惊,眼睛直瞪着我,说:"我没有想到,阁下您也知道。那您请。"

我说:"殿下动怒了,从衣袋里掏出左轮手枪,杀了他马车的马儿。"

他说:"哇!"

我说:"您是该吃惊。"

他说:"您是从谁那儿听到这个死亡消息的。"

我说:"阁下认为只有您自己与这个城市里的达官显贵有亲密友谊,消息灵通,而我们对世界就一无所知?!"

他说:"非也,我岂敢如此狂妄。"

我说:"我已说过了,我们办公室文件柜里的事儿很多。您这事儿在那些事儿面前并不值得登记在册。此外,您自己也明白,所有的欧洲人在这一时间全都在忙这事儿。也就是说,马儿是有可能导致它主人出危险才被杀掉的。另一方面,您说,殿下动怒了。您也知道,一个人一旦动怒,世界在他眼前就变得漆黑一片,尤其是对国家的大人物来说,更应该大书特书。因为大人物一旦动怒,就会为所欲为。

"就如同,政府要员们一动怒,不需要审判罪犯,光天化日,找个僻静处,就杀了。就如同,几天前,阿夫沙尔·哈比卜安拉一动怒,就在赛义夫·安拉汗——阿萨德·安拉汗的兄弟——的一个圣徒授意下,给哥萨克军的准将吃了枪子儿。

"就如同，尼扎姆·萨尔坦内一动怒，尽管他在《古兰经》封底上盖过章，照样把怀疑论者贾法尔阿高大卸八块。

"就如同，两个月前，那两人一动怒，就把一个亚美尼亚人分尸塞进了哈桑·阿巴德的冰窖。

"就如同，阿米德·萨尔坦内·塔勒希人一动怒，就把在古尔冈河那边拥护议会的人都砍了头。

"就如同，四个月前，奥斯曼人按我们大师的请求，动怒起来，让卡尔巴拉的朝觐者们成了烈士。而今天，乌鲁米耶地区无依无靠的人们还记得炮弹的呼啸。

"就如同，拉希姆汗·恰拉比扬鲁的儿子一动怒，就把阿塞拜疆地区二百五十二位妇女、儿童、老人劈成两半。

"就如同，刽子手一动怒，就用米尔扎阿高汗·克尔曼尼、谢赫·阿赫玛德·鲁赫依、哈吉·米尔扎哈桑汗·哈比尔马勒克之血来浇灌大不里士公园里的榛子树。

"就如同，伊克巴尔·萨尔坦内在巴库一动怒，成百穆斯林的鲜血就无辜地流淌。

"就如同，莫阿温杜勒的女儿一动怒，在她父亲被带往霍拉桑纳格的途中，被迫用子弹结束了自己的痛苦。

"就如同，霍斯陆的客人在阿塞拜疆莫叶尔城的那棵梧桐树后一动怒，就将其东道主人——伊朗第一勇敢人士——给剥了皮。

"就如同，米尔扎·穆罕默德·阿里汗·索腊亚在埃及、米尔扎·优素福汗·马斯特沙尔杜勒在德黑兰、哈吉·米尔扎·阿里汗·阿明杜勒在腊什特内沙的一个角落一动怒，就被肺结核消耗掉了他们自身。

"就……是啊，人，尤其是大人物和世家子，一动怒，都会干这种事。此外，该殿下的兄弟不是在一个月前在伊斯法罕杀掉了他自己的母亲吗，我们还什么也没写呢！我们有那么多事件需要写，顾不上您这些。此外，您也知道，事件的组织就如同疾病的组织一样会遗传。侯赛因伽里汗·巴赫提亚里是谁杀的，在开斋节第一天，以日常宴请的名义？"

他说："是啊，您说的没错。"

我说："不正是这位殿下的父亲吗？"

他说："您别啰里啰唆，您就痛快地说：您的建议没被采纳。"

我说："我也没办法。"

他说："这账没法儿算。"

我说："放肆。"

他说："现在，我们不说这个了。说真的，真主能消除这些压迫吗？

真主会忽视这些无辜者的鲜血吗?"

　　我说:"伙计,我们这些苦行僧有一首诗歌。"

　　他说:"您说。"

　　我说:"这世界是山,我们的行为似呼喊,这喊声会成回音向我们回返。"

　　…………①

　　整篇文章采用的是浅显易懂的对话体,然而语言十分辛辣,通过一件微不足道的小事引发对统治者的残暴的强烈抨击。从严格意义上来说,德胡达虽然不是一个小说作家,但他《闲言碎语》集里的杂文在之后很长时间内,都是伊朗现代作家的仿效对象,对后来的贾马尔扎德和赫达亚特这样的伊朗现代文学大家的影响也显而易见。但是,无人能超越他,他是难以企及的——不是指文学成就本身,而是指对伊朗现代文学的精神性影响与引领作用。

第三节　历史小说成为伊朗现代文学转型的枢纽

　　在后立宪运动时期,尽管也有一些较好的社会问题小说出现,比如米尔扎·哈比布·伊斯法罕尼(میرزا حبیب اصفهانی,1833—1893年)的作品《伊斯法罕尼巴巴哈吉的经历》(1905),该书是贾马尔扎德之前反映社会问题的优秀社会小说,语言上采用了很多民间俚语和词汇,故事内容呈现了恺伽王朝初期伊朗民众的普通生活面貌,也揭露了恺伽王朝官吏的腐败行贿受贿。然而,这时期文学的主要类别是历史小说,历史小说成为伊朗现代文学转型的枢纽。

　　历史小说在伊朗源远流长,是伊朗最具有受众基础的文学种类之一。19世纪,现代意识开始渗透进以英雄史诗或才子佳人浪漫爱情故事为主旋律的历史小说,但那时历史小说尚未成为文学变革的主角,那时期担任文学变革主角的是日记和游记。随着伊朗中产阶级的壮大,随着伊朗知识分子阶层的独立,他们为了自己所属阶层的利益,希望国强民富,更是为了与国家民族同呼吸共患难,他们一方面将自己的愿望付诸政治实践,亲身参与立宪运动之中;另一方面,他们将自己的愿望付诸文学实践,试图在伊朗过去的辉煌中寻找希望与出路,更多地关注伊朗伊斯兰化前的历史文化。因此,历史小说因立宪运动时期的政治需求与文化需求而兴盛,成为伊朗内忧外患时期最值得一提的文学样式,最适宜寄托有政治抱负的人的心声,借古喻今,借古讽今。按照卢卡奇的观点,历史小说往往兴盛于社会酝酿革命的时期。历史小说一般选择伊朗历史上遭受外族入侵的特

---

　　①　笔者摘译自波斯语《闲言碎语》,卡伦·玛阿勒法特出版社,1953年,第63—67页。

殊时期，揭露社会积弊、呈现民不聊生、描写外族入侵、叹息国破家亡是这类小说的共同旋律。

此外，翻译的欧洲历史传奇小说在20世纪初叶也对伊朗历史小说的兴盛产生了较大的影响。这个时期最丰产的翻译家是王子穆罕默德·塔赫尔·米尔扎（1834—1900年），他翻译了大仲马的多部小说，其中最优秀的译作是《基度山伯爵》（1895）和《三个火枪手》（1899）。用演绎手法来抒写历史故事在伊朗古典文学中具有悠久的传统，大仲马的小说与伊朗民间故事具有相似的历史氛围，伊朗读者接受起来比较容易，也更受欢迎。另一部不能忽视的译著是阿卜杜勒·拉提夫·塔苏基·大布里兹翻译的《一千零一夜》，于1863年在大不里士出版。这部发源于伊朗，又在阿拉伯的底格里斯河与幼发拉底河流域发酵得肥沃丰饶的民间故事集，又再一次回到伊朗，对伊朗故事文学的发展起到了重要的推动作用。

一　克尔曼尼的《亚历山大的镜子》

米尔扎阿高汗·克尔曼尼（میرزا آقاخان کرمانی，1854—1896年）是这时期最有声望的学者和历史小说家之一。虽然他去世于立宪运动之前，但他的影响主要在立宪运动时期。他出身克尔曼贵族世家，据说他的曾祖父是琐罗亚斯德教信徒，后皈依了伊斯兰教。也许正因为此，克尔曼尼对琐罗亚斯德教有很深的迷恋。克尔曼尼自幼接受良好的古典文化教育，他的老师是一位巴布教派①的长老，在纳赛尔丁国王时期，曾数次被捕入狱。克尔曼尼的思想也受到他老师的影响，倾向于巴布教派。同时，他也接受了著名宗教学者谢赫·阿赫玛德·鲁赫依的学说，该学说为巴布教派的分支阿扎里派②所倡导。

1884年，克尔曼尼与导师谢赫·阿赫玛德一起，从克尔曼迁居伊斯法罕，加入了那里的激进组织"阿扎里之晨"，后随该组织前往德黑兰。该组织在德黑兰受到当局镇压，克尔曼尼随谢赫·阿赫玛德一起前往腊什特，并从那里到了伊斯坦布尔，后与"阿扎里之晨"中的一位女会员结婚，不久离异。克尔曼尼在伊斯坦布尔的生活很不如意，郁郁不得志，因此他前往巴格达，后又转到大马士革。在此期间，他撰写了宣传阿扎里思想的著作。

同时，克尔曼尼对伊朗、奥斯曼、阿拉伯世界的腐败、落后、保守深有感受，其思想开始转向对这些国家中宗教的滞后作用进行抨击，由此撰写了著名的政论

---

①　巴布教派：是19世纪中叶产生于伊朗的一个宗教派别。该教派以伊斯兰教为基础，但融合了较多的琐罗亚斯德教思想。19世纪后半叶，伊朗爆发巴布教徒起义，对伊朗政局产生过重大影响。

②　阿扎里派：是巴布教派中一个更具有琐罗亚斯德教倾向的宗教派别，"阿扎里（Āzari）"是琐罗亚斯德教中火或火神"阿扎尔（Āzar）"的形容词形式。

著作《三文集》(سه مکتوب) 和《百场演讲文集》(رساله صد خطابه)。在《三文集》中，克尔曼尼抨击阿拉伯人和伊斯兰教之后的政体，向往伊斯兰教之前的政体，萦绕着一种纯粹民族主义思想，充满鼓动性，让伊朗人深感自己是历史的无辜受害者。

克尔曼尼的思想带有强烈的伊朗民族主义色彩，激起伊朗人的反阿拉伯情绪，进而反伊斯兰——认为这种外来的、闪族人的宗教使伊朗再也无法恢复昔日波斯帝国时期的荣光，伊朗要重新崛起，必须回到伊斯兰之前。因此，克尔曼尼也被视为伊朗民族主义的奠基人。

纳赛尔丁国王遇刺后，奥斯曼政府逮捕了一批包括克尔曼尼在内的侨居伊斯坦布尔的伊朗革命者，并将他们遣送回伊朗。1896 年 1 月 17 日，克尔曼尼等三人被伊朗政府指控为异端巴布教徒，在大不里士被砍头示众。克尔曼尼留下著名诗句：我不畏屠杀，我是自由之子，我诞生自死亡这位母亲。克尔曼尼用自己的鲜血唤醒伊朗民众，对鼓舞革命志士与专制政府进行斗争起了重要的推动作用，其思想不仅对立宪人士产生了直接的重要影响，他的"回到伊斯兰之前"的思想对伊朗现代作家的影响更为深远。这种思想成为现代伊朗知识分子寻路意识中的极为重要的一脉，贯穿伊朗整个 20 世纪的文学，在伊朗现代诗歌与小说中都有显著体现。

克尔曼尼一生著述丰富，除了神学、哲学、历史著作，在文学领域，令他名垂青史的是其历史小说《亚历山大的镜子》(آیینه سکندری)。克尔曼尼原本计划用三卷的篇幅来描写伊朗从上古到恺伽王朝的历史，但在其牺牲之前只完成了第一部，时间刚好是从上古到伊斯兰教进入伊朗之前。1906 年，克尔曼尼精神上的学生、立宪运动著名刊物《天使号角》出资人贾杭吉尔汗对该书进行了整理编辑，该书 1909 年在德黑兰正式出版，对伊朗同类作家产生了巨大影响。

在《亚历山大的镜子》中，克尔曼尼以一种诗意的灵魂和哲学的眼光来描述历史事件，因而该作品从历史学层面来看，不具有太多的史学价值，却极具文学价值。作者刻意将伊朗神话、传说、历史三者嫁接在一起（而非菲尔多西《列王纪》式的、无意识地把神话传说当作真实的历史来写），将伊朗上古神话传说中的著名国王凯·霍斯陆、凯·卡乌斯、伊斯凡迪亚尔与历史上波斯帝国的著名君主居鲁士、冈比西斯、大流士嫁接在一起，历史上曾经雄踞西亚的古波斯帝国的荣光第一次在文学作品中得到了体现。克尔曼尼把《阿维斯塔》话语系统与古波斯帝国阿契美尼德王朝的石刻铭文话语系统结合在一起，挖掘这二者构成的伊朗文明文化对世界历史和文化的深远影响，进而抒发伊朗人自尊自傲的民族主义情怀。

《亚历山大的镜子》还对备受伊朗人忽视的安息王朝给予了特殊关注，写了安息王朝的两大历史功绩：一是从伊朗土地上赶走了外国势力亚历山大之后的希腊统治者，二是建立起了强大的帝国，与罗马帝国抗衡，阻挡了罗马帝国向亚洲的扩张。应该说，这是极具眼光的认识，替安息王朝洗雪了在伊朗民众中不清不楚的污名，鼓舞了伊朗人民敢于抗击外国列强的不屈的民族精神。

作者克尔曼尼还对萨珊王朝的鼎盛与颓败，尤其是该时期发生的马兹达克运动给予了特别关注，这是全书最精华的部分。琐罗亚斯德教祭司马兹达克提出新的宗教理念：主张平等友爱，主张均贫富和一夫一妻，反对贵族集团垄断社会财富和多占妻妾。这一主张深受贫穷而娶不起妻的下层百姓的青睐，响应者甚众，于公元488年爆发了影响深远的马兹达克运动，持续近40年。马兹达克运动在伊朗一直被视为异端，克尔曼尼在洗雪了安息王朝的冤屈之后，再次对马兹达克运动翻案，他以全新的视角来认识和评价马兹达克运动。克尔曼尼认为该运动是伊朗社会民主平等思想的发展，因为马兹达克教徒就如同欧洲18、19世纪的理想主义者、乌托邦主义者、空想社会主义者，寻求自由与权力平等，因为马兹达克的最终信仰是推翻帝制，建立共和。克尔曼尼认为，马兹达克运动的40年是伊朗社会的理想主义巅峰时期。后来，萨珊国王霍斯陆一世全力镇压扑灭马兹达克运动，给伊朗带来了极大的损害，扼杀了伊朗社会进步因子的发育成长。克尔曼尼认为，这是伊朗萨珊王朝由盛转衰，最终覆灭于阿拉伯大军的最内在的原因。小说借古喻今：当今伊朗统治阶级残酷镇压忧国忧民的革命志士，腐败堕落，国力衰弱，民不聊生，导致西方殖民势力趁机进入伊朗。

《亚历山大的镜子》是克尔曼尼"回到伊斯兰之前"之思想在文学中的集中体现，是伊朗知识分子寻找救国救民之路的一种探索。关于"亚历山大的镜子"，历史上有种种传说，其中之一：埃及托勒密王朝时期，亚历山大港附近的法洛斯岛上建有一座灯塔，该塔是著名古代建筑之一，塔顶上安有一面镜子。该镜子传说由亚里士多德亲手制作，后来亚历山大指令将之安装在塔顶上，使船只在很远的海面上就能看到镜子反射的光亮，从而正确靠岸。由此，"亚历山大的镜子"成为指路明灯的象征。克尔曼尼认为历史是最有力量、最能动的精神文化武器，他将历史视为民族崛起的基石，认为过去的荣光可以唤起一个民族的自尊自强。"他是最杰出的历史小说派的代表，将最具思想性的历史分析糅进了马兹达克的哲学和萨珊王朝的强盛与衰落之中。"[1]

克尔曼尼在创作上对传统的历史故事写作很是不屑，他的创作受到阿訇扎德的影响，却超越了阿訇扎德，而将现代性带入传统的历史故事写作，因此《亚历山大的镜子》可以说是伊朗第一部具有现代文学意识的小说。在内容上，该小说并非旨在讲一个历史故事，而是旨在以历史来反映、反思现实问题。这也是这个

---

① Hasan Mīr'Abidīnī, Sad Sāl Dāstānnivīsī-yi-Irān, Intishārāt-i-Chishmah, 1380, Jild. 1. p29.（[伊朗]哈桑·米尔阿贝丁尼：《伊朗小说写作百年》，切西梅出版社，2001年，第一卷第29页。）

时期文学的共同特征。然而,《亚历山大的镜子》与同时期其他作品的重要差别在于小说结构。克尔曼尼在小说中采用的既不是伊朗传统的循环时间框架模式,也不是以故事发展的前后循序线性时间来讲故事,而是将历史事件片段化,以现代意识为串联片段的内在脉络。并且,在叙事手法上,摈弃了传统的以对话来展现故事的方式,而是完全以现代叙事手法来描述而非展现历史事件,作品的现代意识在这样的叙事中得以自然而然地呈现。

二 霍斯陆维的《夏姆士与塔伽罗》

倘若说克尔曼尼的《亚历山大的镜子》是以文学的诗意方式抒写历史,观照现实,那么,这个时期另一部优秀的历史小说《夏姆士与塔伽罗》则是将历史虚化为一个虚构的浪漫爱情故事的背景,从而使得这部作品更具有"小说"的虚构性质而不是在讲"历史"。

《夏姆士与塔伽罗》(شمس و طغرا)的作者穆罕默德·巴伽尔米尔扎·霍斯陆维(خسروی محمد باقرمیرزا,1849—1919 年)是伊朗 19、20 世纪之交的著名文人、小说家、诗人。他出生于克尔曼沙,其家族是恺伽王室成员,他本人是法特赫阿里国王的曾孙。霍斯陆维从小受到良好的古典文化教育,天资聪颖,少年时代即出口成章,赢得诗名,深受当时克尔曼沙总督埃拉杜勒的青睐。当埃拉杜勒调任法尔斯总督时,把霍斯陆维也一起带了去。之后,霍斯陆维又从法尔斯迁居伊拉克一段时间,最终返回故乡克尔曼沙。回到故乡之后,霍斯陆维于 1908 年开始创作三卷本历史小说《夏姆士与塔伽罗》、《玛里与尼斯》(ماری و نیسی)、《塔伽罗尔与胡马依》(طغرل و همای),分别完成于 1909 年、1910 年初、1910 年底。之后,沙俄入侵伊朗西北部阿塞拜疆地区,霍斯陆维勇敢无畏地公开发表强烈的抨击和谴责,因此惹怒俄国人。为了躲避俄国人的加害,霍斯陆维躲入克尔曼沙的崇山峻岭之中,遭受了难以想象的困苦。然而,最终还是被捕入狱。霍斯陆维在克尔曼沙和哈马丹被囚禁了一段时间之后,被转移到德黑兰。获释之后,霍斯陆维就一直生活在德黑兰,直到去世。除了上述小说,霍斯陆维还有诗集出版,但都是旧体诗。

霍斯陆维的三卷本历史小说故事发生在阿贝希·哈吞女王统治法尔斯地区的 24 年间,这段时间正好是蒙古人统治伊朗的伊尔汗王朝第二位君主阿八哈汗在位(1234—1282 年)统治时期。小说生动呈现了蒙古人入侵时期伊朗人的精神面貌,尽管与历史紧密关联,但历史只是一个背景,核心故事乃是虚构,并且写得扣人心弦。

《夏姆士与塔伽罗》的故事发生在蒙古人入侵伊朗时期。夏姆士是一位长相英俊的青年豪杰,内心对蒙古人的入侵与统治充满愤懑,但其父亲却是一个顺民。夏姆士迫于无奈与父亲一起到法尔斯省城设拉子,向蒙古阿米尔的统治表示欢迎。恰好遇上蒙古首领家里起火,夏姆士从火中救出首领女儿塔伽罗。由此,两人产生爱情。然而,没有伊尔汗的同意,蒙古公主不能嫁给外族人。夏姆士决心用正大光明的手段达到目的,在蒙古人的统治中获得自己的地位。由此,原本对异族统治充满愤怒的伊朗青年,因对异族姑娘的爱情而改变自己的思想情绪,力求融入异族的统治之中,获得统治者的承认。

小说主要描写夏姆士为实现与塔伽罗的结合而做出的各种努力,他过五关斩六将,逃脱了敌人的陷害,同路盗战斗,杀死豹子,就像古代传说中的英雄一样获得宝藏,从而为晋升提供了外在的条件准备。最后在伊朗历史上的著名大诗人萨迪(1208—1292年)的证婚下,有情人终成眷属。作者用浪漫的文学性语言和大量的篇幅来描写这对恋人之间的情感纠葛。夏姆士为达到结合的目的而经历的一个个陷阱成为小说贯穿始终的情节线索。

然而,"婚姻是爱情的坟墓"这一名言的正确性在于:男女主人公结婚之后就没有故事可写了,因此必须开始新的爱情,故事才能继续。在第二卷《玛丽与尼斯》中,夏姆士与塔伽罗结婚之后,很快移情别恋,倾心于埃及国王赠送的女仆玛丽,纳之为妃,接着他又对阿贝希·哈吞女王产生了炽热的爱情。最后,塔伽罗在设拉子大地震中死去,玛丽则后宫得宠,生活得幸福快乐。第三卷《塔伽罗尔与胡马依》讲述夏姆士的儿子塔伽罗尔对胡马依的爱情故事。作者将男主角为求得有情人终成眷属而上刀山下火海的种种努力又按陈旧的模式与传统的套路重新演绎一遍,使得整部小说厚达千页。

尽管《夏姆士与塔伽罗》比《亚历山大的镜子》更富有文学色彩和小说的特质,被贾马尔扎德称赞为"是当时最杰出的散文作品,是波斯语新文学的典范,最值得翻译成外语的一部小说"①,然而,公允地说,在作品的现代意识方面,前者远不如后者。《夏姆士与塔伽罗》并没有跳出古典文学中才子佳人、英雄救美人故事的窠臼,抒发的只是一些旧时代的闲愁,因而与立宪运动时期如火如荼的革命洪流有些格格不入。故事情节虽然激动人心,但是既缺乏高屋建瓴的历史眼光,更缺乏时代精神,作者仍停留在对主人公王位、王冠得失的兴叹之中。并且,在故事叙事模式上完全是古典套路,儿子重复父亲的人生轨迹,循环往复。

三 其他历史小说

霍斯陆维之后值得一提的历史小说有米尔扎哈桑汗·巴迪(میرزاحسن خان بدیع,1872—1937年)的《古老的故事——居鲁士传奇》(1920),该小说虽然名曰"居鲁士传奇",但是与古波斯帝国阿契美尼德王朝开国君主居鲁士大帝毫无关系,讲

---

① Hasan Mir'Abidinī, Sad Sāl Dāstānnivīsī-yi-Irān, Intishārāt-i-Chishmah, 1380, Jild. 1. p44.([伊朗]哈桑·米尔阿贝丁尼:《伊朗小说写作百年》,切西梅出版社,2001年,第一卷第44页。)

的是"比让和莫尼热"的精彩故事——在菲尔多西的《列王纪》中有专章描写,依然属于《阿维斯塔》话语系统。作者试图用从西方学习来的现代小说框架结构去叙述这个故事,但不是很成功。巴迪还创作了另一部历史小说《夏姆士丁与伽玛尔的经历》(1908),翻译出版了数部法国小说。

谢赫·穆萨·纳斯里(شیخ موسی نصری,1881—1953 年)模仿大仲马的《三个火枪手》创作了《爱情与王国——居鲁士大帝的辉煌业绩》(1919)。穆萨·纳斯里把故事努力建立在古希腊历史学家希罗多德著作的基础上,努力采用阿契美尼德王朝的石刻铭文系统,然而写着写着却在无意识中又落入《阿维斯塔》话语系统的窠臼,并非像克尔曼尼《亚历山大的镜子》那样有意识地把二者结合为一体。这显示出《阿维斯塔》话语系统对伊朗文人根深蒂固的影响,乃至化为他们的潜意识。

历史小说的共同特征都是选择伊朗历史上或强大或遭异族入侵的特殊时期,作者的主观意图在借古喻今,以史为鉴。然而,因作者创作水平的高下不同,这一主观意图的呈现差异很大。历史小说一方面继承了旧式传奇故事的模式,另一方面又受翻译小说的影响,尤其受大仲马作品的影响,在新旧文学的转型期苦苦挣扎,以求获得新生。尽管克尔曼尼的《亚历山大的镜子》已经具备了现代小说的意识和结构框架,可谓一只脚已经迈进了现代小说的门槛,然而普遍来说,这时期历史小说的作者,缺少一种对现代小说的悟性,更缺少一种进步的、发展的历史眼光,这使得他们的作品停留在历史的夹缝中,最终未能获得新生。

第七章　1921—1941 年：伊朗现代小说的成熟

1917 年俄国十月革命之后，共产主义运动在深受俄国影响的伊朗也蓬勃发展起来。在伊朗国王政府军与英军联手镇压伊朗的共产主义运动中，一个名叫礼萨·汗·巴列维的伊朗军官成为风云人物。礼萨·汗时任伊朗哥萨克师的上校军官，1921 年 2 月 21 日，礼萨·汗率领自己的部下开进德黑兰，兵不血刃地控制了首都，"挟天子以令诸侯"，恺伽王朝国王成为傀儡。1923 年，国王被迫任命礼萨·汗为首相兼国防军总司令，颁布完任命书国王就到欧洲"旅游"去了，当然是一去不返。1925 年，礼萨·汗登基称王，建立巴列维王朝，被称为礼萨王（1925—1941 年在位）。

礼萨王实行的是国王掌握国家大权，政府内阁和议会成为国王傀儡的极具伊朗特色的君主"立宪"制。虽然由于在政治上的专制，礼萨王一直被伊朗人视为暴君，但他致力于将伊朗从落后蒙昧的封建社会推进到 20 世纪的现代社会，并为此做了种种改革和巨大的努力。"礼萨王决心使波斯'西方化'，把它推进到 20 世纪去，因为他看到了西方的一派生机、繁荣和强大。"①礼萨王全面师法西方（主要是法国和德国），开始了经济和社会领域的大力度改革，建立国家银行，建设现代化的民族工业，建设现代化的通信网络和交通网络，压制伊斯兰宗教势力，全力发展现代教育，解放妇女，全民改西式着装，等等。礼萨王用短短十几年的时间，使伊朗完成了西方社会用了几百年的时间才完成的进化过程，使伊朗社会从中世纪进入现代社会。礼萨王的改革使伊朗社会发生了巨大的变化，使伊朗基本上成为一个世俗主义的国家，人们的生活方式在一定程度上西化。但是，礼萨王在如此短的时间内完成如此大力度的改革，完全是依靠强权政治和武力手段，"在某种程度上说，他是以野蛮的手段冲击强大而保守的传统社会，推行现代化的改革"②。因此，礼萨王是用强权手段压制了因改革带来的伊朗社会的种种矛盾，而不是解决或消除了这些矛盾，这为巴列维王朝的覆灭埋下了祸根。

---

① ［伊朗］阿什拉芙·巴列维：《伊朗公主回忆录》，许博译，新华出版社，1984 年，第 24 页。
② 王新中、冀开运：《中东国家通史·伊朗卷》，商务印书馆，2002 年，第 276 页。

尽管在政治上,礼萨王实行的是权力高度集中的君主专制,尤其是在文化领域实行黑暗的文化专制,力图钳制人们的思想。但由于在经济上奉行西化政策,在西方现代化的经济模式涌入的同时,西方上层建筑中的各种思潮也随之涌入伊朗。20世纪20—30年代正是欧洲各种现代主义文学思潮风起云涌的时期,以瓦莱里为代表的后象征主义更是席卷了几乎整个文学领域。这些文学思潮对当时的伊朗文坛的影响无疑是深刻的。一方面是西方现代主义文学思潮的涌入,另一方面是政治和文化领域的专制和黑暗,使伊朗当时的文学家们不约而同地采用了现代主义文学的隐晦手法来反映现实。在小说领域,涌现出以萨迪克·赫达亚特为代表的一批现代派小说家,萨迪克·赫达亚特于1936年创作了著名的现代派小说《瞎猫头鹰》;在诗歌领域,尼玛则扛起了象征主义诗歌的大旗,创作出真正意义上的现代诗歌,打破了1000多年的古典格律诗传统。因此,正是在这样一个既令人窒息又潜流涌动的时代,伊朗文学获得了前所未有的现代性,成为真正意义上而非时间意义上的现代文学。

第一节　贾马尔扎德与《很久很久以前》

赛义德·穆罕默德·阿里·贾马尔扎德(محمد علی جمال زاده,1891—1997年),被尊为"伊朗现代小说之父",其短篇小说集《很久很久以前》(یکی بود یکی نبود,1921)被视为伊朗第一部现代小说集,由此开拓了伊朗现代小说之路。贾玛尔扎德一生著作颇丰,具有较大影响的作品有:《疯人院》(دارا لمجنین,1942)、《苦与甜》(تلخ و شیرین,1943)、《草莽法院》(دیوان قلتشن,1946)、《复活的沙漠》(صحرای محشر,1947)、《水路记》(راه آب نامه,1947)、《玛素梅·设拉子》(معصومه شیرازی,1954)、《一路货色》(سر و ته یه کرباس,1944)、《杰作》(شاهکار,1958)、《旧与新》(کهنه و نو,1959)、《真主之外无人存在》(غیر از خدا هیچ کس نبود,1961)等。

贾马尔扎德1891年出生于伊斯法罕,他的父亲是立宪运动时期著名的政治演说家,牺牲于立宪运动中。贾马尔扎德从小就爱听母亲和祖母讲故事,4岁就进入私塾学习,接受传统教育。1901年,贾马尔扎德全家迁居德黑兰。1907年,在父亲安排下,贾马尔扎德前往贝鲁特接受教育。同年,他得到父亲牺牲的消息,深受打击。贾马尔扎德一直深受父亲思想的影响,积极从事政治活动。这时,母亲给他来信说,无法维持他生活费用,劝说他回伊朗。但贾马尔扎德坚持留在国外,继续学习。校长欣赏他的文学才华,不仅免除了他的学习费用,而且把他推荐给法国里昂的一家报社,从此,贾马尔扎德给这家报社写文章,赚取生活费用。

结束在贝鲁特的学习之后,贾马尔扎德前往法国,在一位乐善好施的船长的帮助下,在法国继续学习深造。这时,"一战"爆发。1914年,他结识第一任妻子,不久二人结婚。新婚妻子是天主教徒,对贾马尔扎德的伊斯兰教信仰从未给过好脸色。1915 年,贾马尔扎德在塔基扎德的邀请下前往德国,加入柏林的"伊朗民族委员会",并以沙赫鲁的笔名在该委员会主办的《卡维》杂志上撰写政论文章,抨击英国政府,文笔尖锐激烈,深受德国政府赏识,德国政府每月出资 600 法郎资助塔基扎德出版《卡维》。德国在"一战"中战败,"伊朗民族委员会"决定继续在伊朗进行自己的政治活动。贾马尔扎德被派遣返回伊朗。

贾马尔扎德在克尔曼沙待了 16 个月,不断地把报道发回给在德国的塔基扎德。有一次,他还险些遭到英国间谍的刺杀。之后,他重返德国,继续在《卡维》杂志社工作。《卡维》杂志停办之后,他在伊朗驻德国大使馆工作了 15 年,后来是受礼萨汗政府的正式任命在使馆工作。之后,贾马尔扎德离开德国到日内瓦工作、生活。1931 年,贾马尔扎德在其第一任妻子去世之后,与第二任妻子——一个德国姑娘结婚,该德国妻子后来皈依伊斯兰教,成为一位穆斯林。"二战"时期,希特勒政府邀请贾马尔扎德前往德国,但被贾马尔扎德拒绝。礼萨汗政府邀请他回国效力,也被拒绝。

贾马尔扎德在侨居日内瓦的岁月里,一直惦记着祖国,时刻关心伊朗的政局。在伊斯兰革命时期,针对巴列维国王对手无寸铁的示威群众的屠杀,贾马尔扎德毫不畏惧萨瓦克特工人员的威胁,勇敢发表自己的抨击言论。1997 年 11 月 8 日,贾马尔扎德以 105 岁高龄在日内瓦去世。

贾马尔扎德曾长期在黎巴嫩和法国受教育,精通法语,深受法国文学的影响。他以清新流畅简洁的现代波斯语进行小说创作,对现代波斯语文学的发展起了极大的推动作用。尽管之前,马拉给依的《易卜拉欣·贝克游记》、德胡达《闲言碎语》中的杂文已经采用过这种清新简约风格的文体进行写作,但是,真正将这种文体用于现代小说创作的作家是贾马尔扎德。贾马尔扎德结识塔基扎德之后,进入德国文学圈。1921 年 1 月 11 日在《卡维》杂志上发表了他的第一个短篇小说《波斯语甜如砂糖》(فارسی شکر است),获得很好反响,他因此深受鼓舞,这持续地影响到他后来的小说创作。

贾马尔扎德的作品在语言上深受其父亲演说风格的影响,讽刺尖刻有力,呈现了伊朗社会的丑陋百态:混乱无序、阴谋欺骗、追名逐利、民众愚昧、君主专制、收受贿赂、宗教狂热、麻木不仁、鸦片肆虐等等。这些都是他离开伊朗前所看到的社会现象,也是他父亲在立宪运动的政治演说中一再抨击的对象,贾马尔扎德作品一成不变的内容。因此,有评论家说他远离伊朗,对伊朗的现实状况缺乏足够的了解。他心目中的伊朗一直是他 15 岁离开伊朗时的景象,从未发生任何改变。直到他在日内瓦去世时,他对伊朗的想象依旧停留在他离开时的那样,即恺伽王朝末期时的伊朗。

一 《很久很久以前》

贾马尔扎德的短篇小说集《很久很久以前》被视为伊朗现代小说写作的开山之作。这部小说集的序言部分也堪称一篇倡导新文学的宣言,给那个时代的作家带来了新的文学视角,鼓舞他们进行小说这种新文体的创作。贾马尔扎德在前往欧洲之前就对伊朗传统故事感兴趣。当他接触到欧洲小说文体,很快就开始学习并采用这种文体进行小说创作。他在《很久很久以前》的序言中说,小说这种文体除了上述的种种好处之外,还有另一个更重要的益处:愉悦灵魂,陶冶性情,教授我们诸多的知识,历史的、科学的、哲学的、伦理的等等。贾马尔扎德深刻认识到"小说"这种文体可以在"愉悦灵魂,陶冶性情"的审美功用之中进行各种各样的知识传授,还可以通过小说认识社会的不同阶层,让政治家们从小说中吸取经验教训,以实现自己的目的,并且创作小说对语言能力和写作能力皆是一个极好的锻炼。中国俗语说:名不正则言不顺,言不顺则事不成。可以说,贾马尔扎德的该序言为"小说"这种文体立名正言,对鼓舞文人进行小说创作起了极大的促进作用,这是之前的作家们未能做到的。因此,贾马尔扎德不仅是小说这种文体的身体力行者,更是倡导者,"伊朗现代小说之父"的尊称对于他来说乃当之无愧。

贾马尔扎德深受其父亲思想的影响,认为一定要把自己的学识用于社会改造,要文以载道。这部短篇小说集描写的是立宪运动时期的伊朗社会百态,并且以他父亲的政治活动为他小说故事细节的蓝本。小说集《很久很久以前》包括6个短篇故事。

(1)《波斯语甜如砂糖》

该小说描写了一个波斯文人从阿拉伯旅行回到伊朗,对伊朗社会进行激烈的评头论足,讲述他一路的见闻。在他的言语设置中,作者蕴含了极深的讽刺。但叙述者对自己置身的可笑氛围却毫无自知。他在进入伊朗海关时,边检官员借口护照有问题,把他拘禁在一间屋子里。屋子里有另外两人,一个是年轻人,被称为"洋鬼子",一个是宗教学者,被人尊称为"谢赫"。叙述者在此之前还结识了另一个名叫拉玛赞的人,拉玛赞在叙述者之后也被拘禁在这间屋子。故事在这一阶段设置悬念。拉玛赞对自己的被拘禁很不安,与其他被拘禁的人一一进行交谈。慢慢地,他发现,除了叙述者,他无法与其他两人交谈,因为在"谢赫"的话语中充满了阿拉伯语的宗教专业术语,而"洋鬼子"则是满口的英文单词。拉玛赞由此陷入一种恐惧,感到自己是与精灵附体的人相遇了。这时,故事叙述者从自我的困窘状态中摆脱出来,安抚拉玛赞。之后,故事渐渐达至高潮,被拘禁者全都获释了。因为边境官员换班,新上班的官员认为前班人员拘禁这些人是个错误,就把他们全释放了。在大家离开时,拉玛赞还在劝导叙述者不要跟谢赫和洋鬼子同路。大家还是一起上路了，但很快发现新上班的边检人员也跟他们同路，要去另一个海关，替换上一任边检人员。

这篇小说在刻画人物、营造气氛、设立冲突对话、安排讽刺细节等小说的内外结构方面都十分娴熟，显示出贾马尔扎德在欧洲现代文学滋润下对小说艺术的娴熟掌握。作者在这个故事中呈现了伊朗社会的无序混乱状态，频繁无序地更换边检官员即是一个侧面的反映。小说对边检官员的敲诈勒索、欺压百姓、无法无天做了生动的刻画："我们能从他们手中完璧抢回的东西，一是我们的欧式帽子，另一件是我们的信仰，显然他们对这两样东西都不需要。"可谓讽刺得入木三分。这正是立宪运动如火如荼的时代，小说对宗教狂热、尔虞我诈、追名逐利、崇洋媚外等进行了无情的抨击，更重要的是作者对波斯语的沦落感到痛心疾首，对于崇洋媚外、丢掉本民族的语言的行为，在作者看来是既没有未来也没有回头路可走的。

语言所反映的问题不仅仅只是在语言层面，其深层次的内涵是民族自信心。当一个人、一个群体在日常说话中以某种外语词汇作为炫耀之时，其言谈举止实际上反映说话者内心深处的一种不自信，往大了说是一个民族自信心的缺失。当时的伊朗，一方面是西方外来语盛行，一方面是阿拉伯语作为书面语言在宗教人士和文人中间依然具有强大影响力。故事刻画了一个满口外语单词的"洋鬼子"，一个满口阿拉伯语单词的宗教文人，他们在现实生活中，每每出现啼笑皆非的尴尬。整篇小说突出"波斯语甜如砂糖"，强调自己民族语言的重要性。因此，该小说在强调对波斯语的身份认同上可谓影响深远。现今的伊朗，"波斯语甜如砂糖"已经成为一句熟语深入人心。

此外，该小说不仅在主旨上强调自己民族语言的重要性，而且作者本人在这方面身体力行。因此，该小说另一个显著的贡献就是在语言上对现代波斯语（一种新兴的中产阶级采用的现代白话波斯语）的纯熟运用，对促进现代白话波斯语在文学领域的广泛使用起了极大的推动作用，之后古典式的骈俪凝涩的波斯语很快退出伊朗文学的舞台。

（2）《政治活动家》

这篇小说辛辣讽刺了伊朗立宪运动时期善于钻营的政客们。故事主人公本是一个弹棉花匠，老婆讽刺他是无能之辈，他便弃商从政，发现从政原来是如此轻而易举之事，根本就不需要什么学识或政治经验，只需聚集一群乌合之众，高喊一些听来的政治口号，加上舆论的推波助澜，就能成为一个出人头地的政治家。

倘若说，《波斯语甜如砂糖》从语言角度揭示了世纪之交的伊朗民族自信心的缺失，《政治活动家》则揭露了伊朗政界的混乱不堪，缺乏一个有效的政治机制。作者的意图并非讽刺立宪运动，而是在于指出投身于立宪运动的人士也是鱼目混珠、良莠不齐,真正的革命家与投机分子都混杂其中。贾马尔扎德的父亲正是牺牲在那些虚伪的立宪人士之手。贾马尔扎德显然对立宪运动中革命群众的力量与角色缺乏足够清楚的认识,他认为群众只是政治家们手中的玩偶,并且一遭遇强权镇压就作鸟兽散。这种认识也可能跟他父亲在立宪运动中的个人遭遇密切相关。

(3)《熊姨的友谊》

这篇小说写一个伊朗青年哈比卜带着自己的血汗钱回克尔曼沙去看望自己的母亲,在路上遇到一个受伤需要帮助的沙俄士兵。尽管哈比卜的哥哥在与沙俄的战争中被杀害,但他还是秉着一颗善良之心去帮助这个沙俄士兵。这位青年是慷慨善良的伊朗人的代表。一路上,他一心一意地照料受伤的沙俄士兵。当沙俄士兵遇上自己的部队时,因觊觎哈比卜身上带的钱财,竟向自己的长官诬陷哈比卜一路上虐待他,沙俄军官于是下令处死哈比卜。之后,故事叙述者看见,那个沙俄士兵悄悄从哈比卜身上拿走了钱袋。沙俄的象征性动物即是北极熊。小说告诫伊朗政府与沙俄结盟最终只会带来悲剧,不会有别的。

(4)《古尔邦阿里毛拉的心事》

这个故事以谢赫·萨安的故事为基调。这是波斯著名诗人阿塔尔(1145—1221年)的长诗《百鸟朝凤》中的一个著名故事。原故事中萨安教长是一位拥有700名门徒的大苏非长老,后来因爱上了一个基督教姑娘而放弃伊斯兰教,改宗基督教。贾马尔扎德故事中的古尔邦阿里毛拉既是一位苏非长老也是一位教法学家,一生过着苦行僧的修行生活,但最终抵挡不住红尘俗世的欲望诱惑,爱上了一位美丽的姑娘,但又不敢表达。姑娘后来患病死去,毛拉在为姑娘念经举哀的时候,控制不住自己的情感,偷偷亲吻姑娘,被人看见,毛拉因此蒙受耻辱,身败名裂。传统文学一般把女人作为色欲诱惑的象征,但该故事中的这个姑娘纤尘不染,纯洁美好,作者旨在揭示宗教修行的脆弱与虚伪,在世俗情爱的欲念面前不堪一击。

(5)《什么锅煮什么菜》

该故事讲述一个欧洲的搓澡工堂而皇之地在伊朗成为政府各大部门的无所不知的超级顾问。一个长期生活在国外的归国男人,一天想去伊朗公共浴室洗澡,多方打听,终于找到浴室。澡堂里,一个外国搓澡工像伊朗搓澡工一样给人搓澡,显然他在伊朗已经待了很长时间。仔细一聊,才知这个外国搓澡工曾经充当过伊朗各大政府部门的外国专家顾问的角色。这件事让故事叙述者感到很吃惊,怎么一个外国搓澡工会成为伊朗人的顾问? 于是,这个搓澡工就向叙述者讲述自己的经历:当他来到伊朗的时候,人家就把邮政局委托给他管理,只因为他是外国人。他很快发现跟伊朗人难以合作打交道,便收拾自己的钱财想回欧洲,结果路上遭遇强盗,把他一抢而空。他就写了一篇在伊朗的旅行见闻,反映他所遭遇的一切,结果被伊朗官员视为经世之才,各大部委争相聘请他做顾问。

贾马尔扎德在这个故事中展现了自己全部的讽刺才华,呈现了那个时代伊朗政治与社会的混乱无序。故事具有非凡的现实性,让读者感到当时的伊朗现状就是如此。小说采用了多重叙事手法:一是故事叙述者,二是外国搓澡工讲述,三是归国男的旅行见闻,显示出贾马尔扎德在小说叙事模式上的新探索。

(6)《维朗杜勒》

该小说描写了一个名叫维朗杜勒的流浪汉,他无依无靠、漫无目的、四处流浪。人们既出于一种本能的善心收留他过夜,同时又讨厌他,躲避他。他就如同一片树叶一样飘零。一天,他在一座清真寺的角落过夜,结果被冻病了,浑身发烧。他身无分文,又举目无亲,身边只有一把破水壶。他支撑着身体,拿着破水壶,到一家香料店(旧时伊朗香料店也兼卖草药),想换一点金鸡纳霜(奎宁)治病。然而,店主说那破水壶不值钱,换不了金鸡纳霜。维朗杜勒说:"那您就给几粒鸦片吧。"他心里暗自想:"拿药来有什么用呢? 还是鸦片能派上用场。"维朗杜勒在凄凉中吞鸦片自杀了。人们在他尸体旁的一张破纸片上,发现他的遗嘱:"在五十年的流浪与无家可归之后,我不知道谁会认领我的尸体。我除了给我的亲朋好友不断添麻烦之外,一无用处。……我死后,请在我的墓碑上——如果有墓碑的话——刻上巴巴塔赫尔·欧里扬的一联诗句:所有的蛇虫蚂蚁都有自己的巢穴,而可怜的我没有一片瓦砾过夜。"维朗杜勒是伊朗社会底层人的代表,他们贫穷潦倒,无家可归,四处漂泊,没有身份,也没有人生目标,含羞忍辱,愚昧麻木。作者在小说中对这类底层人物给予了深深的同情,同时也不无针砭。

贾马尔扎德是伊朗第一位真正意义上的具有现代意识的小说家,《很久很久以前》既具有克尔曼尼那样明确的现代意识,又是严格意义上的"小说",而非像克尔曼尼的作品那样因与历史有着千丝万缕的联系而被归属到历史小说之类。贾马尔扎德由于受到欧洲文学尤其是欧洲小说作品的较深的影响,因此他的作品更深得欧洲小说这种文体的精髓。《很久很久以前》虽然是一个短篇小说集,但其中每个故事的框架结构完全是一种全新的现代模式,每个故事都有不同的切入视角和叙事方式。因此,可以说,真正意义上的伊朗现代小说创作从他开始,他也因此被尊为"伊朗现代小说之父"。

二 贾马尔扎德的其他作品

(1)《疯人院》

《疯人院》是贾马尔扎德在创作中期影响较大的一部作品,出版于 1942 年。小说中一个名叫马赫穆德的年轻人讲述了自己在疯人院中的生活经历:"我出生在最近一次霍乱肆虐的年份,大约有三分之一的伊朗人死于这场霍乱。我的母亲在分娩时,随着我的降生而离开人世。大家都说我是一个不吉利的孩子。"马赫穆德在父亲去世之后,到吝啬的叔叔家里,爱上了叔叔的女儿巴尔基斯。叔叔知情后,将马赫穆德赶出了家门。马赫穆德到了医生朋友拉希姆家。拉希姆狂热地喜爱数学,后来精神错乱,进了疯人院。马赫穆德结识了疯人院里一个名叫赫达亚特·阿里的病人,他声称自己的名字叫瞎猫头鹰,对死亡之后的世界与生活具有浓厚的兴趣。拉希姆的病情恶化,但马赫穆德还是尽力帮助他。

马赫穆德来往于疯人院,由此与赫达亚特·阿里建立起密切关系,并逐渐明白赫达亚特·阿里并没有疯,而是因当时混乱的政局而躲进了疯人院。他建议马赫穆德装疯,这样就可以获得宁静的生活。

马赫穆德获悉有人向巴尔基斯求婚了,求婚者是一个假洋鬼子,因觊觎巴尔基斯家的财产而求婚。马赫穆德为获得自己的爱情而抗争,结果被送进了疯人院。面对令人绝望的爱情,马赫穆德果真装疯卖傻起来。一天,他惊悉他叔叔去世了,巴尔基斯也还没有结婚。巴尔基斯希望他从疯人院出来,帮助她做父亲的事业,因为她作为父亲财产的唯一继承人,无力经营父亲留下的产业。这时,马赫穆德似乎看到一线希望。他想尽办法试图说服疯人院院长他没有疯,但都没有成功,反倒被关进了单人病房,使他对一切都鞭长莫及。小说最后,赫达亚特·阿里因吃了毒蘑菇而身亡,马赫穆德最后是否走出疯人院却不得而知。

贾马尔扎德在这部作品中,除了塑造一贯的遭遇挫折失败、精神恍惚的人物形象,还揭示了恺伽王朝动荡不安的时局。故事中的人物大都很茫然,在自己的生活道路上陷入迷途。马赫穆德的医生朋友醉心于大海,脑子里总是听到大海汹涌澎湃的声音,产生幻觉,身体发高烧,但大海之水也熄灭不了他身心的火焰。作者认为,最根本的病因应是病态的社会。这个社会培育的一些纯洁无辜的人却没有好结局,没有出路。

与作者其他作品不同的是,贾马尔扎德在这部作品中聚焦于人的意识深处,精确地再现了那个时代的社会面貌和人的精神面貌。小说描写了两类人,一是马赫穆德的父亲,单纯质朴,过着随遇而安的生活。也正是他的单纯导致了他在生活中的走投无路。另一类是马赫穆德的叔叔,吝啬猥琐而悲观。马赫穆德是年轻一代,胸中有着万千理想,但与上述两类人相碰撞时,都会陷入困境,揭示年轻一代也没有未来。

小说还通过马赫穆德与巴尔基斯的爱情线索,揭示当时的封闭社会,将年轻人囚禁其中,没有社会交际的空间,异性不能往来,婚姻只能靠媒人提亲,让两个互不相识的陌生男女结合在一起。只有亲戚之间的青年男女才有来往,因此才会比较多地出现叔伯兄妹或表兄妹相爱的现象。巴尔基斯是当时伊朗女性的代表,一生就只生活在闺房四壁的囚禁之中。

故事中的赫达亚特·阿里自称"瞎猫头鹰",这里作者暗指著名作家萨迪克·赫达亚特的《瞎猫头鹰》。在《疯人院》出版的时候,赫达亚特的《瞎猫头鹰》

正是众口相传的作品。小说最后,赫达亚特·阿里吞毒蘑菇自杀,也是对作家赫
达亚特最终自杀的一种谶语。小说还有多个地方隐喻赫达亚特的作品《三滴
血》。作者的意图并非要讽刺嘲笑赫达亚特,而是要借赫达亚特作品中的虚无主
义和悲观绝望来营造自己作品的绝望与冷漠气氛。"过日子就是被囚禁,与各种
各样的囚犯为伍。一些人热衷于监狱的四壁,一些人试图逃离,却徒劳地把自己
的双手弄得伤痕累累,一些人滞留其中。事情的根本在于我们必须欺骗自己。
但是,现在这个时候,人们对自我欺骗也感到厌倦了。"其实,疯人院就是一座监
狱。作者将作品中的主要人物都送进监狱,并让他们自我欺骗,满足于疯人院的
生活,但实际上进入疯人院的人,其结局都是悲剧,在这个深谷里无路可逃,就如
同作家萨迪克·赫达亚特自己也无路可逃一样。贾马尔扎德曾在一个访谈中就
预言赫达亚特会自杀身亡。

(2)《水路记》及其他作品

《水路记》出版于 1947 年,描写了一个在国外留学的大学生为参加姐姐的婚
礼回到伊朗,试图进行改革。他把当地人聚在一起,试图整修水路。邻里乡亲一
个一个发表自己的看法,每一个人都代表了社会的一种类型。作家从一开始就
用讽刺的笔触描绘他们,呈现了愚昧落后的民风民俗,每一个都有自己的讲话方
式和词汇。主人公想要进行改革,却招致无穷无尽的烦恼。小说对社会的落后
闭塞进行了强烈的讽刺,对伊朗人的愚昧陋习进行了强烈的抨击。故事中的人
物都是心地善良的伊朗人,但在社会环境的大染缸中变得愚昧无知,而自己却毫
无知觉。

在小说集《天空与绳索》的短篇故事《苏尔阿巴德》中,作者抨击讽刺知识分
子自作主张,跑到乡村去,企图让村民们变得有文化教养。却看到村民们生活十
分贫困,没有食物,吃的是野草、老鼠,他们需要的是面包和水,而不是教条、教养
和遣词造句。村民们攻击支教队,把他们赶出了村子。

贾马尔扎德在其后期创作中具有较浓厚的复古倾向。他长期侨居欧洲,却
时刻怀念伊朗。越到晚年,对祖国故乡的怀念情感越浓烈。这在他的晚年创作
中形成一种矛盾:他对伊朗民族的文化传统具有强烈的眷恋,十分恋旧,但又尖
刻地抨击传统中的愚昧落后。他抨击贫穷落后,却又认为传统的生活自然而古
朴,更令人向往,甚至在自己的一些作品中宣传苦行主义,主张回复到以前古老
而简单的生活方式。尚古情结构成了贾马尔扎德小说集《苦难与甜蜜》的主要内
容。在其中的短篇小说《在鲁斯坦姆·阿巴德的一天》中,作者写到与当地平民
百姓的交谈使作者感觉到乡村生活犹如天堂一般,其实这一切都是贾马尔扎德
的想象,他离开伊朗之后从未再次返回伊朗。

贾马尔扎德还有不少作品是描写自己童年的家庭生活,对伊斯法罕的记忆
(贾马尔扎德家族是在政府对巴布教徒的绞杀中迁居到德黑兰的),对老德黑兰

的记忆,对立宪运动时期的记忆,其父亲与宗教狂热和专制政体的斗争。这种恋旧尚古,感叹过去传统价值的失落,在其450页的长篇小说《一路货色》中达到高峰。该作品描写了一个孩子的经历,记述了在伊斯法罕发生的事件,因此也可以叫作《伊斯法罕记》。小说叙述者在35年后回到伊斯法罕(这同样也是贾马尔扎德在异国他乡的浪漫想象),漫步广场,思绪万千,坐在佐漾德河岸,看生命的流逝。

另一部长篇小说《杰作》则是对"永恒"的沉思,无数作家以为自己的作品是杰作,可以不朽,可以永恒,但最终都被人们遗忘。故事讲述作家在活了半个世纪后,一天,走进图书馆,想要寻找自己的"杰作",但是谁也不知他的"杰作",他的"杰作"已经被人们遗忘。一个古怪的老头把他带到"杰作之山",使他明白,时间的流逝让一切东西都被遗忘,"杰作"也从人们的记忆中消失。故事叙述者从散布不幸的"杰作之山"仓皇而逃,逃到一个空气清新之地,看见一个年轻姑娘,从头到脚,浑身赤裸,躺在草坪上,她才是"杰作中的杰作"!因长期侨居欧洲,晚年的贾马尔扎德对伊朗的变革与发展缺少足够的认识,因此他的后期创作始终与早年没有根本性的区别,始终在勤奋地写作那些"空洞而易朽的杰作"。因此,在某种意义上,可以说,《杰作》是贾马尔扎德的一部自嘲之作。

贾马尔扎德的确是个十分复杂的作家:早年的他宣传新思想,抨击旧思想,讽刺愚昧百姓;晚年的他呼唤能够回到以前古朴的生活,讽刺试图革新的知识分子,歌颂平民百姓,捍卫古老传统。然而,总体来说,贾马尔扎德的作品有个一以贯之的特征,即描绘的都是卑微的小人物,无论作者早年讽刺他们的愚昧落后还是晚年歌颂他们的自然古朴。

无论如何,贾马尔扎德在伊朗现代文学史上的地位是毋庸置疑的,他对伊朗现代小说写作的示范作用也是毋庸置疑的。贾马尔扎德是伊朗最早自觉地运用欧洲小说写作技巧的作家,他明确认识到小说这种文体对于变革伊朗文学的重要性,他说:"提高今日伊朗文学的最佳途径就是要致力于国家的文学氛围,在文学的各个领域,不论诗歌还是散文,尤其是散文。故事写作在现在大多数国家成为文学的镜子。"同时,他还指出:"小说是反映社会变革的镜子。"[①]因此,贾马尔扎尔是真正把"小说"这种文体引入伊朗的第一人。

贾马尔扎德的贡献还在于他对现代波斯语言的纯熟运用。在他的作品中,很少出现外来词,语言既平民化,又不流于粗俗,而是流畅清新。贾马尔扎德认为,小说是使用民间谚语成语的最好容器,一个民族不同群体和不同阶层的语言

---

① Hasan Mir'Abidīnī, Sad Sāl Dāstānnivīsī-yi-Irān, Intishārāt-i-Chishmah, 1380, Jild. 1. p77.([伊朗]哈桑・米尔阿贝丁尼:《伊朗小说写作百年》,切西梅出版社,2001年,第一卷第77页。)

形式都可以容纳于其中。只有让民众的鲜活语言进入文学创作中,才能使文学重新焕发出鲜活的面貌,就像古典文学那样成为每个伊朗人的骄傲。

倘若说,菲尔多西(940—1020年)以民族史诗《列王纪》使刚刚脱离阿拉伯人统治的伊朗人在语言上获得新生,并由此开创了中古波斯语文学的黄金时代;那么,贾马尔扎德则以他的小说集《很久很久以前》使波斯语重获新生,并由此开启了伊朗现代小说写作的繁荣局面。

第二节　萨耶德·纳非西小说中成熟的现代意识

萨耶德·纳非西(سعید نفیسی,1895—1966年),伊朗现代著名学者、历史学家、作家、翻译家、诗人,是德黑兰大学历史系最早的教授之一。他出身德黑兰知识分子家庭,小学即就读于其父亲创办的新式学校,并在德黑兰当时唯一的一所新式中学完成了中级教育。15岁时,其兄长将其送到欧洲深造,在瑞士和巴黎大学接受高等教育。1918年返回伊朗,在多所中学和大学教授法语,并先后任职于社会公益部和文化部,入选伊朗科学院院士。

在小说创作领域,萨耶德·纳非西的早期成名作是《父亲之家》,后收入小说集《黑色星辰》(ستارگان سیاه,1938)中。作为一名历史学家,萨耶德·纳非西有别于其他动辄成百上千页的历史连载小说家,他在刊物上发表的都是一篇一篇完整而优秀的短篇历史小说。这些小说发表在月刊《人民》上,后来结集为《线丝月牙》(ماه نخ شب)于1949年出版。其中的短篇小说《西岸上的宣礼》以历史昭示现实,全文不过区区五六千字,却是伊朗现代文学史上的经典名篇,历来被当作爱国主义教育的经典篇章。

一　《西岸上的宣礼》

《西岸上的宣礼》讲述了一个非常简单的故事:里海西岸的达尔班德这座小城原是伊朗的领土。1828年,伊俄第二次战争中伊朗战败,被迫签订丧权辱国的《土库曼查依条约》,伊朗高加索以北大片土地(达尔班德就在其中)被迫割让给了沙俄。从此,达尔班德脱离了伊斯兰文明,成为西方文明中的一员,伊斯兰教中呼唤穆斯林做礼拜的宣礼声再也没有在这座城市的上空响起。在这座城市中生活着一个名叫阿里伽里的老鞋匠,他是个虔诚的穆斯林,在青年时代因探望亲戚,曾到过伊朗东阿塞拜疆省会大不里士,在那里他听到了宣礼声,这赋予人精神和灵魂的上天的歌吟给了阿里伽里内心强烈的震撼。从此,他一生的愿望就是能在达尔班德再次听到这动人心魂的宣礼声。阿里伽里的愿望在他生命行将结束的时刻实现了。一个伊朗的高级毛拉来到达尔班德接收其堂兄弟的遗产,阿里伽里用自己祖传的两枚金币请这个高级毛拉为他在清真寺宣礼楼上唤礼。达尔班德大汗清真寺的上空终于响起了阿里伽里用一生来期待的动人心魂的宣礼声,这宣礼声护送走了他生命的最后一丝气息。

对宣礼声的期待仅仅是爱国主义精神的象征吗?若仅仅是爱国主义精神在支撑着阿里伽里,他大可以在明确意识到来日不多的情况下,落叶归根回到伊朗这片父辈的土地去听宣礼声,在那里他可以尽情地听。为什么他如此执着地一定要在达尔班德而不是在伊朗本土听到宣礼声?这是一个值得深思的问题。

《西岸上的宣礼》创作于1924年。这是伊朗现代史上一个非常微妙的年代。1923年,恺伽王朝末代国王被打发去欧洲"旅游",当然是一去不复返。在短短两三年内由一个中级军官飞黄腾达到顶峰的礼萨·汗·巴列维并没有急于登上国王的宝座,而是提出效法土耳其的凯末尔,建立共和国,走全盘西化之路,结果引起伊朗全社会普遍且激烈的反西方情绪,宗教领袖们的反对尤其坚决,民意倾向是实行立宪运动时期的君主立宪制。于是,礼萨·汗·巴列维几乎是被民意"请"上了国王宝座,但他实行的却是国王掌握国家大权,政府内阁和议会成为国王傀儡的极具特色的君主"立宪"制,走的正是民意反对的全盘西化的道路。总之,1923—1925年的伊朗正处在一个不知何去何从的十字路口,礼萨·汗·巴列维提出的国家体制设想成为伊朗宗教阶层和文化阶层议论和关注的焦点。这是《西岸上的宣礼》这篇小说写作时的时代背景。

小说作者萨耶德·纳非西更多的是以学者身份著称,在历史和文学领域著、述、译近百卷,[①]可谓著作等身,属于伊朗社会的精英分子,《西岸上的宣礼》也一直被视为经典名篇,因此纳非西的思想和观点应当在伊朗社会精英群体中具有代表性。我们就来看看,当伊朗站在不知何去何从的十字路口,伊朗精英知识分子们的思想倾向是怎样的,他们是怎样认识东西方文明的。

《西岸上的宣礼》全文贯穿着浓厚的东西方分类意识。在作者笔下,里海西岸上那些"新建的欧式风格的城市似乎与东方的太阳和阿贝斯空湛蓝的海平面没有什么关联"。阿贝斯空是伊朗里海东岸的一个小岛,现已被海水淹没。长久以来,达尔班德"时而沉浸在欢乐中,时而又陷在忧伤中,犹如花容月貌的处子,将自己小巧宜人、多姿多彩的风情和东方式的彩色建筑在宁静的天空和东方金色的阳光下铺展。这座高加索小城,在东方青金石般的天空下,在二千年的历史中,风姿绰约";而且那里的山麓"其景色将东方天空的宏伟和伊朗太阳的威严展露无遗";在作者眼中,"煤炭的浓烟和石油气味"是"西方文明愁眉苦脸、愁眉难展的象征";"自从伊朗人丢掉这个城市,……达尔班德再也享受不到东方土地上抚慰灵魂的生活魅力";"这座城市的大街小巷充满了忧伤。如果直到现在她都

---

① [伊朗]哈桑·如尔法高里:《伊朗短篇小说四十篇》,伊朗尼玛出版社,2004年,第17页。

还没有丢掉自己迷人的微笑，只是因为她依照自己东方的性情，不愿让自己的脸庞因忧伤的痕迹而布满悲伤"；"达尔班德已是一个现代化的城市，已经脱离了东方的生活方式"。达尔班德承载了伊朗与沙俄的历史仇怨，但作者在小说中根本就没有提及沙俄，达尔班德只是被"西方"强占的。由此，小说把伊朗与沙俄的历史仇怨上升为整个东方与整个西方的历史仇怨，浓缩出一部 19 世纪在西方列强的武力淫威下东方各文明古国纷纷沦为殖民地、半殖民地的世界近代史。对这种历史仇、民族恨的渲染也是小说的重心之一。"他（阿里伽里）父亲对他说过达尔班德新的统治者，当这片土地从伊朗分离之时，对他两个年轻的叔叔都做了些什么。他母亲在他的摇篮边，每当想起自己的父兄，就落泪。这泪珠在他的摇篮边化为蒸汽，而这蒸汽的粒子渗透进了他的胸膛，并将一种特殊的仇恨也一起输送进了他的内心，并在那里盘踞下来。"除了这一整段，小说全文在字里行间也弥漫着这种历史仇、民族恨，这是任何一个饱受欺侮的个人和民族都不会轻易排解的心理郁结。

尽管小说的作者心中萦绕着深深的民族仇恨，并在行文中也充分表达了出来，但是当伊朗站在不知何去何从的十字路口，这种民族仇恨对伊朗何去何从的选择没有任何帮助，指明不了任何方向，因为仇视对方否定不了对方的"先进"和"强大"，不能成为不走对方之路的必然理由。因此纳非西写作该小说的主要动机并不在于宣泄这种历史仇怨，也就是说，爱国主义尽管也是小说主题之一但并非核心主题。强烈的东西方分类意识虽然承载着东西方的历史仇怨，但在纳非西那里，强化的却是东西方文明的不同性质，揭示的是西方文明的弊端。也就是说，纳非西是站在精英知识分子的高度来审视东西方文明的，而非仅仅停留在单纯的普通百姓式的历史仇怨的宣泄上。

小说一开始就写道："里海岸边，灿烂的阳光，明亮的天空，滋养着诗意盎然的大自然。金色的阳光，在这片大海的西岸，尤其绚丽，而气候的舒适与阳光的明媚也和谐相生。"伊朗北部里海沿岸，处于伊朗高原厄尔布士山北麓。高耸的厄尔布士山成为一道天然屏障，阻挡了里海温暖湿润的空气南下，使雨水格外眷顾北部里海沿岸这片土地，而伊朗厄尔布士山以南的地区则干旱少雨，多沙漠和盐碱地，基本上没有什么农业。丰沛的降水，灿烂的阳光，使得伊朗北部里海沿岸土地肥沃、物产丰富，是伊朗农牧业集中的地区。可以说，纳非西选择了一个最具典型性的环境，最具东方传统农业社会原生态特征的地方。这里，没有现代化带来的空气污染，天空澄净，阳光明媚，一切自然元素和谐相生。作者一开始就把东方传统文明中和谐安宁的特征渲染了出来，而这种特征在里海西岸"尤其"突出。文中的"尤其"一词真可谓画龙点睛之笔，带着强烈的感情色彩，把里海西岸原本的东方特征陡然拔高，凸现了出来，为小说后面表现的东西方文明的冲突埋下伏笔。

在小说中,纳非西把一切美好的词都给了东方,东方的太阳是金色的,东方的天空是明亮的,东方的山麓是清新富饶的,东方是和谐安宁的,东方是古老的。那么西方呢?西方是煤炭的浓烟和石油的气味,西方是工厂和喧嚣,西方是新式和现代化。达尔班德是在 19 世纪上半叶被割让出去的,然而,"这个不忠诚的城市,如同折磨人的情人,尽管同自己的恋人斩断了海誓山盟,依然没有失去一点自己的伊朗风情,只是在最近这个世纪才失去了一分自己悠久的美貌和古老的令人精神振奋的东西"。这里,我们要特别注意"最近这个世纪"这个词,也就是说达尔班德是在 20 世纪初叶的西方化进程中才渐渐失去了"自己悠久的美貌",原本清新富饶、和谐安宁的达尔班德变得新式和西方化,同时也充满了煤炭的浓烟和石油的气味,充满了喧嚣。

当伊朗站在何去何从的十字路口,纳非西作为伊朗社会的精英分子,在小说中明确揭示了西方化不仅带来外在面貌的改变,破坏东方社会原有的和谐安宁,而且必然令东方国家失去"古老的令人精神振奋的东西",这是小说《西岸上的宣礼》的核心主题。

小说《西岸上的宣礼》所说的"最近这个世纪"才失去的"古老的令人精神振奋的东西"首先是民族传统。"已经很长时间了,达尔班德蔚蓝色的天空,很少再映现出稳重的男人们的长衫和圆柱形高帽,严肃却不失快乐的脸孔,聪明伶俐的孩子们的椰枣色发辫,女人们的美貌和黑袍。"西方化带来了全球衣着服饰的"一体化",当然是以西方现代服饰为标准。衣着服饰是最能体现民族特色的标志之一,就如同我们往往以服饰来分辨中国众多不同的少数民族一样,因为服饰相对于民族文化和风俗习惯来说,是一望即知的,尽管后者对于一个民族来说是更为重要的东西。可以说,衣着服饰实际上是一个民族的名片。因此,小说以伊朗传统衣着服饰(女人的黑袍、男人的长衫和圆柱形高帽,以及下文提到的缠头巾)在达尔班德的消亡象征着西方化使伊朗民族传统在这座城市消亡。但是,整体的消亡中有着个人的坚守,小说主人公阿里伽里始终坚持自己的民族着装,尽管不为自己所生活的城市所容:"达尔班德已是一个现代化的城市,已经脱离了东方的生活方式,这座城市如何再能忍受这个身穿破旧长衫、头上蓬乱缠着头巾的老头?"服饰是外在的东西,但小说通过这一外在物揭示的却是拒绝同化、坚守民族传统这一珍贵的内在意志品质。

信仰是小说《西岸上的宣礼》所说的"最近这个世纪"才失去的"古老的令人精神振奋的东西"的核心。西方化带来的最大灾难即是信仰的沦丧。"自从伊朗人丢掉这个城市……宣礼员舒缓低沉的宣礼声,他那满怀激情的歌吟,再也没有传入不幸的达尔班德人的耳中,达尔班德再也享受不到东方土地上抚慰灵魂的生活魅力。这沁人心脾的旋律,这大自然的诗的律动,仿佛来自夜莺的啼吟,已经很长时间不在这不幸的城市的柔媚上空回荡。""新的文明与宣礼员扣人心弦、如泣如诉的恒古不变的旋律有何干系？"宣礼声是贯穿全篇小说的主题象征意象。在小说中对宣礼声用得最多的修饰语是"令人精神振奋的"（ruhbakhsh，也可译作"赐予人灵魂的"），宣礼声的消亡不仅仅只是伊斯兰教在达尔班德消亡的象征，更是信仰、精神、灵魂在达尔班德缺失的象征。西方化，从来不意味着基督教化，而是意味着物质欲望化、信仰沙漠化。已经成为西方文明一员的达尔班德是新式的和西化的，同时也是一座没有信仰的城市。

　　如同服饰问题一样，在信仰的整体消亡中有着个人的坚守。坚守着民族传统的阿里伽里生活在信仰的沙漠中，落寞寡欢，精神无所归依。然而，在他去伊朗探望亲戚的那些日子里，在父辈们的土地上，"清真寺宣礼员具有穿透力的宣礼声，在东方大地上清新的空气中，让他的耳膜愉悦了好些日子。他是如此着迷于这上天的音乐的扣人心弦的声调，以至从那之后，除了听这歌吟，他不再有别的奢望。他只为此而活着：再听一次这令人精神振奋的歌吟，然而，是要在他自己的城市中听到这声音，在死亡来临时，让这歌吟在他生命的最后时刻抚慰他"。对信仰的向往，精神上的渴望，支持着阿里伽里在达尔班德度过余生。

　　之所以一定要在达尔班德听到伊斯兰教的宣礼声，对于生活在异国他乡的小说主人公来说，更多的是寻求一种民族身份认同。然而，对于小说作者来说，寓意则远远深于此，作者是希望在因西方化而丧失了信仰的伊斯兰土地上重新响起伊斯兰信仰的声音。于是，小说出现了一个极富有象征意义的情节：一个来自伊朗的高级毛拉（伊斯兰教士的称谓）出现在了达尔班德城，他是来收取堂兄弟的遗产的（这一点也不无象征意义，因为达尔班德原本就是伊朗的领土）。在阿里伽里的请求下，这个伊朗高级毛拉在黄昏时分登上大汗清真寺的宣礼楼，唤出了昏礼的宣礼，"那令人精神振奋的音乐的最后声调萦绕在达尔班德上空"！

　　因此，当伊朗站在何去何从的历史十字路口，纳非西以其卓越的高瞻远瞩和成熟的现代意识，通过达尔班德这个从伊朗分离出去的城市的西方化，揭示出西方化只会给伊朗民族带来民族传统的消亡和信仰的沦丧，同时通过对主人公阿里伽里的塑造，表达了伊朗人民对坚守民族传统和民族信仰的坚强信念。

　　该小说真的成了后来伊朗 20 世纪现代社会发展的预言。因此，当我们在21 世纪反观百年前的这篇小说，方能体会到其深远的内涵并非仅仅是爱国主义所能概括的。

二　纳非西的其他作品

　　萨耶德·纳非西的长篇小说《法兰姬丝》（فرنگیس，1931）显然受到歌德的《少年维特的烦恼》和卢梭的《爱洛伊丝》的影响，讲述了一个激动人心的爱情故事，全书由 61 封情书构成，都是第一人称的主人公写给自己朝思暮盼的意中人法兰姬丝的，他们的爱情为世俗所不容："人们知道什么？我纯洁无辜，你清纯圣洁。

大家却都从被污染的眼睛之窗来窥视,将爱情与肉欲混为一谈。他们认为落在美丽脸庞上的任何一道目光都是带有淫欲的……你为何要受缚于这种令人室息的桎梏,受缚于人们的监视? 我和你应当仿效另一些情人与恋人,应当告诉满脑子都是淫欲和邪念的人们:爱情不是这样的! 我们应当大声宣告:我们彼此相爱,不畏惧任何人!"这部小说颇具创新意义:一是在内容上,整部小说充盈着自由恋爱的现代意识,这不仅是爱的自由,更是人的自由;二是在形式上,采用书信体这种新样式,这在当时的伊朗可谓是一种创新。

萨耶德·纳非西的小说创作成就主要在前期,20 世纪 40 年代之后,伊朗现代小说完全成熟,优秀作家作品后浪推前浪,纳非西的小说不再耀眼。尽管如此,他后期的创作还是不乏好作品。其中,《天堂半道上》(نیمه راه بهشت,1953)讽刺色彩浓厚,小说主人公向往美国天堂般的生活,在去往美国的路上,飞机失事坠落,美国梦破灭。这篇小说可谓是《西岸上的宣礼》的续篇,再度表达了纳非西对于以美国为代表的西方文明的认识。《隐藏的火焰》(آتشهای نهفته)是萨耶德·纳非西晚年优秀之作,1960 年在《德黑兰画报》上连载,讲述伊朗知识分子的"寻路之旅"遭遇失败与挫折,是 20 世纪 50 年代伊朗知识分子精神面貌的反映。

第三节　历史小说成为强国梦的载体

这个时期,历史小说的繁荣成为伊朗现代文学史中一个引人瞩目的现象。究其原因大约有三:

一是传统文学的惯性发展。历史传说故事始终是伊朗古典文学的重要内容,充斥在文人诗歌、散文故事和民间口头文学中。因此,这个类型的故事有着深厚的传统文化土壤,深受民众的喜爱。因此,市场因素决定受众面广的文学样式必定会呈现繁荣景象。

二是统治者的需要。随着立宪运动的失败和礼萨·汗建立巴列维王朝,伊朗面临的国际国内形势都发生了较大的改变。礼萨·汗对外奉行民族主义路线,不承认带给伊朗无尽屈辱的 1919 年《巴黎和约》,在伊朗事务上拒绝与英俄合作,表现了不畏外国强权势力的铮铮铁骨,因此受到世人瞩目;对内采取铁血政策,强势镇压国内反对势力,将恺伽王朝末期一盘散沙的伊朗重新统一为一个相对强大的国家。同时,又强力推行国内社会、经济、教育等各项改革,国力大大加强。因此,礼萨·汗以民族英雄自居,在文化领域钳制思想,不允许反对思想的出现,在文学创作领域要求歌功颂德,表现强大的伊朗,以适应他统治的需要。因此,描写波斯帝国昔日荣光的历史小说大行其道。

三是作家们自身的因素。这个时期的作家曾目睹立宪运动的高潮和跌落,失去了立宪派思想家们的乐观,是彷徨与思考的一代,总在自己眼前呈现坠落与失败的噩梦。历史小说的兴盛，既是作家们精神上的一种逃避，躲进昔日荣光的梦幻之中，更是遭遇立宪失败之挫折的伊朗现代作家们的寻路意识使然，他们把目光转向过去的历史，从历史中寻找伊朗辉煌与颓败的原因。

其实，不论描写的是历史上的辉煌还是颓败，归根结底是萦绕在伊朗人内心深处的强国梦——再现波斯帝国昔日的荣光。历史小说的繁荣一直持续到1941 年，其余波一直蔓延到1953 年。之后，历史小说才退出了伊朗现代文学史的舞台，尽管仍不时有历史小说出现，但已成为一种不入流的文学样式。

历史小说繁荣的市场里当然也是鱼目混珠，大多数作品依然是旧时代的才子佳人、英雄救美人的故事，但其中也不乏具有历史高度与现代意识的优秀之作。

一　散阿提扎德的《设置罗网者，或马兹达克的复仇者》

(1)《设置罗网者，或马兹达克的复仇者》

阿卜杜侯赛因·散阿提扎德·克尔曼尼（عبدالحسین صنعتی زاده کرمانی，1896—1973 年）是一位具有较大影响的丰产作家，他的历史小说的特征是把伊朗历史事件、神话故事与大仲马小说的妙处相糅合。其代表作《设置罗网者，或马兹达克的复仇者》（دام گستران یا انتقام خواهان مزدکی），第一卷于 1920 年在孟买出版，获得了广泛的关注和良好的市场反响，散阿提扎德因此又紧跟着写了第二卷，于1925 年在德黑兰出版。

该小说以萨珊王朝末期风云变幻的历史为故事的核心脉络。萨珊末期，内忧外患，末代君主亚兹德·格尔德三世一方面要对付国内马兹达克教徒的复仇，一方面又要面对阿拉伯人的进攻。故事开始，亚兹德·格尔德接到阿拉伯统帅欧玛尔的书信，要求伊朗皈依伊斯兰教，国王感到惶恐。另一方面，亚兹德·格尔德发现自己的王储霍尔莫赞和首相阿雅德在宫中密谈，并且发现有人在地道偷听。国王追查偷听者，发现他们是一伙马兹达克教徒，念念不忘对王室复仇的历史使命，正密谋造反。国王决心镇压他们。

王储霍尔莫赞爱上了美丽的姑娘阿芙塔布，并加入了马兹达克教。亚兹德·格尔德面对儿子的叛逆行为和阿拉伯人的进攻，十分绝望，欲举刀自杀。幸好王后赶到，阻止了他的自杀，并鼓励他组织军队抵抗阿拉伯人的进攻。马兹达克教徒趁着夜色割下了萨珊军队统帅的头颅，扔进国王寝宫，恫吓国王。这时，阿拉伯人在伊朗土地上长驱直入，大肆烧杀抢掠。霍尔莫赞悔悟，离开马兹达克教团，回到王宫，但最终被阿拉伯人俘虏。阿芙塔布殉情自杀。亚兹德·格尔德在阿拉伯人的进攻面前节节败退，携王室家眷东逃。最后，亚兹德·格尔德被自己军队中一个信仰马兹达克教的军官巴尔维杀害于中亚名城木鹿的一个磨坊内。王储霍尔莫赞被阿拉伯哈里发阿里的善行感动而皈依伊斯兰教，成为穆斯林，但另一方面又对阿拉伯人对伊朗的毁灭痛心疾首。他无法解脱内心纠结的痛苦,最终刺死阿里,他自己也被处死。

作者散阿提扎德将阿拉伯人胜利的原因归结为:萨珊君主及琐罗亚斯德教祭司们对人民的残暴统治,以及阿拉伯穆斯林中实行的兄弟般的平等政策,即"穆斯林皆兄弟"的信条。

该小说第一卷最值得称道的是,作者没把王储霍尔莫赞与阿芙塔布之间的爱情作为小说的核心内容,让历史退居为背景,从而没有落入旧式才子佳人故事的俗套。作者反而是将爱情故事置于历史的大环境中,凸显出在那样的历史环境中,个人的爱情会成为历史车轮之下一个微不足道的牺牲品。因此,该作品对历史的审视具有一定的高度。另外,小说没有停留在"讲故事"的层面上,而在刻画人物复杂的内心世界方面做了有益的尝试,从而使该小说呈现出别的历史小说所不具备的现代小说意识。也许正是基于此,玛哈尔斯基在《波斯历史小说》一书中将散阿特扎德视为"伊朗(现代)历史小说之父"①。然而,该小说第二卷显得有些仓促,与通常的浪漫小说没啥差别,显然是迎合市场需求之作。

(2)散阿提扎德的其他作品

散阿提扎德的另一部小说《赳赳武夫》(سلحشور,1924),则描写了萨珊开国君主阿尔达希尔对安息王朝统治者的反抗。他将安息人视为压迫者,为了再现阿契美尼德王朝的荣光,阿尔达希尔秘密结社,与安息人进行斗争,多次落入陷阱又多次逃脱。阿尔达希尔利用安息人与罗马人之间的争斗,发起了自己的进攻,最终在战斗中杀死了安息国王奥尔都旺,却邂逅奥尔都旺的女儿密特拉,陷入对她的爱情之中。

散阿提扎德的另一部小说《画家摩尼》(مانی نقاش,1926),描写的是摩尼教创始人摩尼(生活于公元3世纪中叶)的生活和爱情,历史背景是萨珊国王沙普尔一世与罗马帝国皇帝之间的战争。这部小说中爱情与战争并行,场面波澜壮阔。作者散阿特扎德试图唤起伊朗民众的爱国主义激情与英勇牺牲献身的精神,是一部优秀的历史小说。

总的来说,在散阿提扎德的历史小说中,爱情故事虽然是其中的一个重要内容,但不是作品的核心,他总是把爱情置于历史的从属地位。我们若将他的历史小说与前一个时期霍斯陆维的《夏姆士与塔伽罗》相比较,可以看到伊朗历史小说的长足进步。

二 卡马里的《拉兹卡》

希达尔阿里·卡马里·伊斯法罕尼(حیدر علی کمالی اصفهانی,1869—1936年)是

---

① Mahalskī, Rumān-hāyi-Tārīkh-yi-Fārsī, Intishārāt-i-Nigāh, 1381, p38.([伊朗]玛哈尔斯基:《波斯历史小说》,内高赫出版社,2002年,第38页。)

这时期另一位优秀的历史小说家,有评论家说:"历史小说从霍斯陆维到纳斯里、都拉特阿巴迪、散阿提扎德、拉希姆扎德·萨法维,其发展并没有获得完善,除了在卡马里的作品中。"①

卡马里的历史小说《拉兹卡》(لارزیکا,1931)讲述的是萨珊国王阿努希尔旺的军队与东罗马军队在黑海岸边的拉兹卡地区的激战。作者在这部小说中,试图将阿拉伯人进攻伊朗的历史背景通过一个充满阴谋诡计的爱情故事来呈现,小说再现了萨珊王朝统治的最后几年里伊朗错综复杂的社会矛盾与政治斗争。阿努希尔旺国王残酷镇压马兹达克运动,琐罗亚斯德教的祭司们滥用这一镇压,为所欲为,想谋害谁就指控谁为马兹达克教徒,将之送上绞刑架。祭司法尔西德迷恋上了美丽的姑娘帕丽朵荷特,然而帕丽朵荷特已经订婚,她的未婚夫即兄长(琐罗亚斯德教允许至亲通婚)比让是派往拉兹卡的伊朗军队中的一名指挥官。祭司法尔西德为了得到帕丽朵荷特,玩弄阴谋诡计,对总督撒谎说帕丽朵荷特的哥哥比让在战场上临阵脱逃。总督下令逮捕比让。之后,故事以两条线索发展:祭司法尔西德四处行贿,收买狱卒、骗子、犹太巫师……千方百计想消灭比让;帕丽朵荷特与她的家人也四处奔走于国家首领和预言师之间,揭穿法尔西德的阴谋,为比让平反昭雪。故事最后,比让的家人破除了法尔西德的巫术,比让抓住法尔西德,处决了他。

小说旨在说明,在萨珊王朝末期,琐罗亚斯德教的祭司阶层作为一个特权阶层,已是十分腐败,他们不择手段,铲除异己,并挑起针对东罗马人的宗教战争,从而使得萨珊帝国充满内忧外患,这正是导致萨珊王朝衰落的原因,也是阿拉伯人入侵伊朗的原因。作者频频借书中主人公之口,详细讲述琐罗亚斯德、马兹达克、摩尼教的思想宗旨。后二者尽管被国教琐罗亚斯德教视为异端,但其思想基础和教义基础均根植于琐罗亚斯德教。因此,在伊朗人看来这些都是伊朗本土产生的宗教思想,而非外来的。作者试图用伊朗本民族的宗教思想抵制外来宗教。

从上述几位作家的历史小说,我们可以看到这样的倾向:作家们更多地倾向于以萨珊王朝的历史为鉴,由此,从各种不同的角度反复分析和探索萨珊王朝被阿拉伯灭亡的原因,认为伊朗的复兴在于复兴本土宗教文化,认为伊斯兰教是阿拉伯人的宗教,是一种外来宗教。由此可见,在这一时期,"回到伊斯兰之前"的思想在知识分子中有着广泛的认可度。这与礼萨·汗所推行的一系列民族主义政策密不可分。正是这样的一种指导思想,导致巴列维王朝(1925—1979 年)时期政策的总倾向是压制伊斯兰教及其宗教阶层。

---

① Hasan Mīr'Abidīnī, Sad Sāl Dāstānnivīsī-yi-Irān, Intishārāt-i-Chishmah,1380，Jild. 1. p39.(〔伊朗〕哈桑·米尔阿贝丁尼:《伊朗小说写作百年》,切西梅出版社,2001 年,第一卷第 39 页)

三 拉希姆扎德的《沙赫尔巴奴》

这个时期的优秀历史小说作家还有拉希姆扎德·萨法维（رحیم زاده صفوی,？—1959年），他的小说《沙赫尔巴奴》（شهربانو,1931）也是旨在探讨萨珊王朝覆灭的原因，但表达的思想有别于同时期的其他作家，代表了伊朗知识分子的另一种思想倾向。该小说分为四部分：

第一部分名叫"玛赫阿法琳"，描写萨珊王朝末期，党派纷争，王位更迭频仍，国家一盘散沙，民不聊生，强大统一的帝国发生分裂。末代君主亚兹德·格尔德三世懦弱无能，阿扎尔米杜赫特王后临政，但是祭司长和一帮显贵试图推翻她，篡夺国家权力。他们在一个名叫佐赫勒·巴布里的乐师家聚会。男主人公哥巴德的家族是伊朗古老的贵族之家，他是马兹达克信徒。就如同别的浪漫作品一样，哥巴德恋上了佐赫勒乐队里的一个同事玛赫阿法琳。玛赫阿法琳是"人民阵营"的成员，该组织由一些崇尚宗教信仰自由的理想主义者组成。玛赫阿法琳希望哥巴德加入该组织，并以此作为接受他的爱情的条件。玛赫阿法琳与哥巴德相约在一个祭火坛约会。一个名叫巴尔组的士兵迷恋玛赫阿法琳，并试图劫持她，在祭火坛祭司的帮助下，玛赫阿法琳成功脱逃。之后，哥巴德巧妙赢得了王后的青睐，成为伊朗军队的统帅。

第二部分名叫"阿扎尔米杜赫特"，讲的是王后独自面对祭司和显贵们的阴谋诡计和阿拉伯人的进攻。小说将阿拉伯人的节节胜利与萨珊贵族们大敌当前却忙于争权夺利的种种阴谋诡计结合起来描写，可谓别具匠心。最终，萨珊权贵们自毁长城，在外族入侵面前大溃退。

第三部分名叫"沙赫尔巴奴"，是全书最详尽的部分。遭遇军事失败之后的哥巴德与玛赫阿法琳，生活在一个远离城市喧嚣的小村庄。这时，信使到来，请求哥巴德登基为王，肩负起拯救国家的责任。这说明当时在国家遭遇危难的关头，人们寄希望于崇高家族的拯救。接下来，作者拉希姆扎德在历史事件中编织进大量的虚构与幻想：亚兹德·格尔德三世和王后阿扎尔米杜赫特，及其女儿沙赫尔巴奴，为拯救国家，去往一个摩冈（琐罗亚斯德教祭司的称谓）的山洞，与琐罗亚斯德教的大祭司会晤。山洞的大石门看起来十分沉重，但用小石块轻轻一击，石门便开了，山洞呈现出来，里面被自燃的火焰灯（琐罗亚斯德教以崇尚火焰和光明为表征）照得透亮。亚兹德·格尔德三世与随从们坐在一辆自动马车上，奔驰在一个长长的光明的隧道中，似乎这是一条通向光明的大路。

第四部分名叫"先知新娘"，通过印度大使的视角，以及他给印度国王的信函，描述了亚兹德·格尔德三世与阿拉伯人的最后战斗。巴尔组谋求玛赫阿法琳不得，成为伊朗人的内奸，将阿拉伯军队带领到伊朗军队后方。最后，伊朗军队彻底溃败，亚兹德·格尔德三世逃跑，被杀死于中亚木鹿城。萨珊公主沙赫尔巴奴被阿拉伯人俘虏,但受到哈里发阿里的厚待,并成为阿里的妻子,生下两个儿子即哈桑和侯赛因。由此,伊朗什叶派信仰的血缘正统与精神血脉得以建立起来。这里显示出伊朗文人对什叶派历史的篡改,一厢情愿地把萨珊末代公主篡改为哈桑和侯赛因的母亲,以此慰藉自己。

小说最后,伊朗人将倭马亚阿拉伯人从雷伊城赶了出去,而将沙赫尔巴奴选作统治者,并积极为伊玛目侯赛因与倭马亚人的战斗提供帮助。但是,在卡尔巴拉惨案中,侯赛因被害。随即,倭马亚人进攻雷伊,沙赫尔巴奴离开雷伊,走向大山怀抱,那里有玛赫阿法琳和伊朗军队的统帅哥巴德在坚持斗争。

阿訇扎德与米尔扎阿高汗·克尔曼尼等一批作家把阿拉伯人的入侵视为阻碍伊朗历史发展的主要原因,但是拉希姆扎德这位虔诚的穆斯林认可阿拉伯文明,他对此持另一种态度:他认为,曾经辉煌的萨珊王朝在末期已是一盘散沙,腐朽不堪,阿拉伯人带来了另一种新的文明,使伊朗人在萨珊王朝的废墟上建立起一种新的未来,伊朗文明以伊斯兰教什叶派的精神面貌得以延续。

在笔者看来,《沙赫尔巴奴》是最具有文学光彩的一部历史小说,同时也是最具有思想性的一部历史小说。其在思想上的最大贡献,就是把伊朗伊斯兰化后的文明与之前的古老文明贯通起来,而不是将之割裂,从而维护了伊朗文明源远流长的理论基础。沙赫尔巴奴在这部长篇小说中并非绝对主角,但全书以之命名,并将最后一部分起名为"先知新娘",这也是作者上述思想的体现。"伊斯兰教什叶派是伊朗古老文明的延续"这种思想成为伊朗知识分子在20世纪的寻路之旅中的另一脉,贯穿整个20世纪的伊朗文学,并最终在20世纪70年代的伊斯兰革命中实践成功。

四　莫阿塔曼的《鹰巢》

兹因阿贝丁·莫阿塔曼(زین العابدین موتمن,1914—2005年)的小说《鹰巢》(آشیانه عقاب,1939)是这个时期另一类借古喻今的历史小说。小说讲的是:塞尔柱王朝(1037—1194年)时期,宰相内扎姆·莫尔克与财务部大臣哈桑·萨巴赫二人为争夺权力彼此倾轧,内扎姆假传圣旨,带领自己的亲信随从切赫勒查抄了哈桑的办公室,把他赶出宫廷。哈桑串通强盗头子阿里杀害了切赫勒。小说主人公阿卜杜勒·纳吉布扎德本是一个局外人,却身不由己地陷入了宫廷斗争的旋涡,因为哈桑·萨巴赫暗恋他的未婚妻,并设计陷害他。阿卜杜勒在自己的婚礼上被栽赃陷害为杀害切赫勒的凶手而遭逮捕。在十年的囚禁生涯中,阿卜杜勒的母亲死去,妻子疯癫。阿卜杜勒在狱中痛苦不堪。内扎姆·莫尔克竭力向国王证明了阿卜杜勒的清白无辜,阿卜杜勒获释。

这时,被赶出宫廷的哈桑·萨巴赫在阿拉木特城堡举旗造反,创建伊斯玛仪派,以搞暗杀活动著称。阿卜杜勒表示愿为国王效劳,国王就派他前去招安。小说这里借由阿卜杜勒与哈桑之间的对话,讲述了伊斯玛仪派的信仰教条及其牺牲精神。但作者并无意替伊斯玛仪派说话,而是认为这是一个嗜杀的极端派别,缺乏道德标准;善于搞阴谋诡计的哈桑·萨巴赫利用这一派别来达到自己的个人目的。阿卜杜勒回到京城,与仇敌强盗头子阿里狭路相逢,但他宽恕了对方。最终,阿卜杜勒找到自己的家人,也获得了叔父的巨额财产"加伦的宝藏",在宫廷中获得崇高地位。

在该小说中,历史只作为背景,哈桑·萨巴赫与内扎姆·莫尔克之间的权力斗争,也只是为阿卜杜勒一家的命运营造外部条件。

《鹰巢》是礼萨·汗统治时期广受读者喜爱的一部作品。一是因为该小说仿效大仲马的《基度山伯爵》比较成功,故事情节引人入胜,具备市场效应。二是小说的思想内涵受统治者欣赏,即造反者哈桑·萨巴赫面目可憎,而阿卜杜勒为统治政权效力而取得胜利,成为时代英雄,并获得地位和财富。三是小说本身的文学成就,它使历史小说从霍斯陆维、拉希姆扎德、卡马尼关注历史事件对当下伊朗的借鉴与警示意义,转变为关注人物个人的道德层面,关注人物的内心世界。正是这一点显示出该小说的现代意义,它体现了时代变化带来的作家创作关注点的变化。

五 罗孔扎德的《坛格斯坦的勇士们》

这时期另一部值得一提的历史小说是穆罕默德·侯赛因·罗孔扎德·阿达米亚特(محمد حسین رکن زاده آدمیت,1899—1973年)的小说《坛格斯坦的勇士们》(دلیران تنگستان,1931),该小说的特别之处在于它是一部现代历史作品,描写的是第一次世界大战期间,伊朗人抗击英国殖民势力的斗争,讲述了伊朗坛格斯坦地区人民对敌作战的真实故事。

按照作者自己的说法,他在整个故事中忠实地维护历史材料的真实性,没有添枝加叶和夸张。立宪运动退潮之后,恺伽王朝穆罕默德·阿里国王复辟,继续帝制,但已成为英俄势力挟持的傀儡。波斯湾沿岸坛格斯坦地区是伊朗主要的石油产地,英国人为了控制石油资源,变相地使之成为自己的租界或殖民地。该地区的勇士们武装反抗英国殖民者的斗争,持续了数年。小说主人公谢赫·侯赛因汗的战前动员演说是伊朗民族在绝望年代的沉思,更是民族拯救的希望:"我们的希望在于,要么我们的雄心壮志斩断外国人的暴虐之手——他们千方百计地想镇压我们的独立运动;要么我们所有人在为伊朗献身和为祖国的独立而牺牲的斗争中销声匿迹。然而,不幸的是,直到现在,这二者中任何一方面都没有实现!"小说将礼萨·汗的登基上台描述成伊朗地区民族运动的继续,并将礼萨·汗视为赶走外国势力的民族英雄:"他以勇敢的举动改变了伊朗令人痛心疾首的现状……英国人的影响在南部地区日趋衰落……将崭新的精神吹注进了绝望的爱国者们的躯体。"因此,也可以说,这是一部为当权者唱赞歌的作品,但小说的核心思想在于弘扬伊朗人民英勇无畏的民族风骨,谴责外国势力的野蛮行径。同时,小说也抨击了伊朗人的劣根性:因贪蝇头小利而屈节背叛,出卖同胞,致使爱国者们的努力付诸东流,小说中的三位民族英雄都死于伊朗人之手。该小说的续集《法尔斯与世界大战》于 1933 年出版,讲述的依然是伊朗南部地区人民与外国势力的斗争。

第四节　社会小说展现伊朗现代都市生活

20 世纪 20 年代之前,伊朗的文化人基本上都出自社会上层(贵胄公卿、世族大家、宗教学者和大商人)。20 年代开始,随着礼萨·汗推行社会改革,城市生活开始发生较大的变化。城市的教育普及程度和教育水平迅速提高,使城市中原来的平民阶层在接受新式教育之后,成为政府各级部门的职员。职员阶层作为一个新的社会阶层迅速壮大,致使城市的社会需求——无论是物质需求还是精神需求——发生新的变化。职员阶层虽然没有世族大家的优越感,但他们都接受过新式教育,都有自己的梦想和追求,他们开始介入文学,用自己手中的笔来反映自己周遭的社会生活,即城市生活中的辛酸苦辣与温情梦想。由此,伊朗现代文学出现了一种新的类型——社会小说。

社会小说作家大都出自"青年伊朗协会"。1922 年,一些在欧洲受过教育的青年知识分子在德黑兰成立该协会,4 个月之后成员就达到 50 人,他们大都有着政府的公职,在各个政府机关供职,业余时间从事文学活动。该协会成员希望通过各种活动,把欧洲现代文学思想和精神传播进伊朗。协会的活动包括写文章,出版刊物,举办演讲,演出戏剧,举办歌咏和体育活动,等等。因此,可以说,"青年伊朗协会"培养了伊朗现代社会中的"白领作家"。

在社会小说类型中,女性成为作家们倾注更多关注的群体,往往是一部小说中的绝对主角。这是与历史小说迥然不同的地方,虽然不少历史小说以女主人公命名,但故事的真正主角是男性。在社会小说中,女性之所以成为这一时期作家们的关注焦点,究其原因:首先,立宪运动以来,倡导妇女解放,支持妇女走出家门,接受教育,走进社会。社会小说抗议社会的不公正和偏见,以及对女性的歧视和压迫,批判不人道的旧社会传统,使女性在家庭和社会中的状况受到关注。其次,当时的社会风尚倡导自由恋爱,抨击包办婚姻。在社会小说中,女性往往作为社会旧传统的牺牲品而出现,她们不得不牺牲自己的爱情而屈从于毫无爱情的婚姻,让人们认识到包办婚姻对人性的抑制和扼杀。再次,妇女解放运动使走出家门的绝大多数女性成为具有独立自主意识的现代新女性,她们比男性角色更能体现出伊朗社会走向现代之象征意义,更能体现出伊朗的女性解放走在伊斯兰世界的前列。

在以女性为主角的社会小说中,还有一个很特殊的现象——妓女作为社会的最底层而受到前所未有的关注,尤其是描写高贵门第出身的女子沦落风尘的故事比较多。究其原因:一是这时期的作家几乎都是男性,他们受法国浪漫派作家比如雨果、大仲马的影响较深,在男人与妓女之间的爱情中寻求符合他们这个新阶层的社会道德;二是城市生活的迅速发展使得少数女性在灯红酒绿的城市生活中沉沦,成为男人的新式附庸和商品,色情泛滥成为现代社会生活的一个衍生毒瘤,对这个毒瘤的展示可以让人们看到光怪陆离的现代生活的背后阴影;三是出身高贵的女性沦落风尘更能吸引读者,也更能反映当时伊朗社会的剧烈变迁。

一　莫什非格·卡泽米的《恐怖的德黑兰》

在同类作品中,长篇小说《恐怖的德黑兰》(تهران مخوف,1925)以广阔的社会视角脱颖而出。其作者莫什非格·卡泽米(مشفق کاظمی,1902—1977年),学法律出身,是在柏林创刊的《伊朗城市》和《科学院札记》杂志的编委会成员,于1926年回到伊朗,担任了一段时间"青年伊朗协会"的负责人。1922年,《恐怖的德黑兰》在《伊朗之星》报纸上连载,1925年出版单行本。

《恐怖的德黑兰》围绕法罗赫与玛荷茵之间的爱情故事展开。法罗赫爱上了姑妈的女儿玛荷茵,但法罗赫的父亲无钱无势无权,而玛荷茵的父亲却是一个时代新贵,正处在飞黄腾达之际。因此,法罗赫与玛荷茵的爱情遭到玛荷茵父母的反对。玛荷茵父亲千方百计想成为议会的议员,甚至为此不惜出卖自己的亲生女儿,欲把女儿嫁给纨绔子萨巫什·米尔扎——一个尚有权势的王子的儿子。随着浪荡子萨巫什·米尔扎走进德黑兰的鸦片烟馆和妓院,小说将妓女们的生活呈现了出来。法罗赫带着玛荷茵私奔,但仅仅过了一晚,第二天他们就被玛荷茵的父亲带着宪兵队抓到了,玛荷茵被带回德黑兰。这时,法罗赫意外地结识了妓女艾法特。艾法特的经历令人心酸:她出身于显贵家庭,她的丈夫为了自己的仕途晋升而强迫她与上级官员睡觉,最终沦落为妓院的妓女。法罗赫想方设法把艾法特救出苦海。这里,作者将法罗赫置身于种种危险的境地,显示出一种英雄主义和自我牺牲精神,颇有一点旧式英雄救美人故事的味道。通过艾法特,法罗赫见到了玛荷茵的未婚夫萨巫什·米尔扎,法罗赫欲说服他放弃与玛荷茵的婚约,但被拒绝。玛荷茵与萨巫什·米尔扎的婚礼即将举行,玛荷茵父母却发现她怀孕了,为掩人耳目他们把玛荷茵带到偏僻的地方藏起来,等待她生产。同时,怒火难消的玛荷茵父亲通过关系将法罗赫流放。玛荷茵在生下一个儿子之后死去。

《恐怖的德黑兰》描写了立宪运动之后的社会乱象。作者使读者的目光聚焦在女性的悲惨生存状况上，表现出作者一种独到的社会眼光。现代都市中对权力与金钱的欲望吞没人的灵魂，玛荷茵的父亲因渴望权力而牺牲女儿的情感，没落王子则渴望新贵的金钱而同意娶一个他根本不认识的姑娘，丈夫因渴望往上爬而逼迫自己的妻子出卖肉体。在欲望都市中，在权力与金钱的角逐中，女性往往成为牺牲品。另一方面，法罗赫的遭遇代表了崇尚自由开明的新知识青年在现代都市欲望面前的无能为力。

《恐怖的德黑兰》赢得了广泛的社会反响，至今仍有再版。其成功也促使作者创作续集《一夜纪念》(خاطره‌ی یک شب,1926)，但在艺术性和思想性方面都没有第一部出色，可以说是作者为了迎合市场而狗尾续貂。续集讲的是，法罗赫在流亡的路上在几个农民的帮助下逃脱，当了一段时间的农民，然后作为庄园领主的秘书到了阿什阿巴德和巴库，遇上俄国革命，一些伊朗人也组织起来，想尽可能地把革命的火种带到伊朗。革命者在俄国人的帮助下攻克了腊什特和安扎里，挫败了英国人的势力。但是，革命委员会领导层中一些人的激进主义让法罗赫沉思和反感，使他加入敌对阵营哥萨克军队。由此，他作为1921年礼萨·汗政变的一员而进入德黑兰，将自己的仇敌一一逮捕。然而，当他得知玛荷茵已经去世，便绝望了。整个故事冗长而散乱，内容显然是迎合了礼萨·汗的统治需要。

二　穆罕默德·赫贾兹的《热芭》

这个时期，穆罕默德·赫贾兹(محمد حجازی,1900—1973年)的小说更是集中反映了现代都市中女性各不相同的命运。1928年，赫贾兹以处女作《胡玛》(هما)开始了自己的文学创作生涯，第二年又写作了《帕丽切赫尔》(پریچهر)。两部小说都是写比较富裕的都市女性。胡玛是高贵的淑女典范，帕丽切赫尔则是个放荡不羁的女人。《胡玛》这个爱情故事的社会背景是1911年前后，主人公哈桑·阿里汗是一个对自己婚姻生活不满意的职员，他爱上了已故朋友的女儿胡玛。胡玛通过读他的日记本，知悉了哈桑·阿里汗的内心秘密。经过一连串的波折之后，二人终成眷属。《帕丽切赫尔》中，帕丽切赫尔与丈夫在去霍拉桑旅行时，遭遇土库曼叛军，二人被俘虏。为了求得好的待遇，帕丽切赫尔委身于一个土库曼士兵。不知情的丈夫在逃跑时还带上了她，但那个情敌追踪他们而来。丈夫知道了帕丽切赫尔的背叛，愤怒地杀掉了情敌和帕丽切赫尔。不久之后，他自己也死了。这两部小说很受市场欢迎，多次再版，但写作方式比较老套，看问题的视角也比较陈旧，也就是通俗文学之流。

1933年，赫贾兹出版了自己的代表作《热芭》(زیبا)。这部小说揭示了社会的道德和精神危机，是礼萨·汗统治时期最优秀的作品之一。伊朗社会的快速城市化，使得城市成为年轻人的梦想之地。然而，现代大都市往往也是他们的希望破灭之地。《热芭》中的男主人公侯赛因·米尔扎汗正是这样一个青年。他从乡下来到大城市,认识了一个名叫热芭的妓女。热芭跟政要们的来往关系较多,因而在职员的升迁中可以起到重要作用。一心渴望往上爬的侯赛因·米尔扎汗由此将热芭作为自己在职场和官场上获得晋升的阶梯。侯赛因·米尔扎汗不择手段地往上爬,尽管有时也遭受良心的谴责,想回到乡下过简单的生活,但每次都被热芭吸引诱惑着走向现代都市。他的迷茫可谓是当时伊朗社会转型时期社会新生阶层的典型反映。这部小说颇有几分狄更斯的《远大前程》的风韵。

三　特穆里的《劳工的黑暗日子》和《农民的黑暗日子》

阿赫玛德·阿里·胡大达德·特穆里(احمد علی خداداده تیموری,生卒年不详)的小说《劳工的黑暗日子》(روز سیاه کارگر,1926)和《农民的黑暗日子》(روز سیاه رعیت,1927)中的主人公巴赫提亚尔,则在乡村与城市之间的彷徨挣扎中,最终回归土地。作品体现出作者对社会转型期的伊朗农村与城市之间的矛盾有着深刻的认识,这使这两部作品在这个时期的社会小说中更加耀眼。

小说故事的讲述者是一个库尔德小男孩巴赫提亚尔,他没有什么文化,生活在库尔德斯坦的一个村庄,故事时间是恺伽王朝末期。小说细致地描写了库尔德人的饮食起居、房屋建筑特色及其风俗习惯。巴赫提亚尔一家因政府、领主和自然环境的逼迫,从这个村庄流浪到那个村庄,向这家那家求告帮助,还不时地遭到抢劫,他们拼命捍卫保护自己,但最终也无济于事。在一路的颠沛流离中,巴赫提亚尔见缝插针地抓紧时间学习文化知识,夜晚就着篝火的火光阅读和写作。巴赫提亚尔渐渐有了文化知识,在村民中脱颖而出。

巴赫提亚尔后来做了伊尔部落的牧羊人,然后又获准进入王子的营帐。随着国家社会经济的发展,城市中产阶级兴起,巴赫提亚尔作为一个有文化知识的乡下人开始努力进入城市,成为巴扎集市里的小商贩(在伊朗属于靠劳动力挣钱的劳工阶级),并积累了一点小资产。但是,巴扎集市的地头蛇让他的积蓄全都付诸东流。

巴赫提亚尔与父亲一起去卡尔巴拉朝觐,返回之后得知,莫扎法尔丁国王已死,立宪派掌权。巴赫提亚尔阅读《天使号角》等立宪时期的著名文学刊物,接触到新思想、新文化,并对当时的政治局势有了自己的独立见解:"我私底下说,立宪若只是停留在口头上毫无意义,因为只是更新了戏台上的布景,演员重新换了一身衣服而已。"在立宪派与保守派之间的厮杀中,巴赫提亚尔的家庭也遭难,他的父亲被杀,姐姐席琳被大汗用武力强迫为妻。后来,席琳自杀,巴赫提亚尔也被诬陷入狱。

巴赫提亚尔出狱之后,从城市回到乡村务农,但仍然摆脱不了政府摊派的苛捐杂税,摆脱不了政府官员的纠缠,依然生活在黑暗中。

小说最后是巴赫提亚尔的反思:农民们是一切力量的基础,但由于没有文化知识，对自己的权利一无所知，因此总是处在被压迫和被掠夺之中，并且习以为常、毫无知觉。尽管没有资料说明这两部小说的作者特穆里加入过伊朗左翼党派，但作者试图在作品中表达砸碎奴役工农阶级的铁锁链的思想，显然受到当时苏联文学思潮的影响，这两部小说可谓是伊朗左翼文学的早期代表。

四 穆罕默德·马斯乌德的《夜生活》

穆罕默德·马斯乌德(محمد مسعود，1901—1947年)是这个时期描写机关职员生活的优秀作家。他的小说大都描写城市青年人的故事，他们的生命耗费在乏味无聊、没有前途、没有结果的机关生活中，在"新城"(德黑兰妓院集中的地区)的小巷和"娱乐中心"里堕落。马斯乌德试图捅破政府机关的虚伪面纱，揭示下层职员的无依无靠，他们属于"月光族"，没有积蓄，没有社会靠山，只有不可捉摸的未来与焦虑不安。他的代表作是三部曲《夜生活》(تفریحات شب，1932)、《为生计奔波》(در تلاش معاش，1933)、《万物之灵》(اشرف مخلوقات，1934)。三部曲以无畏的语言呈现了新一代白领阶层的生活状态和精神面貌，真实地呈现了礼萨·汗统治时期青年人的生活方式，具有社会学的考察价值。

三部曲中以《夜生活》的文学成就为最高。该小说讲述了一个教师与他的朋友们一起在咖啡馆和一些不名誉的地方饮酒作乐。他囊中羞涩却好面子，摆阔绰。他在夜生活的醉生梦死中讲述他的同事们的无聊生活，抨击机关和学校死水一潭般的现状。小说揭示了青年人的生命在毫无意义、枯燥乏味的机关工作和夜生活中荒废，可谓展示出都市生活光鲜的外表之下被忽视的一个肮脏的臭水坑。作者抨击社会没有能力为青年人提供正确的生活方式，为他们指引幸福之路。

除了三部曲，穆罕默德·马斯乌德还出版有小说《在地狱中生长的花朵》(در گلهایی که جهنم میروید，1943)和《生命的春天》(بهار عمر，1945)。这两部小说和三部曲的主题一样，揭露光怪陆离的都市生活中的丑陋不堪。

穆罕默德·马斯乌德也是一位著名记者和报纸撰稿人，他的文章抨击社会时弊，揭露贪污腐败，语言十分犀利尖刻。这导致他的报纸被停刊，他本人被捕入狱。出狱后，他在报纸上发表檄文，悬赏100万里亚尔刺杀当时不得人心的首相阿赫玛德·伽瓦姆。结果，不久之后，他在街头被不明枪手袭击身亡，人们猜测是巴列维情报机构"萨瓦克"所为。

总体来说，20世纪第二个20年的伊朗小说中，历史小说充满浪漫主义色彩，社会小说则是自然主义与现实主义的混合。就这个时期的小说成就而言，短篇小说高于长篇小说。在故事结构与叙事艺术手段上，短篇小说比长篇小说更具有现代性，也更具有现代思想意识，贾马尔扎德与萨耶德·纳非西的作品即是典型的例子。大体来说,长篇小说只重视故事本身,注重故事情节的曲折和扣人心弦,以故事抓住读者,而不是以小说的结构技巧和思想内涵让读者沉思。这大约是因长篇小说需要更强大、更高超的驾驭题材和结构题材的能力,时代的局限性使得早期小说家在宏观把控、艺术再现自己的时代方面尚有些力不从心。

　　然而,毋庸置疑的是,波斯语小说在这个时期已经迈进了成熟的现代小说的大门。这样的评价不仅仅是因为本章上述各部小说都是现代意义上的小说,而非古典故事文学,更是因为在这个时期产生了伊朗 20 世纪上半叶文学史上最杰出的作家萨迪克·赫达亚特。伊朗现代小说在萨迪克·赫达亚特手中完全成熟。

第八章　萨迪克·赫达亚特与 《瞎猫头鹰》

第一节　萨迪克·赫达亚特生平

　　萨迪克·赫达亚特(صادق هدايت,1903—1951年),伊朗现代最杰出的作家之一,也是一位重要的翻译家和民俗学者,伊朗现代小说在他手中完全成熟,其代表作《瞎猫头鹰》(بوف کور,1936)当在伊朗现代文学史上最著名、最优秀、最耀眼的作品之列。他一生短暂,却著述颇丰,除了自己创作的大量长短篇小说之外,还翻译了萨特、卡夫卡、契诃夫等法国和俄国作家的多部文学作品,并在收集整理伊朗民俗文化方面做了大量的工作。他的一生是富于传奇的一生,他的作品、人生经历、自杀都在伊朗知识分子中产生了深远的影响,相关的研究文章与著述层出不穷。他也是外国学界研究最多的伊朗现代作家。

　　赫达亚特出身书香世家,其曾祖父礼萨伽里汗·赫达亚特即是恺伽王朝的宫廷文人,是伊朗诗人传记压轴之作——煌煌六大卷《群英荟萃》一书的作者,该巨著创作于1842—1871年,前后进行了30年。其祖父是纳赛尔丁国王的教育大臣。赫达亚特是其父母最小的一个孩子,他有2个兄长和3个姐姐。他的长兄是伊朗最高法院法官,次兄是军官。赫达亚特6岁起即进入学校接受教育。1914年,他自己在学校创办文学校刊,表现出对文学的强烈兴趣。1917年,赫达亚特进入德黑兰圣路易中学读书,开始接触外国文学尤其是法国文学作品,同时接触形而上学和玄学,这影响了他的一生,他开始奉行素食,并始终坚持。1924年,发表了《人类与动物》(انسان و حيوان),同年开始校编《海亚姆四行诗集》(رباعيات خيام)并撰写了长篇序言。

　　赫达亚特性格内向,一生对素食、神秘学、灵魂学和佛学感兴趣,以悲观绝望与怀疑的眼光看待人的存在,死亡的念头时时纠缠着他。1926年,赫达亚特前往比利时留学,学习工程技术。是年,他在德国柏林的波斯语刊物《伊朗城市》上发表短篇小说《死亡》,认为死亡是人唯一的解脱。赫达亚特对自己所学的专业很不喜欢,经过多方努力之后,他如愿到了当时的文学艺术的圣地——法国巴黎,在这里他将早年写作的《人类与动物》补充修改之后,以《素食的益处》

（فواید گیاه خواری）为名在柏林出版。

在巴黎,赫达亚特遭遇了一场苦涩的恋情,这给他之后的生活和创作都带来极大的负面影响。失恋,加上难以排遣的异乡飘零感,使赫达亚特患上了抑郁症,也使他更加内向,1928 年赫达亚特在法国跳河自杀,幸被一名渔夫救起。这次事件后来被他写进小说《活埋》中,该故事也叫作"一名精神病人的日记"。之后,他埋头于写作。1930 年,赫达亚特结束自己在法国的学业,回到伊朗,在国民银行工作,但他不喜欢这份工作,而是执迷于文学,出版了两部作品:剧本《萨珊姑娘帕尔温》（پروین دختر ساسان）和短篇小说集《活埋》（زنده بگور）。同时,他在德黑兰结识了作家伯佐尔格·阿拉维、马斯乌德·法尔扎德、莫吉塔巴·米纳维,他们组成了一个文学小团体,名"四人小组"。

"四人小组"与当时德黑兰的另一个文学团体"七人小组"针锋相对,后者是由一些传统文学者组成的文学团体。"四人小组"在餐厅、咖啡厅聚会活动,高谈阔论,发表文学见解。渐渐地,这个小团体开始扩大,甚至一些主张现代诗歌的革新派诗人也加入了这个团体,其中包括"伊朗现代新诗之父"尼玛·尤希吉。这个文学团体举办各种文学活动,创办文学刊物,发表倡导文学革新的文章,并身体力行地进行创新文学写作。正是这个团体,将欧洲 20 世纪 20—30 年代盛行的象征主义文学引进了伊朗现代文坛,对小说和诗歌创作产生了深远的影响。米纳维曾说:"我们这个文学圈子的核心人物即是萨迪克·赫达亚特。"1931—1935 年,是这个文学团体最活跃的时期,也是赫达亚特前期创作的高峰,他的很多优秀小说都写作于这个时期(尽管一些作品发表的时间晚于此):《三滴血》（سه قطره خون,1932)、《淡影》（سایه روشن,1933)、《阿拉维耶夫人》（علویه خانم,1933)、《尼兰格斯坦》（نیرنگستان,1933)、《马兹亚尔》（مازیار,1933)、《萨哈布的狂吠》（وغ وغ ساهاب,1934),还有一些文学评论文章。此外,赫达亚特还收集民歌民谣和民间故事,写作游记和翻译欧洲作家的作品。

1936 年,"四人小组"解散,各奔前程。赫达亚特到了印度孟买,跟随印度帕尔西人(萨珊王朝灭亡后移居印度的波斯籍侨民)学习中古波斯语巴列维语,将著名的巴列维语著作《阿尔达希尔·帕佩康功行录》（کارنامه اردشیر بابکان）翻译成了现代波斯语,并将之前已写好的小说《瞎猫头鹰》自费油印出版,赠送给自己的朋友。

1937 年,赫达亚特从印度回到伊朗,先在银行做职员,后到文化部工作,并在音乐机构和艺术学院兼职。同时,继续进行文学创作,出版了短篇小说集《流浪狗》（سگ ولگرد）,继续整理翻译其他一些巴列维语作品。

1941—1945 年,盟军侵占伊朗期间,赫达亚特发表了言辞激烈的抨击,并撰写了著名的长篇小说《哈吉老爷》（حاجی آقا,1945),塑造了一个在盟军占领期间发国难财的奸商的典型形象。1945 年,赫达亚特受邀到塔什干访问。这个时期是伊朗左翼文学最兴盛的时期,赫达亚特的许多作家朋友都加入了伊朗人民党(共产党),赫达亚特也因此深受影响,尽管他没有加入人民党,但他这时期的文学作品也具有明显的左翼色彩,比如《明天》(فردا)、《生命水》(آب حیات)等短篇小说。1945年"二战"结束后,人民党在库尔德斯坦和阿塞拜疆主权问题上的态度让赫达亚特感到十分沮丧失望。这使他本来寄托在人民党身上的国家民族复兴的希望破灭,他的人生观更倾向于悲观绝望。1947年,赫达亚特创作了小说《马尔瓦砾大炮》(توپ مروارى),但这部作品在他去世之后才得以出版。

赫达亚特是一位时时体验着死亡的作家,直到生命的最后时刻,这念头一直纠缠着他,他的作品也由此充满这种意念,其主人公都充满了悲观、宿命,乃至自杀,以此证明生命的毫无意义。他在自述中说:我的一生,没有任何突出之处……在学校里,我不是一个耀眼的学生,总是遭遇不成功。在机关里,我是一个不显眼的默默无闻的角色,领导对我很不满意,乃至每当我提出辞职请求时,他们都以一种忘乎所以的高兴接受。总之,我命中注定是一个毫无用处的废品。也许,真谛就在于此。1950年,赫达亚特持医生开具的证明,借健康原因,离开伊朗,移居法国。1951年4月上旬,在巴黎租赁的寓所内打开煤气自杀。

第二节　赫达亚特作品概述

赫达亚特是一位涉猎领域十分广泛的作家和学者。本书上一章讲到,1921—1941年这20年间历史小说成为强国梦的载体,其中不少历史小说都表达出"回到伊斯兰之前"的思想,认为只有伊朗本民族的宗教文化传统才能拯救伊朗。这样的思想在伊朗知识分子阶层中有着广泛的认同,赫达亚特正是持这种思想的一位作家。他前往印度,在孟买的帕尔西人集居区与琐罗亚斯德教徒生活在一起,学习萨珊王朝的巴列维语,整理翻译巴列维语文献,等等,都是他"回到伊斯兰之前"思想的体现。在这个盛行历史小说的时期,赫达亚特也创作了数部历史小说。其中,《萨珊姑娘帕尔温》(پروین دختر ساسان,1930)和《马兹亚尔》(مازیار,1933)即是关于萨珊王朝时期的历史故事,内容也是有关爱情与战争,讲述伊朗人抵抗阿拉伯人进攻的斗争。小说《蒙古人的阴影》(سایه مغول,1931)则讲述蒙古人入侵伊朗的暴虐。也就是说,伊朗历史小说最惯常描写的两个时期,即萨珊王朝覆灭于阿拉伯人的入侵和蒙古人入侵,赫达亚特都有涉及。

赫达亚特一生未婚,只在法国有过一次不成功的恋爱。在其作品中,对爱情的表达十分克制、内敛、压制、压抑,这与他本身的情感经历密不可分。他所向往的美好圣洁的爱情,如一缕光照进黑暗的尘世,但这种爱在尘世中往往又很快变质腐败,让人陷入绝望。在他的很多短篇故事中,都描写了爱情的绝望,如《达沙阔尔》(داشاکل)、《驼背达伍德》(داود گوژپشت)、《美妙者》(آفرینگان),还有杰出的《瞎猫头鹰》。《美妙者》有一句名言："爱情，就如同一首遥远的歌谣，一曲抓住人心、具有魔力的旋律，常常为相貌丑陋之人所吟咏。只可跟在他后边，千万别跑到前面去看。因为那会破坏他歌谣的美妙和记忆，从而消失。在爱情的门槛也千万不要再往前踏一步，到此为止就足够了。"而在《郁金香》(لاله)和《破碎的镜子》(آیینه شکسته)中，爱情的出现则打乱了以往的正常生活，在开始阶段给小说主人公的生活带来意义，但最终随风而逝。《淡影》则萦绕着恐惧与死亡，受爱伦·坡作品的影响很明显。

赫达亚特还有不少短篇小说表现伊朗女性的苦难和浮萍一样的飘零感，比如《一个弄丢了自己男人的女人》(خانمی که شوهر خود را گم کرد)是这类小说中的代表。女主人公扎琳库洛带着孩子前往马赞得朗寻找自己的丈夫。然而，其丈夫已经与另一个女人结婚，把扎琳库洛赶了出来。扎琳库洛把孩子扔在路上，跟一个年轻的赶驴人跑了。在作者看来，扎琳库洛此举并非为自己找到了归宿，而仅仅是其飘零生活的开始。

1941 年之后，赫达亚特的作品与前期作品相比，似乎有很大的差异，但实质上是有内在的一致性的。后期作品与前期作品一样，具有两个矛盾的视角。一方面表现普通民众的生活与理想，另一方面又纠结于自己内心的绝望与恐惧。这时期，他翻译了一些外国文学作品，尤其倾心于卡夫卡，翻译了卡夫卡的《变形记》等作品，还撰写了长文《来自卡夫卡的信息》赞美卡夫卡，同时也表达自己的思想。

1942 年，小说集《流浪狗》出版。赫达亚特在这部小说集中再次表达了自己感兴趣的内容题材，其中最优秀的故事即《流浪狗》。作者从一只名叫"帕特"的狗的视角看世界，看人情冷暖，寻找人间温情。每个折磨帕特的人"都感到进入了一个新的世界——他不熟悉其中的一切，也没有人理解他的世界"。小说最后，主人公去寻找"过去的失落的世界"。赫达亚特艺术性地再现了自己时代的空虚与荒诞。在这个故事中，"在眼睛深处具有人的灵魂"的动物甚至连最小的一点反抗都不能有，它失去了自己的根本，以一桩无名的罪过，像一只流浪狗一样牺牲，就如同作者本人一样。小说集《流浪狗》中的主人公都是在回顾自己的生活，处在一种意识流的状态。

一　《哈吉老爷》

可以说，伊朗 20 世纪上半叶最具幻想性(《瞎猫头鹰》)与最具现实性(《哈吉老爷》)的作品都出自赫达亚特之手。《哈吉老爷》是赫达亚特最具讽刺意义的一部作品，呈现了一个真实的伊朗社会。1941 年，盟军进入德黑兰，礼萨·汗被逼退位，时局混乱。哈吉老爷之类的人物纷纷逃出德黑兰。但是，很快局势就平稳下来，所有的小偷、叛徒、间谍、罪犯，以及跟哈吉一路逃命的同伙们，全都雄赳赳气昂昂地回到了德黑兰,倒买倒卖食物、药品等战争物资,大发国难横财。小说具有十足的讽刺意味,在一大堆周而复始的垃圾对话中,哈吉老爷的形象呈现得十分鲜明。看完小说之后,也许就不记得小说中的对话了,但哈吉老爷的形象及其言行举止却给读者留下难以磨灭的印象。从而,哈吉老爷成为赫达亚特创作的伊朗现代文学中的一个经典形象。赫达亚特一生的创作与生活都深受卡夫卡的影响,《哈吉老爷》看似一部现实主义作品,但其中蕴藏着强烈的现实的荒谬与荒诞感,与其前期作品是有精神上的一致性的。

二 《明天》

短篇小说《明天》生动地描写了工人阶级的苦难,是赫达亚特靠拢左翼文学阵营时的代表作。该小说也是伊朗第一部采用双重叙事的小说,充分体现了赫达亚特在小说叙事技巧方面的才华。小说一开始的叙述者是麦赫迪·佐格依,一个心灰意冷的工人,对当时人们热衷的加入党派组织没有兴趣与热情,如同赫达亚特其他故事中的主人公,他总是处在内心的自我斗争中:"这样的寒冷不是出自天气,而是来自另外一个地方,来自我自己的内心。"又说:"生活就是一条结冰的长廊。"这完全是赫达亚特自己内心深处的话,只是由故事主人公麦赫迪的口说出。麦赫迪有一段时间倾向于加入党派,但很快就对党内的机会主义者厌倦了,他对那些党员说:"你们不是行动者,所有的一切都只是停留在口头上,夸夸其谈。"麦赫迪为了工作去伊斯法罕的印刷厂,与其他的两位同志一起在一次工人罢工运动中牺牲。小说第二个叙事者是古拉姆,麦赫迪的朋友,党的组建者,在得知麦赫迪牺牲之后,陷入无限的思绪。党让他把乐观的希望寄托在"明天",但是明天他必须去参加朋友的出殡仪式。故事表现了赫达亚特特有的辛辣讽刺。从这篇小说也可看出,赫达亚特虽然曾一度十分靠拢左翼阵营,但始终没有加入任何政党的缘由所在。

三 《马尔瓦砾大炮》

赫达亚特最具有讽刺性也最绝望的作品是《马尔瓦砾大炮》(1979),该作品是赫达亚特的最后一部作品,其中一部分在 1953 年《火器》周刊上连载,1979 年被秘密地下印刷出版。小说戏说历史事件,对权力者进行了辛辣的讽刺。小说写的是历史,采用的却是弗洛伊德的学说,比如:纳德尔国王进攻印度的目的是把马尔瓦砾大炮抢到伊朗来,好让他那些患了不孕症的后宫女人们怀孕。按照当时的迷信传说,女人骑上该大炮就能怀孕,因为大炮是男性生殖器的象征。故事从萨法维王朝时期一直写到赫达亚特生活的当下,该小说的每一细节都针对一历史事件。赫达亚特对历史事件进行了天才的描述,戏说中有历史的影子和辛辣的讽刺。

故事梗概如下:安达卢西亚国王召唤哥伦布去占领大食人(阿拉伯人)的土地,哥伦布没有去阿拉伯,而是到了美洲大陆,在那里发现了大炮,把它带到了葡萄牙。后来的葡萄牙殖民者又把大炮带到伊朗的霍尔莫兹岛上。当萨法维王朝的达尔维希军队从葡萄牙人手中夺回霍尔莫兹岛,葡萄牙姑娘阿尔布古尔戈把大炮带到了印度。纳德尔国王又把大炮从印度抢到伊朗。赫达亚特在写作这部作品时没有参考任何历史资料,而是凭着自己的历史知识任情挥洒和虚构。大炮是殖民主义的象征,而东方人民(被殖民者)却对之崇拜不已。小说深刻揭示了东方文明古国在现代化进程中的两难境地:既反西方化也向往西方化。这部小说体现出赫达亚特的思想远远超越于时代,这使他注定成为时代的孤独者,一生落寞寡欢。

赫达亚特的作品如同卡夫卡的作品一样,一方面让读者与故事中的主人公产生一种由同一性引发的共鸣,另一方面又表现出个人与社会的对立、矛盾与不相容。应当说,赫达亚特的作品在卡夫卡的精神特质之外,还有一种独特的朦胧梦幻之美感。对于赫达亚特来说,写作不是谋生的手段,而是一种生活方式,不仅是世俗生活方式,更是精神生活方式,是灵魂的飞翔状态。

第三节 《瞎猫头鹰》:希望与绝望的交响曲

一 《瞎猫头鹰》概述

《瞎猫头鹰》是萨迪克·赫达亚特的代表作,在伊朗现代文学史上具有崇高地位,是少数跻身世界经典现代派小说之列的伊朗作品之一,也是学界研究最多的一部伊朗小说。

《瞎猫头鹰》确切的写作年代不清楚,可能是在法国巴黎时就完成创作了,但一直未能出版。回到伊朗之后,也没有出版的机会,大约赫达亚特很自觉地意识到该书的内容不适合在礼萨·汗统治下的伊朗出版。1936年,赫达亚特前往印度孟买,跟随帕尔西人学习巴列维语。据赫达亚特自己说:"其实,巴列维语只是一个借口而已。现在大家都明白某人去印度学巴列维语是什么意思。我只是想逃跑,以到印度学习巴列维语为借口,其实是想出版《瞎猫头鹰》。事实就是如此。但费尽千辛万苦,只油印出版了50本。"①虽然只是50本油印书,但很快传到欧洲,随即被译为法文和英文出版,在当时的欧洲文坛产生了一定的影响。直

① Hasan Mir'Abidīnī, Sad Sāl Dāstānnivīsī-yi-Irān, Intishārāt-i-Chishmah,1380, Jild. 1. p90.([伊朗]哈桑·米尔阿贝丁尼:《伊朗小说写作百年》,切西梅出版社,2001年,第一卷第90页。)

至 1941 年,《瞎猫头鹰》才在伊朗国内出版。伊朗评论界对《瞎猫头鹰》一直毁誉参半,毁之者认为这是一部颓废有毒的小说,在伊朗国内一直被禁止,后来短时间开禁了一下,又被禁止,直至现在;誉之者认为这是一部极为成功的现代派小说,甚至认为可以与波德莱尔的《恶之花》媲美。

《瞎猫头鹰》诞生在现实与梦幻的夹缝中,内容荒诞离奇,笼罩在荒诞、怪异、梦幻般的神秘迷雾中。整部小说分为上下两部分,上半部讲述了一个似梦非梦的故事:"我"是一个画工,每天的工作就是在笔筒上画一位美丽的少女,"我"叔父把这些笔筒带到印度去贩卖。一天,"我"无意中从房间的窗户瞥见画中少女出现在窗外的荒野上,她旁边有一个丑陋的老头,眨眼之间又全都消失没了踪影。"我"外出多方寻找无果。不久之后,那少女又突然出现在"我"家门口。"我"把她带进房间,给她喝了一点叔父从印度带回的用眼镜蛇浸泡的酒,结果少女在床上死去,并很快腐烂长蛆。"我"把少女分尸装进手提箱,走出家门,惊见那个丑陋的老头正驾着马车等在门口。"我"乘马车到荒郊野外一干涸的小溪旁掩埋那少女,挖坑时挖出一个古陶罐,骇然看见罐上画的正是那位美丽的少女。小说下半部写了"我"与妻子的感情纠葛:妻子是"我"青梅竹马的表妹,少女时代十分清纯圣洁,而现在变成了一个人尽可夫的荡妇。"我"因此备受折磨,病卧在床,浮想联翩,回忆少女时期的妻子,甚至挣扎起身到郊外的苏兰小溪边寻找妻子昔日的踪迹。"我"对妻子的放浪形骸实在忍无可忍,最后用刀杀死了妻子。这时,"我"忽然看见那个丑陋老头正抱着那只古陶罐从房间走出去,"我"追赶而去,那老头却没了踪影,而"我"一照镜子,发现自己异化成了那个相貌丑陋的老头。

《瞎猫头鹰》故事神秘诡谲,上下两部分表面上没有关联,实质上具有内在统一性。上半部充满梦幻色彩,而下半部即是上半部的现实版,讲述的是同一个故事,即圣洁少女腐烂(堕落)、死去的故事,所不同的是上半部以"我"得到陶罐结束,而下半部以丢失陶罐结束全书,整部小说具有浓厚的象征色彩和多重主题。

因该小说至今在伊朗一直被列为禁书(其间有短暂开禁,但很快又复禁),伊朗学界多以批判的眼光来审视这部小说,视点多落在小说荒诞悲观的色彩上,并将之与赫达亚特本人的悲观厌世联系在一起,认为这是一部悲观颓废有毒的小说。西方学界与中国学界更多地看到了该小说作为 20 世纪现代文学对"异化主题"的深刻揭示,认为这是一部卡夫卡式的经典作品,在分析论述时侧重于其所受西方现代派文学的影响,对作品中蕴含的伊朗琐罗亚斯德教传统文化因子分析不足。

二　异化主题

异化主题无疑是《瞎猫头鹰》这部小说的核心指归,也是学界以往分析论述的重点。萨迪克·赫达亚特是第一位将西方现代派创作手法引入波斯语小说创作的作家,这与赫达亚特在20世纪20年代留学欧洲的经历密切相关。"他们受到欧洲文学的影响,更关注创作的方式。"①在他那个时代,伊朗小说的故事内容大多是在历史、社会和政治的背景下展开。而《瞎猫头鹰》完全是一部个人化、内倾化的作品,是一扇开向灵魂解脱的窗口,是伊朗小说从外向内转的一个标志。正如《发达资本主义时期的抒情诗人》一书序言所言:

> 在本雅明看来,由于资本主义的高度发展,城市生活的整一化以及机械复制对人的感觉、记忆和下意识的侵占和控制,人为了保持住一点点自我的经验内容,不得不日益从"公共"场所缩回到室内,把"外部世界"还原为"内部世界"。②

一般来说,现代主义小说"不研究现实,而是研究存在"③。人在现代社会中的存在,即是无法抗拒的异化命运,这是《瞎猫头鹰》展示给我们的最重要的一个主题。小说中的人物全都最终难逃异化的命运,全都最终走向异化。首先是那个画中的少女。画中少女没有名字,没有性格,没有物质意义上的肉体,只有美丽脱俗的形象,小说用了大段大段的最美的句子来描写这位少女超凡脱俗的美丽,比如:"她不可能与这个尘世的东西有什么关联……她的衣服也不是用普通的羊毛或棉花织成的,不是用物质的手、人的手织成的。她是一个美丽绝伦的存在,……我相信如果红尘之水滴在她的脸上,她的玉颜就会憔悴。"这里,美丽少女已成为一种象征符号,代表作者心中向往的一种圣洁美好的纯粹精神。然而,当画中少女忽然出现在现实生活中,出现在"我"家门口,"我"把她带进房间,她却在床上死去,并很快就腐烂长蛆。"我"无可奈何地只好把她埋掉。这是小说欲表达的第一层象征内涵,即人的精神一旦进入现代社会,其命运就是不可避免地走向堕落腐烂。

与画中少女相关联的形象是少女时代的妻子。倘若说"画中少女"是清纯精神象征的"幻想版",那么,童年时代的妻子则是纯粹精神象征的"现实版"。少女时代,青梅竹马的表妹有着一种晶莹剔透的清纯美。然而,长大成人之后,表妹在与"我"结婚时就已经不是处女了。婚后,更是堕落成一个人尽可夫的荡妇,与形形色色的男人通奸。这是一个纯真美丽的女孩堕落异化的故事。

---

① Ḥasan Mīr-Ābidīnī, Ṣad Sāl Dāstān Nivīsī-yi-Irān, Jild 1, Tehran, Nashr Chishma 1380,p90.([伊朗]哈桑·米尔阿贝丁尼:《伊朗小说写作百年》,切西梅出版社,2001年,第一卷第90页。)

② 本雅明:《发达资本主义时期的抒情诗人》,张旭东著序,生活·读书·新知三联书店,1989年,第12页。

③ 米兰·昆德拉:《小说的艺术》,生活·读书·新知三联书店,1992年,第42页。

与画中少女紧密关联的另一个形象是主人公"我"的母亲布高姆达西。"我"的母亲原是在印度圣庙里跳圣舞的舞女，是为神献祭的舞女，是圣洁美丽的象征。父亲为她所深深吸引。布高姆达西与"我"父亲结婚之后，堕落异化为在城市广场上卖艺的舞女。

画中的驼背老头已经是一个异化之后的形象。并且，小说中所有的男人——画中的驼背老头、赶马车的老头、摆地摊的老头、叔父、姑父全都是一个模子里出来的异化后的形象：苍老、驼背、瘘眼、豁唇，并且总是发出令人毛骨悚然的笑声。一般来说，人的堕落腐化总是有一个过程的，但小说并没有去展现这些人一步步堕落的轨迹，小说呈现给我们的就是一个个已经堕落腐化的人。这些人物没有过去，更没有未来，只有"当下"，而"当下"即是在现代社会中的异化状态。

赫达亚特尽管十分崇拜卡夫卡，不仅将卡夫卡的作品翻译成波斯语，而且写了长篇专论《来自卡夫卡的信息》。然而，赫达亚特并没有亦步亦趋地仿效卡夫卡，让自己的作品呈现为全然的"陌生"与"异化"状态，让人看不到希望。在赫达亚特的心中，始终有一丝不泯的希望，那就是他笔下的主人公"我"与"异化"命运的抗争。这是赫达亚特与卡夫卡最大的不同。这种抗争是通过主人公"我"来展示的。"我"在黑暗、压抑的现实生活中苦苦挣扎，力图摆脱这痛苦的异化命运，但最终还是无法摆脱这一命运，无法避免地异化，变成一个苍老、驼背、瘘眼、豁唇的老头，并且总是发出令人毛骨悚然的笑声。人在现代社会中挣扎，不想堕落异化，苦苦抗争，但最终也无法抗拒地走向异化的命运。因此，小说最终给人的又是绝望。并且，比卡夫卡的绝望更加绝望。因为，卡夫卡的人物是"顺应"异化的命运，而《瞎猫头鹰》中的主人公"我"是在不屈地抗争，因而更加呈现出一种悲剧色彩。"悲剧之美和给欣赏者巨大美感的原因，正是这种惊心动魄的生死搏斗。"①也许"顺应"体现的是卡夫卡的孤独与睿智，故卡夫卡因病而终；赫达亚特的"抗争"则蕴含了更深的执着与绝望，故赫达亚特最终自杀。

那么，是什么导致了人在成年之后就异化得面目可憎了呢？小说中主人公"我"的父母之间的爱情本来是美好的，然而叔父插足进来之后，一切就变了。在眼镜蛇的考验中，父亲死亡，叔父被吓得完全改变了模样，也就是发生了根本性的变化。这里，作者成功地运用了宗教神话：伊甸园中的蛇引诱亚当、夏娃偷食禁果，犯下了原罪。亚当、夏娃的故事虽然是基督教的神话故事，但也被伊斯兰教吸收。蛇作为魔鬼的象征在传统文学中通常是罪恶之源的象征，在《瞎猫头鹰》中也不例外，它揭示了异化的根源：蛇——人类心中隐藏的贪欲。小说中

---

① 邱紫华:《悲剧精神与民族悲剧意识》,华中师范大学出版社,2000年,第62页。

每个人物的异化都与蛇密切相关。这条"蛇"在作品中既是外显的又是内在的。首先,画中的清纯少女来到现实中,因为"我"给她喝了浸泡眼镜蛇的酒而死去、腐烂;而这眼镜蛇酒又是母亲遗留给"我"的唯一礼物,"我"的父亲因这蛇而死,叔父因这蛇而异化,母亲亦如此。可以说,这条外显的蛇是左右小说情节发展的主角。

传统文学中,蛇往往是作为引诱人犯罪的外在魔鬼而存在,《瞎猫头鹰》表面上亦如此。然而,若我们细加体味,会发现赫达亚特在展现人因蛇而异化时,其关注点不是在外部,而是人性本身。在作者看来,与其说人的犯罪、异化、堕落是受到外在魔鬼的引诱,毋宁说是人性本身隐藏着的一种魔鬼精神所致。小说中的异化形象无一不是被这种魔鬼精神操纵的结果,而主人公"我"的异化更加清楚地体现了这种异化的过程:社会环境的压力已使"我"痛苦不堪,而使"我"更加痛苦的是"我"自身存在着一种魔鬼的力量,它使"我"感到自己活生生地被分解。小说写到"各种令人恐怖的、犯罪的、可笑的脸孔,随着手指的拉扯而不断变换——那个黑老头、屠夫、我妻子,他们的样子都出现在我脸上。似乎他们的幻影都存在于我身上","我感到此时此刻,摆地摊的老头和屠夫的灵魂附着在了我的身体里","我"拼命挣扎,与这内心的魔鬼斗争。然而,"我"最终也无力揪出隐藏在"我"身上的魔鬼,走向异化。也就是说,异化根源即在我们自身。因此,可以说,《瞎猫头鹰》深刻揭示了现代社会中人类不可逆转的"异化"之悲剧命运,而"我"的最终异化更是象征了人在现代社会中无法走出的精神困境。

因此,卡夫卡呈现的是已经异化的状态,对于敏锐者而言是一种警醒的重击,然而对于浑然不觉自己已处在异化状态的"懵懂者"来说,多少有些隔膜,有些"事不关己"的旁观意味;而赫达亚特呈现的是异化的过程,让每一位"旁观者"都感同身受,置身其中,无法"旁观",因而令人毛骨悚然。

三　拯救主题

赫达亚特的作品如同卡夫卡的作品一样,一方面让敏锐的读者与故事中的主人公产生一种由同一性引发的共鸣,另一方面又表现出个人与社会的对立、矛盾与不相容。应当说,赫达亚特的作品在卡夫卡的精神特质之外,还有一种独特的朦胧梦幻之美感。如同卡夫卡,对于赫达亚特来说,写作不是谋生的手段,而是一种生活方式,不仅是俗世生活方式,更是精神生活方式,是灵魂的飞翔状态。不同于卡夫卡的是,赫达亚特的心中始终存有一种希望,尽管细若游丝。对于《瞎猫头鹰》的拯救主题,尤其是其中对伊朗传统宗教文化因子的运用,以往学界较少涉及。

《瞎猫头鹰》整部小说萦绕着浓厚的印度—伊朗雅利安人古老传统的情结。小说创作的时代正是巴列维王朝建立之后,开始大力打压伊斯兰文化,大张旗鼓地宣扬伊朗伊斯兰化之前的古波斯文明和文化,也就是琐罗亚斯德教的文化传统,也是雅利安人的文化传统,人们认为这才是伊朗自身的文化传统。因此,第一代巴列维国王礼萨·汗在 1934 年正式将国家名称由"波斯"改为"伊朗"。"伊朗"一词从"雅利安"演变而来,意为"雅利安人的后裔"。在巴列维王朝时期,有相当一部分伊朗知识分子认为,伊朗的衰败正是从阿拉伯人的入侵开始的,认为古波斯文明所代表的雅利安传统才是伊朗的根。赫达亚特正是这样一位知识分子,他十分迷恋伊朗伊斯兰化之前的文化传统,在短暂的一生中,花了大量的时间和精力来收集整理伊朗伊斯兰化之前的民风、民俗和民间故事。他还说:"我们不应该忘记,其中一部分风俗习惯不仅可以令人喜悦,而且还是伊朗辉煌历史的纪念,如梅赫尔甘节、诺鲁兹元旦节、拜火节等,保护发扬这些风俗习惯是我们全体伊朗人的一项重要任务。"[①]赫达亚特在印度生活了一年多,在他看来,与伊朗这样已经完全伊斯兰化了的国家相比,在对雅利安人古老文化传统的保持方面,印度做得更好一些。《瞎猫头鹰》整部小说也有着诸多浓厚的印度因素:父亲、叔父到印度经商,娶了印度舞女为妻,而"我"的营生也是将画的笔筒销往印度,反反复复出现的"莲花"意象,等等。然而,小说中,印度的代表形象是那个坐在柏树下的驼背老头,也就是说在两百年的殖民地历史之后,印度这个雅利安文化的代表国家与伊朗一样也衰败、老朽、异化了。

　　小说中经典场景出现的时间具有深刻的拯救内涵。小说写到,主人公"我"是在正月踏青节那天,无意间从储藏室的通风口瞥见荒野上的美丽少女的。伊朗阳历每个月的名字和每一天的名字都是用琐罗亚斯德教所崇拜的神祇的名字来命名的。正月也就是伊朗阳历的一月,称为法尔瓦尔丁,在琐罗亚斯德教的经书《阿维斯塔》中,法尔瓦尔丁是灵体神的名字,是人类的庇护神。正月元旦是公历的 3 月 21 日,正月十三日也就是公历的 4 月 2 日,与中国的清明节的时间非常接近。伊朗人在这一天的民俗是全家外出郊游踏青,因为十三日这天的名字是提尔,在琐罗亚斯德教中"提尔"即雨神,是赐予甘霖的神祇。也就是说,在灵体降临人的肉体又逢甘霖滋润的这一天,主人公"我"看见了荒野中出现的经典场景。

　　然而,转瞬之间,荒野上的场景就消失了,"我"开始四处寻觅。寻找了多少天呢?小说在上半部三次提到是两个月零四天。当一个作家在作品中反复涉及某个意象,必定会有其特殊的含义在其中。从正月十三往后数两个月零四天,是伊朗阳历三月十七日。三月名为霍尔达德,是水神,代表完美和健康。在琐罗亚斯德教的神话传说中,水神霍尔达德将先知琐罗亚斯德躯体的分子置于雨水中,

　　① Ṣādiq Hidāyat, Nirangstān, Muqadama, Itishārāt-i-Hidarī 1383, p22.([伊朗]萨迪克·赫达亚特:《尼兰格斯坦》前言,希达里出版社,2004 年,第 22 页。)

然后降落大地，让草木吸收，琐罗亚斯德的父亲赶着奶牛放牧，奶牛吃了含有琐罗亚斯德躯体分子的牧草，然后琐罗亚斯德母亲又喝了含有琐罗亚斯德躯体分子的牛奶，由此生下人类的第一个先知琐罗亚斯德。[①] 第十七日的神祇名索鲁什，是琐罗亚斯德教中的报喜天使。在寻找了两个月零四天之后，那个美丽少女在三月十七日这天出现在主人公的家门口。

画中的美丽少女无疑是赫达亚特心中的拯救天使，在正月十三日，灵体降临人的肉体又逢雨神普降甘霖的这一天，少女出现在"我"的视野中。然后又在三月十七日，代表完美和健康的水神霍尔达德主管的月份，在报喜天使索鲁什报喜的日子，少女来到"我"的现实生活中。小说用了不少的篇幅来描写少女那双乌黑晶莹的眼眸：那双充满魔力的威严的眼睛，那双像是在谴责人们的眼睛，那双焦虑、惊异、具有震慑力而又充满承诺的眼睛。无疑这是一双具有震慑力、洞察力、拯救力的眼睛，洞悉尘世间的一切苦难。这里，拯救主题凸显出来。

小说最经典的画面是，少女向那个坐在柏树下的老朽的驼背老头献上莲花。在这一反反复复多次出现的经典画面中，不仅"少女献花"本身就蕴含了"拯救"之深意，而且有两个不能忽视的象征意象。一是柏树，它既是生命长青之树（波斯文学中常用"柏树"比喻女性曼妙的身姿），也是祭祀哀悼之树（在公墓陵园中普遍种植柏树）。其实，祭祀哀悼也是祈祷亡者的灵魂常青不朽，合二为一。更为重要的是在琐罗亚斯德教的神话传说中，柏树是琐罗亚斯德游历天堂之后，带到人间的圣树，在伊朗人的民间信仰中是连接天堂与大地的生命之树。[②] 写驼背老头坐在柏树下，既是对衰败和异化的哀悼，也是希望他能重新焕发活力。二是莲花，它是出淤泥而不染的圣洁之花，是佛教的圣花，佛教里有释迦牟尼步步生莲的传说。莲花代表超然脱俗，也代表了古老的雅利安传统。小说中写道："那莲花叶并非凡俗之花……如果她修长的手指去采摘凡俗的莲花，那手指便会像花瓣一样枯萎。"

莲花的拯救象征还可以上溯到 3000 年前伊朗的琐罗亚斯德教的传统。前文讲到，该教传说中琐罗亚斯德的诞生，就是水神霍尔达德将先知琐罗亚斯德躯体的分子置于雨水中，然后降落大地，让草木吸收的结果。琐罗亚斯德的父亲赶着奶牛放牧，奶牛吃了含有琐罗亚斯德躯体分子的牧草，然后琐罗亚斯德母亲又喝了含有琐罗亚斯德躯体分子的牛奶，由此生下人类的第一个先知琐罗亚斯德。因此，人的细胞化入泥土和草木，生生不息。小说中也写道："我领悟到在那群山

---

① 参见元文琪：《二元神论——古波斯宗教神话研究》，中国社会科学出版社，1997年，第90页。

② Ṣādiq Hidāyat, Nīrangstān, Itishārāt-i-Hidarī 1383, p155.（[伊朗]萨迪克·赫达亚特：《尼兰格斯坦》，希达里出版社，2004年，第155页。）

上,在那些房屋中,在那些用沉重砖头建造的荒芜了的居民区里,人们生活过,现在他们的骨头腐烂了,也许他们身体各部分的细胞活在了蔚蓝色的莲花中。"

在正月十三日灵体降临人的肉体又逢雨神普降甘霖的这一天,代表纯粹精神的少女,将代表古老雅利安传统的莲花,献给坐在柏树下的像印度瑜伽行者的驼背老头。这里,作者想要表达的拯救主题是不言而喻的。

莲花的拯救寓意还体现在小说中反反复复出现的歪歪扭扭、奇形怪状的房屋,衰败的古城堡上。这些破败房屋的象征意义在小说行文中有所揭示。主人公"我"在精神恍惚中,看见苏兰小溪边的柏树后走出来一个穿黑衣的小姑娘,向山上的古城堡走去,"此时山上城堡的影子似乎全都复活了,那位小姑娘是以前雷伊古城的一个居民"。雷伊是伊朗昔日古都的名称,在现今的德黑兰附近,在小说中是古波斯的一个象征。也就是说,曾经繁荣昌盛的古波斯帝国,现今只剩下这些破破烂烂的房屋了,俨然一片衰败的景象。然而,在这些破败房屋的中间,总是"有一些蔚蓝色的莲花长出来,沿着门和墙壁攀缘而上"。破败房屋中的莲花,与美丽少女向那个驼背老头献上的莲花,二者的象征含义是一致的,都是表达拯救的主题。

赫达亚特在其游记《伊斯法罕半世界》中,用了大量篇幅描写伊斯法罕城郊的一个拜火坛,虽然已是一堆残垣断壁,作者却陷入感怀:这座琐罗亚斯德教的拜火坛,早先一定非常巍峨壮观,有长年不灭的圣火和络绎不绝的参拜者。作者感叹:倘若这些地方能够重建,再次点燃令人缅怀往昔的熊熊大火,该有多好啊。[1] 似乎在赫达亚特看来,莲花的外形正如同一簇熊熊燃烧的圣洁不灭的火焰。也许,印度的莲花与波斯的火焰在古老的雅利安传统中即是同源的。《瞎猫头鹰》中一再提及的莲花何尝不是作者心中不灭的火焰,从民族主义的层面上来说,作者想要借助雅利安的古老传统重振伊朗昔日的荣光,使现代伊朗能走出贫穷、落后、愚昧的泥坑,重新振作强大起来;从更广阔的世界主义的层面上来说,作者是希望用一种东方的超凡脱俗的纯粹精神,拯救被西方文明所异化的物欲横流的现代人。

四 希望与绝望

现代人真的有获拯救的希望吗?作者赫达亚特的心中是既充满希望又绝望的。小说主人公"我"每天的工作就是在笔筒上画画,画的是同一幅画,即具有震慑力、拯救力的美丽少女。这说明作者在其中寄托了深深的期望。在正月十三日踏青节这天,作者寄托了深切希望的场景——少女向驼背老头献花——出现

---

① 参阅 Ṣādiq Hidāyat, Iṣfahān Niṣf-i-Jahān, Intishārāt-i-Khāvar 1351, Tehran.(参阅［伊朗］萨迪克·赫达亚特:《伊斯法罕半世界》,哈瓦尔出版社,1972 年)

在原野上。然而,那驼背老头的恐怖笑声使这一场景转瞬即逝。也就是说,一种深切的期望,转眼就落空。然而,"我"并不甘心,天天外出,四处寻觅。整部小说写了两场寻觅,一是上半部,荒野中的少女消失之后,"我"发疯似的四处寻找。另一场是下半部,"我"在病中,不堪折磨,挣扎起来,走出城外,走到苏兰小溪边,寻觅童年时代与妻子两小无猜、玩捉迷藏的欢乐。

寻觅本身就是心中的希望并未泯灭的外在行为显示。的确,执着的寻觅使主人公似乎又获得了希望。在小说上半部,经过两个月零四天的寻找,在三月十七日报喜天使报喜的这一天,画中少女出现在"我"家门前。在小说下半部,主人公"我"在病了两年零四个月之后(这是两个月零四天的一个变异数字),挣扎起来,来到城外的苏兰小溪边。恍惚间,不仅看到一个象征着拯救的小姑娘从柏树后走出来,向山上的古城堡走去,同时也回忆起与童年时的妻子在正月十三日踏青节这天在苏兰小溪边捉迷藏的情景。因此,这又是在绝望之中的希望。然而,希望之后仍然是绝望。画中少女来到我家之后,转眼就死去了;童年时代纯真可爱的妻子,长大成人之后成为人尽可夫的荡妇。这是小说上下半部相互映照的同一个内容的不同的版本形式。也就是说,在整体结构上,小说不仅上下两部分各自有一种"希望与绝望"之旋律萦绕,而且上下两部分又共同组成了更大的一轮"希望与绝望"之旋律。

小说中的小溪也是非常重要的一个象征意象,笔者把它解读为文化传统的象征。我们一般的惯常比喻也是把文化传统比喻为一条源远流长的河流。小说上半部结尾,在挖坑埋葬死去的少女时,小说明确说到,是在一条干涸的小溪旁边。这里隐含了伊朗文化传统的干涸与断裂。从更广阔的层面上来说,意味着精神的枯竭。小说下半部写主人公"我"在病中外出游荡,来到苏兰小溪边,这时的小溪是流水潺潺的。但是,我们要注意到,这是主人公的幻觉,是在脑海里呈现与童年时代的妻子在小溪边玩捉迷藏的美好情景。童年时代是一个清纯美好的时代,映射在具体的周遭环境中,那就是文化的长河潺潺流淌,没有干涸。然而,幻觉终究是虚幻,清醒之后依然是一条干涸的河流。这是小说中萦绕的又一轮"绝望——希望——绝望"的变奏。

小说另一个重要象征意象是陶罐。小说明确说过,那个摆地摊的老头以前是个陶工,到最后就只剩下地摊上的一些破烂玩意儿和一只肮脏破旧的陶罐。这个摆地摊的老头的陶工身份无疑是古波斯的象征。陶工和陶罐是波斯古典文学中的一个典型形象,尤其在海亚姆的四行诗中更是频繁地出现。比如:

陶工若留心脚下,怎会对泥土放肆?
帝王手指和手掌,转盘上胡乱搁置。

斯罐曾苦恋似我,秀发绿云中绸缪。

仔细凝眸罐把手,也曾缠绕情人脖。①

在海亚姆的诗歌中,用含有先人骨殖的陶土做成的陶罐具有双重含义:一是本书前述的琐罗亚斯德的文化传统,即琐罗亚斯德先知身体的分子蕴含在草木陶土中;二是海亚姆深受古希腊原子学说的影响,认为人死后尸骨化为原子融入泥土。赫达亚特对海亚姆十分崇拜,深受其影响,不仅收集整理了海亚姆的四行诗,而且写了长长的序言对之深入论述。

因此,在赫达亚特这里,用含有故人尸骨的陶土做的陶罐无疑是传统的象征。在干涸的小溪旁挖坑埋少女时,"我"捡到一个埋在土中的古陶罐,罐体一侧画着的正是那位美丽的少女。在这里,"陶罐"成为前人精神生生不息的象征,似乎喻示了传统精神的复活。

然而,值得注意的是,这种传统精神的复活并不是整部小说的结束,而是小说上半部的结束。小说上半部的故事是主人公"我"在病中的幻觉,因此从中不难看出作者内心深处的绝望情绪。而小说下半部是在上半部美丽少女的幻觉消失后,主人公在深深的绝望中、在鸦片烟的迷雾笼罩中对妻子往事的回忆,又是另一种虚幻。小说最后,"我"在生不得生、死不得死的挣扎中最终走向异化,而那个象征着传统精神的古陶罐也被驼背老头拿走了。因此,上半部结尾,我在掩埋死去的画中少女时捡到陶罐,陶罐上画有那少女的画像,让"我"深深震撼,这似乎是拯救之希望;下半部,那个驼背老头带走了陶罐,全书结束,这是更深的绝望。陶罐的失落是传统精神的彻底失落,与其说是在文本上象征了人类未来的终极无望,毋宁说象征了赫达亚特自己对人类未来的彻底绝望。

最后,猫头鹰的象征喻义:我们都知道猫头鹰是夜间眼睛最敏锐的动物,而黑夜是现实生活最惯常的比喻。人在现实生活中犹如猫头鹰瞎掉了眼睛,失去了对黑夜的感知,失去了洞悉人类悲剧的明亮的眼睛,就只能浑浑噩噩地异化,走向堕落和毁灭。"现代小说经典是那些最能反映 20 世纪人类生存的普遍境遇和重大精神命题的小说,是那些最能反映 20 世纪人类的困扰与绝望、焦虑与梦想的小说。"②因此,《瞎猫头鹰》是一部非常深刻的小说,它让我们思考人类的终极命运。

《瞎猫头鹰》是伊朗第一部中长篇现代派小说,并且极其成熟,被誉为卡夫卡式的经典之作,跻身于世界著名现代派作品之列。《瞎猫头鹰》的喻意十分深厚,

---

① 笔者译自波斯文《欧玛尔·海亚姆四行诗集》,纳希德出版社,1994 年。

② 吴晓东:《从卡夫卡到昆德拉》,生活·读书·新知三联书店,2003 年,第 6 页。

异化主题与荒诞悲观色彩之外,还蕴含着很深的伊朗琐罗亚斯德宗教文化传统的因子,其承载的是作者寄寓其中的拯救之希望,然而作者对这一希望本身又是深深绝望的。从一个层次上说,作品反映出作者希望现代伊朗能走出贫穷、落后、愚昧的泥坑,重新强大起来;然而,这种梦想在黑暗腐朽的现实社会面前彻底失落。在赫达亚特身上有一种深入骨髓的不平常的爱国情结,深以伊朗民族前伊斯兰时期的辉煌历史而自豪,这也是他沉湎于伊朗巴列维语典籍整理的原因。然而,当他面对西方近现代工业文明的崛起和伊朗这个文明古国的没落时,便产生了一种难以言状的强烈的失落感,形成了一种难以排解的情结:理智上清醒地认识到 20 世纪的伊朗已经不可能再现昔日波斯帝国的辉煌,情感上却十分怀念并沉醉于伊朗古代文明的那份绚丽。从另一个层次上说,《瞎猫头鹰》不仅反映了现代社会中人的异化和堕落,更反映了作者在以西方物欲主义为代表的现代社会中,对人的精神依托的寻求。作者希望用东方的传统精神重建人的精神价值,然而作者对这一希望又是十分绝望的。作者用象征主义的表现手法和意识流式的内心独白把萦绕在心中既充满希望又绝望的情绪表现得淋漓尽致,"绝望——希望——绝望"的旋律在整部作品中反复交织回荡,使整部作品呈现出一种异于其他现代派小说的独特美感。

第九章　1941—1953 年：伊朗左翼小说繁荣兴旺

第一节　社会主义思潮主导伊朗文艺界

一　社会主义思潮在伊朗的发展

伊朗的西北部阿塞拜疆省和苏联的阿塞拜疆加盟共和国隔高加索山脉相接壤，东北部则与苏联的中亚地区比邻，正北方隔里海与苏联相望。地理上的紧邻关系，使伊朗的政治、经济和文化都与苏联产生了密切的关系。

"十月革命一声炮响，给我们送来了马克思列宁主义。"这句话用在伊朗身上同样合适。实际上，早在十月革命之前，伊朗的政治运动就受到俄国政治运动的影响。伊朗的立宪运动就是在俄国 1905 年革命的直接影响下爆发的。十月革命的胜利，对立宪运动失败之后正在谋求民族解放的伊朗产生了极大影响。尽管共产主义事业在 20 世纪末因种种原因遭受挫折，但在 20 世纪前半叶曾蓬勃发展，这是谁也不能否认的事实。共产主义事业在 20 世纪前半叶蓬勃发展的原因是多方面的，其中一个重要原因是：共产主义主张推翻资本主义的压迫和剥削，让人民自己当家做主。这符合深受资本主义列强欺凌和压榨的广大第三世界国家人民的利益。因此，十月革命的胜利，使这些国家中相当多的忧国忧民的精英知识分子看到共产主义的确是谋求国家民族独立、人民解放的有效的政治途径，从而接受了共产主义，并将之作为自己毕生奋斗的目标。在中国，情况如此；在伊朗，情况也基本如此。只是由于种种原因，伊朗的共产主义运动不像在中国那样顽强地发展下去，最终取得胜利，而是几经挫折之后，最后以失败而告终。

(1)1941 年之前社会主义思潮在伊朗的发展

俄国十月革命之后，曾在伊朗立宪运动中起了重要作用的民主党中的一部分信仰社会主义者，积极响应俄国的布尔什维克革命。他们于 1917 年在巴库聚集，成立了正义党(伊朗共产党的前身)，用波斯语和阿塞拜疆语出版了党的刊物《解放》，着手建立了巴库石油工人联合会，并派出代表团参加了在彼得堡举行的第六届布尔什维克大会。当时正义党的成员几乎都是伊朗阿塞拜疆省的进步人士,同苏联布尔什维克有着密切的关系。第一任党总书记是伽法尔扎德,另一位重要领导人是苏尔坦扎德。苏尔坦扎德是重要的共产主义理论家,"第三国际"的重要人物之一,在很年轻的时候就参加了俄国阿塞拜疆省地区布尔什维克的地下组织活动,他在伽法尔扎德遇害后,继任了党总书记。

伊朗在恺伽王朝末期一直处在沙俄和英帝国主义的利益争夺与瓜分中,沦为半殖民地半封建的社会。"十月革命"后,苏联宣布反对侵略别国领土,废除了沙俄时期与伊朗签订的一切不平等条约。因此,1917 年 12 月 14 日,伊朗政府正式承认苏维埃新政权。1921 年,伊苏签订了友好条约。这时,伊朗国内民族斗争的矛头全指向英帝国主义。刚建立的正义党积极投身这场民族斗争中。1920 年,伊朗北部吉朗省爆发了由米尔扎·库切克汗领导的"森林游击队"起义。尽管库切克汗不是共产党人,但他效法苏联,在吉朗建立了"波斯社会主义苏维埃共和国",并致电列宁,寻求苏联和"第三国际"的援助。这时,伊朗正义党在北部恩泽利市召开了党的第一届代表大会,有 48 位代表参加。在这次大会上,正义党正式更名为共产党。苏尔坦扎德担任了党总书记,并做报告确定了党的任务是领导社会主义革命。大会还确定了与库切克汗领导的"森林游击队"建立联盟的方针。

1920 年,伊朗民主党中的另一些信仰社会主义者在德黑兰组建了以苏莱曼·伊斯坎达里为总书记的"社会主义者党"。该党在党的宗旨和性质上与共产党是一致的,但在组织上是与伊朗共产党并存的另一个共产主义性质的党派。当时的外国情报机构曾一度将这两个党组织混淆在一起。伊朗共产党的领导人都来自非波斯族,以阿塞拜疆族为主,少数为亚美尼亚族;而伊朗"社会主义者党"的领导人主要是波斯族人。"社会主义者党"发展十分迅速,很快就在腊什特、恩泽利、伽兹温、大不里士、马什哈德、克尔曼、克尔曼沙等城市建立了党支部,并在腊什特建立了"文化协会",在伽兹温建立了"教育协会"。这两个协会都出版刊物,并开办文化教育课,成立妇女组织,创作并演出新式话剧。这些活动使社会主义思潮在伊朗从政治领域走向文化领域。

"社会主义者党"尽管在全国各地建立了众多的支部,但主要活动仍集中在德黑兰地区。在德黑兰建立了广泛的工会组织和妇女组织,苏莱曼·伊斯坎达里的妻子成为当时伊朗妇女解放运动的领导人。"社会主义者党"还出版了著名的刊物《风暴》,由著名诗人穆罕默德·法罗西·亚兹迪担任主编。"社会主义者党"在德黑兰地区发展了近 2500 名党员,大都是受过高等教育的知识分子。[1]

① Yirvan Ibrāhīmiyān, Iran bīn-i- du Inqlāb (Az Mashrūta tā Inqlāb Islāmī), Intishārāt-i-Markazi, 1378, p117.([伊朗]叶尔万德·易卜拉欣米扬:《两次革命之间的伊朗——从立宪运动到伊斯兰革命》,玛尔卡兹出版社,1999 年,第 117 页。)

"社会主义者党"的活动使社会主义思潮在伊朗知识文化界普及开来。

库切克汗领导的"森林游击队"与伊朗共产党的联盟遭离间而致分裂,在内外反动势力的围剿下,吉朗省的"波斯社会主义苏维埃共和国"于 1921 年覆灭。伊朗共产党迅速将活动转入德黑兰地区,与"社会主义者党"建立了广泛的合作关系,并得到迅速恢复和发展,相继在德黑兰、大不里士、马什哈德、伊斯法罕、恩泽利、克尔曼沙等城市建立了党支部,并在其他许多城市建立了秘密活动中心。

1925 年,礼萨·汗登基,建立了巴列维王朝。礼萨·汗为了加强自己的君主集权,在政治和文化领域实行严酷的专制主义,关闭进步报刊,取缔各种政治党派。伊朗共产党和"社会主义者党"的活动遭到军警的残酷镇压。"社会主义者党"的总部被军警摧毁,各地支部也遭到毁灭性打击,失去了活动能力。在这样严酷的政治环境中,伊朗共产党仍顽强生存了一段时间,于 1926 年在伊朗西阿塞拜疆省会乌鲁米耶召开了第二届代表大会,并在这之后不久派代表参加了在莫斯科召开的"第三国际"代表大会。礼萨·汗加强了政治镇压,1927—1932 年间,逮捕了 150 多位重要的共产党人。这些共产党人或遭杀害,或死于监狱,幸存者于 1941 年礼萨·汗下台之后才获释放。在礼萨·汗的残酷镇压下,伊朗共产党基本上失去了活动能力。

但是,社会主义和共产主义的火种并没有在伊朗熄灭。礼萨·汗在政治和文化领域的严酷专制,使伊朗知识文化界与专制政府的对立情绪日益蔓延,各种形式的秘密集会虽屡遭镇压,但仍顽强出现。1937 年,发生了著名的"53 人"事件。该 53 人秘密集会,翻译了《资本论》和《共产党宣言》,并发表"五一宣言",意图发动罢工运动。伊朗警方通过种种渠道刺探到 53 人的活动情报,53 人一下子全遭逮捕。在受审判时,他们将审判会变成了宣传马克思主义的演讲坛。53 人中除其中 7 人被提前释放外,其余的人在 1941 年之后才获释放。正是他们在获释后重新组建了伊朗共产党——人民党。这 53 人中大多数是德黑兰的精英知识分子,其领袖人物是塔基·埃朗尼博士。

埃朗尼博士当时 36 岁,是德黑兰大学的教授。出生于大不里士,在德黑兰长大,毕业于德黑兰技术学院。1922 年获奖学金前往德国留学,在柏林大学攻读化学博士学位。正是在德国留学期间,埃朗尼阅读了大量的马克思、恩格斯、列宁、考茨基的著作,思想发生了极大的改变,从一个民族主义者转变为马克思主义者。他积极投身于当时欧洲的左翼运动,并协助创办了革命刊物《战斗》。1930 年,埃朗尼回到伊朗时,已是一位坚定的马克思主义者,尽管他还不是一名正式的共产党员。在德黑兰大学任教期间,他与曾一起在柏林大学留学的几位朋友秘密结社,宣传马克思主义,逐渐形成了有 53 人参加的较为固定的秘密政治团体。埃朗尼博士后来死在监狱医院中,警方说他死于伤寒,但人们猜测他是被杀害的。埃朗尼博士被称为后来建立的伊朗人民党的思想奠基人。

由于这 53 人中大多数是德黑兰的精英知识分子,53 人的被捕在伊朗知识文化界引起了巨大的震动,知识文化界中稍微有点影响的人士都纷纷为营救这53 人四处奔走。"53 人"事件对伊朗的影响是深远的,它加深了伊朗知识文化界与巴列维专制政府之间的裂痕,使伊朗知识文化界完全站在了政府的对立面。这是伊朗知识文化界在 1941—1953 年期间普遍"左转",并在之后一直致力于反对巴列维政府的重要原因之一。

(2)1941—1953 年社会主义思潮在伊朗的发展

1941 年 9 月,盟军出兵伊朗,迫使奉行亲德政策的礼萨·汗退位。礼萨·汗的儿子穆罕默德·礼萨·巴列维(我国学术界称巴列维国王,本书也如此)在盟军的扶持下登上王位。迫于同盟国的压力,巴列维国王在政治上实行相对宽松的政策——非完全的君主立宪制,国王仍具有一定的实权,在思想文化领域也放松了钳制。53 人中有 7 人很快被释放。这 7 位马克思主义者一出狱,就着手筹建了人民党,曾担任过"社会主义者党"总书记的苏莱曼·伊斯坎达里被选为人民党总书记。人民党建立后着手的第一件事,便是营救 53 人中的其他人以及其他政治犯出狱,并获得成功。1942 年 2 月,人民党在征得当时的内阁政府同意之后,举行了埃朗尼博士逝世一周年纪念大会。为了团结宗教阶层,这次大会是用传统的宗教仪式进行的。这次纪念大会,标志着人民党的合法化。

人民党是马克思主义政党,之所以没有命名为"共产党",主要有三方面原因:一是考虑到当时共产党仍被政府定为非法组织。二是因为在成员结构上与伊朗先前的共产党有区别。伊朗先前的共产党成员结构以非波斯族为主,而人民党成员结构以波斯族为主。三是因为人民党的建党思想来源与先前的共产党有区别。伊朗先前的共产党,其建党思想来源是苏联的列宁主义,而人民党的建立尽管得到苏联的极大支持,但由于其领导阶层主要是曾经留学欧洲的知识分子,因而其建党思想来源是欧洲的马克思主义和左翼运动。[①]

人民党的发展十分迅速,到 1943 年,仅仅两年的时间,就发展到数万人,其中四分之一的党员是知识分子,并且知识分子担任了人民党的各级领导职位。人民党在全国各地建立了广泛的支部,成为当时伊朗唯一具有明确政治路线和严密组织系统的政党。由于人民党的建党思想来源是欧洲的马克思主义和左翼

---

① Yirvan Ibrāhīmiyān, Iran bīn-i- du Inqlāb (Az Mashrūta tā Inqlāb Islāmī), Intishārāt-i-Markazī, 1378, pp.254—255. ([伊朗]叶尔万德·易卜拉欣米扬:《两次革命之间的伊朗——从立宪运动到伊斯兰革命》,玛尔卡兹出版社,1999 年,第 254—255 页。)

运动,因此其采取的政治途径是积极参与国家政治,力图进入议会,以此谋求政治上的权利,而不是用武装斗争的手段夺取国家政权。1943 年,伊朗第 14 届议会开始选举,人民党推选了 23 位候选人,其中 8 人当选。这在伊朗现代史上是第一次有一个非宗教性质的激进政党进入议会。之后,人民党的发展更加迅速,1946 年,人民党已有数十万党员(当时伊朗全国总人口为 2500 万),并在政府内阁中占据了三个部的领导权,成为当时伊朗的第一大政党。

1947 年,人民党领导层出现严重思想分歧,形成三派。左派主要是共产主义老革命家,他们受苏联的影响很深,主张奉行列宁主义,主张武装斗争,反对君主立宪制,并且主张遵照苏联的意思,与阿塞拜疆民主党结成联盟。伊朗阿塞拜疆民主党是一个完全受苏联控制和左右的政治组织,意图谋得阿塞拜疆省从伊朗独立出去。右派以哈利勒·玛勒克依为代表,反对武装斗争,认为不应当盲目地服从于苏联,不应当与阿塞拜疆民主党结成联盟,认为盲目服从苏联会导致伊朗国家领土的分裂,继而主张断绝与苏联的关系。中间派以伊赫桑·塔巴里为代表,认为在当时的国际形势下,对于人民党来说苏联的支持是必不可少的,不可与之断绝关系,但反对左派的武装斗争思想。由于苏联是人民党最重要的支持者,因此人民党内亲苏的思想占据了上风,以玛勒克依为代表的反对"唯苏联马首是瞻"的人员成为少数派,被称为伊朗的"孟什维克"。在玛勒克依带领下,少数派愤而脱离人民党。这是伊朗现代史上著名的"退党风波"。

与玛勒克依一起退党的有 9 位人民党高层领导人,他们都是伊朗著名的文化人,有著名作家和诗人费里东·塔瓦洛里、帕尔维兹·阿勒·阿赫玛德、易卜拉欣·古勒斯坦、纳德尔·纳德尔普尔、阿赫玛德·阿拉姆,著名经济学家阿帕里姆,德黑兰大学化学教授拉希姆·阿巴迪博士,另一位是 53 人之一的玛勒克依·内饶德。脱离人民党的少数派先是建立了"伊朗劳动人民党",后又建立名为"第三力量"的政治组织,始终坚持以马克思主义为指导思想,在伊朗国内政局中具有一定的影响力。

这次"退党风波"对人民党是一个沉重的打击,它反映出人民党内部在政治思想上的不统一,这无疑是社会主义运动在伊朗最终失败的重要原因之一。后来,伊朗著名女作家、阿勒·阿赫玛德的夫人西敏·达内希瓦尔在 20 世纪 90 年代创作的长篇小说《彷徨岛》中,对人民党奉行亲苏路线导致"退党风波"进行了深刻的反思。

"退党风波"平息后,人民党于 1948 年 3 月召开了第二次代表大会,有 118 位代表参加,选举了新的中央委员会和政治协商委员会。塔巴里、克沙瓦尔日、达德曼内希、努信等著名文化人再次进入中央委员会,著名作家伯佐尔格·阿拉维进入政治协商委员会。人民党仍是伊朗第一大党,全国人口中有 33%,城市人口中有80％支持和拥护人民党。[①] 重新运作起来的人民党奉行亲苏路线,党的各种刊物由原来多元化地宣传和介绍马克思、列宁、圣西蒙、考茨基、萨特等思想家及其著作,以及西方和苏联的著名作家和文学作品,转变为着力歌颂列宁、斯大林及苏联社会主义,在文艺创作上主张社会主义现实主义,着力介绍苏联作家及其著作。

1951年,摩萨台博士出任新的内阁首相。摩萨台是一位激进的民族主义者,在担任首相之前尚是议员时,就提出了石油国有化的主张。出任首相之后,他立即率领他领导下的"民族阵线"展开了石油国有化运动,力争将石油开采生产权从英国人控股的英伊石油公司收归国有。石油国有化运动得到了包括人民党、宗教阶层在内的伊朗社会各阶层的拥护和支持,石油国有化运动演变为一场声势浩大的争取伊朗民族独立和国家主权的民族主义革命运动。摩萨台在伊朗和国际上获得了很高的声望,被视为伊朗的民族英雄。这时,摩萨台也开始借机加强自己的个人权力,逼迫巴列维国王彻底交权。当时人民党也意图借助摩萨台的力量,推翻巴列维王朝,因而全力支持摩萨台领导的石油国有化运动,组织了大规模的石油工人罢工运动和大规模的反对巴列维国王的示威游行活动,成为石油国有化运动中最强大的活动力量。

从1941年苏联作为盟军的一方进入伊朗,人民党随之建立开始,社会主义思潮逐渐占据了伊朗的意识形态领域。英美自然不甘心让伊朗完全处在苏联的左右之下,一直在经济领域支持巴列维国王的改革,以此同苏联对伊朗的影响相抗衡。当石油国有化运动蓬勃开展起来,巴列维国王的政治生命危在旦夕之际,美国为了自身在中东的利益,为了阻止伊朗成为又一个社会主义国家,派遣中央情报局人员于1953年8月买通并策动伊朗军队中拥护国王的"保王派"军官发动政变(中国学界按公历称之为"八月政变",伊朗国内按伊斯兰阳历称之为"五二八政变"。本书一律采用公历提法),逮捕了摩萨台,将石油国有化运动镇压了下去,同时也镇压了人民党,大肆逮捕人民党党员。1953—1958年间有3000多人民党党员被捕,其中大多数是人民党的各级领导人,他们或被囚禁或被杀害,人民党从此转入地下活动。

二 社会主义思潮掌握伊朗文艺界

1941年,盟军为开辟一条从波斯湾到苏联的运输线而出兵占领伊朗,将奉行亲德政策的礼萨·汗赶下台,扶持礼萨·汗的儿子穆罕默德·礼萨·巴列维

---

① Yirvan Ibrāhīmiyān, Iran bīn-i- du Inqlāb (Az Mashrūta tā Inqlāb Islāmī), Intishārāt-i- Markazī, 1378, p286.([伊朗]叶尔万德·易卜拉欣米扬:《两次革命之间的伊朗——从立宪运动到伊斯兰革命》,玛尔卡兹出版社,1999年,第286页。)

登基,我国学界称之为巴列维国王。由于巴列维国王完全是英美势力扶植起来的,因此采取的是亲英美的政策。盟军的军事占领,促使了伊朗社会的进一步西化。"这座城市(指德黑兰——引者注)的生活步调加快了。我们生活在外国语言、外国音乐、外国习惯和外国观念的包围之中。"①美国这时也认识到中东在战略上的重要性,开始全力向中东渗透,伊朗作为中东地区的大国自然成为美国的主要渗透对象。1941—1953 年,伊朗成为苏联与英美在中东进行利益角逐的战场,苏联更多地控制了伊朗的意识形态领域,伊朗人民党(共产党)成为当时伊朗的第一大政党,使社会主义运动在伊朗蓬勃发展,而美国和英国更多地控制了伊朗的经济领域。

1941—1953 年期间,社会主义思潮在伊朗知识文化界具有强大的影响力,可以说人民党完全主导了知识文化界,各个知识领域中很多有着非凡成就和名望的知识分子都加入了人民党或者积极拥护人民党,"人民党在工薪阶层具有强大的影响力,在工程师、大学教授、大学生、知识分子尤其是作家、新知识女性,乃至军队里的一些军官中都可以看到其力量"②,"1951 年大学生中有 25% 是党员,另外 50% 是拥护人民党的积极分子"③。因此,可以说伊朗整个知识文化界普遍"左转"。

在文学领域更是如此,在 1941—1953 年期间,人民党完全掌握了伊朗文艺界的绝对领导权。塔巴里、克沙瓦尔日、达德曼内希、努信、哈利勒·玛勒克依、易卜拉欣·古勒斯坦等人都是重要的左翼文艺理论家,阿勒·阿赫玛德、伯佐尔格·阿拉维、费里东·塔瓦洛里、纳德尔·纳德尔普尔等著名作家和诗人在伊朗文坛具有很高的地位,他们同时也是人民党的高层领导。这些人物在党内和文艺界的双重高层领导地位使伊朗整个文艺界完全处于人民党的掌握之中。伊朗当时最著名的一批作家和诗人中有很多人加入了人民党,如萨迪克·楚巴克、曼努切赫尔·希邦尼、伊斯玛仪·沙赫鲁迪、瑟亚乌什·卡斯拉伊、胡尚格·埃布特哈吉等,他们虽然没有在人民党内担任高级职务,但都是左翼文艺路线的坚定捍卫者。另外有一些著名作家和诗人虽然在组织上没有加入人民党,但是与人民党关系非常密切,比如萨迪克·赫达亚特、尼玛·尤希吉、阿赫玛德·夏姆鲁等。其他的一些作家诗人虽然没有加入人民党,也没参加什么具体的政治活动,但在思想上都倾向于左翼,支持和拥护人民党,比如即便是像巴哈尔这样在诗歌创作上反对革新、坚持旧体诗的元老派诗人,在政治倾向上也是

---

① [伊朗]阿什拉芙·巴列维:《伊朗公主回忆录》,新华出版社,1984 年,第 47 页。

② Yirvan Ibrāhīmiyān, Iran bīn-i- du Inqlāb (Az Mashrūta tā Inqlāb Islāmī), Intishārāt-i-Markazī, 1378, p300.([伊朗]叶尔万德·易卜拉欣米扬:《两次革命之间的伊朗——从立宪运动到伊斯兰革命》,玛尔卡兹出版社,1999 年,第 300 页。)

③ 同上,第 302 页。

坚决拥护人民党的。[①] 在1946年的"全国文学家大会"上,任大会主席的巴哈尔在大会开幕词中呼吁伊朗政府"像伟大的苏维埃政府一样,做人民文学的保护人"[②]。1947年,伊朗第一届作家协会成立,又称为"伊苏文化友好协会",是伊朗与苏联文化关系发展的需要,有78位作家、诗人、记者参加。与会者中既有革新人物赫达亚特、尼玛等,也有守旧派人物。这标志着新旧两派阵营的相互妥协。与会者朗诵了自己的作品,围绕伊朗当前的文学进行讨论。该协会的成立标志着伊朗现代文学向前迈出了一大步,因为这是第一次伊朗文学界的著名人士为了讨论伊朗文学而聚在了一起。整个协会受人民党掌控。

因此,人民党从一开始就掌握了文艺界,文艺刊物绝大多数都处于人民党的领导之下。人民党在政治指导思想上主张通过选举手段进入议会,谋得政治权利,反对武装斗争,因而在政治上没有"你死我活的阶级敌人"(尽管人民党也用"阶级斗争"的概念)。与政治指导思想相呼应的是在文艺界也不提倡文艺路线的斗争,并没有强行将文艺作为宣传自己政治主张的舆论工具,没有使文艺政治化,而是主张文艺多元化发展。人民党领导下的各种文艺刊物比较多元化地介绍了苏联和西方的传统文学和现代主义文学。比如,《新世界》杂志,其主编莫尔塔扎·凯旺是著名的诗评家,人民党党员,"八月政变"之后被捕遇害牺牲。《新世界》的办刊宗旨是:"展现伊朗社会、道德、文学方面的精华,并将欧洲进步艺术家们的笔耕成果介绍给伊朗社会。"[③]《新世界》在莫尔塔扎·凯旺主持下翻译介绍了海涅、席勒、杜玛塞、雨果、契诃夫、艾吕雅、瓦莱里、阿拉贡等世界著名作家和诗人的作品。人民党多元化发展文艺的主张对伊朗左翼文学的繁荣起到了积极的促进作用,文坛上既有左翼革命文学,也有与现实政治无关,专注于个人内心情感的新古典主义流派文学,还有现代派文学。并且就左翼革命文学来说,既有社会主义现实主义的作品,也有不刻板地死守社会主义现实主义的创作原则,而是将思想内容上的革命性与艺术形式上的现代性相结合的作品。

1948年之后,人民党内出现极"左"思潮,在文艺指导思想上大力提倡社会主义现实主义,要求文艺要面向广大工农群众,要表现光明未来,描写工农群众,

---

① Yirvan Ibrāhīmiyān, Iran bīn-i- du Inqlāb (Az Mashrūta tā Inqlāb Islāmī), Intishārāt-i-Markazī, 1378, p303.([伊朗]叶尔万德·易卜拉欣米扬:《两次革命之间的伊朗——从立宪运动到伊斯兰革命》,玛尔卡兹出版社,1999年,第303页。)

② Hasan Mīr'Abidīnī, Sad Sāl Dāstānnivisi-yi-Irān, Intishārāt-i-Chishmah, 1380, Jild. 1. p207.([伊朗]哈桑·米尔阿贝丁尼:《伊朗小说写作百年》,切西梅出版社,2001年,第一卷第207页。)

③ Shams Langrūdī, Tārīkh-i- Tahlīlī-yi-Shi'r Naw, Intishārāt-i-Markazī, 1378, Jild. 1. p301.([伊朗]夏姆士·兰格鲁迪:《伊朗新诗编年分析史》,玛尔卡兹出版社,1999年,第一卷第301页。)

歌颂社会主义,表现革命斗争。但是,人民党并未用政治高压手段强行要求作家诗人必须如何创作,对作家诗人的批评虽然时有出现,但作家诗人们的创作自由程度还是相当高的,新古典主义流派和现代派文学在诗坛上依然相当盛行。

　　1941—1953 年的左翼文学是伊朗现代文学中十分重要的一环。此时正值"伊朗现代新诗之父"尼玛·尤希吉所开创的自由体新诗蓬勃发展,伊朗左翼文学成就中左翼诗歌占据十分重要的地位。由于本书旨在描述伊朗小说的发展史,因此这里仅评述左翼文学在小说领域内的成就。

第二节　左翼文学阵营中的代表作家及作品

一　伊赫桑·塔巴里

　　伊赫桑·塔巴里(احسان طبری,1916—1988 年),既是人民党的高层领导人,也是一位著名作家。作为人民党的领导人,他更多的是遵从党的政治思想原则来写作,其第一部作品《挣脱镣铐的神祇》于 1942 年在《反法西斯的人们》杂志上连载,1951 年出版单行本。塔巴里在这个故事中以神话寓言的方式反映了社会中阶级的出现及金钱的作用。小说写的是:本为天使的易卜劣厮因与真主作对,成为魔鬼,被赶出天堂,降落在希腊。作者将奥林匹亚山当作社会的一个缩影。易卜劣厮混迹于人群之中,更名为布尔格斯(资产阶级,城里人)。他把金钱运用在人们的交易中,于是很快就产生了阶级分化,易卜劣厮把古代的神祇们都锁上镣铐,而他自己为所欲为。由此,愚昧与迷信繁荣,爱情沦为色欲交易。然而,奴隶阶级怨声载道,反抗的声音越来越高。最后,一个名叫普尔塔鲁斯(无产阶级,工人阶级)的人号召人们揭竿而起。最后,普尔塔鲁斯在神话中的神祇们的帮助下,鼓动人们起来建立一个没有资产阶级、没有金钱运作的政府。

　　塔巴里的另一部作品《地狱中的竞赛》也于 1942 年在《反法西斯的人们》上连载,1948 年以《在地狱》的名字出版单行本。讲述的是在地狱中进行选举竞赛,竞选历史上最出色的杀人魔王,最终希特勒赢得了这场竞选。

　　《豺狼王》是塔巴里的另一部作品,是一个动物寓言故事,作者通过动物的语言讲述了令人窒息的礼萨·汗统治时代。故事发生在史前时代的莫尔基扬(母鸡,家禽)国。莫尔基扬是豺狼的食物。直到一天,一只受伤的乌鸦从邻国来到莫尔基扬的国土,在公鸡"勇敢"的家里安顿下来。乌鸦在痊愈之后,开始唤醒莫尔基扬,公鸡"勇敢"也走上乌鸦的道路,并为此奋不顾身。由此,莫尔基扬国发生激烈的变革,豺狼王的迫害与暴虐从此消失,莫尔基扬的鸟禽们获得了幸福的生活。在这部小说中,塔巴里以简单的视角认为 1941 年盟军(苏联)的进入,标志着苦难的结束,完全忽视了这个时期激烈的社会斗争。

1947 年,塔巴里连续出版了两部作品——寓言故事《走出暗夜国土的道路》和小说集《折磨与希望》,也是号召无产阶级起来与资产阶级进行斗争的作品。塔巴里作为人民党的高层领导,似乎很自觉地实践党的创作思想原则,以身作则,努力让自己的作品为左翼作家们树立起一种可仿效的模式。

然而,公允地说,塔巴里的文学才华并不突出,加之太拘泥于政治创作原则,因此在他的作品中,那种能够建立新社会的社会力量,并不十分明确,似乎只是一些具有寻求社会公平理想的人的个人行为,反而没有把党组织的作用凸显出来。因此,尽管塔巴里的党内地位很高,但其文学成就不及同时期的其他左翼作家。

二 贝阿因的《农民的女儿》

贝阿因(به آذین,1914—2006 年),本名马赫穆德·埃特马德扎德(اعتمادزاده محمود),是伊朗现代史上杰出的作家、政治活动家和翻译家。他翻译出版了巴尔扎克、罗曼·罗兰和肖洛霍夫的作品。

贝阿因出生于腊什特,在德黑兰完成高中教育后被公派到法国留学深造,就读于法国布勒斯特海军学院。1938 年毕业回国,在伊朗海军效力,获中尉军衔。1941 年,盟军进占伊朗,贝阿因率领自己的部队进行抵抗。在战斗中,贝阿因受伤,失去左臂。退役之后,贝阿因曾一度在伊朗文化部工作。1953 年"八月政变"后,贝阿因被勒令离开文化部。之后,贝阿因靠写作、翻译和在多所学校教授法语维持生计。

贝阿因是一位积极活跃的政治活动家,是一位坚定的马克思主义者,伊朗人民党党员,一生坚定不移地与巴列维政权进行斗争。"八月政变"之后,人民党成为非法政党,被迫转入地下。之后,在巴列维政权的强力打压下,人民党的党组织受到严重破坏,逐渐失去活动能力。没有了党组织,贝阿因又以维护人权为旗帜,与巴列维政权进行不屈的斗争,数度入狱,从未屈服。贝阿因描述自己的狱中生活的作品《先生们的客人》(مهمان این آقایان)最初于 1978 年在德国出版。

在文学创作领域,贝阿因也成果卓著,是伊朗左翼文学的代表作家,其小说《农民的女儿》(دختر رعیت,1952)是描写"森林运动文学"中的佼佼者,是伊朗现代文坛左翼文学的杰作。除此之外,贝阿因的《纷乱》(پراکنده,1944)、《走向人民》(بسوی مردم,1948)也是左翼文学的优秀作品。

1965 年,贝阿因出版了重要的社会寓言小说集《蛇脊柱骨》(مهره مار)。其中,《蛇脊柱骨》讲述了一个简单而寓意深刻的故事:一个过着寻常日子的年轻女人,因一条蛇的出现而改变了她的生活,这条蛇每天为她带来一枚金币,条件是让女人允许它钻入自己的裙子。金币带来的堕落诱惑打破了女人灵魂的宁静。女人受到诱惑,与蛇交媾,结果是死亡与毁灭。在传统宗教故事中,撒旦总是化身为蛇,诱惑夏娃。在贝阿因的故事中,蛇也是用金币诱惑女人。然而,蛇(魔鬼)与金钱是人——不仅仅是女人——内心欲望的外化,是腐化堕落之因,归根结底人之堕落皆因内心欲望的驱使。该小说隐射巴列维国王的全盘西化政策致使伊朗社会道德腐败堕落,欲壑难填。

作为左翼作家,贝阿因最著名的作品是长篇小说《农民的女儿》。该小说生动地描写了伊朗现代史上波澜壮阔的森林革命运动,也是伊朗现代文学中第一次触及这一题材的小说作品。故事梗概如下:新年即将到来,伊朗北方农民阿赫玛德·格尔给城里的庄园领主送过新年的粮食,他的妻子去世了,大女儿在庄园领主家里当女佣。他的小女儿索格罗缠着他要跟他一起到城里看姐姐。父女两人到了城里,故事由此在庄园领主家里展开。小说描写了庄园领主优裕富足的生活,包括详细地描写如何享受沐浴。庄园领主的兄弟哈吉·阿赫玛德·阿高来串门,不由分说地把索格罗带去自己家里做女佣。小说由此转入阿赫玛德·阿高的家里,描写了他的儿女们一个个出嫁结婚,展现了绚丽多彩的伊朗北方婚俗。索格罗最后被庄园领主的儿子欺骗玩弄。

小说另一方面描写贫苦农民饥寒交迫的生活,最后导致爆发农民起义。在腊什特,饥饿的农民们加入了森林运动,整个吉朗省被森林军掌控。阿赫玛德·格尔成为起义军的小领袖,带领起义军打开了庄园领主的秘密粮仓,把粮食分给广大民众。之后,他又进城看望女儿。此时的他在精神上已经翻身做主,趾高气扬地同自己的庄园领主讲话,惊得女主人目瞪口呆。

在《农民的女儿》中,声势浩大的森林斗争与索格罗在庄园领主家的生活,两条线索彼此分离,作者没能将二者融为一个有机的整体,因此两方面的内容彼此游离,导致了小说结构的脆弱,这是此部小说的最大弱点。读者看不到时代重大政治事件对小说女主角的索格罗的思想有什么触动,而且这其中牵涉到她的父亲。索格罗完全没有觉悟,面对庄园领主儿子的诱惑,她心知肚明:"这不是麦赫迪第一次说谎,我也不会是最后一个听信他谎言的女孩。那么,就让这几日偷欢过得痛快就好。"父亲的揭竿而起与女儿的执迷不悟形成鲜明的对照,二者之间缺少逻辑性,似乎是两个不相干的故事被强行拉到了一起。

尽管如此,这部小说也堪称伊朗现代文学中的一部史诗性的作品,对"森林运动"这一历史事件做了生动的、全面的、多角度的描述,在伊朗现代文学史上占有一席之地。

三　伯佐尔格·阿拉维的《她的眼眸》

(1)伯佐尔格·阿拉维创作生涯概述

伯佐尔格·阿拉维(بزرگ علوی,1903—1997 年),出身商人中产阶级家庭,15岁赴德国,在那里完成教育,毕业于教育学系。回到伊朗后,在设拉子任教师。

1928 年,到德黑兰的德国技术学校任教。同年,与赫达亚特相识,组建文学"四人小组"。事实上,当时阿拉维与两个圈子保持着密切关系:一个是赫达亚特的文学圈,一个是塔基·埃朗尼博士的政治圈。1941—1953 年,赫达亚特走到了生命的尾声,而阿拉维却在创作上如日中天,是这个时期最引人注目的作家。

事实上,阿拉维的创作受到三个不同方向的影响。一是留德学习的背景对阿拉维的小说创作影响十分深刻,德国浪漫派作品对阿拉维的影响尤其显著。其作品中的主人公大都有留学欧洲的经历,具有革新思想,对祖国的一切旧的风俗习惯都感到不能忍受,十分厌倦。然而,阿拉维与贾马尔扎德和赫达亚特不同的是,他在自己的创作中很少采用民间俚语,语言上欧化的色彩比较明显。阿拉维的文学生涯是以翻译德国东方学家鲁尔达克的著作《伊朗民族史诗》开始的,该作在《东方》杂志上连载。

阿拉维大多数作品的故事都是围绕两代人之间的代沟展开的:年轻一代在寻求进步的道路上同老一代的落后思想意识进行斗争,但总是遭遇失败与挫折,这大约因为要求进步革新的年轻知识分子总是陷入一种浪漫主义的幻想,充满激情,却对现实问题估计不足。小说《书信》中的女主人公席琳就是这样的一位青年,她通过写信的方式来唤醒她父亲沉睡的良知,但是无济于事,她最终离家出走,去寻求"自由之路",加入了政治团体。总体来说,阿拉维作品的主旋律是积极上进的,这是与赫达亚特作品最大的不同。

二是阿拉维的思想和文学创作深受赫达亚特的影响。尽管他的作品抨击传统中的愚昧落后,但他一如赫达亚特那一批作家,对伊朗古代文明十分向往,表现出一种崇尚复古、向往"回到伊斯兰之前"的民族主义热情。这种情感在其小说《迪夫,迪夫》(ديو ديو,1933)中表现得很充分。在文学创作手法上,阿拉维更是赫达亚特的同盟,与赫达亚特一起把欧洲现代派文学表现手法引入伊朗文坛,是伊朗第一波现代主义文学思潮的代表作家。

阿拉维的第一部小说集《手提箱》(جمدان)于 1934 年出版,包括 6 个短篇故事。该小说集在描写人物的内心状态方面,受赫达亚特的影响十分明显,作者把弗洛伊德的心理学运用到自己的小说创作中,往往是迷惘绝望的主人公与不幸的爱情交织在一起,主人公往往因遭遇爱情挫折而疯狂或死亡。集子中的《手提箱》这篇小说,具有强烈的象征主义色彩,"手提箱"对于故事讲述者 F 来说,就如同《瞎猫头鹰》中的棺材,沉重地压在主人公胸口上,既是历史的重负,也是现实的黑暗。

阿拉维最著名的一篇采用现代派技法的小说是短篇小说《死亡之舞》(رقص مرگ,1931)。故事讲的是,莫尔塔扎被指控为凶手入狱,被判处死刑,而他自己也承认杀人,整篇小说是莫尔塔扎被押赴刑场时的意识流:玛尔格利塔杀死了一名白俄罗斯商人拉吉波夫,却栽赃陷害莫尔塔扎。但是,在小说最后,出乎人们的意料,凶手自首,莫尔塔扎获释。整篇小说体现出阿拉维把意识流这种手法运用得十分娴熟。

三是阿拉维的文学创作同时还受到埃朗尼博士政治思想的影响。赫达亚特虽然同情革命,但始终游离在政治运动之外;而阿拉维是积极投身于政治运动中,后来进入人民党领导层。毫无疑问,与埃朗尼相识,使阿拉维的创作从赫达亚特关注的内部世界转向埃朗尼关注的外部世界,从人的心理活动转向外部的社会活动。阿拉维的小说《吉勒男人》讲述的是阿塞拜疆爆发的农民和小地主针对大庄园主的革命运动。在伊朗现代文学中,阿拉维第一次以现实主义的手法描写了伊朗现代史上著名的打土豪、分田地的"德赫甘运动",塑造了生动的人物形象,展现了党组织在这场运动中的领导作用,读来十分振奋人心,堪称当时左翼文学中的优秀之作。

应该说,留学欧洲和赫达亚特的作品这两股影响力培养了阿拉维优秀的文学素养与艺术审美趣味,这使得他的左翼文学作品创作既符合政治原则又超越了政治原则的教条框框,因此成为左翼文学阵营中最杰出的小说家。

1937 年,伊朗发生了著名的"53 人"事件。前文已述,这 53 人中大多数是德黑兰的精英知识分子,其领袖人物是塔基·埃朗尼博士。1938 年,阿拉维因从事政治活动被捕,与 53 人关押在一起。由此,在监狱中,他创作了著名的纪实作品《53 人暨狱中琐记》(53 نفر یا ورق پاره های زندان),于 1941 年出狱之后出版。《53 人暨狱中琐记》有 29 章,描写对象是那著名的 53 个政治犯,揭露礼萨·汗的国家机器对囚犯们如何酷刑拷打,如何消灭,每一章都揭露一个方面的内容。整部作品的中心人物是埃朗尼博士,《埃朗尼博士之死》这章的字里行间满怀悲愤之情。这部作品是当时"监狱文学"的代表作。

1941 年,随着礼萨·汗的倒台,一大批政治犯出狱,他们用笔写下自己的狱中生活,揭露礼萨·汗政权的残暴,形成"监狱文学"。其中,影响较大的作品除了阿拉维的《53 人暨狱中琐记》之外,还有贾法尔·皮谢瓦里的《狱中日记》(1941—1943 年在报上连载),这部作品描写了各种各样的囚犯,具有较大的资料与史料价值,文学性稍差。"监狱文学"除了获释的政治犯们的纪实日记之外,还包括描写监狱生活的虚构小说,比如阿勒·阿赫玛德的《我们遭受的苦难》、古勒斯坦的《阿扎尔月,暮秋》都属于"监狱文学"的范畴。由此,"监狱文学"成为伊朗现代文学中的一个重要门类,一直延续到伊斯兰革命之后,仍有不少作品描写巴列维政权的监狱对政治犯的惨无人道的迫害。

(2)《她的眼眸》

1941—1953 年是伊朗左翼文学最繁荣的时期,而真正把这个时期的革命者塑造为有血有肉的光辉人物而非空洞的符号的作品,是阿拉维的长篇小说《她的眼眸》(چشمهایش,1952),这部作品也因此成为伊朗左翼小说的最高成就。

　　《她的眼眸》的核心人物是富于革命精神的画家马康。小说第一章交代马康是一位曾留学过欧洲的艺术家,回到伊朗后成为美术学院的教授,他积极参与政治活动,与礼萨·汗的专制政权进行斗争,被捕入狱,最终壮烈牺牲。故事的第一叙述者是美术学院的教务主任,他为了撰写马康教授的斗争生活传记而四处搜集有关马康生活的资料,获得了马康教授的最后画作《她的眼眸》,画中是一位美丽的女人,一双勾魂的眼眸中充满淫荡。教务主任立马觉察到,马康教授与这位画中女人一定有着不同寻常的关系,因此他决定找到画中主人公。

　　小说第二章描写教务主任在马康教授的祭日那天,来到展出马康作品的画廊。这时,画廊里来了一位美丽的女人,在马康教授的画作前流连不去。教务主任敏锐地感觉到该女子即是马康最后画作《她的眼眸》中的主人公。小说这里表现出作者阿拉维描写人物内心活动的娴熟技巧。该女子说,她叫法兰吉丝,承认与马康教授曾有过一段情缘,但又不愿细说。最后,教务主任把画作《她的眼眸》带到了法兰吉丝家里。当法兰吉丝看到这幅画作时,情绪激动,难以平复。然后,法兰吉丝成为小说故事的第二层叙述人,读者开始聆听她漫长的心理独白和她与马康之间曲折的爱情故事。

　　法兰吉丝进入美术学院学习绘画,由此与马康教授相识。法兰吉丝对马康十分倾慕,但是革命者马康对她这个大地主的女儿很冷淡,似乎对她没有好感。法兰吉丝自尊心受到伤害,为了逃避,她离开伊朗去了欧洲。法兰吉丝认为是马康的冷酷无情毁掉了她的理想与生活,于是自暴自弃,过着放纵的生活。在欧洲,法兰吉丝认识了阿拉木上校,与之一起花天酒地。

　　最后,法兰吉丝在欧洲学画无果,又厌倦了单调乏味的花天酒地的生活,想到了自杀。这时,法兰吉丝因一个偶然的机遇而进入伊朗海外留学生群体。小说这里展现了伊朗海外留学生的生活。法兰吉丝在留学生中认识了具有斗争精神的年轻人胡大达德。胡大达德成为小说故事的第三层叙述人。他向法兰吉丝讲述了有关马康如何具有革命理想、如何意志坚定、如何勇敢无畏的很多革命斗争事迹。这让法兰吉丝的思想发生了很大转变。胡大达德的讲述改变了法兰吉丝关于马康教授无情无义、冷酷无情的猜想,并且让她更加崇拜和仰慕马康。胡大达德还告诉法兰吉丝,马康其实是爱她的,她应该回到伊朗,与马康一起并肩战斗。法兰吉丝尽管并不完全相信胡大达德的说法,但她还是回到了伊朗,为的是要么征服教授,获得他的爱情,要么对他进行报复。法兰吉丝与马康教授见面后,在马康人格魅力的影响下身不由己地投身于政治斗争的洪流中。然而,自私自利与贪图安逸享受,使法兰吉丝又游离于革命群众之外,总是与大家格格不入。

　　马康教授在斗争中被捕,法兰吉丝千方百计营救他。她了解到阿拉木上校或许有门路救马康出狱,于是法兰吉丝决定嫁给她一点都不爱的阿拉木上校。

马康教授后来被判流放。法兰吉丝十分绝望，再度到欧洲，过着放浪形骸的生活。多年之后，她得到马康教授已经死亡的消息。

此刻，法兰吉丝面对马康最后的画作《她的眼眸》，情绪激动，悲愤而幽怨，因为教授把她画得具有一双淫荡的眼睛。法兰吉丝此时才明白，马康教授或许爱过她，但从来就没有理解过她为他付出的巨大牺牲，而把她视为一个淫荡的女人。

《她的眼眸》这部小说的高妙之处在于，马康教授是故事的主角，是一位英勇无畏的革命者，然而作者却没有直接正面描写这位英雄人物，更没有直接正面描写如火如荼的政治运动和马康的革命斗争生涯，而这正是其他左翼文学所普遍采用的手法。马康的一切全是通过法兰吉丝描述出来的，而法兰吉丝本身又是一位感情丰富而意志力脆弱的女性。法兰吉丝深爱着马康，却爱而不得，内心充满无限的哀怨。正是她那且爱且恨且怨纠结在一起的描述，不仅没使马康作为革命者的光辉形象有任何损害，反而抹平了马康作为革命者形象的"刚硬"和"高大上"——左翼文学创作"政治原则"中革命者的标准形象——带来的空洞感，从而使马康成为一个有血有肉的、真实可信的革命者。法兰吉丝作为故事的叙述者和小说女主人公，尽管意志力薄弱，但也并非一个负面角色。她不仅外表美丽，而且敏感多情，富于牺牲精神——当男人为理想而牺牲生命的时候，女人为爱情而牺牲自己。

《她的眼眸》这部小说的高妙之处还在于阿拉维高超的叙事技巧，三层叙事结构使这部小说摆脱了现实主义小说惯常的平铺直叙模式，呈现出一种多侧面、多角度、多层次的独特美感。这不能不说是阿拉维在现代派文学创作领域的实践带给其现实主义作品的影响。

阿拉维与赫达亚特在文学上是一对志同道合的好友，但二人政治倾向不同，这使得他们的文学创作内容具有不同的风貌，作品的精神意蕴具有不同的美感。阿拉维的《她的眼眸》与赫达亚特的《瞎猫头鹰》皆可谓伊朗 20 世纪上半叶最优秀的小说作品，《瞎猫头鹰》代表的是现代意识流小说的一脉，而《她的眼眸》代表的是现实主义小说的一脉。二者皆是对伊朗现代小说创作的极大贡献。

"八月政变"之后，阿拉维移居欧洲东德。1953—1978 年，阿拉维的作品被禁止在伊朗出版，但是他在东柏林继续自己的文学创作活动，将赫达亚特的作品和他自己的代表作《她的眼眸》翻译成了德语。其撰写的学术专著《伊朗现代文学史》还获得了柏林科学院奖。1968 年出版小说《米尔扎》(میرزا)，1975 年出版小说《首脑们》(سالاریها)，都是描写未能如愿的、远离祖国的人们在异国他乡经受的精神上的折磨与痛苦。

阿拉维后期小说中的主人公都是一些茫然失措的人物，都是因遭遇"八月政变"而成为"失败的一代"。其小说《米尔扎》通过对主人公米尔扎的穷困生活的描写,呈现了伊朗侨民在欧洲生活的生动场景,忧伤弥漫在整部小说的字里行间:"长年,整整一生,他都对回归祖国望眼欲穿。一时间会涌现希望,但最终却是破灭。"阿拉维对"失败的一代"不寄予任何希望,总是呈现他们最大的卑微、渺小与弱点。《米尔扎》正是"失败的一代"的典型代表。阿拉维另一篇短篇故事《孤零》中的主人公说:"曾经,我们想从现在逃避到未来。此时,我们又想从现在逃避到过去,却是毫无益处。现在,我们逃避我们自己。"阿拉维小说中的主人公们不断问自己:"我们能在哪里寻得真理?"

其实,真正迷惘的是阿拉维自己,他曾积极投身火热的政治运动,其本身即是"失败的一代"中的一员,甚至可谓是典型代表。他的后期创作因远离祖国之根基,语言缺乏与时俱进,思想更是停止在了"八月政变",已经没有了《她的眼眸》中的流畅优美和思想光彩。可以说,离开了伊朗的阿拉维已经不再具有创作的激情与灵感。

第十章　1953—1961 年："失败的一代"的逃避与反思

第一节　文学逃避进资本市场

1953 年,摩萨台首相领导的石油国有化运动达到最高潮,威胁到巴列维国王的王位。巴列维国王不甘心就此结束自己的专制统治,串通美国,于是年 8 月买通并策动伊朗军队中拥护国王的"保王派"军官发动政变,将石油国有化运动镇压了下去,同时也镇压了人民党。"1953 年 8 月的政变比其他任何事件对伊朗知识分子——那些以为在不远的将来就会实现天堂般生活的知识分子——的精神世界都更加具有摧毁性。"[①]石油国有化运动时期表现比较积极的左翼诗人和作家在"八月政变"之后很多都被逮捕入狱或被短暂拘禁过,痛苦、悲观、绝望、彷徨、迷茫和无所归依的情绪笼罩在知识分子心中,并在"八月政变"之后的数年内一直在知识界萦绕不去。因此,这一代伊朗知识分子又被称为"失败的一代"。

一　翻译文学

同时期的诗歌对巴列维政权残酷镇压石油国有化运动的血腥暴政进行强烈抨击,涌现出了伊朗诗坛上最优秀的一批诗歌作品,而小说则完全缺乏同时期诗歌的强烈抨击与斗争精神,绝大部分小说家都是在逃避。一是逃避进自己的内心世界,他们的作品大多反映精神与内心深处的彷徨迷惘,促成了现代派文学的繁荣;二是逃避进资本市场,即为迎合市场而创作或翻译外国文学作品,聊以挣得一点糊口的报酬。正如西敏·达内希瓦尔所言:"我们中的很多人,与我同龄者,包括我自己,全都投身于翻译。因为我们自己的作品没人买……促使我们转

---

① Shams Langrūdī, Tārikh-i- Tahlilī-yi-Shi'r Naw, Intishārāt-i Markazī, 1378, Jild. 2. p15.(〔伊朗〕夏姆士·兰格鲁迪:《伊朗新诗编年分析史》,玛尔卡兹出版社,1999 年,第二卷第 15 页。)

向翻译西方文学。因此,我们不再做作家,而是成了翻译家。"①西敏的话代表了当时相当一部分作家的心理。伊朗本土优秀作家的作品没人买,主要是指作家们既不想迎合市场,让自己的小说创作低级趣味化,但在"失败"的重负下又一时创作不出具有思想深度的作品。只有到了阿勒·阿赫玛德的《努奈和笔》出版,才对伊朗左翼革命运动有了理性的、深刻的反思。

这时期,翻译成为一种职业,但凡懂一门外语的人都埋头于翻译,为了挣得面包,养家糊口,甚至通过别的语种的译本进行翻译,比如从阿拉伯语翻译欧洲文学作品。这些翻译作品粗制滥造,生搬硬套,错误百出,生涩难懂,形成一种特有的翻译语言,对伊朗本土作家的创作语言产生了一定的影响,对文学青年的影响尤其大。这种片段化的翻译语言在一定程度上对伊朗"新浪潮"诗歌起到了催生作用。

大量的西方通俗文学作品在这时期被翻译成波斯语,比如吸血鬼小说、恐怖小说、警匪小说、间谍小说、魔幻小说、伪历史小说、犯罪小说、情色小说,或者对外国经典文学作品进行快餐化的任意改写或缩写。出版商唯利是图,出版行业一派乱象。

当然,同时一大批外国经典文学作品也被严肃的翻译家们翻译成波斯语。杰克·伦敦(22部)、雨果(14部)、陀思妥耶夫斯基(13部)、巴尔扎克(13部)、海明威(12部)、托尔斯泰(10部)、契诃夫(8部)、福克纳等人是在伊朗最受欢迎的外国作家。另外,还有司汤达、皮兰德娄、屠格涅夫、狄更斯、果戈理、莫泊桑、黑塞、荷马、伏尔泰、歌德等作家的作品被翻译成波斯语。翻译文学对伊朗小说写作风格与技巧的变革,尤其是现代派文学产生了一定的影响。

在外国文学对伊朗文学的影响方面,1921—1941年,主要是法国文学对伊朗文学产生影响;1941—1953年,主要是苏俄文学对伊朗文学产生影响;而1953—1961年,主要是美国文学对伊朗文学产生影响,其中,福克纳是最受伊朗知识界青睐的美国作家。

1954年3月,美国富兰克林出版机构在德黑兰成立并开始工作,网罗了一大批编辑和翻译家(就如同前一个时期"伊苏文化关系协会"一样)。该出版机构的宗旨是促进美国文学作品翻译介绍到伊朗,为出版商提供资金支持。该机构发展十分迅速,很快成为伊朗最大的出版机构,到1973年出版了1000多种美国图书,也就是说,差不多平均每年出版50余种。该机构还很快涉足伊朗教科书的出版,不久又出版幼儿读物《信使》杂志。该机构在伊朗发展得十分庞大,渗透

---

① Hasan Mir'Abidīnī, Sad Sāl Dāstānnivīsī-yi-Irān, Intishārāt-i-Chishmah, 1380, Jild. 1. p295.([伊朗]哈桑·米尔阿贝丁尼:《伊朗小说写作百年》,切西梅出版社,2001年,第一卷第295页。)

新闻出版行业的各个角落,是富兰克林出版机构在世界各地的分部中最大、最活跃的一个分部。美国文化对伊朗的强行输入无孔不入,连幼童也不放过。也就是说,美国凭借“八月政变”扶植巴列维国王重新掌权,完全控制了伊朗。伊朗成为美国在中东利益角逐中的一枚重要棋子。

1958—1959年,政治禁锢的围墙稍有松动,伊朗知识分子再一次活跃起来。这个时期最重要的文学月刊《蚌壳》将1958年称为一个新时期的开始。《思想与艺术》杂志也在1960年写道:“在沉默中过去的七年将人们拖入深深的绝望与悲观中……现在,社会环境条件刚刚为各种活动创造了可能。”①《蚌壳》杂志虽然持续的时间不是很长,却在伊朗现代文学史上画出一道亮丽的风景,汇集了一批卓有成就的作家,或者说造就了伊朗现当代文学中最杰出的一群作家。伊朗现当代文学中最杰出的一群作家最初几乎都是在《蚌壳》杂志上崭露头角的:西敏·达内希瓦尔、塔基·莫达勒斯、巴赫拉姆·萨德基、亘·达乌德、阿里·穆罕默德·阿富汗尼、纳德尔·易卜拉欣米、古拉姆侯赛因·萨埃迪、费力东·坦卡布尼、阿赫玛德·马赫穆德、贾马尔·米尔萨德基、巴赫曼·福尔斯等等。

二 社会小说

这时期,报刊上连载小说盛行。连载小说作家完全是跟随读者的阅读兴趣而创作,照顾刊物的发行量,迎合读者与出版者的要求,以保住自己的饭碗。并且,一些刊物组成创作团队与另一些创作团队竞争。因此,写作在一定程度上沦为纯粹的商业化写作。

这样的氛围也造就了一批市场化社会小说的产生,这些社会小说充满了职场的尔虞我诈,充满了爱情与阴谋。深深的失败与挫折使人们埋头于寻欢作乐,寻求感官刺激,由此催生了一些描写寻欢作乐的所谓爱情小说。在这些小说中,女人都是放荡的妓女式人物,似乎不具有精神世界和社会属性,只有性的属性与性的本能。在伊朗小说中,对女人的描写,不是仙女就是荡妇,这在赫达亚特的《瞎猫头鹰》中有突出反映。仙女式的女人只存在于梦幻中,现实中的女人是荡妇,除了把她肢解之外,别无办法。这个时期的爱情小说也基本上走了赫达亚特的路子,女人不是被描写成仙女就是荡妇。但是,这些小说的立意完全无法与《瞎猫头鹰》相提并论。

这个时期,社会小说领域最重要的连载小说家是侯赛因伽里·莫斯塔安(1904—1983年),他一生出版了90部作品。在赫达亚特的作品只能印刷一二

---

① Hasan Mīr‘Abidīnī, Sad Sāl Dāstānnivīsi-yi-Irān, Intishārāt-i-Chishmah, 1380, Jild. 1. p376.([伊朗]哈桑·米尔阿贝丁尼:《伊朗小说写作百年》,切西梅出版社,2001年,第一卷第376页。)

百册的年月,莫斯塔安的作品却一再再版加印。其代表作《骚动不安的城市》(1954—1957),描写了一个阴险邪恶的女人,充满了阴谋与谋杀。侯赛因·马丹尼(1926—)的小说《艾斯马尔在纽约》(1955)曾风靡一时,在两个月内出版销售了11000册,而那个时代的小说印数一般是500—1000册。作者让读者随着故事中的主人公艾斯马尔游览了一番纽约这个繁华的大都市,同时观赏艾斯马尔在纽约的艳遇。艾斯马尔游历纽约三个月后,回到伊朗,对朋友们说没见到美国有啥先进的地方,还是祖国更好。这可谓一部歌功颂德之作。这个时期,其他值得一提的社会小说,还有穆沙发格·哈马丹尼(1912—)的《文化人》(1955),讲述的是一位知识分子的叛逆与四处碰壁,在社会中找不到自己的位置。马赫穆德·德基卡姆的《盗贼回忆录》(1955),讲述的是普通囚犯的故事,是一个名叫阿里纳吉的老头回忆自己年轻时代的盗贼生涯,揭示了社会的腐朽堕落,盗贼横行。

三　历史小说

连载小说中不少是历史小说。立宪运动时期的历史小说,多以史为鉴,而这个时期的历史小说则充满了理想主义色彩,让失败的、疲惫的精神在虚幻的胜利中获得片刻的慰藉。

(1)马斯鲁尔的《十位枣红马骑士》

马斯鲁尔的《十位枣红马骑士》是这个时期相对比较优秀的一部历史小说。马斯鲁尔(مسرور,1888—1968年),本名哈桑·苏汉尼亚尔(حسن سخنیار),1888年出生于伊斯法罕,父亲是商人,母亲出身宗教家庭。1914年,到德黑兰攻读医学,后因父亲去世而辍学。曾长期是伊朗文学协会主席团成员,该协会是礼萨·汗时代最重要的持传统立场的文学团体。他还在电台兼职,做节目,与巴哈尔是好友,做旧体诗。马斯鲁尔最有名的小说是《十位枣红马骑士》,五卷本,1500多页,从1948年起在《消息》报上连载,1956年出全集。小说显示出作者具有扎实的史料功底,以信史为创作依据。

从文学创造性的角度来说,《十位枣红马骑士》只有第一卷具有较大的文学价值,以历史事件来塑造主人公,后面几卷则是历史事件的累积叠加,也是在重复第一卷的模式——主人公追求意中人与宫廷中的地位。作者为了满足读者的阅读期待而不得不重复类似的故事。

小说的时代背景是萨法维王朝(1502—1775年)时期。小说第一卷描写伊斯坎达尔为了与心上人结合,同充满阴谋诡计的无情社会进行斗争。小说开始,前方传来消息,国王的后宫女眷在希达尔城堡被乌兹别克人包围,塔哈马斯普国王决定派遣一支轻骑兵去解围,拯救被围者。有17位枣红马骑士成为志愿者,第一个就是伊斯坎达尔。他们同乌兹别克人浴血奋战,最终有10位枣红马骑士打破敌人的包围圈,攻进城堡,拯救了后宫女眷。伊斯坎达尔与胡丽公主相识,陷入热恋。为了得到国王的准婚,伊斯坎达尔奔向首都加兹温,报告胜利的消息,成为报喜使者。国王接受了他的请求,但条件是派遣他去守卫嘎赫嘎赫城堡,王子伊斯玛仪尔因反叛罪被囚禁在那里。故事由此展开去,讲述王子伊斯玛仪尔与政敌——掌权的强势的帕丽公主之间的错综复杂的争斗与阴谋。之后,塔哈马斯普国王去世,伊斯玛仪尔逃出城堡,屠杀另一派的王室成员。伊斯坎达尔虽然暂时躲避了一阵,但还是被抓捕囚禁,又被义士救出。帕丽公主毒杀伊斯玛仪尔,王室议政会决定让穆罕默德·米尔扎登基即位。谋杀新王的阴谋在酝酿,伊斯坎达尔一口气奔到设拉子,挫败了这一阴谋,他由此在新政权中获得崇高地位,最终与胡丽公主结合。但是,没过多久,奥斯曼人入侵,伊斯坎达尔又一次奔赴前线。

整个故事一如传统的旧式小说:主人公为了追求爱情,克服艰难险阻,接受艰难任命,经受重重考验,与敌人厮杀,置危险于不顾,对主子极尽效忠,最终出人头地,与意中人结合,并在宫廷中获得高位。

作者在第二卷中重复了第一卷的模式。故事在伊斯坎达尔达到目的之后,结构变得松散。伊斯坎达尔被边缘化,欧玛特·贝克替代伊斯坎达尔成为故事的主人公。第二卷讲述伊朗与奥斯曼人的战争。作者受俄国作家的影响,在历史小说中擅长描写战争场面,呈现了伊朗阿塞拜疆地区的动荡与骚乱,大不里士人民为保卫自己的城市而顽强战斗,奋不顾身。第三卷,阿巴斯国王成为主人公,描写了他走向权力的过程。伊斯坎达尔与其他一些爱国志士为了拯救伊朗,聚集在王子阿巴斯·米尔扎周围。另一方面,伊斯坎达尔与欧玛特·贝克秘密结社,与大不里士民众一起,与奥斯曼人进行战斗,频频发动夜袭。术士以"国王是真主在人间的影子"之信条鼓动阿巴斯起兵夺位,阿巴斯最终登上权力巅峰。第四卷和第五卷描写了伊朗与葡萄牙人的海战、阿巴斯国王与乌兹别克人的战争、迁都伊斯法罕、登基加冕典礼、解放大不里士,以及从外国人手中解放全伊朗,实现伊朗民族国家的大一统。小说最后在普天同庆的大团圆中结束。作者试图描写萨法维王朝250年的历史,以及伊朗民族国家和宗教的统一历程。但是,作者显然缺少掌控全局的能力,力不从心。

(2)纳扎尔扎德

这时期值得一提的连载历史小说还有阿赫玛德·纳扎尔扎德·克尔曼尼(1917—1976年)的《希尔扎德,劫道狼》(1958)和《为了蕾莉》(1956)。前者描写了哈菲兹时代的一个故事:希尔扎德因为爱情受挫而成为绿林强盗,有一次他抢劫了来自他家乡的一队商旅,他的心上人正好在其中。希尔扎德见到她,忏悔自己过去的为非作歹,然后接受舒查国王的招安,从此为出人头地而出生入死。在这个历史故事中,叛逆者最终接受招安,不能不说是现实状况的折射。后者写的是苏非圣徒哈拉智的门徒们向阿拉伯阿拔斯哈里发复仇的故事,故事发生地点是巴格达。蕾莉是著名苏非圣徒曼苏尔·哈拉智(被视为异端而受绞刑)的门徒,她鼓动一个柏柏尔人骑兵谋杀哈里发。小说第2—5章描写了哈拉智被处绞刑的过程,然后写蕾莉和其他一些哈里发的政敌联合起来,试图谋杀哈里发,为哈拉智复仇。柏柏尔人骑兵游逛风月场所,在醉酒时把内心的秘密告诉了一个名叫娜依梅的女人。之后,他在哈里发面前表演杂技时杀死了哈里发,但他自己在逃跑时也丢了性命。这时,娜依梅赶到,与蕾莉厮打起来,两个女人最终相互杀死了对方。

总的来说,这个时期的社会小说和历史小说的文学价值不高,但因其具有较强的故事性,催生了伊朗电影业的飞速发展。不少作品被改编成电影,拍摄上映。电影业与市场化小说相互促进,共同催生了"八月政变"之后商业文化的繁荣。

第二节 "失败的一代"与现代派文学

一 伊朗现代派文学发展概述

尽管赫达亚特早在20世纪30年代就将现代派文学引进伊朗文坛,并创作了伊朗现代文学史上最杰出的现代派作品《瞎猫头鹰》,也有阿拉维这样的志同道合者追随赫达亚特的现代派文学创作,但从当时社会的总体氛围来说,现代派文学并没有得到文学界的广泛认可,更没被读者接受。

伊朗现代派文学思潮在文学界产生较大影响是在1941年形成第一波现代派文学思潮之后。1941年随着盟军进入伊朗,欧洲现代主义文学思潮和作品大量涌入伊朗,之前被压制的现代派文学创作得以挣脱桎梏,赫达亚特的《瞎猫头鹰》终于在《伊朗》报上连载出版。同年,超现实主义流派也进入伊朗,成立了名为"战斗的雄鸡"的艺术团体,并出版同名刊物,宣布超现实主义的宗旨:"沉入自己内心的最低处,让思想自由地驰骋,创造出最奇幻的作品。"①《战斗的雄鸡》第一期编委有:剧作家哈桑·西尔旺尼、画家加利尔·紫亚普尔、诗人曼努切赫尔·希邦尼、小说家古拉姆侯赛因·伽里布。该杂志在1950年出版了5期。后来,诗人胡尚格·伊朗尼接手该杂志,推崇超现实主义诗歌,遭到普遍反对,杂志出版进入死胡同。

---

① Hasan Mīr'Abidīnī, Sad Sāl Dāstānnivīsī-yi-Irān, Intishārāt-i-Chishmah, 1380, Jild. 2. p192.([伊朗]哈桑·米尔阿贝丁尼:《伊朗小说写作百年》,切西梅出版社,2001年,第二卷第192页。)

　　后来以象征主义诗歌著名的阿赫玛德·夏姆鲁(1925—2000 年)当时尚是文学青年,对现代派文学十分热衷,在 1948—1950 年发表了数篇现代派小说,这些小说在 1973 年以"门与长城"的书名结集出版。集子中的故事都是一些神秘而充满奇幻色彩的绝望故事,从中可以看到赫达亚特、爱伦·坡对作者的影响。整部故事集的氛围与其第一部诗集《遗忘的旋律》相似。其中,最具代表性的故事是《青铜门背后的女人》(1950),故事主人公逃入深山老林中的一个棚屋,像野兽一般生活。一个民间信仰成为故事的基础:一个人天生注定要与一个死去的女人结婚,这个女人就是他的格布勒——朝拜对象,也就是说,他的一生都是在与死亡相伴中慢慢度过。魔鬼为了戏弄他,给他打开了一扇门——逃生之路。此后,每到半夜奇异的寒冷中,他都与魔鬼相会。小说在描写寒冷凄凉的月夜、死水坑边上的高大槭树等意象时具有浓厚的奇幻诡异色彩,令人不寒而栗。故事主人公最后从噩梦中挣扎醒过来,用斧头把赤裸的女人大理石像和支撑他棚屋的树根全都劈了个稀巴烂。当他打开门,一个女人跌落在地上,正是那个他用斧头把其雕像劈了个稀巴烂的女人。魔鬼怂恿他从青铜门背后逃走,但他如同《瞎猫头鹰》中的主人公选择了与死去的女人结合、拥抱。

　　《青铜门背后的女人》具有《瞎猫头鹰》的一些最根本的因素,不同之处是:赫达亚特为了使人相信故事主人公的梦幻,把他从尘世与现实中完全剥离,使之完全沉浸在一个梦幻与鸦片烟的幻境中。而夏姆鲁的作品仅仅是一个类似神话的幻想故事,本质涣散。

　　总体上来说,这个时期,现代派文学成为文学青年进行"创新"写作的舞台,缺少优秀作家作品的有力支撑,并且被左翼文学的光芒淹没,因此不太能进入文学评论家们的视野。尽管如此,这个时期也有个别优秀的现代派文学作家作品产生,其代表人物就是萨迪克·楚巴克,本书稍后将对之进行专门评述。

　　第二波现代派文学思潮是在"八月政变"之后。"八月政变"之后虚无主义气氛和欧美翻译作品的繁荣推动了伊朗现代派文学的兴盛。"八月政变"是伊朗现代史上的重要政治事件。随着巴列维国王重新掌握政权,伊朗文学似乎陷入了一个黑暗时期,持续 7 年之久。这个时期,人们充满了深深的挫败感,社会中人与人之间的关系充满怀疑与不信任,乃至敌意,恐惧笼罩着人们的生活。人们对失败者们的神情恍惚、疯癫、自杀的消息已经麻木,没有了感觉。一些人被杀害,一些人被流放,那些侥幸活下来的则选择了离群索居。空虚无聊的精神氛围与前一时期充满斗争激情的岁月形成鲜明对照。过度压抑之下,追求今朝有酒今朝醉、醉生梦死的享乐纵欲成为这时期的精神氛围。正如一位作家所言:"他不知道他的昨天,因为他弄丢了,与他分道扬镳了。他也看不到他的明天,因为他们把它给抹掉了,从他那里抢走了。现在,只有在困境中的孤独,悲悼过去,绝望于未来。"①

文化气氛的压抑,使伊朗文学的发展受到限制;同时,西方的虚无主义思想乘虚而入,对伊朗文学带来较大影响。这个时期,最具代表性的作家是巴赫拉姆·萨德基,他的作品对这个时期的绝望情绪做了最精彩的呈现:失败者或疯癫或自杀,平民百姓则在日常生活中泯灭了自己的人性,悲伤的飘零者与周围谁都不来往,家庭因贫穷、失业、绝望而破碎,一座座的老房子、朽烂的天花板、散了架的桌椅……这是一个美梦突然变成噩梦的年代,这代人除了绝望,一无所有,是失败而厌倦的一代,所有的理想全都失去。房子、汽车、金钱、女人是这个时期伊朗知识分子的目标。正如阿勒·阿赫玛德所言:"五二八政变之后,我把整个世界都抛到了家的围墙之外,我待在房子的天花板下,甚至连天空也逃避……就在那些日子,我妻子旅行回来,我们俩开始在邪恶的时代力图自保。"②

这一时期,二三流作家写手为迎合市场,写一些低级趣味的通俗、庸俗作品,而一流作家大都具有外语优势,则埋头于翻译外国文学作品。1954年3月,"美国富兰克林出版机构"在德黑兰成立并开始工作,网罗了一大批编辑和翻译家。该出版机构的宗旨是促进美国文学作品翻译介绍进伊朗,为出版商提供资金支持。该机构发展十分迅速,很快成为伊朗的最大出版机构,到1973年出版了1000多种美国图书。因此,翻译文学的繁荣也促进了伊朗小说家们对现代派文学的接受,造就了赫达亚特之后的新一代现代派小说家,如萨迪克·楚巴克、古勒斯坦、巴赫拉姆·萨德基等人,他们都深受美国20世纪文学的影响。

第三波现代派文学思潮是我们将在后面述及的巴列维国王的白色工业革命带来的文学新浪潮,以胡尚格·古尔希里的《埃赫特贾布王子》为代表。我们这里只评述第二波现代派文学思潮。

"八月政变"之后,严肃文学作品的底蕴是死亡与精神危机,弥漫着"徒劳"的色彩。"失败的一代"想把自己的记忆都交付给遗忘,让一种黑色的文学形式来呈现自己所谓的灵魂安宁。在他们的作品中,没有对生活的热爱,没有对人的热爱,总是以一种黑暗冰冷的笔调在疲惫不堪的故事框架中,展现一代人的失败与厌倦。这一代人以高昂的激情开始,但转眼之间突然遭遇失败,就如同无根的茅草随风飘荡。最终,他们曾一直引以为傲的记忆都在鸦片和寻欢作乐中遗忘。

---

① Hasan Mīr'Abidīnī, Sad Sāl Dāstānnivīsī-yi-Irān, Intishārāt-i-Chishmah, 1380, Jild. 1. pp.276—277.([伊朗]哈桑·米尔阿贝丁尼:《伊朗小说写作百年》,切西梅出版社,2001年,第一卷第276—277页。)

② 同上,第278页。

二　阿米尔·古尔安拉

阿米尔·古尔安拉(امیر گل الله),尽管生平不详,然而他传世的两部作品都具有典型的时代特征,堪称表现"失败的一代"精神面貌的经典之作。

《灾难》(1961)从头到尾都充满了鲜血和肮脏:一个路政局的小官员在一个路边旅店,与一个洗衣妇的女儿相遇,在同床共枕之后,他不得不娶了这个女孩。从此之后,这个男人的生活就陷入无穷无尽的灾难之中。女人成为一种不可知的宿命的象征,毁灭着男人的生活。除了不断地制造合法与非法的孩子,男人无所事事。这个不幸的无助的男人通过他的妻子,与一些陌生男人打成一片,以此摆脱孤独与寂寞。然而,最终他失去一切:大女儿被轮奸,惨遭蹂躏;唯一可以给他提供短暂精神慰藉的母亲也在孤寂中死去。最终,疯狂攫住了他,他拳打妻子的肚子,杀死胎儿,因此进了监狱。在监狱中,他写下自己的经历,又扔进茅房。古尔安拉深受弗洛伊德学说的影响,认为人类生活的灾难,甚至社会的发展动力,都源自人的性本能。

古尔安拉的另一部佳作《囚禁中的人们》虽然出版于 1962 年,但依然有着"失败的一代"的典型特征:人们在监狱铁栅栏的两侧对话,一侧是囚犯,另一侧是探视者。对话在嘈杂声中似乎能听见,却又听不明白;铁栅栏两侧的人都努力想要听懂对方的话,最后却成为徒劳。小说深受存在主义哲学的影响:不仅监狱中的人们在囚禁中,而且探视者也同样处在生活的囚禁中,从这监狱中解脱的唯一之路就是死亡。

古尔安拉如同"失败的一代"中的其他人,深深震撼于赫达亚特《瞎猫头鹰》中的恐怖场景,震撼于赫达亚特的自杀,因此创作出相类似的黑色小说,然而在内在意蕴上却完全无法与赫达亚特的《瞎猫头鹰》相提并论。"《瞎猫头鹰》是高飞的雄鹰,而《灾难》只是一只甲虫。"[①]这样的评论虽然不无道理,但也低估了古尔安拉的作品的价值和意义。古尔安拉的作品中没有希望,只有一种彻骨的恐怖不祥和寒冷黑暗,不指向任何具体的地方,而是指向人的内心深处。这正是"失败的一代"的典型心理特征。

三　易卜拉欣·古勒斯坦

易卜拉欣·古勒斯坦(ابراهیم گلستان,1922—1995 年)是将美国文学引入伊朗的主要译介者,他最早把海明威和福克纳的作品翻译成波斯语,也是伊朗最早的

---

① 　Hasan Mir'Abidīnī, Sad Sāl Dāstānnivīsī-yi-Irān, Intishārāt-i-Chishmah, 1380, Jild. 1. p365.(﹝伊朗﹞哈桑·米尔阿贝丁尼:《伊朗小说写作百年》,切西梅出版社,2001 年,第一卷第365 页。)

电影制作人,第一个在国际电影节(1961年在威尼斯国际电影节)上获奖的伊朗导演。在伊朗社会主义运动高潮时期,古勒斯坦加入了伊朗人民党,并很快在人民党内担任高层领导,是左翼文学阵营重要的一员。但在文学创作上,古勒斯坦并未遵从社会主义现实主义的创作原则,也未将政治思想直接带入自己的作品,其作品在创作手法与内在精神上都更具有现代派小说的特质。1949年,他出版小说集《阿扎尔月,暮秋》(آذر ماه آخر پاییز),采用了福克纳的叙事技巧;1955年出版小说集《猎影》(شکار سایه)。古勒斯坦在伊朗以风格作家之名著称,创造了一种清新纯正的散文语言,是一位"为自己写作"的作家,他曾说:"一个故事的基础是结构……如果故事的结构牢固,那么不管其所持观点是共产主义的还是法西斯主义的,是天主教的还是帝国主义的,都无关要紧。"在某种意义上,古勒斯坦是一位"纯粹"的作家。

古勒斯坦是一个描写人物内心世界的作家,以现代派的艺术手法有限地呈现出时代的现实状况。他小说中的人物总是沉浸在个人的内心世界:一个人,在傍晚时分,孤独地,行走,回忆过去,沉思现在的境遇,陷入散乱的思绪与幻想中。每一个故事都是人物头脑思维的活动轨迹。小说《在昨天与明天之间》是这方面的代表作,杰出地描写了人物内心的犹豫与恐惧。但是,这种内心独白过于阳春白雪,有时与小说中的人物(比如底层人物、小男孩)的身份不相符合。这是古勒斯坦小说的最大弱点。然而,无论如何,古勒斯坦的小说所描写的忧郁与孤独是一代人、一个时代的象征。

"八月政变"之后,易卜拉欣·古勒斯坦完全放弃了政治,转而进行电影制作,成为伊朗第一代导演中的杰出代表。在进行了一段时间的电影制作之后,在20世纪60年代他重新开始短篇小说创作,把海明威的影响扔到一边,创作一种自己独有的反映内心世界的小说。1967年出版小说集《小溪、墙与焦渴》(جوی و دیوار و تشنه),其中《鱼儿与它的伴侣》是其最优秀的一个短篇,堪称其小说风格的代表作。该小说反映了成年人与孩童看待世界的不同视角,成年人往往充满了虚妄的幻想,其实看到的东西却是虚幻的景象,反而孩子看到的景象更为真实。

1973年古勒斯坦出版了小说集《在时代的记录册中》(مختار در روزگار),其中的《马杜梅》讲述一个石油公司的单身高级白领回家想休息睡觉,却被左邻右舍吵闹得无法安宁,由此浮想联翩,整个故事充满了苦涩的记忆与死亡的黑暗基调。

古勒斯坦最重要的作品是其散文集《思想与艺术》(اندیشه و هنر,1974),其中的《渐行渐远》一文感情真挚,是古勒斯坦在听到自己的一位朋友去世的消息之后的怀念之作,展现的却是整整一代人——在伊朗现代文学史上被称为"失败的一代"——的思想情感。

四 萨迪克·楚巴克

(1)萨迪克·楚巴克的前期创作

萨迪克·楚巴克(صادق چوبک,1916—1998 年),出生于布沙赫尔,其父亲是个商人。但楚巴克从小就对读书感兴趣,不喜经商之道。在布沙赫尔和设拉子的美式学校接受教育,毕业之后于 1937 年进入文化部工作。在这个时期,楚巴克开始了自己的创作生涯,出版了其第一部小说集《夜娱乐的帐篷》(خیمه شب بازی,1945)。这部小说集让楚巴克迅速蜚声文坛,成为这个时期伊朗现代派文学第一波的代表作家。

《夜娱乐的帐篷》这部集子中的很多小说都很优秀。《紫红色的衬衣》(پیراهن زرشکی)也是一个关于死亡与堕落的故事。通过洗尸者的对话展开故事,通过对话揭示他们对彼此的是非判断,叙述过去。《暮秋的下午》(بعدازظهر آخر پاییز)采用意识流的手法,描写的是一个穷苦的学生的内心世界。《在红灯下》(زیر چراغ قرمز)是楚巴克最杰出的作品之一,是对生活最自然主义的呈现。小说以妓女法赫莉的死开始。妓女们对法赫莉的死亡议论纷纷,由此展开故事。妓女奥法格走进妓院幽暗的空间,当其他妓女们叽叽喳喳的时候,奥法格沉默无语,沉浸在自己的思绪中:"那样黑暗腐朽的生活,经历它,就如同经历一个腐臭的长廊——其中,蜥蜴、癞蛤蟆、水蛇一直淹没至人的喉咙,蠕动。"她知道,人在这其中,无路可逃,死亡是再自然不过的结局。果真如此,奥法格最终也没能逃出死亡的魔掌。姬阆是刚进入妓院的妓女,刚开始她还抱着能够像普通人一样生活的幻想,后来步奥法格的后尘,最终走向法赫莉的结局。故事在姬阆的思绪中不断延伸,她想起法赫莉简陋寒碜的葬礼,想起妓院老鸨一次又一次地唤她去接客。每一次接客的召唤,就如同召唤她走向奥法格与法赫莉的结局——死亡。《在红灯下》主要是通过人物对话和内心独白两种方式展开故事,将妓女们的过去和她们的内心活动与所思所想呈现出来。对话尤其精彩,把人物的性格与周遭环境恰如其分地呈现了出来,体现出楚巴克高超的语言驾驭能力。

1949 年,楚巴克出版了另一部小说集《因特里,他的江湖哥儿们死了》(انتری که لوطیش مرده بود)。其中,第一个故事《为什么大海起风暴了》(چرا دریا طوفانی شد),是楚巴克最优秀的作品之一,描写极为生动,让读者身临其境。故事讲的是在风暴天气中,司机们陷在沼泽地中,无法前行,只好聚集在卡车周围,抽鸦片,喝烈酒,说话。他们如同楚巴克其他小说中的人物一样,虽然聚集在一起,但每个人都处在自己内心的孤独中,彼此敌视,无法沟通,无法理智地建立起与他人之间的关系,无法在困境中同舟共济、相互协作。他们唯一的能力就是诅咒,诅咒天气、诅咒生活、诅咒他人,认为死亡是唯一的解脱。楚巴克的描写重心在于他们的内心活动与各种各样的思想变化。

该集子中另一篇小说《牢笼》(قفس)更是笼罩着一种恐怖的气氛,小说描写一群人关在牢笼中:"大家都期待着,望眼欲穿。茫然,不知所措。没有解脱。也没有生活与逃跑的地方。无法逃出那死水潭。他们被集体判决在冰冷、陌生、孤独、茫然、期待中煎熬。"时不时地,牢笼的门打开,一只脏乎乎的黑手伸进来,抓住其中一个,拖出牢笼去杀掉。也就是说,脱离牢笼就意味着死亡。这只黑手,可以是专制暴政的象征,也可以是左右一个人的宿命象征。牢笼中的幸存者对别人的死亡毫不关心,热衷于肮脏的纵欲。可以说,楚巴克以一个独特的视角审视人的生活境遇及内心世界,入木三分地刻画了人世间的冷漠与孤独。

楚巴克的故事大多在一个冷漠、冷酷的世界里展开,他的人物大多在精神上受到过惊吓,自我隔绝,孤独陌生,甚至连自己内心的喜好都没有能力表达,都是一些底层受压迫者。比如:洗尸者们为了争抢一件死女人的衬衫而彼此玩命,陷入死水潭的司机们彼此不能容忍,彼此仇视,诸如此类的一些人物。在楚巴克之前,除了赫达亚特,还没有作家如此突出地描写过流浪者、鸦片烟鬼、妓女、洗尸者们的生活。楚巴克以冷峻的笔调描写社会最底层人的生活,极为成功,是同代作家中的佼佼者。但是,楚巴克的描写多倾向于自然主义的描写,以自然主义的笔调对人物一如其自然形态进行呈现。生活是丑陋又丑恶的,因此楚巴克在深入挖掘病态社会的同时,呈现出的是一幅幅可怕的景象。

楚巴克深受弗洛伊德学说的影响,认为人的一切行为都出自其潜在的性心理,因而没有深入去挖掘这些表面现象的内在的深刻社会原因。楚巴克是一个社会的旁观冷静者,他不描写人物之间的社会关系,而是认为人在尘世间的不幸与苦难是生而有之的,且永无尽头。楚巴克小说中的主人公都对自己的生存状态感到十足的厌恶,但又盘根错节地依附于这种生活,除了从这虚伪堕落的生活中获取利益,别无期待。在楚巴克的小说世界中,没有爱情和怜悯的容身之地,人与人之间没有任何信任,只有恐惧、堕落和死亡是真实的。

(2)《忍耐的石头》与《最后的灯盏》

"八月政变"之后,楚巴克进入了创作的沉寂期,十年之后才重新拿起笔来进行创作。尽管这时楚巴克的创作已经进入另一个历史时间段,然而其作品的内在精神意蕴却是属于"失败的一代",并且与其早期的现代派小说创作相承接的。1966 年,楚巴克出版了《忍耐的石头》(سنگ صبور)。这部小说成功地描写了礼萨·汗时期遭受失败挫折的知识分子的卑微猥琐的内心世界,乃至成为楚巴克的代表作。虽然该小说故事发生的时间是在礼萨·汗统治时期,然而显然影射了巴列维国王专制统治下知识分子的精神状态。故事主人公阿赫玛德阿高是一个受到暴力惊吓的卑微猥琐的知识分子形象,甚至对自己的影子也感到害怕,只能与在他房间角落结网的一只蜘蛛交流,通过它为自己制造"忍耐的石头"。

故事发生在 1934 年前后,阿赫玛德阿高是一个穷困的乡村教师,也是一个

佃户,窘迫的生活并不妨碍他做文学梦,他想要把自己的周遭生活以特别的语言
反映出来,却总是沉浸在空想中,一无所成,胜任不了任何工作。苟哈尔是商人
哈吉·伊斯玛仪尔的妻子,后被丈夫休弃,以专门做男人的临时婚姻①小妾为
生。阿赫玛德阿高想将苟哈尔拯救出火坑,却无能为力,只好逃避进另一个女人
巴尔基斯的怀抱。最后,妓女杀手把苟哈尔杀害了。苟哈尔遇害之后,阿赫玛德
阿高烧掉了自己所写的东西,对自己说:忘掉一切吧,就当自己是头驴,啥也不
懂。现实中的恐怖与暴力让阿赫玛德阿高吓破了胆,他龟缩在房间中,与蜘蛛为
伴,向蜘蛛倾诉内心的话。

　　《忍耐的石头》共有 26 章,每一章都是一个独立的内心独白。小说中所有的
人物都在谈论苟哈尔的失踪,每一个人都从自己的视角,采用自己的语言方式来
描述这件事,从而使叙述者的内心世界得以反映出来。楚巴克特别擅长用语言
来反映人物的内心世界,不同身份的人物有着不同的说话方式,并且有着不同的
方言俚语。在语言运用方面,楚巴克堪称同时代作家中的翘楚。在《忍耐的石
头》中,苟哈尔一开始就被杀害了,因此在整个故事中她并不在场,是隐匿的,但
她却是小说中每个人物谈话围绕的核心。在每个人物的叙述中,苟哈尔的生活
状况逐渐呈现出来。每个叙述者在不断重复的描述中不断修饰调整自己对事件
的叙述。由此,每个说话者的外在生活与内心世界都在对苟哈尔遇害这件事的
描述中得以呈现。可以说,楚巴克创建了一种靠人物内心独白构架整部小说的
样式。

　　毋庸置疑,楚巴克是一位优秀的现代派小说家。其作品的主要不足在于
楚巴克太过于简单地依靠弗洛伊德学说,认为事物发展的根本动力就在人的
下半身,在于人的性本能。比如,小说中阿赫玛德阿高对苟哈尔的倾心也是建
立在弗洛伊德学说之上——恋母情结让阿赫玛德阿高看到苟哈尔就想起自己
的母亲。再比如,阿赫玛德阿高想表达一下自己对社会的反抗,采取的方式是
与苟哈尔同床共枕。作者在这部小说中将生活中的种种阴暗丑陋往往归结于
人的性饥渴,比如巴尔基斯是一个淫荡的女人,在性方面永不满足,牢牢地勾
引住阿赫玛德阿高。总之,在楚巴克看来,纵欲本身既是一种反抗的表达,也
是一种堕落。

　　1965 年,楚巴克出版了小说集《最后的灯盏》(چراغ آخر),这部作品中的故事
依然充满了浓厚的虚无主义思想,以大苏非思想家莫拉维(鲁米)的名言"我以肉

---

　　①　临时婚姻:伊朗什叶派一种特有的婚姻制度。在阿訇公证下,一位男性与一位女性
自愿结成临时婚姻关系,时间长短由男女双方商定,男方根据时间长短支付女方相应的费用。
以临时婚姻为生的女性一般多为丧夫的寡妇,或者是被丈夫休弃的女人,没有其他生活来源。
尽管临时婚姻小妾往往被人们视为妓女,但其实她们与妓女不同。临时婚姻小妾受到法律保
护,有相应的权益保障。

体死亡来成就声名"为核心指归,然而在苏非神秘主义语境中"肉体的死亡"是指人的各种尘世欲望的泯灭,而楚巴克恰恰表现的是人在尘世欲望中,除了堕落、毁灭、死亡,无路可逃。其中,《坟墓中的第一天》(روز اول قبر)讲述了一个贵族遗老在骄奢淫逸地度过一生之后,在年老之际,下令让人给他建造陵墓,意欲让后来者永远缅怀他。当陵墓建造完毕,他动身去视察陵墓状况的时候,回忆起他自己一生的经历,忽然觉悟到自己的一生过得那样的空虚无聊,一种巨大的恐惧向他昭示了死亡,他就那么活着走进了自己的坟墓,以死来昭示对生的嘲讽。在这个故事中,楚巴克认为生活本身就是一场虚无,或许比死亡更加无意义,比死亡更加令人感到是一场悲剧。

楚巴克的小说,其内容是黑色的,时时令人不寒而栗;其思想是消极的,充满了对生活的绝望;其内在意蕴是深刻的,让读者深思人在现代社会中的生存困境;其架构小说的技巧是高超的,让读者真切感觉到小说是一种"艺术"而不是"故事";其语言艺术是精湛的,尤其是在通过语言刻画人物性格方面,被认为是无人能及的。

(3)《坦格色尔》

萨迪克·楚巴克在其第二个创作时期还出版了他的另一部重要作品《坦格色尔》(تنگسیر,1963),这是楚巴克小说中比较独特的一部。作为一位现代派文学作家,楚巴克作品的底色是黑色的,其作品中的主人公几乎都是认命的,顺从于自身的悲剧处境,他们与现实生活抗争的方式就是放纵和堕落。然而,在《坦格色尔》中,楚巴克塑造了一位反抗社会不公的硬汉形象,并且十分成功。这显示出楚巴克多方面的写作才华。

《坦格色尔》的故事发生在"一战"之后的年代。扎尔·穆罕默德一生都在拼命攒钱,积蓄钱财,并狂热地进行投资做买卖。但是,不法商家却与地方总督等军政势力勾结,侵吞了他的钱财。扎尔·穆罕默德投诉无门,只好决定采取个人行动,用刀子说话。小说一开始,扎尔·穆罕默德就已经下定决心了,这个那个劝说他,都无济于事,只见他皱着眉头、咬着牙,一定要去完成这件事。然后,小说在谋杀情节中展开,并在逃跑场景中达到高潮。

扎尔·穆罕默德来到父亲家,讲述自己的遭遇,说把侵吞自己钱财的四个人杀了,他将自己视为可以揭竿而起、铲除压迫的人。之后,他回到自己家,把情况告诉了自己的妻子沙赫露。然后,扎尔·穆罕默德连夜逃跑,与持枪士兵进行一番厮杀之后,跳入大海,又与鲨鱼搏斗,受伤。之后,扎尔·穆罕默德逃到一个村庄,独自一人面对追击而来的持枪士兵。在坦格色尔人(绿林好汉)的掩护下,他成功逃到一个不知名的地方躲藏起来,获得了个体的自由。作者一环紧扣一环,出人意料地把主人公送上了成功之路。

《坦格色尔》表面上看来似乎是一部现实主义作品,其实不然。这部作品只是在思想内容上充满积极精神,振奋人心,与楚巴克的其他作品迥异;而这种积极精神似乎离我们惯常认为的现实主义有点遥远,而更靠近海明威作品中的硬汉精神,尤其是主人公扎尔·穆罕默德在大海中与鲨鱼的搏斗,令人想起海明威的《老人与海》。这其中体现出海明威对楚巴克的深刻影响。

20世纪60年代,楚巴克是抵抗文学阵营的重要作家,他的作品不论是黑色的还是红色的,皆旨在抨击巴列维政权的暴政,揭示在黑暗的专制统治下人心中的绝望。

第三节　"失败的一代"与反思文学

一　阿勒·阿赫玛德生平

贾拉尔·阿勒·阿赫玛德(جلال آل احمد,1923—1969年)是伊朗现代文坛上最杰出的作家,不是指其文学成就本身,更多是指其在伊朗知识分子中的影响力。

阿勒·阿赫玛德出身宗教学者家庭,其伯父具有"阿亚图拉"的高级教阶。其父亲曾不允许他进入新式学校读书,但阿勒·阿赫玛德背着父亲悄悄去新式学校报了名,白天做工,晚上就去夜校学习,用白天打工的钱支付夜校的学习费用。在学校里,阿勒·阿赫玛德接触到具有激进思想的革命者,由此在思想上逐渐走向左翼。1943年,阿勒·阿赫玛德进入德黑兰高等学院波斯语言文学系学习,1944年加入了伊朗人民党(共产党)。但是,三年之后,因人民党内出现分歧,阿勒·阿赫玛德退出人民党,但在思想上依然倾向左翼。1948年,在从德黑兰到设拉子的大巴车上,阿勒·阿赫玛德与伊朗第一位女小说家西敏·达内希瓦尔结识,然后相恋,二人于1950年结婚,成为伊朗文坛上著名的文学伉俪。

在摩萨台领导的伊朗石油国有化运动期间,阿勒·阿赫玛德再次积极投身于政治活动,是"第三阵线"的主要领导人之一。当他听到摩萨台住宅遭到围禁时,奋不顾身地前往,在那里为保卫摩萨台发表了激情洋溢的演说,遭到枪击并受伤。1953年8月,石油国有化运动失败之后,阿勒·阿赫玛德退出"第三阵线",精神一度萎靡不振,闭门进行文学翻译工作。同时,也从火热的政治斗争转向内心的沉思,开始了新的寻路历程,思想走向对伊斯兰宗教文化传统的皈依。1963年,阿勒·阿赫玛德到麦加朝觐。在朝觐之前,拜谒了伊朗宗教领袖霍梅尼。阿勒·阿赫玛德的《西化瘟疫》一书也受到霍梅尼的关注。1969年9月,阿勒·阿赫玛德于46岁正当盛年之际突然死于心肌梗死,人们普遍猜测是被巴列维情报机构萨瓦克所暗害。但是,其夫人西敏·达内希瓦尔否认这种说法,她认为自己的丈夫是死于长期嗜饮烈酒。

阿勒·阿赫玛德的文学语言继承了贾马尔扎德、赫达亚特的风格,并进一步发展,达至纯熟的至境,其散文作品被视为波斯语的典范,其风格为其他作家所模仿,形成一种文学潮流。然而,若仅仅从小说的艺术成就来说,阿勒·阿赫玛德算不上十分杰出,但他在伊朗文坛具有非凡的影响力,并逐渐被尊为文坛领袖人物,究其原因,笔者认为是阿勒·阿赫玛德深刻的思想代表了伊朗现当代知识分子的心路历程。鉴于其在伊朗文化界的卓越影响力,伊朗政府设立了"贾拉尔·阿勒·阿赫玛德文学奖",并于 2008 年颁发第一届。

阿勒·阿赫玛德的文学处女作《朝觐》发表于 1945 年《语言》杂志新年第一期。这也可以说标志着伊朗现代文学中的一位重要人物的诞生。阿勒·阿赫玛德如同我们之前讲到的楚巴克一样,最初受到赫达亚特的影响,但很快就找到了自己的风格,脱颖而出,创作出最具"伊朗性"的文学作品。小说《朝觐》成功地描写了一个朝觐者在朝觐途中内心有关宗教的激情与不安。该小说显示了作者早期作品中的人物最基本的特点——人群中的孤独者。这种心态在其他的故事中也频频出现,比如《走亲访友》(دید و بازدید,1945)中的故事。故事中的叙述者总是处在信仰与非信仰的边缘上,既停留又逃跑。

同样是对宗教愚昧落后的嘲讽和抨击,赫达亚特的作品与阿勒·阿赫玛德的作品表现出完全不同的风貌,这主要是审视角度不同的缘故。赫达亚特出身于上层贵族家庭,其本人又在欧洲接受过教育,对宗教完全持冷嘲热讽的态度。而阿勒·阿赫玛德则是宗教学者家庭背景,他一方面努力捍卫自己与宗教传统的关系,另一方面也审视宗教信仰带给人思想上的愚昧和钳制。他的早期创作与当时火热的政治斗争紧密关联,他一方面既是人民党和"第三阵线"的高层领导人,是左翼作家的领袖,另一方面又是生活在一个具有高级教阶的宗教大家庭中。因此,他作品中的人物都具有双重性,既在宗教环境中是陌生者和孤独者,在火热的政治斗争中也与他人格格不入,这也是他本人性格双重性的典型反映。其小说集《我们遭受的苦难》(از رنجی که می بریم,1947),包括 7 个故事,是阿勒·阿赫玛德最忠于人民党的时期创作的。1948 年出版小说集《三弦琴》(سه تار),1952年出版小说集《多余的女人》(زن زیادی)。在《三弦琴》中,一个男人有一个十分简单的愿望:买一把三弦琴。经过长时间的努力,他终于如愿以偿,但在与一个宗教狂热者的纠缠厮打中,所有的愿望全都化为灰烬。这三部小说集可以说是阿勒·阿赫玛德身在左翼阵营时期的代表作,作品总的倾向是嘲讽宗教愚昧落后,抨击宗教对人思想的钳制。

1953 年"八月政变"之后,阿勒·阿赫玛德埋头于翻译,翻译了陀思妥耶夫斯基和萨特的作品,这使他在思想上一度转向存在主义。但也很快就走出存在主义,转向伊朗民族自己的宗教文化传统。发表于 1954 年的《蜂箱的经历》(سرگذشت کندوها),对石油国有化运动的失败原因以民间故事的形式来探讨。故事讲的是卡曼德·阿里·贝克的果园中蜜蜂们的生活。卡曼德·阿里·贝克成天不劳而获,采取蜜蜂们辛勤酿造的蜜糖,甚至连蜜蜂们的日常食品也要抢夺。蜜蜂们忙忙碌碌、充满艰辛的生活正是在外国势力掌控中的伊朗劳苦大众的真实生活的写照。蜜蜂们最终忍无可忍,抗议的呼声越来越高。蜂箱里的老者开始想办法,最终却是"我们别无办法,除了迁徙,离开这个地方",回到过去传统古老的地方,自由自在地生活。

对逝去时光的忧伤是阿勒·阿赫玛德这一时期作品的主旋律。《坟墓上的一块石头》(سنگی بر گوری,写于 1963 年,出版于 1981 年)是阿勒·阿赫玛德的一部很重要的作品,具有自传性质,将一种个体的隐秘问题以优美的散文语言呈现出来,探讨了失去童年乐趣的痛苦,以及这种痛苦带给他与整个社会关系、个体命运的影响,由此转化为社会传统习惯与道德的问题,而最终把他送上一条迷惘与虚无之路。作品最重要的一点,即作者内心的"东方老人",是传统的哈菲兹式的年长父辈,现今迁徙到另一个人的体内,最终以作者的面目出现。想要回到过去时光的和谐,回到童年时光诗意的、悠闲的社会,却又回不去,因而满怀忧伤与惆怅。这是阿勒·阿赫玛德作品最主要的内容。童年时代悠闲时光的逝去不仅仅是个人的,而且是人类共同的命运。

阿勒·阿赫玛德去世后,其几篇遗作于 1971 年结集出版,书名为《五则故事》(پنج داستان)。其中的《美国丈夫》堪称一篇讽刺佳作,描写了一个有文化也热衷西化的伊朗知识女性为了出国而嫁给一个美国掘墓人。《我的妹妹与蜘蛛》则是一篇具有现代派文学色彩的小说,该小说从一个孩子的视角讲述故事,他妹妹卧病在床,而那房间的玻璃窗上一只黑色的大蜘蛛在结网,捕捉苍蝇。蜘蛛的意象在整个故事中都不放过这个孩子,这成为一种暗喻:病魔始终笼罩在他妹妹头上,把她拖向死亡的灾难。孩子试图杀死蜘蛛,拯救苍蝇,从而拯救他妹妹,却是那样的无助,无法做到。从更深的寓意来说,这篇故事也表现了人在终极命运面前的无助。

阿勒·阿赫玛德是"失败的一代"中的代表作家,曾积极投身于火热的政治运动,又在之后心灰意冷,他从这时期开始直到生命的结束,其著作的核心是寻找他自己这代人在社会政治领域失败的原因,寻求伊朗民族的拯救之路。阿勒·阿赫玛德对伊朗左翼运动的反思作品以《小学校长》(مدير مدرسه,1958)和《努奈和笔》(نون و القلم,1961)为代表。这两部作品都凝聚了作者自己的人生经历,可以说具有一定的自传色彩。

二　《小学校长》

长篇小说《小学校长》讲的是一个关于激情消逝的故事,通过一个小学校这样的小窗口来探讨社会问题。在阿勒·阿赫玛德的三部长篇小说《小学校长》《努奈和笔》《土地的诅咒》中,从故事结构技巧来看,《小学校长》是最佳的一部。

另外两部长篇小说都存在长篇累牍的人物对话以彰显思想性,却削弱了故事结构的缺陷。

《小学校长》的叙述者是一个有着十年教龄的教师,对现实感到十分厌倦,决定到一个偏远的小学担任校长,通过十分不情愿又不得不采取的贿赂手段,终于从教育人事部拿到了任命书。该小学地处偏远山区,学生都是周边穷苦的底层百姓子弟。除了"我"这个校长之外,学校还有五名教师和一个杂役工。小说描写了"我"从任职到辞职的一年时间内,学校所发生的形形色色的事件。"我"在学校教室的墙上发现已经被覆盖的镰刀斧头图案,才知道前任校长是一个政治活动家,是一个共产主义者,被捕入狱,而教三年级的那个老师与这个前任关系密切,后来这个老师也被捕入狱了。"我"恳请上方重新派一个教师来,上方派来了一个女教师,这使原本清一色男教师的学校的气氛发生了微妙的变化。各个年级的教师之间暗中较劲,矛盾丛生。这期间,四年级教师又被一个美国人的汽车撞伤,最后美国佬承诺给这个教师找一份新工作,使该教师放弃了起诉。另一方面是学校里孩子们的贫苦无助,"我"作为校长,打报告要求给孩子们定做一批鞋子和衣服,而上级部门则克扣盘剥给学校的拨款。学校一个学生鸡奸同学,引来家长抗议。"我"在狂怒之下,用暴力处罚该学生。"我"本想逃避现实,来到这个偏远的小学,却没想到面对的是更加严酷的现实,"我"最后辞职离开了这所学校。

《小学校长》通过一所小学呈现伊朗社会现状。"我"到该小学任职并非出于理想,为底层民众效力,而是因为失去理想,遭遇失败,因而想逃避,没想到却遭遇更深的困境,人在这困境中无法找到自我,只有再次逃避。整部小说中的人物都没有名字,五个教师分别为一年级教师、二年级教师……,然后是杂役工、新来的杂役工、教育人事部主任、教育人事部新任主任、上校先生,学校里的孩子们更没有名字,全都是一些代名词,他们是伊朗社会中某一群人的"代码",他们代表的是整个伊朗社会。另一方面,"我"作为校长还是力图对学校痼疾进行一些变革,显示出作者内心深处依然有一种尚未泯灭的责任担当。小说真实呈现了"八月政变"之后,伊朗知识分子遭遇的精神困境,堪称同类题材作品中的典范。

三 《努奈和笔》

阿勒·阿赫玛德曾积极投身于社会主义运动,是人民党和"第三阵线"的高层领导人,对左翼运动有着深切的人生体验。作为"失败的一代"的代表人物,阿勒·阿赫玛德对左翼运动的反思集中体现在其长篇小说《努奈和笔》(1961)中。小说名称来源于《古兰经》①第68章《笔》第1节经文:"努奈。以笔和他们所写盟

---

① 《古兰经》,马坚译,中国社会科学出版社,1996年。

誓。""努奈"是字母名称,历来被经学家和苏非神秘主义者进行神秘解释。在古希伯来语中,"努奈"这个字母是"纳维姆"(先知书)这个词的第一个字母,即代表"先知书"之意义。因此,作者阿勒·阿赫玛德以此为书名,可谓寓意深刻。

《努奈和笔》本身也是一部寓言性质的小说。故事开头是个楔子:一个牧羊人因偶然的机遇而当上了国家的丞相。在担任丞相期间,他始终不忘自己牧羊人的身份,每周都要去自己的密室,穿戴上牧羊人的衣服帽子,怀抱牧羊鞭,睡一小时,以此让自己不要忘本。后来牧羊人得罪了国王,被国王下毒。他到家之后,让人把自己面朝麦加放下,把孩子们叫到身边,提醒他们不要被丞相的衣袍所迷惑。他还告诉家人,他们应该一直记着他们从哪里来。他把自己牧羊人的斗篷和草鞋交给他们,头一歪,安详地去世了。牧羊人去世后,其家人回到农村,但两个儿子已经习惯了城市生活,无法再适应农村,因此重新返回城市。由于没有其他谋生技能,兄弟二人合作开办学校。

小说正文描写了萨法维王朝(1502—1775 年)时期发生的伽兰达尔(苏非苦行僧)运动。主人公是两个文书:阿萨德安拉和阿卜杜扎基。他们从小一起长大,是好朋友。但是,长大之后,由于两人的家庭环境、社会地位和政治追求各不相同,两人的命运迥异。阿萨德安拉家境贫寒,主顾以穷人为多,他主要替他们写一些请愿书和申诉。阿卜杜扎基家境富裕,还有上层权贵亲戚,因此多替上层人物效力。

这时期,正值伽兰达尔运动兴起,伽兰达尔们控制了整座城市,试图建立一个公正的政府,保护贫苦百姓的权益。伽兰达尔的领袖哈吉被害,阿萨德安拉和阿卜杜扎基因为保护哈吉的财产而受到伽兰达尔新政府的重用。阿萨德安拉刚开始充满热情,但渐渐开始怀疑伽兰达尔的一些过激做法,并游离于伽兰达尔政权之外,而阿卜杜扎基则对革命运动始终充满激情。旧政权势力疯狂反扑,镇压伽兰达尔运动,致使该运动最终失败,旧政权恢复统治,大肆逮捕屠杀伽兰达尔。阿卜杜扎基跟随一部分伽兰达尔逃亡到印度,阿萨德安拉则被逮捕流放。流放那天,阿萨德安拉的儿子哈米德送父亲到城门口,将一套牧羊人的衣服给父亲穿上。阿萨德安拉穿着牧羊人的衣服,走进荒野,再没有回来。

尾声回到楔子上来。牧羊人的两个儿子共同办学,但其中一个很快就厌倦了这种清贫生活,将自己名下的办学股份变卖给兄弟,换得与权贵们交往的资本,很快成为宫廷文秘,最终成为宫廷的桂冠诗人。另一个则坚持办学,最终成为广受百姓爱戴的教师。小说最后是阿萨德安拉写给儿子哈米德的信:"……你还记得那条破旧的牧羊人的斗篷、草鞋,还有受折磨的母亲的牧羊鞭吗?是的,亲爱的,它们都是我父亲的遗产。"

小说正文对萨法维时期伽兰达尔运动全过程的描写,可以说完全是在影射伊朗左翼运动所遭受的挫折与失败。作者想要用故事说明,运动失败的主要原因在于：一方面是以阿卜杜扎基为代表的运动领导层的一些过激做法和私心，导致人们的不满，使运动组织内部产生分裂，自我削弱，从而给了敌人可乘之机，让敌人反扑成功；另一方面，是以阿萨德安拉为代表的知识分子阶层缺乏坚定意志，缺乏牺牲精神而导致失败。故事主人公阿萨德安拉对伽兰达尔运动始终不够坚定，一直处于游离状态，并且临阵逃跑，虽然最终苟活性命，却招致可耻的失败。这里，作者阿勒·阿赫玛德可以说是对自己的灵魂——"失败的一代"知识分子的灵魂——做了毫不留情的剖析，指出失败的原因正是在于自身的软弱性。

　　小说以"笔"为名，且主人公都是文书（即知识分子），因此作者阿勒·阿赫玛德的着眼点是知识分子如何使用自己手中的"笔"，他说："千万不要出卖自己的笔去换面包，让灵魂效劳于肉体。若要出卖，也只出卖胳膊。笔绝对不能卖。"①多么精辟的话！知识分子在革命运动中究竟应该怎样做，才能不辜负自己手中的这支笔。小说以寓言方式提出的知识分子的使命，在阿勒·阿赫玛德后来的著作《论知识分子的效忠与背叛》中得到更加深刻的论述，这使得在后来的伊斯兰革命中，知识分子阶层坚决站在了宗教阶层一边，坚定不移地反对巴列维国王的专制政权。

　　阿勒·阿赫玛德在这部小说中更多的是在表达自己的思想观点，一如他的政论文章。因此，《努奈和笔》的政治意义远远大于其文学意义，这也是阿勒·阿赫玛德后来成为伊朗知识分子阶层的精神领导的关键原因之所在。这部小说的名字的内涵尤其表现了阿勒·阿赫玛德向传统回归的倾向。小说《蜂箱的经历》中"回到过去传统古老的地方，自由自在地生活"的思想逐渐在阿勒·阿赫玛德的思想中占据上风，在《努奈和笔》中反映更加突出。

　　然而，阿勒·阿赫玛德的"回到过去的传统"的思想，不是"回到伊斯兰之前"，而是"回到（西化）之前的伊斯兰"。后立宪运动时期拉希姆扎德的历史小说《沙赫尔巴奴》所主张的"伊斯兰教什叶派是伊朗古老文明的延续"这种思想成为伊朗知识分子在20世纪的寻路之旅中的另一脉，阿勒·阿赫玛德的思想正是沿着这一脉发展下来的，并最终在20世纪70年代的伊斯兰革命中实践成功。

---

　　①　Hasan Mir'Abidīnī, Sad Sāl Dāstānnivīsī-yi-Irān, Intishārāt-i-Chishmah, 1380, Jild. 2. p199.（［伊朗］哈桑·米尔阿贝丁尼：《伊朗小说写作百年》，切西梅出版社，2001年，第二卷第199页。）

第十一章　1961—1978 年(上)：伊朗全面西化与小说百花齐放

第一节　伊朗社会的全面西化

在"八月政变"之前,美国与苏联在伊朗的利益角逐中基本上势均力敌,苏联更多地控制了伊朗的意识形态领域,而美国和英国更多地控制了伊朗的经济领域。在美国经济顾问的参与下,伊朗政府制定了第一个七年发展规划(1949—1955 年),制定了详细的利用石油资源发展国民经济的目标。但由于石油国有化运动和"八月政变"对伊朗局势的影响,第一个七年发展规划的目标没有实现。1953 年,巴列维国王依靠美国的力量,镇压了石油国有化运动和人民党之后,再次采取其父亲的做法——在实行君主集权的同时,推行大力度的经济和社会改革。巴列维国王又制定了第二个七年发展规划(1956—1962 年),该计划总投资12 亿美元。由于石油收入的迅速增长,第二个七年发展规划期间,伊朗经济飞速发展,基本上完成了战后伊朗经济的重建。有了一定的经济基础之后,雄心勃勃的巴列维国王意图振兴波斯帝国昔日的雄风,开始了第三个七年发展规划(1963—1969 年)(后来改为十年发展规划,时间为 1963—1972 年),该规划的目的是"把伊朗建成独具特色、君主专制政体的资本主义发达国家"①。该规划即著名的"白色革命"(该命名是为了与人民党的红色革命和宗教阶层的绿色革命相区别,绿色是伊斯兰教的代表色),这是一场由国王发起的自上而下的社会经济方面的革命,巴列维国王为白色革命制订的具体目标是使伊朗成为"世界第五强国"(排在美国、苏联、日本、联邦德国之后)。

白色革命的第一个主要内容是土地改革,使伊朗农业实现现代化。土地改革取得了较大的成效,使伊朗农村地主与农民的关系改变为资本主义的生产关系。土地改革使农村人口大量流入城市,使伊朗的城市规模迅速扩张,城市经济飞速发展,使伊朗的城市人口超过农村人口。但巴列维国王也为土地改革付出了沉重的代价。由于伊朗有相当大的一部分土地是清真寺的地产,掌握在宗教

---

① 王新中、冀开运:《中东国家通史·伊朗卷》,商务印书馆,2002 年,第 308 页。

阶层手中,这些土地使伊朗的宗教阶层具有独立的经济体系。土地改革损害了宗教阶层的利益,而巴列维国王又对宗教阶层采取强权压制的政策,因此二者之间的矛盾冲突日益尖锐,并最终导致了伊斯兰革命的爆发。

白色革命的第二个主要内容是实现伊朗工业的现代化。伊朗的支柱工业是石油化工,20世纪六七十年代伊朗的石油产量迅速提高,而巴列维国王利用中东战争期间中东地区石油减产而抬高伊朗的石油价格,使伊朗的石油美元滚滚而来,为伊朗经济的全面现代化提供了充足的资金保证。工业化的目标也基本实现,建立起了门类齐全的工业经济体系。工业现代化和农业现代化的成就结合在一起,使伊朗从一个农牧业国家转变为工业国家。白色革命的内容是多方面的,除了农业和工业的现代化,还有森林国有化、水利资源国有化、教育现代化、医疗卫生现代化、妇女社会地位法律化等内容。六七十年代伊朗经济的近乎疯狂的飞速发展在当时是一个奇迹,巴列维国王虽然没有实现"世界第五强国"的梦想,但在70年代初,伊朗人均国民收入已列世界第9位,综合国力大大加强,国际地位大大提升。

巴列维国王的白色革命使伊朗社会发生了根本性的质的变化,使伊朗成为一个发展迅速的资本主义国家。但是,与其父亲礼萨·汗一样,巴列维国王太过飞速发展的计划,使其无法从容而有效地处理和解决现代化过程中在社会、经济、政治方面所出现的种种问题,尤其是无法妥善解决与宗教阶层的矛盾。飞速发展的现代化导致各种社会矛盾白热化,结果是巴列维国王无论如何也想不到的——经济的飞速发展使巴列维王朝飞速地走向灭亡。因此,白色革命虽然表面上取得了较大的成就,但实际上是违背了伊朗社会的发展规律,实质上是一次失败的经济革命。

伊朗在经济上全面实现现代化的同时,在社会生活和文化思想方面也走向全面西化。一时间,西方的文化艺术、价值观念、生活方式很快替代了古老的东方传统,大街上到处是着迷你裙、露背装的时髦女郎,清真寺旁边开起了灯红酒绿的酒吧和夜总会,社会文化生活方面的所谓繁荣简直让人眼花缭乱。针对伊朗文化日益西化的问题,巴列维国王采取的应对措施是追溯伊朗伊斯兰化前波斯帝国的古老传统,为此巴列维国王取消了伊斯兰历法,而代之以波斯帝国历法,即以阿契美尼德王朝建立波斯帝国(前550年)作为纪元开始,巴列维国王还举办了极尽豪奢的庆祝波斯帝国建立2500周年大典,邀请了近70个国家的贵宾出席。巴列维国王认为,此举既可弘扬伊朗古老的文化传统,又可消减伊斯兰教在伊朗的影响,真可谓一举两得。但实际上,巴列维国王既严重低估了已经统治伊朗人精神生活1000多年的伊斯兰教的力量,也严重低估了西方文化对伊朗的强力渗透。

由于资本主义社会是人类社会发展的一个极为重要的阶段,而西方在较早的时间里，就进入了资本主义社会，其价值体系到 19 世纪末 20 世纪初已发展得相当完备。西方列强利用自己强大的国力将自己的价值体系作为一种绝对价值体系强行推向东方社会。因此，20 世纪东方社会的现代化在很大程度上毋宁说就是西化。伊朗宗教阶层"把所有现代化措施看作是牺牲老的价值观去换取颓废和不信真主的西方国家的那些东西"①。对此伊朗公主也说："美国人搞出了一个奇怪的援助方式，即文化援助，具体地说就是要使这些国家的文化尽可能'美国化'。"②这是每一个意欲实现现代化的东方国家都面临的一个问题。的确，经济上的飞速现代化将伊朗这样一个具有古老伊斯兰传统的东方国家强行拉进了西方文化的价值体系中，两种观念悬殊的价值观在伊朗这块古老的土地上发生了强烈的冲突。

面对两种价值观的强烈冲突，伊朗知识分子阶层的心态是十分矛盾的。作为伊朗社会的精英群体，他们的思想总是走在时代前列的，他们渴望自己的祖国实现现代化，走向繁荣富强，渴望新思想、新价值，但同时他们对伊朗传统文化又有着强烈的眷恋和尊崇，对现代化过程中传统价值和传统文化的失落感到痛心疾首。在两种价值观的强烈冲突中迅速繁荣鼎盛的伊朗文学面对伊朗社会的全面西化做出复杂的反应：一方面，是对国家全面西化政策的顺应，对西方价值观的一定程度的认同。这主要表现在文学形式上崇尚欧美现代主义文学，形成第三波伊朗现代派文学思潮，在内容上则是对传统文化和传统道德观念的叛逆。另一方面，又表现出对国家全面西化政策的逆动，抵制西方文化的价值观，对全面西化进行反思和批判，并且向传统回归。

这个时期是伊朗社会的大变革时期，城市资产阶级和中产阶级发展成熟。文学也出现自觉意识，寻找伊朗民族的复兴之路。知识分子在经历对西方文明文化的狂热崇拜之后，经历立宪运动的失败和社会主义运动的失败之后，纷纷开始反思，渐渐地，主张回归传统与反对西化成为笼罩伊朗知识分子阶层的主流思想，在西方文化入侵面前，坚决捍卫民族遗产及民族文化的东方身份。同时，宗教思想与神秘主义思想再次复兴，被称为"信仰的再次升起"。著名作家阿勒·阿赫玛德是回归伊斯兰传统的代表，著名诗人阿赫旺·萨勒斯则是主张回归古波斯帝国文化传统的代表。总之，整个社会充满了对西方文化泛滥的反感与厌恶，渴望回到"父亲的家园"，找回自己的身份。

这个时期的重大文学事件是伊朗作协于 1968 年 4 月成立，西敏·达内希瓦尔当选为第一任主席。西敏·达内希瓦尔在这个时期获得极大声誉，奠定了自己在伊朗现代文学史中的崇高地位。我们将列专节介绍其小说创作的成就。成

---

① ［伊朗］阿什拉芙·巴列维：《伊朗公主回忆录》，新华出版社，1984 年，第 186 页。

② 同上，第 88 页。

立大会上制定了详细的章程,还发表了会议声明,要求言论与思想的自由。49位作家在这份宣言上签名。作协在阿勒·阿赫玛德家召开了几次会议,同时还在德黑兰大学举办了纪念尼玛·尤希吉的大会。

第二节　反映城市生活的小说

一　城市题材的小说

20 世纪 60 年代是伊朗社会发生巨大变革的时代,城市急剧扩展,职员阶层、中产阶层成为社会的一个重要阶层。随之,反映城市生活的文学作品也大量涌现,大多数是以德黑兰为背景。其中,也有一些赞美城市生活,为现代化唱赞歌的作品,霍尔莫兹·沙赫达迪(هرمز شهدادی)的小说《德黑兰的匆忙夜晚》(شب هول تهران,1978)是这方面的代表。作者在小说中认为:伊朗的未来不是在荒郊野外的乡村,而是在工业化的城市。小说主人公说:"让我跟你(农村)一刀两断,让我跳进未来里面,跳进拥挤的城市里面,跳进汽车的喧闹声、工厂、职员和工人里面。请让我逃到那有医院的地方,有医生、有药品的地方,那里的人们为了与默默无闻的生命进行抗争而努力。我要逃离这暴虐的大自然,逃离如此低贱、轻易消亡的生命,逃离在大自然面前如此卑贱的屈服。从此以后,我会喜欢城市、拥挤的场所、大街、车流,甚至大街上散落的垃圾、小巷、职员、妓女、小店主、工人、人流。我会热爱烟雾的气味、充满活力的气味和钢铁的碰撞声。"但是,这样的小说不占主流。

大多数作品还是对快速工业化和城市化带来的种种社会问题表达不满或进行反思,进而抨击和批判。易卜拉欣·拉赫巴尔(ابراهیم رهبر)的小说集《我在德黑兰》(1973),描写了一个小镇青年来到德黑兰这样的大都市,惶然不知所措的经历,反映了都市社会的无序紊乱,揭示了城市生活黑暗的一面。城市生活让人与人之间充满冷漠,缺少相互沟通,人只是囚禁在钢筋混凝土的高楼里面,百无聊赖,另一方面又欲壑难填,对物质享受贪得无厌。其中,《冲突》这个小故事描写一个银行职员看到自己的工作被新式计算机替代,与教计算机使用的英国老师发生冲突,因而丢了饭碗。

纳赛尔·沙恒帕尔(ناصر شاهین پر)的小说集《一条大街的完美方案》(1973)中的故事也都发生在德黑兰,对政府机关职员们的生活方式与空虚无聊的气氛进行冷嘲热讽。其中,小说《猴子》描写一个职员为了谋求晋升而像猴子一样上蹿下跳,而最后真的就变成了一只猴子,颇具魔幻现实主义色彩。

费力东·坦卡布尼(فریدون تنکابنی,1937—　)是一位讽刺作家,也是"城市小说"作家群中比较优秀的一位。他总是把故事与议论掺合在一起,不时地置身于故事中,发表自己的议论和批判。长篇小说《笼子里的男人》(مردی در قفس,1961)主人公讲述了他自己的一生,从童年到青壮年,谈论友谊、爱情、艺术和死亡,由此提出一系列的社会问题。小说集《泥土的囚徒》(اسیر خاک,1962)展现了进城务工的农民工的贫困城市生活,其中《没睡觉的祖母》从一个孩子的视角讲述了祖母多年来的夙愿——想要吃一个桃子,但是当这个愿望即将实现之时,她却去世了。坦卡布尼的作品更多的是关于城市生活,小说中的主人公在青年时期都是满怀希望,满脑子幻想,然而不断地屈服于现实,金钱与地位的诱惑消磨了以往的锐气。所有的人物都如同《象棋中的步兵》(پیادهٔ شطرنج,1965),过着单调无聊的生活,寻找乐子。其代表作《黑夜中的星辰》(ستارههای شب تیره,1968)中的《人类记》以《旧约》经文开篇,描写了人类的命运,充满艰辛的生活历程,以及希望与绝望的交织,最终是爱情拯救茫然失措的人类,可以说是一部关于人类宿命的作品。《金钱是唯一的价值,是价值的标准》(پول تنها ارزش و معیار ارزش ها,1971)讲述的都是现代都市中的人们除了金钱之外,别无追求。小说集《在铁轨上行走》(راه رفتن روی ریل,1977)描写的是城市中知识分子阶层的穷困潦倒,在这腐败的社会环境中,只好用自己的知识与智力为政权效力,并在此过程中逐步变得平庸,失去理想。散文集《拥挤城市的记录》(یادداشتهای شهر شلوغ)是作者走上街头,将亲眼看到的大城市的种种喧嚣记录下来,其中《机器与文盲的斗争》一文堪称坦卡布尼最优秀的作品,揭示了在现代化进程中机器与人之间的矛盾:机器在解放劳动者的同时也让劳动者失去饭碗。

古拉姆侯赛因·维基当尼(غلامحسین وجدانی)是一位政府职员,擅长描写德黑兰老城的生活,在其代表作《古拉姆大叔》(عمو غلام,1969)中,一个闲暇老人生动而旷达地讲述了自己半个世纪的生活回忆。别的城市小说一般描写普通市民的生活,这部小说则描写了 20 世纪 20 年代德黑兰老城所保有的所有的传统与特征。古拉姆长期在贵族家庭做用人,他的回忆,不仅反映出他小时候无忧无虑的生活,还展示了过去的传统、伊朗贵族家庭的生活。可以说,这部小说是在以过去旧式城市贵族生活的优雅和悠闲映照现代都市白领生活的忙碌乏味。

二　社会问题小说

社会问题小说与前一类"城市小说"的区别在于,前一类作品的着眼点是人物所处的周遭环境,强调外部环境对人的压抑,描写伊朗迅速城市化进程中,生活在城市中的人们所面临的诸多问题。而社会问题小说更关注人物的心理状态和人生历程,以此来映衬他们所处时代的社会精神面貌。

纳德尔·易卜拉欣米(نادر ابراهیمی,1936—2008 年)的小说集《等待之意义的广度》(وسعت معنای انتظار,1976)中的《栅栏这边,栅栏那边》描写了一个没有孩子的男人总是苦涩地看着邻居夫妇同他们自己的孩子玩耍,因此心态发生扭曲,处处与他们作对,但最终他得知邻居夫妇也没有孩子,他们的孩子是领养来的。《等待的滋味》描写了一对夫妇22年来一直在等待他们根本就不会来的孩子,颇有一些《等待戈多》的意味。纳德尔·易卜拉欣还出版了小说集《公共场所》(بار دیگر شهری که دوست میداشتم، مکانهای عمومی،1966)、长篇小说《我再次爱上城市》1966和《人、犯罪、设想》(انسان - جنایت - احتمال، 1971)。《人、犯罪、设想》讲述的故事梗概:赛义德·巴巴汗是霍拉桑偏远地区的一个农夫,长期以来想休掉他的妻子,但都没有成功。一次,借助于地震,他杀死妻子,用倒塌的墙掩盖其妻子的尸体。后来,尸体被翻出来,通过法医鉴定,死于谋杀,赛义德·巴巴汗以谋杀罪入狱。作者以律师的身份进行辩护,探讨追究这桩谋杀案发生的前因后果,牵涉到社会的原因和妇女权益的问题,最后试图说明社会及生活于其中的每个人都对这桩谋杀案负有责任。

伊斯兰革命之后,纳德尔·易卜拉欣米还出版了一系列作品,其中赢得较好反响的有小说集《给我配偶的四十封短信》(چهل نامه کوتاه به همسرم، 1989)和《明天不是今天这样子》(فردا شکل امروز نیست، 1999)。其中,报告文学《与一个典型的萨瓦克特务的对话》和小说《瘀血》则采用弗洛伊德的精神分析法,揭露巴列维情报机构萨瓦克特务的残暴。

巴赫曼·沙勒瓦尔(بهمن شعله ور، 1941—)1967年出版自己的第一部小说《夜晚旅行》(سفر شب),一共有12章,相互之间没有紧密关联,每一章都可以说是一个独立的短篇。在写作技巧上,可以看到福克纳《喧哗与骚动》和塞林格的《麦田的守望者》的影子。故事梗概为:医科大学学生胡默尔与他的朋友们酗酒后在夜晚的大街上游荡,嘻哈大笑,对话充满了20世纪60年代的一些特有的词汇与表达。借由这群年轻人的游荡,德黑兰午夜的酒吧、咖啡馆、大街上年轻男女的拥吻等景象呈现在读者眼前。在这个令人厌倦的世界,胡默尔有着各种上进的念头:阅读并翻译莎士比亚,扮演哈姆雷特的角色,还打算自己创作历史剧,大声喊出:"我想站在地球的中央,嚎叫,让全世界的人都能听到我的声音。"但是,最终残酷的现实把他抛在身后,他变得疯狂,失去理智,嘲笑一切。

扎克里亚·哈西米(زکریا هاشمی، 1936—)1969年出版的小说《鹦鹉》(طوطی)描写了两个年轻人的生活:哈西姆是一个社会不良少年,打架斗殴、抽烟酗酒是他的一种生活常态,与他的朋友贝赫鲁兹一起在德黑兰最阴暗的各个角落游荡出没。小说充满了酗酒、淫乱、打架斗殴的场景。小说最基本的故事情节是哈西姆与一个名叫鹦鹉的妓女相识,最后这个妓女为了他却被杀害。在对社会阴暗面的描写方面,哈西米的作品比别的作家更为成功,其逼真的现实主义手法描写让人触目惊心。

巴赫曼·弗尔西(بهمن فرسی، 1933—)1973年出版小说《一夜两个的夜晚》(شب یک، شب دو):比比是一个富家女子,在欧洲学习服装设计和美容化妆,后来专为妓女设计了一款时装名叫"一夜两个的夜晚"。回伊朗后，比比进入德黑兰艺术圈，同一个名叫扎瓦西的神经质的所谓自由知识分子相识并同居。之后，她周游世界，从世界各地给扎瓦西写信，并与他人结婚，但每次回到伊朗，她都坦然地睡在扎瓦西的怀抱里。而扎瓦西最根本的痛苦是"没有真正生活过"，他既没有能力也不想与自己的生活周遭环境达成谅解，看着所有的人和事都是那么虚伪和虚假，没人懂他的话，也没人明白他的意思。因此，他反抗一切秩序，但是这种反抗的最终结果却是堕入性欲本能。他是性解放的推崇者，除了纵欲，别无所思。因此，小说有相当露骨的情色描写。扎瓦西是一个孤独又孤零的形象，本想打破一切旧传统，却被传统抛弃在一边。弗尔西是伊朗现代文学中最私小说化写作的作家。他的小说多描写主人公试图在女人、酒精、电影院与绝望中将过去遗忘。

礼萨·巴巴木嘎达木（رضا بابامقدم，1913—1987年）的小说集《孤独的鹰》（عقاب تنها，1958）充满了焦虑与绝望，其故事大都发生在法国，孤独的主人公在异乡备受陌生感的煎熬，经受精神与内心的绝望与痛苦，与赫达亚特的风格类似。小说集《真主的孩子们》（بچه های خدا，1966）和《马》（اسب，1969）这两部集子中的故事大多数都发生在德黑兰老城区，描述底层贫苦百姓的苦难。其中《马》这篇作品具有超现实主义色彩，叙述者以回忆的形式描写自己小学时期的一个同学，他的面孔长得像马，而最终变成了一匹真马，奔向荒野。在故事叙述者搬家那天，他看见同学变成的马儿在拉马车，并且承受马车夫的鞭打，颇具魔幻现实主义色彩。

三　阿富汗尼的《阿胡夫人的丈夫》

阿里·穆罕默德·阿富汗尼（علی محمد افغانی，1925—　　）出版于1961年的长达900页的小说《阿胡夫人的丈夫》（شوهر آهو خانم）是社会问题小说中最成功的作品。阿富汗尼是一位自由撰稿人，本无太大名气，《阿胡夫人的丈夫》虽然是其长篇处女作，却赢得了巨大的成功，被伊朗图书学会评为1961年最佳图书，并得到当时伊朗文学评论界的盛赞，被誉为"波斯语文学中最伟大的小说"。"这部小说展现了我们社会中普通人的深刻的生活悲剧。其广阔的社会场景令人想起巴尔扎克和托尔斯泰的小说。这是第一次一部波斯语小说具有如此深广的意义。"[①]尽管"波斯语文学中最伟大的小说"的评价有点夸张，但《阿胡夫人的丈夫》的确是这个时代最杰出的小说，小说的名声远远超越了作者本人的名声。现在，《阿

---

① Hasan Mīr'Abidīnī, Sad Sāl Dāstānnivīsi-yi-Irān, Intishārāt-i-Chishmah, 1380, Jild. 1. p393.（[伊朗]哈桑·米尔阿贝丁尼：《伊朗小说写作百年》，切西梅出版社，2001年，第一卷第393页。）

胡夫人的丈夫》成为伊朗 20 世纪文学史绕不过去的一章,也是一部长销小说,过几年就会有再版。

小说故事发生在 1934 年的克尔曼沙,也是作者的故乡。作者在小说开头以差不多 50 页的篇幅细致地描写了当地的风土人情及馕饼师行会的情况。小说主人公赛义德·米朗是当地馕饼师行会主席,通过做军需馕饼而靠近总督的权力中心,生意蒸蒸日上,家庭生活也幸福美满,有个贤惠的妻子阿胡和四个可爱的孩子。他是一个宗教信徒,也是一个爱家行善的男人。阿胡夫人是一个典型的伊朗传统家庭妇女,勤劳而忍辱负重,一个没有权利、没有工资收入的伟大女性,这也正是其卑微的原因。从第二章开始,阿胡夫人成为整个故事的核心人物,即使在阿胡夫人没有出场的场合,也会感觉到她的存在。第三章描写了胡玛的过去,她是一个任性纵欲的"新派女人",是一个想挣脱传统社会约束与羁绊的女人,却走上迷途,混迹于歌舞厅当歌女、舞女,赛义德·米朗将她拯救出卑微的境地。爱情之火灼烧着这个不再年轻的男人,他被胡玛所迷惑俘虏。但他不敢面对这份情感,自我欺骗,认为他对胡玛的同情只是一种人道主义的同情。终于,在一个宁静的清晨,他以帮助胡玛为名把胡玛带进了家门。胡玛的出现打破了这个家庭原本平静和谐的生活。过一段时间之后,赛义德按照伊斯兰教法正式纳胡玛为第二房妻子。之后,两个妻子之间开始了一场旷日持久的争夺丈夫的角逐。从此,原本安宁的家庭陷入无止境的争吵与争夺之中。

小说描写了这个家庭在 7 年中的变化,对伊朗人的家庭生活和社会生活做了一种全方位的呈现。阿胡忍辱负重地捍卫着自己家庭主妇的地位,胡玛也耐心地一步一步地要把阿胡挤出家门。但是,阿胡的抵抗是徒劳的,最终她在家庭中被边缘化。赛义德家庭的矛盾日益白热化。赛义德在愤怒中对阿胡拳打脚踢,从此阿胡成为家庭中多余的人。之后,赛义德与胡玛开始纵欲享受所谓的美好日子。这时,恰逢礼萨·汗政府倡导妇女解放,取消佩戴头巾。赛义德允许胡玛穿着性感的服装外出,他自己也平生第一次剃光了自己的胡须,穿上新式服装,将传统的外壳一个接一个地扔弃,拼命地想跻身于新兴的城市中产阶级。胡玛憧憬着男女平等,因而拥护礼萨·汗的改革。但是,这种改革是自上而下的,对于那些坐办公室穿职业服的女性来说,也许行之有效。但对于胡玛这样没有文化没有见识的底层女性来说,却是她们走上迷途的原因之一。胡玛开始厌倦小城市的生活,想要走上康庄大道,却四处碰壁。小说对她的内心痛苦和灵魂折磨描写得十分细致。

赛义德也在激烈的社会变革面前无所适从,四处碰壁,逐渐耗掉了自己的所有资产,然后靠走私维持生计。靠金钱获得的爱情,随着金钱的消失而消失。不再富有的赛义德不再受胡玛的青睐,胡玛想要离婚,但赛义德沉迷于对她的情欲,认为是阿胡夫人在其中作祟,反而把阿胡夫人赶出家门。阿胡夫人面对如此的侮辱与折磨,也只是忍气吞声,因为社会没有给予她任何权利。阿胡离开了家。赛义德想带着胡玛一起去旅行,这将是一次没有回程的旅行。阿胡得知消息后,抛弃恩怨,赶到汽车站,将赛义德劝说回家。这个受尽生活屈辱的女人为了捍卫家庭,抛弃恩怨,挺身而出。胡玛则跟着汽车司机离开了这座城市,她向往海市蜃楼一般的生活,最终获得的也只是一片海市蜃楼,可望而不可即。赛义德最后走投无路之时,又躲进了阿胡夫人的怀抱。阿胡夫人很感谢重新寻回丈夫,她振作精神,让破碎的生活重新归于平静。

《阿胡夫人的丈夫》既是一部文学作品,也可以说是一部社会纪实作品,它是整整一个时代的缩影。作者阿富汗尼以 19 世纪欧洲现实主义小说的全知视角描写故事,人物的外部活动与内心活动全都一清二楚。小说故事开始于 1934 年,结束于 1941 年,其间经历了"二战"的爆发、盟军进占伊朗等国际大事,小说在讲述大时代里的小人物命运的同时,真实地再现了发生在这个时代里的许多重要历史事件。

倘若说,赫达亚特的《瞎猫头鹰》是礼萨·汗时期知识分子精神与灵魂生活的反映,阿拉维的《她的眼眸》则是那个时代的斗争生活的反映,那么,阿富汗尼的《阿胡夫人的丈夫》则是那个时代社会生活的全景式反映。这三部小说,以其不同的价值、不同的角度,展现了伊朗在 20 世纪前半叶的整个面貌。

第三节 反映土地改革与农村生活的小说

一 土地改革的小说

巴列维国王的"白色革命"所实行的土地改革,是推动伊朗社会走向工业化、城市化、现代化的重要举措,但同时也摧毁了伊朗的传统生活方式,给人们的内心世界带来了强烈的冲击。剧烈的社会变革迫使作家以一个新视角来看待乡村生活,由此产生了特定意义的乡土文学。因此,描写土地改革的动荡、渴望回归土地成为这个时期文学作品的重要内容之一,这期间产生了不少优秀作品,给伊朗文坛带来了一股清新的空气。

这个时期,涌现出大量有关农村土地改革的长短篇小说,甚至一些著名诗人如塞庞鲁等都用自己手中的笔创作乡村题材的小说。但是,在这大量的乡村小说中,鲜见为现代化唱赞歌、为国家的土地改革歌功颂德的作品,所有的作品几乎都是一致抨击现代化技术对农村的入侵,对传统乡村生活的破坏,赞美乡村生活的淳朴与安宁。由此可见,当时国家进行大力度的社会改革时,伊朗知识分子阶层的价值取向。

这种反对现代技术入侵乡村的思想在阿赫玛德·马赫穆德的小说《遭遇》中

有显著反映。小说描写了绝望的农民对地主引进拖拉机的反抗,因为机器对人力是一种强大的排挤,让人失去、找不到自己的位置,从而失落迷惘、没有依附感。纳赛尔·伊朗尼(ناصر ایرانی,1937—)则在其作品《在努尔阿巴德,我的村庄》(1975)中鼓励留守乡村,反对移居进城。小说描写一个年轻人在旅行途中来到一个苍翠碧绿的村庄,那里的人们生活得幸福快乐,其乐融融地进行集体劳作。年轻人为寻求他们如此快乐的秘密,便与村民攀谈,得知该村村民面对干旱,不是弃村而走,而是在自然灾害面前同心协力,打井引水,让村子重获繁荣生机。作者以诗意的笔调营造了一个理想的乌托邦村庄,是从另一个向度反对巴列维国王实施的土地改革。

阿明·法基里(امین فقیری,1944—)也是一位描写乡村题材的优秀作家。1968年出版小说集《充满厌倦的村庄》(دهکده پر ملال),讲述的故事都是一个乡村教师在克尔曼和法尔斯地区耳闻目睹的乡村生活。其中,《洪水》讲述了土地改革之后的农村现状:地主拿走了水源充足的土地,并将多余的水源卖掉,致使农民们的土地因缺水而干涸。小说生动地再现了农民与地主之间的斗争。作者在以深刻的眼光洞悉农村生活的同时,也对乡村景色流连忘返。

这其中,塔基·莫达勒斯的小说《沙里夫江,沙里夫江》和阿勒·阿赫玛德的小说《土地的诅咒》堪称反映土地改革的代表。

二 塔基·莫达勒斯的《沙里夫江,沙里夫江》

塔基·莫达勒斯(تقی مدرسی,1932—1997年),出生于德黑兰,后移居美国,在美国去世。其职业是心理医生和作家。1965年,莫达勒斯出版了其代表作《沙里夫江,沙里夫江》(شریفجان شریفجان)。该小说在土地改革开始之后即问世,引起了广泛的关注。小说细致入微地呈现了农村人的生活,描写了大地主贵族阶层对土地改革的反抗,以及他们在与国家中央权力的较量中败落下来的故事。

小说以大地主阿斯兰尼与贾航苏兹上校(代表国家强权)之间的较量为主线。在描写沙里夫江这座城市的消亡时,莫达勒斯采用了用自然力来映衬的方式。当政权的暴力即将发生之时,阿斯兰尼的儿子法尔哈德预言说:一场风暴即将来临,将会覆灭沙里夫江。果不其然,风暴象征了人无法抗拒的力量,不论是自然力还是人为的暴力。故事是以法尔哈德的视角来叙述的,他是父亲财产的监护人。上校想夺走阿斯兰尼在加拉尔阿巴德的未开垦的地产,并用拖拉机铲平。阿斯兰尼看到自己家族面临被毁灭的危机,义无反顾地站出来,与上校进行对峙。法尔哈德听到母亲与上校之间不正当关系的种种流言蜚语,陷入噩梦和各种奇异怪诞的想法之中。阿斯兰尼也因此病倒,处在半疯狂状态。关于阿斯兰尼家的各种流言打破了沙里夫江这座边缘小城的冷清,人们津津乐道,添枝加叶地传播流言。

阿斯兰尼夫人后来弃家出走。阿斯兰尼对人们的恐惧达到高潮,对法尔哈德说:"这些狼饿极了,对无辜者也不会有任何同情,他们会吃掉你。"小说还借阿斯兰尼的朋友萨洛马特对死者的哭丧,哭号出对旧传统逝去的哀伤。萨洛马特哀求上校不要破坏小城古老的秩序,然后他走进原野,从那里看见城市边缘地带建立起来的工厂,他视之为一片野草,应当将其斩草除根。之后,法尔哈德的叔叔和姑姑到来,为了捍卫家族的荣誉,他们要求阿斯兰尼与妻子离婚,但阿斯兰尼拒绝了。

佃户们刚开始也无法理解和拥护这场土地革命,千百年来他们已经习惯了为农场庄园领主工作,他们对阿斯兰尼说:"如果您不在了,我们该为谁效劳呢?"然而,当上校召集全村人对阿斯兰尼进行批斗审判时,佃户们却全都挤在一起,控诉阿斯兰尼对他们的压迫和剥削。阿斯兰尼因此绝望地离群索居。法尔哈德四处寻找父亲,结果父亲却带着一名妓女回家来。

小说最后,一切归于平静。作者一厢情愿地把上校打发回家了。阿斯兰尼与法尔哈德骑上马,奔向火车站,把阿斯兰尼夫人找回来了,一家人重新团聚了。阿斯兰尼一家弄来拖拉机,自己劳动,把土地改革后自己剩余的土地耕耘得红红火火,以此来报复、嘲笑那些分得土地却无钱买拖拉机耕耘的村民——他从前的佃户们。

《沙里夫江,沙里夫江》这部小说非常真实地再现了伊朗土地革命时大地主贵族与政府、农户之间的三角关系。作者的立场是站在大地主贵族一边的,认为那样的乡村生活是伊朗的古老传统。土地改革破坏了乡村的安宁,破坏了古老的传统。事实上,巴列维国王自上而下强力推行的土地改革,还是取得了较大的成就,完全改变了伊朗旧式的封建领主与佃户之间的关系,同时也对城市化进程起到了非常大的促进作用。因此,小说最后的大团圆美景只不过是作者莫达勒斯的梦想罢了,同时也是伊朗相当一部分知识文化精英的梦想。然而,土地改革也的确存在很多问题,这些问题从来没有被上层关注,更没有被解决。这也正是伊朗知识文化精英们诅咒土地改革的关键之所在。

三　阿勒·阿赫玛德的《土地的诅咒》

土地改革兴起之后,伊朗乡村文明日益消亡。这时期的乡土文学几乎都是主张"回归土地",这个主题在著名作家阿勒·阿赫玛德的小说《土地的诅咒》(نفرین زمین,1967)中同样也有鲜明反映。这部小说描写了一位乡村教师(其实就是作者自己)在乡村生活9个月的经历,作者借乡村教师之口说出关于土地、耕耘、水土的见解,谴责以土地改革的名义施加于土地的暴虐,等等。

小说故事梗概:一个对现代都市文明感到厌倦的知识分子,希望寻找一个安宁的角落,因此怀着浪漫主义的思想来到乡村,想做一名乡村教师,但是他在村子里并没有找到安宁。于是,他就在"过去"中寻找自己的理想,比如,给村子建造一座水车,又深入坎儿井中,希望通过传统的方式解决村子的灌溉问题,并以此批判现代技术。教师在来到村子的第一晚做客校长家,村子里的年长者全都聚集在一起,谈论拖拉机在邻村的出现,人们感到一种"骚动"正在逼近村子。小说中,校长与地主之间的冲突是小说故事的冲突,也是村子的内在矛盾,还是传统之根与现代技术之间的冲突。机器在使一件工作变得更为简单的同时,也破坏了过去的精神生活和物质生活的秩序,给乡村生活带来动荡。很快,电动摩托车、电动水车也进入村子。地主不得已卖掉一块土地给邻村(小说中邪恶的象征)修建养鸡场和打深井。电动水车发出的陌生响声,以及村民瓜分地主田地的喧嚣,象征着村庄发生的改变。作者如同新闻广播一样报道村子发生的点滴变化,这也是整个国家变革的缩影。人在机器的入侵面前是那样无助。在故事高潮,人们破坏电动水车,捣毁养鸡场,甚至捣毁了校长的苗圃。这时,军警出现了,展现了国家机器的强大与暴力。教师打算离开这个村子,去别的村子,寻找世外桃源,这时他得知地主死在骚乱中的消息,但他无动于衷,还是离开了这个村子,与《小学校长》一样,他也是一个遭遇失败的知识分子的形象。

一如既往,阿勒·阿赫玛德似乎并不是旨在创作一部文学作品,而是旨在思考伊朗土地改革中出现的种种问题,以及伊朗的传统农业经济,并提出自己的思想见解。教师在村子里溜达的时候遇到达尔维希(苏非苦行僧),小说一连串的对话讨论由此展开。二人讨论的内容是:是否应当把村子铲平,修路通向大城市。达尔维希认为唯一的拯救之路是回归神秘主义,教师提出的办法即是对作者阿勒·阿赫玛德的政论著作《西化瘟疫》中的思想的重复。

整部作品长篇大论的讨论掩盖了故事本身,在城市里见过世面的小青年、地主的儿子、四处行走的画家全都聚在一起,每个人都讲述着自己的见闻与见解,其实都是作者自己的观点,缺乏人物性格特征的刻画。倘若我们把阿勒·阿赫玛德的这部《土地的诅咒》与其妻子达内希瓦尔同时期的作品《萨巫颂》相比,在人物形象刻画方面,前者不及后者,或者说阿勒·阿赫玛德根本就不想讲故事,也不是一位讲故事的高手。他的作品都是讲自己独到的政治思想见解,《土地的诅咒》也是一部"讲述思想的小说"。该作品提出:回归大地与传统,反对西化与机械化,厌倦城市文明,歌颂乡村古老的生活方式。但实际上,作者并未切中问题的要害。现代社会的问题不是城市与机械的问题,即不是物质生活方式问题,而是一个形而上的哲学问题。与中国歌颂社会主义新农村和土地改革的文学作品相比较,伊朗这个时期的文学更多的是对农业现代化与土地改革的反思与逆动。

四 农村题材的小说

这类小说与前一类小说的主要区别是其着眼点在于反映农村生活,而非土地改革带来的矛盾冲突。因此,作品的张力来自农村生活本身,而非外力的入侵。这类作品多描写偏远山村的艰辛生活,描写村民们的贫穷、疾病与迷信、愚昧无知,同时作者又对乡村的原始生活方式和美丽的乡村景色存在一定程度的留恋、痴迷和沉溺。

曼奴切赫尔·沙飞扬尼(منوچهر شفیانی,1940—1968 年)以描写南部巴赫提亚里山区的传统生活而著名,在其短暂的生命中创作的一系列短篇小说堪称优秀之作。这些小说开始创作于 1963 年,1978 年以《最后的抓阄》(قرعه آخر)为题结集出版。其中《经过查特》是一篇非常优美成功的小说:医生、助手、叙述者、伊尔人(伊朗一少数民族名称)为躲避霍乱,傍晚时分在山中滞留,搭起帐篷。夜晚,风暴骤起,医生与叙述者对自然界的狂暴感到十分恐惧。然而,这种恐惧不是靠文字叙述出来的,而是由文字内涵的张力传递给读者的,非常具有艺术性。当风暴平息,他们走出帐篷,发现有一队阿什勒人(伊朗一少数民族名称)在他们附近露营,通过与部落首领的攀谈,他们了解到在山脊之间穿行的人们过着已经被人遗忘的原始生活。这仿佛为他们打开了通往另一个世界的天窗。外部的暴风雨平息了,医生和叙述者内心的风暴却咆哮起来……

巴赫拉姆·希达里(بهرام حیدری)是以专门描写南方传统生活著称的作家,他十分熟悉巴赫提亚里地区的乡村生活,熟悉那里的民间传说和民俗文化,其小说集《我发誓,我背负我杀死的每个人》(به خدا که میکشم هرکس که کشتم,1977)中的同名故事描写了依然存在于乡村中的"血价"复仇(血债一定要用血来还)的习俗。主人公安拉古力偶然得知自己舅舅是被大汗(他的养父)所杀,为了捍卫古老的"血价"复仇传统,就开始计划谋杀大汗,故事中的人们被徒劳地羁绊在循环往复的古老的家族血亲复仇中。

阿明·法基里(امین فقیری,1944—)也是一位描写乡村题材的优秀作家。1968 年出版小说集《充满厌倦的村庄》(دهکده پر ملال),讲述的故事都是一个乡村教师在克尔曼和法尔斯地区耳闻目睹的乡村生活。其中,《洪水》描写的是土地改革中农民与地主之间的斗争。阿明·法基里的作品更多的是反映乡村生活的静谧与贫苦。《斑鸠》堪称这方面的代表作。作者在这篇小说中以一幅美丽的图画来描绘乡村生活艰辛的一面,描写了长期不知肉滋味的村民捕捉斑鸠的故事:皑皑的雪山,飘飘洒洒的雪花,静静流淌的清澈溪流,多么静谧的一幅乡村图画。村民在大雪中为捕捉斑鸠,为了一点食物而进行卑微的努力。法基里后来还出版过多部小说集《骚动的园林小径》(کوچه باغهای اضطراب,1969)、《库飞扬》(کوفیان,1971)、《小小的忧伤》(غمهای کوچک,1971)、《厌倦于诱惑与痛苦之间》(سیری در جذبه و درد,1974),然而与第一部小说集《充满厌倦的村庄》相比,没有更多的突破。

萨玛德·贝赫兰吉(صمد بهرنگی,1939—1968 年)本是一位儿童文学家,但在他的儿童文学作品中较多地涉及农村题材。他最有影响的故事《小黑鱼》(ماهی سیاه کوچولو,1968)讲述了一条小黑鱼通过溪流之路直到大海,表达了努力前行以改变自己的处境、努力前行以认识世界这样的思想。鱼儿越往前行越学习到新的经验,以克服各种阻力。鱼儿成为这个时期知识分子中革命青年的象征。故事以"旅行"之母题,表达了只有不断努力才能抵达目标的思想。另外,小黑鱼在从河沟游向海洋的过程中,经历了各种各样的苦难,最终明白,被囚禁在臭水洼中的鱼儿们唯一的自救之路就是武装斗争,旨在暗示必须以武装斗争推翻巴列维政权。1968 年 8 月底,《小黑鱼》出版后的几天,贝赫兰吉被发现溺死于河中,人们认为他是被巴列维情报机构"萨瓦克"所暗害。贝赫兰吉的被害成为伊朗诗坛"使命诗歌"繁荣的重要催化剂。

贝赫鲁日·大不里兹(بهروز تبریزی)的代表作《蝗虫》(1972)描写了蝗虫对农村庄稼的袭击。故事以农村孩子的语言讲述,描写了村民们在面对自然灾害时的无助、贫穷与迷信。故事中,父亲为寻求解决办法进入城里,但是从这个部门走到那个部门,四处碰壁,毫无所获。作者试图表明真正给农民们带来致命打击的蝗虫灾害是国家制度。

阿里·阿什拉夫·达尔维希扬(علی اشرف درویشیان,1941—   )的代表作《从这个省区》(از این ولایت,1973)讲述的是作者任乡村教师时的经历,描写了伊朗西部地区农民们的不幸生活。作者在关注男人失业、女人不幸的同时,更关注孩子们的贫穷、疾病与愚昧无知。孩子病了,由村里巫婆治病,结果孩子死了。一个小姑娘,为了替父亲偿还债务,被迫给一个男人当老婆,新婚之夜,女孩浸没在血泊中,却没有医生施救,女孩死去。

曼苏尔·亚古提(منصور یاقوتی,1948—   )的代表作、小说集《伤口》(زخم,1973)描写伊朗西部山区乡村教师的艰辛,抨击社会不公。《特色花朵》(گل خاص,1974)受到契诃夫作品《忧郁》的影响,讲述克尔曼沙地区乡村的故事。小说集《我的童年》(کودکی من,1975)讲述了作者一家从农村迁徙到城市边缘生活的故事。亚古提的另一部优秀之作《马蒂杨山脉上空的灯盏》(چراغی بر فراز مادیان کوه,1976)主人公切拉格(灯盏)为了捍卫自己的权益,与地主发生冲突,他杀掉地主,逃进山里,并且消灭掉追捕他的人,成为绿林好汉和拯救天使,接济无助的贫苦农民,成为当地农民们照亮马蒂杨山脉上空的"灯盏"。

第十二章　1961—1978 年（中）：百花齐放中现实主义小说大家云集

第一节　西敏·达内希瓦尔的《萨巫颂》

一　西敏·达内希瓦尔生平与创作概述

西敏·达内希瓦尔（سيمين دانشور，1921—2012 年），伊朗最杰出的女作家，1921 年出生于伊朗南部诗歌之乡设拉子，其父亲是位医生，母亲是设拉子女子艺术学校的校长，属于知识分子家庭。西敏从小就读于设拉子当地的英国学校，接受的是西式教育，成绩优异，毕业终考摘得全伊朗状元桂冠，进入德黑兰大学学习，并最终获得德黑兰大学波斯文学博士学位。这个时期的西敏一心憧憬到美国定居。1941 年，西敏父亲去世，家庭经济陷入窘境，西敏进入外国驻伊朗机构工作，同时开始撰写文章和短篇小说。1948 年初，西敏·达内希瓦尔的短篇小说集《熄灭的火焰》（آتش خاموش）出版，这是伊朗现代第一位女性作家出版自己的小说集，因而引起较大反响，西敏因此成为一位知名女性。该小说集包括 16 个故事，主人公差不多都是受过教育、多愁善感的女孩，在爱情方面总是能高谈阔论。作为处女作，这部集子显得还不太成熟。其实，西敏自己对这部小说集也并不满意，后来一直拒绝再版。无论如何，西敏以自己的姿态标志了伊朗知识女性的崛起。

同年春天，在从德黑兰到设拉子的大巴车上，西敏与其后来的丈夫、伊朗现代文坛领袖阿勒·阿赫玛德（1923—1969 年）相识，两年之后二人步入婚姻殿堂。阿勒·阿赫玛德的家庭是一个宗教家庭，其父母坚决反对这桩婚姻，不接受西敏这样一位接受西式教育、抛头露面的现代女性做自己的儿媳妇，没有参加他们的婚礼。但是，家庭的阻力并没有妨碍二人之间的感情，反而更加使他们夫妻情深，成为伊朗现代文坛著名的文学伉俪，二人皆在伊朗现代文坛上具有崇高威望和地位。西敏·达内希瓦尔作为伊朗最早从事小说创作的女性，且成果卓著，被尊为"伊朗小说王后"。

1961 年，西敏·达内希瓦尔的第二本小说集《天堂般的城市》（شهری جون بهشت）

出版,赢得广泛赞誉,其中短篇小说《天堂般的城市》是伊朗现代小说的经典篇章。在该小说中,作家以细腻的笔触、简洁流畅的语言描写了黑人女仆梅赫朗基兹凄惨的一生,整个故事可谓希望与绝望的交响曲。真正奠定西敏·达内希瓦尔在伊朗文坛崇高地位的是其1969年出版的长篇小说《萨巫颂》(سووشون),该小说被誉为伊朗现代小说中最优秀的作品之一,至1998年再版了14次,卖出40多万册,这在伊朗来说,是一个相当惊人的数字。之后又多次再版。

伊朗在1979年伊斯兰革命之后,其意识形态领域与前一时期——巴列维国王执政时期相比,发生了极大的变化。很多在革命前业已成名的作家,适应不了新的意识形态,或移居海外,或在伊斯兰革命之后创作激情消退,鲜有优秀作品问世。然而,西敏·达内希瓦尔却是一个例外。1980年,西敏·达内希瓦尔出版了小说集《我该向谁问好》(باید به کی سلام کنم؟),描写了消费文化中女人的堕落和职员的分期付款生活,其中彷徨迷惘的主旋律已非常显然。1993年,著名的"彷徨三部曲"第一部《彷徨之岛》(جزیره سرگردانی)问世,引起巨大反响。2001年,"彷徨三部曲"第二部《彷徨的赶驼人》(ساربان سرگردان)出版。之后,西敏·达内希瓦尔以耄耋高龄埋头于"彷徨三部曲"第三部《彷徨之山》(کوه سرگردانی)的创作,直到2012年去世,未能完成全书。在创作的同时,西敏·达内希瓦尔也从事文学翻译工作,曾长期在德黑兰大学任教,是伊朗知识界德高望重的学者作家之一,被誉为"伊朗文坛常青树"。

二 西敏·达内希瓦尔的"寻路"意识

伊朗在历史上一直是雄踞西亚的文明古国和强国,19世纪在西方殖民主义入侵下沦为半殖民地半封建的弱国,但始终没有成为某个西方列强的殖民地,这与近代中国的命运很相似。为改变国家民族的命运,20世纪的伊朗知识分子一直在寻求一条救国救民之路,"寻路"意识因此成为伊朗现当代文学的一个重要特征。20世纪的伊朗经历了四次重大政治选择,知识分子都曾积极参与其中:1905—1911年发生的立宪运动是伊朗现代史的开端,知识分子阶层将西方的君主立宪制视为一条拯救之路,但立宪运动最终以失败而告终;1941—1953年,伊朗发生了声势浩大、影响广泛的社会主义运动,绝大多数知识分子都投身于这场运动中,希望用社会主义来拯救伊朗,但几经挫折之后又失败了;1953—1978年,伊朗走的是一条全面西化之路,经济飞速发展,迅速成为世界经济强国,但付出的代价是传统文化失落、社会道德沦丧,这让伊朗知识分子阶层无不痛心疾首,他们认识到伊朗传统的宗教文化对拯救自己国家民族的重要性,逐渐回归伊斯兰传统精神;1979年,伊朗发生伊斯兰革命,知识分子阶层成为革命领导力量宗教阶层的同盟军,是伊朗伊斯兰革命得以成功的重要保证。

西敏·达内希瓦尔的《萨巫颂》与"彷徨三部曲"即旨在对伊朗知识分子阶层从 1941 年以来的三次"寻路"历程进行反思。《萨巫颂》是"寻路"的序曲,小说以 1941 年盟军为开辟一条从波斯湾到苏联的运输通道而出兵占领伊朗为时代背景,描写了一位逆来顺受的普通伊朗女性扎丽的觉醒过程,以扎丽的丈夫优素福宁折不弯的精神和行动为衬托,反映了伊朗因被盟军占领而引发的民族冲突和社会矛盾。在各种政治力量的较量中,男主人公优素福认为主张社会主义的革命者们"至少给人们提供了一种重要经验的可能性"。小说把世界反法西斯战争的需要与伊朗的民族尊严之间的对立冲突纠结糅合在一起,显示出作者前所未有的思想深度和力度,反映出作者内心对国家民族命运的深切关注,对救国救民之路的主动探索。这种关注与探索,纠结着深深的彷徨与迷惘,成为西敏·达内希瓦尔作品的主旋律。这大概也是西敏·达内希瓦尔在伊朗伊斯兰革命之后能够继续保持旺盛的创作力的重要原因之一。

《彷徨之岛》以年轻女画家哈斯提与主张社会主义救国的革命者莫拉德和主张传统宗教文化救国的青年萨里姆之间的情感纠葛为主线,对伊朗社会主义运动进行了深刻的反思。小说以莫拉德带着对哈斯提和萨里姆的真诚祝福踏上继续革命之路而结束。《彷徨的赶驼人》讲的是莫拉德牺牲了,萨里姆也未能与哈斯提终成眷属,而是娶了另一个他并不喜欢的女子,主张传统宗教文化救国的萨里姆处在新的彷徨迷惘中,这应了萨里姆在《彷徨之岛》结束时所言:"要走的路遥远又漫长,但不管有多少彷徨和迷惘,都必须走下去,因为重要的是理想。"其实,"寻路"意识本身就隐含着一种彷徨迷惘的状态。在西敏·达内希瓦尔看来,伊朗的知识分子一直处在彷徨迷惘中。但是,西敏·达内希瓦尔并未对任何一种道路选择本身进行是非曲直价值上的评判,而是着眼于彷徨迷惘的寻路历程中寻路者们的精神魅力,令读者可歌可泣、可叹可感、可思可想。无疑,这正是西敏·达内希瓦尔的深刻之处,也是其睿智之处。

三　《萨巫颂》:伊朗民族性的精彩呈现

(1)《萨巫颂》故事梗概

西敏·达内希瓦尔的小说《萨巫颂》(1969)开启了将历史典故赋予时代精神的新篇章。作者以曲折动人的故事、诗意的语言、深刻的内心刻画,艺术性地再现了"二战"时期盟军进入法尔斯地区的状况。小说以女主人公扎丽的视角叙事,具有一定的局限性,但作者以巧妙的艺术手法展现了一个史诗般的故事,小说中的每个人物都很出彩。小说的章节在外部场景与家庭内部场景中轮流切换。家庭内部的细节描写尤其细腻,耐人品味。《萨巫颂》这部小说是以 1941 年盟军为开辟一条从波斯湾到苏联的运输通道而出兵占领伊朗为时代背景,小说涉及法尔斯山地部落的武装起义——这是实有其事的事件,不是虚构,据此我们可以推断故事发生的确切时间是 1943 年 6—7 月间。1943 年的夏天,伊朗的局势十分敏感紧张,是各国间谍博弈的战场,这在著名影片《德黑兰 1943》中有突出反映。小说《萨巫颂》反映的正是 1943 年夏天伊朗南部法尔斯地区的紧张局势。

小说一开始就是法尔斯总督女儿的婚礼,形形色色的人物登场,包括外国军政人物。小说固然描写了在因外国军队入侵带来的食品短缺时期,有权有势的人家如何暴殄天物,举办一场极尽豪奢的婚礼,但更重要的是小说在这第一章里就交代了两条线索。一是优素福庄园的女主人扎丽的祖传祖母绿耳环在婚礼上被巧取豪夺,扎丽未能做出丝毫抵抗。二是粮食之争,食品成为比武器更为重要的东西,"现在,给养和汽油对于他们来说,比大炮和枪支更加急需"。优素福不听从其兄长汗卡卡的劝告,坚决不与盟军合作,不把自己的庄园领地的粮食出售给盟军。因此,一方面是扎丽面对掠夺毫不抵抗,另一方面是优素福的强硬抵抗,二者形成对照。然后,这两条线索继续发展。趁优素福去视察领地村庄不在家的时候,总督又派人来强行索要扎丽的长子霍斯陆心爱的坐骑,扎丽再次委曲求全,毫不抵抗地拱手相让。大姑姐法蒂玛想通过跟总督家来往密切的结拜姐妹艾扎特杜勒的关系,把马儿要回,便宴请艾扎特杜勒。扎丽由此听到艾扎特杜勒对法蒂玛讲她自己的悲凉人生故事。艾扎特杜勒在小说中尽管是个反面角色,但从女性的角度来说,她的一生也很悲凉,也让人同情。她结婚不久,丈夫就在外面跟别的女人鬼混,还卖掉了她的地产,儿子也很不争气,跟他爹一个模样,就知道玩女人抽鸦片,是一个游手好闲的纨绔子弟。

同时,优素福与其兄长汗卡卡因是否出售粮食给盟军而意见不合,争执之间火药味渐浓。由此,牵扯出父母辈的恩怨。他们的父亲是当地的伊斯兰教经学权威,德高望重,却不可救药地爱上了一个印度舞女苏达贝。为此,他们的母亲远走他乡,到圣城卡尔巴拉做圣邻,以在有钱人家做女仆维持生计,最终在落魄潦倒中死去。

优素福带着儿子霍斯陆到领地村子去打猎,扎丽独自在家,伊尔山地部落两兄弟鲁斯坦姆与苏赫拉布为购买粮食不期而至。这让扎丽回忆多年之前,在伊尔部落初见两兄弟的情境。小说这里第一次出现萨巫什的故事,扎丽在伊尔部落首领大汗的帐篷里见到一张壁画,她竟然不知道壁画画的是萨巫什的故事(我们将在后面讲到),认为是施洗约翰,可见其所受的完全是西式教育。优素福从领地回来,对两兄弟的山地部落之间自相残杀的所作所为颇为不满,坚决反对,不把粮食卖给他们,担心他们转手卖给外国人,然后从外国人那里购买武器。这里,依然是粮食之争。

优素福又视察领地村子去了。扎丽探访精神病院,进行施舍。小说描写了在强行进入的盟军的糟践下,曾经的伊朗诗歌之乡设拉子城里爆发伤寒热,疾病肆虐,医院里拥挤不堪,一片民不聊生的景象,只有精神病院的病人们还沉浸在自己的梦幻中。优素福打猎回来,带回牧羊人的儿子库鲁作为养子,这又牵扯出小说的另一条线索,就是封建领主对领地内的村民具有生杀予夺的权力。库鲁的父亲是优素福领地内的牧羊人,放牧时偷宰了一头羊当作自己的食物,自觉罪不可恕,在惊恐万状中死去。优素福将其儿子库鲁收作养子,带回庄园,却完全无视孩子自己的感受。库鲁想念家人、想念乡村生活,成天吵闹着要回村子。后来,库鲁染上伤寒热病倒,扎丽想尽办法送他进了英国人的教会医院。库鲁由此改信了基督教。

　　小说中的反面角色艾扎特杜勒母子干走私武器的营生,武器贩运人费尔杜斯妈妈被抓获,艾扎特杜勒宴请扎丽,想请扎丽利用她的关系通融走后门,让费尔杜斯妈妈不要出卖他们,把罪名担下来。扎丽做客艾扎特杜勒家这一章,细节很值得品味:小说对伊朗贵族阶层的优裕生活、宴请、沐浴,描写得很细致。扎丽回忆以前艾扎特杜勒为她儿子哈米德向扎丽家求婚,还上浴室考察扎丽的身躯。之后,哈米德和苏赫拉布进来,解释走私武器是卖给苏赫拉布他们的人马,他们发动了武装起义(即历史上发生于1943年的真实事件)。优素福从领地回来,带回一个受伤的伊朗军官,受伤军官回忆他们一队人马遭遇山地部落起义武装袭击的经过。

　　优素福在家里与他的几个结拜兄弟共谋大事,小说再次出现"萨巫什的鲜血"。扎丽为此感到十分紧张不安。扎丽又去探访精神病院,回到家,身体很不舒服。爱尔兰战地记者麦克马洪来家做客。优素福请麦克马洪给扎丽读后者为他们的双胞胎女儿写的故事:一个关于改天换地的革命故事,以童话故事的方式讲述,很别致。

　　优素福带着库鲁去了领地村子。扎丽在家,不断地做着惊惶不安的噩梦。最后,马车驮着优素福的尸体回来了。扎丽一下呆住了。扎丽躺倒在床上,在精神恍惚中听到人们的谈话,以及优素福的助手讲述悲剧发生的经过。凶手始终不明,但大家都明白是外国人与当政者一手策划的阴谋,却让库鲁当替罪羊。扎丽继续处在恍惚迷离的状态,断断续续地回忆过去的时光,她与优素福相识的经过,两人相亲相爱的日子。小说最后是优素福的出殡仪式,人们与军警发生冲突,扎丽克服了以往的懦弱,变得勇敢起来。这一章集中表现了伊斯兰教什叶派的精神,被誉为伊朗现代文学史上最经典的篇章之一。

　　《萨巫颂》一书具有相当程度的自传性质和讖语性质。小说故事的发生地是伊朗南部法尔斯地区,其省会是设拉子。女主人公扎丽是在当地英国学校接受过教育的现代知识女性,美丽温柔,说一口流利的英语,其父亲不信教,临终前留下遗嘱,不让女儿戴头巾。这完全是以作者西敏·达内西希尔自己为原型的一个伊朗现代知识女性形象。优素福的家庭既是一个大庄园主,也是一个宗教权威家庭,这一点也是以西敏的丈夫阿勒·阿赫玛德为原型。小说最后优素福死于无名凶手,小说出版之后两个月西敏的丈夫阿勒·阿赫玛德死于莫名其妙的心肌梗死。因此,小说的结局被视为一种谶语。之后,再版时,西敏在扉页上写下了这样的文字:怀念挚友,我生命中的贾拉尔,在悲悼他中,我流连于《萨巫颂》。"贾拉尔"是西敏·达内希瓦尔的丈夫贾拉尔·阿勒·阿赫玛德的名字,该词本意为"荣耀、荣光"。因此,这里又可以译为"我生命中的荣光"。扉页背面引用了哈菲兹的一联诗歌:突厥人的国王在听众原告的陈述,让他为萨巫什鲜血的控诉而羞耻吧。

(2)《萨巫颂》对伊朗民族性的精彩呈现

《萨巫颂》创作于20世纪60年代后期,小说中故事的时代背景却是1941年盟军出兵占领伊朗时期,而小说故事还向前延伸至优素福父辈的时代,也就是19—20世纪之交,折射出整个伊朗现代史的广阔时空。整部小说可以概括为三句话:一幅波斯帝国自尊自傲、奢华没落的剪影,一曲伊斯兰教什叶派慷慨赴难之牺牲精神的悲歌,一次伊斯兰教苏非派彷徨迷惘的寻道历程。整部小说将伊朗独特的民族性抒写得淋漓尽致,因而在伊朗现代文学史上具有崇高地位。伊朗独特的民族性主要表现在三个方面:一是伊朗性,即雅利安性;二是伊斯兰教什叶派性;三是伊斯兰教苏非性。这三个方面的内涵都在《萨巫颂》中表现得十分充分。

首先是伊朗性,即雅利安性。在中东地区,只有伊朗是雅利安族,与属于闪族的阿拉伯和以色列在族源上迥异。《萨巫颂》故事的发生地在法尔斯地区,这里是曾经强大的波斯帝国的发源地,是伊朗民族雄踞于世的发祥地,也是伊朗民族精神的凝聚地。法尔斯地区南临波斯湾,1941年盟军正是从这里进入伊朗的。因此,当时法尔斯地区成为盟军与伊朗民族抵抗力量发生冲突的主要地方。在当下,这个地区依然是国际局势的焦点。西敏·达内希瓦尔选中这样一个地区作为小说故事的发生地,固然与这里是她生于斯长于斯的故乡密切相关,但更与这里特殊而深厚的伊朗文化积淀和底蕴密不可分。小说所体现出来的伊朗性,除了故事发生地的内涵,最直观的是书中一些主要人物的名字,比如男女主人公的长子霍斯陆,是伊朗安息王朝和萨珊王朝数位杰出帝王的名字;侄子霍尔木兹的名字,是琐罗亚斯德教神祇,是善界主神、尘世创造者,通往波斯湾的咽喉霍尔木兹海峡即是以此为名;伊尔部落两兄弟鲁斯坦姆和苏赫拉布,是伊朗上古神话传说中著名的一对父子勇士的名字,"鲁斯坦姆与苏赫拉布"的故事在伊朗家喻户晓,老少皆知。该故事也是菲尔多西(940—1020年)创作的史诗《列王纪》中的经典篇章。

小说对伊朗性比较深层的展示是伊朗的庄园主贵族经济。男主人公优素福的家族即是一个大庄园主家族,拥有庞大的领地,领地内的村庄、村民、山川都是庄园主的私人财产。村民只是庄园主的佃户,要给庄园主缴纳贡赋。大庄园主可以左右一个地区的地方经济。小说故事的冲突即是大庄园主优素福坚决不与盟军合作,不把粮食卖给急需粮食给养的盟军。伊朗的这种庄园主式的经济模式源自数千年来的封建经济,是一种具有较强稳定性和凝聚力的农耕经济。这与阿拉伯地区以部落游牧经济为主体的模式迥然有别。小说对伊朗贵族阶层日常生活的描写,也可以让人品味出曾经的波斯帝国的底蕴与余晖,他们优裕地生活,豪迈地宴饮、狩猎、视察自己的领地村庄,武断地处置领地内的村民,也没落地抽鸦片打发时光。其中,小说对宴请、沐浴的细节描写,尤其值得人玩味。从小说的这些细节描写,我们可以看到一幅波斯帝国的剪影。20世纪60年代,正是伊朗的这种封建庄园主贵族经济被巴列维国王推行的土地改革浪潮摧毁殆尽的时代,西敏用小说把庄园主贵族经济生动地呈现在读者眼前,使之成为永远的回忆与记忆,可以说是对反映土地改革的小说的另一种呼应。

　　小说对伊朗性最为深刻的揭示是"萨巫颂"本身。"萨巫颂"一词由伊朗上古时期的民族英雄萨巫什的名字变形而来。萨巫什是伊朗国王卡乌斯之子,因年轻俊美,受到父王之妃苏达贝的百般挑逗,但萨巫什不为所动,严词拒绝。苏达贝恼羞成怒,反告萨巫什调戏她。父王卡乌斯决定用伊朗古代跨火堆(一说是钻火圈)的巫术方式来进行判决。萨巫什骑马越过熊熊燃烧的火堆(火圈),毫发未伤,证明了自己的清白。尽管如此,父子仍旧失和。萨巫什离开伊朗,暂避邻国图兰。图兰国王对伊朗王子萨巫什本十分敬重,一度厚待之,但终因听信谗言,杀害了萨巫什。由此,伊朗与图兰之间结下深仇大恨。"萨巫什的鲜血"作为一个专有名词,既是伊朗盛产的一种分泌血脂的龙血树的名字(这是以人及物),也被称为"血中郁金香"(萨巫什跃火成为伊朗传统细密画描绘最多的题材之一,"血中郁金香"即指萨巫什在火焰中),更是伊朗民族国恨家仇的代名词,积淀于伊朗传统文化中。纪念或悼念萨巫什的活动即为"萨巫颂",具有一定的巫术性质,曾十分盛行,是伊朗传统民俗文化的一部分,小说对此有比较详细的描述。巴列维国王在现代化改革中,打压宗教势力,禁止在阿舒拉日上演悼念在卡尔巴拉遇难的伊玛目侯赛因的宗教剧,"萨巫颂"活动也连带被禁掉了。这里值得注意的是,"萨巫颂"这个词本身所蕴含的极为强烈的"被迫害"色彩,因为萨巫什作为伊朗民族英雄的代表,是被害而亡的,小说男主人公优素福的命运与之如出一辙。在漫长的历史积淀中,"被迫害"逐渐成为伊朗民族的一种集体潜意识。在盟军进入伊朗的背景下,西敏·达内希瓦尔以"萨巫颂"这样一个充满"被迫害"色彩、携带伊朗国恨家仇、极具伊朗民族性内涵的词语作为小说名字,并将其内涵作为贯穿小说的思想主旨,其深意不言而喻。从中,我们可以窥见伊朗在国际大政局中卓尔不群与孤傲的缘由。

其次,是伊斯兰教什叶派性。公元 651 年,曾经不可一世的萨珊波斯帝国被阿拉伯伊斯兰大军征服,从此伊朗成为伊斯兰世界中的一员。当时的实际情况是,伊朗的文明程度远远高于刚刚脱离蒙昧时期的阿拉伯文明,阿拉伯帝国在政治制度、社会生活、文化艺术等各方面都深受伊朗文明的影响。美国著名历史学家西提在其著作《阿拉伯通史》中说,阿拉伯帝国在各个方面完全波斯化,阿拉伯人自己的东西只有两件被保留下来:"一是作为国教的伊斯兰教,一是作为国语的阿拉伯语。"①伊朗伊斯兰化后,其自身的文明文化继续高度发展。因此,伊朗人往往认为是伊朗创造了繁荣灿烂的伊斯兰文化,而不是阿拉伯。这虽然有"大伊朗主义"之嫌,但伊朗为伊斯兰文明的繁荣做出了巨大的贡献,这是毫无疑问的。1300 多年的伊斯兰化历史,已经使伊斯兰文化成为现今伊朗的血脉。《萨巫颂》对伊朗民族的这种伊斯兰性也有比较明显的展示,比如男主人公优素福的父亲即是法尔斯地区位高名重的伊斯兰经学权威,女主人公扎丽的母亲一再上书,坚持要求女儿就读的英式学校开设《古兰经》和"伊斯兰法典"课程,等等。

但是,波斯人在接受伊斯兰教的同时,也将伊斯兰教波斯化。长期成熟的帝国封建制度使世袭与血统观念在波斯人心中根深蒂固,因此将先知穆罕默德的堂弟及女婿阿里视为穆罕默德合法的继承人,并以阿里的后代子孙为伊玛目(精神领袖),形成与正统伊斯兰教迥然有别的崇拜体系,即什叶派(意即"党派",指阿里党人)。什叶派信仰中融入了波斯自身 1000 多年的琐罗亚斯德文化传统。尽管在波斯萨法维王朝建立之前,阿拉伯与突厥—蒙古系的统治者们皆信奉伊斯兰教逊尼派(意即传统派或曰正统派),什叶派一直处于被打压、被迫害的地位,但什叶派的信仰在波斯民间日益壮大,并最终在萨法维王朝(1502—1775年)时期建立起了以伊斯兰教什叶派为国教的宗教体系。由此,伊朗在教派上与阿拉伯世界信奉的逊尼派对峙。

因此,伊朗不仅在民族构成上是中东地区的少数派,而且在宗教信仰上也是中东地区的少数派。什叶派尤其崇奉在卡尔巴拉遇难的伊玛目侯赛因。侯赛因是阿里与穆罕默德之女法蒂玛所生的次子。公元 680 年,为从篡位者亚兹德手中夺回哈里发职位,侯赛因带领家人和 60 余人的支持者在卡尔巴拉与亚兹德军队的数千名骑兵展开血战,直至战死,头颅被割下。侯赛因的遗体连同后来被归还的头颅一起被埋葬在卡尔巴拉。由此,卡尔巴拉成为什叶派最重要的圣地,卡尔巴拉惨案的祭日(阿舒拉日)也成为什叶派最重要的悼念日。侯赛因在明知寡不敌众的情况下,为信仰与正义而慷慨赴难的牺牲精神成为什叶派信仰的精神支柱。这使得什叶派"受迫害者的地位"和"牺牲精神",与"萨巫

---

① [美]西提:《阿拉伯通史》(上册),马坚译,商务印书馆,1990 年,上册第 342 页。

什的鲜血"所蕴含的"被迫害"色彩密切融合,在伊朗民族的集体潜意识中不断被强化,一旦遇到外界的强压,这种潜意识就呈现出强大的反弹力量。这在《萨巫颂》中有淋漓尽致的描写,比较明显的呈现有优素福的母亲以在卡尔巴拉做圣邻为归宿,其姐姐法蒂玛也渴望如此,但最深刻的体现是优素福的遇难与出殡仪式。

再次,是伊斯兰教苏非性。苏非派是伊斯兰教内部衍生的一个神秘主义派别,其理论核心是"人主合一",即人通过一定方式的修行(或外在的苦行修道或内在的沉思冥想),滤净自身的心性,修炼成纯洁的"完人",在对真主的狂热爱恋中,达至"寂灭",进而实现"人主合一"的至境,并在合一中获得永存。苏非派虽然兴起于阿拉伯,但在波斯得到发扬光大。苏非派的修道形式是以一个个彼此独立的教团修行,教团的首领即长老,有"谢赫""巴巴""固特卜"等称谓。教团内,由长老传道,指导教徒修行。

一方面,苏非派在具体的修行实践中有不少极端方式,因而被视为异端,不断遭遇打压甚至绞杀,历史上不乏苏非教团的长老被处决绞杀,整个教团被取缔的事例。另一方面,苏非派的神秘主义理论具有强烈的形而上色彩与出世精神,契合了长期受异族统治、长期处于"被迫害"地位的波斯民族的心理需求,因而在波斯迅速发展。在11—16世纪长达五六百年的时间内,苏非思想成为波斯社会的主导思想。16世纪之后,因统治阶级的打压,苏非教团日益减少,但苏非神秘主义思想却在长期的发展中积淀为伊朗传统宗教文化的一部分,对伊朗民众,尤其是知识分子阶层具有根深蒂固、潜移默化的影响。倘若说,什叶派慷慨赴难的牺牲精神铸就了伊朗民族的积极入世、宁折不弯的精神特质,那么苏非派形而上的出世哲学使伊朗民族在牺牲精神的重负下能够旷达超然地舒展。二者相辅相成,构成了伊朗民族精神不可分割的两个方面,犹如儒家与道家思想在中国传统文化中的作用与影响。

苏非派不论其具体的修行实践还是形而上的理论均以"寻道"——寻求与真主(真理)结合之道——为指归。不论是波斯中世纪的文学作品,还是伊朗现当代的文学作品,"寻道"意识都是萦绕不散的旋律。也可以说,正是长期积淀的"受迫害""被排斥""被打压"的潜意识,使得"寻道"成为伊朗民族的精神追求与出路。然而,"寻道"的历程不会一帆风顺,彷徨与迷惘是"寻道"过程中必然会遭遇的一种精神状态。如前所述,这种伴随着彷徨与迷惘的"寻道"意识在西敏·达内希瓦尔这代作家的作品中尤其显著,可谓其作品的主旋律。《萨巫颂》这部小说就可谓是作者的一次"寻道"之旅。小说中不仅多有苏非派专业术语出现,而且男女主人公的相识之缘,正是青年优素福向少女扎丽询问去往一个苏非修道院的路如何走,这其中隐含了极为深刻的"寻道"寓意。那个修道院的长老固特卜的侄女是扎丽的同班同学兼好友。优素福的管家赛义德·穆罕默德是该修道院的达尔维希(即苏非修行者)。最后,优素福遇难之后,其哀悼诵经场所是在该苏非修道院,而非正统的清真寺,也就是说,苏非修道院成为优素福执着"寻道"的灵魂的栖息地。

正是在丈夫阿勒·阿赫玛德的思想发生重大转变的时期,西敏·达内希瓦尔开始了小说《萨巫颂》的创作,并在其丈夫突然辞世之前两个月出版。这对伉俪一直志同道合,琴瑟和谐,是伊朗知识界的楷模。《萨巫颂》堪称西敏·达内希瓦尔为其丈夫关于国家民族命运的政治思考而做出的杰出文学应和。一方面是小说故事的时代背景,1941年盟军进入伊朗,虽然是世界反法西斯战争的需要,但对于伊朗人民来说,却无异于遭遇外族入侵,国家主权被侵犯,因此在伊朗各地频繁发生武装或非武装抵抗盟军的行动,这在伊朗现代文学作品中多有反映。《萨巫颂》也不例外,对盟军进入伊朗持嘲讽抨击态度。这无关乎反法西斯战争的正义与否,而是关乎伊朗民族的尊严。小说男主人公优素福坚决不与盟军合作,一身铮铮傲骨,被视为伊朗民族的脊梁。从中我们可以窥见伊朗民族极其强烈的自尊心。另一方面是小说创作的时代背景,它在国家全面西化、西方文化大举入侵、民族传统文化面临崩溃的时代,多方位展示了伊朗独特的民族性及其内在精神实质,并以小说男主人公优素福卓尔不群、宁折不弯的精神将这种独特的民族性彰显无遗。

因此,《萨巫颂》这部小说可以帮助我们了解伊朗民族性的精髓之所在,我们可以看到,一方面,曾经雄踞一方的波斯帝国的优越感铸就了伊朗民族强烈的自尊自傲;另一方面,民族构成与宗教信仰上的"少数性"使"被迫害""被排斥""被打压"的潜意识深入伊朗民族的骨髓。二者相辅相成,构成了伊朗民族精神的双重性。因此,伊朗是世界上独一无二的拥有两套文化传统的国家:一是琐罗亚斯德教文化传统,这是伊朗的根;二是伊斯兰教文化传统,这是伊朗的血脉。二者都曾有过繁荣发达的辉煌,这既是伊朗引以为骄傲的资本,也是伊朗这个文明古国在现代化的进程中,在传统与现代之间进退失据、陷入彷徨迷惘的缘由。现今的伊朗若弘扬琐罗亚斯德教的文化传统和古波斯帝国的荣光,其伊斯兰文化的血脉就会被压抑。血脉不通,人会死,国会亡。巴列维王朝时期的伊朗就是一个例证。但若强调了其伊斯兰文化的荣光和传统,那么其雅利安人的属性和古波斯帝国的辉煌就被遮蔽,伊朗文明之根便在被遮蔽中迷失。对伊朗独特的民族性的认识,可以用伊朗女律师希林·伊巴迪在2003年获得诺贝尔和平奖的受奖演说来总结,她骄傲地说:"我是伊朗人,居鲁士大帝的后代。"同时又表白:"我是一位穆斯林。"完整完美地表达了伊朗民族具有双重身份的独特民族性。《萨巫颂》这部小说对伊朗民族的这种双重性从多个层面做了完整完美的抒写,因而成为伊朗现代文学中的经典。

第二节　阿赫玛德·马赫穆德的《街坊邻里》

一　阿赫玛德·马赫穆德生平与创作概述

阿赫玛德·马赫穆德(احمد محمود,1931—2002 年),伊朗现当代最杰出的作家之一,出生于南部大城市阿瓦士,在家乡完成初级和中级教育之后,进入军校。"八月政变"之后,阿赫玛德·马赫穆德被捕入狱。在狱中,阿赫玛德·马赫穆德拒不写悔过书,坚决不向巴列维政权低头,因此被关押了很长时间,由此落下严重的肺病,折磨了他一生,并最终夺走了他的生命。阿赫玛德·马赫穆德终其一生都保持着旺盛的创作激情,每个时期都有佳作问世。本书将分多个专节介绍他不同时期的优秀作品。

阿赫玛德·马赫穆德于 1959 年出版小说集《穆尔》(مول),1960 年出版小说集《大海依然平静》(دریا هنوز آرام است),1962 年出版小说集《徒劳》(بیهودگی)。这三部小说集有一个一致的倾向:故事完全内倾化,对周遭事物很少关注,只关注人物的内心状态,"失败的一代"知识分子的悲观情绪在他的作品中表现明显。在《穆尔》中,一个相貌丑陋的男人,是街坊邻里的取乐对象,他将一个弃婴抚养长大。他生活中的所有希望与光亮都寄托在这个孩子身上,然而孩子夭折,这通向光明的小窗口也关闭了。在《重复》(小说集《徒劳》中的故事)中,胆小谨慎的年轻人对每天不断重复的机械的现实生活感到厌倦,最终自杀。《徒劳》则表现了年轻人的爱情焦虑,对于故事中的主人公来说,除了那放荡的情人,什么都不重要,甚至对姐妹的死也无动于衷,心里只想着他失去的情人。

阿赫玛德·马赫穆德是伊朗南方文学的杰出作家,他的作品多描写南方乡村农民失去土地之后,在城市中为石油工业卖命。小说集《雨中朝觐者》(زایر زیر باران,1967)中的《港口》,描写了伊朗南部港口城市的真实场景:贫穷、失业,背夫和工人没有文化,只能靠卖苦力糊口。港口的内部是昏暗肮脏的,外部却是那样的光鲜,充满了高档的进口汽车及排成长队的掠夺伊朗石油资源的运油车。住窝棚的人、石油工人、因失去土地涌进城的农民大军所营造的所谓"繁荣"景象是马赫穆德作品中的一个特征。《在雨中》描写那些底层人卖血,却拿着卖血的钱去赌博,令人哀其不幸。小说集《异乡人》(غریبه ها,1971)中的同名小说描写了失去土地的农民,进入城市,在建筑工地上卖苦力。《城堡上的蓝天》则描写了进城务工,却无事可做、无家可归的失业者。《一起》则描写一位父亲因女儿被国家安全部门逮捕而借酒浇愁。小说集《土著小男孩》(پسرک بومی,1971)的同名故事讲的是:南方某小镇发现石油,石油公司的大军涌进小城,砍掉大片大片的棕榈树,强行拆迁居民的房屋。成片成片的棕榈树林的倒下,取而代之的是林立的石油输油管线。故事以一个小男孩的视角展开叙事,与伊朗石油工人的艰难困苦的生活相对照的是,外国掠夺者主人般的颐指气使和豪华生活。小男孩迷恋上一个欧洲小姑娘,在一次石油工人的暴动中,人们焚烧外国人的汽车,那个小姑娘在其中一辆车中,小男孩为救那个欧洲小姑娘最终送命。

二 《街坊邻里》

阿赫玛德·马赫穆德的《街坊邻里》(همسایه ها,1974)被视为伊朗现当代文学中最杰出的小说之一。这部小说以个人人生际遇反映波澜壮阔的革命历史画面,探索人生的意义,让我们想起奥斯特洛夫斯基的《钢铁是怎样炼成的》中的保尔·柯察金,小说主人公哈勒德的没有结局的爱情也与保尔·柯察金的爱情很相似。

小说以第一人称展开叙事,"我"哈勒德是一个15岁的少年,以敏感的眼光观察街坊邻里中各式各样的人。哈勒德讲述了自己的家庭,他的母亲含辛茹苦,父亲也因工作没有着落而前往科威特。邻居拉希姆·哈尔卡基带着两个儿子易卜拉欣和哈桑尼生活,他的妻子病重,在死亡线上挣扎,他为妻子念了临终祷告之后,就杀死了妻子,他自己也被送上绞刑架。哈基的经历则是走私贩卖鸦片,并最终在这条路上送命。随后,班达尔叔叔和他简单的希望,萨娜和卡拉姆这对恋人的情感经历,茶馆老板阿曼与他的放荡的妻子布鲁尔——让哈勒德体验到肉体的奇妙的诱感力,穆罕默德·马卡尼克、纳赛尔·达旺尼、毛拉阿赫玛德等街坊邻里的生活都以一种自然的方式融合在一起,并巧妙地与历史事件相结合。这街坊邻里所有的人物都在不知不觉中推动着主人公哈勒德参加革命活动,哈勒德在革命活动中迅速成为一个职业革命家。

小说一开始通过哈勒德的眼睛呈现出街坊邻里中的种种人物与人生百态。然后他到警察局帮着邻居处理一起交通事故,却无意中从此开始了自己走向革命斗争的历程。在警察局里关押着一名政治犯,他托哈勒德给他的同志送一个口信。随着哈勒德回到家中,哈勒德吵吵嚷嚷的家庭及其街坊邻里的生活百态再次呈现出来。

哈勒德在父母亲抱怨他"吃闲饭"的牢骚中在阿曼的茶馆里找到工作,却在不经意间踏进了一个更加广阔而复杂的社会圈子。茶馆里形形色色的人物来来往往:失业者、瘾君子、司机、不同党派成员。这样的环境让哈勒德更进一步了解和认识社会,从人们的谈话中,他了解到石油国有化运动。他也找到新朋友,开始学习,参加一些会议,想寻找自己关注的问题的答案。他并不赞同一些党派成员的观点,但也找不到别的路。哈勒德代表了一个时代,是那个时代相当一部分青年人的反映——参与轰轰烈烈的社会政治运动,将一颗赤诚之心交付给那个时代轰轰烈烈的革命斗争。

　　之后，哈勒德入党了，成为一名党员，参加政治活动，与秘密警察周旋斗争，并成功逃脱警察的追捕，在一户人家避难。哈勒德爱上了这家人的女儿斯耶切西姆，由此开始了哈勒德的爱情故事，这也是全书的重要组成部分。但是，两人的爱情从一开始就埋下了最后分手的种子。小说描写哈勒德与斯耶切西姆散步于矮树丛两侧，两人用手抚弄着矮树丛，"我们的手指碰触在一起，但我们又躲开了彼此的手"。似乎，这两只手注定无法紧握一起。最终，哈勒德还是没有逃脱秘密警察的追捕，被捕入狱。

　　之后，小说是对哈勒德的监狱生活的描写，包括不断的审讯、惨无人道的酷刑等。在这些章节中，作者对监狱生活的描写在伊朗现代文学中堪称最为详尽，是"监狱文学"的重要篇章。哈勒德在经历严酷的监狱生活之后，变得奋不顾身，已经不再是小说开始时的那个小青年，而是完全变成了另外一个人，成为一位坚定的反巴列维政权的斗士。

　　小说具有一定的自传性质，是对作者阿赫玛德·马赫穆德那一代人革命生涯和革命情怀的精彩呈现。《街坊邻里》获得极高的声誉，其成功之处在于真实地再现了那个时代年轻人涉足政治运动的内心状态。小说充满积极的、正面的感召力，充满一种无怨无悔的精神，毫无"失败的一代"的心灰意冷和黑暗堕落。小说不仅是哈勒德的个人成长史，更是一面以街坊邻里中的各种人物来真实反映时代生活和历史事件的镜子。主人公哈勒德是那一代青年的杰出代表，街坊邻里的所作所为无形地推动他走上革命道路，街坊邻里是促使故事向前发展的参与者，书中没有一个多余的人物，体现了作者高超的架构故事的艺术技巧。

第三节　都拉特阿巴迪与《苏璐奇不在场》和《克利达尔》

一　都拉特阿巴迪生平与创作概述

　　马赫穆德·都拉特阿巴迪（محمود دولت آبادى，1940—　）是伊朗现当代最杰出的作家之一。出生于霍拉桑省萨布兹瓦尔市，其童年是在农村度过的，没有受过系统教育，做过各种各样的杂活，比如当牧童、修鞋匠、剃头匠、工厂学徒等等。来到德黑兰之后，都拉特阿巴迪先是在一家印刷厂做码字工，后在一家剧院做杂工，对剧院的事务慢慢熟悉起来后，开始在一些演出中扮演次要角色，逐渐成为当家主角，最终成为一位杰出的话剧艺术家，在伊朗现当代戏剧界具有很大影响力。1975年3月，都拉特阿巴迪因参与反巴列维政权的政治活动，在剧院戏台上被捕，被关押了两年，一直到1977年3月才出狱。

　　都拉特阿巴迪从1958年开始文学创作，其作品内容主要是描写伊朗东北部农村生活,但直到 1962 年才发表第一篇小说《夜阑珊》(ته شب)。1968 年之后,相继出版了小说集《沙漠地层》(لایههای بیابانی,1968)、长篇小说《阿维散内·巴巴苏布汗》(اوسنه بابا سبحان,1970)、《放牛人》(گاوارهبان,1971)、《旅行》(سفر,1972)、《男人》(مرد,1972)、《巴沙比鲁》(باشبیرو,1973)、《阿基尔·阿基尔》(عقیل عقیل,1974)、《从铁环弯曲处》(از خم چنبر,1977)等多部著作,是一位丰产的作家。

都拉特阿巴迪是一位处在伊朗社会全面西化的大变革时代的作家。这种变革不是伊朗社会发展自身内部的需要,而是一种自上而下的强压,完全是西方资本势力入侵而导致的,在伊朗社会缺少根基,让整个社会陷入迷惘,因此引起社会的严重反弹。都拉特阿巴迪的小说正是这个时代社会危机的如实写照,不论其短篇小说还是长篇小说皆如此。其短篇小说可以说是浓缩的长篇小说,往往展示人物生活的全貌。《苏莱曼的移居》(هجرت سلیمان)即是这样一个短篇:苏莱曼的妻子马素梅因为大庄园领主的妻子临产而被带进城帮忙做用人,等她回来时,苏莱曼已经成为一个瘾君子且债台高筑。小说讲述了苏莱曼的堕落过程:他失去了自己的社会地位,与小偷和瘾君子们为伍,在众目睽睽之下被鞭笞,最终进了监狱。而另一方面,苏莱曼的妻子这个无辜的女人,却成为他的替罪羊,挨打受骂。当苏莱曼从监狱出来,回到村子,夺走孩子,把妻子赶出家门四处流浪。苏莱曼最后也不得不离开了村子。小说《巴沙比鲁》讲述女主人公巴沙比鲁婚姻遭遇不幸,离婚后她回到父亲家。然而,寄居父亲家的滋味并不好受,巴沙比鲁认识了男青年胡都,似乎有了归宿,二人的生活暂时获得了一份安宁。但是,好日子没过多久胡都就因曾经参加过政治活动而被捕入狱。巴沙比鲁再次孤身一人,失去了"家"的庇护。

都拉特阿巴迪作品中的人物几乎都是为寻找停靠的"家"而不断处在"旅行"中,他们被社会抛弃,躲避进童年时代或父亲家的一个角落。在都拉特阿巴迪的作品中,"父亲家"成为伊朗传统父权制社会的一个典型象征。正如评论家所言:"在都拉特阿巴迪的作品中,始终有两股力量在冲突,一是内视角描写受挫折、失去信念的知识分子,他们的脚底是空的,因此认为所有的东西都处在淤泥中,人们也将所有的东西拖进淤泥。二是活生生的现实视角,十分深刻。"[①]这两种力量的冲突从头到尾贯穿其作品。

关于土地改革,其他作家的作品多表现土地改革对传统乡村生活的破坏,对大地主贵族阶层的凋零多少有一些戚戚然,而都拉特阿巴迪的小说更多表现土地改革带给农民的苦难。《巴巴苏布汗》讲述巴巴苏布汗的儿子萨勒赫回到家,

---

① Hasan Mir'Abidıni, Sad Sāl Dāstānnivisī-yi-Irān, Intishārāt-i-Chishmah, 1380, Jild. 2. p556.([伊朗]哈桑·米尔阿贝丁尼:《伊朗小说写作百年》,切西梅出版社,2001 年,第二卷第 556 页。)

告诉父亲,地主要把他们的土地收回去租给一个不懂庄稼活儿的浪荡青年古拉姆。从此,不幸降临这个家庭。小说生动刻画了古拉姆这个反面角色,这个人物不是个平面的坏人,而是一个立体的、具有多面性的反面角色。小说还通过斗鸡中古拉姆的鸡的失败暗示了古拉姆最终的悲剧命运。小说还描写了地主婆阿德勒的悲剧命运。阿德勒是一个破产地主的遗孀,进到城里,靠出租自己仅有的一点地产维持生计。后来,古拉姆杀死了萨勒赫。地主婆阿德勒又夺走了土地改革分给萨勒赫的土地股份,巴巴苏布汗独自一人穷困潦倒,孤苦伶仃:"晚上,灯不再点亮,因为没有人在灯光中看着他;炉子也不再点着,因为没有人坐在对面,把手伸向餐桌。"整部小说没有一个多余的人物,每个人都起着独有的作用,小说虽然描写的是巴巴苏布汗一人的苦难,但反映的是土地改革不仅没有给农民带来幸福生活,反而使他们陷入另一种苦难中,小说史诗性地呈现了伊朗土地改革的全貌和实质。

都拉特阿巴迪作品继承了 19 世纪欧洲现实主义文学的特征,他所有的作品几乎都围绕两根轴线展开——农村与城市,即伊朗在现代化进程中的城乡矛盾,现实性与历史感使其作品显得十分厚重。他擅长用一种全知的视角讲述故事发展的全过程,其作品热衷于表现人物的外部特征,以外部特征来揭示人物的内心世界,有时甚至看起来这些人物似乎没有内在情感。他对人物外貌特征比如高矮胖瘦、言谈举止、穿衣戴帽的描写细致入微,十分注重刻画人物形象,创造出伊朗现代文学中的一系列典型形象。

二　《苏璐奇不在场》

《苏璐奇不在场》(جای خالی سلوچ,1979)是都拉特阿巴迪的代表作,也是伊朗现代文学史上最优秀的作品之一。《苏璐奇不在场》以一件不幸的事件开始,故事人物与事件都围绕这一不幸事件展开。苏璐奇,一个生活拮据的劳工,某日夜晚时分不知所终,扔下妻子梅尔甘和三个孩子哈杰尔、阿巴斯、阿布拉旺。刚开始,梅尔甘难以接受苏璐奇已经不在的事实,悲叹自己生命的不幸,其间混合着对苏璐奇的爱,可谓爱恨交加。作者把梅尔甘的内心世界描写得十分真实。之后,梅尔甘开始面对没有苏璐奇这一事实,完全依靠自己,艰难地开始新的生活,让生活正常进行。她走出家门,自己去应对生活中的困难。然而,外面的世界却是那么复杂,让长期作为家庭妇女的梅尔甘被逼迫得步步后退。村里放高利贷的老头儿来求婚,梅尔甘尚能拒绝;然而,当梅尔甘去向骆驼队的首领讨要儿子阿巴斯的工钱时,却被首领强奸。这让梅尔甘痛不欲生。

梅尔甘的几个孩子也接连遭遇不幸。阿布拉旺是个倔强的年轻人,总是处在对父亲苏璐奇的强烈思念中。一天,他的双脚不慎落入轧棉机中被轧伤。他人在家养伤,心里离开村子的念头却一天比一天强烈。随着土地改革的深入,拖拉机进村,奔驰在田野上。拖拉机的声音在阿布拉旺脑海中终于压过了对父亲苏璐奇的思念,他放弃了寻找父亲苏璐奇的想法,最终进城,去寻求新的社会身份。

留守村庄的阿巴斯,意欲维持传统的生活方式。然而,当自上而下的变革来临,阿巴斯难以接受。但阿巴斯生性贪婪,趁土地改革之机,千方百计攫取更多的土地股份,他与阿布拉旺之间的矛盾也是小说故事的一个主要内容。一天,阿巴斯赶骆驼到荒野放牧,在荒野中被一个醉鬼袭击而受伤,他胆怯地躲进一口枯井,醉鬼却把井口给盖上了。阿巴斯在枯井的黑暗中,备受恐惧的折磨。当人们把他救出枯井,他已变成一个老朽不堪、满头白发的老头。

女儿哈杰尔是家里最温顺的一个孩子,嫁与阿里·古纳乌为妻。阿里·古纳乌原本有妻子,他的母亲在一起坍塌事故中死去,他因此迁怒于妻子,用木棍打断了妻子的骨头。他在给自己的母亲挖墓穴时,碰见梅尔甘,就向梅尔甘求娶哈杰尔。当阿里·古纳乌带着哈杰尔和梅尔甘进城买结婚用品时,阿里的原配妻子拉吉耶“如同一件肮脏的裹尸衣”站在他们之间,用一双死亡的眼睛看着他们,犹如噩梦一般。这一场景预示了哈杰尔最后的命运。婚礼在沉闷、沉重的气氛中进行,没有人注意到哈杰尔的恐惧与无助。哈杰尔在婚后惨遭丈夫阿里的蹂躏和欺侮,成为一个牺牲品,命运极为悲惨。

村里的男青年莫拉德一直暗恋着哈杰尔,在爱情的无望中,莫拉德与村里的年轻人一道进城打工去了。村子里年轻人的生活以最卑微的形式继续着,没有爱情,也没有希望,不断发生的事件把所有人都卷入其中,他们或选择继续留守村庄,过着逆来顺受的生活;或者是像莫拉德一样,离开村子,进城务工。然而,城里同样没有希望,没有他们的立足之地。

随着农村土地改革的深入,一些人如阿巴斯,固守旧传统,宁愿坐在旧传统的灰烬中也不愿离开,而另一部分人如梅尔甘则在挣扎中切断旧的传统之根,迫不得已选择迁居进城。这种传统与现代的冲突不仅仅体现在村民之间,更体现在苏璐奇的孩子们与母亲梅尔甘之间。这是整部小说故事的结构基础。小说最后,坎儿井的股份持有者们同小地主之间的冲突达到高潮。小地主把一头骆驼扔进坎儿井,阻塞井水,人们把骆驼肢解,打捞上来。而新引进的拖拉机被破坏不能工作,只好停靠在墓地边。这象征了在这场自上而下的改革中,旧传统被打破进而失落消亡,新秩序又没能建立起来,胎死腹中。

小说以两条线索平行展开:苏璐奇家庭的毁灭与乡村的消失交织在一起。苏璐奇的不在场,象征着在这场现代化变革中,伊朗自身文化传统的依靠与屏障全都消失不在场,因而人们迷惘惶惑,不知所措。梅尔甘的彷徨无助也是整个社会的彷徨无助,整个民族在急剧的社会变革时期失去身份。苏璐奇失踪了,但在梅尔甘和街坊邻居们的谈话与回忆中,他的形象逐渐凸显出来。他虽然不在场,却又始终在场,并一步步地逐渐成为一种象征——他是梅尔甘和孩子们的精神依靠,同时也是伊朗传统文化的象征,是在社会变革中失去身份、无所归依的民众的精神寄托。因此,虽然表面上看传统因被抛弃而失落消亡,然而传统就如同人的影子,人无论如何也摆脱不掉。

因此,都拉特阿巴迪的《苏璐奇不在场》以一种崭新的方式看待农村问题,呈现了一幅伊朗农民在国家现代化改革的十字路口的艺术性画卷,堪称一个时代的艺术结晶,在伊朗现代文学史上具有重要地位。

三　《克利达尔》

都拉特阿巴迪的另一部代表作《克利达尔》(كليدر,1978—1984)也是一部载入史册的史诗性作品,长达 10 卷,2800 多页,创作于 1968—1983 年。"克利达尔"是霍拉桑地区一座山脉和一个村庄的名字,这部作品成功地描写了伊朗现代史上霍拉桑地区波澜壮阔的农民起义运动及伊朗农民的悲剧命运,是一个时期的历史与社会的真实写照。小说建立在真实历史事件和真实历史人物古尔·穆罕默德的故事基础上。古尔·穆罕默德是霍拉桑农民起义的领导者,也是当地老百姓心中的英雄。这次起义被巴列维政府强权镇压下去了,古尔·穆罕默德及起义的几位主要领导人均遭被捕,最后被枪决。作者都拉特阿巴迪当时只是一个五六岁的小男孩,古尔·穆罕默德的故事及其挽歌民谣萦绕着作者的整个童年生活,给作者留下了难以磨灭的深刻记忆。小说对克利达尔这个村庄及周围环境的描述几乎就是现实情景的翻版,除了主人公古尔·穆罕默德之外,小说中的很多人物也实有其人。尽管如此,《克利达尔》这部小说并不是关于古尔·穆罕默德的生平传记作品,而是一部超越史实的虚构小说,只是将局部细节和故事背景与史实勾连起来。

《克利达尔》的故事发生在 1946—1948 年的霍拉桑萨布瓦兹城。库尔德族乡村姑娘马拉尔,去城里监狱探视被囚禁的父亲阿布杜斯和未婚夫德拉瓦尔,然后去素赞村看望姑妈巴尔基斯。半途上,马拉尔在一山泉水中沐浴。路过此地的古尔·穆罕默德在芦苇丛后窥见了她,由此迷恋上了她。这里,作者显然套用了波斯古代著名诗人内扎米长篇叙事诗《霍斯陆与席琳》中的情节,显示出古典文学对伊朗文学的一种根深蒂固、潜移默化的影响。马拉尔在村子附近遇见一个名叫马赫·达尔维希的流浪青年,他是古尔·穆罕默德的妹妹希露的恋人,他央求马拉尔替他给希露传递口信。之后,希露与马赫·达尔维希双双私奔出逃。就这样,马拉尔进入古尔·穆罕默德的生活中。

马拉尔的姑妈巴尔基斯与丈夫克尔密西生养了三个儿子和一个女儿,即汗·穆罕默德、古尔·穆罕默德、贝克·穆罕默德和希露。严重的干旱使他们这个以放牧为生的家庭的生计陷入困境。巴尔基斯,一个如同梅尔甘一样的女人,把家庭生活的重担扛在肩上,以坚韧的毅力使家庭保持运转,使家庭凝聚在一起。古尔·穆罕默德是这个家庭的第二个男孩,从小桀骜不驯。小说故事开始时,古尔·穆罕默德刚服完兵役回到家乡,并且已经结婚,他的妻子兹瓦尔一直没能为他生育孩子。正是在回乡途中,古尔·穆罕默德瞥见在山泉中沐浴的马拉尔。当马拉尔走进姑妈巴尔基斯的家庭之后,古尔·穆罕默德的妻子兹瓦尔本能地对马拉尔产生一种恐惧与排斥心理,她害怕失去古尔·穆罕默德。希露和马赫·达尔维希私奔到查曼城堡巴依噶拉家,成为巴依噶拉家里的男仆和女佣。不久,希露的三哥贝克·穆罕默德追踪而来,将他们捉了回去。灾难与不幸不断降临,这些事件使马拉尔与古尔·穆罕默德愈走愈近,最终古尔·穆罕默德将马拉尔娶作第二房妻子。对此,兹瓦尔只能默默承受,因为在伊朗传统中,一个女人不能生育,意味着没有任何权利与地位,只能承受被遗弃的命运。

然而,这一婚姻在马拉尔的前未婚夫德拉瓦尔心中播下了仇恨的种子。随着故事的发展,各种冲突在不同的家庭和部落之间发生,且愈演愈烈。在一次械斗中,古尔·穆罕默德失手杀死了一个男人。政府机关的两个纠察员前来调查这一事件。其中一个纠察员对古尔·穆罕默德的妻子兹瓦尔图谋不轨,古尔·穆罕默德怒杀了两个纠察员,并焚毁了他们的尸体,古尔·穆罕默德因此被捕入狱。在朋友萨塔尔的帮助下,古尔·穆罕默德越狱逃跑了。萨塔尔是一个政治活动家,是伊朗人民党党员,在该地区从事地下工作,策动农民起义。在他看来,古尔·穆罕默德是农民起义领袖人物的最佳人选。

古尔·穆罕默德与他的同志们一起策动当地农民起来与地主阶级进行斗争。他们的传奇故事在当地很快流传开来。古尔·穆罕默德渐渐成为当地老百姓心中的英雄人物,受到人们的景仰和崇拜。然而,对于古尔·穆罕默德来说,困难似乎才刚刚开始。捍卫"英雄"这个荣誉称号似乎比"成为英雄"更加困难。精神上的压力使古尔·穆罕默德陷入犹豫、茫然、彷徨和不安之中。小说对古尔·穆罕默德的心理活动的刻画十分细腻成功,使其形象十分真实可信。最终,地主阶级借助国家强权将农民起义镇压下去了。

《克利达尔》是一部现实主义作品,描写了霍拉桑地区波澜壮阔的农民运动,以及人民党在该地区的活动,可谓伊朗现代史的真实写照。

都拉特阿巴迪的小说作品从一开始就拥有自己独特的标志,具有一种全方位的思想广度,显示出作家本人具有一种令人钦羡的掌控题材和营造气氛的能力。除小说之外,都拉特阿巴迪还写了不少回忆录,主要是回忆童年的农村生活,其间充满了对父亲的爱。都拉特阿巴迪倾心于赫达亚特作品独特的表现能力,且深受其影响。然而,与赫达亚特不同的是,都拉特阿巴迪作品中的苦涩与窒息,源自他长期的农村生活经历和对受教育的渴望,在苦难中萦绕着一种坚韧,而正是这种坚韧在困境中给人以希望。与都拉特阿巴迪相反,生活在城市、家境优越的赫达亚特的作品则把所有的希望都掐灭在绝望中。都拉特阿巴迪的作品在某些地方也与萨迪克·楚巴克的作品类似，但二者的区别在于，都拉特阿巴迪虽然描写的是社会下层人物，然而是以一种理想主义的视角，甚至是史诗性的视角，向外拓展，注重个人与社会力量之间的关系，以个体去揭示当时的整个社会的状态。萨迪克·楚巴克的作品则更多地注重人物个体，向内挖掘。《苏璐奇不在场》与《克利达尔》这两部作品给巴列维"白色革命"时期的文学创作画上了一个句号，标志着一个时代的结束。

第十三章 1961—1978 年(下):百花齐放中现代派小说大家云集

第一节 巴赫拉姆·萨德基的《战壕与空水壶》与《天国》

一 萨德基生平与创作概述

巴赫拉姆·萨德基(بهرام صادقی,1936—1984 年),出生于纳贾夫阿巴德,在伊斯法罕一直生活到 1955 年,后来进入德黑兰大学医学系深造。1958 年,萨德基曾在文学杂志《蚌壳》供职过一段时间。萨德基从 20 岁起就开始小说创作,医学背景让他的创作深入人物的潜意识领域,使其在文坛上独树一帜。他从事文学创作的时间并不是很长,但就在这不长的时间内,创作出了一系列令人震撼、难以忘记的作品,使他跻身于伊朗最杰出的现代派小说家之列。

萨德基属于"失败的一代"作家,其作品具有一种深刻的黑色讽刺,往往直抵失败者和无助者的意识最深处。这种黑色讽刺和苦难不幸,以一种创新的叙事手法反映出来,使萨德基成为这个时代最引人注目的作家。他的前期作品都创作发表于 1956—1962 年期间,尽管其最具影响的作品发表在 20 世纪 70 年代,但他无疑是属于前一时代的作家。沮丧、失败、贫穷、绝望的普通人,失去理想的知识分子,瘾君子,两手空空的职员,灰心失望的大学生,萨德基以一种非凡的能力将他们一一呈现出来。其作品对生活的反映深度是他那个时代的作家中少有的,可谓是同时代作家中的佼佼者。萨德基以强有力的笔触呈现出生活中的种种痛苦与无奈,这种痛苦与无奈不仅仅源自外部的客观环境,更源自我们内心深处,是人在尘世中的既定宿命。萨德基故事中的人物都来源于生活,但又高于生活,超越于生活。他不是在生活中寻找答案,而是以一种激发怀疑的讽刺将一些崭新又前卫的问题挖掘出来,呈现在读者面前,让读者以崭新的视角去审视生活中的事物,而不仅仅只满足于生活中的一些表面现象。

其第一篇短篇小说《明天在路上》(فردا در راه است,1956)讲述在一个暴风雨之夜,大雨倾盆而下,一起事件发生了:法兹里被人杀害了,凶手不明。街坊邻里都在谈论法兹里与古拉姆汗以前的纠纷。小说中,法兹里的死亡与洪水的形成交织在一起,让人产生一种激动不安和莫名恐惧的感觉。最终,暴雨淋垮了墙壁,随着墙壁一同坍塌的,还有古拉姆汗的精神世界和突然降临的法兹里的死亡,似乎所有的一切都失去了意义。作者以暴雨展示人物的外在状态,以细致的对话呈现人物的精神状态,二者并行,相互映衬,外在暴雨成为人内心风暴的呼应。故事超越了普通的刑侦小说,读者对法兹里遇害原因的好奇心,是让故事得以推进的主要动因。故事揭开谜底是在最后几行,一个老头说:“初夜时分,法兹里走进废墟……死了。”显然,小说并非旨在讲述一个悬疑故事,而是旨在呈现在一切都衰败、坍塌的环境中,人的灵魂和生存状态。

巴赫拉姆·萨德基可谓是出手不凡,一鸣惊人,刚一涉足小说创作领域就开始探索一种新的表达之路。这种创造性的探索使他的小说在故事结构与叙事方式上成为波斯语最优秀的小说写作,成为仿效的对象。萨德基致力于那些没有根基的、悬空式的人物,他们在相信与不相信之间迷惘彷徨。这些人总是处在一种空虚无聊中,无法寻找到可以让自己的精神和灵魂停泊的港湾。在他的哲理故事中,漫无目的与空虚无聊是生活的主旋律,一种确定的空间位置感被替换为一种没有时间的非现实感。悬空的人物带着恐惧与绝望被一种无形的力量所纠缠,而这种力量超越了人的理解和掌控。萨德基的前期小说后来被收集汇编成短篇小说集《战壕与空水壶》(سنگر و قمقمه های خالی,1970)出版。

二　《战壕与空水壶》

《战壕与空水壶》虽然只是一部短篇小说集,却在伊朗现代文坛具有重要地位。集子中的每一篇故事都具有深刻的哲理和丰富的内涵。在这些故事中,作者以一种全知的视角讲述人物的内心,堪称心理刻画大师。其中,《无头线团》这篇小说的主人公不认得自己的脸孔,频频造访不同的照相馆,然而他看到的所有照片都像他自己,但又不是他自己。该小说揭示了人在认识自我上的困境与无助,可谓入木三分。人不仅失去自我存在的身份认同,也失去了个人的身份认同。在这个故事中,真实隐藏起来,看不见,只能通过照片的方式反映出来。这可谓作者独具匠心之处。巴赫拉姆·萨德基在写作中总是很快就放弃外部描写,专注于人物内心的挣扎、矛盾、冲突,着力于营造故事人物的内心世界,这在《徒劳无益》中得到很完美的呈现。读者以一种非直接的方式感受到这些人无法快乐生活,无法实现他们内心的愿望。在这个故事中,所有的一切都是徒劳无益的,只有死亡是真实的。

巴赫拉姆·萨德基擅长以一种不寻常的视角看待日常事务,在日常事务与人物中寻找新的东西,常常让读者震惊,使以麻木的眼光看日常事物的读者注意到寻常中的不寻常。《战壕与空水壶》描写了一个名叫冈比西斯的小人物,他整天在床上吃喝拉撒睡,也思考,在脑海和内心里自己与自己对话。这种卑微不是在表面上,而是源于没有理想,没有目标。冈比西斯属于放弃了生活之战壕的一代男人,带着希望与信仰的空水壶在寻找庇护所。正如小说所言:"冈比西斯在战壕中投降了。幸好他的水壶完全空了,敌人无法攫取他的水。"这是一句含义十分深刻的话,小说中的"战壕"与"水壶"都具有强烈的抽象色彩和象征意义,只有"空"是实实在在的"空"。

《十足的遗憾》塑造了一个名叫莫斯塔格木的滑稽角色。莫斯塔格木的世界比冈比西斯的世界更加黑暗。他是一个底层职员,生活中的唯一乐趣就是收集报上的讣告。他在这简单的嗜好中度日。有时,他也幻想他的死亡会带给各方面震动,但也知道实际上他的死无足轻重。他在幻想中娶妻生子,然后休妻,再娶另一个女人……他沉浸在自己的幻想中,这些幻想变得低劣又病态,直到有一天他在报纸上读到自己的死讯。这暗喻了无聊的生活如同死亡。在这个充满了矛盾与骚动的世界,人的罪过就是其存在本身。莫斯塔格木先生为了证明自己活着,去参加自己的葬礼,想说出他想说的一切,但晕倒在地。在故事最后,我们发现,一切都是印刷厂的疏忽造成的过错,把"莫斯塔因"错印成了"莫斯塔格木"。新闻记者说:"你在报纸上刊登一则告示,说他还活着。"医生回答说:"那还得看他自己的意思是什么。"这个医生其实就是作者萨德基自己,他是在质疑莫斯塔格木究竟是不是真的活着。

《出人意料》的故事背景更加广阔,反映了一个时代社会的混乱无序。小说中,父亲马赫穆德汗·摩萨瓦特是一个退休职员,始终背负着朋友们死去的记忆,他宣称他曾参加过立宪运动。现在,他退休了,正在写一部关于阿契美尼德王朝时期妇女精神面貌的书!然而,所有的这些逃避与自欺,以及民族自豪感,都不是他的孤独的庇护所。母亲塔乌斯夫人也热衷于自己的病痛,她在孤独中筋疲力尽,决定同她少女时期的唯一好友和解。故事在一种"等待"的恐惧中发展——母亲和女儿法努尔等待着老朋友的返回,作者以一种卓越的能力营造了一种"等待"的特异而诡谲的精神状态与氛围。似乎,"出人意料"是指塔乌斯夫人少女时代的朋友的到来。最后,客人带着她年轻的儿子法奴西博士来了。马赫穆德汗与博士之间的谈话,以一种过去一代与年轻一代之间的谈判的方式进行:"我们老朽一代有立宪运动,你们有啥?你们想做什么?买房子,买汽车,敛聚钱财,娶妻生子,然后头发谢顶,就这些?"然而,老一代除了一些口头上的夸夸其谈之外,也是一无所有。这种历史的无根性也在年轻一代身上反映出来。过去的一代的脸孔是苍老与无助的,年轻一代的脸孔则是空洞与玩世不恭的,而年轻姑娘法努尔除了一天到晚唉声叹气之外,别无所能。从博士与法努尔的对话来看,"出人意料"又似乎是指在路上的即将来临的爱情。但是,当马赫穆德汗最后因精神崩溃而疯癫时,我们才明白,"出人意料"是一种笼罩着他的"疯癫"。

《两幕剧》则描写了生活中难以理解的不和谐与混乱无序导致人的茫然失措。一个知识分子为了战胜绝望的情绪而躲进艺术的庇护所，将自己的生活当作演戏。然而，戏如人生，在演戏中也没有办法达成相互理解，而是彼此间充满猜忌。正当每个人都准备在演出中给予自己的答案时，剧组被解散了。现在，戏——也就是生活——无法演出了，答案是什么？作者以此表达出深刻的哲理：生活如同一出戏，向着未知的点前进，演着演着就演不下去了。

巴赫拉姆·萨德基的很多故事都是以主人公的疯癫而结束。萨德基所有的艺术才能都集中体现于《事件全过程》中，该小说集中体现了一个时代的疾病：一幢住满了房客的房子——一个社会的缩影，大家都聚集在房东的房间里。这个家庭中的成员彼此都不能相互理解，大哥贝赫鲁兹与二哥马斯乌德总是不断发生冲突，只有母亲如同支柱一样捍卫着家庭。波尔波尔与达尔维希是另一对对立冲突的兄弟，波尔波尔接受一成不变的日常生活，而达尔维希如同贝赫鲁兹一样，是遭受失败的知识分子，在大麻、《玛斯纳维》和修道堂里逃避自我，他说："曾有一段时间，我们接受了很多东西，也抛弃了很多东西。但是，请你相信，我们干事情了……现在，我不知道要干什么……我的心挣扎着想要有一丁点的信念，对任何东西的信念……"萨德基的艺术在于：把普通的日常生活与重复的对话呈现得不会让人感到任何厌倦。在寒冷的冬夜，房间里的谈话在一直进行。故事越往前发展，房间里的谈话就越热烈，我们也就越了解底层人灵魂的冰冷，以及他们内心的纠结。他们所有的困难都在于无法与他人达成一致。大家彼此都陷入猜忌中，没有人能够理解他人的意图，彼此之间无法建立起关联，每个人都沉浸在自己内心的疯狂中。没有人成为轴心角色，每个人都在从自己的角度讲述事件，任何人都不信任别人在午夜时分说的东西，所有的人都处在漫无目的与深深的平庸中。实际上，这些人是在寻求自己的身份。生活盘根错节，人们事实上纠缠在彼此的命运中，却又无法相互理解和沟通，无法建立联系。因此，最终总是灾难性的令人痛苦的结尾——逃避和疯疯癫癫的争吵，精神失常与精神分裂攫住每一个人。无法建立起同情心的对话成为整个故事的结构，体现出作者高超的架构技巧。

《一支唱给月夜的悲伤的歌》从头到尾都是悲苦与恐惧。萨德基以一种非直接的方式将病人的弥留之际用一种崭新的方式呈现出来：首先是病人房间的场景，医生、父母、亲戚聚在一起。病人想要讲出他最后的话，却找不到知心人。故事最根本的底蕴是病人在社会中的孤独。萨德基以一种中立的甚至冷漠的立场叙述故事，往往让读者不寒而栗，进而深思。故事由几个表面上看来毫无关联的场景组成：一些偏远地区的小县城的图像，那里的人们都在拼命寻找一些借口，驱除自己的无用感和卑微感；公共汽车运载着一群目光呆滞的乘客，来到小镇上；衣衫褴褛的职员在太阳下寻找庇护所，马车夫、茶馆流连者和穷人抱怨着寒冷。在这些图像之中，乌鸦的意象加剧了黄昏时刻的压抑与死亡迫近感。所有的这些场景叠加在一起,生活便是停滞不动,把人驱赶向空洞虚无。严寒在故事中被格外强调,使其赋予故事一种特质,使人感觉到的不仅仅是气候的寒冷,更是人心的寒冷。所有的人都生活在悲苦中,看不到希望。病人在弥留之际想要找到可以托付的知心人更是一种妄想。

萨德基的哲理小说着力挖掘人类生活本质中的孤独感,因此一些寻常的人物、事件在萨德基的作品中获得了一种前所未有的深度与远度。在这些故事中,作者不断地重复一种人在社会中的陌生感与孤独感。故事中的人物在理解这个世界的奥秘面前茫然失措,没有头绪。他们生活在一个无法理喻的世界,在其中感觉不到安全与安宁。《在惬意的春天教课》中,老师、同学、春天、教学,似乎构成一幅温馨而富有生机的图画。人物与事物尽管都是真实可以感知的,但在作者的描述中,呈现为一种无法感知的环境,进而产生一种象征意义。这个故事就仿佛是在清醒的状态下做的一个噩梦。所有的人都处在孤独中,没有人能够与他人建立起联系,也不知道自己的听众是谁。最后,只有一个老头留在课堂上,也许是因为他离自己的死期不远了。老头似乎是一个犯错者,老师在课堂上弃讲课于不顾,而是展开对他的批判和惩罚,根本就不听老头的辩解,也没有弄清他的过错究竟何在。在老师的不可知的神秘力量面前,老头完全无能为力,也无法左右自己。然而,在小说中,老师是看不见的,全是通过学生们的描述而呈现出来。所有的一切都笼罩在一种超自然的、神秘主义的浓雾中,让人深感无力和无助。

人在一种未知的强力面前的无助与焦虑不安在短篇小说《昏礼》中呈现得淋漓尽致。年轻人因寻找谢赫·巴哈伊而茫然失措,其根本原因在于对目标一无所知,或者根本不知道目标究竟是什么。不知道是因为什么而承受大街小巷里的人们的嘲讽和路途上的艰辛。然而,青年人明白自己毫无目的地寻找之时,正是茫然之时,这一点非常重要。接近一种痛苦和恐惧的瞬间,正是他认识自己的瞬间,也是他明白在神秘力量面前人总是无助的时刻。萨德基将读者置于一个追寻者的地位,跟着故事主人公在一种朦胧不清的氛围中,面对故事主人公所面对的问题。萨德基赋予了故事一种的新的视角,让读者震撼,促使读者思考自身的生存状况,让读者思考一种超越现实、具有神秘意义的事件。似乎,那种神秘的力量从各个方面笼罩着人,让人陷入沉思。

萨德基的黑色讽刺深受意大利著名作家皮兰德娄的荒诞剧的影响,不给希望开一个小窗口,不让令人震惊的光线将各个方面的卑微与平庸呈现出来。野蛮粗鲁与肮脏丑陋笼罩着生活,甚至,人想寻求超越生活的意义的努力,也成为一种可笑的方式而最终走向死胡同。他们遭受过太多的苦难,以致他们的思想陷于疯癫的状态;他们失去了理想与希望,从他们眼中看出去的世界景色是灰色的,没有希望的存在,找不到任何没有悲伤的高兴。

萨德基的作品呈现了病态的、受伤的时代痛苦,极为生动真切,令人震撼,令人不寒而栗,令人深思。毫无疑问,萨德基将他之后的伊朗小说创作置于自己的影响之下,20世纪60年代之后的很多作家都模仿他的作品,不管作家本人是否承认这一点,即使是胡尚格·古尔希里这样的小说大家,其创作中,萨德基的影响也是清晰可见的。

三　《天国》

巴赫拉姆·萨德基的作品分为两类:一类揭示人的内心世界,这在上述短篇小说集《战壕与空水壶》中有精彩的呈现;另一类则是哲理故事,思考人类的终极命运,长篇小说《天国》(ملکوت,1971)是这方面内容的代表作。这类故事的基调是死亡,作家因自己对死亡的恐惧而努力认识死亡,藐视死亡。萨德基在一次采访中说:"作家应当把自己时代的问题置于人类永恒的精神生活的框架内,而非日常生活问题的框架内。"[①]《天国》是萨德基唯一的一部长篇小说,也是伊朗现当代文学史上的长篇杰作(1976年改编为同名电影)。

《天国》的核心思想指向一个终极问题,即人对死亡的态度。萨德基为了解答这个问题,寻求神话的帮助,建立了两个相对的世界:一个是尘世的普通人的世界,人们害怕死亡,渴望永生;另一个是耶和华和撒旦的神话世界,他们因没有时间而郁闷不堪,从而制造死亡。

故事发生在星期三半夜时分,撒旦准备附体于穆瓦达特先生,以便星期四一大早就用灾难(死亡)掠走所有人。故事在人物的回忆与内心独白中展开,一直延伸到亘古与永恒的时空。在宁静的半夜时分,所有的事物都呈现出一种奇异的、超自然的、神秘的色彩:一个废弃的小城——一个停滞的、充满厌倦的却渴望生而惧怕死的世界;一个胖男人,他是一个自私却讲信誉的商人,渴望长寿和享乐;一个年轻人,他是一个单纯的小职员,没有确定的未来,渴望出人头地,玩命工作,他对生活的理解十分简单,用故事中的哈塔姆医生的话来说,就如同最初的人类一样,体验着尘世的美好,从不仰望天空;一个陌生人,谁也不认识他,他总是沉默地充当旁观者,时不时以一句出人意料的话显示自己的一种虚幻的存在,但是我们看不到他的任何特征,这个人具有神秘的双重性,之后,我们明白他是撒旦的同伙。他以一种预言的方式说:"似乎今天晚上要发生什么事情。"这句话不断地回响,萦绕着故事,由此故事呈现出一种令人毛骨悚然的恐怖气氛。这几个人,一起在穆瓦达特的花园中饮酒作乐。突然,事件发生了:撒旦附体于穆瓦达特先生,花园主穆瓦达特先生变成了哈塔姆医生。在萨德基的故事中没有

---

①　Hasan Mir'Abidīnī, Sad Sāl Dāstānnivīsī-yi-Irān, Intishārāt-i-Chishmah, 1380, Jild. 1. p349.([伊朗]哈桑·米尔阿贝丁尼:《伊朗小说写作百年》,切西梅出版社,2001年,第一卷第349页。)

任何东西是确定的,每一件表面上看来似乎自然而然的事情,很快就会从这一面转向另一面。一些最怪异的事件呈现出寻常与自然的逻辑,而一些最寻常自然的事件却呈现出一种非寻常非自然的逻辑。

哈塔姆是这座小城里唯一的医生,他有一个破旧的诊所——一个不寻常的世界,里面的人具有现实世界中的人的所有特征,却又跟这个现实世界毫无关联,不属于这个世界。这里,小说的场景呈现为在现实世界与非现实世界之间的一种模糊不清的状态。哈塔姆医生的诊所似乎既在尘世又在天国。哈塔姆医生自身也是一个奇异的生物,是老年与青年的混合体,具有两面性,既是医生也是杀手,既代表"生"也代表"死"。哈塔姆医生针对自己的两面性,说:"我身体的一只耳朵把我召唤向生活,另一只耳朵把我召唤向死亡。我感到我灵魂中的这两面性越来越强烈,越来越致命……我不知道是该接受天空还是该接受大地,天国究竟是哪一个?……我就如同一粒铁渣,在强有力而对峙的两极之间旋转。"

哈塔姆医生对年轻人说:"在我的阁楼上有一个沉睡的男人,需要做一个外科手术,也就是说,他自己感到需要这样一个手术。他的名字是米拉……他现在想把他最后的肢体切除……他除了一只手之外,已经什么都没有了。"由此,小说将米拉先生呈现出来,米拉与哈塔姆之间的关系才是小说故事的真正主线。

小说第二、三章是米拉的自述,采用内心独白的形式,以诗意的语言探索米拉隐秘的内心角落,具有一种超现实主义色彩,时而具有《旧约》的氛围,时而具有《瞎猫头鹰》的氛围。米拉如同哈塔姆一样具有两面性,他身上具有两种力量——一是儿童,一是魔鬼,彼此厮杀。魔鬼的力量在黄昏和晚上探出头来,把他掳进没有止境的噩梦中,把他召唤到破坏和屠杀中;儿童的力量则让他想起生活中的美好时光。

一个黄昏时刻,米拉在魔鬼力量的驱使下在一种令人恐怖的气氛中杀死了自己的儿子,并把目睹了这桩谋杀案的仆人舒库弄成了哑巴。原因在于米拉弄明白了哈塔姆医生与那个神秘的陌生人是同伙,他们都是撒旦的同盟。在 20 年前,哈塔姆医生就与他的儿子成为好友,向他儿子灌输空虚无聊和自杀的思想。米拉害怕儿子成为哈塔姆医生的追随者,因而杀死了儿子。

杀子之后的米拉,为追寻"遗忘"而漫游世界,他走过了一座又一座城市,将自己的肢体交付给手术刀,试图在肢体被切割的痛苦中找到"遗忘",他甚至对此上瘾,不断要求医生切断自己的肢体。但是,他依然没有找到"遗忘"。他将切下来的肢体浸泡在酒精中随身携带,另一辆黑色马车中放着他儿子的棺材,马车夫是个老头。这与赫达亚特的《瞎猫头鹰》中的情节如出一辙,由此可见赫达亚特对伊朗作家的深远影响。米拉在思考向哈塔姆复仇,哈塔姆医生也很了解他,总是把他动手术的时间向后推延,似乎是要瓦解米拉的抵抗。这实际上是耶和华与撒旦之间的斗法。

随着对生的渴望的上升和对死亡的逃离，活下去的念头笼罩了米拉，他开始渴望享受太阳、食物和生活。他把过去的纪念物、与哈塔姆医生之间的争斗、切除的肢体、他儿子的尸体，全都扔掉。然后，他召唤来哈塔姆医生，说他已放弃切除他唯一的一只手。小说这里似乎呈现出一种希望。然而，随着故事的进展，我们发现，降临的不是希望，而是死亡和徒劳，还有黑暗。哈塔姆医生，这个无所不能的魔鬼，肩负毁灭一切的责任，他给城里的所有人，包括胖男人、年轻人、米拉，都注射了死亡针剂。在他离开之后，城市变成了墓地。米拉杀子之后，哈塔姆医生也追随米拉从一座城市到另一座城市，每到一座城市就毁灭那里的人。

小说最后一章又回到尘世，从天国和哈塔姆医生与米拉的争斗中，回到小说开头朋友们的聚会。他们来到果园中，饮酒作乐。哈塔姆医生穿着一身黑色长袍，他的双手冰冷没有知觉。陌生人将哈塔姆医生介绍给朋友们："他是撒旦，米拉则是耶和华。"哈塔姆医生对陌生人说："他们很快就会死去。"胖男人顿时心肌梗死，年轻人恐惧死亡，跑到米拉跟前寻求帮助，然而米拉无能为力。最后，大家弄明白米拉和哈塔姆实际上是在扮演耶和华与撒旦，在捉弄大家。换言之，人类只不过是耶和华和撒旦斗法的玩偶。为了不成为他们的玩偶，除了自杀外别无他路。小说似乎在昭示，对于尘世中的人来说，唯一的出路是死亡。小说最终，无一人逃脱死亡——这既是人在尘世的结局，也是人在尘世的唯一出路。

《天国》是一部深刻的哲理小说，不仅耶和华与撒旦只是一枚硬币的两面而已，而且耶和华与撒旦，各自也是集创造与毁灭于一身，只是将人类视为自己的玩偶，在每一个地方播撒希望又攫取希望，留下徒劳、无助和孤独，让人背负永恒的苦难。人被一种不可知的力量左右，无可救助，"陌生感"是一道冷光，从头到尾笼罩在小说中，与卡夫卡的《变形记》如出一辙。

萨德基在小说中建立了一种具有震慑力的噩梦式的场景，在确定无疑中植入怀疑，创造出一种梦境般的神秘氛围，从而拓展了读者的思维空间。他的作品是窥探导致人卑微渺小的所有动因的透视镜，他的黑色讽刺针对那些逃避现实、害怕在镜子中正视自己的绝望者。因此，萨德基的讽刺是黑色的，但不是悲苦的，不是对难以忍受的存在给予否定，而是让人在难以忍受中忍受，这是一种尘世的坚韧。

第二节　古拉姆侯赛因·萨埃迪与《巴雅尔的哭丧人》

一　萨埃迪生平与创作概述

古拉姆侯赛因·萨埃迪（غلامحسین ساعدی，1936—1985 年），笔名"苟哈尔·莫拉德"，出生于大不里士，是伊朗土耳其族人，获心理医学博士学位，在德黑兰开有诊所。萨埃迪在青少年时代就开始文学创作,前期以创作剧本为主,最具代表性的剧作是《瓦尔兹尔手中的木头》(چوب بدستهای ورزیل,1965),其关于立宪运动的五部剧作也获得广泛的好评,曾在伊朗长期上演。萨埃迪共出版了20部剧本单行本和4部电影剧本,其中一些书里包括多个剧本,因此可谓丰产,是伊朗最具实力的剧作家之一。"八月政变"之后,萨埃迪被捕入狱数月。之后,萨埃迪又因参加反巴列维政权的政治活动而多次被捕入狱。1979年伊斯兰革命之后,萨埃迪离开伊朗,侨居法国。1985年,萨埃迪在法国去世,安葬在巴黎波尔落沙兹公墓,与萨迪克·赫达亚特的陵墓为邻。

1955年,萨埃迪发表《蚌壳与阿拉什》(صدف و آرش),由此崭露头角。萨埃迪最重要的作品都发表于20世纪60年代。萨埃迪的作品具有一种超现实主义的特征,一些现实的事件呈现为一种非正常的色彩,令人恐惧,似乎作者在一种超越自然的状态下寻求社会问题的原因。在这些故事中,萨埃迪为营造一种寓言的效果,以一种超乎寻常的思考与深刻的感知,创造了一种捉摸不定、令人恐怖的氛围。一幅幅可怕的图像充满了厌倦,精神的痛苦与恐惧笼罩着萨埃迪的第一部短篇集《牢骚满腹的熬夜》(شب نشینی باشکوه,1960)。这部集子中的故事都是关于小职员和退休职员生活中的不幸,故事气氛沉重。萨埃迪将职员的各种问题作为城市社会的最基本问题提了出来,反映了伊朗在白色工业革命开始之后,城市化发展迅速,白领职员阶层兴起,揭示了白领阶层的精神状态和生活压力,以及一种卑微的生活状态:单调的、一成不变的日子,毫无意义的工作,缺乏社会安全感,诸如此类的种种困境导致这些人物走向疯狂和死亡。萨埃迪在他后来的小说中,更加强有力地描述了一种不可言状的力量对这种疯狂状态的掌控:职员们的无所依靠,没有金钱储蓄,没有社会保障,只有不可预知的未来伴随着内心的焦虑和生活的空虚,他们为了升迁而拼命奋斗,然而其结局无外乎退休和死亡。他们空虚无聊的快乐被萨埃迪以冷峻的笔触呈现出来。在萨埃迪的小说中,几乎所有的人物都没有耐心,在一种陌生无助的凄惶状态中忍受煎熬,大都具有一种精神上的病态。他们在令人窒息的氛围中挣扎,没有人能在反人性的环境中坚守,只能屈服于现实,没有崇高目标,依赖于政府的薪水和一张办公桌,很快就变得没有活力,死气沉沉,随波逐流。萨埃迪故事中的人物都没有通向幸福的道路,连最微小的希望也没有,只有茫然失措与疯狂的不幸笼罩着他们,腐烂与死亡在他的所有故事中都投下阴影。小说集中《牢骚满腹的熬夜》描写了一场政府部门的欢庆会,揭示了政府行政体制的陈旧;在《我父亲的梦》和《辞职信》中,毫无意义、日复一日的无聊工作让职员疯狂。这些故事中的人物都眼睛盯着一些芝麻大点的问题,进行长篇大论、不厌其烦的讨论。一旦退休,就坐在民族公园中酗酒,收集一些假古董。

萨埃迪的一些故事明显受到欧洲荒诞派文学的影响,萦绕着一种"等待戈多"式的对虚无的等待。萨埃迪故事的主旋律是失败与屈服,沮丧与黑暗。这其中,赫达亚特对萨埃迪的影响也显而易见。他在寓言故事《新力量》(**نیروی نو**,1962)中说:"在这个时代,空虚无聊是一种新力量,可以俘虏任何一种力量,空虚无聊也渗透进了魔鬼的内心——想把古老的激情赶回冰冷和死气沉沉的世界。空虚无聊是一种新魔鬼,将所有的一切都俘虏。"萨埃迪在《两兄弟》(**دو برادر**,1962)中呈现了病态的社会与病态的灵魂。故事讲述了兄弟俩之间的格格不入。哥哥是悲观的知识分子,非常敏感,但又无所事事,懒散无聊。弟弟是循规蹈矩的职员。哥哥寄希望于一种虚无缥缈的事情,而弟弟的生活寄托则是一些空虚无聊的事情。事实上,兄弟俩都是无根的彷徨者,他们生活的周遭世界也充满了欺骗与空虚无聊。最终,哥哥在百无聊赖的孤寂中自杀。萨埃迪以非常娴熟老到的语言描写兄弟俩之间的关系,他们彼此无法沟通,无法相互理解,深刻地揭示了当时伊朗社会中人们的普遍精神状态。《两兄弟》是萨埃迪的代表作,也是伊朗现代文学中的经典篇章。

《乞丐》(**گدا**,1962)是萨埃迪的另一篇经典之作,使萨埃迪成为伊朗现代文学中的杰出代表。小说描写了一个流浪老妪波佐尔格夫人的故事,如同"两兄弟"一样,老妪是社会中的"多余人"。波佐尔格夫人原是一个家庭妇女,在其丈夫死后,儿女们都不接纳她,她只好流浪于大街小巷,后被弄进收容所。她从收容所里逃出来,回到自己家,在那里,她看见自己的儿女们为了争夺她的所谓传家宝正在激烈争吵。故事以老妪的角度进行叙述,深刻揭示了人性中的贪婪,为了个人利益,母子之间的情分完全泯灭了。老妪总是挎着一个从不离身的包裹,大家都猜想,包裹里一定有很多财宝。最后谜底揭晓,里面是老妪自己的裹尸布。波佐尔格夫人的形象成为伊朗现代文学中一个经典难忘的文学形象。可以说,我们每个人都如同波佐尔格夫人一样,随身带着自己的裹尸布在人世间流浪。萨埃迪作品以小见大的深度很少有人能企及。

萨埃迪的作品更多的是反映进城农民工在城市边缘居无定所的生活状况,堪称伊朗现代文学中的经典篇章。小说集《难以名状的惶恐》(**واهمه های بی نام و نشان**,1967)多反映城市边缘小人物的生活。小说集《坟墓与摇篮》(**گور و گهواره**,1966)多反映地痞流氓式的人物。其中,《垃圾桶》一篇描写一对父子在流浪生活中遭遇各种恫吓与威胁,经历了各种各样的事件,曾一度进入血头召集乞丐卖血的圈子,靠卖血为生。儿子在医院卖血,同时又在医院做各种各样的杂活,将病人们剩下的饭菜收集起来,卖给德黑兰南部边缘地带的农民工。之后,他尝到挣钱的甜头,开始为了挣钱而不择手段,为护士与走私者做中间线人或望风者。护士给他买了眼镜,让他打扮入时。外貌的改变是灵魂改变的一个象征,他内心的恶逐步膨胀,然后以组织卖血的名义将饥饿者们召集起来,又转卖给别的血头。读来让人不由得联想到中国作家余华的《许三观卖血记》。

萨埃迪堪称伊朗南方文学的代表,其小说集《恐惧与战栗》(ترس و لرز,1968)展现了伊朗南部沿海地区居民的艰难困苦,对命运的逆来顺受,对生活不抱有一点梦想,对现实的认命,作者试图展示伊朗偏远地区的原始生活。他的故事差不多有一个固定的模式:一个陌生人进入一个具有固有信仰的土著村民群落中,给当地人带来致命的破坏。陌生人(外乡人、异国人)成为一个幽灵,飘荡在这些故事中。在第一个故事中,一个麻风病人进入萨勒姆·阿赫玛德家中,造成了这个家庭的毁灭。第二个故事写一个相貌奇特的异乡人进入村子中,自称能给村民带来帮助,却给当地村民带来致命灾难。第三个故事讲一个奇怪的医生给一个臆想病人治病,作者为了营造一种疯癫气氛,尽情发挥了自己的想象力,在这个奇幻的世界中,超自然力成为日常生活的一部分。这种诡异的气氛最终导致医生成为凶手,这令人联想到巴赫拉姆·萨德基的《天国》中的哈台姆医生。萨埃迪故事中的人物都生活在一种恐惧与战栗的气氛中,正如其书名。

集子中也有描写职员与知识分子的作品,《在其他人在场的时候保持平静》讲述一个退休上校与他年轻的妻子进城投靠女儿,但随之而来的除了一大堆烦恼之外,再无其他。其核心场景是宴会,上校长久以来的疯癫征兆在宴会之夜终于发作,被送进医院。上校的脑子愈加混乱,小说呈现的场景就愈加可怕。小说中的每个人物都有心灵创伤,他们想获得心灵的平静,却无法获得。为了逃避这种绝望,上校女儿躲进婚姻。小说却呈现了一个十分恐惧的婚礼场景,新娘在一群纠缠不休的老妪——旧传统的象征——中寻找失落的酗酒的新郎。上校妻子是唯一在混乱中保持平静的人物,她是忍辱负重、克制的象征,对自己的命运逆来顺受,并把其他人的绝望担在肩上,包括把一个爱慕她的蓝眼睛男人的绝望也担在肩上。蓝眼睛男人是一个遭遇爱情与政治失败的知识分子,灵魂受到创伤,对生活感到茫然不知所措。可以说,小说中每个人的精神世界都在崩塌,只有上校妻子让人在绝望中感受到一丝希望。

小说集《清醒状态中的茫然失措者》(آشفته حالان بیداربخت)在萨埃迪去世之后,于1998年出版,包括10个短篇,主要描写"八月政变"之后遭遇重创的知识分子们的心理状态,逼真地呈现了他们的挫败感,寒冷、绝望、无助、茫然是其主旋律。

长篇小说《大炮》(توب,1968)的故事发生在伊朗阿塞拜疆农村,描写了当地村民对伊尔土著部落入侵的恐惧。除此之外,当地村民还受饥馑、迷信与噩梦困扰。立宪运动时期,为了阻止伊尔部落与大不里士战士结成联盟,当局派遣哥萨克军官德尔马乔夫以帮助拉希姆汗的名义到达出事地点。故事开始是哥萨克军队架设人炮直逼伊尔汗人的营地。小说主人公米尔哈西姆毛拉,在进入空空的村子之后,得知哥萨克已经扫荡过了,他忍饥挨饿地流浪,乔装成送信人以保护自己。小说将个人经历与立宪运动的历史事件成功地结合在一起。

20 世纪 70 年代后期萨埃迪创作激情消退,作品都不太出彩。创作于 1976 年的长篇小说《城市中的异乡人》(غريبه در شهر)在 1990 年出版,讲的是立宪运动时期发生在大不里士的故事,算不上萨埃迪的优秀之作。另一部创作于 1974 年的长篇小说《欢笑的鞑靼人》(تاتار خندان)出版于 1994 年,故事讲一个年轻医生对自己在城市里单调无聊的生活感到厌倦,企图到农村去过一种简单的生活,小说美化乡村的淳朴生活方式,完全忽视了伊朗农村的贫穷与落后。因此,萨埃迪长篇作品的思想倾向与其短篇小说的思想倾向相抵牾,这反映出作家在后期思想上的变化。总的来说,萨埃迪的长篇作品不及其短篇小说出色,在揭示人性的深刻性方面,其短篇更胜一筹。

二 《巴雅尔的哭丧人》

萨埃迪最具代表性的作品是小说集《巴雅尔的哭丧人》(عزاداران بيل,1964)。该小说集引起巨大的反响,成为一种特殊的文学现象。该集子包括 8 个具有一定关联的短篇故事,讲述乡下人的饥饿与疾病、劳作耕耘、不如意的爱情,成功地再现了一个小村子中人们的生活,并赋予这些故事深刻的社会意义。读者通过这个小村子就可以感受到整个伊朗偏远乡村乃至社会的落后现状。巴雅尔是一个非常贫穷偏远的小村子,处在剧烈动荡变化的时代之外,迷失在宗教狂热与迷信之中。一旦社会的或自然的灾难降临,就会打乱他们落后愚昧的"正常"生活。这种对"灾难降临"的恐惧成为萨埃迪这部小说集故事发展的推动力。

萨埃迪在营造这个小村子的氛围方面显示出无与伦比的超凡能力,虚构与现实相结合,成功地呈现出这个村子的孤独、不被关注和陌生感。在开头三个故事中,令人恐惧的哭丧旋律萦绕在村子上空,死亡的不幸就如同暴雨一样降临这个村子。对这种灾难局面谁也没有办法,只有"伊斯兰"——村子里公认的稍稍具有一点所谓知识的人——认为,除了进行哭丧之外,别无办法,没有希望,甚至在梦中也要进行哭丧哀号:"大家紧靠在一起,哭号,亲吻祭幡。巫婆,两只眼睛是瞎的,坐在上房中央的火盆上,缓慢地转动着她的头,倾听着哭号声,一旦某个角落的哭号声停下来,她就立即转向那个方向,哭号声就再次响起。"

在第一个故事中,拉马丹的妈妈病了,在城里的医院里奄奄一息,拉马丹不能忍受与母亲分离,就滞留在了城里。直到一天夜里,在令人惶恐的氛围中,死亡的铃声将她召唤。在第二个故事中,玛拉兹杀死了村子里的先生,在附近村子的死人堆里流浪。另一个年轻人为了寻找自己的未婚妻而来到城里,陷入公立医院令人悲伤的氛围中。但是,最终他也如同从医院里逃出来的小姑娘一样,与当地的乞丐群为伍。在第三个故事中,饥饿与死亡如同龙卷风一样毁灭了巴雅尔村子,两个老妪——过去旧生活的象征——用一种巫术,把所谓的圣水洒向村子,哭丧人围绕村子哭号,以此驱散灾难。另一方面,村子里的男人也没能从邻村买来粮食,却带着毛驴的尸体返回,死毛驴让绝望的哭丧人因暂时有了食物而高兴。集子中其他篇章是关于游荡在各个村子之间的盗贼的故事。小说还十分精彩地描写了被村民遗弃的纵酒者的形象,以及他们的孤独与情感。在最后一个故事中,"伊斯兰"对巴雅尔村的人的不知感恩感到心灰意冷,在一陌生而神秘的呼唤的召唤之下,逃跑进城,却进了精神病院——这似乎也是萨埃迪众多短篇小说主人公的归属。

萨埃迪是伊朗20世纪60年代最杰出的作家之一,他的成就主要在短篇小说。他以一篇篇短小精悍的小说塑造了伊朗现代文学史上最具感染力和最典型的艺术形象,堪称伊朗文坛上的"短篇之王",从某个角度来说,他与鲁迅十分相似。萨埃迪的小说总是具有广阔的社会场景,并且具有独特的视角,如同巴赫拉姆·萨德基一样,萨埃迪是一位富有创造性的作家,他的作品多着重时代人物的内心状态和精神状态的分析,主要呈现小人物的精神状态。但是,在萨埃迪的作品中,替代萨德基式黑色讽刺的是一种悲悯情怀。

第三节　伊斯玛仪尔·法希赫与《盲瞎的心》

一　法希赫生平与创作概述

伊斯玛仪尔·法希赫(اسماعیل فصیح,1934—2009年)是20世纪伊朗最杰出的小说家之一。与萨埃迪以短篇小说见长相反,法希赫以长篇家族系列小说著称,他所有的作品,不论长篇小说还是短篇小说集,都是讲述同一个家庭——阿里杨家族的故事,通过这个家族人物的命运变迁反映出1921—1971年伊朗社会的大变革。这让人联想到左拉的长篇巨著《卢贡-马卡尔家族》。其小说集《生涩的葡萄酒》(شراب خام,1966)、《熟悉的土地》(خاک آشنا,1970)、《盲瞎的心》(دل کور,1973),甚至其关于两伊战争的小说《62(1983)年冬天》(زمستان ۶۲,1987),都是讲述阿里杨家族的故事,具有相当程度的自传性质。大地主哈桑·阿里杨娶了两个妻子,两个妻子生育了众多子女,他还有众多的孙辈。《盲瞎的心》是法希赫最为杰出的作品,也是伊朗现代文学史上的优秀之作,也是反映伊朗大地主贵族家族没落消亡的最优秀作品,表现了在漫长的时光中迷惘的一代。

法希赫在晚年仍保持旺盛的创作力,出版了不少佳作,如《永远的故事》(داستان جاوید,1980)、《萨巫什的痛苦》(درد سیاووش,1984)、《62(1983)年冬天》等。其中,最具有代表性的是《62(1983)年冬天》,我们将在"伊斯兰革命之后的战争文学"一节讨论该作品。

二　《盲瞎的心》

该长篇小说故事梗概为：萨迪克·阿里杨医生在睡梦中梦见自己童年时代的街区变成了一个充满鲜血的死水潭。阿里杨医生被电话铃声惊醒，他的妻子告诉他：莫合塔尔·阿里杨死了。莫合塔尔的死亡让萨迪克陷入回忆之中。小说的故事时间是半夜到早晨，但是在这短短的几个小时中萨迪克的思绪却经历了数十年的时光：四岁的萨迪克目睹了长兄莫合塔尔强奸他的聋哑小保姆古尔·玛利亚，还抢走了她的金项链，古尔·玛利亚因此怀孕。然后，小说转入对古尔·玛利亚过去的描写。她是一个哥萨克军官的女儿，其父亲在立宪运动中站在人民一边，拒绝向立宪人士开枪，因此被杀害。古尔·玛利亚被大地主贵族哈桑·阿里杨领到家中做用人。小说由此转入对阿里杨家族的描写，包括大地主哈桑和他的长房妻子寇卡卜，以及他们的长子莫合塔尔。

莫合塔尔与街坊女子姬兰·瓦尔阿明尼私通，杀死了她的丈夫，因此入狱。姬兰为莫合塔尔生下儿子嘎迪尔之后死亡，嘎迪尔由古尔·玛利亚抚养长大。古尔·玛利亚也生下自己的女儿，却被迫将其抛弃在路口，该孩子即是后来的女诗人费勒希特。阿里是哈桑的第二个儿子，因无所事事，转而热衷于做音乐人，出没于城市的各个宾馆、咖啡馆、夜总会。拉苏尔是哈桑的第三子，英俊善良，沉迷于基督教的神秘主义。莫合塔尔与拉苏尔兄弟俩成为小说中截然相反的两面。萨迪克是这个家庭中最小的孩子。两年后，莫合塔尔出狱回家。他不择手段，攫取了家族财产。大地主哈桑病在床上，奄奄一息，已在弥留之际，而作为长子的莫合塔尔却在阁楼上数钞票。

"二战"爆发，伊朗因盟军进入发生食品短缺，疾病肆虐。莫合塔尔却嗅到商机，靠倒卖德黑兰的土地大发横财，是伊朗社会中一个典型的暴发户的形象，也反映了伊朗中产阶级的形成过程。而拉苏尔却被自己的兄长剥夺得一无所有，象征了伊朗知识分子的挫败。同时，二儿子阿里与一个具有官方背景的富家女结婚，由此在仕途上步步高升，是伊朗社会中另一种类型的代表。

另一方面，莫合塔尔的两个私生子女费勒希特与嘎迪尔成为拉苏尔与莫合塔尔的翻版，一善良一邪恶。邪恶者总是给别人带来灾难，连自己的同父异母姐妹也不放过。萨迪克试图让自己继承拉苏尔的精神，对莫合塔尔十分憎恶，力图改变自己的生活，但他处在迷茫中："不知道该对自己的生活做什么，是像拉苏尔充满理想而失败，还是像莫合塔尔用一双大手搜刮一切，贪得无厌，或者是像阿里那样八面玲珑？"最终，萨迪克如同拉苏尔一样选择了逃避，移居美国，是伊朗"失败的一代"的代表。当他回到德黑兰，看见了拉苏尔的身影在大街上漫无目的地游荡，失败的年轻一代依然未能走出迷惘。这些都发生在德黑兰老城，萨迪克童年时代的德黑兰。

　　然而,在现代都市德黑兰,莫合塔尔与阿里代表了两个不同的方向,却相互平行。莫合塔尔掌控着用钢筋混凝土、大理石建造起来的高楼大厦和高档商场,在家里的生活也极尽豪奢,但是依然改不了老土的旧毛病——把咖啡馆中放在茶托上的多余方糖悄悄揣进自己大衣的口袋里。萨迪克在一次与莫合塔尔的口角中,脱口说出自己对他的憎恶。小说这里呈现出陀思妥耶夫斯基式的对罪恶的哲思。最后,莫合塔尔在与自己的儿子嘎迪尔的争斗中死去,阿里杨家族的噩梦由此终结。然而,在最后时刻,拉苏尔的身影又出现在萨迪克眼前,指责萨迪克不爱莫合塔尔。小说的思想基础在于爱,对所有人的爱,不管他们曾经做过什么,因为在作者法希赫看来,所有的人,不论其得意或失意,都生活在痛苦中。尘世本身即是痛苦的渊薮,小说最后表现出一种形而上的色彩。这种色彩也出现在法希赫别的小说中,法希赫因此被视为伊朗文学中的陀思妥耶夫斯基。

第四节　胡尚格·古尔希里与《埃赫特贾布王子》和其他作品

一　古尔希里的生平与创作概述

　　20世纪60—70年代,是伊朗社会全面西化的时代。尽管巴列维国王在政治领域实行的是君主专制,然而这时期伊朗经济开放,与西方诸国的文化交流频繁。经济的发展、国力的加强、各种文化的交融汇合,使伊朗这时期的文学呈现出生气勃勃、丰富多彩的繁荣景象。

　　在小说创作领域,这时期欧美经典小说大量被译成波斯语,促使伊朗小说家们更加成熟,在表现技巧和手法及小说的结构上都较以前有了较大的进步。伊朗的小说创作呈现出空前繁荣和成熟的景象,与当时的"新浪潮诗歌"相对应,在小说创作领域,也出现了"新小说",形成伊朗文坛上第三波现代派文学思潮。赫达亚特的《活埋》《三滴血》《瞎猫头鹰》开创了伊朗现代文学中的现代派流派。之后,现代派小说在巴赫拉姆·萨德基、胡尚格·古尔希里手中达到顶峰。

　　在这时期的现代派小说创作中,最具有代表性的是"《伊斯法罕文集》作家群"。《伊斯法罕文集》第一辑出版于1965年夏天。该文集标志着伊朗"新小说"现代派文学作家群的诞生。"新小说"作家群的作家们大都紧跟20世纪欧美著名现代主义作家的步伐。其中,胡尚格·古尔希里是这一作家群中最杰出的代表,生前曾是伊朗作协七人主席团成员之一,其作品在伊朗现代文学史上具有毋庸置疑的重要地位。

　　胡尚格·古尔希里(هوشنگ گلشیری,1940—2000年)出生在伊朗第二大城市伊斯法罕,并在那里完成了自己的学业,获得文学学士学位。毕业后,古尔希里曾长期在伊斯法罕省的各城市或乡村执教,他的文学生涯也是从整理伊斯法罕地区的民间故事开始的。刚开始,他既写诗歌也写评论,但很快意识到自己在诗歌创作方面没有天赋与前途,便转入小说创作,随即就创作出伊朗文坛上最富有组织结构的作品,在"新小说"作家群中脱颖而出。1969 年以中长篇历史小说《埃赫特贾布王子》(شازده احتجاب) 一举成名,然后相继创作了《克里斯汀与基德》(كريستين و كيد,1971)、《我的小祈祷室》(نمازخانه کوچک من,1975)、《拉依的迷途羔羊》(بره گمشده راعی,1977)、《十二勇士》(دوازده رخ,1990)、《屋中镜子》(آیینه های در دار,1991)、《暗手明手》(دست تاریک/دست روشن,1995)等 17 部作品,包括小说、诗歌和文学评论。古尔希里曾多次获得伊朗国内各种文学奖,其《埃赫特贾布王子》在德国获得最佳外语图书奖,其作品被译成英、法、德、俄、乌尔都、库尔德、日语和中文等多种外语。古尔希里还曾多次应邀访问美、英、法、德等国家,并做巡回讲演,是萨迪克·赫达亚特之后,在世界文坛上最具影响力的伊朗当代小说家。

1968 年,古尔希里出版小说集《一如往常》(مثل همیشه)。该小说集描写底层职员的内心状态,以及小城镇中的单身汉,展现他们生活中的厌倦:他们生活圈子十分狭窄,只在办公室与家之间来往穿梭,下班后流连于酒吧或书店,然后回到自己冰冷的宿舍即所谓的家。作者对这些人物在社会生活中的外部冲突并不感兴趣,而是深入这些人物的灵魂深处,探求他们的精神变异。《怀疑之夜》是作者最复杂的一篇心理分析小说,也是古尔希里最优秀的作品之一。小说描写一群朋友在喝酒的时候谈论他们其中一个朋友萨拉瓦提的自杀,他们都回忆自己与萨拉瓦提共度的最后一夜,大家的观点看法都彼此矛盾而对立,没有人能够确定,也无法与别人达成一致,大家都固执己见,度过这充满怀疑的耗神之夜。这篇小说颇有几分萨德基小说的特征。

《一如往常》通过房客"我"讲述一对失去儿子的房东老夫妇,各自都在为了能继续生活下去而寻找借口。老头往自己家的水池里抛鱼钩,注视着鱼钩激起的涟漪发呆,陷入沉思。每当涟漪扩散到水池边,老头的思绪也就进入死胡同。而老妇人则沉浸在老头替儿子写的虚假的信中,自我欺骗。而"我"在帮助老头面对现实、正视自我的同时,也完成了对自我的认识,认识到自己也不过如老头和老妇人一样是一个逃避现实者。

《萨穆尔·阿比的墓穴》是一个半疯癫的教师的内心独白,具有复杂的结构,主人公的内心世界与现实世界交织在一起,没有内在逻辑,记忆、幻觉、幻想、听说的、读到的,在教师脑海中任意呈现。叙述者在幻想中娶妻,过着单调乏味的家庭生活,然后他杀掉妻子,埋在了自家小花园中,而他因此陷入抑郁症。其作品中赫达亚特与陀思妥耶夫斯基的影响十分明显,如同《瞎猫头鹰》一样,其作品以诗性的语言探索人的内心世界。

二 《埃赫特贾布王子》

古尔希里的创作受到福克纳意识流小说的较大影响,在他的小说中不难发现福克纳的影子,"在逝去的时光深处寻找"替代了传统的故事写作。《埃赫特贾布王子》虽是一部历史小说,但古尔希里采用的却是现代意识流的形式,通过伊朗恺伽王朝(1794—1925 年)遗老埃赫特贾布王子晚年与妻子法赫罗尼萨、女仆法赫丽及老仆人莫拉德在生活中的琐碎事件,引发王子对过去时光的联想和回忆。这部小说将古尔希里的声誉送上顶峰。

古尔希里为写这部小说查阅了大量的恺伽王朝的历史资料,做了大量的案头笔记。由于小说采用的是意识流手法,小说所涉及的历史人物和事件,对于不熟悉伊朗那段历史的读者来说不是很清晰,所以这里有必要简单介绍一下当时的历史状况。埃赫特贾布王子的曾祖父是莫扎法尔丁国王,1896 年继位,1907年病逝。这期间,伊朗爆发了立宪运动(1905—1911 年),要求实行君主立宪制。莫扎法尔丁国王 1906 年在病榻上迫于无奈签署了伊朗第一部宪法。国王和王室的权利被极大地削弱,王室地产被大量剥夺。埃赫特贾布王子的祖父穆罕默德·阿里国王于 1907 年 1 月登基,他不甘心大权旁落,与沙俄势力勾结,血洗议会,残酷迫害立宪人士。立宪革命军誓死奋战,1909 年 7 月终于把穆罕默德国王赶下了台。但这时的伊朗完全被英国和沙俄所控制,他们为了更好地控制伊朗,废黜穆罕默德国王之后,在众多王子中选中只有 12 岁的阿赫玛德当国王。被废黜的穆罕默德国王在 1911 年 6 月发动猖狂反扑,妄图夺回政权,但未能成功。这时,时任首相且素与废王穆罕默德不合的王叔萨姆索姆趁机与沙俄勾结,既彻底打垮了废王穆罕默德的势力,也把立宪运动镇压了下去。阿赫玛德国王是埃赫特贾布王子的叔叔辈,是恺伽王朝的末代君主,1923 年被流放欧洲去"旅游"。1925 年,巴列维王朝(1925—1979 年)建立。

《埃赫特贾布王子》描写了埃赫特贾布王子的父祖辈们荒淫腐朽的生活和血腥残暴的统治;描写了埃赫特贾布王子的姑妈虽然贵为公主,但在男权社会中,也难逃其悲惨的命运,成为政治和权力交易的牺牲品;描写了埃赫特贾布王子与表妹法赫罗尼萨之间情感上的恩恩怨怨;描写了恺伽王室由盛及衰,到最后完全没落,只落得个白茫茫一片真干净。

《埃赫特贾布王子》可谓小说写作中时间艺术运用的经典之作:故事在当下与过去间往来穿梭;现实与历史、回忆与内心独白往复交织,淋漓尽致地展示出作家本人的艺术才华。在这个故事中,"现在"的时间没有意义,"未来"的时间不存在,只有"过去"的死亡的时间。一道"过去"的时间将另一道"过去"的时间往后推移,"现在"的时间却不能通往未来。王子正在死去,陷入"过去"时间的泥潭之中。然而,"过去"也不是秩序时间中的"过去",而是各个不同的"过去"在同一刻涌上王子脑海。这样的"没有未来"的时间艺术与小说的"没落"主题是那样的完美匹配,堪称绝唱。小说虽然描写的是伊朗封建末代王朝的灭亡,萦绕着深深的失落与惆怅,但小说又超越简单的末代王朝覆灭的意绪,表现的是伊朗作为曾经的波斯帝国的光华散尽,是整个民族的哀伤与幽怨,因而尤其动人心魂。

《埃赫特贾布王子》可谓作家本人全部艺术才华的结晶,是古尔希里的代表作,也是伊朗现代文学中的经典之作,1969 年出版后又多次再版,于 1973 年被改编成电影,同年在德黑兰国际电影节上获得最高奖。

三 《克里斯汀与基德》

也许是《埃赫特贾布王子》太过完美,当古尔希里的《克里斯汀与基德》(1971)出版时,读者由于期望值过高而大失所望。其实,这也是一部很优秀的小说。这是一部爱情小说,共有 7 章,故事按时间顺序展开。每章抬头都引用了《旧约·创世记》中耶和华创世在 7 天之中每天创造宇宙万物的一段经文。克里斯汀是一个英国女人,与丈夫基德和两个孩子一起来到伊斯法罕。克里斯汀在她周围的知识分子中找到一个情夫。"我"则通过这个情夫与克里斯汀认识,来往于她的家庭,而脑子里总是想着这个女人与其周围的男人们的关系。第二章,通过"我"与克里斯汀之间的一场棋局,展现了这个女人的过去。下象棋即是生活游戏。克里斯汀不懂棋艺,输了。生活中也一样,克里斯汀不懂得爱情,在一场场爱情游戏中总是输家。这与艾略特的《荒原》中的"象棋手"很相似。克里斯汀后来离开基德,回到欧洲。"我"已深陷与克里斯汀的爱情之中,感到很失落,更感到自己在克里斯汀与其丈夫之间是个多余的人,于是陷入孤独和酗酒,在大街上游逛。最后,在无助的哭泣中,"我"拿起自己的作品来读,作品即是《克里斯汀与基德》,小说由此实现了时间的循环往复。

四 《拉依的迷途羔羊》

《拉依的迷途羔羊》也是古尔希里的一部优秀长篇小说,其思想深刻性超越了《埃赫特贾布王子》。然而,《埃赫特贾布王子》在语言艺术和结构艺术上的光芒太过于灿烂,这使得《拉依的迷途羔羊》的光芒在某种程度上被遮盖。

《拉依的迷途羔羊》由四部分构成,描写了一个四十多岁的单身秘书赛义德·穆罕默德·拉依令人绝望的经历。断断续续的思绪交织一起,构成一系列事件,就像一面打碎的玻璃,散落四处,而每一块碎玻璃都反射出光线。第一部分里,从黄昏到早晨,没有写任何事件,都是拉依内心世界的描写——他的感觉、思想、恐惧,思绪飘来又飘去。拉依在自己的月光小屋中凝视着一件女人的内衣,想起一个家政女工来给他打扫过几次房间,还跟他睡过一次。这件事并没有使拉依产生罪恶感,因为他早已将之抛到一边,但他脑海中又由此时时涌上欲望。与家政女工的露水情缘犹如一块石头抛进拉依的生活的死水潭,令他想起自己的失败与无能,也警示了其未来的失败。思绪的涟漪又让他想起童年时光,父亲的家,母亲的慈爱,每当思绪碰壁,拉依就在过去时光中寻求庇护。拉依也有对未来的朦胧的憧憬。他在自己的月光小屋中偷看对面那扇窗户,那里总有一个女人赤裸的胳膊在晃动,拉依曾在大街上对这样的胳膊梦寐以求,但总是失望。一个晚上,那扇窗户打开,那只胳膊扔出一团纸到大街上。对拉依来说,那团纸仿佛就是那个女人本身。拉依赶紧冲到大街上,寻找那纸团,到早晨他终于找到那纸团,仿佛终于找到他迷失的羔羊!拉依是"失败的一代"知识分子的代表,在彷徨迷惘中寻找希望。对面窗户里的女人的胳膊与其说是弗洛伊德性压抑学说的反映,毋宁说是主人公拉依心中的一种希望的象征。

小说第二部分写拉依在学校里教授谢赫·巴达尔丁的文章。文章是以波斯古典语言方式写成的,充分显示了古尔希里在古典语言方面的学养和造诣。文章讲述的是一段苏非苦行僧的爱情故事。一个女子被控与谢赫·巴达尔丁通奸,这个苦行僧却不得不遵照伊斯兰教法,将自己内心的欲望掩盖起来,也为了捍卫自己的声誉,而下令将那女子处以石头击死之刑。从此之后,对那女人的回忆就如同梦魇一般始终纠缠着他,打破了他修行生活的宁静,他自认为应当对那女子的死负责,这种灵魂的折磨直到他死也没有放过他。这个与他通奸的女子成为一面镜子,让苦行僧看见了自己禁欲信念的不坚定,他因自己的信念不坚定而惶恐不安。这种惶恐不安笼罩着整个故事。谢赫·巴达尔丁的故事似乎是关于男人与女人的关系的故事,然而更是关于信仰的故事,关于信仰坚定与否的故事。

应该说,在伊朗社会全面西化的时代,价值认同危机是这部小说内容的基石。拉依的母亲是"过去的一代"的代表,在传统文化氛围中,价值认同危机从来没有发生在她身上。然而,拉依因为没有坚守过去传统的信念而出现价值认同危机,"他失去了关于信念与感觉的整个世界的钥匙"。这种价值认同危机出自西方文化的强力渗透,伊朗知识分子的价值观因此产生动摇与怀疑。拉依是伊朗传统倾向的知识分子,与谢赫·巴达尔丁有着相同的特质,都陷入同样的思想困境之中。拉依的同事萨罗西先生很迷惑地问拉依:"为何要用谢赫·巴达尔丁的故事打破学生们的信念,你在打破了他们的信念之后,又想把什么样的信念灌输给他们呢?"拉依无言以对,萨罗西的话促使拉依在对母亲的回忆中寻找庇护。拉依在老巴扎游逛,这成为拉依寻找过去的一种方式,他精神恍惚地坐在废墟上,身后除了一片废墟,一无所有。拉依思考自己,思考死亡,思考失败的爱情,对传统价值的失落感到忧伤,而母亲正是那种传统价值的代表。

第三部分描写拉依到咖啡馆与朋友们聚在一起,大家都在西方物质文明的享受与东方神秘主义的精神世界中彷徨,绝望而沮丧。他们悬吊在中世纪与20

世纪之间飘荡,他们没有根基,卑微地过着日子,迷失在当下,对昨天的逐渐远去而伤感,对明天感到绝望,饮酒作乐,沉湎于麻醉品,自我毁灭,试图以遗忘与失去自我来替代信念的失落。但是,何处是庇护所? 为了寻找伊朗民族的历史之根,古尔希里在这里又插入神话"雪松的故事":伊朗神话传说中,雪松是琐罗亚斯德从天堂带到尘世亲自种植的,是一棵根系发达、枝繁叶茂的参天大树,阿拉伯人入侵之后,哈里发下令将之砍倒,继而又将其连根拔除。雪松是伊朗的象征。阿拉伯人的入侵,雪松的失落,导致伊朗民族失掉了自己的历史身份。

第四部分描写拉依去参加同事萨罗西的妻子的葬礼。小说这里再现了穆斯林葬礼洗涤尸体、用裹尸布包裹尸体这种传统习俗的全部过程。然后是萨罗西回忆他的父亲——一个恋爱高手、纨绔子弟。小说这里描写了伊朗的世家子如何玩鸽子、抽鸦片(犹如清朝遗老遗少提笼架鸟、游手好闲)。拉依却走错了地方,去参加的不是萨罗西妻子的葬礼,而是另一个陌生女人的出殡仪式。拉依为这个陌生的女人哭得痛不欲生,他是在为所有人的死亡而哭泣,更为表面上活着的死人们哭泣。小说最后,拉依坐在墓碑上,又哭又笑……

《拉依的迷途羔羊》反映了一代人的迷惘与忧伤。小说中的人物都处在忧伤之中,没有活力,忧伤如同浓雾一般笼罩整部小说。人们失去了梦想与理想,带着诅咒坐等死亡与堕落。人们对古老价值的失落痛心疾首,这样的伤痛却无法治疗,既回不到过去,又看不到未来。但是,作家本人也无力给出获得拯救之路。

胡尚格·古尔希里的后期创作力求让现代人与"过去的家园"的神话传说结合在一起。《武器库》(جبه خانه,写于 1974 年,发表于 1983 年)、《十二勇士》(دوازده رخ,1990)、《渔夫与魔鬼的故事》(حدیث ماهیگیر و دیو,1984)、《梦游者》(خوابگرد,1990)、《摩冈的胜利之书》(ظفرنامه مغان,1980),表现的是萦绕在伊朗现代作家们心头的使命——执着地为国家民族的未来"寻路"。"摩冈"是琐罗亚斯德教祭司的称谓,《摩冈的胜利之书》探索伊朗伊斯兰化前的琐罗亚斯德教传统文化与现代伊朗的契合点,是伊朗现代知识分子中"回到伊斯兰前"这一脉思想的体现。

第十四章　阿勒·阿赫玛德的政论著作与伊斯兰革命

第一节　寻路者阿勒·阿赫玛德

　　贾拉尔·阿勒·阿赫玛德(جلال آل احمد،1923—1969 年)是伊朗现代文坛上最杰出的作家之一,本书已经在前面两度论及他的文学创作。阿勒·阿赫玛德是"失败的一代"的代表作家,曾积极投身火热的政治运动,又在之后心灰意冷,他的一生是为伊朗民族寻求拯救之路的一生,也是不断反思的一生:他对伊朗左翼运动的反思作品以《小学校长》(مدير مدرسه،1958)和《努奈和笔》(نون و القلم،1961)为代表;他对土地改革运动的反思作品以《土地的诅咒》(نفرين زمين،1967)为代表。若仅仅从小说艺术成就来看,公允地说,阿勒·阿赫玛德不是一位讲故事的高手,或许他根本就不想讲故事,他的作品都是讲自己独到的政治思想见解。然而,他在伊朗知识分子中具有非凡的影响力,被奉为文坛领袖。究其原因,笔者认为,正是阿勒·阿赫玛德深刻的思想性代表了伊朗现当代知识分子的心路历程。

　　伊朗的知识分子阶层是在宗教阶层之外的另一个能够影响伊朗政局和能够掌握民众思想的重要阶层。著名的西方当代马克思主义理论家弗雷德里克·詹姆森(又译作詹明信)在《处于跨国资本主义时代中的第三世界文学》一文中对第三世界国家的知识分子的特征做出了十分精辟的论述,他说:"在第三世界的情况下,知识分子永远是政治知识分子。……文化知识分子同时也是政治斗士。"①詹姆森更多的是从文本的角度去阐释第三世界国家知识分子的"政治性"的。对于伊朗知识分子来说,其"政治性"不仅仅表现在他们所创作的作品中,同时也表现在他们对现实政治的参与中。因为政治参与寄托了伊朗知识分子的民族振兴的梦想,他们进行了一次又一次的政治选择,遭受了一次又一次的失败和挫折,但忧国忧民的政治参与意识使他们总是不屈不挠地行进在寻找民族振兴之路上。

---

　　①　张京媛:《新历史主义与文学批评》,北京大学出版社,1993 年,第 242 页。

　　伊朗的知识分子阶层早在立宪运动中就起了十分重要的领导作用,立宪运动失败之后,知识分子阶层逐渐接受了社会主义思想,曾力图使伊朗走上社会主义道路,但几经挫折之后,最终失败。巴列维国王的全面西化政策,使伊朗知识分子阶层遭受更为严重、更为致命的重创——伊朗传统文化的沦丧。倘若说前两次打击尚可谓是政治信仰上的打击,那么这次就是对知识分子赖以生存和为之自豪的文化精神支柱的打击。面对社会主义运动的失败,面对全面西化带来的伊朗文化异化和社会道德失范,伊朗的知识分子阶层开始进行深层次的思索。这时,宗教领袖霍梅尼和著名宗教学者夏里亚提的"伊斯兰是唯一的拯救之路"的思想正好契合了知识分子阶层的内心探索,他们开始将眼光转向伊斯兰本身,开始重新审视伊斯兰,并逐渐接受了"伊斯兰是唯一的拯救之路"的思想。

　　伊朗文坛领袖阿勒·阿赫玛德的思想转变,颇能代表伊朗相当大一部分知识分子的心路历程。阿勒·阿赫玛德先是信仰社会主义,是人民党的高层领导人,后来虽然退出人民党,但在退党之后的若干年内在思想上仍倾向左翼。在这时期,阿勒·阿赫玛德在思想上是鄙视和嘲讽宗教愚昧的,这在他的小说集《走亲访友》(1946)、《我们的苦难》(1947)、《三弦琴》(1949)中有突出反映。伊朗社会主义运动失败之后,阿勒·阿赫玛德曾一度转向存在主义。从 20 世纪 50 年代后期起,阿勒·阿赫玛德转向对传统进行探索,重新认识到宗教的力量,在其最有影响的著作《西化瘟疫》(1962)中,在深刻剖析伊朗文化发生异化的根源的同时,阿勒·阿赫玛德明确认识到宗教阶层能够在抵制和消除"西化瘟疫"中起重要作用。1964 年,阿勒·阿赫玛德拜访了宗教领袖霍梅尼,1966 年又结识了夏里亚提,并与夏里亚提成为好友。1966 年出版的朝觐游记《戒关微尘》显示出阿勒·阿赫玛德已经完成了思想上向伊斯兰传统的回归。在《论知识分子的效忠与背叛》(1965 年完成,1966 年部分章节发表,1977 年全书出版)中,阿勒·阿赫玛德更是明确提出知识分子阶层应当与宗教阶层结盟,反对巴列维政府的全面西化政策,用伊斯兰精神拯救伊朗,拯救伊朗文化。知识分子阶层普遍向伊斯兰精神的回归,有力地促进了伊斯兰复兴主义在伊朗的发展,并对伊斯兰革命的胜利起了十分重要的作用。

　　当时,知识分子阶层中除了极少数主张西化外,绝大多数是反对西化的。反西化的群体又分为三部分:一部分主张回归伊斯兰传统;一部分仍倾向左翼;还有一部分既不向往伊斯兰也不倾向左翼,而是经过自己的理性思索后反对西化,主张恢复伊朗民族自身的文化传统,主张"回到伊斯兰前"。阿勒·阿赫玛德是这三部分知识分子共同拥戴的领袖人物,具有非凡影响力。1969 年 9 月 8 日,阿勒·阿赫玛德突然因心肌梗死去世,人们猜测他是被"萨瓦克"特务所害。阿勒·阿赫玛德的突然去世增强了知识分子阶层对巴列维政府的敌对情绪。1977 年,在伊斯兰革命的前夜,阿勒·阿赫玛德主张知识分子阶层应当与宗教阶层结盟的著作《论知识分子的效忠与背叛》出版,对知识分子阶层在伊斯兰革命中站在宗教阶层一边起了重要作用。知识分子阶层是一个社会中最理性的阶层,伊朗知识分子阶层的"背叛",意味着巴列维政府已经彻底失掉民心,焉有不亡之理。

1979年1月16日,面对全国范围内的要求推翻巴列维专制政权的大规模群众示威游行,巴列维国王感到大势已去,弃国出走。2月1日,伊朗宗教领袖霍梅尼在流亡国外15年之后,搭乘一架法航专机从巴黎回到德黑兰。2月11日,在霍梅尼领导下,伊朗伊斯兰共和国正式宣告成立,标志着伊斯兰革命取得成功。

《西化瘟疫》和《论知识分子的效忠与背叛》尽管都不是小说,然而鉴于其在伊朗文化界的非凡影响力,以及对伊朗当代社会与文化转折和伊朗伊斯兰革命的助推作用,本书在此设专章论述。

第二节 《西化瘟疫》

阿勒·阿赫玛德在伊朗社会主义运动失败之后,曾一度转向存在主义哲学,但又很快从中跳出来,走向回归传统之路,深刻反思伊朗全面西化给伊朗传统文化带来的致命灾难,并做了广泛而深入的社会调研。在这个时期,阿勒·阿赫玛德政论文的写作强于其小说写作,因此他不仅仅是一位文学家,更是一位关于伊朗社会政治问题的思想家。

阿勒·阿赫玛德以《西化瘟疫》(غرب زدگی,1962)一书成为回归传统、反对西化的旗手。《西化瘟疫》一书不仅以其思想性,也以其精湛的语言艺术影响了一代人,正如赫达亚特的《瞎猫头鹰》在伊朗文化界的影响。《西化瘟疫》这部调研报告使阿勒·阿赫玛德逐渐成为伊朗知识界的领袖人物。

《西化瘟疫》原本是阿勒·阿赫玛德应伊朗教育部负责人之邀而做的一份调研报告。然而,报告写完提交教育委员会审议之后,被禁止出版。后在《世界》月刊上刊载了三分之一,随即该杂志被禁。1962年,《西化瘟疫》一书秘密印刷出版,并迅速成为当时伊朗青年的"圣经",阿勒·阿赫玛德在伊朗知识界的崇高威望也由此而建立。《西化瘟疫》主要讲述了西化是来自西方的一种瘟疫。我们第三世界国家因在发展方面的落后,就如同感染了鼠疫,奄奄待毙。而感染上西化瘟疫的国家则没有根基,既无法置身于东方之列,也无法成为西方的一员,盲目地模仿西方的风俗、传统、文化。作者在书中说道:"我们说'西化瘟疫'就如同一场霍乱,若觉得这个词不中听,我们就说,如同感冒或中暑,或者,至少是龋齿。"作者在书中抨击当时伊朗的"西化瘟疫患者":"西化瘟疫患者是不信道者,不信仰任何东西,又对什么都相信,只是一个收集者而已。……既没有信仰,也没有原则;既没有理想,也没有信念;既不信仰真主,也不信仰人性;既不受社会嬗变的约束,也不受宗教和非宗教的制约。他们甚至连非宗教者也不是,而是没有任何精神信仰者。他们有时也去清真寺,就如同去俱乐部和电影院一样。"阿勒·阿赫玛德认为"西化瘟疫"作为一种现代疾病,其病菌的毒株就是以科学和技术为表征的机器:"我们已经不能在机器和它的致命入侵面前保持我们历史文化的特点。我们已经被击溃了。在这当代的怪物面前,我们已无法维持有尊严的地位。只要我们没有理解西方文明的本质、基础和哲学,我们就只能通过消费他们的机器而在表面上和形式上模仿西方。"真可谓一针见血。但是,阿勒·阿赫玛德并非反对现代文明本身,而是针对东方国家和民族在面对现代技术"病毒"入侵面前,毫无抵御能力,完全丧失自我,并为此寻求解决途径:"我们作为发展中国家与机器和技术迎面相对……我们只能像现在这样做消费者吗?抑或我们要对机器和技术紧闭大门,退回到我们古代的方式、我们民族的和宗教的传统中去?或者存在第三种可能性?"《西化瘟疫》在深刻剖析现代化(西方化)给伊朗社会带来的重重灾难的同时,明确指出宗教学校和高等院校的人文学科应该担负起抗击"西化瘟疫"的责任。宗教教育可以阻止"西化瘟疫"下的信仰缺失,而人文学科可以通过加强本国的文化文学和风俗传统来遏制"西化瘟疫"的蔓延。这抑或是阿勒·阿赫玛德本人寻求的第三种可能性?

《西化瘟疫》不是一部小说作品,而是一部调研报告,是作者对当时伊朗社会在飞速现代化的进程中人文精神失落的调研,因此也可以说是纪实报告文学作品。该著作在伊朗知识分子群体中影响巨大,引发了广大知识分子对国家以全盘西化为实质的所谓现代化的广泛讨论和反思,促使他们站在了国家全面西化政策的对立面,成为之后爆发伊斯兰革命的引线。因此,在某种程度上,可以说,《西化瘟疫》动摇了巴列维政权"白色革命"的根基。

第三节 《论知识分子的效忠与背叛》

《论知识分子的效忠与背叛》(در خدمت و خیانت روشنفکران,1977)完全是一部政论著作,也使阿勒·阿赫玛德成为伊朗知识分子的精神领袖,使得他的政治影响力远远大于他的小说成就。全书分为导言、正文7章、附录4篇。第一章名为"什么是知识分子,知识分子是怎样的人?"。第二章名为"知识分子是自我还是陌生人",此章有2篇附录"知识分子的起源"和"伊朗知识分子从业人员统计概况"。第三章名为"知识分子的诞生地",此章也有附录2篇"中国知识分子与西方知识分子"和"人文领域中的精英"。第四章名为"传统知识分子——军事统领与宗教人士"。第五章名为"伊朗知识分子何在?"。第六章名为"知识分子的现代典范"。第七章名为"知识分子与当今世界"。作者在导言中对知识分子的概念做了明确的界定,他说:"论知识分子是一桩十分困难的事,并且在伊朗从未有人涉及过……任何毛拉(伊斯兰教士)、宗教学者、布道者都不能称作'知识分子'。用我们的术语来说,'知识分子'是一个被单独划分出来的群体。"①知识分子"不以营利为目的,而以话语为工作手段",并且分为上中下三等,最低等的知识分子围绕着政权利益转动,为政权服务,是政权的代言人,他们背叛的是人民大众;最高等的知识分子是特立独行者,不仅远离统治阶层和政权,而且对自己也不满意,他们为被剥削、被压迫的阶层服务,是他们的代言人;处于中间的自然是中等知识分子,他们游离于上下二者之间。阿勒·阿赫玛德将宗教学者视为传统知识分子,与他所言的(世俗)知识分子是两个完全不同的群体。

在阿勒·阿赫玛德看来,在伊朗,宗教学者、知识分子、统治政权是三种相互制衡的力量。宗教学者一方面抨击世俗政权,另一方面又将世俗知识分子视为异端,将世俗知识分子的思想性著作视为禁书,实际上他们是在做政权的帮凶,替掌权者进行出版审查,成为掌权者的工具,就如同世俗知识分子从某个角度来说,也是掌权者的工具。也就是说,传统宗教学者和现代知识分子在不知不觉中都成为为政权服务的工具,其结果是强化了统治者的强权统治。因此,这种状况必须改变。阿勒·阿赫玛德提出的解决办法即是知识分子阶层应当与宗教阶层结盟,抵抗政权的专制和压迫。并且,阿勒·阿赫玛德一再层层递进地指出,知识分子阶层与宗教阶层结盟是解决伊朗当前身患"西化瘟疫"重症的唯一办法。

倘若说《西化瘟疫》是当时伊朗青年的"圣经",那么,《论知识分子的效忠与背叛》则可谓是伊朗知识分子的"宪法"。1977年,在伊斯兰革命的前夜,《论知识分子的效忠与背叛》出版,对知识分子阶层在伊斯兰革命中站在宗教阶层一边起了重要作用。知识分子阶层是一个社会中最理性的阶层,伊朗知识分子阶层的"背叛",意味着巴列维政府已经彻底失掉民心,焉有不亡之理。阿勒·阿赫玛德的遗孀西敏·达内希瓦尔说:"60年代,他成为体制外的知识分子的主要发言人,没有哪个作家可以替代他的角色。"可以说,阿勒·阿赫玛德用自己的行动忠实实践了他关于知识分子的理念,他是一位真正的知识分子。

然而,伊斯兰革命之后,伊朗宗教阶层成为国家的统治阶层,一身兼二职。伊朗知识分子阶层又当何为? 倘若阿勒·阿赫玛德活到伊斯兰共和国时代,又当何为? 阿勒·阿赫玛德的遗孀西敏·达内希瓦尔在20世纪90年代之后创作的"彷徨三部曲"中,主张社会主义道路救国与主张传统宗教救国的两个男主人公都未能如愿,这不能不说是对现实的沉思与反思。倘若阿勒·阿赫玛德活到伊斯兰共和国时代,是否又当有新的彷徨与迷惘,新的反思与寻路? "寻路"或许注定是伊朗知识分子的宿命?

---

① Ismāʻil Hākmī, Adabiyāt-i-Muʻāsir-i-Irān, Intisharat-i-Asatır, 1375, p301.([伊朗]伊斯玛伊尔·哈克米:《伊朗现代文学》,阿萨提尔出版社,1996年,第301页。)

第十五章　1979—1989 年（上）：战争文学的繁荣

第一节　战争文学概述

伊朗伊斯兰革命取得胜利仅一年多，伊拉克就趁伊朗新政权立脚未稳之机，于 1980 年 9 月 22 日向伊朗领土发起了大规模入侵进攻，并空袭德黑兰，两伊战争全面爆发。战争发生的最直接的原因是两国领土争端。两国因界河夏特阿拉伯河的航道主权已有百年之久的争端，为此不断有小规模的军事摩擦冲突发生。但实际上，这场战争背后的真正动因是两国政治、宗教、民族、经济利益之间的矛盾冲突。战争第一阶段为伊拉克大规模入侵伊朗本土，伊朗仓促应战，全面防御抵抗；第二阶段，伊朗稳住阵脚之后，从战略防御转为反攻，基本上把伊拉克人赶出了伊朗本土；第三阶段为伊朗全面进攻，伊拉克防御抵抗，伊朗收复了战争之前丢失的部分领土。但是，伊朗也缺乏赢得战争全面胜利的实力，被迫于 1988 年 7 月 18 日宣布同意接受联合国安理会关于两伊停火的 598 号决议，战争于 1988 年 8 月 20 日结束，历时八年之久。伊朗方面称这场战争为"神圣卫国战争"或"八年抗战"。这场战争是 20 世纪最漫长的一场用最现代化的武器打最古典式的低水平消耗战，结果是两败俱伤，损失惨重。仅伊朗方面就死亡 35 万人，受伤 70 万人，被俘 3 万人，大伤元气。

毫无疑问，这场战争给伊朗的社会经济造成了巨大的损失。同时，也给伊朗人的精神世界造成了深刻而深远的影响。这种影响对于个人来讲既有正面的也有负面的，但在文学创作领域，这种影响表现为完全正面的积极的能动因素。伊斯兰革命之后，伊朗国家意识形态发生了极大的改变。因适应不了新的意识形态，一部分作家移居海外，另一些作家则创作激情消退，基本上没有什么新作品问世，即使偶有新作，也无足轻重。像巴赫拉姆·萨德基、古拉姆侯赛因·萨埃迪、胡尚格·古尔希里等伊朗文坛重量级大作家，他们最优秀的作品都是在伊斯兰革命之前创作的。两伊战争使人们的关注重心从伊斯兰革命本身迅速转移到保家卫国这方面上来，致使激越的卫国情怀、英勇无畏的牺牲精神、战争造成的人的精神创伤成为伊斯兰革命之后最重要的文学主旋律，催生了一批文学新人，也促使一些老作家焕发出激情,创作出伊朗当代文坛上最优秀的战争文学作品。

两伊战争的爆发催生了战争文学的繁荣,据《伊朗小说写作百年》一书作者的统计,到 1991 年,大约有 1600 篇有关战争的短篇小说和 46 部长篇小说出版。几乎没有任何一个伊朗作家能够在创作中做到回避战争。一些作品歌颂史诗性的战争宏大场面,另一些作品则反映战争灾难给人们带来的创伤。1980—1994年期间,有 258 位作家深入前线[①],体验战争,他们的作品描写军事行动、敌人审讯室的严刑拷打、非战争区人们生活中的惶恐、战争中的城市、屠戮、废墟、经受战争灾难的人们的颠沛流离。

赛义德·麦赫迪·舒查依(سید مهدی شجاعی,1960—)是伊斯兰革命后新生代作家代表,受过良好教育,在小说、剧本、儿童文学创作和翻译外国文学作品方面都卓有建树,成果累累。他的作品的内容多是关于伊斯兰领袖们的英雄业绩,以及两伊战争。至今出版的小说集有《你那陵框般的双眼》(ضریح چشمهای تو,1984)、《宴会》(ضیافت,1984)、《两只鸽子两扇窗户一次飞翔》(دو کبوتر، دو پنجره، یک پرواز,1986)。其中,短篇小说《你那陵框般的双眼》讲述了一个父亲渴望运回牺牲在战场上的儿子的遗体的故事,从正面反映了两伊战争中伊朗人民的勇敢和必胜信念。《两只鸽子两扇窗户一次飞翔》描写了一对双胞胎兄弟一起上前线一起壮烈牺牲的故事。二者皆是战争题材的优秀作品。舒查依的小说多正面描写战争中感人肺腑、壮怀激烈的人与事。

阿里·莫阿仁尼(علی مؤذنی,1958—)也是一位伊斯兰革命后新生代的优秀作家,毕业于德黑兰大学戏剧专业,主要作品有《比绿色更宜人》(دلاویزتر از سبز,1992,获年度最佳图书)、《第六次旅行》(سفر ششم,1994)、《既没有水也没有地》(نه آبی نه خاکی,1994)、《相会在阳光灿烂的夜晚》(ملاقات در شب آفتابی,1997,获年度最佳图书)、《显现》(ظهور,1999)。他的战争题材的作品多正面描写伊朗将士在前线的英勇事迹与战争的残酷体验,其短篇小说《等待诗人》讲述了主人公在战争中的一段离奇经历,揭示了战争的残酷性。主人公"我"与几位战友一起,深入敌占区执行侦察任务,在返回途中遭遇敌人炮火袭击。战友们或受伤或牺牲,为了把情报及时送回营地,"我"只身上路。路上,再次遭遇炮火袭击,"我"受了重伤。苏醒之后,却发现一头猎豹在自己身边。"我"最初对猎豹充满了恐惧,后来与猎豹成为亲密的伙伴,因为正是这头猎豹救了"我"的性命,并用舌头舔舐"我"的伤口,让伤口愈合。最后,猎豹在敌人的直升机扫射中殒命,"我"也被战友救回了营地。"我"渴望能有一位诗人来描写这只猎豹的壮举。

---

① Hasan Mīr 'Abīdīnī, Sad Sāl Dāstānnivīsī-yi-Irān, Intishārāt-ı-Chishmah, 1380, Jild. 3. p889.([伊朗]哈桑·米尔阿贝丁尼:《伊朗小说写作百年》,切西梅出版社,2001 年,第三卷第 889 页。)

新生代作家中比较优秀的战争文学作家还有伽兹·拉比哈维(قاضی ربیهاوی,
1956—　)。他的战争题材的作品更多地描写战争中难民营里的生活状况。《当战争的硝烟在村庄上空升起》(1980)是其小说代表作,故事从一个小男孩的视角展开,小男孩的家人想让他远离战争,但是战争的硝烟在他们村庄上空升起。小男孩去寻找他服役的哥哥,历尽了艰难困苦,但是没有找到哥哥,等他返回村庄,却看见他的家与家人全都在炮火中化为灰烬。

另一些值得一提的新生代作家的战争文学作品有莫赫森·苏莱曼尼(محسن سلمانی,1959—　)的小说集《悄悄认识》(1981)和《遥远的年代》(1983)、穆罕默德·礼萨·萨尔沙尔(محمد رضا سرشار,1953—　)的《再见吧,兄弟》(1990)、易卜拉欣·哈桑·北极(ابراهیم حسن بیگی,1957—　)的小说集《查特哈》(1987)和《大山与深坑》(1989)等。

总体来说,新生代作家的作品尽管风格各异,但有一个共同特征,即多纪实性地直接描写战争中的人,或是前方战士的英勇顽强,或是战争中普通百姓的生存状态,多采用现实主义的表现手法。

相比之下,老一辈作家有关战争题材的作品在表现手法上与新生代作家还是有较大的不同。麦赫迪·萨哈比(مهدی سحابی,1943—2009 年)更多的成就是在翻译、绘画、雕塑、摄影方面,在小说创作领域,其《洪水突然来临》(ناگهان سیلاب,1989)也是值得一提的优秀战争文学作品。小说讲的是在一个山地城市中,几个反政府人士正在秘密集会,盼望着城里发生什么变故落在政府头上。这时,集会的头儿阿勒夫先生闻知,有火箭炮从一个海滨城市发射而来。同时,海滨城市中的一个老中士在发射完火箭炮之后,陷入怀疑:这所有的一切可千万别是在开玩笑啊。他一再努力确认发射火箭炮指令的真实性。山地城市里,一个女人在自家餐厅里听着收音机,希望能听到什么特别的新闻,但都是一些寻常新闻:欧洲的失业大军、印度的洪涝灾害、以色列政坛的钩心斗角……尽管如此,火箭炮袭来的传言还是引发了人们的恐慌,大家聚集在城市中心广场,听阿勒夫先生的演讲。阿勒夫为了平息恐慌,处决了三个闹事的人,又派一飞行员升空拦截火箭炮。最后,火箭炮与飞行员一起坠落下来。这个干旱的山地城市盼望着甘霖,然而,落下来的不是冰雹,而是火箭炮。火箭炮以 70 吨的重量和 1000 多千米的时速,如同洪水一般突然降落这座城市。小说以两座敌对的城市隐喻伊朗与伊拉克两个敌对的国家。

老作家贾瓦德·莫加比(جواد مجابی,1939—　)的早期小说集《梯形先生》(1971)和《我、优布与夕阳》(1972)中的故事多嘲讽城市职员百无聊赖、单调无聊的生活,充满对童年时代乡村生活的回忆。其小说集《碑铭》(کتیبه,1976)则以诗一般的语言逃避进宗教神秘主义。伊斯兰革命之后,他以战争题材的长篇小说《蝗灾之夜》(شب ملخ,1990)赢得声誉。该小说具有一个魔幻现实主义的开头,描写炮弹的密集轰炸如同蝗灾一样。有三枚炸弹命中了法医学院,其中一枚炸开了法医学院的尸体冷藏库,尸体们全都诈尸,跳了起来,跑上大街小巷,闯进人们的生活,闯入电影院。小说叙述者"我"与妻子、儿子正在电影院里看电影,而电影的名字正是《蝗灾之夜》。刚开始,"我"弄不明白说话的人是不是死者。随后,"我"的家人在炮弹袭击中丧生的消息传来,"我"才确定说话的人已经死了。整部小说具有强烈的超现实主义和象征主义色彩,没有十分明晰的故事线索和情节,是战争中城市的各种片段式的幻象涌现在叙述者"我"的脑海中:炮弹的呼啸、前线战士、分崩离析的三层楼房、一个老妪在里面编织毛活、一些人正忙着调换他们死亡的孩子、四处游窜的尸体……小说最后,以一个小男孩高举着一个白色的笔记本象征了对和平的渴望。

第二节 阿赫玛德·马赫穆德的《烧焦的土地》

资深老作家阿赫玛德·马赫穆德(احمد محمود,1931—2002年),我们已经在本书第十二章第二节专门介绍过他的现实主义长篇小说《街坊邻里》。他的《烧焦的土地》(زمین سوخته,1982)是第一部反映两伊战争的长篇小说,整部小说可以说是作家本人在遭遇袭击的城市中的亲身体验,真实地反映了战争初始阶段,处在战争第一线的伊朗南部重镇阿瓦士人民的境遇,既有战争带来混乱无序,普通百姓仓皇逃命,流离失所,也有人们自发组成防卫队,构筑战壕,进行反击;既有投机商发国难财,哄抬物价,小偷强盗为非作歹趁火打劫,也有前线战士英勇牺牲,无辜百姓被炮火蹂躏成泥,罹难者家属精神惨痛。整部小说场面波澜壮阔,呈现出史诗般的色彩,是最优秀的战争文学作品之一。

故事以一次警报开始。伊拉克军队大举进攻伊朗,伊朗南部重镇布斯坦、苏桑格尔德相继陷落,敌人的进攻在一个村庄一个村庄地推进,逼近伊朗胡泽斯坦省省会阿瓦士。阿瓦士的人们纷纷逃离该城,躲避战争的灾难。主人公"我"是一个大家族中的一员,这个家族中的大部分人逃离了阿瓦士,但有四人留守:阿赫玛德是一家大物流公司的财务总监,哈勒德是大学毕业生,也在这家公司做管理工作,沙赫德是车间工人,"我"正在大学读书。这四个堂表兄弟中,"我"与沙赫德是主动留下来保卫城市的,阿赫玛德与哈勒德是因为害怕擅离职守被公司开除、害怕被军事法庭审判而不得不选择留守。不久,哈勒德在敌人的炮火中牺牲,沙赫德亲眼看到兄弟的死亡而受到精神刺激,去了德黑兰。"我"家的房子被炮火摧毁,"我"迁往城中别的街区。"我"穿行在毫无防卫措施的大街小巷,听到人们的痛苦哀号和义愤填膺,"我"也在不停地思考和挣扎:是留下还是离开。这个街区生活着阿瓦士底层百姓,在这里"我"结识了形形色色的人,有巴朗大妈一家——她的儿子刚刚牺牲,有退休工人,有卡车司机,还有小偷盗贼。两个盗贼在作案时被人们抓住,被民间法庭判处死刑。巴朗大妈用愤怒的子弹处决了趁火打劫的盗贼。同时,前线的各种消息不断传来,阵地不断失守,让城中的人们更加惶恐不安。这时,"我"得到消息,朋友萨贝尔将从德黑兰给"我"来电话,有重要事情。"我"赶紧回到自家原来的住所,守在哈勒德遇难的房间废墟中的电话机旁,那里还散发着哈勒德的气息。萨贝尔来电话说,沙赫德已处在弥留之际。"我"决定前往德黑兰去见沙赫德最后一面。清晨,炮弹凄厉的呼啸声把"我"从梦中惊醒,炮弹击中的地方正是巴朗大妈的住所:

　　……人们从瓦砾中又拖出一具尸体。我很想把蒙头盖在尸体身上的毯子揭开,便不由自主地走过去。我的眼光落在古拉贝通身上,他睁开双眼,我一下停住了脚步。他的眼睛煞白煞白的,似乎根本就没有黑眼珠。人们从胡同里又拖出一具血淋淋的尸体,巴朗大妈家的那棵粗壮的椰枣树还挺立在原处。古拉贝通呻吟着,片刻之后似乎进入梦幻中,一言不发,只是双手击打地面,颓然地坐了下去,目光呆滞地看着前方。到处是瓦砾……突然,我听到古拉贝通的尖叫,我回过头去,看见古拉贝通将自己年幼的孩子举过头顶。我还没来得及反应,古拉贝通将孩子重重地摔在地上,然后尖叫着奔跑开去。孩子的脑袋摔在石头上,破裂了,脑浆与血流淌在地上。一道闪光刺激了一下我的眼睛,是一个穿灰色服装的年轻人在拍照。孩子的双唇似乎还有生命,似乎在寻找乳头。古拉贝通举着双手,在空地上转圈奔跑,尖叫……

　　战争的摧残让人失去理智,陷入疯狂。失去家园的人们拥挤在街头,"我"站在人群中,一双眼睛凝视着虚无,眼前是一个没有希望的世界,一片烧焦的被遗弃的土地。

　　小说真实地呈现了战区中普通百姓的生存状况,有钱的富人逃之夭夭,平民百姓留下来,一方面组成自卫队,另一方面也惶恐无助,最后成为炮弹下的牺牲品。小说强烈抨击了战争初期,伊朗政府组织无能,社会状况混乱无序,致使平民百姓将战争带来的悲苦与愤怒发泄在趁火打劫的投机商和盗贼身上。小说描写的重心不是前线英勇抗敌,而是聚焦于战区城市的气氛:混乱、惶恐、无助与困惑,让人产生更深层次的思考。

第三节　伊斯玛仪尔·法希赫与《62(1983)年冬天》

　　大作家伊斯玛仪尔·法希赫(اسماعیل فصیح,1935—2009年),我们已经在本书第十三章第三节专门评述过他的长篇小说《盲瞎的心》。他的长篇小说《62(1983)年

冬天》(زمستان ۶۲,1987)是战争文学的扛鼎之作,被认为是 20 世纪伊朗最杰出的
10 部小说之一。作为伊朗现代派文学的代表作家,伊斯玛仪尔·法希赫的这部
作品描写的不是战争中人们的外部生存状况,而是战争中人的内心世界,呈现了
两种并行不悖的价值观。这部作品让人体会到中国一句古老的俗语"姜还是老
的辣"的真谛。

伊斯玛仪尔·法希赫所有的作品都在讲述同一个家庭——阿里杨家族的故
事,通过这个家族人物的命运变迁反映出伊朗社会的大变革,《62(1983)年冬天》
这部小说也不例外。伊朗阳历 1362 年(公元 1983 年)冬天,阿巴丹石油学院的
退休教授加拉尔·阿里杨(他是大地主哈桑·阿里杨第二房妻子生的儿子)前往
南部大城市阿瓦士,寻找在战争中失踪的儿子伊德里斯。路上,加拉尔·阿里杨
结识了一个从美国留学归来的年轻计算机专家曼苏尔·法尔加木博士——他四
处奔波,想建立一个计算机中心。一路上两人熟悉起来,成为朋友。

小说从加拉尔与曼苏尔这两个不同年龄的主人公的视角,展现了对战争迥
然不同的两种看法。曼苏尔作为年轻的一代,充满理想主义的激情,尽管在工作
中处处碰壁,依然执着地追寻自己的理想,渴望为理想献身。尽管社会在他眼中
呈现为无序状态,他却乐观勤奋。在他看来,战争对一个人来说是一种巨大的人
生体验,是一种必须要承受的压力,就如同自然界的一次风暴。因此,他频频出
现在战地医院,看望伤残士兵。他看到的是共和国年轻一代的牺牲精神,并为这
种牺牲精神所深深感动,愿意为这一代人献身。

曼苏尔的好朋友法尔沙德与拉勒是一对恋人,但法尔沙德要去服兵役,拉勒
便将失落的爱情寄托在曼苏尔身上。曼苏尔在回国之前,有过一段夭折的恋情,
感情受挫也是他回国的原因之一。拉勒的那双眼睛特别像曼苏尔以前那个未婚
妻的眼睛,因此曼苏尔对拉勒也产生了一种很特别的情感,但为了成全自己的好
友,同时也为前线士兵那种牺牲精神所激励,他一路追寻法尔沙德而去,替代他
上前线,并让法尔沙德冒用他的身份证件带着自己的心上人出国去。这使得这
部以现代派叙事技巧架构起来的小说,不仅充满理想主义色彩,而且呈现出浪漫
主义的情愫——年轻人在爱情之路上自我牺牲,让他人获得安宁和幸福。这种
爱既是一己之私的个人之爱,也是博大的对国家民族的深沉热爱。

在另一方面,小说更多地呈现了战争带给老一代人的心灵冲击。在年长者
加拉尔的眼中,这是一个充满精神压力的社会,没有秩序,经济萧条,愁云密布,
痛苦悲伤,到处是血与牺牲,到处是缺胳膊少腿、没了眼睛的人,到处是两面三
刀、谄媚钻营的人,还有小偷与无情无义的道貌岸然的卫道士,到处是欺骗与愚
昧,甚至小说中最正面的人物也在想方设法把自己 13 岁的儿子送到国外去读
书,以逃避兵役。而与此同时,前线城市布沙赫尔的一个大妈整天坐着发呆:她
的一个儿子牺牲了,一个儿子被俘了,一个儿子在炮弹的轰鸣中疯癫了,一个儿

子蜷缩在前线的战壕中躲避枪林弹雨,还有两个儿子在科威特流浪。战争的恐怖与残酷无情地落在每个人身上,最可怕的是孩子们犹如被秋风扫落叶一般地死去。在加拉尔的眼中,这个社会不顾及自己的根基,只顾表面光辉形象,眼前这年轻的一代是在战争中被抛弃、被毁灭的一代,充满了悲剧的命运。

在这部小说中,作家通过加拉尔的视角,呈现出一个绝望的、满目疮痍的社会,乌云总是笼罩在"62(1983)年冬天"的上空,血腥与死亡、屠杀、幻想、恐惧的气息扑鼻而来,从外部环境到人的内心世界都布满战争的创伤。报纸上,每天都有成百的"遵命霍梅尼"敢死队奔赴前线的消息报道,收音机里也全是战争的消息,看着因盲目而狂热的爱年轻人一群一群地走向屠场,加拉尔心急如焚。而对德黑兰的状况,小说如此描写:"当然,德黑兰民众在这些日子里的生活依然快乐,并不纠结,他们就跟所有人一样处在等候中。排队等候公共汽车,排队等候馕饼,或者是等候护照,或者是等候他们的孩子从前线归来,或者是等候鸡肉配给券,或者是石油配给券,或者是等候某件别的东西。他们感恩真主。德黑兰人总是感恩真主,嘴边总是挂着口头禅'感谢真主,这下好了'。如果有两个小时停电,他们就说:'感谢真主,这下好了,两个小时报销了。'若停电四个小时,他们就说:'感谢真主,这下好了,四个小时没了。'如果干脆彻底停电,他们就说:'感谢真主,这下好了,还有石油。'如果石油也没了,他们就说:'感谢真主,这下可好了,没有坠入冰窖。'他们感恩,在伊斯兰的祖国过着日子。"这既是在苦难中的自嘲解脱,更是一种坚韧不屈。实际上,这也是作者本人对社会的看法,一方面他置身于年轻人曼苏尔的立场,充满理想主义和浪漫主义情怀,意图亲身经历战争——这在他看来是一种难得的巨大而特别的人生体验,另一方面作者又置身于老一代加拉尔的立场,更多地看到社会丑陋的一面,呈现出强烈的现实主义色彩。然而,面对现实中的种种苦难,加拉尔并没有灰心绝望,不仅积极解开自己生活中的疙瘩,还尽力帮助年轻人,对年轻人有着父亲一般的关爱,为他们心焦。比如,为了把年轻姑娘玛利亚从一个道貌岸然的宗教人士阿布加勒布的无情之手中拯救出来,加拉尔不得不假装与她结婚。面对苦难,加拉尔总是说:"想想美好的日子和正面的事物。"另一方面,作家又通过年轻人曼苏尔的视角,给人一种激越的奋发向上的精神,冲淡老一代的沉重与沉郁。因此,小说又在绝望中顽强地寄予希望,充满了积极向上的力量。

整部小说由两条线索平行向前发展——加拉尔和曼苏尔的奔波,充满"寻找"的意蕴。最后,加拉尔找到了儿子伊德里斯,他已受伤残疾,加拉尔带着他一起回到了德黑兰。曼苏尔也通过寻找之旅,找到了自我。小说最后,加拉尔暗自思考:"为什么要与曼苏尔·法尔加木一起去阿瓦士,而现在却与残疾的伊德里斯一起返回?""寻找"本是一种对希望的追寻,而其最终结果既非绝望,也没有希望,而是"残疾",是一种难言的苦涩,其中蕴含的是坚韧。正如,当面对曼苏尔的问题"被抛弃的孩子是什么意思"(表面意思指加拉尔在战争中失踪的儿子伊德里斯,深层意思指在战争中被抛弃的一代)时,加拉尔说:"我寻找他,但是,若找不到,我也不会自杀,抑或即使找到他,他却固执地想留下来成为烈士。"这段对话表现了两代人不同的价值观。年轻一代更富于理想主义的牺牲精神,老一代更看重生命本身的价值。这里,没有谁对谁错,而是两种不同的人生价值观相辅相成,构成一个完整的、自强不息的社会整体。《62(1983)年冬天》这部小说也正因为并行不悖地深刻展示了两代人的价值观而跻身伊朗现当代文学史最优秀的作品之列。

第十六章　1979—1989 年(下):
政治小说的崛起

这个时期,文学的另一个重要内容是对伊斯兰革命的描写——不是描写革命本身,而是描写革命者的内心活动和思想变化历程,同时揭露巴列维政权国家机器的血腥残暴,具有浓厚的政治意识形态色彩,由此形成独特的政治小说。在伊斯兰革命胜利之前,文学作品多抨击巴列维政府的全面西化政策,揭露变革过程中出现的种种社会矛盾。伊斯兰革命胜利之后,文学作品多描写巴列维国家机器灭绝人性的政治迫害。这一方面的内容几乎是与战争文学齐头并进的。

第一节　贾马尔·米尔萨德基

一　米尔萨德基生平与创作概述

贾马尔·米尔萨德基(جمال میرصادقی,1933—　)出生于德黑兰,毕业于德黑兰大学波斯语言文学系,曾从事过工人、教师、图书管理员、机关职员等多种职业,后在国家资料馆工作,任古籍部负责人。米尔萨德基是一位丰产作家,出版了 11 部短篇小说集和 10 部长篇小说,以及其他一些资料整理和研究方面的著作,可谓著作等身。其中一些作品被翻译成了德、英、亚美尼亚、意大利、俄、罗马尼亚、希伯来、阿拉伯、印度、乌尔都语、中文等多种外语。

米尔萨德基的早期作品多描写德黑兰老城区普通百姓的生活。小说集《夜晚的旅行者》(مسافرهای شب,1962)通过一些日常生活中琐碎的细节,呈现集市与小巷中人们生活中的痛苦场景,充满了贫困、愚昧与淫荡。其中,《墙》《往来》两个短篇是这方面的代表性作品,从孩子的视角呈现传统街区中人们的生活状况。《下雪的那个夜晚》描写一个普通家庭中,顶梁柱在长期的生活重负下垮塌,整个家庭由此陷入窘境。《雪、狗、乌鸦》描写一个小妾把残疾丈夫扔在雪地里成为群狗的食物而自己心安理得地去朝觐。米尔萨德基的大多数作品中的故事都发生在寒冷的冬天,雪是灾难性故事的背景,起着某种暗示作用。小说集《我的眼睛疲惫不堪》(چشم های من خسته,1966)中,年轻的受教育的一代由于飘荡无根,面对父辈的守旧,面对现代社会中的价值崩溃,随波逐流,最后成为瘾君子。德黑兰老城区、小摊小贩、婚俗、宗教唱诗班、传统风俗习惯等,构成了米尔萨德基早期作品的主要内容,并且描写得非常出色。其他反响比较好的小说集还有《观看之夜与黄色花朵》(شب های تماشا و گل زرد,1968)和《章鱼》(دوالپا,1977)。长篇小说《风带来季节变化的消息》(بادها خبر از تغییر فصل می دهند,1984)是米尔萨德基这类题材中最成功的作品,小说讲的是医院女护士拉娜堕落成妓女的经历,由此揭示出一系列社会问题与人们的精神危机。小说对德黑兰老城区的街巷俚语和市井生活描写得十分生动。

伊斯兰革命之后,米尔萨德基的作品具有浓厚的政治意识形态色彩,在描写20世纪70年代巴列维国王高压政策下的政治斗争、狱中生活、政治迫害等方面很具有代表性,同时也深刻揭示了巴列维政权的高压政策下人们所承受的精神痛苦。贾马尔·米尔萨德基的后期作品基本上都是这些内容,描写对巴列维专制政权的反抗,揭露萨瓦克特务机构的暴行,同时也刻画斗争中人们的内心状态。《火焰中的火焰》(آتش از آتش,1984)描写一群混迹于咖啡馆的胆怯的知识分子,在他们的朋友麦赫迪被逮捕枪决之后,他们的精神世界发生了改变,他们转入地下斗争,图谋革命,从麦赫迪的火焰中获得火焰,战胜自己的怯弱,继续走麦赫迪的斗争之路,开始新的生活。其短篇集《蚊子》(پشه ها,1988)也主要是这方面的内容。长篇小说《乌鸦与人们》(کلاغ ها و آدم ها,1989)也是写伊斯兰革命年代的政治斗争,描写了一群逃避理想的怯弱的知识分子的思想变化过程。穆罕默迪先生不由自主地卷入一系列社会事件,被捕入狱,经历了思想上的炼狱过程,获得新生。

二 《萤火虫》

20世纪70年代后期,贾马尔·米尔萨德基的创作转向主要描写反抗巴列维专制政权的斗士们的生活,其长篇小说《萤火虫》(شب چراغ,1976)是这个方面的代表作。这部小说描写的是"八月政变"之后知识分子们的精神状态。主人公阿里在五年监禁生活之后,回到朋友们中间,依然满怀一腔热血和幻想,想再次将朋友们组织起来,办杂志,想要创建一番事业。但是,朋友们已经没有了当年的激情,安于现状,碌碌无为,只有阿里像萤火虫一般在一个死水潭上飞来飞去。这部小说堪称米尔萨德基的代表作,采用现代派文学叙事技巧,由11章心理独白组成,每一章独白都是阿里的一个朋友的自述,反映出阿里的生活、性格和命运的一个侧面,合在一起反映出阿里的全貌。最后,阿里失去了所有的依靠和信心,成为瘾君子,在自杀的时候被一个妓女所救。最后是个大团圆结局:在医院里,阿里的朋友们都聚在了一起,看见阿里的状况好起来,大家都欢欣鼓舞。

总体来看,贾马尔·米尔萨德基的作品质量比较均衡,优秀作品不少,在伊朗当代文坛具有较大的影响,但缺少出类拔萃的作品,这大约是因他的作品缺少一种思想深度和力度。

第二节　噶扎勒·阿里扎德

一　阿里扎德生平与创作概述

噶扎勒·阿里扎德(غزاله علیزاده,1948—1996 年)是伊朗当代文坛上的著名女作家,出生于马什哈德,她的母亲也是一位诗人和作家。噶扎勒聪明好学也纤细敏感,自幼富于宗教情感质素,中学毕业之后即开始奉行素食主义。高考之后进入德黑兰大学法律系学习,但她本人更倾向于宗教哲学,由此她去了法国索邦大学留学,本打算以对波斯著名苏非神秘主义诗人鲁米的研究为博士论文的内容,因父亲突然去世而精神备受打击,放弃了获得博士学位。噶扎勒从 20 世纪 60 年代开始从事文学创作,逐渐声名鹊起,在伊斯兰革命后的文坛享有盛名。90 年代,噶扎勒身患癌症,备受病痛的折磨,数度自杀未果,但最终在 1996 年 5 月上吊结束了自己的生命。她的两卷本长篇小说《伊德里斯哈的家》(خانه ادریسی ها,1991)于 1999 年获得伊朗伊斯兰教育指导部颁发的"二十年最佳小说创作奖"。

文如其人,噶扎勒的作品富含宗教情感质素,贵族阶层的病态、逃避、梦幻、难以抚慰的忧伤,构成了她早期作品的底蕴。小说集《无法逾越的旅行》(سفرناگذشتنی,1977)中的同名小说描写一群浪漫主义者为了抵达一个崭新而奇异的环境而踏上陌生的旅途,在绝望的激动不安中寻找心中的神圣城市。旅途结束时,他们并没有实现自己的梦想,只好开始一段无法终止的旅行,前往另一个世界。故事没有明确的时间、地点,小说中的人们渴望回到最初的自然,与魔幻之泉结合,人与人之间的关系也是建立在因远征与预言而生发的灵魂之间的关联。小说具有显著的神秘主义色彩。《出自苹果树枝上的橙子与香橼》刚开始有点像侦探小说,然后渐渐地走向神秘主义:故事主人公是一个病人,依据自己的幻想和报纸上的凶杀案件写侦探小说。一封来信出人意料地到来,邀请他去破解一只失踪的鸟儿的秘密,他因此走向充满梦幻和秘密的古城堡——一个象征着从生活走向死亡的旅程。一个秋日的早晨,一只鸟儿降临城堡上空,用它的飞翔使凋零的园林重新焕发生机,然后又飞走了。主人公想找到那鸟儿带回家,因为鸟儿是无法获得的幸福的奥秘。

小说集《夏天之后》(بعدازتابستان,1977)中的同名小说描写两个花季少女,写她们的青春萌动,与家庭教师之间的微妙关系。胡拉是一个大地主家庭的老姑娘,她去参加在叔叔的别墅举办的宴会,与同样仍然孤身一人的堂姐妹图兰多赫特重逢,二人想起 18 年前的一段往事。那时,他们一大家子人去别墅度假,姑娘们的家庭教师(私塾教师)夏赫巴日先生与她们同行。姑娘们怀着对老师的浪漫情愫而上路了。夏赫巴日是一个知识分子,他积极参与大家的讨论,将自己置于这个家庭的中心,在俘获了姑娘们的心之后,却逃之夭夭,将苦恋者们置于绝望中。到夏天结束的时候,姑娘们还在对他的爱情幻想中痴痴等待,任韶华逝去,徒然变老。小说在别墅宴会的描绘中平行展开两个姑娘的回忆,她们有着绝望的经历,回顾苦涩的过去,也试图再次建立起她们生活中的幸福。

二 《两道风景》

伊斯兰革命之后,噶扎勒·阿里扎德出版了《两道风景》(دو منظره,1984)。这是一部解析伊朗民众投身于伊斯兰革命的心理分析小说,小说从神秘主义的视角分析革命中的变革力量。小说揭示了即使在最平静、最幸福的家庭中,当你看其深处,也会发现人们在经历令人筋疲力尽的危机,找不到内心渴望的稳定与安宁。

小说中,奥特菲的家庭是一个非常幸福美满的家庭,一直为大家所津津乐道。但是,这个职员的家庭真的很幸福吗?作者聚焦于家庭的父亲麦赫迪·奥特菲,用令人厌倦的琐碎细节使故事情节向前发展,这些琐碎的细节实际上揭示了主人公奥特菲的茫然。小说追踪了麦赫迪·奥特菲从小到大的生活轨迹:他生活在一个偏远小城镇,父亲是家庭的绝对权威,非常专制。麦赫迪从小就生活在父亲威严的阴影中,这形成了他胆小、孤僻、内向的性格。奥特菲进入大城市上大学之后,依然是战战兢兢、谨小慎微。然而,爱情给他带来了奇妙的精神改变,他与塔利埃相爱结婚。令人沮丧的是,新娘在新婚之夜却给他大肆讲述她以往的美好爱情,她从前的爱人是一个名叫巴赫曼的小伙子,此刻已移居欧洲某城市。此后,奥特菲一直生活在巴赫曼完美形象的阴影中,并由此感到十分的无助。妻子则在生活中处处以巴赫曼的标准来要求自己的丈夫。随着女儿玛利亚的出世,妻子的心稍稍从梦想中回归现实。家庭生活在令人筋疲力尽的挣扎中无奈地继续。一天,在朋友的办公室里,奥特菲遇见一个邋遢不堪的酗酒男人,名叫塔瓦索利。奥特菲对这个男人没有好感,却一再与他相遇。一天,塔瓦索利给奥特菲讲述自己的往事。奥特菲发现,这个酗酒的邋遢男人就是巴赫曼。奥特菲心中关于巴赫曼的完美形象轰然坍塌。女儿玛利亚因参与政治活动被捕,奥特菲十分惶恐不安,精神备受打击。然而,让奥特菲更受打击的是女儿屈节背叛,这让他的精神世界再次坍塌,甚至在玛利亚获释之后,他也无法振作起来。又老又病的奥特菲,在虚度一生光阴之后,决定投身于革命,与群众结合。过去的一切,塔利埃的爱情、巴赫曼的所谓完美与丑陋、女儿的屈节背叛,全都显得那样的无足轻重。奥特菲与年轻人一道参加游行示威,呼喊口号,感到他重新焕发了生机。在作者看来，没有信仰导致人一生碌碌无为，参与伊斯兰革命就如同一种神秘主义的体验，可以改变一个人的精神面貌。

三　《伊德里斯哈的家》

1991 年，噶扎勒出版了两卷本长篇小说《伊德里斯哈的家》，赢得了广泛的赞誉，把作者的声望送上顶峰。该小说的主题思想是《两道风景》的延续：伊斯兰革命改变人的精神面貌。小说所有的场景都发生在一所大房子里，那是伊德里斯哈家族的房子。这所大房子里居住着三代人——祖母佐列哈、独自生活的女儿娜伽、国外留学回来的孙子瓦哈布，三个人把自己囚禁在家中，囚禁在遥远的记忆中，他们从未离开过这所大房子，不与其他人往来，用瓦哈布的话来说，他们习惯了这样的生活方式。家庭生活的运转是靠园丁和用人。

伊德里斯哈的家弥漫着浓浓的忧伤气氛。祖母佐列哈在年轻的时候嫁给伊德里斯哈先生，但是她的心上人是一个名叫哥巴德的青年。哥巴德是一位革命青年，为了追寻理想，他扔下佐列哈，投身于火热的革命运动。佐列哈最终无奈地嫁给了伊德里斯哈先生。然而，小说故事开始时，哥巴德已经带着一条残缺的腿回来了，昔日的火焰与激情都熄灭了，他带着沉默与忧伤，继续生活着。伊德里斯哈夫人生育了三个孩子，在沉默与忧伤中度过了青春岁月。

长孙瓦哈布从小就与祖母在一起生活，因为他的父亲去塔夫里斯旅行，从此未归，母亲也抛弃了他，另谋出路。二女儿娜伽借口没有美丽的容颜和依恋母亲伊德里斯哈夫人而一直独身，从不与异性交往，孤僻而沉默，唯一的艺术爱好就是弹钢琴，唯有在弹钢琴的时候才能感觉到她在焕发青春的活力。然而，一旦弹琴结束她就重新变成那个孤僻沉默、老气横秋的娜伽。三女儿拉希罗是一个美丽的姑娘，但不得不嫁给一个自己并不喜欢的平庸男人。婚姻的不幸导致拉希罗早早死去，她的房间原封不动地保存着她的全部衣服和用品。瓦哈布或许从小就迷恋上了他的姑妈拉希罗，他整天就在回忆姑妈拉希罗中打发日子，也就是一种柏拉图式的精神恋爱。

这三个人的生活都充满无比的疲惫与厌倦，直到革命运动来临，他们的生活和精神面貌才发生改变。革命组织派来的工作组代表舒卡特是一个硕壮的女人，总是穿着金黄色衣服，就像太阳一样闪闪发光，对女人的一切特征都很不屑一顾，说话大声阔气，然而有一颗慈爱和充满正义感的心。舒卡特的追随者都是受苦受难的群众，他们受尽剥削和压迫，为了伸张正义，走到了一起。哥巴德运用自己曾经的革命经验把群众运动变为有序。伊德里斯哈家的人刚开始谁都不接受这种变化，渐渐地，祖母，然后是娜伽和瓦哈布，心灵深处都深受震动。

革命运动深刻改变了伊德里斯哈家的人的精神面貌，让他们渐渐充满了生气，走向一种正常而充满阳光的生活。革命改变的不仅是伊德里斯哈一家人，整个城市里的民众生活发生了翻天覆地的变化:拉赫萨勒,一个还惦记着庄园主生活的女人,庄园主生活的失去让她处在忧伤中;寇卡卜,一个经常被丈夫殴打的女人,充满无边的哀怨;优素福,寇卡卜的儿子,一个正在读书的小青年,也处在青春期的多愁善感中……所有人都因为革命运动而重新焕发出生命的活力和光彩。小说也同时写到了在这座城市中发生的革命运动也如同其他革命运动一样,一旦掌握政权就开始走向腐败了。掌握城市政权的革命组织中的领导人阿塔什哈纳靠把公费医疗药品倒卖给黑市而敛取不义之财。这也可以说是在为伊斯兰共和国新政权敲响警钟。

这是一部契合伊斯兰革命主旋律的小说,具有为伊斯兰革命歌功颂德的意味,然而作者的高明之处在于没有将之写成一部政治意识形态的小说,而是与伊朗传统的神秘主义文化密切结合,以伊朗的传统文化底蕴衬托主人公的精神探索,参与革命就如同一种神秘主义的体验,可以改变一个人的精神面貌,让人重新焕发出活力。作者不是在简单地歌颂什么,或者抨击什么,揭露什么,小说具有浓厚的形而上的思辨色彩和思想深度,认为信仰是人精神生活的支柱,没有信仰的人其精神生活世界是坍塌的,因此百无聊赖。作者真诚地认为,投身于革命运动可以让人获得信仰,可以重塑一个人的精神世界。这或许与作者本人对宗教神秘主义的长期体验密切相关。

第三节　莫赫森·马赫马尔巴夫

一　马赫马尔巴夫生平与创作概述

莫赫森·马赫马尔巴夫（محسن مخملباف,1957—　）在伊朗以反巴列维政权的"伊斯兰斗士"著名,是伊斯兰革命之后最具代表性的新生代作家,也是战争文学的代表作家之一,同时他是一位杰出的电影导演和演员,在伊朗当代文坛和电影界具有很大影响。

马赫马尔巴夫家境贫寒,从8岁起就开始当学徒,打工挣钱,养活自己和母亲,从事过13种不同的职业。从15岁起,马赫马尔巴夫就自己组织游击队,从事反巴列维政权的地下政治活动。17岁时,在一次武装袭击警察局的行动中中弹被捕,入狱4年多。之后,马赫马尔巴夫以"伊斯兰斗士"著名。他是伊斯兰革命圣战者组织成员,革命胜利之后,他在该组织"伊斯兰思想艺术中心"负责文艺宣传工作。他以"圣斗士"的精神从事工作,创作剧本,拍电影,写小说,非常活跃且不知疲倦。

马赫马尔巴夫导演的第一部影片是《真心忏悔》（توبه نصوح,1982）。直到2011年,他导演的影片多达25部。同时,他也是一位十分活跃的演员,在很多电影中扮演主角。其中,在著名导演阿巴斯·基亚罗斯塔米导演的影片《特写镜头》(كلوزآپ,1989)中扮演主角。该影片源自一个真实事件:一个名叫萨布兹扬的男子虽囊中羞涩,却酷爱电影,尤其崇拜著名电影导演莫赫森·马赫马尔巴夫,他想出个既能弄到钱,又能满足自己崇拜欲的办法。他冒充马赫马尔巴夫,以拍电影需要体验家庭生活为名,成功进入德黑兰一富有家庭的生活中,进而又以让这家人的两个孩子在影片中扮演角色为诱饵,以为拍电影筹措资金为借口,向这家人大肆借钱……马赫马尔巴夫在电影中扮演冒充他本人的骗子。作为导演和演员,马赫马尔巴夫在多项国际电影节中获得过若干奖项。

同时,马赫马尔巴夫也是伊斯兰革命后新生代的代表作家,发表了 30 余篇作品,多为中短篇小说或电影剧本。1990 年,出版作品集《做梦的无言》三卷本。他的作品按内容可以分为两类,一是揭露巴列维国家机器的血腥残暴,代表作是短篇小说《灵魂外科手术》(جراحی روح,1987)。该小说描写了政治犯在巴列维政权的监狱中所受的严酷刑罚,惨绝人寰,令人毛骨悚然。小说《萨尔通水池》(1984)描写巴列维政权情报机构萨瓦克的特务们把政治犯活活扔进萨尔通水池——一个盐水湖里淹死,同时,长年生活在该盐水湖畔的女人安妮丝却把死亡视为解脱。政治斗争与宗教皈依被马赫马尔巴夫很巧妙地融合在一起,令人深思,非常具有艺术性。马赫马尔巴夫这类作品的风格黑色而沉重。

二 《水晶果园》

马赫马尔巴夫的另一类作品描写了两伊战争带给伊朗人民的苦难,代表作是中篇小说《水晶果园》(باغ بلور,1986)。该小说描写了几位在战争中牺牲的烈士的家庭的命运,追踪战争后遗症。小说以烈士遗孀素玛耶的孩子诞生为开始,逐渐进入其他一些家庭:自卫队队员哈米德·礼萨与他的妻子玛丽荷,霍尔西德与她的鸦片烟鬼丈夫,烈士遗孀苏丽与两个孩子、公公婆婆和小叔子。素玛耶带着两个年幼的孩子艰难地生活,好不容易再婚,不久第二任丈夫也在战争中失踪,素玛耶再次守寡;苏丽在丈夫牺牲之后,与小叔子成婚,他们共同的孩子刚刚出生,就传来消息说她丈夫还活着,一时间整个家庭陷入一种难言的尴尬境地;霍尔西德年纪轻轻就靠临时婚姻(伊朗什叶派教法认可的一种短期婚姻)为生,她将街坊邻里中在艰难困苦中挣扎着生活的寡妇们也带上了这条路。这些家庭总是笼罩在死寂的余灰中,在这灰烬中生活的女人们有着难言的痛苦,但她们默默承受,以期能进入水晶果园。哈米德与妻子玛丽荷在度过精神危机之后,决定将烈士遗孤收为养子。苏丽在生下孩子之后死去。小说最后,苏丽的婆婆在绝境中听到新生婴儿的哭声,奶水从她这个老妪的乳房涌出。

《水晶果园》是描写战争中烈士家属生存状况的优秀作品,让人震撼,获得了很高的赞誉与评价,小说尤其呈现了战争带给女性的悲惨境遇。没有文化的贫苦女性在失去丈夫之后，便没有了生活来源和生存保障，往往成为社会中一粒随风飘荡的尘埃，任别的男人摆布。在失去丈夫之后，有知识、有文化的富人家的女性的归宿往往是精神病院。马赫马尔巴夫小说的基调都十分压抑、低沉，对现实悲观绝望，涌动着十分沉重的死亡意识，把希望寄托在另一个世界。但小说最后的收笔，似乎又在绝望中给人以希望。

三 《恋人们的轮班》

剧本《恋人们的轮班》(نوبت عاشقی,1990)也是马赫马尔巴夫反响较大的一部作品，并有同名电影。剧本由三段故事构成。故事一：一个老人在公园里用录音机录鸟儿的声音，突然看见女邻居伽扎尔——一个有夫之妇——与一个浅黄头发的年轻男子关系暧昧。他将这一发现告知了女人的丈夫黑发男人。丈夫杀死了年轻男子，并打伤了妻子，然后投案自首。妻子自杀。故事二：伽扎尔与浅黄发的年轻男子是夫妻。伽扎尔又爱上了黑发男子，与之来往。老人将这一秘密告知她丈夫。她丈夫想要杀死黑发男子，却被后者所杀。法院判处黑发男子死刑。女人自杀。故事三：伽扎尔依然与黑发男子是夫妻，与浅黄发的年轻男子发生婚外暧昧关系。老人发现，告知丈夫。两个男人扭打在一起。但是，浅黄发的年轻男子不想杀死黑发男子，反而渴望对方杀死自己。结果，黑发男子为成全伽扎尔与浅黄发的年轻男子，准备好了送给他们的结婚用品。在故事最后，老人向浅黄发年轻男子承认，他也爱上了伽扎尔。整个故事基于这样的宗教哲学思想：人受制于宿命，其所处的位置不同，便会有不同的选择，并由此带来不同的结果，这是真主的定命。

马赫马尔巴夫作品的思想底蕴具有浓厚的宗教色彩，正如《伊朗小说写作百年》所言："马赫马尔巴夫的特点在于他的宗教思想。的确，在把现代文学艺术导向宗教信仰领域方面，他是最活跃的人，也是伊斯兰革命之后最成功的最具宗教色彩的艺术家。"[1]

---

① Ḥasan MīrʿĀbidīnī, Ṣad Sāl Dāstānnivīsī-yi-Irān, Intishārāt-i-Chishmah, 1380, Jild. 3. p891.（[伊朗]哈桑·米尔阿贝丁尼：《伊朗小说写作百年》，切西梅出版社，2001年，第三卷第891页。）

第十七章　1990—1999 年：世纪末小说创作的多元化

第一节　战后伤痕文学

1988 年 8 月,两伊战争结束。之后的文学作品,多反映战争带给人民的心灵创伤,或者是人们重建家园,重新寻找生活的动力与信心。"寻找""旅行""归乡"是战后文学的主旋律。当然,这只是一个相对的划分。实际上,战争结束之前的不少文学作品也描写战争带给人民的痛苦与创伤,战后文学作品中也有不少描写前线将士的亲身经历,再现战争的严酷性。另一方面,战争已经结束,生活还得继续,因此战后文学另一个重点是描写人们战后的各种生活现状,表面上看似乎与战争没有什么关联。但是,经历过"八年抗战"的伊朗人民的生活必然会携带着战争的影子,这个影子既伴随着他们的现实生活,也笼罩着他们的精神世界。另外,1990 年也并非一个绝对的时间划分界限,该年前后出版的作品,根据作品内容和作家的主要创作,一些归入了上一章,一些归入本章。

一　切赫尔坦的《伊斯凡迪亚尔的母亲穆内丝》

阿米尔·哈桑·切赫尔坦(امیر حسن چهلتن,1956—　　)是新生代作家的另一位杰出代表,创作了一系列优秀的长短篇小说。他的前期作品多从儿童和妇女的视角来讲述故事,代表作有小说集《临时婚姻》(صیغه,1976)和《渗透钢窗》(دخیل بر پنجره فولاد,1978)。前者讲述了各种各样的不幸女人为生活所迫,不得不以临时婚姻为生。集子中的第一个故事即《临时婚姻》,讲一个年轻母亲为了躲避邻居男人的骚扰,把自己年幼的女儿送给邻居男人做临时婚姻伴侣,以便让自己成为邻居男人的不可亲昵者,但男人对小姑娘并不心慈手软。《结局》中孩子最终知道了自己的母亲是个妓女。《旅行者》的故事叙述者则目睹自己的父亲与淫荡女人同床共枕。小说集中的故事几乎都关于孤苦伶仃的孩子与行为不端的父母。《纯真》中,孩子因母亲贩毒入狱反而有一种脱离暗无天日的生活的感觉,孩子的纯真在成年人腐败堕落的世界中毫无保护。

小说集《渗透钢窗》中,故事的主人公大都是孤苦无助的孩子,故事通过主人公童年时的挣扎,揭露巴列维国家政权的血腥残暴。《高塞姆失踪之后》从孩子的视角讲述"我"哥哥因政治原因被捕,在"我"对哥哥事迹的讲述过程中,"我"的成长经历也得到自然而然的呈现。作者还将这种家庭灾难与宗教神话和宗教事件卡尔巴拉惨案联系在一起,使故事呈现出一种宗教色彩。《问好的眼眸》中,叙述者男人与邻居的一个聋哑儿童进行交流,从孩子具有表达力的冷漠眼光中,男人明白孩子知道他与其母亲的非正当关系。《在陌生的毫无怀疑的季节》则从儿童的视角讲述巴列维国王时期政治犯的故事。《大海颜色的眼眸》以主人公内心独白的方式,向有着大海颜色的眼眸的失踪的姐姐讲述他们的父亲被捕、他去探监、父亲最终被处决的故事,整个故事萦绕着一种忧伤的气氛。

切赫尔坦前期作品的基调十分忧伤哀怨,其后期作品进一步向内转,把这种哀伤深化为漠然与心死,即哀莫大于心死,他在描写战争给人带来的心灵创伤方面,更加让读者震撼。《一个死亡的故事》(1987)讲述帕尔西先生退休了,无所事事,他的夫人和孩子们想给他找点事情做。于是,一家人都在围绕着退休的父亲高谈阔论,但实际上没有任何家庭成员在关注父亲。帕尔西先生在一家人的高谈阔论中,默默地退缩一隅,静静地听着大家谈论自己。但实际上,大家都忘记了他的存在,他在孤寂中默默死去。直到发现父亲的尸体在房间里,大家依旧是一副漠然的样子。在这个故事中,切赫尔坦将人物的心死刻画得入木三分。《玻璃地牢的墙壁》(1990)也是一个关于心死的故事。切赫尔坦的小说集《不再有人呼喊我》(دیگر کسی صدایم نرد,1992),仅是书名就透露出一种冷漠与心死的意味。

同样,在《伊斯凡迪亚尔的母亲穆内丝》(مونس مادر اسفندیار,1991)中也是如此,作者将母亲对儿子的等待与煎熬写得十分令人震撼。穆内丝大妈的儿子伊斯凡迪亚尔应征上前线了,多年杳无音信。一天,广播里播放了一批战俘即将获释回国的消息。穆内丝大妈走街串户地告诉街坊邻居,她的儿子伊斯凡迪亚尔就要回来了。旋即,她又告诉街坊邻居她儿子已经回来了,在家休息。街坊邻居们千方百计想看一下从前线回来的伊斯凡迪亚尔,但都被穆内丝大妈挡在了门外。邻居们只听见穆内丝大妈在家里似乎在与儿子说话,看见伊斯凡迪亚尔的鞋子放在门口,看见她家院子里晾晒有伊斯凡迪亚尔的衣服,看见穆内丝大妈拿着儿子的衣服去洗衣店熨烫,看见穆内丝大妈苍老憔悴的脸重新容光焕发,看见穆内丝大妈忙着给儿子找对象说媳妇,但就是不见伊斯凡迪亚尔本人的身影。最终,邻居们在多日不见穆内丝大妈的身影之后,闻到从她家飘出来的一股腥臭味,邻居们闯进她家,发现穆内丝大妈已经死去多日,从肺腑里流出的血浸透了床单。原来,穆内丝大妈在对儿子回来的虚幻想象中耗尽了自己的最后一点心血。故事读来让人无比心酸,将战争带给普通百姓的心灵创伤描写得深入骨髓。

二　阿赫玛德·马赫穆德的《熟悉的故事》及其他

老作家阿赫玛德·马赫穆德的小说集《熟悉的故事》(قصه آشنا,1991)是战后文学的代表，其核心便是废墟与死亡，流浪者们在经历了战争之后，回到家乡。《寻找》《折断的柱子》是小说集中的代表作品。小说描写了一个经历战争的男人，全家人都在炮弹中丧生，而他在折断的柱子下找到一块砖头，支撑着站起来。但那折断的柱子最终垮掉了，暗示着男人的精神世界彻底垮掉。马赫穆德的作品着重描写人的精神世界，表达的不是深深的彷徨便是深沉的孤零感。小说集《看望》(دیدار,1990)中长达200页的小说《回归》描写了"八月政变"之后的失败岁月。《看望》描写了一个老妇人的孤独与忧郁，她找不到可以说话的人。她听到自己的结拜姐妹去世的消息，便急忙去阿瓦士参加葬礼。儿子是一个事务缠身的人，没有办法陪同母亲前去。老妇人伤心地上路了，然而踏上的却是不归路。故事是在旅行的过程中展开的。老妇人在路上回忆结拜姐妹的童年、青少年时代。现在，所有的熟人都去世了，她仿佛听到她们的声音，她们的脸庞总是浮现在眼前。最终老妇人也去了，跟以前的老伙伴们做伴。短篇小说《看望》是20世纪80年代的优秀短篇小说之一，对人物的心理描写细致入微。1997年，伊朗伊斯兰教育文化指导部决定把"评审团奖"颁发给阿赫玛德·马赫穆德的长篇小说《维度零度》(مدار صفر درجه,1993)，但遭到宗教领袖哈梅内伊的反对而未能颁发。该小说描写了伊斯兰革命时在阿瓦士发生的一些事件，具有相当高的纪实性。

第二节　世纪末小说创作的多元化

一　概　述

20世纪90年代的伊朗文坛，除了表达战争与伤痕，实际上是十分多元化的。从创作手法来说，现实主义作品和现代派作品均有上佳之作；从创作内容来说，各种题材均有出现，但总体来说，多表现人物内心的非正常状态，既是伊朗人民经过漫长的"八年抗战"而产生的直接精神创伤的反映，也是"八年抗战"导致的一系列社会问题压迫人的神经与精神而出现的间接创伤的反映，也是对巴列维政权的长期专制与政治压迫的持续性反映，更是一种普遍的世纪末的忧郁感的反映。

阿斯噶尔·阿卜杜安拉希(اصغر عبداللهی,1955—　)是一位导演、剧作家和小说家。他的《落满灰尘的房间》(اطاق پراز خاک,1990)是战争题材的代表作，可谓是一曲南部变成废墟的哀歌，描写了在炮火袭击下的大城市阿巴丹。主人公老书商阿勒菲躺在病床上，弥留之际，妻子努力地与他说话，让他在幻觉中回到过去的时光。同时,外面敌人的炮火袭击越来越激烈,摧毁着所有的东西。他们的房间在爆炸声中摇摇欲坠,床头的蜡烛即将燃尽,人的生命也即将走到尽头,战争正在吞噬着一切……其小说集《不再有萨巫什存在》(دیگر سیاووش نیست,1990)是连贯的故事集:《萨尔达利》描写了一个半疯狂的男人,想象自己控制着一支精灵军队,各种各样的场景在他脑子中旋转,使他呈现出精神分裂的症状。萨尔达利由此住进精神病院。他的精神郁结逐渐呈现出来:原来他的土地被人掠夺,女儿又被卖进了城里的妓院,妻子在分娩时难产死去。在一连串灾难的打击下,他精神失常,幻想拥有一支精灵大军而由此获得精神的愉悦。然而,当他从精神病院出院,却一无所有,既没有土地,也没有希望,孤零零的无依无靠,甚至连疯癫的能力与逃避的能力也失去了,因为医院治愈了他的疯癫,他再也无法逃避!这治愈是幸也,不幸也?《不再有萨巫什存在》的故事发生在监狱,时间与事件相互交织。主人公纳尔格素在她的姐姐阿克巴鲁被处决之后,不断地回忆姐姐的一切,从童年时代到当下。她从小就跟姐姐不和,长大后姐妹俩的政治立场也不同。纳尔格素说自己什么也没说,不承认出卖姐姐,但姐姐知道正是纳尔格素说了什么,才导致她被捕。现在,姐姐阿克巴鲁死了,纳尔格素以孩子气的语调承认自己的脆弱与失败,开始重新认识自己。《太阳在清晨坠落》的场景也是在监狱中,诗人在进监狱之前是个上校军官,故事中的每个人都有自己的内心独白,都以自己的想象揣度他人,各自在自己的内心塑造他人。

小说集《雾霭深处》(در پشت آن مه,1985)使阿斯噶尔·阿卜杜安拉希成为以神秘色彩著称的小说家。其中,《被囚禁》是阿卜杜安拉希描写内心世界的重要作品,故事中的所有人物都被拘禁在黑暗有限的空间中,每个人都努力想在那样的空间中给自己的内心世界打开一扇窗户。在《恋人的绿树》中,一个女人在自己混乱的思绪中与她已经被处决的丈夫对话,无边的紊乱的思绪让女人出现疯狂的征兆。阿斯噶尔·阿卜杜安拉希本人是一位心理医生,因此对人物内心世界的描写有十分独到之处。

老作家塔基·莫达勒斯(تقی مدرسی,1932—1997 年)的前期创作以反映土地改革的长篇小说《沙里夫江,沙里夫江》著称,本书在前面的章节已专门介绍过。其后期创作的主要作品有《失踪的人们之书》(کتاب آدمهای غایب,1989)、《朝觐礼仪》(آداب زیارت,1989)。后者描写了一个退休教授巴沙拉特,专门教授摩尼教(产生于公元 3 世纪的波斯,传入中国之后称"明教")已经死去的语言和宗教信仰:"我们在这个世界上只是一过客,我们丢掉了我们的根本,我们应该回到光明的世界。"巴沙拉特是一个迷惘的朝觐者,迷失在黑暗之谷中,朝光明世界旅行。但是他不知道朝觐的礼仪,期待着某个人从幽玄中探出头来,给他指一条光明之路。小说描写了一生都在寻找失去的东西的人,开始有理想,但在现实的碰撞中,失去了理想。可谓是伊朗现当代知识分子"寻路"意识的典型反映,其选择的道路依然是"回到伊斯兰之前"。

帕尔维兹·达瓦伊(پرویز دوایی,1935—　)也以小说集《花园》(باغ,1991)和《一个骑士的回归》(بازگشت یکه سوار,1991)在这个时期的文坛中占有一席之地。《花园》描写了一个绚丽多彩的花园在城市钢筋水泥的建筑群中消失,花园的主人半疯癫地询问每一个人:"这里有一个花园,在哪里呀？你没看见这边的那个花园吗？"在对绿色世界的悲悼中,他想起童年的记忆。然而,童年的记忆也如同花园一样逝去了,他只好以电影中的幻想聊以自慰,安抚现实的痛楚,并努力保持回忆,努力寻找失去的快乐,逃离恐惧。

新生代作家礼萨·法罗赫法尔(رضا فرخ فر)的小说集《唉,伊斯坦布尔》(1989)中的每一个人都想去旅行,离开这里,然而又羁绊于自己的宿命。集子中的同名小说描写了出版社的一个单身编辑,整天在咖啡馆里用餐,探听人家的隐私,自己进行想象与编排,编织故事。有着灰色眼珠的女人翻译了一部小说,谋求出版,如同其他很多人一样向往着移居欧洲。故事叙述者坐在咖啡馆里,翻阅着译稿。译稿是关于一个间谍与爱情的故事,发生在浪漫的海上航行之旅中。编辑一边阅读译稿,一边想着那女译者,译稿中的故事逐渐进入小说中。前往伊斯坦布尔之旅暗喻着幸福之旅,然而叙述者犹如译稿中的主人公无法抵达那里。编辑对女译者的迷恋逐渐表现出来,渴望与她一起远走他乡,逃离既定的命运。然而,逃离的愿望只是一个纯洁的梦想而已,他不得不留下来,等待着自己徒然衰老。法罗赫法尔小说中的人物几乎都是以失败与死亡为结局,屈服于自己的命运。故事往往以寻找某个丢失物开始,逐渐演变为叙述者寻找自己的身份,比如在《傍晚漫步》中,叙述者为了寻找他失踪的叔叔,逐渐演变为认识自我,让自己成为叔叔生活的延续。作者以"旅行"的形式将两种生活交织在故事中,将人物的过去与现在交织在一起。法罗赫法尔还有小说集《没有围墙的花园》(باغ بدون دیوار,1989)和《有盏明亮的灯的地方》(1990)。

穆罕默德·穆罕默德·阿里(محمد محمد علی,1948—　)的作品更多地描写知识分子和职员阶层的生活困境,出版有小说集《退休及其他故事》(بازنشستگی و داستانهای دیگر,1987)和长篇小说《没有雨的雷电》(رعد و برق بی باران,1991)。后者描写了哈吉·梅艾马尔是一个顽固自大的人,反对新生事物,连自己最亲近的朋友的话都不听。故事表现了伊朗现代史上长期的改革与守旧之间的斗争。故事发生在 1921 年前后的德黑兰城南部某街区。哈吉·梅艾马尔召集街区中的同僚为求雨将一棵棕榈树拖往祈祷广场,哈吉·凯汗——一个游移在新旧之间的人物,表示反对。哈吉·梅艾马尔将人群带到祈祷广场,天空电闪雷鸣,但是没有下雨。穆罕默德·穆罕默德·阿里还出版有小说《隐秘的角色》(نقش پنهان,1991),该作品成功地以一个家族的变迁反映伊朗现代历史的变迁。

穆罕默德·沙里夫(محمد شریف)的小说集《石榴园》(باغ انار,1992)中《局势》是一篇十分精彩的优秀之作：老师走进教室，只有一个学生阿里。老师开始讲课，但很快就失去耐心，离开教室。当老师离开教室的时候，学校里的杂役工对他说："先生，周五学校放假！"教师目瞪口呆，说："难道今天不是周一吗？"杂役工说："今天是周五！"老教师说："那为什么阿里来了？"

杂役工目瞪口呆地看着老教师："阿里上周就已经去世了！"老教师在惊愕中一步步后退进小巷……

这个故事表现了一种茫然不确定的精神状态，让人分不清是梦幻抑或是现实，所有的一切都笼罩在雾霭中。小说以一种现代主义的手法将经历了"八年抗战"的伊朗人的精神状态表现得十分深刻。

二　阿巴斯·莫阿勒菲的《亡者交响曲》

阿巴斯·莫阿勒菲（عباس معرفی，1957—　）是在大作家胡尚格·古尔希里的指导下开始小说创作的，是伊朗新生代现代派作家的代表人物之一。他是一位与政府不合作者，在伊斯兰革命期间，他坚决站在反巴列维政权的立场上；伊斯兰革命之后，他又频频对现政府提出质疑和批判，并因此多次受到调查和问询。迫于政治压力，莫阿勒菲后来移居德国。莫阿勒菲最著名的小说是《亡者交响曲》（سمفونی مردگان，1989）。该小说描写了一个伊朗传统世家的崩溃，这部小说的内容与技巧颇有胡尚格·古尔希里的《埃赫特贾布王子》的神韵，同时也令人联想到福克纳的《喧哗与骚动》，可谓是 20 世纪 90 年代伊朗现代派文学的代表作。

《亡者交响曲》的故事在寒冷而雾霭缭绕的气氛中展开。在一个被大雪掩埋的城市，乌鸦的呱呱叫声喻示着某种阴暗与不祥，人物之间的冰冷关系由此呈现出来。小说主人公乌尔汗鼓动阿亚兹一起上路去寻找自家失踪了的疯癫兄弟阿依丁，并欲杀掉他。在旅行途中，乌尔汗陷入回忆中，家族往事不断涌上心头，谋杀动机也渐渐浮现出来。乌尔汗与阿依丁之间的关系是小说的主线。乌尔汗曾经历过感情上的挫败与创伤，龟缩在父亲庞大的老房子中；他的兄弟阿依丁却有着十分丰富充实的生活，这让乌尔汗十分嫉妒，也让他感到压抑和焦躁不安。乌尔汗试图与阿依丁建立起良好的关系，然而遭遇精神挫败的他已经失去了爱他人、帮助他人的能力。他所有的记忆都是关于死亡和颓败的，冬天的寒冷映衬的是他灵魂的冷漠。然而，精神上的挫败感并没有消解乌尔汗的贪欲，反而让他贪欲膨胀，以此来抵消挫败感，他渴望能成为一家之长，能够具有生杀予夺的大权，置他长期嫉妒的兄弟于死地。阿依丁陷于家庭与周遭环境的旋涡中，最后不得不装疯，以使自己与周遭的人、事达成妥协与和解。小说的结构十分新颖，在 24 小时的时间内，呈现了 43 年的历史事件，家族各个成员的命运都以故事叙述者回忆的方式浮现出来。《亡者交响曲》是一部十分值得称道的作品，展现了人无法摆脱的悲凉命运——不断地将死亡扛在肩上，最终陷入一种疯狂状态。这部小说被翻译成了英文、德文和中文。

莫阿勒菲的其他反响较好的作品还有小说集《太阳先驱》(پیش روی آفتاب，1980)和《最后的优越一代》(آخرین نسل برتر，1986)。《最后的优越一代》中的《苦涩的屋顶》描写了一个有偷窥癖的男人爬上女澡堂的房顶偷窥，一天晚上老朽的房顶塌陷，他摔到地上给摔死了。愤怒的人们群殴失职的澡堂门卫，打死了门卫。故事叙述者也在群殴者之中，事实上正是他的拐棍打死了澡堂门卫。他由此变得沉默寡言，以掩盖自己的罪恶。这是一桩每个人都参与其中的凶杀案，但每一个人都推卸责任，把责任撇得干干净净，把凶杀的责任推给他人。莫阿勒菲还在小说集《茉莉花香水》(عطر یاس，1992)中探讨了战争与经济困难对中产阶级夫妻的婚姻生活的影响。

三 霍斯陆·哈姆扎维的《在雪松林下死去的城市》

霍斯陆·哈姆扎维(خسرو حمزوی，1929—　)是一位大器晚成的作家，尽管他很早就开始文学创作，但一直寂寂无名，他有影响力的作品大都出版于 20 世纪末，其长篇小说《在雪松林下死去的城市》(شهري كه زیر درختان سدرمرد)1999 年获伊朗第二届"评论家奖"最佳小说奖。作家在 70 岁高龄的时候，终于为自己赢得了在伊朗 20 世纪小说史上的地位。

《在雪松林下死去的城市》故事梗概如下：一个名叫基扬的年轻教师被派遣到一个名叫沙尔斯塔尔的偏远山区小城任教。基扬开着一辆小卡车前往这个小城。但是，学校大门紧锁。看门人也不在那里。基扬在当地孩子的带领下，去往沙尔斯塔尔城加利尔的公馆。路上，基扬回忆起自己的童年。那时，基扬也就是个四五岁的孩子，他家与加利尔有一点远亲关系。加利尔是个不错的人，但有段时间生活得不太如意。然而，自从他来到沙尔斯塔尔城后，就摇身一变，成为一个有权有势的人了。他完全变成一个追名逐利之人，在该城建立起自己的统治。然而，基扬此时看到的加利尔已经失势，完全靠自己的私人医生维持生命。基扬逐渐与加利尔的家人熟悉起来，了解到他的过往经历与是是非非。同时，加利尔的代理人法塔赫现在掌握这小城的一切权力，并意图把基扬也置于自己的控制之下，当他感到无法达到自己的目的，便以无神论异端之罪，鼓动民众将基扬杀害了。

在小说中，除了基扬和加利尔这两个主要人物之外，其他重要角色还有加利尔的长子巴希尔、女儿萨曼达尔、私生女米娜布、妻子哈瓦尔、情妇米卡尔、代理人法塔赫和卡布尔阿高、学校杂役噶法尔、加利尔的妹妹哈兹梅、医生梅赫尔等等。虽然人物众多，但每一个人物都塑造得十分丰满。小说人物彼此之间的关系错综复杂，但主要脉络有两条：一是加利尔建立起自己统治的过程，以及其最终的失势;二是代理人法塔赫篡夺权力,建立起自己的神权统治,并最终以异端之罪将基扬置于死地。整个小说架构得十分成功,很精彩。

小说具有很深刻的象征寓意。首先,"雪松"是波斯文学中的一个经典意象。萨珊波斯帝国末代君主亚兹德·格尔德三世被害于中亚木鹿城外的一棵雪松下,由此,"雪松"成为波斯帝国最后一丝气脉的象征经常出现在伊朗文学作品中。英译本将小说名称中的"城市"一词直接译为"KINGDOM",该词既有"王国"之意,也有"神权统治"之意,因此英译者是将小说的内在意蕴直接表面化了。

第三节　伊朗女性小说发展进程

一　20世纪伊朗女性解放运动概况

伊朗立宪运动(1905—1911年)是伊朗现代史的开端,它既是一场政治运动,也是一场思想文化的解放运动。对于伊朗妇女来说,立宪运动更是一场妇女解放运动。在这场运动中,2000多年来深居简出的伊朗妇女第一次走出家门,走向社会,与男人一样奋不顾身地投身其中,积极参加游行示威活动,既为支持男人们的政治愿望,也为争取自身的解放。"然而,男人们为之奋斗的自由与妇女们为之努力争取的自由的差别是多么的大。男人们为了民主、言论自由、选举权等而投身立宪运动,而妇女们渴望的自由是学习的自由,以使自己能够读书写字,能够在社会上发表自己的观点和看法,而不仅仅是烹饪和照看孩子。"[①]立宪运动中涌现出一批妇女积极分子,随后在德黑兰陆续建立了几十所女子学校,帮助妇女进行文化扫盲。另一方面,立宪运动中知识文化界的精英知识分子积极支持妇女解放运动,他们在报刊上发表大量文章,积极倡导妇女解放,捍卫妇女的权益。虽然宪法最终未能赋予妇女选举权和被选举权,但通过这些有识之士的不懈努力,伊朗男权社会最终基本上认可了妇女半日工作和学习的权利。就这半日的权利也给伊朗妇女的社会地位带来了巨大的变化。大量的妇女,尤其是年轻妇女走出家门,进入半日制女子学校学习。文化知识使越来越多的妇女解放了思想,提高了认识,打开了视野,接受了现代教育的伊朗女性开始逐渐在社会生活的各个方面发挥作用。"戴面纱的伊朗妇女没有太多的政治社会经验,然而她们一个晚上走完了一百年的历程,开始从事教学、撰稿、成立妇女组织和政治斗争等工作。经过几年的努力取得了西方妇女经过几十年甚至一个世纪的

---

① Zinab Yazdānī, Zanān dar Shi'r-i-Fārsī, Intishārāt-i-Firdows, Tehran, Iran, 1378, p118.（[伊朗]泽纳布·亚兹当尼:《波斯诗歌中的女性》,菲尔多斯出版社,1999年,第118页。）

努力才取得的成果。"①

　　立宪运动之后，伊朗的妇女解放运动仍持续发展。其首要原因是社会主义思潮在伊朗的迅速传播促进了妇女解放运动。社会主义主张"实现男女平权"②，伊朗人民党（共产党）建立后，将妇女解放问题作为自己的工作重心之一。"对于妇女，要为她们谋求政治权利，帮助贫穷母亲，实现男女同工同酬。"③人民党各级领导人的妻子或姐妹们成了当时妇女解放运动的领导力量，"尽管妇女党员人数不到人民党党员总数的百分之三四，但人民党是伊朗唯一持续不断地动员妇女力量，并且全力以赴地为妇女的权利而斗争的政党"④。人民党及其妇女组织为全面争取妇女的政治和社会权利，为伊朗妇女获得尽可能多的解放，做出了极大的努力。社会主义思潮在相当长的一段时间内在伊朗广为传播，并一度控制伊朗的思想文化领域，因此女性解放思潮也随之得到相当程度的发展。

　　另一个重要原因是巴列维王朝两代国王在社会经济方面实行的改革措施促进了女性解放思潮的深入发展。1925 年建立巴列维王朝之后，礼萨·汗在经济和社会生活方面推行大力度的现代化改革和世俗改革。在解放妇女方面，礼萨·汗全面肯定了妇女受教育和工作的权利，使妇女可以参加全日制学习和工作，职业妇女开始大量走进学校、医院、机关等工作岗位；礼萨·汗还建立师范学院，使伊朗妇女能够享受高等教育；礼萨·汗还废除了妇女戴面纱和头巾的习俗，要求着装西化；礼萨·汗还对伊斯兰教所规定的男人可以娶四个妻子的教规做了种种补充规定和限制，使男人要娶多个妻子成为比较困难之事，使一夫一妻制逐渐为社会所普遍接受。礼萨·汗采取的这些改革措施，使 20 世纪伊朗妇女的解放在伊斯兰世界中算是走在前列的。第二代巴列维国王采取全面西化的改革方式，意图使伊朗进入西方国家行列。在解放妇女方面，巴列维国王将其父亲的改革进一步深化，将妇女的各项权益法律化，20 世纪 70 年代伊朗的女大学生数量几乎相当于男生的 1/5。⑤妇女各项权益的法律化有效地削弱了教法对妇女的种种制约，这对妇女解放具有非常重大的意义。这些措施使 20 世纪后半叶

---

　　①　Zanat Āfarīn, Sāzmān-i-Nim Zīrzamīnī Zanān Dar Mashrūtiyat, Intishārāt-i-Zazān, Tehran, Iran, 1377, p7.（［伊朗］让纳特·阿法里：《立宪运动中的妇女半秘密组织》，德黑兰妇女出版社，1998 年，第 7 页。）

　　②　《马克思　恩格斯　列宁　斯大林论妇女》，中国妇女出版社，1987 年，第 197 页。

　　③　Yirvand Ibrāhīmiyān, Iran:Bin-i-Du Inqlāb（Az Mashrutah tā Islāmī）, Intishārāt-i-Markazī, 1378, p256.（［伊朗］叶尔万德·易卜拉欣米扬：《两次革命之间的伊朗——从立宪运动到伊斯兰革命》，玛尔卡兹出版社，1999 年，第 256 页。）

　　④　Yirvand Ibrāhīmiyān, Iran:Bin-i-Du Inqlāb（Az Mashrutah tā Islāmī）, Intishārāt-i-Markazī, 1378, p305.（［伊朗］叶尔万德·易卜拉欣米扬：《两次革命之间的伊朗——从立宪运动到伊斯兰革命》，玛尔卡兹出版社，1999 年，第 305 页。）

　　⑤　王新中、冀开运：《中东国家通史·伊朗卷》，商务印书馆，2002 年，第 319—320 页。

伊朗妇女的社会地位发生了天翻地覆的变化,尽管在广大的农村地区,伊朗妇女的状况还比较落后,但在城市中男女在政治和社会权利上的平等为人们普遍赞同。在巴列维王朝时期,"伊朗妇女的解放程度是中东地区最高的"①。伊朗妇女获得的解放,应当说并非巴列维王朝两代国王的个人行为所致,而是多方面的综合因素使得两代巴列维国王及其政府对妇女解放持支持和肯定的态度。从19世纪末开始,通过一代又一代妇女的不懈努力和斗争,加上政府的支持,伊朗妇女使女性解放思潮成为20世纪后半期伊朗整个社会中关于妇女问题的主流思潮,并使男女在政治和社会权利上平等的观念深入人心。

　　1979年,伊朗爆发伊斯兰革命,推翻巴列维王朝,建立伊朗伊斯兰共和国,开始了伊朗历史的新篇章。革命之后,虽然在着装方面妇女被要求伊斯兰化,从教法角度政府对妇女多了一些限制和约束,但妇女的各项政治和社会权利依然被肯定。现在,很多人对伊朗伊斯兰革命之后的妇女状况的认识存在较大误区。笔者认为,尽管伊朗妇女的解放还有很漫长的道路需要走(其实就全世界妇女的解放状况而言,又何尝不是一条漫漫长路),伊朗妇女所获得的解放是比较具有实质性的,而着装只是一个外在方面。然而,我们也应当看到,这种实质性的解放也仍然是一种初步的解放,它主要体现在为女性争取具体的政治权利和社会权利上,但尚未从整个社会的思想意识中根除男尊女卑的观念,实现女人与男人在"人"的意义上的平等。这也是目前大多数国家尤其是第三世界发展中国家的妇女解放的普遍状况。

　　对于伊朗伊斯兰革命之后的文学状况,由于种种原因,中国读者了解不多,而伊朗的妇女权益状况更是国际舆论关注的焦点。然而,值得深思的一个现象是,在巴列维王朝统治时期(1925—1979年),杰出的女作家并不多,除了西敏·达内希瓦尔,很难找到第二个能与之比肩的女作家。在伊斯兰革命之后,涌现出一批优秀的女作家。这批女作家大都是1950年前后出生,她们几乎都是伊斯兰革命之后在文坛上崭露头角,获得声名的。革命之后,伊朗妇女权益状况在某些地方的确发生了一些改变,加之国际舆论的关注,这似乎在一定程度上促使女作家们主动在自己的作品中对此进行探讨,从而使伊朗女性小说在思想倾向方面实际上超越了伊朗社会女性的现状。

二　福露格·沙哈布的《三千零一夜》

　　以西敏·达内希瓦尔为代表的早期女性作家基本上是在男权思维框架内进行女性小说写作的。西敏的作品基本上都是以女性作为故事主人公(当然故事中也有男主角),但是其作品中的女性,一是传统女性,完全生活在男权制的樊篱

①　[伊朗]阿什拉芙·巴列维:《伊朗公主回忆录》,许博译,新华出版社,1984年,第196页。

内，比如《天堂般的城市》中的数个女性，她们根本没有女性的自主意识；二是知识女性，比如《萨巫颂》中的扎丽，受过良好的教育，会讲一口流利的英语，但依然生活在男权制的樊篱中，以相夫教子为自己的生活目的。但是，因为是知识女性，又对女性的自我价值有所意识，当扎丽看到水工在庄园里用脚不停地蹬水车时，反思："我的整个生活也就是这样度过的。每天，我都坐在水井车后面，蹬着生活的水车，把水浇在花丛的根部……"同样，在《彷徨之岛》最后，经历了政治斗争与爱情挫折的知识女性哈斯提梦见自己被"囚禁在七重枷锁的房间内，禁锢在牢笼的最底层"。然而，作者使女性价值的自我实现体现在投身于关乎国家民族命运的运动中。《萨巫颂》最后，扎丽改变了过去的那种逆来顺受的懦弱，投身于与军警的对立冲突中，焕发出一种抗争精神。对女性自我价值的这种高大上的认知，在"彷徨三部曲"中更加显著，这无疑与西敏·达内希瓦尔自己的人生经历密切相关。对国家民族命运的关注，当然是一种崇高的精神，可歌可泣，这也是一个国家一个民族中个体的人的道德情怀，无关乎男女性别，因而不是对女性自身价值的关注。因为，女性自我价值是一个性别范畴，而国家民族命运是一个政治范畴。因此，从这个角度来说，西敏·达内希瓦尔的小说缺少对女性自我价值的关注。

　　噶扎勒·阿里扎德（1948—1996年）的成名正好是在伊朗伊斯兰革命前后时期，因此成为伊朗现当代女性作家中承前启后的一位代表性作家。西敏·达内希瓦尔接受的是西式教育，可以说是伊朗20世纪妇女解放运动与西方接触的第一批受益者；噶扎勒·阿里扎德受过系统化的高等教育，可以说是伊朗巴列维王朝倡导妇女解放以来的直接受益者。良好的教育背景使她们的小说写作一开始就表现了良好的文学修养和语言造诣，但或许正是她们所受的教育使她们更加关注国家民族的命运，将个人命运与家国政治密切关联，而不是仅仅关注女性的自我价值。倘若说在西敏·达内希瓦尔的小说中尚能见到些许女性朦胧的自我意识，那么噶扎勒·阿里扎德基本上是通过伊朗男性文化人的价值认识体系去看待事物，小说中所表现出来的思想观念完全是男性化的，并且显得极其成熟，仿佛是一位传统的智慧长者在对人们进行谆谆教诲。

　　倘若说上面两位杰出女作家的作品中的女主人公并不具备独立的女性意识，那么福露格·沙哈布（فروغ شهاب）的历史小说《三千零一夜》（سه هزار و یک شب，1989）则揭示了在男权制社会中女性的悲惨命运。

　　伊朗的历史小说创作源远流长，但其间少有女性涉足。福露格·沙哈布的历史小说《三千零一夜》一鸣惊人，成为女性描写历史题材的佳作。该小说描写了恺伽王朝末期的宫廷生活及重要历史事件。叙述者"我"前往姑妈家，听姑妈诺斯拉特讲她在恺伽王朝宫廷的见闻，讲她无欲无求的孤独的一生。诺斯拉特是纳赛尔丁国王宫廷教师的女儿，也是后宫女眷们的伴读，才华横溢，自行翻译了《一千零一夜》。小说描写了两个女人的一生,一是诺斯拉特,一是公主塔姬·萨尔坦内,两条线并行发展。故事开始时塔姬公主被迫嫁给一个偏瘫的老男人,因为该老男人答应承担纳赛尔丁国王前往欧洲的所有费用。塔姬公主等于是被父王贱卖,心灵受到重创。为了报复,在婚礼之前塔姬公主与一个年轻人同床,交出自己的处女之身,由此开始了堕落之路,直至成为一个十足的妓女。正是在塔姬公主的婚礼上,王子泽尔苏尔坦看上了诺斯拉特。国王指婚,令诺斯拉特嫁给与之毫无感情基础的王子泽尔苏尔坦。为了维护父亲和兄弟们在宫中的地位,诺斯拉特屈从于这桩婚姻,但是并没有屈从于王子,而是躲在一隅,做自己喜欢做的事情,教女仆们读书写字,教年轻姑娘们刺绣缝纫,最后躲在宗教的庇护所里,躲在自己的内心世界里,始终拒绝王子。王子最后失望,对她放手,满足于在夜晚阅读《一千零一夜》。小说即是姑妈讲述自己在王子后宫十年的生活,她的一生是束缚于贵族家庭的女人的一生,为传统风俗牺牲的一生。小说真实再现了恺伽王朝后宫中女性的悲惨命运,她们或被买卖或自杀或被活埋,成为贵族阶层钩心斗角、政治角逐的牺牲品。福露格·沙哈布的《三千零一夜》堪称反映女性在男权制社会成为牺牲品的代表作。

三　帕尔西普尔的《没有男人的女人们》

沙赫尔努西·帕尔西普尔(شهرنوش پارسی پور,1946—　)是伊朗当代享有盛誉的一位女作家,其《没有男人的女人们》(زنان بدون مردان,1989)是一部非常优秀的作品,堪称反映伊朗妇女权益的代表作。可以说,该小说完成了女性自我意识的觉醒。帕尔西普尔的另一部长篇小说《图芭与夜晚的意义》(طوبا و معنای شب,1988)更为优秀,对女性权益的思考比《没有男人的女人们》更加深入。我们因此将专节评述。

沙赫尔努西·帕尔西普尔的作品被翻译成了多种外语,在美国召开的第 18 届世界女性研究大会上被选为"年度女性"。帕尔西普尔在法国巴黎索邦大学获中国语言文化系本科文凭,与中国有缘。帕尔西普尔出生于德黑兰,1973 年毕业于德黑兰大学社会学系,然后前往法国巴黎苏尔本大学深造,在中国语言文化系学习。1967 年结婚,1973 年离异。帕尔西普尔从 13 岁起就开始写作,16 岁开始在各种刊物上发表作品,1974 年出版了第一部长篇小说《狗与漫长的冬季》。同年,因参加抗议巴列维政权对作家们的政治迫害而被捕入狱,被关押了 54 天。出狱后,试图移民加拿大,未成功。1981 年,尽管她没有参加任何政治组织,但因随身携带违禁出版物而被捕,入狱 4 年。出狱之后,靠开书店独自谋生,同时从事文学创作和翻译。1989 年,出版长篇小说《没有男人的女人们》,受到"异端审判委员会"的传唤审判,最终被判监禁。出狱之后,帕尔西普尔移居美国。在很多反响很大的访谈中,帕尔西普尔对临时婚姻持赞成态度,同时认为如果男人滥用这一教法，则是另一个问题，应当分别讨论对待。帕尔西普尔的主要代表作有长篇小说《图芭与夜晚的意义》、《没有男人的女人们》、《蓝色理智》(عقل آبی,1992)、《树灵的简单小奇遇》(ماجرای ساده و کوچک روح درخت,1998)、《喜娃》(شیوا,1999)、《御风而行》(بر بال باد نشستن,2002)，小说集《水晶吊坠》(آویز ههای بلور,1977)、《自由的体验》(تجربههای آزاد,1978)等。其中，《没有男人的女人们》和《图芭与夜晚的意义》是她影响最大的两部长篇小说，前者创作在前，出版在后。因此，从作家创作时的心路历程来看，我们先讨论前者。

《没有男人的女人们》是一部非常优秀的作品，堪称反映伊朗妇女权益的代表作，被翻译成了瑞典语、荷兰语、法语、意大利语、西班牙语、英语和中文。小说还被改编成同名电影，获得第 66 届威尼斯电影节银狮奖。小说以 1953 年夏天伊朗石油国有化群众示威游行为背景，讲述了动荡不安的局势中 5 个不同年龄段的女人马赫朵赫特、法耶泽、慕内丝、扎琳库洛赫、法罗赫拉高的人生经历。前 3 人是未婚处女，20 多岁，在人们眼中她们是嫁不出的老姑娘。随着故事的发展，这 5 个女人不约而同地聚在了德黑兰郊区县卡拉季法罗赫拉高家中。

马赫朵赫特是一个女教师，性对她来说是禁忌，是野兽行为。她的一个男同事邀请她一起去电影院看电影，她却将这邀请视为侮辱，不再去学校教书了。马赫朵赫特在卡拉季自己兄长的园子中度暑假，一天无意中撞见家里 15 岁的女仆法媞与已经谢顶的园丁在花房里性交，她恶心得呕吐了。她从内心认为那个女孩是堕落的诱因。马赫朵赫特一心一意要保护她的处女之身，使其如树一样碧绿长青，这种想法将她拖向疯癫的深渊，她决定把自己种在园子中，变作一棵树，自行长出花蕊，借助风之手（即无性繁殖），飘向世界。

法耶泽与慕内丝是好朋友，法耶泽一直暗恋慕内丝的哥哥阿米尔汗，但阿米尔汗是个思想保守且奉行家长制作风的男人。法耶泽于 5 月 25 日下午 4 点钟，趁如火如荼的群众示威游行的混乱局势来到慕内丝家。这天，慕内丝在家里听收音机里关于群众示威游行的新闻报道。法耶泽看过一些性启蒙的书籍，便向慕内丝炫耀自己的性知识。法耶泽向慕内丝一个劲儿地吹嘘自己的学识和烹饪技术，话语间蔑视自己的嫂子已经有了三个孩子，竟然还不懂得处女性并不在那一片处女膜。慕内丝听了这话，感到很不自在，尽管她比法耶泽大 10 岁，却很保守，对性一无所知，这是她第一次听到处女性不在处女膜这样的"高论"。正在这个时候，她的哥哥阿米尔汗从外面回来。阿米尔汗是个传统观念十分强烈的男人，认为"家是女人待的地方，外面属于男人"。因为外面混乱不堪，他将法耶泽护送回她自己家。法耶泽是个饶舌的姑娘，一刻不停地数落他人的不是，以显摆自己的所谓学识和才华。

慕内丝在家里陷入种种幻想，小说用三个片段来展现她的幻想。第一个片段是慕内丝在自己家的房顶上观看群众的示威游行，有很多女人置身其中，她不禁心潮起伏。这么多年以来,她从来不敢爬树,小心翼翼地保护自己的处女膜。现在,既然处女性并不在那片膜上,那么就让它撕裂吧。大街上一个男子中弹倒下,慕内丝也从房顶上跳下,抑或是想加入游行示威的队伍,抑或是想救那男子,但她不幸摔死了。第二个片段是慕内丝没有死,只是摔晕了。她苏醒过来,与那男子交谈。然后,她走上了大街,在一家书店买到一本书,名为《探索性的奥秘或如何认识自己的身体》,读后深为震动。为了寻找答案,她整整一个月置身于大街上的群众游行示威队伍中,思索女性自身的价值。一个月后,慕内丝回到家中,她的哥哥阿米尔汗却大骂她"无耻,丢尽了脸",用皮带抽打她,在盛怒之下,把水果刀捅进了慕内丝的心脏。慕内丝死于自己的兄长之手,死于传统观念。这样的悲剧,作者却是以一种喜剧式的滑稽方式呈现,更加令人心酸,也更加具有批判性。第三个片段中,阿米尔汗在行凶之后,意识到自己犯了大错,悲伤不已。这时,法耶泽到来,安慰他说:"真丢男人的脸啊!你哭啥呢,你是一个好哥哥,做得好!一个女孩失踪一个月就意味着她已经死了。女孩子家不应当如此。你干得太好了,换了我,也会如此做……我们把她埋在后花园里,没人会知道。失踪的人多了,法医根本忙不过来,不会来找你家的麻烦。"法耶泽实际上已经成为这桩罪恶的同谋。她满心以为慕内丝死了,阿米尔汗需要安慰,会与她结婚。但阿米尔汗对自己的母亲说:"古人云:女人过了 20 岁就该为自己哭泣。"他想找一个 20 岁以下的穿遮袍的传统姑娘。法耶泽走家串户,想搅黄阿米尔汗与哈吉女儿的婚事,又是去圣陵祈祷许愿,又是占卜算卦,终于求得一符咒。她来到阿米尔汗家,打算把符咒埋在后花园中,却听见了慕内丝在地下的声音!慕内丝没有死,她还活着,她从地下爬出来,喝水、吃东西,以恢复体力。慕内丝在死了两次之后,变得坚强不屈,她决心建立反抗兄长专制同盟,要让天下不再有兄长杀害姐妹的事情发生。

在阿米尔汗的新婚之夜,新娘家的人灌醉了新郎,以使他不能察觉到新娘已不是处女。但是慕内丝知道内情,她潜入洞房,对阿米尔汗说出秘密,但接着说:"你若敢折磨你的妻子,我就把你吃了!"然后,慕内丝和法耶泽决定逃出德黑兰,她俩拦车前往卡拉季,却被司机和他的学徒强奸。这里,作者将悲剧当作滑稽剧来写:"事情也就不过一刻钟。司机和他的学徒就如同在树那边撒了一泡尿,掸掸衣服上的土,很快就回来了。"更具有讽刺意味的是车上还有一个搭车的男乘客在打瞌睡,迷迷糊糊中他问:"发生了什么事儿?"司机说:"我们在灌溉土地。"被强奸对于慕内丝来说犹如第三次死亡。在这个时刻充满着男人的暴力与侵犯的城市,贞洁女性的生存实际上等同于死亡。似乎女人只要走出家门,就会遭遇男人的强奸,因此女人为保护自己的贞洁就只能待在家中。正是这样的思维逻辑禁锢着女人自身。后来发生车祸,司机和他的学徒都死了,只有那搭车的园丁活下来。

扎琳库洛赫是一个 26 岁的水灵妓女,每天络绎不绝的嫖客、繁重的身心压力和妓院老鸨的威逼,让她的精神处于崩溃的边缘,看到她接待的嫖客都是没有脑袋的人,却从不敢对人说出自己内心的幻觉。一天,一个 15 岁的小姑娘被卖到了这家妓院。扎琳库洛赫大着胆子对这个小姑娘说出自己的幻觉,小姑娘天真地说:"他们本来就没有脑袋啊。"扎琳库洛赫说:"如果他们真的没有脑袋,别的女人们也该看到啊。"小姑娘说:"也许她们全都看见了,只是像你一样不敢说出来罢了。"这是一段十分巧妙的对话。小姑娘的话把扎琳库洛赫从疯癫的边缘拉回来,她到澡堂去沐浴做净礼。她拼命地洗自己的身子,欲通过洗涤来获得身体的纯洁。然后,她一个人默默地哭泣,直到澡堂关门。她从澡堂出来,去圣陵许愿,她在已关门的圣陵旁痛哭,哭尽自己一生的凄凉,哭得双眼红肿。一番痛彻肺腑的痛哭之后,扎琳库洛赫决定离开德黑兰的妓院,走向卡拉季,自谋生路,重新开始生活。

法罗赫拉高 51 岁,是 5 个女人中唯一结过婚的女人,她寡居多年,风韵犹存。她的丈夫古尔切赫勒在世时,夫妻感情不融洽,丈夫总是用刻薄的言语打击她,压制她,因此,她一直生活得十分压抑。丈夫去世之后,她仿佛得到喘息之机,有了自己的安宁。因此,她的孀居生活过得风生水起。她在卡拉季买了一处园子(正是马赫朵赫特哥哥的园子,马赫朵赫特将自己种在这个园子中变成了一棵树),既开展文学艺术活动,又庇护无依无靠的女人们。由此,卡拉季花园如同天堂花园一般,成为受尽欺凌与侮辱的女性的庇护所。

5 个女人齐聚在法罗赫拉高的园子中。在法罗赫拉高母亲般的呵护下,慕内丝和法耶泽对女性的贞操有了崭新的认识。当法耶泽痛哭自己失去了处女之身时,法罗赫拉高慈爱地说:"不是处女之身就不能活了吗,我不是处女已经 33 年了,不也活得好好的吗?"女人们在法罗赫拉高家商议成立"没有男人的女人们"同盟,即"反兄长专制同盟""反性侵犯同盟",反抗男权制社会的压迫,要让天下不再有兄长杀害姐妹的事情发生,要让女人能够平静安宁地生活,不再惧怕男人的暴力与侵犯。

那园丁恰好是法罗赫拉高雇来在卡拉季花园做工的。在园丁的精心浇灌之下,花园里郁郁葱葱的。花园中的女人们也都活得自由自在的,活出了自我。在扎琳库洛赫的眼睛里,这个园丁是唯一有脑袋的男人,因此对他顶礼膜拜。小说最后是大团圆喜剧结局,受尽苦难之后的女人们都获得了幸福:扎琳库洛赫与园丁结为夫妇;法耶泽终于做了阿米尔汗的妻子,尽管是第二任;法罗赫拉高与自己情投合意的男子马里赫依喜结连理;慕内丝做了一名教师;在园丁的精心浇灌培育之下,马赫朵赫特也真的成了一棵树,开满了芬芳的花朵!

《没有男人的女人们》因对处女性的讨论而在伊朗引发轩然大波,作者帕尔西普尔被宗教道德法庭判处监禁,后因舆论压力而获释。实际上,作者在《没有男人的女人们》中对女性权益的思考不及后来的《图芭与夜晚的意义》一书深刻。在《没有男人的女人们》中,作者对女性权益的思考还仅仅是停留在性别上的不平等的层面上,似乎女人只要走出家门,就会遭遇男人的强奸,因此女人为保护自己的贞洁就只能待在家中,而在家庭中则应当敬畏父兄的家长权力。其实,正是这样的思维逻辑禁锢着女人自身。从女性解放思潮的发展来看,女性自我意识的觉醒,首先表现为对男权制社会的反叛,从而颠覆男权制的权威。现今看来,这种将男性置于女性对立面的女权主义思想,具有一定的局限性和狭隘性,但从女性解放思潮的历程来看,这是女性在争取自身解放的过程中,以及对这种解放的实质的认识过程中,必然要经历的一个阶段,是具有一定的积极意义的,显示了女性强烈的自我意识。因此,可以说,帕尔西普尔的《没有男人的女人们》完成了女性自我意识的觉醒。

四 帕尔西普尔的《图芭与夜晚的意义》

沙赫尔努西·帕尔西普尔的另一部长篇小说《图芭与夜晚的意义》(1988)更为优秀,至今已经翻译成了德语、意大利语、波兰语、英语。在《没有男人的女人们》中,作者对女性权益的思考还仅仅是停留在性别上的不平等的层面上,而《图芭与夜晚的意义》将男女之间的差异上升到了哲学思考的层面,因而更加深刻。

《图芭与夜晚的意义》故事的时间跨度是从立宪运动(1905—1911 年)到伊斯兰革命(1979),描写了金发女子图芭一生经历的几次重大社会变革,探讨女性在社会变革中的角色与价值,作者以魔幻现实主义的手法将神秘主义与神话传说融合,在回归最初源头的探索之旅中寻找安宁。作者在小说中写道:"女人带着圣洁的本质降世,是一面映照深渊的镜子。在这个深渊中,谁是污浊,她就呈现为污浊;谁具有光明的本质,女人就呈现为光明。"作者也力图把主人公图芭塑造为圣母麦尔彦(玛利亚)式的圣洁女性。

小说共计 4 章。第一章写图芭 18 岁之前的生活。图芭童年生活幸福,她的父亲阿迪布是一位宗教学者,在莫西尔杜勒内阁效力,是伊朗著名宗教哲学家毛拉萨德拉哲学思想的信徒。父亲是一个传统旧式大家庭的长子,肩负着这个大家庭的一切事务,直到 50 岁时才与一个没有文化的女人结婚,生下爱女图芭。"图芭"是《古兰经》中天堂之树的名字,寄托了父亲对女儿的殷切期望。父亲对图芭倾尽心血,竭力想把女儿培养成一个麦尔彦那样的圣洁女性。因此,图芭的童年生活可谓幸福。图芭也深受其父亲的影响,后来也渐渐迷上了毛拉萨德拉的哲学思想。这使得整部小说充满了神秘主义色彩,充满思辨与玄理色彩。父亲阿迪布满怀抱负,却生不逢时,当时正是立宪运动时期,紧接着又是第一次世界大战,"局势很糟,我们要么成为欧洲人,要么成为欧洲人的仆人"。紧跟着又是天灾,七年的饥荒,民不聊生。父亲阿迪布满怀抱负,却生不逢时,壮志未酬身先死,图芭母女一下变得无依无靠,靠马赫穆德伯父的接济度日。

马赫穆德伯父的儿子已经52岁,妻子死了,他向图芭母亲求婚,而这时图芭母亲早已有一个意中人。为了将母亲从伯父儿子的纠缠中拯救出来,图芭主动牺牲自己,做他的临时婚姻小妾,从而从教法的角度使母亲成为伯父儿子的不可亲近者。图芭在伯父家的4年临时婚姻生活,身心备受折磨,终日忍受男人的家暴。一天,图芭为烤制馕饼外出,看见到处是饥饿的人,还眼睁睁地看见一个小男孩在饥饿中死去。图芭精神上受到很大的刺激和震动。就在她掩埋小男孩的尸体时,被两个喝醉酒的男人纠缠,一个名叫西亚邦尼的男子把她救了出来。从此,西亚邦尼成为给她生活带来光明的男人,深深地印在她脑海中,她对他难以了解,也难以企及,但也促使她思考夜晚的意义,思考自我的意义。西亚邦尼在图芭18岁时走进她的生活和生命,由此图芭开始反思自己4年的临时婚姻生活,4年来令她对男人唯命是从、噤若寒蝉的高墙轰然倒塌。她不再畏惧,不再俯首听命。丈夫因此休掉了她,她也由此获得了身心的双重自由。

第二章由图芭与米尔扎·卡泽姆、费力东·米尔扎王子之间的三角关系构成。图芭的父亲曾效力于宫廷,因此图芭家与王室人员多少有一些来往。图芭离开马赫穆德伯父家之后,遇上王子费力东·米尔扎,不久二人结婚。同时,图芭姑妈的儿子米尔扎·卡泽姆一直暗恋图芭,却无力与王子竞争,在嫉妒中与王子结下仇怨,他加入了西亚邦尼的政治活动小组,他们信仰"饥饿之因是愚昧而非贫穷"。图芭不愿意过王室成员醉生梦死的生活,婚后6个月她就与丈夫一起回到丈夫自己的家。在穆罕默德·阿里国王的政变失败之后,王子随国王逃亡俄罗斯,图芭也随丈夫逃亡。等再次回到伊朗时,图芭已是4个半大孩子的母亲。在希特勒执政的20世纪30年代,王子与苏非教团的长老和苦行僧们来往密切,与他们一起读苏非大思想家莫拉维(1207—1273年)的诗歌,一起参加苏非修行仪式,图芭由此也深受苏非哲学的影响,开始从更深的层面思考女性的价值和意义。

第三章由图芭、基尔和蕾拉之间三角关系构成。图芭与丈夫去另一个王子基尔家做客时,世界向她打开了另一扇窗户。基尔与他的妻子蕾拉正在排演一部剧作,该剧作中神话、历史与现实交织在一起。基尔给图芭讲自己构思的神话剧,王子自比剧中的苏美尔英雄吉尔伽美什,演绎着自己改天换日的理想。蕾拉则代表了女性对男权社会的叛逆与反抗。在剧作中,蕾拉雅特是阿丹(亚当)的第一个妻子,在伊甸园中二人是平等的,阿丹代表了白天,蕾拉雅特代表夜晚(蕾拉一词的本意即是"夜晚"),女人是男人夜晚的梦。阿丹被逐出伊甸园之后,神用他的肋骨创造女人好娃(夏娃)作为阿丹的妻子,让女人成为男人的扈从,由此才有了男女的不平等。戏剧是现实,现实如戏剧。图芭深受基尔、蕾拉夫妻二人的影响,思考女性自我的命运与价值。可以说,图芭的一生是思考女性的人生角色与女性价值的一生,她的思考非常具有苏非神秘主义色彩。

在第四章里,图芭的孩子们都长大成人了,各自结婚成家。小说描写了图芭的女儿瑟塔勒、慕内丝、玛利亚婚姻生活中的不幸。这时,图芭年老色衰,她丈夫便找了一个 14 岁的小姑娘来做临时婚姻小妾,就如同当初的图芭。但这次是图芭主动与丈夫离了婚。在一番内心挣扎中,图芭回到自己家,开始回忆自己的一生。

《图芭与夜晚的意义》堪称伊朗女性文学的杰作,揭示了伊朗女性真实的生存状况和社会地位,以及她们思想变迁的轨迹。这并非一部旨在宣扬男女性别平等的女权主义小说,而是更深层次地思考男女之间由性别差异所必然带来的诸多差异,认为男人是白天,女人是黑夜;男人是天空,女人是大地;男女之间,天壤之别,阴阳互补,不能片面地追求性别的平等而忽视这种差异性。因而,男女平等应是基于人格和人权之上的平等。《图芭与夜晚的意义》将男女之间的差异上升到了哲学思考的层面,因而更加深刻。

美国著名的女权主义批评家爱莲·萧华特将女性文学分为三个阶段:第一阶段很长,在此阶段中,女作家模仿主流文学的流行模式,并吸收其艺术标准和社会角色观点。第二阶段中开始反对这些标准和价值,并为女作家的权利、价值、自主的要求进行辩护。第三阶段是自我发现的阶段,即不再依靠对立面,而是向内转,转向寻求自我的同一。[①] 西敏·达内希瓦尔和噶扎勒·阿里扎德的小说写作更多地属于女性文学的第一阶段;帕尔西普尔的《没有男人的女人们》更多地属于女性文学第二阶段,是对男性价值认识体系的反叛,在与之对立中凸显女性文学自身的价值。《图芭与夜晚的意义》则属于女性文学从第二阶段向第三阶段的过渡,在一定程度上实现了精神上的超越。图芭先是经历了女性自我意识觉醒,反抗男权制的权威,然后进一步思考女性自身的价值与意义,争取与男人在人格上的平等,实现女性的自我价值。在《图芭与夜晚的意义》中,帕尔西普尔对女性权益的思考虽然超越了单纯的对男女两性的对立与反抗,然而其文本本身却显示了女作家对男权制社会的"抗争"意识。

五　90 年代之后成名的女性作家

在帕尔西普尔之后成长起来的 20 世纪 50 年代生女作家在对女性权益的思考上更进一步。这代女作家与上一代女作家在两方面存在明显差异。上一代女作家大多出自上层知识分子家庭,家境优越,从小受到良好的传统文化教育,从作家的绝对数量来看不是很多。50 年代生女作家大多来自新生的中产阶级家

---

① 转引自康正果:《女权主义与文学》,中国社会科学出版社,1994 年,第 92 页。

庭,相对优裕的生活与宽松的时间,使她们热衷于文学作品的阅读与创作,以提高自身的文化修养。由于基数较大,这代女作家在数量上明显多于上一代。这使得伊斯兰革命之后,女性作家群成为伊朗当代文坛的一股不容忽视的力量。

在创作思想上,20 世纪 50 年代生女作家的青春期和思想成熟期与伊朗60—70 年代的经济飞速发展和社会全面西化相一致,因此她们比上一代接受传统教育的女作家更具有女性的独立意识。上一代女作家更关注国家民族方面的宏观问题,但她们作品中的女性几乎都是传统女性,完全生活在男权制的藩篱之中,缺乏女性的独立自主意识,文坛泰斗西敏·达内希瓦尔的代表作《萨巫颂》即是这方面的典型。50 年代生女作家更关注女性自身的内心世界,因此在她们的作品中女性的自我意识是自然而然的呈现。另外,这代女作家的思想成熟期又与伊斯兰革命同期。她们大多数在革命进程中是拥护者,在革命之后成为质疑者,她们的思想成熟轨迹使她们的作品必然被烙印上她们那个时代成型的价值观,因此她们的作品更加内倾化,探索女性的内心世界而非外部周遭的社会问题。

(1)佐娅·皮尔扎德的《灯,我来熄灭》

佐娅·皮尔扎德(زویا پیرزاد,1952—   )出生于南部石油大城阿巴丹,是伊朗亚美尼亚族作家,是伊朗当代最享有盛誉的女性作家之一。她的小说集《如同所有的下午》(مثل همه عصل ها,1991)、《柿子的涩味》(مزه گس خرمالو,1997)、《离复活节还有一天》(به عید پاک هنوز یک روز مانده,1998)很受读者欢迎。2001 年出版长篇小说《灯,我来熄灭》(چراغ ها را من خاموش می کنم),以清新流畅的故事风格赢得广泛的好评和巨大的成功,横扫当年伊朗各项文学大奖,被翻译成了德语、土耳其语、法语和中文。皮尔扎德也是最受欧洲读者青睐的伊朗当代作家之一,她的作品全部都被译成了法语。

《灯,我来熄灭》通过女主角克拉丽斯的口吻,描述了 20 世纪 60 年代在伊朗阿巴丹市生活的几个亚美尼亚族家庭之间发生的故事,核心是一个中年女性遭遇情感危机,故事含蓄婉转,带着一丝丝伤感。故事发生在 20 世纪 60 年代伊朗南部石油大城市阿巴丹,女主人公克拉丽斯是一个年近四十的家庭主妇,她的丈夫奥尔图什是伊朗国家石油公司的工程师,整天工作繁忙。他们已经结婚 17年,有一个正处在青春期的儿子和一对双胞胎女儿。平淡琐碎的家庭生活让夫妻间昔日的热情渐渐消散,每天的交流就只剩下临睡觉前的一句话:“灯,是你关还是我关?”这句话的内在含义颇为丰富。婚姻真的是如同一盏灯,时间长了,上面难免就会积下尘埃,灯光也就不如从前那样明亮了。昏暗的灯光会让人精神抑郁。这时,倘若有另一只手,哪怕只是用手指头轻轻抹了一下那灯上的尘埃,从中突然射出的明亮光线,也会让人精神为之一爽。新搬来的男邻居西蒙尼扬让克拉丽斯掀起感情上的波澜。然而,那另一只手轻轻一抹带出的明亮光线,真的就可以成为生命中不灭的灯盏吗？因此，"爱到尽头的宁静忧伤"，与其说是对那另一只手的不灭的希冀，毋宁说是对相伴近20年的左右手在绵绵不尽的希冀中产生的忧伤。小说最后，当丈夫奥尔图什似乎觉悟到什么，他提早下班，买回来两盆粉红色和白色的甘露子花之时，妻子克拉丽斯禁不住泪流满面了。因此，当这盏灯重放光明时，另一盏灯就自然被熄灭了。小说描写了中年人的情感危机，含蓄委婉，温馨中带着一丝伤感，没有任何花里胡哨的渲染，宁静而致远，很具有东方韵味。

《灯，我来熄灭》于2001年获得第一届"胡尚格·古尔希里文学奖"之后，法丽芭·瓦法（1963—　）的类似题材的小说《我的鸟儿》（2002），因深受评论家和读者的喜爱，获得了2002年年度最佳小说奖和第二届"冬至文学奖"，并于2003年获第三届"胡尚格·古尔希里文学奖"最佳长篇小说奖。故事以一个已婚妇女的自述展开，讲述了女人平淡无为的日常婚姻生活，丈夫没有对她不忠，也不乏体贴，但是没有温情，更没有激情。女人在这样不冷不热的婚姻生活中纠结挣扎，渴望飞翔。

《灯，我来熄灭》和《我的鸟儿》这两部类似题材的小说在新世纪伊始相继获奖与热销，说明在对女性权益的关注方面，重心已从"对立反抗"这种貌似重大的问题转移到婚姻生活中平平常常、普普通通的琐碎小事，更接近女性日常生活的本质。这两部小说之所以在伊朗引起很大反响，在欧洲也不乏好评，很重要的一个原因在于小说十分真实朴素地揭示了中年夫妻面临的情感困境，没有任何花里胡哨的渲染，一如伊朗电影，宁静而致远，带着淡淡的忧伤。小说对女性内心情感的微澜描写得十分细腻，显示出伊朗女作家创作走向内倾化。

（2）莫妮璐·拉旺尼普尔的《灰色的星期五》

莫妮璐·拉旺尼普尔（منیرو روانی‌پور，1954—　）出生于伊朗南部城市布沙赫尔，毕业于设拉子大学心理学系，之后前往美国深造，就读于印第安纳大学教育学系，现全家居住在美国。拉旺尼普尔于1981年开始写小说，1988年出版小说集《卡尼茹》（کنیزو）并赢得声誉，1990年又出版小说集《魔鬼的石头》（سنگ‌های شیطان），是20世纪80年代伊朗南方文学的代表作家。伊朗南方文学的特点在于其内容多涉及乡村、石油、战争、废墟、流浪。莫妮璐·拉旺尼普尔受加西亚·马尔克斯影响，以魔幻现实主义的手法反映伊朗南部乡村生活，长篇代表作有《禁区里的人》（اهل غرق，1989）、《钢铁的心》（دل فولاد，1990）。《禁区里的人》将南方人的生活以魔幻现实主义的手法描写出来。小说讲述了一个发现石油的故事，外国石油公司的进入导致了传统的绿色的具有信仰的南方的消亡。

在内倾化方面，莫妮璐·拉旺尼普尔的短篇小说《灰色的星期五》（جمعه خاکستری）更为突出。星期五为伊斯兰国家的休息日和礼拜日，即周末。该小说描写了德黑兰大都市中一个丧偶单身知识女性周末的寂寞时光，"对她而言,星期五总是漫长而灰色的,仿佛凝固了一般,有时又显得迟疑拖沓"。在通常有关女性权益的小说中,都将女性的工作权利视为女性解放的象征。然而,在《灰色的星期五》中,女主人公是个出色的话剧演员,在经济上完全是个独立自主的职业女性,但是,工作并不能慰藉她内心的寂寥,反而成为一种负担:"工作,她如此热爱的工作,她为它放弃了女人的生活,此时就好像沉重的铅制秤砣压在她的生活上。"该小说堪称内倾化写作的经典之作,关注的是女性的内心世界和精神生活,而不是外在权益。

(3)菲勒希特·莫拉维的《云和风之家》

菲勒希特·莫拉维(فرشته مولوی,1953—　　)出生于德黑兰,1976—1998 年在伊朗国家图书馆从事研究工作,1998 年移民加拿大,在多伦多大学教授文学课程。2004—2006 年在美国耶鲁大学图书馆中东部帮助整理图书。她在用波斯语进行小说创作的同时,也用英语创作,现在是加拿大笔会会员。主要作品有:小说集《太阳仙女及其他》(پری آفتابی و داستانهای دیگر,1991),长篇小说《云和风之家》(خانهٔ ابر و باد,1991)、《香橙与香橼》(نارنج و ترنج,1992)、《迷茫的夜莺》(بلبل سرگشته,2004)、《伊朗式园林》(باغ ایرانی,2005)、《季节的两个乐章》(دو پردهٔ فصل,2009),小说集《狗与人》(سگها و آدمها,2009)。其中颇受好评的《云和风之家》描写了一个传统家庭的几代女性的悲凉命运,她们都渴望着一扇通往自由之窗,却终是虚妄与泡影。小说对伊朗过去几十年的传统文化进行了扫描,将伊朗人的家庭风俗习惯带入故事中,探讨人在家庭与社会中的关系构成。整部小说呈现出一种超现实主义色彩,具有哲理倾向,因而很多内容比较晦涩,难以简单概括。

(4)法罗含德·阿高依的《学习撒旦并焚毁》

法罗含德·阿高依(فرخنده آقایی,1956—　　)出生于德黑兰,1987 年获德黑兰大学社会学硕士学位。她的作品多描写伊朗中产阶级女性,主要作品有小说集《绿色山丘》(تپههای سبز,1987)、《小秘密》(راز کوچک,1993)、《一个女人,一次爱情》(یک زن، یک عشق,1997)和长篇小说《迷失的性别》(جنسیت گمشده,2000)。2007 年,阿高依的长篇小说《学习撒旦并焚毁》(از شیطان آموخت و سوزاند)获第七届"伊朗作家评论家文学奖"。该小说讲述了一个名叫瓦尔加的亚美尼亚裔女人,她因与一个穆斯林小伙子结婚而受到亲朋好友的排斥。瓦尔加结婚生子之后,又受到丈夫家庭的排斥。丈夫迫于家庭压力而将她赶出家门,并夺走了她唯一的儿子。瓦尔加被双方家庭抛弃,无依无靠,陷于悲惨的境地,连一个栖身之地也没有。她是一个受过教育的女性,会好几门外语,酷爱读书。她辗转于各个公共图书馆,既打工挣钱,赖以糊口,又将图书馆作为栖身之地,更是以此作为改变自己命运的途径。经过自强不息的挣扎与奋斗,渐渐地,她的经济状况有了好转,生活也开始有了起色。她将自己的日常生活事件记录在日记中,编上序号。小说即是女主人公日记的展示。作者虽以日记叙事,却打乱了事件的时间顺序,因而整部小说的叙事技巧十分独特,被视为当代小说的杰作,也是描写女性自强不息、获得独立自主的优秀之作。

(5)马赫纳兹·卡丽米的《镲钹与冷杉》

马赫纳兹·卡丽米(مهناز کریمی,1960—　)在20世纪90年代因长篇处女作《如此舞蹈……》(چنین رقصی,1991)而声誉鹊起。《如此舞蹈……》是一部心理小说,也是一部纯女性作品,描写了一个性格分裂的女人,她的脚羁绊在传统的束缚中,脑子却充满自由的幻想。她在幻想中十分大胆、放肆、无畏,而在行动中却十分谨小慎微。她想挣脱传统生活的束缚,却又找不到付出最小代价的可行之路。因此,行动上的无能导致她出现精神分裂的病症,时常在对丈夫孩子微笑的时候却渴望他们死去。该小说堪称伊朗女性小说的转型之作,从关注女性的外在权益转而关注女性的内心世界。果然,进入21世纪后,马赫纳兹·卡丽米又以长篇小说《镲钹与冷杉》(سنج وصنوبر,2003)再次备受关注,该小说获得“胡尚格·古尔希里文学奖”提名,获得2003年“伊斯法罕文学奖”最佳小说。《镲钹与冷杉》讲的是一个侨居国外的伊朗裔女人,在手术中接受了一个黑人男孩的输血。病愈之后,她欲将这个黑人男孩收作养子,但她未婚。为了能收养男孩,她必须建立一个真正的家庭,因此她开始寻找能够做丈夫的男人。她回忆自己年轻时期的几段恋情,读者跟随她的回忆走进她以前的生活,每一段恋情都是她生活的一个侧面。小说在伊朗的传统伦理道德与西方的伦理道德之间游走徘徊,启人思考。2006年,马赫纳兹·卡丽米又以长篇小说《误死》(کژمیر)再获好评。马赫纳兹·卡丽米生于1960年,按照公历年算,她属于20世纪60年代生作家的第一拨;按照伊朗阳历来算,她是50年代生作家的最后一拨,因此,她可谓是承上启下的一位标志性作家。

对女性权益思考的内倾化,其内在底蕴其实是一种迷惘,即女性不再进行“性别对抗”之后,专注女性内心的“自我”,而这“自我”究竟应该怎么办,女性却是茫然。这在《灰色的星期五》中表现十分突出。《镲钹与冷杉》则走出了这种迷惘,女主人公不仅在女性的外在权益方面完全独立自主,在内在心理方面也完全独立自主,自己主宰自己的精神生活。只是,作家将女主人公的身份设定为侨居海外的一位伊朗女性。这尽管显示出某种意识形态的影响,但也显示出新一代伊朗女作家对女性权益的新思考。

正如法国著名女权主义批评家西蒙·波伏娃在《第二性》中所言:“艺术、文学和哲学的宗旨都是让人自由地发现个人创造的新世界。要享有这一权利,首先必须得到存在的自由。女人所受的教养至今仍限制着她,使她难以把握外在的世界,为在人世上给自己找到位置而奋斗实在太艰辛了,要想从其中超脱出来又谈何容易。倘若她要再次尝试把握外在的世界,她首先应当挣脱它的束缚,跃入独立自主的境地。这就是说,女人首先应该痛苦而骄傲地学会放弃和超越,从做一个自由的人起步。"①超越单纯的性别分野的狭隘性，是出生于 20 世纪 50 年代的多数女作家的一个明显倾向（当然也有无此倾向的优秀作家作品），她们不再将男性作为女性的对立面，而是从女性自身出发觉悟女性作为"人"的同一，从女性自身的特点去建构和实现女性的自我价值。这既是创作上的飞跃，更是思想上的飞跃。这时她们真正进入爱莲·萧华特所说的第三阶段，在"第三阶段，妇女既反对对男性文学的模仿（与男性认同），也超越了单纯的反抗（与男性对立），她们把女人自身的经验看作是自主艺术的根源，试图建构真正的'女性化'文学"②。

---

① 转引自康正果：《女权主义与文学》，中国社会科学出版社，1994 年，第 81 页。
② 胡亦乐：《女性的回归：〈女权主义文学理论〉评介》，《外国文学评论》1991 年第 2 期，第 120 页。

第十八章 21世纪初叶的小说创作

第一节 各种文学奖促进小说创作繁荣

2000年6月,伊朗当代著名大作家胡尚格·古尔希里去世。这既标志着一个时代的结束,也是一个新时代的开始。之后,古尔希里的遗孀和友人以他的名字设立了"胡尚格·古尔希里文学奖"并建立基金会,该奖每年评选一次,获得了广泛的关注和认可,对新世纪的伊朗小说创作起了极大的推动作用。之后,数个官方的与非官方的文学奖项纷纷设立,如"冬至文学奖"(جایزه ادبی یلدا)、"年度图书奖"(جایزه کتاب سال)、"梅赫尔甘文学奖"(جایزه ادبی مهرگان)、"自由金笔文学奖"(جایزه قلم زرین آزادی)、"出版物评论家奖"(جایزه متنقدین مطبوعاتی)、"贾拉勒·阿勒·阿赫玛德文学奖"(جایزه ادبی جلال آل احمد)等。还有具有竞赛性质的"萨迪克·赫达亚特文学奖"(جایزه ادبی صادق هدایت)和旨在鼓励小说写作技巧创新的"瓦乌文学奖"(جایزه ادبی واو)。这使得新世纪的伊朗小说创作在各种文学奖的推动下,呈现出百花齐放的繁荣景象。

一 胡尚格·古尔希里文学奖

这其中,"胡尚格·古尔希里文学奖"是专门旨在奖励长篇小说和小说集的,评选范围为上一年度出版的作品。该奖设4个奖项:最佳长篇小说奖、最佳小说集奖、最佳长篇处女作奖、最佳首部小说集奖。该奖颁奖仪式于伊朗阳历年末(即公历下一年的约3月上旬)举行。"胡尚格·古尔希里文学奖"是伊朗最重要、最具权威性的非官方奖项,对其历届获奖作品的梳理,可以让我们看到21世纪初叶伊朗小说创作的概况。该奖历届获奖名单及长篇小说简介如下:

第一届(2001)

最佳长篇小说:阿赫玛德·马赫穆德的《菩提树》(درخت انجیر معابد)。该作品出版于2000年,是老作家阿赫玛德·马赫穆德的最后一部作品,上下两册,共1038页。该小说在伊朗当代小说中堪称杰作,全书多达240个人物,其中60人在整个故事中具有重要作用。小说在过去与现在的时空中自如地来往穿梭,有时让读者一时间无法把握故事情节所处的时间位置。小说描写了伊朗南部一个大家族的兴衰。这个大家族所在的城市中央长着一棵菩提树,由一个外乡人从孟加拉带来,逐渐成为当地民俗文化中的圣树,传说具有灵性,若用刀砍,会流出鲜血。全城的百姓对之顶礼膜拜。全书故事围绕这棵菩提树和这个大家族及五代养树人展开,呈现了伊朗20世纪后半叶长达半个世纪的波澜壮阔的历史。

最佳长篇处女作:瑟碧黛·夏姆鲁(سپیده شاملو,1968—)的《蕾莉似乎说过》(لیلی انگار گفته بودی,2000)。故事以女主人公沙罗勒在内心与已故丈夫阿里的对话展开,其中一部分是沙罗勒与阿里的姐姐马斯坦内的对话。沙罗勒的大姑子爱上了一个宗教组织的负责人,该男子后被暗杀,马斯坦内为此痛苦一生。小说以憾人的句子开篇:"炸弹从天而降,落在邻居家,而你从阳台上飞了出去,死去。"沙罗勒在丈夫死去之后,一直与儿子生活在一起。故事开始时,她独自来到马什哈德,住在一家宾馆里,她与丈夫曾在这家宾馆度过蜜月。沙罗勒来到这里,只为与丈夫最后一次对话,以使自己做出生活的最后决定。

最佳小说集:阿里·胡达依(علی خدایی,1959—)的《整个冬季都让我温暖吧》(تمام زمستان مرا گرم کن,2000)。最佳首部小说集:穆罕默德·阿萨夫·苏尔坦扎德(محمد آصف سلطانزاده,1964—)的《我在逃亡中迷失》(در گریز گم میشوم,2000)。

第二届(2002)

最佳长篇小说:佐娅·皮尔扎德(زویا پیرزاد,1952—)的《灯,我来熄灭》(چراغ ها را من خاموش می کنم,2001)。故事发生在20世纪60年代伊朗南部石油大城市阿巴丹,女主人公克拉丽斯的丈夫是石油公司的工程师,整天工作繁忙。他们已经结婚17年,有一个正处在青春期的儿子和两个双胞胎女儿。平淡琐碎的家庭生活让夫妻间昔日的热情渐渐消散,每天的交流就只剩下临睡时的一句话:"灯,是你关还是我关?"这句话的内在含义颇为丰富。新搬来的男邻居让克拉丽斯掀起感情上的波澜。该小说描写了中年人的情感危机,细腻含蓄,温馨中带着一丝伤感。该小说得到了读者狂热的追捧,连续再版30多次,并一扫当年伊朗各大文学奖项。

最佳长篇处女作:礼萨·高塞米(رضا قاسمی,1949—)的《木器乐队的夜晚合奏》(همنوایی شبانه ارکستر چوبها)。该小说最先于1996年在美国出版,2001年才在伊朗获得出版许可,该小说同时获得当年"出版物评论家奖"最佳小说奖。小说以第一人称展开,讲述了一个伊朗知识分子的故事,他在法国避难,居住在巴黎一家公寓的地下室里。那里聚居着多个被流放的伊朗人。作者将真实事件与虚构交织在一起,全书萦绕着浓浓的乡愁。

最佳小说集:穆罕默德·拉希姆·乌合瓦特(محمد رحیم اخوت,1945—)的《我们的半路迷惘》(نیمه سرگردان ما,2001)。

最佳首部小说集:玛尔江·希尔穆罕默蒂(مرجان شیر محمدی,1953—)的《那个夜晚之后》(بعداز آن شب,2001）、米特那·欧利亚提（میترا الیاتی,1950—　)的《玛德马扎尔·库提》(مادمازل کتی,2001）。

第三届（2003）

最佳长篇小说：法丽芭·瓦法（فریبا وفی,1963—　)的《我的鸟儿》(پرنده من,2002）。这部小说深受评论家和读者的喜爱，还获得了2002年年度最佳小说奖、第二届"冬至文学奖"。故事以一个已婚妇女的自述展开，讲述了女人平淡无味的日常婚姻生活，丈夫没有对她不忠，但二人琴瑟不和；丈夫也不乏体贴，但是没有温情。女人在这样不冷不热的婚姻生活中纠结，渴望飞翔。

最佳长篇处女作：空缺。

最佳小说集：喜娃·阿尔斯图依（شیوا ارسطویی,1961—　)的《月光下的太阳》(آفتاب مهتاب）。

最佳首部小说集：索黑拉·巴斯基（سهیلا بسکی,1953—　)的《一小片》(پاره کوچک）、巴赫拉姆·莫拉迪（بهرام مرادی,1960—　)的《在孤寂的家中欢笑》(خنده در خانه تنهایی）。

第四届（2004）

最佳长篇小说：阿布图拉布·霍斯陆维（ابوتراب خسروی,1956—　)的《拉维河》(رود راوی）。小说讲的是一个宗教派别的领导人的儿子为了学医前往巴基斯坦大城市拉合尔，以便将来为该派别效力。但是，他在求学的过程中却加入了另一个敌对的宗教派别。结束学习之后，他回到家乡，家乡宗教组织领导人指派他撰写该宗教派别的历史。由此，主人公陷入思想斗争之中，在两个敌对的宗教派别之间徘徊。

最佳长篇处女作：鲁赫安吉日·沙里夫扬（روح انگیز شریفیان）的《有谁会相信呢，鲁斯坦姆》(چه کسی باور می کند رستم）。故事中的女孩有多个名字，每个名字都有一段故事。其中最核心的故事是以舒拉之名讲述的。舒拉的父亲是个药剂师，他们与外祖父母和姨妈们生活在一起。鲁斯坦姆是一个贫苦的乡下孩子，在这个大家庭中做工。舒拉与鲁斯坦姆成为友好的小伙伴，在一起玩耍中建立起了深厚的感情。然而，成年之后，舒拉爱上另一个青年贾杭，二人结婚之后，移居国外。现在，舒拉已人到中年，在火车上，坐在丈夫贾杭的身旁，回忆童年温馨美好的时光……

最佳小说集：居鲁士·阿萨迪（کورش اسدی,1964—　)的《国民花园》(باغ ملی）。

最佳首部小说集：莫尼尔丁·贝鲁提（منیرالدین بیروتی,1970—　)的《砖块》(تک خشت)、易卜拉欣·达姆谢那斯（ابراهیم دمشناس）的《内赫斯特》(نهست）。

第五届（2005）

最佳长篇小说奖由穆罕默德·侯赛因尼（محمد حسینی,1972—　)的《比罪孽更蓝》(آبتر از گناه) 和叶尔孤白·亚德阿里 (یعقوب یادعلی, 1970—　　) 的《不安定的礼仪》(آداب بیقراری) 分享。《比罪孽更蓝》讲述了一个沉重的故事：一个小城镇里的小男孩，看起来有一些反应迟钝，他到德黑兰打工，陷入一桩谋杀案中。小说是这个小男孩的内心独白，似乎他一直都在不断地承认人们强加给他的各种罪名和诬陷。

《不安定的礼仪》的主人公卡姆朗与妻子一起生活在南方山地小城亚苏吉，妻子不堪山地艰苦的生活，回到大城市伊斯法罕的娘家，并要求卡姆朗也放弃在亚苏吉的工作迁居伊斯法罕。卡姆朗同意了妻子的要求，在变卖家当时，他认识了在当地打工的阿富汗人古尔沙赫，便邀请古尔沙赫结伴开车前往伊斯法罕。整部小说以卡姆朗在开车前往伊斯法罕的路途中不断的意识流中展开。开篇第一句话就是："很简单，卡姆朗·霍斯陆维工程师在一起交通事故中死去。"这句话不是出自他人之口，而是出自卡姆朗自己的脑海。原来，卡姆朗一路盘算，用安眠药迷昏阿富汗人古尔沙赫，给他穿上自己的衣服，点燃汽车，推到山沟里，让大家都认为自己死了，以便自己开始新的生活。这时，卡姆朗的意识流中出现他与同事妻子的感情纠葛。这是他这个阴谋的缘由。但是，卡姆朗后来放弃了这一盘算，给了古尔沙赫一些钱，打发走了他，独自一人开车前往伊斯法罕。路途上，卡姆朗又与一个名叫纳希德的女人发生露水情缘。小说最后，卡姆朗给妻子打电话说："大约中午时分能到达伊斯法罕。"该小说出版一年后，作者叶尔孤白·亚德阿里被指控该作品侮辱亚苏吉的山地少数民族，被判入狱一年，在伊朗国内外引起轩然大波，引发广泛的舆论抗议，伊朗作家协会与世界作家联盟都发表了抗议声明。

最佳长篇处女作奖由苏达贝·阿什拉菲 (سودابه اشرفی) 的《鱼儿在夜晚也睡觉》(ماهیها در شب می خوابند) 和法尔哈德·博尔德波尔 (فرهاد بردبار) 的《乌鸦的颜色》(رنگ کلاغ) 分享。《鱼儿在夜晚也睡觉》描写了伊斯兰革命前的一个家庭，主人公塔拉耶在革命时正是大学生。她有一个专制霸道的父亲和整天垂头丧气的母亲，还有两个兄弟。其中一个兄弟是巴列维政权情报机构"萨瓦克"的成员，另一个兄弟却被"萨瓦克"以莫须有的罪名处死。他们的父亲因此自杀，母亲竭力想把女儿弄到国外。《乌鸦的颜色》描写了居住在一片古老墓地旁边的一家人。这个家庭的姓氏与墓地名相同，他们家的大门就开向墓地。小说中的人物就如同流浪的灵魂一样在墓地与这个家庭之间来来往往。整个故事不仅时间停滞，其他的一切似乎也都处在停滞中。父亲是个退休人员，每天就是坐在房顶平台上抽烟喝茶，祖父每天的事情就是在墓地散步，一个兄弟每天就只知道自己的鸽子和鸽笼，另一个兄弟自杀了。家庭中的人员就如同活僵尸一般，只有母亲具有活力和情感，但也只能是在一群心死的人的庭院中采摘桑葚，翻来覆去地谈论每个家庭成员诞生的故事。作者多次在小说中无声无息地穿越生者的世界，在死者们的世界中徜徉,显示出高超的写作技巧。

最佳小说集:穆罕默德·侯赛因·穆罕默迪(محمد حسین محمدی,1975—   ,阿富汗籍作家)的《红色陵园中的无花果》(انجیرهای سرخ مزار)。

最佳首部小说集:玛赫萨·莫赫布阿里(مهسا محب علی,1972—   )的《注释中的爱恋性质》(عاشقیت در پاورقی)。

第六届(2006)

最佳长篇小说奖由莫尼尔丁·贝鲁提(منیرالدین بیروتی,1970—   )的《四种疼痛》(چهار درد)和法丽芭·瓦法(فریبا وفی,1963—   )的《西藏之梦》(رویای تبت)分享。《四种疼痛》的整个故事由一个名叫阿米尔的小男孩讲述,他出于打探他人隐私的动机而与各种各样的人聊天说话,故事就在他与不同人的对话中慢慢呈现出来并向前发展。小说真实地再现了伊朗社会表层之下的种种隐疾。《西藏之梦》讲述了三段爱情故事:夏勒是个年轻姑娘,与一个名叫梅赫尔达德的小伙子相爱。然而,小伙子后来却移情别恋,与另一个姑娘结婚了。夏勒陷入痛苦之中……喜娃是夏勒的姐姐,是一个严谨而理智的姑娘,从事政治活动,与志同道合的贾伟德相爱结婚,二人同甘共苦,似乎十分幸福。福露格是贾伟德的继母,她依然爱着前夫。她因不能生育而被迫与前夫离婚,嫁给了贾伟德的父亲。小说讲述了三个年龄段三个不同时期的爱情故事。

最佳长篇处女作:麦赫迪·拉伊斯·莫哈德辛(مهدی رئیس المحدثین)的《看手相者》(کف بین)。最佳小说集:侯赛因·萨那普尔(حسین سناپور,1960—   )的《词语的黑暗方向》(کلمات سمت تاریک)。最佳首部小说集:哈米德礼萨·纳加非(حمیدرضا نجفی,1964—   )的《砂砾果园》(باغهای شنی)。

第七届(2007)

最佳长篇小说:阿斯噶尔·安拉希(اصغر الهی)的《死亡之年》(سالمرگی)。这是一部讲述死亡的小说。小说有多个叙述者,很容易让读者迷失线索。故事中,一个想象着世界上的孩子都是自己的孩子的女人,一个许愿要杀掉自己孩子的男人,一个在前线英勇牺牲的儿子……一个家庭中的三代人在死亡与生存中挣扎。

最佳长篇处女作:侯赛因·莫尔塔扎依扬·阿布克那尔(حسین مرتضائیان آبکنار,1966—   )的《安迪梅西克铁路站台阶上的蝎子》(عقرب روی پلههای راه آهن اندیمشک)。这是一个有关两伊战争的故事。退役士兵莫尔塔扎·赫达亚提在等待火车的时候,陷入对战争岁月的回忆。但他对战争的看法与流行的通常观点——视之为神圣的卫国战争——很不一致,他更多地看到一些负面的东西,比如在军营里流行同性恋等。

最佳小说集:穆罕默德·阿萨夫·苏尔坦扎德(محمد آصف سلطانزاده,1964—   ,侨居瑞士的阿富汗籍波斯语作家)的《逃兵》(عسگر گریز)。最佳首部小说集:阿米尔·侯赛因·胡尔西德法尔（امیرحسین خورشیدفر,1980— ）的《生活依照你的愿望前行》（زندگی مطابق خواسته تو پیش میرود）。

第八届（2008）

此届评奖委员会公布了最佳小说集和最佳首部小说集候选作品名单之后，伊朗新闻出版审查局提出异议。因此，此届未能颁发任何奖项。

入选最佳小说集候选作品名单的有：娜塔莎·艾米丽（ناتاشا امیری）的《爱恋查克拉二世》（عشق روی چاکرای دوم）、菲勒希特·萨丽（فرشته ساری）的《记忆中的购物中心》（مرکز خرید خاطره）、穆罕默德·哈桑·沙赫萨瓦利（محمدحسن شهسواری）的《几个短篇之献礼》（تقدیم به چند داستان کوتاه）、优素福·阿里汗尼（یوسف علیخانی）的《屠龙人》（اژدهاکشان）、裴莽·胡西曼德扎德（پیمان هوشمندزاده）的《感叹》（ها کردن）。

入选最佳首部小说集候选作品名单的有：贝赫鲁日·亚克雷依（بهروز یاکرهای）的《就这限度内的东西》（چیزی در همین حدود）、法尔斯·巴伽里（**بهروز یاکره ای**）的《别向你身后张望》（پشت سرت را نگاه نکن）、哈菲兹·哈亚维（حافظ خیاوی）的《一个丢失了坟墓的男人》（مردی که گورش گم شد）、麦赫迪·拉比（مهدی ربی）的《左边那个僻静角落》（چپ آن گوشه‌ی دنج سمت）、阿巴斯·欧贝迪（عباس عبدی）的《葡萄牙人的城堡》（قلعه‌ی پرتغالی）。

第九届（2009）

此届只颁发了小说集奖项。最佳小说集：哈梅德·哈比比（حامد حبیبی）的《补胎胶垫用完了的地方》（آنجا که پنچرگیری‌ها تمام می‌شوند）、裴莽·伊斯玛仪里（سمفونی برف و ابری,1977— ）的《雪与云的交响曲》（پیمان اسماعیلی）。

最佳首部小说集：哈梅德·伊斯马仪里雍（حامد اسماعیلیون,1976— ）的《百里香并不美丽》（آویشن قشنگ نیست）、佩达浪姆·勒扎依扎德（پدرام رضایی‌زاده）的《死亡游戏》（مرگبازی）。

第十届（2010）

最佳长篇小说：玛赫萨·莫赫布阿里（مهسا محبعلی,1972— ）的《别担心》（نگران نباش）是一部关于现代都市生活的小说，充满了喧哗与骚动，同时也充满了孤独与迷惘。故事叙述者是一个名叫莎蒂的女孩，她是既不依照传统生活也不好高骛远的一代青年，她的哥哥属于上一代一切都听从父母安排的孩子，而她的弟弟属于新新一代，无知无畏，将一切传统价值都置于脚下。兄妹三人实际上是三代人。故事以发生在德黑兰的一次地震开始，地震级别虽然不高，却震动了人们的生活。在地震中，兄妹三人都按照自己的价值观行事，从而形成冲突。

最佳长篇处女作：萨拉·撒拉尔（سارا سالار）的《可能我迷路了》（احتمالا گم شده‌ام）。小说讲述了生活在扎黑丹的两个女孩的不同生活，她们的人生轨迹似乎完全相反。一个快乐高兴，深受宠爱；另一个却与社会格格不入，冲突频仍。故事讲述者"我"在 30 岁的时候,在经历了 8 年枯燥乏味的婚姻生活之后,回忆自己的青春年华,回忆与甘冬姆的少年友谊。甘冬姆的父亲在巴列维时期是一个家财万贯的大汗,在革命中失去了所有的家产。甘冬姆由此失宠,与母亲冲突不断。有着完全不同人生轨迹的两个女人在中年时期同样面临着生活中的种种困扰。

第十一届(2011)

最佳长篇小说:空缺。获提名的候选作品有:瓦希德·帕克提纳特(وحید پاکتینت,1970—   )的《豺狼的笑声》(خنده ی شغال)、穆罕默德·礼萨·卡特布(محمدرضا کاتب,1946—   )的《驯马师》(رام کننده)、侯赛因·萨纳普尔(حسین سناپور,1960—   )的《唇贴在剑锋》(لب بر تیغ)、法丽芭·瓦法的(فریبا وفی,1963—   )的《月圆》(ماه کامل میشود)。

最佳长篇处女作:基兰·戈罕(جیران گاهان,1985—   )的《在午后惬意的阳光下》(زیر آفتاب خوشخیال عصر)讲述了一个犹太姑娘与一个穆斯林小伙子相爱结婚的故事。他们的爱情遭遇到来自双方亲朋好友的反对,但二人一往无前,无畏地结合。小说描写了这对来自不同宗教信仰家庭的青年男女在婚前婚后遭遇的种种生活困惑。小说以女孩第三人称限制性视角进行叙述,因此读者更多地看到来自女方的心慌意乱。但是,作者尽力在作品中保持一种客观中立的立场,不偏不倚,就事论事,力求避免不同意识形态的干扰。

最佳小说集:阿赫玛德·古拉米(احمد غلامی)的《人们》(آدمها)、阿布土拉布·霍斯陆维(ابوتراب خسروی,1956—   )的《荒芜的书》(کتاب ویران)。

最佳首部小说集:阿米尔·侯赛因·亚兹当伯德(امیرحسین یزدانبد)的《未完成的男人肖像》(پرترهی مرد ناتمام)、纳达·卡沃斯法尔(ندا کاووسیفر)的《睁着眼睡觉》(خواب با چشمان باز)。

二 贾拉勒·阿勒·阿赫玛德文学奖

"贾拉勒·阿勒·阿赫玛德文学奖"是伊朗社科类的最高官方奖,以伊朗现代文坛领袖人物贾拉勒·阿勒·阿赫玛德之名命名,2005 年由伊朗政府动议设立,2008 年举办了第一届颁奖。奖励范围为文学(包括长篇小说、短篇小说、纪实报告文学、文学评论)、史学、宗教哲学类著作。

第一届(2008),优素福·阿里汗尼(یوسف علیخانی,1975—   )的小说集《屠龙人》(اژدهاکشان)获最佳小说奖。该小说集于 2007 年出版,包括 15 篇短篇小说,以描写乡村生活为主。该小说集还获得第八届"胡尚格·古尔希里文学奖"最佳小说集提名。

第二届(2009),文学作品类最佳小说奖项空缺。

第三届(2010),萨迪克·克尔米亚尔(صادق کرمیار,1959—   )的《那米拉》(نامیرا)、穆罕默德·阿里·古迪尼(محمد علی گودینی,1956—   )的《首都的接见大厅》(تالار پذیرایی پایتخت)获最佳小说奖。《那米拉》是一部关于宗教的历史小说。

故事讲述了伊斯兰教什叶派著名的一段历史——伊玛目侯赛因与倭玛亚家族的亚兹德之间的斗争,一对青年男女犹豫不决,不知该加入伊玛目侯赛因的支持者队伍还是加入敌对的亚兹德的支持者队伍。随着故事的发展,这对青年通过种种的证据,懂得了伊玛目侯赛因的正统合法性。该小说以新视角重新抒写了这段著名历史,这段历史是伊朗伊斯兰教什叶派宗教文化之根。《首都的接见大厅》讲述了巴列维国王执政时期的土地改革给农民们带来的人生变故。土地改革剥夺地主的土地分给农民,贫苦农民在获得土地之后脸上露出了幸福甜美的微笑。但是,不久之后,农民们陷入利益之争,或是断绝来往或是彼此争斗。然后,农民们一个接一个地卖掉分得的土地,用小说中人物古蒂尼的话来说,掘断根基,迁居到现代都市德黑兰。但是,到了首都之后,他们却遭遇都市生活中的种种不幸与困扰。这时,他们明白当初的决定是个错误,但已没有回头路可走。该小说从一个崭新的角度揭示了伊朗土地改革和城市化进程中的困境。

第四届(2011),曼苏尔·安瓦里(منصور انوری,1955—　　)的五卷本小说《战争之路》(جاده جنگ)获得最佳小说奖。同时,该小说于 2011 年 6 月获得第八届"自由金笔奖"最佳小说奖。小说从 1941 年夏天,盟军为开辟一条从苏联到波斯湾的运输线而出兵占领伊朗开始,一直写到两伊战争结束。小说浓墨重彩地描写了伊朗人民艰苦卓绝的长期斗争,场面波澜壮阔,具有史诗般的色彩。

第五届(2012),阿克巴尔·撒哈拉依(اکبر صحرایی,1960—　　)的《哈菲兹·七》(حافظ هفت)获得最佳小说奖。该小说共计 9 章,象征了伊朗领袖在两伊战争期间视察南部前线大城市设拉子的 9 天时间。小说主人公帕努希扬是一个亚美尼亚裔伊朗人,他与好朋友贾法尔商议,一定要在领袖来视察的时候,随民众一起,目睹领袖的风采。但是,因意外事故,帕努希扬进了医院,结果在领袖来视察的 9 天里,他不得不躺在医院,无缘得到领袖的接见。在医院的病床上,帕努希扬阅读贾法尔的日记,回忆起过去的战争岁月。书名来自两伊战争爆发时,伊朗宗教领袖霍梅尼 1981 年初在德黑兰阿布扎尔清真寺的讲话中引用的《哈菲兹诗集》中的第 7 首。

我们可以看出,"贾拉勒·阿勒·阿赫玛德文学奖"作为伊朗官方最高奖,其获奖作品更具有主旋律色彩。"胡尚格·古尔希里文学奖"作为非官方最高奖,其获奖作品更多元化一些,从中我们也可以看到伊朗新世纪小说创作的一些特征。

一是新世纪伊始恰逢哈塔米总统在任时期推行温和的改革开放政策,文化艺术活跃,小说创作格外繁荣,风格内容十分多样化,并且出现以《菩提树》为代表的对宗教狂热进行反思的文学作品。二是由于 2003 年 3 月美国对伊拉克的战争,出于政治需求,西方再次表现出多方位了解阿拉伯和伊朗文化的渴望,并开始大量翻译阿拉伯和伊朗的文学作品。因此,这时期伊朗的优秀小说多被翻译成欧洲语言,很多优秀作家在欧洲还拥有自己专门的作品出版代理人。三是 21 世纪初叶在小说创作上成熟且具有声名的一代作家,绝大多数都是 20 世纪 50—60 年代生人,他们是伴随着白色革命成长起来的,亲身经历过伊朗社会全面西化的时尚生活,同时也亲身经历过伊斯兰革命的狂澜和革命之后社会生活的巨大变化,因此在价值观上往往呈现出一种胶着状态,在思想上出现一种新的彷徨与迷惘。也就是说,从 20 世纪初到 21 世纪伊始,整整 100 年的时间,伊朗知识分子始终处在寻路的彷徨迷惘中,这似乎是伊朗知识分子的宿命,也是其文学作品的主要底色。

第二节　阿赫玛德·马赫穆德的《菩提树》

《菩提树》(درخت انجیر معابد)是老作家阿赫玛德·马赫穆德创作生涯的最后结晶,上下两册,共 1038 页,全书多达 240 个人物,其中 60 人在整个故事中具有重要作用。这部小说就如同书名,像一棵根深叶茂的菩提树,在伊朗当代小说中卓然屹立。

整部小说在过去与现在的时空中自如地来往穿梭,有时让读者一时间无法把握故事情节所处的时间位置。小说人物繁多,故事线索多头并进,就如同那菩提树枝叶繁茂又盘根错节。其中最核心的故事是阿扎尔帕德家族的兴衰与复仇。小说从塔姬姑妈搬家那天开始,到整个城市燃起熊熊大火结束,描写了阿扎尔帕德一家在半个世纪(20 世纪后半叶)的经历,故事尤其集中在 1966—1976 年的十年间,这是伊朗经济快速腾飞的十年,也是人们最迷惘彷徨的十年。

阿扎尔帕德家所在的城市(小说始终没有明确说出城市的名字,但根据细节描写可以推断是伊朗南部重镇阿瓦士)中央长着一棵菩提树。这棵菩提树已经有 150 多年的历史了,由一个外乡人从孟加拉带来,种植在城市中央葱茏的树林中。这棵树在岁月的长河中充满了神秘感,传闻用刀砍树身,会流出鲜血,因而逐渐笼罩上神圣的光环,成为当地民俗文化中的圣树,被视为具有灵性,全城百姓对之顶礼膜拜。这棵树枝叶繁茂,根系发达,伸向四面八方,伸向城市的大街小巷。人们为了治病,为了解决生活中的各种困扰,为了解决工作中的各种难题,为了升官发财……而对之顶礼膜拜,在树周围点上蜡烛,施舍钱财,许愿,把自己的痛苦与祈愿用铁链绑在树身上。谁也不敢说亵渎、玷污这棵圣树的话,谁也不敢迈步走出这棵树的生长范围。然而,菩提树不过就是一株普通的树,有着普通的枝叶与树干,两天得不到灌溉就会枯萎,唯一的异常之处恐怕就是那一个劲儿地疯长的速度。人们的想象与迷信,给这棵菩提树编织着具有神话色彩的故事,人们盲目地狂热地崇拜这棵树,没有人敢对这棵树的神性提出质疑。全书故事围绕这棵菩提树、阿扎尔帕德家族和五代养树人展开,呈现了伊朗 20 世纪后半叶长达半个世纪的波澜壮阔的历史。

小说核心故事之一是五代养树人与菩提树之间的依附关系。五代养树人都是这棵树的园丁，表面上担负起了这棵树的养护责任，实际上是借这棵树在当地积聚自己的权势。

第一代养树人最富于幻想，编造了第一个神话。这个神话一代一代地传下去，并且不断被添枝加叶。正如小说中人物沙布哈希（菩提树的旧主人）在家族墓地对自己悲伤的年轻妻子所说的："你要小心养树人，人们认可他的神圣性，也就是说，认可菩提树是神树。没错，他就是一个园丁而已，但他是我的菩提树的养树人。我这棵菩提树不结果，但有着各种各样的传说让老百姓深信不疑。并且，这种信仰越来越深沉。它不再如同其他树一样！现在，它已经变成了人们信仰与权势的象征。因此，你应当认可养树人的神性，也认可这棵树的神性。"传到第三代养树人，已经把编造的神话记录在册，成为不可置疑的事实。

第四代养树人的儿子哈梅德天性叛逆，不愿像祖父辈那样羁绊在这棵菩提树下度过一生。他与父亲断绝关系，去了马赫玛勒港。然而，父亲在临终时念念不忘自己的不肖儿子，他对妻子马尔如给说："你过来给我看看，马尔如给，你的乳房给哈梅德喂的是什么奶，让他如此不肖。为什么这样没脑子，不懂得不能丢掉这朝拜之地？为什么要自己跟自己过不去，践踏祖祖辈辈传下来的勤劳传统？但愿他能清醒过来，懂得不应当让这权力落在陌生人手中！"他让妻子派人去找哈梅德。

哈梅德来到弥留之际的父亲的床头，听到父亲临终时的喃喃之语："哈梅德，我的儿啊，感谢真主你回来了！愿真主赐予你吉祥。我的儿啊，你现在是第五代养树人了，你要懂得这权力！不要让它旁落。我把朝拜地交托给你，就如同我已故的父亲——第三代养树人——交托给我一样，你若拥有它的神性，就拥有无边的权力，能够让帝王将相也顺从。愿真主护佑伊斯凡迪亚尔，他在树周围竖上栅栏，还捐赠了500平方米的土地，他的捐赠证书还在，放在小盒子里，钥匙在你妈妈马尔如给那里。"

最终，权力的诱惑使哈梅德从叛逆回归家族的"正统"。作为第五代养树人，哈梅德没有辜负父亲的期望，他把这棵树的神奇之事镌刻在青铜板上，安置在朝拜地的入口，让膜拜者们满怀虔诚地诵读，从而将所谓的"事实"转换成不容置疑的"圣迹"。

阿扎尔帕德家族的故事是整部小说最核心的内容。这个家族的第一代伊斯凡迪亚尔·阿扎尔帕德实际上是第一个将有关这棵树的神话权威化的人。作为当地富豪，他买下了这棵树周围60平方千米的土地，想为妻子儿女建造一座带有亭子的园林。亭子的设计位置刚好在这棵树旁，他便打算砍掉这棵树，以使建造亭子的地面更加开阔。当地迷信这棵树的百姓闻知这一消息，纷纷前来护树，他们聚集在树周围,阻止砍伐这棵树,因为他们相信,砍伐这棵树会带来饥荒和天灾,引发大规模死亡。因此,砍树与护树双方对峙,相持不下。伊斯凡迪亚尔十分机敏地捕捉到当地百姓迷信这棵树的利用价值,便改变主意,把亭子建在园林中的葡萄藤架那边,并用铁栅栏把树围起来,将树周围 500 平方米的土地捐赠给这棵树,作为人们的膜拜场所,并签署了具有法律效应的捐赠书。还专门雇用养树人一家继续做这棵树的园丁。由此,这棵树的神性得到正式确立。

对这棵树的膜拜成为当地人的风俗礼仪,并且仪式越来越盛大隆重。阿扎尔帕德家作为这棵树的监护人,由此在城市中获得越来越大的权力。伊斯凡迪亚尔竞选议员,将这棵树作为自己获得民众支持和信赖的工具,同时他也不断向树祈祷,然而他并未能如愿当上议员。这时,尽管伊斯凡迪亚尔明白这棵树不过就是一棵普通的树而已,并没有什么特别的神力,但同时也明白拥有这棵树、拥有全城百姓之心的重要性与必要性。

法罗玛尔兹是阿扎尔帕德家的长子,他并不相信树的神话,认为那不过就是一棵普通的树,养树人就是一个奸诈之人,编造树的种种神话来获取权势。而他们阿扎尔帕德家作为树的监护人也明白这棵树的秘密,跟着添枝加叶,说这棵树如何如何神奇,能包治百病,能满足人们的各种祈求,这使得人们的信仰更加坚定。阿扎尔帕德家在成为这棵树的监护人之后,有十年时间享足了荣华富贵。作者没有直接描写该家族十年的奢华,而是通过塔姬姑妈和法罗玛尔兹的回忆,以及法罗玛尔兹的妹妹法尔赞内的日记来反映的。这十年中,唯一的不如意就是伊斯凡迪亚尔竞选议员失利。这次失利的原因之一是法罗玛尔兹在学校参加政治秘密集会被抓住,在警察局拘留了一天。

梅赫朗是阿扎尔帕德家的园林建筑设计师。伊斯凡迪亚尔突然死亡,阿芙桑内在为亡夫守孝两个月之后,突然毫无征兆地嫁给了梅赫朗,令整个家庭震惊和强烈反对,孩子们不接纳梅赫朗为继父。由此,孩子们与母亲和继父之间冲突不断,愈演愈烈,悲剧频至。最终,梅赫朗攫取了阿扎尔帕德家的全部财产,并打算在阿扎尔帕德家的园林中建造一座现代化的宫殿。就在梅赫朗打算拆毁园中的原有建筑之前几天,已经无依无靠的塔姬姑妈往园林里搬家具,她要看看是谁在这祖屋上动第一锹,她要看看这无耻之徒究竟是谁。

《菩提树》这部小说即是从塔姬姑妈搬家的那天开始,然后牵扯出阿扎尔帕德家族与园林建筑设计师梅赫朗之间的恩怨。塔姬姑妈是小说中十分重要且鲜明生动的一个人物。塔姬在年轻时曾与叶海亚订婚,但叶海亚感染麻风病死去。塔姬因接触过麻风病人而受到人们的厌恶和嫌弃,因此终身未婚,只有兄长一家不嫌弃她。她与兄长一家生活,对侄儿侄女们十分宠爱,完全把兄长的家当作自己家,尽心尽力地为这个家庭服务。

小说最核心的人物是法罗玛尔兹,书中描写了他命运多舛的一生。小说没有具体描写他的童年情况,他一出场就是那个富豪家庭的公子,他为这座园林铲了第一铲奠基土,打下了第一根桩。那个时候,法罗玛尔兹十一二岁。小说的核心故事即是法罗玛尔兹从十一二岁到三十多岁这段时间发生的事情。法罗玛尔兹在他父亲去世之前一直生活在蜜罐子中,集全家人的宠爱于一身,他与妹妹法尔赞内感情深厚。法罗玛尔兹在高中时期爱上了一个名叫挪佐克的姑娘,在妹妹法尔赞内的帮助下,他与挪佐克频频约会。这是法罗玛尔兹人生中最美好的一段时光。但是,他因参加政治活动被拘留,被取消了毕业考试资格。家人想把他送到欧洲去深造,他本人也十分渴望能去,却未能如愿。

在溺爱中长大的法罗玛尔兹,脆弱易怒,好高骛远,没有耐性,不能吃苦,在同学中自以为高人一等。然而,父亲的死亡让他失去了靠山,不幸接踵而至。留学欧洲的计划流产,他的心上人挪佐克也离开了他,跟随全家迁居到了另一个城市。梅赫朗不仅攫取了他母亲阿芙桑内的爱情并与之结婚,还诱使阿芙桑内染上了鸦片烟瘾并沉溺其中,使之无心打理家族财产,梅赫朗由此一步步侵吞了他们家的所有财产。法罗玛尔兹无力与梅赫朗对抗,只能眼睁睁地看着这一切发生。最终,法罗玛尔兹实在忍无可忍,枪击躺在鸦片烟炕上的梅赫朗,子弹没有击中梅赫朗,却打伤了躺在旁边的母亲阿芙桑内。法罗玛尔兹因此入狱,被监禁三个月。阿芙桑内不堪这一连串的打击,突发脑中风死亡。阿扎尔帕德家族彻底崩溃。法罗玛尔兹在监狱中堕落,这个娇生惯养的孩子根本无法承受监狱里的种种折磨。为了忘却痛苦,他躲避进鸦片烟雾中。这也是梅赫朗的阴谋,他通过一个狱卒朋友把鸦片烟带给了法罗玛尔兹。法罗玛尔兹出狱之后,梅赫朗仍不放过他,带他频频光顾鸦片烟馆。

法罗玛尔兹的妹妹法尔赞内,因受到同学、朋友的排斥,落落寡欢,孤独抑郁,悄悄地不为人知的与她神经质的恋人贾马尔私订终身,却被抛弃,她因孤独无依而陷入绝境。更不幸的是,法尔赞内沾染上了塔姬姑妈身上携带的麻风病菌,患上了麻风病。最后,法尔赞内吞鸦片自杀。阿扎尔帕德家的悲剧达到高潮。一个接一个的致命打击,让法罗玛尔兹彻底崩溃,完全沉溺于鸦片烟中,自我麻醉。法罗玛尔兹因贩卖毒品而再次入狱,这实际上也是梅赫朗的一个圈套。由此,梅赫朗侵吞了阿扎尔帕德家的所有财产。

法罗玛尔兹出狱之后,除了塔姬姑妈,他没有别的亲人了。然而,他的鸦片烟瘾太深,为了购买鸦片,他不断地对姑妈无情下手,用匕首胁迫,抢姑妈的钱,他也为此陷入极度的精神痛苦中。同时,法罗玛尔兹欲报复梅赫朗的想法越来越强烈。他知道,要报复梅赫朗,必须获得权势。

之后数年内,法罗玛尔兹杳无音信,连塔姬姑妈也没有他的任何消息。突然有一天,塔姬姑妈收到他死亡的电报。这一噩耗彻底击溃了塔姬姑妈,一个70多岁的老妪根本无法承受这一打击。几个星期之后,塔姬姑妈在街头中风,她艰难地爬行到菩提树边的一个平台上,坐下来,死去。

梅赫朗在阿芙桑内脑中风死亡之后,不择手段地采用阴谋诡计,窃取了阿扎尔帕德家园林的所有权,想在其中建造一座现代化的宫殿,其设计也需要砍掉菩提树。面对固执狂热、无法战胜的膜拜者,他选择利用这棵树,利用百姓对这棵树的膜拜。他让树留在原处,还为之建造了公共饮水喷泉,重新整修朝拜地,设置专门的灯台,把整个朝拜地整修得富丽堂皇,成为"菩提树城"。梅赫朗本人也以"菩提树城"建造者之名,在当地获得权势和荣誉。

法罗玛尔兹在失踪多年之后,回到故乡。他一副苦行僧打扮,衣衫褴褛,白发蓬乱垂肩,胡子拉碴,拄着拐棍,挎着个包袱。他的心里盘算着一个精密的复仇计划,要对宿敌梅赫朗进行无情的报复,摧毁他建造的一切。现在,菩提树已成为百姓信仰和朝拜的中心。他实施报复计划的重要武器就是那棵贯穿小说始终的菩提树,养树人和梅赫朗都利用它来达到自己的目的,为什么他就不能利用这棵树呢?为什么不利用民众的愚昧和盲信来掘断梅赫朗的根?他以苦行僧和宗教导师的身份鼓动民众起来反对梅赫朗,烧毁了梅赫朗建造的"菩提树之城"。梅赫朗在骚乱中葬身火海,阿扎尔帕德家的深仇大恨终于得报。

这是一个关于树和人的故事,更是一个关于信仰与权力的故事。伊斯凡迪亚尔、法罗玛尔兹、梅赫朗、五代养树人,这些人他们自己并不相信这棵树的神奇,却充分利用这棵树,愚弄百姓,获得权势,骑在百姓头上作威作福,他们自己拼命为树的神性添油加醋。而普通百姓缺乏清醒的认识,盲目崇拜,认为树能给自己带来好运,能够实现自己的一切祈求。这逐渐成为一种根深蒂固的信仰。故事发展的核心时间是1966—1976年,这10年既是伊朗全面西化的10年,也正是伊斯兰复兴主义在伊朗得到迅猛发展的10年。小说出版的时间是2000年,这时伊朗伊斯兰革命已经过去了20多年,宗教革命的狂热已经过去,理性的反思开始抬头。1997年8月,哈塔米就任伊朗总统,力主变革,成为伊朗改革派的代表人物,之前许多宗教方面的极端做法得到改变。因此,笔者更愿意将这部小说的寓意上升到政治与哲学层面,认为这部小说描述了盲目的宗教崇拜形成的过程,揭示了宗教狂热背后实际上是信仰与权力之间的张力关系。因此,《菩提树》这部小说是伊朗老一辈作家对当下伊朗国家民族命运的反思与探索。

第三节　阿布克那尔的《安迪梅西克铁路站台阶上的蝎子》

侯赛因·莫尔塔扎依扬·阿布克那尔(حسين مرتضاييا آبكنار,1966—　),出生于德黑兰,德黑兰艺术学院表演艺术专业毕业。在两伊战争时期,阿布克那尔于1986—1988年服役,上了前线,亲身感受过战争的严酷与恐怖。两伊战争结束后,阿布克那尔于 1990 年加入"古尔希里小说写作坊",1998—2000 年担任文学月刊《传记》(كارنامه)内务负责人,该杂志是大作家胡尚格·古尔希里在人生的最后时日积极支持创办的。随着创作上的日渐成熟,阿布克那尔相继出版了小说集《禁止之弦的音乐会》(کنسرت تارهای ممنوعه, 1999)和《法兰西香水》(عطر فرانسوی, 2003),这两部小说集中的故事大多是关于两伊战争的。接着,阿布克那尔于 2006 年出版中篇小说《安迪梅西克铁路站台阶上的蝎子,或这火车正滴着血呢!》(عقرب روی پله های راه آهن اندیمشک ، یا از این قطار خون می چکه قربان !, 由于书名较长,一般只称书名前半部分),该小说在习惯了主旋律战争文学的伊朗文坛引起极大震动,也奠定了作家的文坛地位。在小说创作之外,阿布克那尔还创作了电影剧本《无人了解波斯猫》和《疲惫》,均已拍成电影。阿布克那尔现为自由作家,侨居美国。

阿布克那尔一步入文坛即生活在大作家胡尚格·古尔希里的文学圈子里,甚至可以说古尔希里是阿布克那尔的文学领路人。古尔希里的小说风格带给阿布克那尔十分深刻的影响,这种影响在后者的小说《安迪梅西克铁路站台阶上的蝎子》中表现十分明显。可以说,该小说是古尔希里的《埃赫特贾布王子》的内在气质在新世纪的伊朗文坛的延续,从而也使阿布克那尔成为新世纪伊朗现代派文学的代表人物,尽管在后现代主义文学的冲击下,现代派文学已经日渐式微。该小说已被翻译成法语,改名为《蝎子》;还被翻译成了库尔德语和中文。

两伊战争在伊朗被称为"神圣卫国战争",主旋律战争文学皆是充满英雄主义色彩和爱国主义情怀的,这也是一个国家和民族不可或缺的核心价值观,具有不可置疑性。即使是所谓的反战小说,也主要是揭示战争带给人精神和心灵上的创伤。人在战争中所背负的苦难与坚韧,其潜在底蕴实际上是对战争"神圣性"的另一种向度的认同和维系。然而,阿布克那尔的作品可谓是在主旋律战争文学之外特立独行。

《安迪梅西克铁路站台阶上的蝎子》堪称一部真正意义上的反战小说,与现实主义、主旋律的战争小说从内容到表现手法上都有很大的差异,具有强烈的反传统色彩。小说描写的是退役士兵莫尔塔扎·赫达亚提在等待火车返乡回家的时候,陷入对战争经历的回忆。小说呈现的是前线士兵逃离"神圣"的束缚,具有尘世普通人的欲望:他们渴望解愁的香烟;渴望犒劳肚腹的美食;在战地的炎热中,渴望清新凉爽的空气;渴望女人,乃至梦见女游泳池;渴望性爱,乃至同性慰藉;渴望生还,乃至当逃兵而被宪兵追捕;等等。整部小说看不到任何"神圣",只有死亡与毁灭,正如小说的副名:"这火车正滴着血呢"! 小说大胆突破了一切"神圣"禁忌,在某些地方甚至突破了红线。正如"神圣卫国战争图书奖"评审委员会秘书穆罕默德·礼萨·散伽里所说:"这本小说是反神圣卫国战争的,消解了其价值。尽管我们对此类文学不持否定态度,事实上这本书与我们奖项的规则是不相符合的,不是捍卫神圣卫国战争的,不能给人美感和崇高感。"

然而,从另一个层面来看,这本小说解构的是一切战争的"神圣"意义,而不仅仅是伊朗的"神圣卫国战争",它具有雷马克的《西线无战事》和海明威的小说的某些质素。在作者看来,战争犹如一场游戏,是跟人类开的一个荒诞滑稽的玩笑。整个小说融超现实主义、魔幻现实主义、意识流等现代派创作手法于一身,又以戏谑与反讽的描写手法解构神圣,解构价值,解构意义。因此,《安迪梅西克铁路站台阶上的蝎子》这本小说篇幅虽然不长,却在伊朗当代文学史上具有承上启下的重要意义。它承接的是赫达亚特开创、古尔希里发展的伊朗现代主义文学的气脉,开创的是伊朗后现代主义文学的先河。

因此,尽管这本小说与伊朗官方意识形态不相吻合,但伊朗文学评论家们却看到了其非凡的文学意义,给予小说很高的评价。2007年,这本小说在出版当年将伊朗该年度的三大非官方文学奖项尽收囊中:"胡尚格·古尔希里文学奖"(小说类最高奖项)、"梅赫尔甘文学奖"(伊朗设立时间最早的文学奖)、"瓦乌文学奖"(创新文学奖)。我们从中也可以看到,伊朗尽管在新闻出版方面有比较严格的审查制度,但也允许文坛出现不同声音的作品。《安迪梅西克铁路站台阶上的蝎子》与本章上一节评述的《菩提树》和下一节将评述的《战争之路》,实际上构成了伊朗小说在21世纪初叶的三种不同声音。

第四节　曼苏尔·安瓦里的《战争之路》

曼苏尔·安瓦里(منصور انوري,1955—　　)的超长篇小说《战争之路》(جاده جنگ)在2011年以5卷本获得"贾拉勒·阿勒·阿赫玛德奖"最佳小说奖和"自由金笔奖"最佳小说奖。

小说从1941年盟军为开辟一条从苏联到波斯湾的运输线而出兵占领伊朗开始,一直描写到两伊战争结束,内容涉及1963年6月5日事件(宗教领袖霍梅尼在发表政治演说时遭军警逮捕,引发大规模的群众抗议活动。这天被视为伊斯兰革命的肇始)、伊斯兰游击队的斗争、人民的抗议示威游行、伊斯兰革命的胜利、反革命组织在库尔德斯坦的破坏活动、八年两伊战争。小说浓墨重彩地描写了伊朗人民半个世纪艰苦卓绝的长期斗争,场面波澜壮阔,具有史诗般的色彩。作者曼苏尔·安瓦里自己介绍,该小说计划写14卷,前7卷主要写苏联人控制伊朗的各种活动,后4卷写两伊战争,中间3卷写这之间发生的重要事件,其中当前正在创作中的第9卷描写20世纪60年代巴列维国王的白色革命与伊斯兰革命的发轫。曼苏尔·安瓦里还表示这部小说有可能最终达到20卷的规模。

小说从1941年8月25日这天苏军从伊朗东北部霍拉桑省进入伊朗开始写起。然而,小说采用的是回忆倒叙的手法。比那鲁德村庄的人们迎着朝霞醒来,看见原野上出现了一个骑马人,他的身后坐着一个披着红斗篷的年轻女子——他妻子。骑马人带着他的妻子在村子周围转悠察看,当看到一间小茅屋时,不禁心潮起伏,对他的妻子说,他的童年时光就是在这间茅屋里度过的。骑马人名叫赛义德·礼萨·莎里非,他的父亲在去往阿什哈巴德的路上失踪,再也没有回来。母亲带着小礼萨无依无靠,生活没有着落,只好带着孩子来到比那鲁德村投靠丈夫的兄弟,过着寄人篱下的生活。随着赛义德·礼萨·莎里非的回忆,故事回到过去,回到1941年苏军进入霍拉桑那天。

全书人物多达100余人,但最核心的人物有2个,一个即是赛义德·礼萨·莎里非,另一个是马尔刚,两人是好友。然而,在全书中,马尔刚如同一个隐身人,始终没有现身却又无时无刻不存在。他在苏军入侵一开始就只身一人在巴基吉朗峡谷抗击苏军达9小时之久。马尔刚如同幽灵一般,出现在苏军的各个据点,给苏军以致命打击。

赛义德·礼萨·莎里非却与在苏军中服役的塔吉克女兵阿丽叶关系密切,互生情愫。阿丽叶鼓动礼萨效力于苏军,当汽车兵。礼萨十分犹豫,不知自己是否应当效力于杀父仇人的军队。为了爱情,礼萨接受了阿丽叶的提议。但不久之后,二人双双逃跑。35年之后,两伊战争爆发,赛义德·礼萨·莎里非回到伊朗,虽已年过半百,却精神矍铄,他自告奋勇去往霍拉姆沙赫尔前线,由此他重新回到小说故事中。小说因此呈现为一种有趣的对照:隐身人马尔刚处处置身现场,却神龙见行不见形,而显身的赛义德·礼萨·莎里非却有35年的时间不在现场。

《战争之路》以虚构的主人公串联起真实的历史人物与历史事件,书中绝大部分内容都是史实,并且作者以纪实性的笔触如实描写这些历史事件,真实再现了伊朗半个世纪风云变幻的历史,正如作者安瓦里本人所说:"这部作品的写作是建立在系统研究之上的,因此在写作上十分谨慎。"[①]尽管小说有着贯穿始终的脉络主线,但每一卷所描写的历史事件又相对独立成篇。因此又可以说,每一卷都是独立的。作者竭力在小说中以各种不同的视角来审视历史事件,又很好地将它们组织糅合在一起,营造出一种特别的吸引力。

《战争之路》获得大奖之后,争议频出,这里介绍针锋相对的两种观点。作家达伍德·阿米力扬抨击说:"《战争之路》与其说是一部小说,不如说更像一部纪实报告文学。这部书太厚了。我们生活在这样的一个时代,10卷本、15卷本的作品,根本就不会有读者。甚至,像《克利达尔》这样的作品也需马赫穆德·都拉特阿巴迪的大名的荫庇才得以存在。这位作者如果想让他的书具有可读性的话,应当出简写本!"还说:"从技术角度来说,这部书也乏善可陈。我读了几页就

---

① http://www.rajanews.com/detail.asp? id=145786.

撂下了,因为抓不住我。在我看来,故事性作品应当有钩子,要让读者一开始读就被钩住。"阿米力扬还针对评奖提出非议:"这奖是奖给模范青年的而不是奖给模范作品的。"①

针对"多卷本小说的时代已经过去,现在这个时代的读者没有工夫读如此大部头的小说"的观点,伊朗当代作家、评论家穆罕默德·礼萨·萨尔沙尔说:"我认为这是'头发长见识短',没有能力写出这样的长篇小说的人才会说这样的话。这是跟在西方人后面鹦鹉学舌。西方人的工业和机械文明使他们的生活被各种乱七八糟的东西塞得满满的,才会说这样的话。而在我们的国家,超长篇小说只要写得好,照样会畅销。至于这部小说是否有吸引力,我想说,我已经读完了已出版的5卷,急切地期待着后面几卷的出版。我也听到其他读了此书的人说,他们不仅不觉得厌倦,而且说:后面几卷怎么还没出啊。"萨尔沙尔还高度赞誉说:"这部小说掀开了当代'使命文学'的灿烂一页,非常值得期待。"②

笔者认为,持抨击态度者多半没有认真读完全书,仅凭一种片面的、感性的、浮光掠影式的接触进行判断,难免有失之偏颇之嫌。在当前这样一个玄幻盛行、流行轻松阅读的时代,是否需要厚重的长篇小说?中国当代文坛也同样在 2011年因张炜的 10 卷本小说《你在高原》获第八届茅盾文学奖而产生了类似的争论。笔者十分赞同中国学者丁帆的观点:"在这个物欲横流的消费文化时代,一个执着用古典主义和浪漫主义的手法去构建一个近乎古典人文主义的精神大厦的作家,往往会使我们想起堂吉诃德,在嘲笑之后,我们为之深深感动。我们会像桑丘那样,和张炜一起重新踏上为理想而奋斗的荆棘之路吗?"③

从创作手法来说,《战争之路》是一部古典主义的纪实性作品,富于英雄主义色彩,是伊朗生生不息的历史小说的绵延回响。可以说,公元前1世纪伊朗雅利安人从中亚迁徙进入霍拉桑地区和伊朗高原时带入的《阿维斯塔》话语系统之光,在穿越 3000 年的时光隧道之后,依然照耀着伊朗新世纪的文坛。这也是伊朗民族的骄傲之所在,其文化传统源远流长,历经外族入侵,历经若干重大历史转折,一脉相承至今,未曾中断。

---

① http://www1. jamejamonline. ir/newstext. aspx? newsnum＝100808396845.

② http://www. anjomanghalam. ir/1390/09/post-332. html.

③ 《评论家点评〈你在高原〉》,《文学报》2010 年 5 月 13 日,第 3 版。

附　　录

一　波斯文参考书目

（不包括作为考察研究对象的文学作品）

[1] 1380 / نشر چشمه / حسن میرعابدینی /4-1 جلد / صدسال داستان نویسی ایران

米尔阿贝丁尼.伊朗小说写作百年[M].切西梅出版社,2001.

[2] 1380 / سمت / دکتر منصور رستگار فسایی / انواع نثر فارسی

法萨依.波斯散文种[M].萨穆特出版社,2001.

[3] 1373 / عبدالحسین زرین کوب / موسسه انتشارات امیرکسرا دکتر / نقد ادبی /جلد اول و دوم

扎林库布.文学评论集[M].阿米尔卡斯拉出版社,1994.

[4] 1380 / جلد اول و دوم / علی اشرف / (داستان با نقد وبررسی 30) داستان های محبوب من
/ درویشیان- رضا خ ندان / نشر چشمه /

达尔维希扬.我所钟爱的故事:30 个短篇小说及其研究与评论[M].切西梅
出版社,2001.

[5] 1374 / انتشارات علمی / صفدر تقی زاده / (در دهه نخستین انقلاب) شکوفایی داستان کوتاه

塔基扎德.革命头十年短篇小说的繁荣[M].艾尔米出版社,1995.

[6] 1377 / نشر قطره / محمد حقوقی / ادبیات امروز ایران

穆罕默德·胡古格依.伊朗今日文学[M].伽特勒出版社,1998.

[7] 1382 / نشر جام / دکتر محمد جعفر یاحقی / ادبیات معاصر ایران

亚哈格依.伊朗现代文学[M].加姆出版社,2003.

[8] 1388 / انتشارات / علیرضا سیف الدینی / قصه مکان - مطالعه ای درشناخت قصه نویسی ایران
/ افراز /

塞夫尔丁尼.故事空间:伊朗小说写作研究[M].阿夫拉兹出版社,2009.

[9] 1371 / انتشارات چشم وچراغ / شاهرخ مسکوب / چند گفتار در فرهنگ ایران

马斯库布.伊朗文化漫谈[M].切西莫切拉格出版社,1992.

[10] 1369 / انتشارات نگاه / محمد علی سپانلو / نویسندگان پیشرو ایران

塞庞鲁.伊朗先锋作家[M].内高赫出版社,1990.

[11] 1375 / انتشارات اساطیر / دکتر اسماعیل حاکمی / ادبیات معاصر ایران

伊斯玛伊尔·哈克米.伊朗现代文学[M].阿萨提尔出版社,1996.

[12] 1382 / فریدون اکبری شلدره ای / درآمدی بر ادبیات داستانی پس از پیروزی انقلاب اسلامی
/ مرکز اسناد انقلاب ا سلامی /

沙尔达勒依.伊斯兰革命胜利后的故事文学[M].伊斯兰革命文献中心,2004.

[13] 1378 / / فلسفه زردشت / دکتر فرهنگ مهر /نشر جام /

法尔含铬・梅赫尔.琐罗亚斯德哲学[M].加姆出版社,1999.

[14] 1378 / / پژوهشی در اساطیر ایران / مهرداد بهار / انتشارات آگاه /

梅赫尔达德・巴哈尔.伊朗神话研究[M].阿高赫出版社,1999.

[15] 1378 / ایران در زمان ساسانیان / آرتور کریستنسن / ترجمه رشید یاسمی / انتشارات صدای معاصر /

克里斯滕森.萨珊王朝时期的伊朗[M].约萨米,译.现代之声出版社,1999.

[16] 1378 / ایران باستان از 550 پیش از میلاد تا 650 پس از میلاد / یوزف ویسهوفر / ترجمه مرتضی ثاقب فر / انتشا رات ققنوس /

维斯胡法尔.古代伊朗:从公元前550年到公元后650年[M].萨格布法尔,译.古格努斯出版社,1999.

[17] 1382 / در آستانه فصلی سرد :داستان های کوتاه از زنان قصه نویس امروز ایران / انتشارات روشنگران و مطالعات زنان /

苏赞古叶尔,图拉吉・拉赫内玛.在寒冷季节的门槛:伊朗当代女作家的短篇小说[M].妇女研究出版社,2003.

[18] 1373 / داستان کوتاه ایران / محمد بهارلو / نشر طرح نو /

穆罕默德・巴哈尔鲁.伊朗短篇小说[M].塔尔赫努出版社,1994.

[19] 1381 / جهان داستان (ایران) / جمال میر صادقی / نشر اشاره /

贾马尔・米尔萨德基.小说世界——伊朗卷[M].艾沙勒出版社,2002.

[20] 1383 / چهل داستان کوتاه ایرانی از چهل نویسنده معاصر / دکتر حسن ذوالفقاری / انتشارات نیما /

佐尔法高里.伊朗现代四十作家的四十个短篇小说[M].尼玛出版社,2004.

[21] 1389 / داستان کوتاه در ایران (داستان های مدرن) / دکتر حسین پاینده / انتشارات نیلوفر /

侯赛因・帕扬德.短篇小说在伊朗(现代派小说)[M].尼露法尔出版社,2010.

[22] 1386 / ادبیات داستانی /جمال میرصادقی / نشر سخن /

贾马尔・米尔萨德基.故事文学[M].语言出版社,2007.

[23] 1385 / عناصر داستان / جمال میرصادقی / انتشارات سخن /

贾马尔・米尔萨德基.小说元素[M].语言出版社,2006.

[24] 1373 / بر مزار صادق هدایت / یوسف اسحاق پور / انتشارات باغ آیینه /

优素福・伊斯哈格普尔.在赫达亚特陵墓前[M].镜中花园出版社,1994.

[25] 1374 / داستان یک روح - شرح و متن بوف کور صادق هدایت / دکتر سیروس شمیسا / انتشارات فردوس /

塞鲁斯・沙米萨.一个灵魂的故事——论赫达亚特《瞎猫头鹰》[M].费尔

杜斯出版社,1995.

[26] 1374 / صادق هدایت و مرگ نویسنده /دکتر محمد علی همایون کاتوزیان / نشر مرکز /
卡图兹扬.赫达亚特与作家之死[M].马尔卡兹出版社,1995.

[27] 1382 / صادق هدایت / ونسان مونتی /نشر اسطوره /
瓦内桑·穆瓦纳提.萨迪克·赫达亚特[M].艾斯图勒出版社,2003.

[28] 1382 / صادق هدایت و هراس از مرگ / دکتر محمد صنعتی / نشر مرکز /
穆罕默德·萨纳提.赫达亚特及对死亡的恐惧[M].马尔卡兹出版社,2003.

[29] 1379 / شناخت نامه صادق هدایت / گردآورنده : شهرام بهار لوبیا و فتح الله اسماعیلی / نشر /
قطره /
鲁比亚,伊斯玛仪里.解读萨迪克·赫达亚特指南[M].伽特勒出版社,2000.

[30] 1381 / نقد و تحلیل و گزیده داستان های آل احمد / حسین شیخ رضایی / نشر روزگار /
谢赫·礼萨依.阿勒·阿赫玛德作品选及其评论与分析[M].路泽高尔出版社,2002.

[31] 1380 / بیست سال با کلیدر ـ در نقد رمان کلیدر محمود دولت آبادی / نشر کوچک /
马赫穆德·都拉特阿巴迪小说《克利达尔》评论集[M].库切克出版社,2001.

[32] 1382 / رمان درخت هزار ریشه ـ بررسی آثار داستانی محمود دولت آبادی / کتایون شهرر اد /
انتشارات معین /
沙赫尔拉德.根系发达的小说:马赫穆德·都拉特阿巴迪小说研究[M].穆因出版社,2003.

[33] 1376 / جدال نقش با نقاش در آثار سیمین دانشور / هوشنگ گلشیری / انتشارات نیلوفر /
胡尚格·古尔希里.西敏·达内希瓦尔作品评论[M].尼露法尔出版社,1997.

[34] 1380 / هم خوانی کاتبان ـ زندگی و آثار هوشنگ گلشیری /حسین سناپور /نشر دیگر /
侯赛因·萨纳普尔.胡尚格·古尔希里的生平与作品[M].迪伽尔出版社,2001.

[35] 1382 / تحلیل و گزیده داستان های غلامحسین ساعدی / روح الله مهدی پور عمرانی / نشر /
روزگار / نقد و
麦赫迪普尔·埃姆朗尼.古拉姆侯赛因·萨埃迪作品选及评论与分析[M].路泽高尔出版社,2003.

[36] 1381 / تحلیل و گزیده داستان های سید محمد علی جمال زاده / کامران پارسی نژاد / نشر /
روزگار / نقد و
卡穆朗·帕尔西内贾德.贾马尔扎德作品选及评论与分析[M].路泽高尔出版社,2002.

[37] 1380 / گلشیری کاتب و خانه روشن /صالح حسینی پویا ریوفی / انتشارات نیلوفر /
普亚路约菲.作家古尔希里与明亮之家[M].尼露法尔出版社,2001.

[38] 1382 / تذکرةالشعراء/ دولتشاه سمرقندی / انتشارات اساطیر /
都拉特沙赫.诗人传记[M].阿萨提尔出版社,2003.

[39] 1382 / هنر نثر در ادبیات فارسی / دکتر منصور رستگار فسایی / ناشر:سمت

法萨依. 波斯文学中的散文艺术[M]. 萨穆特出版社, 2003.

[40] 1384 / احمد کسروی / تاریخ مشروطیت ایران/ انتشارات امیرکسری

阿赫玛德·卡斯拉维. 伊朗立宪运动史[M]. 阿米尔·卡斯拉出版社, 2005.

[41] 1381 / محلسکی / رمان های تاریخی فارسی/ انتشارات نگاه

玛哈尔斯基. 波斯历史小说[M]. 内高赫出版社, 2002.

[42] 1378 / ایران بین دو انقلاب (از مشروطه تا انقلاب اسلامی) / یروند ابراهیمیان / ناشر : مرکزی

叶尔万德·易卜拉欣米扬. 两次革命之间的伊朗——从立宪运动到伊斯兰革命[M]. 玛尔卡兹出版社, 1999.

[43] 1378 / تاریخ تحلیلی شعر نو (چهار جلد) / شمس لنگرودی / ناشر: مرکزی

夏姆士·兰格鲁迪. 伊朗新诗编年分析史[M]. 玛尔卡兹出版社, 1999.

二　中文参考书目

[1] 张鸿年.波斯文学史[M].北京:昆仑出版社,2003.

[2] 高慧琴,栾文华.东方现代文学史[M].福州:海峡文艺出版社,1994.

[3] 扎林库伯.波斯帝国史[M].张鸿年,译.上海:复旦大学出版社,2011.

[4] 奥希梯扬尼.伊朗通史:上下册[M].叶奕良,译.北京:经济日报出版社,1997.

[5] 元文琪.二元神论[M].北京:中国社会科学出版社,1997.

[6] 元文琪.波斯神话[M].北京:中国少年儿童出版社,2004.

[7] 唐孟生.东方神话传说之希伯来、波斯伊朗神话传说[M].北京:北京大学出版社,1999.

[8] 王一丹.波斯拉施特《史集·中国史》研究与文本翻译[M].北京:昆仑出版社,2006.

[9] 王兴运.古代伊朗文明探源[M].北京:商务印书馆,2008.

[10] 赵伟明.近代伊朗[M].上海:上海外语教育出版社2000.

[11] 穆宏燕.凤凰再生——伊朗现代新诗研究[M].北京:北京大学出版社,2004.

[12] 穆宏燕.波斯古典诗学研究[M].北京:昆仑出版社,2011.

[13] 王新中,冀开运.中东国家通史:伊朗卷[M].北京:商务印书馆,2002.

[14] 法胡里.阿拉伯文学史[M].郅溥浩,译.宁夏:宁夏人民出版社,2008.

[15] 仲跻昆.阿拉伯文学通史.上下卷[M].南京:译林出版社,2010.

[16] 希提.阿拉伯通史:上下册[M].马坚,译.上海:商务印书馆,1990.

[17] 林丰民.文化转型中的阿拉伯现代文学[M].北京:北京大学出版社,2007.

[18] 李琛.阿拉伯现代文学与神秘主义[M].北京:社会科学文献出版社,2000.

[19] 王建平,吴云贵,李兴华.当代中亚伊斯兰教及其与外界的联系[R].北京:中国社科院世界宗教研究所,2000.

[20] 蔡佳禾.当代伊斯兰原教旨主义运动[M].宁夏:宁夏人民出版社,2003.

[21] 吴冰冰.什叶派现代伊斯兰主义的兴起[M].北京:中国社会科学出版社,2004.

[22] 生安锋.霍米·巴巴的后殖民理论研究[M].北京:北京大学出版社,2011.

[23] 石海军.后殖民:印英文学之间[M].北京:北京大学出版社,2008.

[24] 陈平原.中国散文小说史[M].北京:北京大学出版社,2010.

[25] 陈平原. 中国小说叙事模式的转变[M]. 北京：北京大学出版社，2003.

[26] 杨联芬. 晚清至五四：中国文学现代性的发生[M]. 北京：北京大学出版社，2003.

[27] 许祖华. 五四文学思潮论[M]. 武汉：华中师范大学出版社，2002.

[28] 高旭东. 五四文学与中国文学传统[M]. 济南：山东大学出版社，2000.

[29] 鲁德才. 古代白话小说形态发展史论[M]. 天津：南开大学出版社，2003.

[30] 鲁迅. 中国小说史略[M]. 太原：山西古籍出版社，2001.

[31] 刘永强. 中国古代小说史叙论[M]. 北京：北京大学出版社，2007.

[32] 徐德明. 中国现代小说叙事的诗学践行[M]. 北京：社会科学文献出版社，2008.

[33] 叶朗. 中国小说美学[M]. 北京：北京大学出版社，1982.

[34] 席建彬. 诗意的探寻——中国现当代抒情小说研究[M]. 北京：中国社会科学出版社，2012.

[35] 丁韪良. 中国觉醒：国家地理、历史与炮火硝烟中的变革[M]. 深弘，译. 北京：世界图书出版公司，2010.

[36] 谢泳. 逝去的年代：中国自由知识分子的命运[M]. 福州：福建教育出版社，2013.

[37] 萨义德. 东方学[M]. 王宇根，译. 北京：生活·读书·新知三联书店，1999.

[38] 萨义德，薇思瓦纳珊. 权力、政治与文化——萨义德访谈录[M]. 单德兴，译. 北京：生活·读书·新知三联书店，2006.

[39] 萨义德. 知识分子[M]. 单德兴，译. 北京：生活·读书·新知三联书店，2009.

[40] 洪子诚. 中国当代文学史[M]. 北京：北京大学出版社，2011.

[41] 钟志清. 变革中的20世纪希伯来文学[M]. 北京：中国社会科学出版社，2013.

[42] 谢克德. 现代希伯来小说史[M]. 钟志清，译. 北京：商务印书馆，2009.

[43] 钟志清. 当代以色列作家研究[M]. 北京：人民文学出版社，2006.

[44] 李亚白. 西方近代小说史论[M]. 北京：中国社会科学出版社，2012.

三　伊朗小说(故事)作品年表

时　间	作　品　名　称
公元前 11 世纪	琐罗亚斯德的《阿维斯塔》
公元前 6—前 5 世纪	大流士的《大流士铭文》(即《比斯通铭文》)
公元前 4 世纪	佚名作者的《一千个故事》
公元前 247—公元 224 年	佚名作者的《亚述之树》 佚名作者的《维斯与朗明》
224—651 年	佚名作者的《阿尔达·维拉夫记》《阿尔达希尔·帕佩康功行录》《胡大耶纳梅》《一千个故事》《巴赫提亚尔传》《卡里莱与笛木乃》
10 世纪	玛尔兹邦的《玛尔兹邦寓言》
10—11 世纪	阿布·莫阿亚德·巴尔赫依的《帝王纪》;阿布·阿里·巴尔赫依的《帝王纪》;阿布·曼苏尔·穆罕默德·本·阿卜杜拉扎格的《帝王纪》;佚名作者的《鲁斯坦姆传》《法罗玛尔兹传》《古尔沙斯布故事》《纳里曼传》《萨姆传》《凯哥巴德传》《鲁斯坦姆与苏赫拉布》《巴尔祖传》
11 世纪	艾斯哈格·本·哈拉夫·尼沙普里的《先知故事集》;阿布高塞姆·马赫穆德·本·哈桑·吉航尼的《故事王冠》;阿布法兹尔·贝哈基的《贝哈基历史》
11—12 世纪	佚名作者的《亚历山大传》
12 世纪	阿布·塔赫尔·塔尔苏斯的《达拉布传》;穆罕默德·本·莫纳瓦尔的《合一的秘密》;和卓·莫阿亚德·丁·伽兹纳维的《巨象的地位》
1157 年	内扎米·阿鲁兹依·撒马尔罕迪的《四类英才》
1189 年	法罗玛尔兹·胡大达德·阿尔疆尼的《义士萨马克》
12—13 世纪	阿塔尔·尼沙普里的《圣徒列传》
13 世纪	志费尼的《世界征服者史》;拉施特的《史集》
1221 年	努尔丁·穆罕默德·欧菲的《诗苑精华》
1232 年	努尔丁·穆罕默德·欧菲的《故事大全》

时　　间	作　品　名　称
14—15 世纪	穆罕默德·比噶米的《达拉布续传》
1329 年	齐亚·纳赫沙比的《鹦鹉传》
15 世纪	瓦埃兹·卡谢非·撒布日瓦里的《烈士颂歌》；贾米的《圣洁人士的气息》
1486 年	都拉特沙赫·撒马尔罕迪的《诗人传记》
16 世纪	阿里·本·哈桑·扎瓦迪的《指路集》
1550 年	萨姆·米尔扎·萨法维的《萨米的礼物：诗人传》
18 世纪	罗特夫阿里·贝克·阿扎尔·比格德里的《阿扎尔祭火坛》
19 世纪	礼萨伽里汗·赫达亚特的《群英荟萃》（六卷）；穆罕默德·贾法尔的《真实纪要》；莫杰德·马勒克的《莫杰德文稿》；埃特马德·萨尔坦内的《当日事件记录》
1804 年	阿赫玛德·阿里·马赫杜姆巴赫希的《沃勒夫们的宫殿》
1826 年	高耶姆·马高姆的《高耶姆·马高姆文集》
1850 年	米尔扎·贾法尔的《稀世珍宝》
1855—1885 年	纳赛尔丁的《纳赛尔丁国王游记》
1874 年	阿訇扎德的《寓言典故》《被迷惑的星辰》
1892 年	埃特马德·萨尔坦内的《半梦半醒之间或伊朗没落的秘密》
1893 年	塔勒波夫·大不里兹的《阿勒玛德之书或塔勒比文集》
1895—1910 年	哈吉·兹因阿贝丁·马拉给依的《易卜拉欣·贝克游记》（三卷）
1905 年	塔勒波夫·大不里兹的《好方针政策》；米尔扎·哈比布·伊斯法罕尼的《伊斯法罕尼巴巴哈吉的经历》
1907—1908 年	阿里·阿克巴尔·德胡达的《闲言碎语》
1908—1910 年	穆罕默德·巴伽尔米尔扎·霍斯陆维的《夏姆士与塔伽罗》（三卷）
1909 年	米尔扎阿高汗·克尔曼尼的《亚历山大的镜子》
1919 年	谢赫·穆萨·纳斯里的《爱情与王国——居鲁士大帝的辉煌业绩》
1920 年	米尔扎哈桑汗·巴迪的《古老的故事——居鲁士传奇》；阿卜杜侯赛因·散阿提扎德·克尔曼尼的《设置罗网者，或马兹达克的复仇者》
1921 年	贾马尔扎德的《很久很久以前》
1922—1925 年	莫什非格·卡泽米的《恐怖的德黑兰》
1924 年	萨耶德·纳非西的《西岸上的宣礼》；散阿提扎德·克尔曼尼的《赳赳武夫》；萨迪克·赫达亚特的《人类与动物》

时 间	作 品 名 称
1926 年	散阿提扎德·克尔曼尼的《画家摩尼》;胡大达德·特穆里的《劳工的黑暗日子》
1927	胡大达德·特穆里的《农民的黑暗日子》
1928 年	穆罕默德·赫贾兹的《胡玛》
1929 年	穆罕默德·赫贾兹的《帕丽切赫尔》
1930 年	萨迪克·赫达亚特的《萨珊姑娘帕尔温》
1931 年	萨耶德·纳非西的《法兰姬丝》;卡马里的《拉兹卡》;拉希姆扎德·萨法维的《沙赫尔巴奴》;罗孔扎德·阿达米亚特的《坛格斯坦的勇士们》;萨迪克·赫达亚特的《蒙古人的阴影》
1932 年	穆罕默德·马斯乌德的《夜生活》;萨迪克·赫达亚特的《三滴血》《活埋》
1933 年	穆罕默德·赫贾兹的《热芭》;穆罕默德·马斯乌德的《为生计奔波》;萨迪克·赫达亚特的《淡影》《阿拉维耶夫人》《尼兰格斯坦》《马兹亚尔》
1934 年	穆罕默德·马斯乌德的《万物之灵》;萨迪克·赫达亚特的《萨哈布的狂吠》;伯佐尔格·阿拉维的《手提箱》《死亡之舞》
1936 年	萨迪克·赫达亚特的《瞎猫头鹰》
1937 年	萨迪克·赫达亚特的《流浪狗》
1939 年	兹因阿贝丁·莫阿塔曼的《鹰巢》
1941 年	伯佐尔格·阿拉维的《53 人暨狱中琐记》
1942 年	贾马尔扎德的《疯人院》;伊赫桑·塔巴里的《挣脱镣铐的神祇》《地狱中的竞赛》《豺狼王》
1943 年	贾马尔扎德的《苦与甜》;穆罕默德·马斯乌德的《在地狱中生长的花朵》
1944 年	贾马尔扎德的《一路货色》;贝阿因的《纷乱》
1945 年	穆罕默德·马斯乌德的《生命的春天》;萨迪克·赫达亚特的《哈吉老爷》《明天》;萨迪克·楚巴克的《夜娱乐的帐篷》;阿勒·阿赫玛德的《朝觐》《走亲访友》
1946 年	贾马尔扎德的《草莽法院》
1947 年	贾马尔扎德的《复活的沙漠》;萨迪克·赫达亚特的《马尔瓦砾大炮》;伊赫桑·塔巴里的《走出暗夜国土的道路》《折磨与希望》
1947 年	贾马尔扎德的《水路记》;阿勒·阿赫玛德的《我们遭受的苦难》

时　间	作　品　名　称
1948 年	贝阿因的《走向人民》；阿勒·阿赫玛德的《三弦琴》；西敏·达内希瓦尔的《熄灭的火焰》
1948—1956 年	马斯鲁尔的《十位枣红马骑士》（五卷）
1949 年	易卜拉欣·古勒斯坦的《阿扎尔月，暮秋》；萨迪克·楚巴克的《因特里，他的江湖哥儿们死了》
1950 年	阿赫玛德·夏姆鲁的《青铜门背后的女人》
1952 年	贝阿因的《农民的女儿》；伯佐尔格·阿拉维的《她的眼眸》；阿勒·阿赫玛德的《多余的女人》
1953 年	萨耶德·纳非西的《天堂半道上》
1954 年	贾马尔扎德的《玛素梅·设拉子》；阿勒·阿赫玛德的《蜂箱的经历》
1954—1957 年	侯赛因伽里·莫斯塔安的《骚动不安的城市》
1955 年	侯赛因·马丹尼的《艾斯马尔在纽约》；穆沙发格·哈马丹尼的《文化人》；马赫穆德·德基卡姆的《盗贼回忆录》；易卜拉欣·古勒斯坦的《猎影》；古拉姆侯赛因·萨埃迪的《蚌壳与阿拉什》
1956 年	纳扎尔扎德·克尔曼尼的《为了蕾莉》；巴赫拉姆·萨德基的《明天在路上》
1958 年	贾马尔扎德的《杰作》；纳扎尔扎德·克尔曼尼的《希尔扎德，劫道狼》；阿勒·阿赫玛德的《小学校长》；礼萨·巴巴木嘎达木的《孤独的鹰》
1959 年	贾马尔扎德的《旧与新》；阿赫玛德·马赫穆德的《穆尔》
1960 年	萨耶德·纳非西的《隐藏的火焰》；阿赫玛德·马赫穆德的《大海依然平静》；古拉姆侯赛因·萨埃迪的《牢骚满腹的熬夜》
1961 年	贾马尔扎德的《真主之外无人存在》；阿米尔·古尔安拉的《灾难》；阿勒·阿赫玛德的《努奈和笔》；费力东·坦卡布尼的《笼子里的男人》；阿里·穆罕默德·阿富汗尼的《阿胡夫人的丈夫》；西敏·达内希瓦尔的《天堂般的城市》
1962 年	阿米尔·古尔安拉的《囚禁中的人们》；费力东·坦卡布尼的《泥土的囚徒》；阿赫玛德·马赫穆德的《徒劳》；马赫穆德·都拉特阿巴迪的《夜阑珊》；古拉姆侯赛因·萨埃迪的《新力量》《两兄弟》《乞丐》；阿勒·阿赫玛德的《西化瘟疫》；贾马尔·米尔萨德基的《夜晚的旅行者》
1963 年	萨迪克·楚巴克的《坦格色尔》；阿勒·阿赫玛德的《坟墓上的一块石头》
1963—1978 年	曼奴切赫尔·沙飞扬尼的《最后的抓阄》

时　间	作　品　名　称
1964 年	古拉姆侯赛因·萨埃迪的《巴雅尔的哭丧人》
1965 年	贝阿因的《蛇脊椎骨》；萨迪克·楚巴克的《最后的灯盏》；费力东·坦卡布尼的《象棋中的步兵》；塔基·莫达勒斯的《沙里夫江，沙里夫江》；阿勒·阿赫玛德的《论知识分子的效忠与背叛》（1965 年完成，1966 年发表部分章节，1977 年全书出版）
1966 年	萨迪克·楚巴克的《忍耐的石头》；纳德尔·易卜拉欣米的《公共场所》《我再次爱上城市》；礼萨·巴巴木嘎达木的《真主的孩子们》；古拉姆侯赛因·萨埃迪的《坟墓与摇篮》；伊斯玛仪尔·法希赫的《生涩的葡萄酒》；阿勒·阿赫玛德的《戒关微尘》；贾马尔·米尔萨德基的《我的眼睛疲惫不堪》
1967 年	易卜拉欣·古勒斯坦的《小溪、墙与焦渴》；巴赫曼·沙勒瓦尔的《夜晚旅行》；阿勒·阿赫玛德的《土地的诅咒》；阿赫玛德·马赫穆德的《雨中朝觐者》；古拉姆侯赛因·萨埃迪的《难以名状的惶恐》
1968 年	伯佐尔格·阿拉维的《米尔扎》；费力东·坦卡布尼的《黑夜中的星辰》；阿明·法基里的《充满厌倦的村庄》；萨玛德·贝赫兰吉的《小黑鱼》；马赫穆德·都拉特阿巴迪的《沙漠地层》；古拉姆侯赛因·萨埃迪的《恐惧与战栗》《大炮》；胡尚格·古尔希里的《一如往常》；贾马尔·米尔萨德基的《观看之夜与黄色花朵》
1968—1983 年	马赫穆德·都拉特阿巴迪的《克利达尔》（十卷）
1969 年	古拉姆侯赛因·维基当尼的《古拉姆大叔》；扎克里亚·哈西米的《鹦鹉》；礼萨·巴巴木嘎达木的《马》；阿明·法基里的《骚动的园林小径》；西敏·达内希瓦尔的《萨巫颂》；胡尚格·古尔希里的《埃赫特贾布王子》
1970 年	马赫穆德·都拉特阿巴迪的《阿维散内·巴巴苏布汗》；巴赫拉姆·萨德基的《战壕与空水壶》；伊斯玛仪尔·法希赫的《熟悉的土地》
1971 年	阿勒·阿赫玛德的《五则故事》；费力东·坦卡布尼的《金钱是唯一的价值，是价值的标准》；纳德尔·易卜拉欣米的《人、犯罪、设想》；阿明·法基里的《库飞扬》《小小的忧伤》；阿赫玛德·马赫穆德的《异乡人》《土著小男孩》；马赫穆德·都拉特阿巴迪的《放牛人》；巴赫拉姆·萨德基的《天国》；胡尚格·古尔希里的《克里斯汀与基德》；贾瓦德·莫加比的《梯形先生》
1972 年	贝赫鲁日·大不里兹的《蝗虫》；马赫穆德·都拉特阿巴迪的《旅行》《男人》；贾瓦德·莫加比的《我、优布与夕阳》
1973 年	易卜拉欣·古勒斯坦的《在时代的记录册中》；易卜拉欣·拉赫巴尔的《我在德黑兰》；纳赛尔·沙恒帕尔的《一条大街的完美方案》；巴赫曼·弗尔西的《一夜俩的夜晚》；阿里·阿什拉夫·达尔维希扬的《从这个省区》；曼苏尔·亚古提的《伤口》；马赫穆德·都拉特阿巴迪的《巴沙比鲁》；伊斯玛仪尔·法希赫的《盲瞎的心》

时　间	作　品　名　称
1974 年	易卜拉欣·古勒斯坦的《思想与艺术》；阿明·法基里的《厌倦于诱惑与痛苦之间》；曼苏尔·亚古提的《特色花朵》；阿赫玛德·马赫穆德的《街坊邻里》；马赫穆德·都拉特阿巴迪的《阿基尔·阿基尔》；古拉姆侯赛因·萨埃迪的《欢笑的鞑靼人》；胡尚格·古尔希里的《武器库》
1975 年	伯佐尔格·阿拉维的《首脑们》；纳赛尔·伊朗尼的《在努尔阿巴德，我的村庄》；曼苏尔·亚古提的《我的童年》；胡尚格·古尔希里的《我的小祈祷室》
1976 年	纳德尔·易卜拉欣米的《等待之意义的广度》；曼苏尔·亚古提的《马蒂杨山脉上空的灯盏》；古拉姆侯赛因·萨埃迪的《城市中的异乡人》；贾瓦德·莫加比的《碑铭》；贾马尔·米尔萨德基的《萤火虫》；阿米尔·哈桑·切赫尔坦的《临时婚姻》
1977 年	费力东·坦卡布尼的《在铁轨上行走》；巴赫拉姆·希达里的《我发誓，我背负我杀死的每个人》；马赫穆德·都拉特阿巴迪的《从铁环弯曲处》；胡尚格·古尔希里的《拉依的迷途羔羊》；贾马尔·米尔萨德基的《章鱼》；噶扎勒·阿里扎德的《无法逾越的旅行》《夏天之后》；沙赫尔努西·帕尔西普尔的《水晶吊坠》
1978 年	霍尔莫兹·沙赫达迪的《德黑兰的匆忙夜晚》；阿米尔·哈桑·切赫尔坦的《渗透钢窗》；沙赫尔努西·帕尔西普尔的《自由的体验》
1979 年	马赫穆德·都拉特阿巴迪的《苏璐奇不在场》
1980 年	西敏·达内希瓦尔的《我该向谁问好》；伊斯玛仪尔·法希赫的《永远的故事》；胡尚格·古尔希里的《摩冈的胜利之书》；伽兹·拉比哈维的《当战争的硝烟在村庄上空升起》；阿巴斯·莫阿勒菲的《太阳先驱》
1981 年	莫赫森·苏莱曼尼的《悄悄认识》
1982 年	阿赫玛德·马赫穆德的《烧焦的土地》
1983 年	莫赫森·苏莱曼尼的《遥远的年代》
1984 年	伊斯玛仪尔·法希赫的《萨巫什的痛苦》；胡尚格·古尔希里的《渔夫与魔鬼的故事》；赛义德·麦赫迪·舒查依的《你那陵框般的双眼》《宴会》；贾马尔·米尔萨德基的《风带来季节变化的消息》《火焰中的火焰》；噶扎勒·阿里扎德的《两道风景》；莫赫森·马赫马尔巴夫的《萨尔通水池》
1985 年	阿斯噶尔·阿卜杜安拉希的《雾霭深处》
1986 年	赛义德·麦赫迪·舒查依的《两只鸽子两扇窗户一次飞翔》；莫赫森·马赫马尔巴夫的《水晶果园》；阿巴斯·莫阿勒菲的《最后的优越一代》

时　间	作 品 名 称
1987 年	伊斯玛仪尔·法希赫的《62(1983)年冬天》;易卜拉欣·哈桑·北极的《查特哈》;莫赫森·马赫马尔巴夫的《灵魂外科手术》;阿米尔·哈桑·切赫尔坦的《一个死亡的故事》;穆罕默德·穆罕默德·阿里的《退休及其他故事》;法罗含德·阿高依的《绿色山丘》
1988 年	贾马尔·米尔萨德基的《蚊子》;沙赫尔努西·帕尔西普尔的《图芭与夜晚的意义》;莫妮璐·拉旺尼普尔的《卡尼茹》
1989 年	纳德尔·易卜拉欣米的《给我配偶的四十封短信》;易卜拉欣·哈桑·北极的《大山与深坑》;麦赫迪·萨哈比的《洪水突然来临》;贾马尔·米尔萨德基的《乌鸦与人们》;塔基·莫达勒斯的《失踪的人们之书》《朝觐礼仪》;礼萨·法罗赫法尔的《唉,伊斯坦布尔》;阿巴斯·莫阿勒菲的《死者交响曲》;福露格·沙哈布的《三千零一夜》;沙赫尔努西·帕尔西普尔的《没有男人的女人们》;莫妮璐·拉旺尼普尔的《禁区里的人》
1990 年	胡尚格·古尔希里的《十二勇士》《梦游者》;穆罕默德·礼萨·萨尔沙尔的《再见吧,兄弟》;贾瓦德·莫加比的《蝗灾之夜》;莫赫森·马赫马尔巴夫的《恋人们的轮班》;阿赫玛德·马赫穆德的《看望》;阿斯噶尔·阿卜杜安拉希的《落满灰尘的房间》《不再有萨巫什存在》;莫妮璐·拉旺尼普尔的《魔鬼的石头》《钢铁的心》
1991 年	胡尚格·古尔希里的《屋中镜子》;噶扎勒·阿里扎德的《伊德里斯哈的家》;阿米尔·哈桑·切赫尔坦的《伊斯凡迪亚尔的母亲穆内丝》;阿赫玛德·马赫穆德的《熟悉的故事》;帕尔维兹·达瓦伊的《花园》《一个骑士的回归》;穆罕默德·穆罕默德·阿里的《没有雨的雷电》《隐秘的角色》;佐娅·皮尔扎德的《如同所有的下午》;菲勒希特·莫拉维的《太阳仙女及其他》《云和风之家》;马赫纳兹·卡丽米的《如此舞蹈……》
1992 年	阿里·莫阿仁尼的《比绿色更宜人》;穆罕默德·沙里夫的《石榴园》;阿巴斯·莫阿勒菲的《茉莉花香》;沙赫尔努西·帕尔西普尔的《蓝色理智》;菲勒希特·莫拉维的《香橙与香橼》
1993 年	西敏·达内希瓦尔的《彷徨之岛》;阿赫玛德·马赫穆德的《维度零度》;法罗含德·阿高依的《小秘密》
1994 年	阿里·莫阿仁尼的《第六次旅行》《既没有水也没有地》
1995 年	胡尚格·古尔希里的《暗手明手》
1997 年	阿里·莫阿仁尼的《相会在阳光灿烂的夜晚》;佐娅·皮尔扎德的《柿子的涩味》;法罗含德·阿高依的《一个女人,一次爱情》
1998 年	古拉姆侯赛因·萨埃迪的《幸运状态中的茫然失措者》;沙赫尔努西·帕尔西普尔的《树灵的简单小奇遇》;佐娅·皮尔扎德的《离复活节还有一天》

时　　间	作　品　名　称
1999 年	纳德尔·易卜拉欣米的《明天不是今天这样子》;阿里·莫阿仁尼的《显现》;霍斯陆·哈姆扎维的《在雪松林下死去的城市》;沙赫尔努西·帕尔西普尔的《喜娃》
2000 年	法罗含德·阿高依的《迷失的性别》;阿赫玛德·马赫穆德的《菩提树》;瑟碧黛·夏姆鲁的《蕾莉似乎说过》;阿里·胡达依的《整个冬季都让我温暖吧》;穆罕默德·阿萨夫·苏尔坦扎德的《我在逃亡中迷失》
2001 年	西敏·达内希瓦尔的《彷徨的赶驼人》;佐娅·皮尔扎德的《灯,我来熄灭》;礼萨·高塞米的《木器乐队的夜晚合奏》;穆罕默德·拉希姆·耦合瓦特的《我们的半路迷惘》;玛尔江·希尔穆罕蒂的《那个夜晚之后》;米特那·欧利亚提的《玛德马扎尔·库提》
2002 年	沙赫尔努西·帕尔西普尔的《御风而行》;法丽芭·瓦法的《我的鸟儿》;喜娃·阿尔斯图依的《月光下的太阳》;索黑拉·巴斯基的《一小片》;巴赫拉姆·莫拉迪的《在孤寂的家中欢笑》
2003 年	马赫纳兹·卡丽米的《镲钹与冷杉》;阿布图拉布·霍斯陆维的《拉维河》;鲁赫安吉日·沙里夫扬的《有谁会相信呢,鲁斯坦姆》;居鲁士·阿萨迪的《国民花园》;莫尼尔丁·贝鲁提的《砖块》;易卜拉欣·达姆谢那斯的《内赫斯特》
2004 年	菲勒希特·莫拉维的《迷茫的夜莺》;穆罕默德·侯赛因尼的《比罪孽更蓝》;叶尔孤白·亚德阿里的《不安定的礼仪》;穆罕默德·侯赛因·穆罕默迪的《红色陵园中的无花果》;玛赫萨莫赫布·阿里的《注释中的爱恋性质》
2005 年	菲勒希特·莫拉维的《伊朗式园林》;莫尼尔丁·贝鲁提的《四种疼痛》;法丽芭·瓦法的《西藏之梦》;麦赫迪·拉伊斯·莫哈德辛的《看手相者》;侯赛因·萨那普尔的《指向黑暗的词汇》;哈米德礼萨·纳加非的《砂砾果园》
2006 年	马赫纳兹·卡丽米的《误死》;阿斯噶尔·安拉希的《死亡之年》;莫尔塔扎依扬·阿布克那尔的《安迪梅西克铁路站台阶上的蝎子》;穆罕默德·阿萨夫·苏尔坦扎德的《逃兵》;阿米尔·侯赛因·胡尔西德法尔的《生活依照你的愿望前行》
2007 年	法罗含德·阿高依的《学习撒旦并焚毁》;娜塔莎·艾米丽的《爱恋查克拉二世》;菲勒希特·萨丽的《记忆中的购物中心》;穆罕默德·哈桑·沙赫萨瓦利的《几个短篇之献礼》;优素福·阿里汗尼的《屠龙人》;裴荞·胡西曼德扎德的《感叹》;贝赫鲁日·亚克雷依的《就这限度内的东西》;法尔斯·巴伽里的《别向你身后张望》;哈菲兹·哈亚维的《一个丢失了坟墓的男人》;麦赫迪·拉比的《左边那个僻静角落》;阿巴斯·欧贝迪的《葡萄牙人的城堡》

时　间	作　品　名　称
2008 年	哈梅德·哈比比的《补胎胶垫用完了的地方》;裴莽·伊斯玛仪里的《雪与云的交响曲》;哈梅德·伊斯马仪里雍的《百里香并不美丽》;佩达浪姆·勒扎依扎德的《死亡游戏》
2009 年	菲勒希特·莫拉维的《季节的两个乐章》《狗与人》;玛赫萨莫赫布·阿里的《别担心》;萨拉撒拉尔的《可能我迷路了》;萨迪克·克尔米亚尔的《那米拉》;穆罕默德·阿里·古迪尼的《首都的接见大厅》
2010 年	瓦希德·帕克提纳特的《豺狼的笑声》;穆罕默德·礼萨·卡特布的《驯马师》;侯赛因·萨纳普尔的《唇贴在剑锋》;法丽芭·瓦法的《月圆》;基兰·戈罕的《在午后惬意的阳光下》;阿赫玛德·古拉米的《人们》;阿布土拉布·霍斯陆维的《荒芜的书》;阿米尔·侯赛因·亚兹当伯德的《未完成的男人肖像》;纳达·卡沃斯法尔的《睁着眼睡觉》;曼苏尔·安瓦里的《战争之路》(五卷)
2012 年	阿克巴尔·撒哈拉依的《哈菲兹·七》

四 作家索引（以汉译拼音为序）

A

N

P

Q

S

T

W

X

Y

Z

五　作品索引（以汉译拼音为序）

H

J

K

L

X

Z